EDGAR WALLACE

Der Frosch mit der Maske
Der grüne Bogenschütze
Das Gasthaus an der Themse

Buch

Der Frosch mit der Maske

Scotland Yard jagt den Frosch mit der Maske, den Anführer einer Verbrecherorganisation, die ganz London in Atem hält. Keiner hat den »Frosch« je gesehen, doch schließlich gelingt es Inspektor Gente, ihn aufzuspüren. Doch der muss dafür teuer bezahlen …

Der grüne Bogenschütze

In dem alten englischen Schloss Garre Castle geht der grüne Bogenschütze um. Der Schlossherr, Abel Bellamy, ein hart gesottener Geschäftsmann aus Chicago, glaubt nicht an Gespenster. Doch eines Tages steckt in der Brust von Bellamys Freund ein giftgrüner Pfeil …

Das Gasthaus an der Themse

Nachforschungen über einen Bankeinbruch und den Mord an einem Unbekannten führen Inspektor John Wade zu dem berüchtigten »Gasthaus an der Themse«. Die junge Lila Smith warnt den Inspektor vor einer Falle und ist dann plötzlich verschwunden. Wade geht verbissen den wenigen Spuren nach und macht dabei eine ebenso grausige wie überraschende Entdeckung …

Autor

Geboren wurde Edgar Wallace 1875 als unehelicher Sohn eines Schauspielers. Er wuchs in armen Verhältnissen auf, blieb ohne Schulabschluss und hielt sich mit Gelegenheitsjobs wie Milchhändler, Maurergehilfe oder Zeitungsverkäufer über Wasser. Schließlich begann er kleine Artikel für die Zeitung zu schreiben. Mit Erfolg: Er arbeitete sich hoch bis zum Chefredakteur. Später lebte er als freier Schriftsteller und schrieb Sachbücher, Lyrik und Theaterstücke, 1904 schließlich seinen ersten Krimi (»Die vier Gerechten«) – das Debüt einer beispiellosen Karriere. Edgar Wallace verfasste 175 Romane, 24 Theaterstücke, eine große Anzahl von Kurzgeschichten, Essays, Zeitungs- und Zeitschriftenartikeln und Drehbüchern. Die Filme, die nach seinen Vorlagen gedreht wurden, sind kaum zu zählen. Edgar Wallace verstarb hoch verschuldet 1932 in Hollywood.

Von Edgar Wallace außerdem bei Goldmann lieferbar:

Der Hexer. Roman (5292) · Der Zinker. Roman (5372) · Der Hexer/Die blaue Hand/Das Geheimnis der gelben Narzissen. Drei Romane in einem Band (55502) · Der schwarze Abt/Die seltsame Gräfin/Die toten Augen von London. Drei Romane in einem Band (55504) · Die gelbe Schlange/Der Engel des Schreckens/Bei den 3 Eichen. Drei Romane in einem Band (55505) · Die Tür mit den sieben Schlössern/Die Bande des Schreckens/Der Doppelgänger. Drei Romane in einem Band (55506) · Das geheimnisvolle Haus/Der Safe mit dem Rätselschloß/Die Abenteuerin. Drei Romane in einem Band (55507) · Der unheimliche Mönch/Die gebogene Kerze/Die drei Gerechten. Drei Romane in einem Band (55508) · Die Gräfin von Ascot/Das Geheimnis der Stecknadel/Der viereckige Smaragd. Drei Romane in einem Band (55509) · Das indische Tuch/Geheimagent Nr. 6/Der Diamantenfluß. Drei Romane in einem Band (55510)

EDGAR
WALLACE

DER FROSCH MIT DER MASKE

DER GRÜNE BOGENSCHÜTZE

DAS GASTHAUS AN DER THEMSE

Drei Romane in einem Band

PORTOBELLO

Die Originalausgabe von »Der Frosch mit der Maske« erschien unter dem Titel »The Fellowship of the Frog«, die Originalausgabe von »Der grüne Bogenschütze« erschien unter dem Titel »The green Archer« und die Originalausgabe von »Das Gasthaus an der Themse« erschien unter dem Titel »The India-Rubber Man«.

Umwelthinweis:
Alle bedruckten Materialien dieses Taschenbuchs
sind chlorfrei und umweltschonend.

Portobello Taschenbücher erscheinen im Goldmann Verlag,
einem Unternehmen der Verlagsgruppe Random House GmbH.

Einmalige Sonderausgabe Februar 2007

Umschlaggestaltung: Design Team München
Umschlagillustration: Getty Images
Druck: GGP Media GmbH, Pößneck
KC · Herstellung: we
Printed in Germany
ISBN 978-3-442-55503-1
www.portobello-verlag.de

10 9 8 7 6 5 4 3 2 1

EDGAR
WALLACE

DER FROSCH MIT DER MASKE

Roman

Aus dem Englischen
von Johanna König

1

Das Heißwerden des Kühlers traf mit dem Platzen eines Autoreifens zusammen. Und das nächste Zusammentreffen war, daß dies alles in der Nachbarschaft des Maytree-Hauses auf der Landstraße nach Horsham geschah. Das Landhaus war größer als die meisten dieser Art. Es hatte eine holzverzierte Fassade und ein Strohdach. Richard Gordon stand vor der Gartentür still, um es zu bewundern. Das Haus stammte noch aus der Elisabethanischen Epoche. Aber sein Interesse und seine Bewunderung waren nicht nur die eines Altertumsliebhabers.

Nein – obgleich er Blumen als ein richtiger Blumenfreund liebte und dieser weite Garten wie ein Teppich dalag, war es doch nicht der Duft der Provencerosen, der ihn gefangennahm. Es war auch nicht das Gefühl von Gemütlichkeit und Sauberkeit, das dieser Ort ausströmte, nicht dieser gescheuerte, mit roten Ziegeln bepflasterte Weg, der zum Haus führte, nicht die schneeweißen Vorhänge hinter den bleigefaßten Fensterscheiben.

Es war das Mädchen im rotbezogenen Korbsessel, das seinen Blick fesselte. Sie saß inmitten einer kleinen Rasenfläche, im Schatten eines Maulbeerbaumes, die wohlgeformten jungen Glieder ausgestreckt, ein Buch in der Hand, eine große Schachtel Bonbons zur Seite. Ihr Haar hatte die Farbe alten Goldes, aber eines Goldes, das Leben und Glanz bewahrt hat. Sie zog die Beine hastig an und erhob sich.

»Es tut mir leid, Sie zu stören«, entschuldigte sich Dick, den Hut in der Hand. »Aber ich brauche Wasser für meinen armen Wagen.«

»Wenn Sie mit mir hinter das Haus kommen wollen, werde ich Ihnen den Brunnen zeigen«, antwortete sie. Die Schönheit ihrer Stimme kam ihm sogleich zum Bewußtsein. Es war ein Alt, auf den alle Adjektive angewendet werden konnten, die die Wärme, Weichheit, Klangfülle und Süßigkeit einer Stimme zu kennzeichnen vermögen. Er folgte und hätte gerne gewußt, wer sie war. Sie hatte eine kleine patronisierende Färbung in der Stimme, die er wohl verstand. Es war der Ton eines erwachsenen Mädchens einem Jüngling ihres Alters gegenüber. Dick, der dreißig Jahre alt war und mit seinem glatten Knabengesicht wie achtzehn aussah, hatte diesen »Kleinen-Jungen-Ton« schon früher gehört und war immer durch ihn belustigt worden.

»Hier sind die Eimer, und da ist der Brunnen«, sagte sie. »Ich würde Ihnen ein Mädchen zur Hilfe schicken, aber wir haben keins, haben nie eins gehabt und werden wohl nie eins bekommen.«

»Da ist aber ein armes Mädchen um einen besonders guten Posten gekommen«, sagte Dick, »denn ich finde es hier entzückend.«

Sie schwieg, und während sie ihm beim Füllen der Eimer zusah, hatte er den Eindruck der verschlossenen Gleichgültigkeit von ihrer Seite. Aber als er die Eimer zum Auto auf der Landstraße trug, folgte sie ihm nach. Sie ging um den großen gelben Rolls Royce herum und prüfte ihn mit Neugier.

»Fürchten Sie sich nicht, einen so schweren Wagen allein zu fahren?« fragte sie. »Ich würde mich zu Tode fürchten. Er ist so gewaltig und so schwer zu handhaben.«

Dick richtete sich auf. »Angst?« rühmte er sich lachend. »Das ist ein Wort, das ich aus dem Lexikon meiner Jugend gestrichen habe.«

Eine Sekunde lang war sie verwirrt, dann lachte sie wie er.

»Sind Sie über Welford gekommen?« fragte sie. Er nickte. »Dann haben Sie vielleicht meinen Vater auf der Straße getroffen?«

»Ich bin nur einem trüb dreinschauenden Herrn mittleren Alters begegnet, der einen großen braunen Kasten schleppte.«

»Wo sind Sie ihm begegnet?« fragte sie mit Interesse.

»Es war zwei Meilen von hier, vielleicht noch näher.« Und dann, als ihn Zweifel überkam, fügte er hinzu: »Ich hoffe, daß ich nicht Ihren Herrn Vater beschrieben habe?«

»Ich glaube schon, daß er es gewesen ist«, sagte sie ohne Verstimmung. »Papa ist ein Naturforscherfotograf. Er nimmt Filme von Vögeln und anderes auf, natürlich als Amateur.«

Dick trug die Eimer nach dem Ort zurück, an dem er sie gefunden hatte, und verweilte noch zögernd. Er suchte nach einer Entschuldigung für sein Bleiben und glaubte, sie in dem Garten zu finden. Wie weit er jedoch dieses Gesprächsthema hätte ausschöpfen mögen, muß bloße Vermutung bleiben, denn eine Unterbrechung des Gespräches trat in Gestalt eines jungen Mannes aus dem Haustor. Er war groß, hübsch, athletisch gebaut. Dick schätzte ihn auf zwanzig Jahre.

»Hallo, Ella, ist Vater zurück?« fragte er.

»Mein Bruder«, stellte das Mädchen vor, und Dick Gordon war sich dessen bewußt, daß er die freie und leichte Art des Bekanntwerdens seinem jugendlichen Aussehen verdankte. Als unbedeutender Junge behandelt zu werden, hatte, wie es schien, seine Vorteile. »Ich habe ihm gesagt, daß man es jungen Burschen nicht erlauben sollte, so große Wagen zu lenken«, sagte Ella. »Erinnern Sie sich noch an den gräßlichen Zusammenstoß bei der Norham-Kreuzung?«

Ray Bennett kicherte. »Das gehört alles mit zu eurer Verschwörung. Nur damit ich kein Motorrad bekomme! Vater glaubt nämlich, daß ich damit jemanden zu Tode fahren würde, und Ella denkt, ich würde selbst dabei verunglücken.«

In diesem Augenblick sah Dick den Mann, dem er auf der Landstraße begegnet war, hereinkommen. Groß, mit lockeren Gliedern, grau und hager, blickte er ihm mißtrauisch entgegen.

»Guten Tag«, stieß er kurz hervor. »Panne gehabt?«

»Nein. Ich hatte nur kein Wasser, und Fräulein –«

»Bennett«, sagte der Mann. »Sie hat Ihnen Wasser gegeben? Nun also, guten Morgen.« Er trat beiseite, um Gordon an sich vorüber zu lassen, aber Dick öffnete von innen her das Tor und ließ den Besitzer von Maytree-Haus hereinkommen.

»Mein Name ist Gordon«, sagte er. »Ich danke Ihnen noch sehr für Ihre Gastfreundschaft.«

Mit einem Nicken ging der alte Mann, seine schwere Last tragend, ins Haus. Und Dick wendete sich, fast verzweifelt darüber, nun gehen zu sollen, an das junge Mädchen:

»Sie irren, wenn Sie das Steuern des Wagens für so schwierig halten, wollen Sie es versuchen? Oder vielleicht Ihr Bruder?« Das Mädchen zögerte. Aber der junge Bennett sagte eifrig:

»Ich würde es sehr gerne versuchen, ich habe noch nie einen starken Wagen gefahren!«

Daß er ihn zu fahren vermochte, wenn die Gelegenheit sich bot, zeigte er nun. Sie sahen zu, wie der Wagen um die Ecke glitt, das Mädchen mit einer kleinen Falte zwischen den Brauen, Dick alles außer dem einen vergessend, daß er noch einige Minuten in ihrer Nähe zu bleiben vermochte.

»Hätten Sie ihn doch nur nicht fahren lassen«, sagte das Mädchen. »Es nützt einem Jungen, der sich immer nach etwas Besserem sehnt, nichts, wenn man ihn solch ein schönes Auto steuern läßt. – Vielleicht verstehen Sie mich nicht? Ray ist sehr ehrgeizig und träumt von Millionen. So etwas bringt ihn immer ganz außer sich.«

Ihr Vater kam in dem Augenblick aus dem Haus, und sein Gesicht verfinsterte sich, als er die beiden am Tor stehen sah. »Sie haben ihn den Wagen fahren lassen?« sagte er grimmig. »Es wäre mir lieber gewesen, wenn's nicht geschehen wäre.«

»Es tut mir leid«, sagte Dick ruhig. »Da kommt er!« Der große Wagen kam auf sie zu und hielt vor dem Tor.

»Er ist wundervoll!« Ray Bennett sprang heraus und überflog den Rolls mit einem Blick, in dem Bedauern und Bewunderung sich mengten. »Mein Gott! Wenn der mir gehörte!«

»Er gehört dir aber nicht«, fiel ihm der Alte ins Wort. Doch dann, als würde er seine Heftigkeit bereuen: »Vielleicht wird dir eines Tages ein ganzer Wagenpark gehören, Ray!« Dick trat vor, um sich zu empfehlen. Da fragte der alte Bennett zu Dicks freudiger Überraschung: »Wollen Sie vielleicht bleiben und eine einfache Mahlzeit mit uns teilen? Dann werden Sie meinem unklugen Herrn Sohn auch erzählen können, daß ein großes Auto zu besitzen nicht immer die reinste der Freuden ist.« Dicks erster Eindruck war des Mädchens Erstaunen. Anscheinend wurde er ungewöhnlich geehrt, was ihm, nachdem John Bennett gegangen war, bestätigt wurde.

»Sie sind der erste Mensch, den Vater je zum Essen eingeladen hat, nicht wahr, Ray?« sagte das Mädchen.

Ray lächelte. »Vater hält nicht viel von Geselligkeit, das stimmt«, sagte er. »Ich bat ihn neulich, Philo Johnson zum Weekend einzuladen, aber er verwarf diese Idee, noch ehe sie geboren war. Dabei ist der alte Philosoph ein guter Kerl und der

Privatsekretär des Chefs. – Sie haben doch von den ›Vereinigten Maitlands‹ gehört?«

Dick nickte. Der Marmorpalast auf dem Strand-Embankment, in dem der märchenhaft reiche Herr Maitland seine Büros aufgeschlagen hatte, war eines der Prunkgebäude Londons.

»Ich bin Börsenbeamter in seinem Büro«, sagte der junge Mann. »Und Philo könnte sehr viel für mich tun, wenn mein Vater mit seiner Einladung herausrücken wollte. So aber bin ich wohl verdammt, mein ganzes Leben lang ein kleiner Angestellter zu bleiben.«

Die Hand des Mädchens legte sich auf seine Lippen. »Es ist töricht, Papa zu tadeln. Und du wirst sicherlich eines schönen Tages sehr, sehr reich werden.«

Der junge Mann brummte unter ihrer Hand und sagte ein wenig bitter: »Papa hat ohnehin schon jedes ›Wie-werde-ich-reich‹-System erprobt, das Menschenverstand und Geist nur –«

»Nun? Und?« Die Stimme klang rauh und bebte vor Zorn. Niemand hatte John Bennetts Wiederkommen bemerkt. »Du leistest jede Arbeit mit Unwillen, aber ich – ich versuche seit zwanzig Jahren mich emporzuarbeiten. Es ist wahr, ich habe jeden dummen Plan erprobt – aber es ist um euretwillen geschehen . . .« Er stockte plötzlich, als er Gordons Verlegenheit bemerkte. »Ich habe Sie eingeladen, und nun wasche ich die schmutzige Wäsche des Hauses vor Ihnen«, sagte er mit reuigem Humor. Er nahm Dicks Arm und führte ihn den Gartenweg zwischen den üppig wuchernden Buschrosen hindurch. »Ich weiß nicht, warum ich Sie zum Bleiben eingeladen habe, junger Mann«, sagte er. »Vielleicht ein Impuls, vielleicht auch mein schlechtes Gewissen. Ich verschaffe den jungen Leuten zu Hause nicht all die Geselligkeit, die sie genießen sollten, und ich selbst bin kein besonders guter Gesellschafter für sie. Aber es ist doch zu töricht, daß Sie Zeuge des ersten Familienzankes sein mußten, den wir seit Jahren hatten.« Seine Stimme und seine Manieren waren die des gebildeten Mannes. Dick hätte von Herzen gern gewußt, welchen Beruf er hatte.

Während der Mahlzeit saß Ella Bennett Dick zur Linken. Sie sprach wenig, und wenn er sie verstohlen ansah, so hoffte er heimlich, es wäre um seinetwillen, daß sie so verwirrt und innerlich beschäftigt schien. Sie bediente selbst bei Tisch und hatte eben das Obst aufgetragen, als der Alte fragte: »Ich kann Sie doch nicht für so jung halten, wie Sie aussehen, Herr Gordon. Wie alt sind Sie wohl?«

»Ich bin schon furchtbar alt«, sagte Dick. »Einunddreißig.«

»Einunddreißig?« rief Ella erglühend, »und ich sprach mit Ihnen, als wären Sie ein Kind!«

»Denken Sie, ich sei im Grunde ein Kind«, sagte er ernst. »Obwohl ich ein Verfolger von Dieben und Mördern und schlechten Charakteren im allgemeinen bin. Ich bin Hilfsdirektor der Staatsanwaltschaft.«

Das Messer fiel klappernd aus Bennetts Hand, und sein Gesicht wurde weiß.

»Gordon! Richard Gordon«, sagte er hohl. Eine Sekunde lang trafen sich die Augen der beiden Männer.

»Ja, so heiß' ich«, sagte Gordon beherrscht, »und ich bin der Meinung, daß Sie und ich schon irgendeinmal zusammengetroffen sind!«

Die blassen Augen blinkten nicht. John Bennetts Gesicht war kalt wie eine Maske. »Nicht beruflich, hoffentlich«, sagte er, und es klang wie eine Herausforderung. Auf dem ganzen Rückweg nach London strengte Dick vergeblich sein Gedächtnis an, aber er konnte John Bennett von Horsham mit keinem Geschehnis in Zusammenhang bringen.

2

Die Vereinigten Maitlands waren aus einem kleinen Büro in verhältnismäßig kurzer Zeit zu ihren jetzigen palastähnlichen Proportionen herangewachsen. Maitland war ein Mann in vorgerückten Jahren, patriarchalisch im Aussehen und knapp in seiner Rede. Er war ohne jede Protektion nach London gekommen und war groß geworden, bevor London seiner Existenz noch gewahr wurde.

Dick Gordon sah den Spekulanten zum ersten Male, als er in

dem marmorprunkenden Vestibül wartete. Ein Mann von mittlerer Größe, kräftig gebaut, mit einem Bart, der bis zur Brust reichte, und Augen, die fast unter den dichten weißen Brauen verborgen lagen. Mit schwerem Gang kam er langsam aus dem äußeren Büro, wo etwa zwanzig Beamte unter ihren grünen Lampenschirmen arbeiteten. Er sah weder nach rechts noch nach links, stieg in den Lift und verschwand.

»Das ist der Alte, haben Sie ihn schon jemals früher gesehen?« fragte Ray Bennett, der vor einem Augenblick herausgekommen war, um den Besucher zu begrüßen. »Er ist ein verehrungswürdiger alter Bursche, aber so dicht wie eine schallsichere Tür. Sie können aus ihm kein Geld herausziehen, und wenn Sie Dynamit verwendeten. Philo zahlt er ein Gehalt, das man einem durchschnittlichen Sekretär nicht einmal anzubieten wagen würde, aber Philo ist eine viel zu gutmütige Seele.«

Dick Gordon fühlte sich recht unbehaglich. Seine Gegenwart in Maitlands Haus war verwunderlich, seine Entschuldigung für diesen Besuch so schwach wie nur irgend möglich. Hätte er dem geschmeichelten jungen Mann, den er in den Geschäftsstunden aufstörte, die Wahrheit offenbart, so würde sie gelautet haben: »Ich habe mich närrisch in Ihre Schwester verliebt. Ich bin an Ihnen selbst nicht besonders interessiert, aber ich betrachte Sie als Bindeglied, das mir zu einer neuerlichen Begegnung verhelfen kann. Deshalb benütze ich meine Anwesenheit in der Nachbarschaft als Ausrede für diesen Besuch, und ich bin sogar bereit, Ihren Philo kennenzulernen, der mich sicher von Herzen langweilen wird!«

Statt all dem aber sagte er nur: »Warum nennen Sie ihn so?«

»Weil er ein alter Philosoph ist. Sein richtiger Name ist Philipp. Jeder Mann ist Philos Freund. Er gehört zu der Art von Menschen, mit denen man leicht gut Freund wird.«

Die Tür des Aufzuges öffnete sich in diesem Moment, und Dick Gordon wußte intuitiv, daß der kahlköpfige, in mittleren Jahren stehende Mann mit dem gutmütigen Gesicht, der nun heraustrat, soeben Gegenstand ihrer Diskussion gewesen war. Sein rundes fettes Antlitz wurde von einem gutmütigen Lächeln überstrahlt, als er Ray erkannte, und nachdem er ein Bündel von Dokumenten einem der Angestellten übergeben hatte, kam er zu ihnen herüber. »Das ist Gordon«, stellte Ray vor, »und das ist mein Freund Johnson.«

Philo ergriff warm die ausgestreckte Hand. Warm war ein Wort, das wie kein anderes Herrn Johnsons Wesen kennzeichnete. Sogar Dick Gordon, der nicht allzu schnell bereit war, sich fremden Einflüssen hinzugeben, unterlag dem unmittelbaren Eindruck seiner Freundlichkeit.

»Sie sind Herr Gordon von der Staatsanwaltschaft, Ray hat es mir erzählt«, sagte er. »Ich würde mich freuen, wenn Sie eines Tages herkämen, um den alten Maitland einzustecken. Er ist von allen Männern, denen ich je begegnet bin, sicherlich derjenige, den Sie am ehesten verfolgen sollten. – Ich muß jetzt gehen, er ist heute morgen in einer schrecklichen Laune. Man könnte glauben, die Frösche hüpften hinter ihm her.«

Mit fröhlichem Nicken eilte er in den Lift zurück. »Jetzt muß ich aber auch wieder hineingehen«, sagte Ray, und ein fast ängstlicher Blick aus seinen Augen traf Gordon. »Ich danke Ihnen, daß Sie Ihr Versprechen wahrgemacht und mich besucht haben. Ja – ich möchte gern einmal mit Ihnen zum Lunch gehen. Meine Schwester wird sicherlich ebensogern mit dabeisein. Sie ist oft in der Stadt.«

Sein Abschied war hastig und ein wenig zerstreut, und Dick trat mit einem Gefühl der Beschämung auf die Straße.

Als er in sein Amt zurückkehrte, fand er einen verstört aussehenden Polizeichef vor, der auf ihn wartete und bei dessen Anblick Dick blinzelnd die Augen zusammenkniff. »Nun?« fragte er. »Was ist mit diesem Genter?«

Der Polizeichef machte eine Grimasse wie ein Kranker, der eine unangenehme Arznei herunterschlucken muß. »Sie sind mir entwischt«, sagte er. »Der Frosch kam im Auto an, und weg waren sie, bevor ich mir überhaupt klar wurde, was geschehen war. Ich bin nicht besorgt um ihn, denn Genter hat einen Revolver, und er ist ein zäher Bursche in schweren Unternehmungen, aber ...«

Gordon blickte nach dem Mann und durch ihn hindurch. »Ich glaube, Sie hätten auf das Auto vorbereitet sein müssen«, sagte er. »Wenn Sie Genters Botschaft für wohlbegründet hielten und er den Fröschen auf der Spur war, wie Sie sagten, so hätten Sie das Auto erwarten müssen. Nehmen Sie Platz, Wellingdale.«

Der grauhaarige Mann gehorchte. »Ich versuche nicht, mich zu entschuldigen«, sagte er. »Die Frösche haben mich überrumpelt. Früher habe ich sie als einen Spaß betrachtet.«

»Es mag sein, daß wir klüger wären, wenn wir sie auch jetzt noch als einen Spaß betrachteten«, meinte Dick und biß das Ende seiner Zigarre ab. »Sie mögen nichts sein als ein verrückter geheimer Verein. Schließlich dürfen sogar Stromer ihre Vereinslokale haben, ihre Losungsworte, Griffe und Zeichen.«

Wellingdale schüttelte den Kopf. »Sie kommen über das Fazit der letzten sieben Jahre nicht hinweg«, sagte er. »Es ist nicht nur die Tatsache, daß jeder zweite Straßenräuber, den wir einfingen, den Frosch auf das Handgelenk tätowiert hatte, das mag bloße Nachahmung sein, und auf jeden Fall haben alle Gauner von niedriger Mentalität Tätowierungszeichen. Aber in diesen sieben Jahren hatten wir eine Serie der unangenehmsten Verbrechen. Zuerst den Angriff auf den Chargé d'affaires von der Gesandtschaft der Vereinigten Staaten, den sie im Hyde-Park niederschlugen. Dann den Fall des Präsidenten der Northern Trading Co., der mit einer Keule getötet wurde, als er aus seinem Auto in Park-Lane ausstieg. Dann das große Feuer, das Rohgummi im Werte von vier Millionen Pfund in Rauch aufgehen ließ. Es war sicherlich das Werk von etwa einem Dutzend Bomben, denn die Lagerhäuser bestanden aus sechs großen Wagenschuppen, und jeder einzelne wurde gleichzeitig an beiden Enden angezündet. Wir fingen zwei Leute aus der Gummiaffäre. Beide waren Frösche, beide trugen das Totem ihres Stammes. Sie waren Ex-Sträflinge, und einer von ihnen gab zu, daß er Instruktionen gehabt hätte, um diese Arbeit auszuführen, aber er nahm seine Worte am nächsten Tag sogleich wieder zurück. Ich habe nie einen geängstigteren Mann gesehen als ihn. Ich könnte Ihnen noch Dutzende von Fällen anführen. Sie wissen, daß Genter jetzt seit zwei Jahren auf ihrer Spur ist. Aber was er in diesen zwei Jahren hat erdulden müssen, das wissen auch Sie nicht. Er hat im Lande herumvagabundiert, hat hinter Hekken geschlafen, hat sich mit jeder Art von Landstreichern befreundet und hat mit ihnen gestohlen und geraubt. Als er mir schrieb, daß er mit der Organisation in Verbindung getreten sei und eingeweiht zu werden hoffe, dachte ich, er wäre jetzt nahe daran, sie zu haben. Aber der heutige Morgen hat mich ganz krank gemacht.«

Dick Gordon öffnete eine Schublade seines Pultes, entnahm ihr eine Ledermappe und wendete die Blätter um, die sie enthielt. Er studierte sie sorgfältig, als sähe er sie zum ersten Male. In Wahrheit hatte er diese Gefangenenprotokolle durch Jahre hindurch fast Tag um Tag geprüft. Es waren Handgelenksfotografien vieler Männer. Er schloß nachdenklich die Ledermappe und legte sie in die Schublade zurück. Ein paar Minuten lang saß er still und trommelte mit den Fingern auf den Rand seines Schreibtisches. Ein Schatten zog über seine Stirn. »Der Frosch ist immer auf das linke Handgelenk tätowiert, immer ein wenig schief, und immer ist ein kleiner Punkt darunter gesetzt«, sagte er. »Scheint Ihnen das irgendwie bemerkenswert?« Aber der Polizeichef fand keineswegs etwas Merkwürdiges daran.

3

Es dunkelte bereits, als zwei Landstreicher, die das Dorf Morby umgangen hatten, wieder auf die Poststraße kamen. Die Umgehung des Ortes war für sie ein mühevolles und anstrengendes Unternehmen gewesen, denn der Regen, der den ganzen Tag hindurch gefallen war, hatte die gepflügten Felder in zähe braune Moorstrecken verwandelt, wodurch die Fußwanderung zu einer Geduldsprobe wurde.

Der eine der Landstreicher war groß, unrasiert, schäbig. Er trug den verschossenen braunen Rock bis zum Kinn zugeknöpft, den niederhängenden, eingedrückten Hut auf den Hinterkopf zurückgeschoben. Mit ihm verglichen, schien sein Gefährte nur von kleinem Wuchs, obgleich er übermittelgroß und ein wohlgewachsener breitschultriger Mann war. Während sie so auf der lehmigen Landstraße dahinstapften, sprachen sie kein Wort. Der kleinere Mann blieb zweimal stehen und sah in der zunehmenden Dunkelheit umher, als ob er nach einem Verfolger ausspähe. Und einmal ergriff er des großen Mannes Arm und zog ihn hinter die Büsche, die die Landstraße begrenzten. Dies geschah, als unter Getöse und Aufspritzen des nassen Schlammes ein Auto an ihnen vorbeiraste. Nach einer Weile bogen sie von der Straße ab, überquerten ein Feld und kamen an den Rand eines unbebauten Landstrichs, über den eine alte Wagenspur hinführte.

»Jetzt sind wir gleich da«, brummte der kleinere Mann, und der andere grunzte seine Zustimmung. Trotz all seiner anscheinenden Gleichgültigkeit nahmen seine Augen jede Einzelheit der Szenerie auf: Ein einsames Gebäude am Horizont, das wie eine Scheune aussah ... Grafschaft Essex ... wie er nach der Nummerbezeichnung des Autos vermuten mußte, die er vermerkt hatte, als der Wagen an ihm vorbeisauste. Unbebautes Land ... wahrscheinlich zu einer nicht mehr in Betrieb stehenden Lehmgrube führend ... oder war es ein Steinbruch? Nahe dem Tor, durch das die Wagenspur lief, war an einem wackligen Pfosten ein altes Ankündigungsbrett befestigt. Es war zu finster, um die verwischte Inschrift zu lesen, aber er erkannte das Wort: »Kalk«. »Kalkstein?« Es würde ein leichtes sein, dies später zu ergründen. Die einzige Gefahr für ihn bestand nur in der möglichen Überzahl der Frösche. Unter dem Schutz seines Überrokkes fühlte er nach dem Browning und ließ ihn in seine äußere Tasche gleiten. Hilfe gab es nicht, und er erwartete sie auch nicht. Carlo hatte ihn im Weichbild der City in sein elendes Auto aufgenommen und hatte ihn kreuz und quer durch den Regen gefahren, indem er Nebenstraßen folgte und Städte und Dörfer vermied, so daß Genter, wäre sein Platz auch an der Seite des Fahrers gewesen, sich nicht hätte zurechtfinden können. Aber er war in die Finsternis des kleinen Wagens gesetzt worden und hatte nichts gesehen. Wellingdale und dessen Beobachter, die ihn bewacht hatten, waren auf das Auto nicht vorbereitet gewesen. Ein Vagabund mit einem Auto war eine Ungeheuerlichkeit. Er selbst, Genter, war zurückgezuckt, als der Wagen beim Gehsteig anhielt, wo er wartend gestanden hatte, und Carlos Stimme zischelte: »Steig ein!« Unter sich sah Genter verrostete

Eisenkarren, durcheinandergeworfene Eisenbahnschienen, dazwischen tiefe, regengefüllte Sprenglöcher. Jenseits, auf der scharfen Linie des Steinbruchrandes, stand eine winzige Holzhütte. Und zu dieser lenkte Carlo seine Schritte.

»Nervös, was?« fragte er, und es klang wie Spott in seiner Stimme.

»Nicht sehr«, sagte der andere kühl. »Vermutlich sind die Frösche in der Bude da drunten?« Carlo lachte leise.

»Es sind keine da«, sagte er. »Nur der Frosch allein. Er kommt vom Steinbruch herauf. Es ist da eine Treppe unter der Hütte. Guter Einfall, was? Die Hütte hängt gerade über dem Abgrund, und die Stufen kann man nicht einmal sehen, wenn man sich auf dem Bauch vorschiebt und über den Rand hinunterschaut. Ich habe es einmal versucht. Die werden ihn nie fangen, nicht, wenn sie Millionen von Spitzeln schicken!«

»Nun, und wenn sie den Steinbruch umstellen würden?«

»Du glaubst doch nicht, daß er es nicht weiß, wenn er gefangen werden soll? Er weiß alles, der Frosch.« Er sah auf des anderen Mannes Hand herab. »Weh wird's nicht sehr tun«, sagte er. »Und es lohnt sich. Du wirst nie mehr ohne Kollegen sein, Harry. Wenn du in eine Patsche kommst, zieht dich der beste Advokat 'raus. Wir suchen solche Burschen wie du einer bist, es gibt so massenhaft kleine Halunken, die wegen so ganz kleiner Sachen sich schon einbilden, daß sie zu uns gehören. Aber du wirst große Arbeit machen, und wenn du für ihn etwas Besonderes zu tun hast, setzt er Hunderte und Hunderte von Pfunden für dich. Wenn du krank wirst, oder du bist hungrig oder so, so werden die Frösche zu dir kommen und dir helfen.«

Genter schwieg. Sie waren jetzt etwa zwölf Schritte von der Hütte entfernt, einem starken Gebäude, aus kräftigem Bauholz gezimmert, mit einer Tür und einem geschlossenen Fensterladen. Der Mann, der sich Carlo nannte, machte Genter ein Zeichen, zu verweilen. Er selber ging vorwärts und klopfte an die Tür. Genter sah, wie der Mann zum Fenster trat und dessen Laden um eines Zolles Breite sich öffnete. Es schien ein Gespräch im Flüsterton zu folgen, dann kam Carlo zurück.

»Er hat gesagt, daß er Arbeit für dich hat, die dir Tausende einbringen kann. Du hast wirklich Glück! Kennst du Roche-More?«

Genter nickte. Er kannte diese Vorstadt der Aristokraten.

»Es wohnt ein Mann dort, der um die Ecke gebracht werden soll. Er kommt jede Nacht mit dem 11.50-Zug aus seinem Klub und geht zu Fuß nach Hause. Es steigt eine dunkle Straße an, und mit einem Knüttel kann man ihn ganz ohne Mühe erwischen. Bloß ein Schlag, und es ist aus mit ihm. Das heißt noch nicht töten, verstehst du?«

»Warum will er, daß ich das tu'?«

»Alle Neuen müssen etwas tun, um ihren Mut zu beweisen. Also, was meinst du dazu?«

Genter hatte nicht gezögert. »Wird besorgt!« sagte er.

Carlo kehrte zum Fenster zurück und hieß seinen Gefährten folgen.

»Bleib hier stehen und streck den linken Arm durchs Fenster!«

Genter streifte die Manschetten eines durchnäßten Ärmels zurück und streckte seinen nackten Arm durch die Spalte. Seine Hand wurde mit festem Griff erfaßt, und sogleich fühlte er, wie etwas Weiches und Nasses sich gegen sein Handgelenk preßte. – Ein Gummistempel, dachte er und wappnete sich gegen den Schmerz, der nun folgen mußte. Er kam wie das schnelle prikkelnde Stechen von tausend Nadeln. Dann ließ der Griff nach, Genter riß seine Hand zurück und starrte verwundert auf die verwischte Zeichnung von Tinte und Blut, die der Tätowierende auf seiner Hand zurückgelassen hatte.

»Wisch es nicht ab!« sagte eine erstickte Stimme aus der Finsternis der Hütte her. »Und jetzt kannst du hereinkommen.«

Der Fensterladen schloß sich und wurde von innen verriegelt, dann kam das Knarren eines Schlüssels, der sich im Schloß drehte, und die Tür öffnete sich. Genter trat in die pechschwarze Finsternis ein und vernahm, daß die Tür der Hütte von dem unsichtbaren Insassen verriegelt wurde.

»Deine Nummer ist K 971«, sagte die hohle Stimme, »und wenn du sie in den Personalnachrichten der Times siehst, so berichtest du hierher, wo immer du auch bist. Nimm das ...«

Genter streckte seine Hand aus, und ein Briefumschlag wurde

in sie gelegt. Es war, als ob der geheimnisvolle Frosch selbst in dieser Finsternis zu sehen vermöchte.

»Das ist dein Reisegeld und eine Landkarte der Gegend. Wenn du das Geld für dich verbrauchst oder nicht dorthin kommst, wo man deiner bedarf, wird man dich töten. Hast du mich verstanden?«

»Jawohl.«

»Du wirst weiteres Geld erhalten, das du für deine Ausgaben verwenden kannst. Hör mich jetzt an. In Roche-More, Nr. 7, Park Avenue, wohnt Hallwell Jones, der Bankier –« Er mochte gefühlt haben, daß der Neuling überrascht zusammenfuhr. »Du kennst ihn?«

»Ja, ich habe vor Jahren für ihn gearbeitet«, sagte Genter. Er zog seinen Browning hervor und entsicherte ihn mit dem Daumen.

»Zwischen heute und Freitag muß er niedergeschlagen werden. Du brauchst ihn aber nicht zu töten. Wenn es geschieht, so macht es nichts aus. Aber ich vermute, daß sein Schädel zu hart sein ...«

Genter hatte nun festgestellt, wo der Mann stand, da seine Augen sich an das Dunkel zu gewöhnen begannen. Seine Hand griff plötzlich zu und erfaßte den Arm des Frosches.

»Ich habe eine Pistole«, sagte er zwischen den Zähnen. »Ich bin Inspektor Genter von der Polizeidirektion, und wenn du dich zur Wehr setzt, so töte ich dich.«

Eine Sekunde lang herrschte Totenstille. Dann fühlte Genter, wie die Hand, die die Pistole hielt, mit schraubengleichem Griff umfaßt wurde. Er schlug mit der anderen Faust zu, aber der Mann bückte sich, und der Schlag fuhr in die Luft. Dann wurde die Pistole mit unerträglicher Drehung aus Genters Hand gewunden, und er kam mit seinem Gefangenen in ein Handgemenge. Dabei berührte sein Gesicht das des Frosches. War es eine Maske, die jener trug? Er spürte die kalten Glimmerbrillengläser auf seiner Wange. Dies erklärte die erstickte Stimme. So kräftig Genter auch war, er konnte sich aus den ihn umklammernden Armen doch nicht befreien, und sie schwankten in der furchtbaren Finsternis hin und her. Plötzlich hob der Frosch den

Fuß, und um dem vorausgesehenen Stoß zu entgehen, machte Genter eine heftige Wendung. Das Splittern von gebrochenem Glas ward hörbar und ein scharfer, kalter, durchdringender Geruch drang auf den Detektiv ein. Er versuchte tief zu atmen, aber er meinte zu ersticken, und seine Arme fielen schlaff und machtlos herab.

Der Frosch hielt die gebeugte Gestalt eine Minute lang, dann ließ er sie zu Boden fallen.

Am Morgen fand die Londoner Polizeipatrouille Inspektor Genter im Garten eines leeren Hauses liegend und rief die Rettungsgesellschaft an.

Aber ein Mann, der mit konzentrierten Blausäuredämpfen vergiftet worden ist, stirbt schnell. Zehn Minuten, nachdem der Frosch den Glaszylinder, den er für ähnliche Notfälle in der Hütte vorbereitet hielt, zerbrochen hatte, war Genter eine Leiche.

4

Auf der ganzen Welt gab es keinen Detektiv, der weniger nach einem Polizeioffizier, und einem recht klugen Polizeioffizier, aussah, als Elk. Er war groß und hager, und seine etwas krumme Haltung verstärkte noch den Eindruck seiner Kümmerlichkeit. Seine Kleider schienen schlecht zu passen und hingen mehr an ihm herunter, als daß sie ihn kleideten. Winters und sommers trug er einen schmutzigen, rehfarbenen Überzieher, der stets und ständig zugeknöpft blieb, und den gleichen gelbbraunen Anzug trug er seit jedermanns Gedenken. Wenn Regen fiel, dann glänzte sein schwarzer steifer Hut vor Nässe, aber Elk spannte den Regenschirm nicht auf, der schlecht gewickelt und plump an seinem Arm hing. Niemals hatte jemand diesen Gebrauchsgegenstand geöffnet gesehen. Elks leichenblasses Gesicht trug unentwegt den Ausdruck tiefster Düsterheit, und seine Vorgesetzten fanden seinen Einfluß deprimierend, denn seine Zukunftsaussichten wurden durch sein Mißgeschick bei der Beförderung beeinträchtigt. Zehnmal hatte er sich zur Prüfung gemeldet und zehnmal hatte er unweigerlich bei demselben Gegenstand: Geschichte, versagt. Dick Gordon, der Elk besser als dessen unmittelbare Vorgesetzte kannte, vermutete, daß dieses Mißgeschick ihn gar nicht so sehr bekümmerte, wie man annahm.

»Die armen Sünder haben auf Erden keine Ruhe«, seufzte Elk und nahm auf dem angebotenen Sessel Platz. »Ich dachte, Herr Gordon, ich würde wenigstens nach meiner Reise nach den USA Ferien von Ihnen bekommen.«

»Lieber Elk, ich möchte womöglich alles über Lola Bassano erfahren«, sagte Dick. »Wer ihre Freunde sind, warum sie sich so plötzlich an Ray Bennett angeschlossen hat, der ein kleiner Beamter bei den Vereinigten Maitlands ist. Besonders aber, warum sie ihn gestern nacht an der Ecke von St. James Square abgeholt und nach Horsham gefahren hat. Ich sah sie durch Zufall, als ich aus meinem Klub kam, und folgte ihnen. Sie saßen fast zwei Stunden in ihrem Wagen ungefähr hundert Meter von Bennetts Haus entfernt und sprachen miteinander. Ich stand im Regen hinter dem Wagen und lauschte. Wenn er ihr den Hof gemacht hätte, so hätte ich es verstanden. Aber sie redeten und redeten nur von Geld. Und dabei hat der junge Bennett keinen Pfennig in der Tasche.«

Elk rauchte gedankenvoll. »Bennet hat eine Schwester«, sagte er plötzlich zu Dicks Erstaunen. »Sie ist sehr hübsch, aber der alte Bennett ist bestimmt irgendeine Art von Gauner. Er leistet keine regelmäßige Arbeit, sondern bleibt manchmal tagelang fort und sieht merkwürdig schlecht aus, wenn er zurückkommt.«

»Sie kennen die Familie?«

Elk nickte. »Der alte Bennett interessiert mich. Irgend jemand hat über seinen Lebenswandel schon als verdächtig berichtet. Die Lokalpolizei hat ja nichts zu tun, als Lämmchen zu hüten und sieht natürlich jeden, der kein Lämmchen ist, als verdächtigen Charakter an. Ich habe den alten Bennett beobachtet, bin aber seinen Handlungen nie auf den Grund gekommen. Er hat eine Menge der sonderbarsten Berufe gehabt. Jetzt hat er sich auf Bildaufnahmen geworfen. Ich würde wirklich etwas dafür geben, zu erfahren, was sein wirklicher Beruf ist. Regelmäßig einmal im Monat, manchmal zweimal, manchmal noch öfter, verschwindet er, und man kann ihn nicht auffinden. Ich habe jeden Stromer in London nach ihm gefragt, aber sie sind alle genauso ratlos und verblüfft darüber wie ich. Lew Brady hat sich auch für ihn interessiert. Er haßt Bennett. Vor Jahren machte er sich an den alten Mann heran und versuchte aus ihm herauszubringen, was für ein Spiel er treibt. Aber Bennett hat es ihm heimgezahlt.«

»Der alte Mann?« fragte Dick ungläubig und sah ihn an.

»Jawohl! Er ist stark wie ein Stier ... Also, ich werde Lola besuchen. Sie ist kein schlechtes Mädel, aber mir persönlich sagen Vampire nicht zu. Also, Genter ist tot? Halten Sie den Frosch auch dabei für beteiligt?«

»Ohne Zweifel«, sagte Dick aufstehend. »Und hier, Elk, ist einer der Leute, die ihn umbrachten.«

Er ging ans Fenster und beugte sich hinaus. Der Mann, den er minutenlang beobachtet hatte, war plötzlich verschwunden.

»Wo?« fragte Elk hinter ihm.

»Er ist jetzt eben fort. Ich ...« Im gleichen Moment zerbrach das innere Fenster, und die Glassplitter verletzten sein Gesicht. In der nächsten Sekunde riß ihn Elk heftig zurück.

»Vom Dach der Onslow-Gärten«, sagte Dick ruhig.

»Der Schütze hat ein Dutzend Wege, um zu entwischen, die Feuerleiter nicht ausgenommen. Es geschieht zum zweiten Male, daß sie heute bei hellem Tageslicht hinter mir her sind. Als ich nach Hause zurückkehrte, war es das erste Mal. Ein geradezu genialer Versuch, mich mit einem leichten Auto zu überfahren. Das verdammte Ding erkletterte sogar das Trottoir.«

»Haben Sie sich die Nummer gemerkt?«

»10 L. 19741. – Es gibt keine solche Nummer im Register, und der Fahrer war fort, bevor ich irgend etwas unternehmen konnte, um ihn aufzuhalten.«

Elk kratzte sich am Kinn und betrachtete den jugendlichen Staatsanwalt mit zweifelndem Blick. »Das klingt ja sehr interessant. Ich habe bisher viel zuwenig auf die Frösche geachtet. Heutzutage sind geheime Gesellschaften so üblich, daß jedesmal, wenn mir ein Herr die Hand schüttelt, er mich enttäuscht ansieht, wenn ich nicht mein Ohr zupfe oder mit dem Fuß aufstampfe. Eine Räuberbande von großem Format habe ich immer als etwas angesehen, wovon man nur in Romanen liest.«

Elk nahm Abschied und ging auf dem größtmöglichen Umweg nach Scotland Yard zurück, anscheinend ein arbeitsloser kleiner Angestellter mit schlechtgerolltem Regenschirm und verbogener Stahlbrille. Er schlenderte nach Trafalgar Square, stand gedankenvoll still und kehrte wieder um. Dem Büro des Staatsanwaltes gegenüber hatte ein langer Straßenverkäufer mit einem kleinen Tragbrett voller Zündhölzchen, Schlüsselringen, Bleistiften und den tausenderlei Kleinigkeiten, die solche Leute verkaufen, Posten gefaßt. Seine Waren waren im Augenblick mit einem regennassen Wachstuch bedeckt.

Elk hatte ihn früher nie bemerkt und wunderte sich, warum der Mann einen so ungünstigen Standpunkt gewählt hatte, denn das Ende der Onslow-Gärten, der windigste Punkt in Whitehall, ist auch an schönen Tagen nicht der Ort, an dem der eilige Fußgänger sich aufhalten würde, um einen Gegenstand zu erstehen. Der Händler trug einen schäbigen Regenmantel, der bis zu den Stiefelabsätzen reichte. Sein weicher Filzhut war tief in die Stirn gezogen, aber Elk sah das Gesicht, das an einen Raubvogel gemahnte, und blieb stehen.

»Guter Verdienst?«

»Ne–in.«

Elk war sofort gefesselt. Dieser Mann war Amerikaner und wollte seine Aussprache verstellen, um als Cockney zu gelten.

»Sie sind Amerikaner, aus welchem Staat?«

»Georgia«, war die Antwort, und diesmal machte der Hausierer keinen Versuch mehr, seine Sprache zu verstellen.

Elk streckte die Hand aus. »Zeigen Sie mal Ihre Lizenz!«

Ohne Zögern wies der Mann den geschriebenen Polizeierlaubnisschein vor, der ihn zum Straßenverkäufer ermächtigte. Er lautete auf den Namen »Joshua Broad« und war in Ordnung.

»Sie sind nicht aus Georgia –«, sagte Elk, »aber das macht nichts. Sie sind aus Hampshire oder Massachusetts.«

»Connecticut, um ganz genau zu sein«, sagte der andere kühl. »Aber ich habe in Georgia gewohnt. Brauchen Sie keinen Schlüsselring?« In seinen Augen zeigte sich ein belustigtes Zwinkern.

»Nein, ich habe nie einen Schlüssel besessen, habe nie etwas Einschließenswertes gehabt«, sagte Elk und befingerte die Sachen auf dem Brett. »Das ist aber kein guter Platz hier.«

»Nein«, sagte der Hausierer, »viel zu nahe bei Scotland Yard, Herr Elk.«

»Woher kennen Sie mich?«

»Das tun doch die meisten! Nicht?« fragte der Mann unschuldig.

Elk musterte den Hausierer von den Sohlen seiner starken Schuhe bis zu dem durchweichten Hut und ging mit einem Nikken weiter. Der Händler sah dem Detektiv nach, bis dieser außer Sicht war, dann befestigte er das Wachstuch wieder über seinem Tragbrett, schnallte es fest zu und ging in der Richtung, die Elk eingeschlagen hatte, weiter.

Als Ray Bennett aus Maitlands Haus trat, um zum Mittagessen zu gehen, sah er einen schäbigen und schwermütig aussehenden Mann an der Ecke des Gehsteiges stehen, der ihm aber nur einen flüchtig schweifenden Blick schenkte. Er kannte Elk nicht und ihm fiel auch nicht auf, daß er von jenem in das kleine Wirtshaus verfolgt wurde, wo Philo Johnson und er ihr bescheidenes Essen einzunehmen pflegten. Der Beobachter würde Ray sicherlich sonst unter keinen Umständen entgangen sein, aber in seiner heutigen Gemütsverfassung hatte er keinen anderen Gedanken als den an sich selbst und an das beleidigende Gehaben des alten, rübezahlbärtigen Maitland.

»Dieser alte Teufel . . .!« sagte er, als er neben Johnson einherging. »Einen zehnprozentigen Gehaltsabzug zu machen und damit gerade bei mir anzufangen! Und die Morgenzeitungen schreiben heute, daß er für das ›Nord-Spital‹ fünftausend Pfund gespendet hat.«

»Er ist ein wohltätiger Bursche, aber was den Abzug anbetrifft, so wollte er Sie einfach loswerden«, sagte Johnson fröhlich. »Was nützt das Schelten? Der Handel liegt darnieder, und die Börse ist toter als Ptolemäus. Der Alte wollte Sie abbauen. Er meinte, Sie wären irgendwie überflüssig. Aber wenn Sie doch darüber die idealere Seite des Lebens nicht vergessen wollten, Ray?«

»Idealere Seite!« schnaubte der junge Mann, und sein Gesicht wurde rot wie Mohn. »Ich habe das Gehalt eines kleinen Jungen, und ich brauche entsetzlich viel Geld, Philo.«

»Wenn ich so denken würde wie Sie, so müßte ich verrückt werden, oder zumindest ein großer Verbrecher. Ich verdiene kaum fünfzig Prozent mehr als Sie, und doch vertraut mir der alte Herr Hunderttausende an. Die Kunst, glücklich zu sein«, sagte er, »besteht darin, keine Bedürfnisse zu haben. Dann erhält man immer mehr, als man nötig hat ... Wie geht es Ihrer Schwester?«

»Danke gut«, sagte Ray gleichgültig. »Ella hat dieselbe Veranlagung wie Sie. Es ist leicht, die Sorgen anderer Leute als Philosoph zu betrachten ... Wer ist denn dieser merkwürdige Mensch?« fügte er hinzu, als ein Mann an dem Tisch, der dem ihrigen gegenüberlag, Platz nahm. Philo, der ein wenig kurzsichtig war, setzte sein Glas auf.

»Das ist Elk, einer von Scotland Yard«, sagte er und lachte dem Neuankömmling zu. Ein Wiedererkennen, das zu Rays Ärger und Unbehagen den kümmerlichen Mann an ihren Tisch heranbrachte.

»Mein Freund, Herr Bennett ... Inspektor Elk.«

»Sergeant«, verbesserte Elk fest. »Das Schicksal war in Angelegenheiten der Beförderung immer grausam gegen mich. Warum ein Mann die Diebe leichter erwischen soll, wenn er weiß, wann Washington geboren wurde oder wann Napoleon Bonaparte gestorben ist, habe ich nie begriffen ... Essen Sie jeden Tag hier, Herr Bennett?«

Ray nickte.

»Ich glaube, Ihren Herrn Vater zu kennen – John Bennett.«

Ray stand in Verzweiflung auf, entschuldigte sich mit Zeitmangel und ließ die beiden allein.

»Ein hübscher Junge«, nickte Elk und sah Ray Bennett lange nach.

5

Elk begleitete Johnson in sein Büro zurück, und als sie sich dem Bankpalast der Vereinigten Maitlands näherten, brach Herr Johnson mitten in der interessanten Darlegung seiner Philosophie ab und beschleunigte den Schritt. Elk sah auf dem Gehsteig vor ihnen Ray Bennett und neben ihm die schmale Gestalt eines Mädchens. Sie wendete den beiden Männern den Rücken zu, aber Elk erriet sogleich, daß es Ella Bennett war. Er hatte sie zweimal vorher gesehen und besaß ein wunderbares Gedächtnis für Rückenlinien. Als Johnson auf sie zustrebte, grüßte Ella ihn mit einem freundlichen Nicken.

»Das ist ein unerwartetes Vergnügen, Fräulein Bennett.« Johnsons gemütliches Gesicht erglühte rosig, und Elk stellte fest, daß sein Handschlag noch wärmer und herzlicher war als sonst.

»Ich wollte heute gar nicht in die Stadt kommen, aber Vater ist wieder auf einem seiner Ausflüge fort«, sagte sie. »Und ganz komisch – wenn ich nicht genau wüßte, daß sein Zug schon vor zwei Stunden abgefahren ist, so würde ich schwören, ihn soeben auf einem Autobus gesehen zu haben.«

»Mein Freund, Herr Elk«, stellte Johnson ein wenig ungeschickt vor.

»Es freut mich, Sie kennenzulernen, Fräulein Bennett«, sagte Elk.

Ray verabschiedete sich, und Ella sprach zu ihrem Bruder noch ein leises Wort. Elk sah, wie der Junge die Stirn runzelte.

»Nein, nein, ich werde nicht mehr so spät kommen«, sagte er so laut, daß der Detektiv es hörte. Er zog den Hut und war schon im Tor verschwunden. Ella sah ihm mit einem kleinen schmerzlichen Mundzucken nach, dann nahm sie sich zusammen, reichte Johnson die Hand, grüßte Elk mit einem leisen Neigen ihres Hauptes und ging.

»Haben Sie Fräulein Bennett schon gekannt?«

»Oberflächlich«, antwortete Elk mürrisch. »Oberflächlich kenne ich fast jeden. Gute und schlechte Leute. Je besser sie sind, desto weniger kenne ich sie. Auf Wiedersehen!«

Als Johnson die Treppe zu Maitlands Haus hinaufstieg,

schlenderte Elk ziellos fort. Er überquerte die Straße und blieb stehen, um sich eine Zigarette anzuzünden. Es war vier Uhr, und ein Taxi hielt vor der Tür der Vereinigten Maitlands und wartete. Elk sah wenige Minuten später den alten Maitland herauskommen, hastig, weder rechts noch links blickend. Elk betrachtete ihn mit mehr als dem gewöhnlichen Interesse. Er kannte den Finanzier vom Sehen her und hatte zwei oder drei Besuche im Büro gemacht, die mit ein paar kleinen, von Aufwartefrauen begangenen Diebstählen in Verbindung standen. So war er auch mit Philo Johnson bekannt geworden, denn der alte Mann hatte die Unterredung seinem Angestellten überlassen. Elk schätzte Maitland auf fast siebzig Jahre, und zum ersten Male überkam ihn die Neugier, wo er wohnen mochte. Es kam ihm als eine merkwürdige Tatsache zum Bewußtsein, daß er nicht das geringste über den Finanzier wußte und daß Maitland die einzige der Stadtgrößen war, über die die Zeitungen nichts schrieben.

Als das Auto davonfuhr, konnte Elk dem Anreiz nicht widerstehen und winkte einen zweiten Wagen heran.

»Verfolgen Sie das Auto!« sagte er. Und der Fahrer nickte ohne Frage, denn es gab keinen Chauffeur in den Straßen von London, der den melancholischen Polizeimann nicht gekannt hätte. Der erste Wagen fuhr schnell in der Richtung nach London-Nord und hielt bei einem belebten Straßenknotenpunkt in Finsbury-Park. Maitland stieg aus und eilte um die Ecke, eine belebtere Straße entlang, und Elk folgte ihm auf den Fersen. Der Alte ging eine kleine Strecke, dann stieg er in einen Straßenbahnwagen. Elk sprang hinter ihm auf, als der Wagen sich eben in Bewegung setzte. Der Alte fand einen Platz, zog eine verknüllte Zeitung aus der Tasche und begann zu lesen. In Tottenham stieg Herr Maitland aus.

Er bog in ein Seitengäßchen, überquerte die Straße, kam in eine engere und noch armseligere Gasse und dann – zu Elks namenlosem Erstaunen – schloß er die eiserne Tür eines dunkeln und schmutzigen Hauses auf, trat ein und warf sie hinter sich zu.

Der Detektiv blickte die Straße hinauf und hinunter. Sie war von armen Kindern bevölkert. Elk betrachtete wieder das Haus.

Die Fenster waren schmutzig, die Vorhänge hingen in Fetzen, der winzige Vorhof war vernachlässigt. Und dies war das Haus Ezra Maitlands, des Mannes, der Millionen besaß.

Elk faßte einen Entschluß und klopfte an die Tür. Lange kam keine Antwort, dann war das Schlürfen von Füßen, die in Pantoffeln steckten, hörbar, und eine alte Frau mit krankhaft gelbem Gesicht öffnete die Tür.

»Verzeihen Sie«, sagte Elk. »Ich glaube, der Herr, der gerade hereingegangen ist, hat dies hier fallen gelassen.« Er zog ein Taschentuch hervor, und sie starrte es einen Augenblick lang an. Dann streckte sie wortlos die Hand aus, zog es ihm weg und schlug ihm die Tür vor der Nase zu.

Das war das letzte meiner guten Taschentücher, dachte Elk bitter. Er hatte einen Blick in das Innere des Hauses geworfen. Ein trüb aussehender Gang, mit einem Streifen verblichenen Teppichs belegt, war zu sehen gewesen. Er entschloß sich, fortzugehen und Erkundigungen einzuziehen.

»Maitland oder Mainland, das weiß ich nicht genau«, sagte ein Kaufmann, der an der Ecke sein Geschäft hatte. »Der alte Herr geht jeden Tag um neun Uhr fort und kommt immer um dieselbe Stunde wie heute zurück. Ich kann nicht sagen, wer er ist. Aber das eine weiß ich: essen tun sie nicht viel. Er kauft alle seine Waren bei mir, und das alles, wovon die beiden Leute einen Tag lang leben, könnte ein gesundes Kind bei einer einzigen Mahlzeit verzehren.«

Elk kehrte niedergeschlagen nach dem Westen der Stadt zurück. Er beschloß, sich mit der Angelegenheit weiter zu befassen.

Doch schien es ihm für den Moment angebrachter, alle seine Kräfte auf diese interessante junge Dame, Fräulein Lola Bassano, zu konzentrieren. In einer jener modernen Straßen, die von Cavendish Square auslaufen, gibt es eine Reihe Appartements, die nur von reichen Mietern bewohnt werden. Die Miete ist auch für jenes exklusive Viertel ganz besonders hoch bemessen, und Elk, den man nicht leicht zu überraschen vermochte, war ein wenig aus dem Gleichgewicht gebracht, als er sah, daß Lola Bassano in diesem luxuriösen Gebäude eine Flucht von Zimmern innehatte.

Der Liftboy, dem Elk mit reichlicher Berechtigung ein wenig verdächtig vorkam, berichtete ihm, daß Fräulein Bassano im dritten Stock wohne.

»Wie lange wohnt sie hier?« fragte Elk.

»Das geht Sie nichts an«, antwortete der Liftboy, »dort ist der Eingang für Lieferanten.«

Beim Anblick von Elks Dienstmarke wurde er jedoch sofort höflicher und mitteilsamer.

»Sie wohnt seit zwei Monaten hier«, sagte er. »Und um Ihnen die Wahrheit zu sagen, es hat mich oft gewundert, daß sie die Wohnung im Caverley-Haus bekommen hat. Wie ich gehört habe, hat sie einmal einen Spielklub in der Germynstraße gehabt. Sie sind doch nicht gekommen, um sie zu verhaften?« fragte er ängstlich. »Das wäre ein schönes Renommee für Caverley-Haus.«

»Ich mache nur einen freundschaftlichen Besuch«, sagte Elk. Der Liftboy trat aus dem Aufzug und wies nach einer der beiden glatten Mahagonitüren, die auf den Flur mündeten.

»Die andere Wohnung gehört einem amerikanischen Millionär.«

Elk war im Begriff zu antworten, als der Liftboy zur Tür ging und auf eines der polierten Paneele deutete. »Das ist doch sonderbar –«, sagte er. »Da, schauen Sie einmal her.«

Elk trat neben ihn, und mit einem Blick erfaßte und verstand er. Auf der Mahagonitafel war ein kleiner weißer Frosch sichtbar, ein genaues Stempelbild desjenigen, den er heute morgen auf Dick Gordons Fotografien gesehen hatte.

Ein Frosch, kauernd und ein wenig schief. Er rührte mit spitzem Finger daran. Die Farbe war noch naß und blieb haften.

Plötzlich öffnete sich die Tür, und ein Mann mittleren Alters erschien in ihrem Rahmen. Mit dem langläufigen Revolver in der Hand zielte er auf das Herz des Detektivs.

»Halten Sie die Hände hoch!« befahl er scharf.

Dann stockte er und starrte dem Detektiv ins Gesicht. Elk erwiderte sprachlos den Blick, denn der elegante Herr, der vor ihm stand, war der Hausierer, den er in Whitehall gesprochen hatte. Der Amerikaner gewann als erster die Selbstbeherrschung zurück, und Elk sah von neuem das Aufblitzen innerer Belustigung in seinen Augen. Er trat zurück und öffnete die Tür ganz. »Kommen Sie herein, Herr Elk«, sagte er und nickte dem verblüfften Liftboy zu. »Schon gut, Worth, ich habe mir einen kleinen Scherz mit Herrn Elk erlaubt.«

Er schloß die Tür und ließ den Detektiv in seinen Salon eintreten. Elk beschloß, den Frosch an der Tür zum Gegenstand einer späteren Diskussion zu machen.

»Wir sind ganz allein, Herr Elk, und Sie brauchen nicht leise zu sprechen. Darf ich Ihnen eine Zigarre anbieten?« Elk streckte mechanisch die Hand aus und wählte eine blonde Havanna.

»Wenn ich mich nicht sehr irre, so haben wir uns schon heute morgen gesehen«, sagte er.

»Sie täuschen sich nicht«, unterbrach ihn der andere kühl. »Wir haben uns in Whitehall getroffen, und ich habe mit Schlüsselringen hausiert. Mein Name ist Joshua Broad. Sie können mir also nicht vorwerfen, daß ich unter falschem Namen gehandelt habe.«

Der Detektiv zündete die Zigarre an, bevor er sprach.

»Diese Wohnung scheint sehr kostspielig zu sein«, sagte er langsam. »Und ich verstehe es, daß Sie versuchen, etwas zu verdienen. Aber es dünkt mich, daß das Hausieren mit Schlüsselringen einem Geschäftsmann nur recht armselige Verdienstmöglichkeiten bieten kann.«

Joshua Broad nickte.

»Es macht mir aber Spaß, Herr Elk. Ich bin eine Art von Kriminalpsychologe.« Er zündete seinerseits eine Zigarre an und machte es sich in einem tiefen, kattunüberzogenen Armsessel bequem, die gekreuzten Beine von sich streckend, ein Bild der Zufriedenheit.

»Als Amerikaner habe ich Interesse an sozialen Problemen, und ich habe immer gefunden, daß der einzige Weg, um die Armen irgendeines Landes zu verstehen, der ist, unter ihnen zu leben.«

Elk setzte seine Brille fester auf die Nase, und seine Blicke streiften Herrn Broads Tasche, in die der Revolver zurückgekehrt war. »Wir leben in einem ziemlich freien Lande«, sagte er.

»Und jedermann kann hier mit Schlüsselringen hausieren, sogar wenn er im Nebenberuf Mitglied des Oberhauses wäre. Aber etwas ist hier doch verboten, Herr Broad, und das ist, ehrbaren Polizeileuten Revolver auf die Brust zu setzen!«

Broad kicherte. »Ich bedauere, ich war ein wenig zu heftig«, sagte er. »Aber ich habe in Wahrheit mehr als eine Stunde auf jemanden gewartet, der zu mir kommen sollte. Und als ich Ihre Schritte hörte ...« Er zuckte die Achseln. »... ich bin darüber so zerknirscht, wie Sie es nur verlangen können.«

Elks Blicke ließen nicht von ihm ab. »Ich möchte Ihnen nicht lästig werden, wenn ich Sie frage, ob Sie einen Freund erwartet haben? Ich möchte gar zu gerne den Namen des Gastes wissen.«

»Das möchte ich auch«, sagte der andere. »Und noch eine ganze Menge von Leuten mit mir.« Er sah Elk gedankenvoll an. »Ich habe einen Mann erwartet, der jeden Grund hat, sich sehr vor mir zu fürchten. Er heißt –, nun das tut nichts zur Sache. Ich habe ihn nur einmal im Leben getroffen und sah damals sein Gesicht nicht.«

»Aber Sie sind aneinandergeraten?« fragte Elk.

»Keineswegs, ich benahm mich sehr gutmütig gegen ihn. Ich war nicht länger als fünf Minuten mit ihm in einem verfinsterten Raum allein, der nur von einer Laterne, die auf dem Tisch stand, erhellt wurde. Und ich glaube, daß dies alles ist, was ich Ihnen darüber erzählen kann, Herr Inspektor.«

»Sergeant!« murrte Elk. »Es ist doch merkwürdig, wie viele Leute meinen, daß ich Inspektor wäre.«

Eine recht unbehagliche Pause entstand. Und dann fragte Elk und wies mit dem Kopf nach dem Gang: »Verkehren Sie mit Ihren Nachbarn?«

»Mit der Bassano und ihrem Freund? Nein! Sind Sie ihretwegen da?« Elk schüttelte den Kopf.

»Ich wollte nur einen freundschaftlichen Besuch machen«, sagte er. »Ich bin gerade aus Ihrem Land gekommen, Herr Broad. Es ist ein schönes Land, aber es gibt dort zu große Entfernungen für mich.« Er studierte noch eine ganze Weile das Teppichmuster, dann sagte er: »Ich hätte Ihren Freund von Herzen gerne kennengelernt. Ist er vielleicht auch Amerikaner?«

Broad schüttelte den Kopf. Als er Elk hinausbegleitete, sprachen sie beide kein Wort, und es schien fast, als ob Elk ohne guten Tag zu sagen gehen wollte, denn er schritt geistesabwesend weiter. Aber er drehte sich doch in der Tür um und lächelte trüb.

»Ich würde mich freuen, Sie wiederzusehen, Herr Broad«, sagte er. »Vielleicht treffen wir uns wieder in Whitehall?«

Seine Blicke hafteten an dem grotesken weißen Frosch an der Tür. Broad wischte mit dem Finger über das Zeichen.

»Der Abdruck ist noch ganz frisch«, sagte er. »Haben Sie sich schon Ihre Meinung darüber gebildet, Herr Elk?«

Elk prüfte die Matte vor der Tür. Ein kleiner weißer Fleck war auf ihr sichtbar, zu dem er sich hinabbückte. »Vollkommen frisch. Es muß gerade, bevor ich hierhergekommen bin, geschehen sein.«

Und hiermit schien sein Interesse an dem Frosch erschöpft.

»Ich werde jetzt hinübergehen. Guten Tag«, sagte er.

Lola Bassano saß wartend in ihrem schönen Salon. In einem tiefen Sessel kindhaft eingeschmiegt, viele weiche und farbige Kissen im Rücken, saß sie mit untergeschlagenen Beinen da, eine Zigarette zwischen den Lippen.

Von Zeit zu Zeit wendete sie den Kopf nach dem Mann, der, die Hände in den Hosentaschen, am Fenster stand und auf die Straße hinaussah. Er war groß, schwer gebaut, klobig und unvornehm. Alle Hilfe, die die Perfektion seines Schneiders und Kammerdieners ihm hatten angedeihen lassen, genügte nicht, um seinen Ursprung zu verwischen. Er blieb ein recht fett gewordener Boxer. Vor einiger Zeit – vor noch ganz kurzer Zeit – war Lew Brady Schwergewichtsmeister von Europa gewesen, ein schrecklicher Kämpfer, mit gerade jenem Tropfen farbigen Blutes in den Adern, der den Unterschied zwischen Größe und Mittelmäßigkeit im Ring auszumachen pflegt. Ein stärkerer Mann hatte seine Schwäche aufgedeckt, und der Ruhm Lew Bradys welkte mit bemerkenswerter Schnelle dahin. Er hatte einen einzigen Vorteil vor seinen Gefährten, und dieser rettete ihn vor völliger Vergessenheit. Ein Philanthrop hatte ihn einst als Kind in der Gosse gefunden und ihm eine Erziehung angedeihen lassen. Er hatte eine gute Schule besucht und war mit Männern, die ein gutes Englisch sprachen, befreundet. Die Vorteile, die er dieser Freundschaft verdankte, waren nicht verlorengegangen, und seine Sprache war von so merkwürdiger Kultur, daß Leute, die den brutalen Mann zum ersten Male sprechen hörten, mit dem hellsten Erstaunen lauschten.

»Um wieviel Uhr erwartest du deinen Pagen?« fragte er.

Lola zuckte die Schultern. »Ich weiß nicht, wann er kommt.«

Der Mann wendete sich vom Fenster ab und begann langsam im Zimmer auf und nieder zu schreiten. »Ich verstehe nicht, warum sich der Frosch für ihn interessiert«, murrte er. »Lola, ich bin dieses alten Herrn Frosches entschieden überdrüssig.«

Lola lächelte und sah ihn mit halbgeschlossenen Augen an. »Vielleicht bist du nur der Tatsache überdrüssig, daß du Geld bekommst und nichts dafür zu tun hast«, sagte sie. »Mich selbst wird solch ein Überdruß niemals anwandeln. Und sei sicher, daß der Frosch nicht nach dem jungen Bennett fragen würde, wenn er dessen nicht wert wäre.« Brady zog seine Uhr heraus und blickte auf das juwelengeschmückte Zifferblatt. »Fünf Uhr. Vermutlich weiß der Junge nicht, daß du mit mir verheiratet bist.«

»Du bist ein Narr!« sagte Lola, sich träge dehnend. »Sollte ich mich dessen auch noch rühmen?«

Lew Brady ging von neuem hin und her, hin und her. Ein schwaches Glockenzeichen wurde hörbar, und er sah Lola an. Sie nickte, erhob sich, schüttelte die Kissen auf und nahm von neuem ihre frühere Stellung ein.

»Mach auf!« sagte sie, und der Mann ging gehorsam. Dann kam Ray Bennett herein; er nahm Lolas Hand und küßte sie.

»Ich komme spät. Der alte Johnson hat mich zurückgehalten, nachdem die anderen schon lange gegangen waren. Oh, ist das aber ein schöner Raum! Ich hatte keine Ahnung, daß du in so großem Stile lebst.«

»Kennst du Lew Brady?«

Ray nickte lächelnd. Er sah wie die verkörperte Glückseligkeit aus, und die Gegenwart Bradys hinderte ihn wenig. Er wußte längst, daß Lola mit Brady in irgendeiner Geschäftsverbindung stand.

»Also, sprechen wir jetzt von deinem wundervollen Plan!«

sagte er, als er auf ein Zeichen von Lola sich neben sie gesetzt hatte. »Weiß Brady davon?«

»Es ist Lews Idee«, sagte sie leichthin. »Er späht ja immer nach guten Gelegenheiten aus, allerdings nicht für sich selber, sondern für andere.«

»Ja, das ist eine meiner Schwächen«, sagte Lew bescheiden.

»Ich weiß ja nicht, ob Sie mit meinen Plänen einverstanden sein werden. Ich würde die Sache selbst übernehmen, aber ich habe leider im Augenblick zuviel zu tun. Hat Lola Ihnen alles darüber gesagt?«

Ray nickte. »Ich kann es kaum glauben«, sagte er. »Ich habe immer gemeint, daß so etwas nur in Zeitschriften steht. Lola hat mir von einem Geheimagenten erzählt, den die japanische Regierung in London einsetzen möchte. – Jemanden, den sie desavouieren könnte, wenn es notwendig wäre. Aber worin bestünde denn eigentlich meine Arbeit?«

»Das weiß ich nicht«, sagte Lew kopfschüttelnd. »Soweit ich informiert bin, haben Sie nichts zu tun, als zu atmen. Vielleicht werden sie Sie brauchen, um Dinge in Erfahrung zu bringen, die in der politischen Welt vor sich gehen. Das, was mir, wie ich ehrlich gestehe, daran nicht gefällt, ist, daß Sie ein Doppelleben führen müssen. Niemand darf erfahren, daß Sie bei Maitland angestellt sind. Sie legen sich einen beliebigen Namen bei und treffen Ihre häuslichen Arrangements so gut Sie es vermögen.«

»Das wird nicht schwer halten«, unterbrach ihn Ray. »Vater meinte ohnedies, ich müßte ein Zimmer in der Stadt nehmen. Er findet die tägliche Reise von und nach Horsham zu kostspielig. Das habe ich Samstag mit ihm ausgemacht. Zum Wochenende werde ich immer nach Hause fahren; aber was habe ich zu tun und wem muß ich berichten?«

Lola stand auf und kam langsam auf ihn zu. »Armer Junge«, spottete sie mit ihrem leisen Lachen, »die Aussicht, eine schöne Wohnung zu haben und mich jeden Tag zu sehen, macht ihm solche Sorgen!«

6

Die Eldorstraße in Tottenham ist einer der tausend grauen und häßlichen Verkehrswege, die die inneren Vororte Londons durchziehen.

Um neun Uhr abends ging Elk im strömenden Regen durch die Eldorstraße, die verödet lag. Die meisten Fronten waren nicht erhellt, denn das Leben der Eldorstraße spielt sich zu dieser Zeit in den auf der Hinterseite der Häuser liegenden Küchen ab. Aber aus den Fenstern des Hauses Nr. 193 fiel ein Lichtschein.

Am Morgen jenes Tages hatten die Zeitungen eine Mitteilung über die neue Spekulation der Vereinigten Maitlands gebracht, über ein Geschäft, dessen Gewinn weit mehr als eine Million Pfund betragen hatte. Und das Haupt des Konzerns lebte in solch einem Schmutzwinkel! Während Elk vor dem Haus stand, verlöschte plötzlich das Licht, und er hörte den sich nähernden Schall von Tritten drinnen im Hausflur. Er hatte eben noch Zeit, die Dunkelheit der gegenüberliegenden Straßenseite zu gewinnen, als die Tür sich öffnete und zwei Personen heraustraten. Es waren Maitland und die alte Frau, die Elk schon gesehen hatte. Sie trug eine Tasche aus Netzwerk in der Hand, und anscheinend gingen sie aus, um einzukaufen. Es war Samstagabend, und die Hauptstraße, die Elk eben passiert hatte, war noch von den Einkäufern belebt, die erst spät die Läden von Tottenham zu besuchen pflegten, um die Nahrungsmittel vor Geschäftsschluß zu billigeren Preisen zu erstehen.

Elk wartete, bis das Paar verschwunden war, ging dann bis zum entgegengesetzten Ende der Straße hinab und wendete sich nach links. Er folgte einer mit Plakaten bedeckten Mauer, bis er einen engen Gang erreichte. Es war ein Weg, der zwischen den teergestrichenen Holzzäunen der Gärten hinlief, ein finsteres, unbeleuchtetes Gäßchen, kaum zwei Meter breit. Er zählte die Gartentore zur Linken mit Hilfe seiner Taschenlampe. Nach einer Weile blieb er stehen und drückte die Klinke des letzten Tores nieder. Die Tür war versperrt, aber nicht verriegelt. Elk grunzte befriedigt und zog aus seiner Tasche ein ledernes Säckchen, dem er einen kleinen hölzernen Handgriff entnahm, in den er einen Stahlhaken einsetzte, den er sorgfältig aus einem Dutzend anderer ausgewählt hatte. Erst nach vielen Versuchen drehte sich das Schloß, und er stieß die Tür leise auf. Die Hinterfront des Hauses lag im Dunkeln, und der Hof war merkwürdigerweise ganz frei von all den Hindernissen, die Elk erwartet hatte. Er überquerte ihn rasch und ging zur Tür, die ins Haus führte. Zu seiner Überraschung war sie nicht verschlossen. Er befand sich in einem kleinen Abstellraum, dann ging er durch eine Tür in einen kahlen Flur und kam in das Zimmer, in dem er das Licht gesehen hatte.

Es war ärmlich und schäbig möbliert. Der Lehnstuhl neben dem Kamin hatte gebrochene Federn, in der einen Ecke stand ein unordentlich gemachtes Bett und in der Mitte des Zimmers ein Tisch, den ein fleckiges Tuch bedeckte. Darauf lagen einige Bücher und ein paar Blätter Papier, die mit ungeschickter Kinderschrift bedeckt waren.

Elk las neugierig: »Der Mann hat einen Hund. – Der Mann ruft den Hund, und der Hund bellt den Mann an.« Es gab noch mehr Blätter dieser Art. Die Bücher waren Fibeln der ersten Klasse. Elk sah umher und gewahrte ein billiges Grammophon und auf der Kredenz ein halbes Dutzend zerkratzter und beschädigter Platten.

Er drehte das Gas auf und zündete es an, nachdem er den Riegel vorgeschoben hatte, um sich gegen Überraschungen zu sichern. Die vom helleren Licht beschienene Armseligkeit des Zimmers erschütterte ihn. Der Teppich war abgetreten und voller Löcher. Es gab kein Möbelstück, das nicht Schäden aufgewiesen hätte. Auf der Kredenz stand die Rechenmaschine eines Kindes, ein mit Drähten bespannter Rahmen, auf dem Perlen aufgereiht waren und woran man die Kleinen zählen lehrt. Ein Papier auf dem Kaminsims erweckte seine Aufmerksamkeit. Es war eine Kopie des Millionenkontraktes, den Maitland heute morgen unterschrieben hatte. Seine klare Unterschrift mit dem charakteristischen Schnörkel stand darunter. Elk legte das Papier zurück und begann die Wohnung zu durchsuchen. In einem Geschirrschrank neben dem Kamin fand er eine Geldbüchse, in der Münzen klapperten. Etwa hundert Briefe lagen dabei, an Ezra Maitland, 193, Eldorstraße, Tottenham, adressiert. Es waren entweder Schreiben von Geschäftsleuten, oder politische Broschüren, mit denen die Kandidaten ihre Wähler überfluteten. Sie waren alle ungeöffnet. Sonst gab es nichts Interessantes im Zimmer. Es war sicher, daß der alte Mann hier schlief, aber wo war das Kind? Elk drehte das Licht ab und ging die Treppe hinauf. Die Tür war versperrt, und hier waren seine Instrumente ohne Nutzen, denn es war ein Patentschloß und erst kürzlich angebracht. Vielleicht ist das Kind hier, dachte er. Ein zweites Zimmer, offensichtlich das der alten Frau, war ebenso ärmlich möbliert wie das Wohnzimmer unten. Elk trat auf den Treppenabsatz hinaus, und just als er die erste Stufe hinabstieg, hörte er einen scharfen Ton. Er horchte, aber alles blieb still.

Elk war ein Mann von guter Beobachtung, und er war ganz sicher, daß das Tor offengestanden hatte, als er das Haus betreten hatte. Jetzt war es von innen verriegelt, und der Schlüssel steckte im Schloß. War es das Kind, das, durch seine Anwesenheit erschreckt, das Tor versperrt hatte? Elk war klug genug, seine Forschungen nicht allzu weit auszudehnen. Er ging, so leise er es vermochte, den Gartenweg entlang auf die Straße hinaus. Hier wartete er, indem er einen Posten einnahm, der es ihm ermöglichte, die ganze Länge der Eldorstraße und den kleinen Weg, der sich an der Mauer öffnete, zu überschauen. Bald darauf sah er die Maitlands zurückkehren. Der alte Mann trug das Einkaufsnetz, das jetzt angefüllt war. Elk sah das Grün eines Kohlkopfes, als sie unter der Laterne vorbeigingen. Er beobachtete sie, bis sie in der Finsternis verschwanden, und hörte das Geräusch der sich schließenden Haustür. Fünf Minuten später kam eine dunkle Gestalt den Weg hinter den Häusern hervor. Elk beeilte sich, den Mann zu verfolgen. Er tauchte in ein Labyrinth kleiner Gassen unter, der Detektiv ihm immer auf den Fersen. Er ging schnell, aber nicht zu schnell für Elk, der ein ausgezeichneter Fußgänger war. Der Fremde bog in die Hauptstraße ein; Elk hielt sich ein Dutzend Schritte hinter ihm. Aber er konnte sein Gesicht nicht eher sehen, als bis der Verfolgte die Tür eines wartenden Autos aufmachte und hineinsprang.

Es war Joshua Broad, der Mann, der Schlüsselringe in Whitehall feilhielt, in der teuersten Wohnung wohnte und Zeit fand, sich für Ezra Maitland auf das nachdrücklichste zu interessieren.

»Kommen Sie nur herein, Elk, es regnet zu stark«, sagte er, und Elk stieg in den Wagen. Das Auto setzte sich in Bewegung, und der Amerikaner wendete ihm sein Raubvogelgesicht zu.

»Sagen Sie, Elk, haben Sie das Kind gesehen?«

Elk schüttelte den Kopf. »Nein«, sagte er.

»So, ich habe es gesehen«, sagte Broad.

»Wo war sie denn versteckt?«

»Es ist ein Er«, antwortete Broad ruhig. »Und ich hoffe, daß Sie mir die Beantwortung dieser Frage erlassen werden. Ich bin schon eine Stunde lang im Haus gewesen, bevor Sie ankamen. Sie haben mir Angst gemacht. Ich hörte Sie kommen und dachte, es wäre St. Nikolaus mit dem Bart. Nebenbei bemerkt, hatte ich das Tor offengelassen. Also mein Lieber, was denken Sie darüber?«

»Über Herrn Maitland?«

»Exzentrisch, hm? Wenn Sie erst wüßten, wie exzentrisch!«

Als der Wagen von dem Caverley-Haus hielt, fuhr Elk aus seinem langen Sinnen auf. »Was sind Sie, Herr Broad?«

»Dreimal dürfen Sie raten!« Der andere lachte fröhlich, als sie aus dem Wagen stiegen.

»Geheimagent«, meinte Elk prompt.

»Falsch! Ich bin Privatdetektiv, und mein Steckenpferd ist das Studium der Verbrecherkategorien. Wollen Sie heraufkommen und ein Glas Bier trinken?«

Elk nahm die Einladung an.

Broad wollte den Schlüssel in das Schloß seiner Wohnungstür stecken, als Elk plötzlich die Hand auf dessen Arm legte.

»Öffnen Sie die Tür nicht!« sagte er flüsternd. Broad sah ihn überrascht an. Alle Muskeln im Gesicht des Detektivs waren gespannt.

»Warum nicht?«

»Es ist nur ein Gefühl. Ich bin Schotte von Geburt, und wir haben ein Wort ›fey‹, das Übernatürliches bedeutet.«

»Sind Sie abergläubisch? Oder spaßen Sie?« fragte Broad.

»Es ist etwas hinter dieser Tür, ich könnte einen Eid darauf leisten.« Elk nahm den Schlüssel aus Broads Hand, stieß ihn ins Schloß und öffnete. Dann riß er mit raschem Stoß die Tür auf, indem er Broad zur Seite in den Schutz der Wand drängte.Eine Sekunde lang geschah nichts. Aber dann sprang Elk zur Treppe.

»Laufen Sie, laufen Sie!« rief er. Der Amerikaner sah die erste Wolke grünlichgelben Dunstes aus der offenen Tür quellen und folgte. Der Portier schloß eben seine Kammer für die Nacht, als Elk, ohne Hut und atemlos, ihn zur Seite drängte.

»Können Sie in die Wohnungen telefonieren?« fragte er. »Gut! Rufen Sie sofort unterhalb des dritten Stockes an und sagen Sie den Mietern, daß auf keinen Fall die Türen geöffnet werden dürfen. Sagen Sie, daß alle Ritzen mit Papier verschlossen, die Briefkästen verstopft und die Fenster aufgemacht werden müssen. Das Haus ist mit giftigen Gasen angefüllt. Fragen Sie mich nicht, tun Sie, was ich Ihnen sage!«

Er selbst telefonierte der Feuerwehr, und wenige Sekunden später erklang draußen das Gebimmel von Glocken, und Männer in Gasmasken stampften die Treppe hinauf. Glücklicherweise hatten alle Mieter außer Broad und seiner Nachbarin für das Wochenende die Stadt verlassen.

»Und Fräulein Bassano kommt immer erst in früher Morgenstunde zurück«, sagte der Portier.

Die Nacht verging, bevor das Gebäude mit Hilfe von Hochdruckluftpumpen und chemischen Beschleunigungsmitteln gelüftet worden war. Broad hatte keinerlei Schaden erlitten als den, daß sein Silber schwarz verfärbt und jede Fensterscheibe, jeder Spiegel in seiner Wohnung mit einer gelblichen Ablagerung bedeckt war. Trotz der weit offenen Fenster durchzog ein muffiger Geruch die Räume, aber der Morgenwind kam, um die letzten Spuren des Überfalls fortzuwehen. Die beiden Männer begannen gemeinsam die Zimmer zu durchsuchen, um zu entdekken, wo das Gas eingeströmt war.

»Durch den offenen Kamin«, sagte Elk.

Eine Untersuchung des Daches bestätigte, daß seine Theorie richtig gewesen war. Sie fanden zehn große leere Gaszylinder und ein langes Seil, an dem ein Weidenkörbchen befestigt war.

»Der Verbrecher hat sich ins Haus geschlichen, während der

Portier beim Aufzug beschäftigt war. Jemand auf der Straße hat die Zylinder in dem Körbchen befestigt, und der Mann hat vom Dach aus eines nach dem andern hinaufgezogen. Sie müssen vorher eine ziemlich sorgfältige Umschau gehalten haben, sonst hätten sie nicht gewußt, welcher Kamin in Ihr Zimmer führt.«

Die beiden kehrten in die Wohnung zurück.

»Glücklicherweise hat mein Diener Ferien«, sagte Broad, »sonst wäre er jetzt schon im Himmel.«

»Hoffentlich!« antwortete Elk fromm. Die Sonne stieg gerade über die Dächer, als er schließlich fortging. Er hörte den Klang lärmender Stimmen, noch ehe er das Vestibül erreicht hatte. Ein großes Auto hielt vor dem Eingang, und am Steuer saß Ray Bennett im Frack. Den Platz neben ihm hatte Lew Brady eingenommen, und auf dem Gehsteig stand Lola in einem strahlenden Abendmantel.

Ray Bennett hatte getrunken und war der völligen Berauschtheit nahe. »Ach, das ist ja Elk, der Elch der Elche! Mein Kompliment, alleredelster Diebsfänger. Lola, hier siehst du Elk von Elchsburg, den wahrhaften Sherlock, den Bluthund des Gesetzes ...«

»Halt's Maul!« zischte Lew in sein Ohr. Aber Ray war in zu gehobener Stimmung, um so leicht zur Ruhe gebracht werden zu können.

»Wo ist dein unschätzbarer Gordon? Sag, Elk! Achte auf Gordon – achte um meinetwillen auf den armen, lieben Gordon! Meine Schwester mag ihn sehr gerne, den Gordon!«

»Das ist ein schöner Wagen, Herr Bennett«, sagte Elk und betrachtete nachdenklich das Auto. »Ein Geschenk von Ihrem Vater?«

Die Erwähnung von seines Vaters Namen schien den jungen Mann wesentlich zu ernüchtern. »Nein«, schnitt er ab. »Er gehört einem Freund. – Gute Nacht, Lola!« Er ließ den Wagen an.

»Auf Wiedersehen! Auf Wiedersehen!«

Der Wagen sprang an und raste dahin. Elk sah ihm nach, bis er aus seinem Gesichtskreis verschwand.

»Ich fürchte, er ist in Gefahr, sich seinen Schädel am Mond zu zerschellen. – Gut, daß Sie nicht früher kamen.«

»Wieso?«

»Es ist ein Gasüberfall im Caverley-Haus verübt worden«, erklärte er. »Sie werden es vermutlich riechen, wenn Sie die Treppen hinaufgehen.«

»Giftgas?« fragte sie.

Elk nickte.

»Aber wer hat es hierhergebracht?« Elk sah sie mit einem verwunderten Blick an.

»Wenn ich das wüßte, würde ich dann hier stehen und mit Ihnen darüber sprechen? – Hören Sie, Lola, was treibt dieser junge Bennett?«

»Er hat gerade jetzt einen Haufen Geld verdient, und ich vermute schon, daß er es ein wenig zu toll treibt.«

»Wenn ich viel Geld erworben hätte und damit etwas beginnen wollte, hätte ich mir einen besseren Maître de plaisir gewußt, als einen Lumpen von Preisboxer.«

Über Lolas schönes Gesicht flutete eine zornige Welle, und der Blick, mit dem sie ihn maß, barg nicht minder tödliches Gift als die Gase, gegen die er eine lange Nacht gekämpft hatte.

»Ich glaube, ich werde Nachforschungen im Zentralbüro über seinen weiblichen Bekanntenkreis anstellen müssen«, fuhr Elk erbarmungslos fort. »Ich verstehe ja, aus welchen Gründen Sie das Spiel spielen, natürlicherweise, weil das Geld Sie lockt. Was ich aber gerne erfahren würde, ist, woher das Geld stammt!«

»Das wird nicht das einzige bleiben, was Sie gerne erfahren möchten«, zischte Lola und eilte ins Haus.

Elk stand, wo sie ihn verlassen hatte, still. Sein Gesicht war melancholisch und ohne Ausdruck. Wohl fünf Minuten lang verharrte er so, dann ging er langsam in der Richtung seines bescheidenen Junggesellenheimes davon. Er wohnte oberhalb eines geschlossenen Zigarrenladens allein in dem Haus.

Als er die Gray-Inn-Straße überquerte, blickte er rein zufällig zu den Fenstern seines Zimmers auf und bemerkte, daß sie überraschenderweise alle geschlossen waren. Aber er stellte noch eine andere erstaunliche Tatsache fest.

Jede Glasscheibe war von einer gelb opalisierenden Substanz getrübt. Elk sah die stille Straße hinauf und hinunter. In der Nähe hatte man an der Straßenausbesserung gearbeitet. Der Nachtwächter schlummerte vor seinem Feuer und hörte weder Elks Annäherung, noch nahm er sein ungewöhnliches Vorhaben wahr.

Der Detektiv suchte aus einem Steinhaufen drei abgeschliffene Kieselsteine heraus und ging mit diesen wieder zu seinem Haus zurück. Mitten auf der Straße stehend, warf er Stein um Stein und traf. Glas klirrte, und die Fenster zerbrachen. Er wartete und sah gelbe Wolken giftigen Dampfes durch die zersplitternden Scheiben strömen.

»Das fängt nachgerade an, monoton zu werden«, sagte Elk und ging zur nächsten Feueralarmstelle.

7

Es hatte den Anschein, als akzeptiere John Bennett seines Sohnes neues Leben als eine bei einem jungen Mann sehr natürliche Notwendigkeit. Innerlich aber war er unruhig und beängstigt. Ray war sein einziger Sohn, er war der Stolz seines Lebens, obgleich er ihm dies nie gezeigt hatte. Keiner kannte die Gefahren, die einem jungen Menschen in der Großstadt drohen, besser als John Bennett, und keiner kannte Ray so gut wie er. Ella schwieg ihrem Vater gegenüber, aber sie erriet seine innere Unruhe und faßte den Entschluß, etwas zu unternehmen. Am vorhergegangenen Sonntag noch hatte Ray sich über den neuerlichen Gehaltsabzug beklagt. Er war verzweifelt gewesen und hatte wild davon gesprochen, seine Stellung hinzuwerfen und einen neuen Beruf zu suchen. Diese Möglichkeit erfüllte Ella mit Unruhe. Die Familie Bennett lebte kärglich von einem recht beschränkten Einkommen. Das Haus war Bennetts Besitz und die Kosten des Lebensunterhaltes lächerlich gering. Eine Frau aus dem Dorf kam jeden Morgen, die schwere Arbeit zu leisten und einmal in der Woche bei der Wäsche zu helfen. Das war der einzige Luxus, den ihres Vaters mageres Einkommen gestattete. Eines Morgens, als Johnson das marmorne Vestibül von Maitlands Haus durchschritt, sah er eine zarte Gestalt durch die Drehtür kommen und begann fast zu laufen, um sie einzuholen.

»Mein liebes Fräulein Bennett, was für eine wunderschöne Überraschung! Ray ist nicht da, aber vielleicht warten Sie ein bißchen.«

»Ich bin recht froh, daß er nicht hier ist«, sagte sie sichtlich erleichtert. »Ich möchte mit Herrn Maitland sprechen. Können Sie das möglich machen?«

Das strahlende Gesicht des Philosophen bewölkte sich.

»Das wird sehr schwer halten«, sagte er. »Der Herr empfängt nie jemanden. Nicht einmal die Finanzgrößen der City. Er haßt Frauen und Fremde, und obgleich ich doch schon lange mit ihm arbeite, bin ich nicht einmal sicher, ob er sich an mich gewöhnt hat. Worum handelt es sich denn?«

Ella zögerte. »Um Rays Gehalt«, und dann, als er den Kopf schüttelte, fuhr sie drängend fort: »Es ist so wichtig, Herr Johnson. Ray hat einen so anspruchsvollen Geschmack, und wenn man sein Gehalt noch kürzt, so heißt das – ach, Sie kennen doch Ray genau!«

Er nickte. »Ich weiß wirklich nicht, ob ich da etwas tun kann«, sagte er zweifelnd. »Ich will jedenfalls hinaufgehen und Herrn Maitland fragen. Aber ich könnte wetten, daß er Sie nicht empfangen wird.«

Aber als Herr Johnson zurückkam, sah sie ihn schon von weitem lächeln.

»Kommen Sie nur rasch, bevor er sich's überlegt hat«, sagte er und führte sie zum Lift. »Sie müssen allein die Konversation führen, Fräulein Bennett! Er ist exzentrisch und so hart wie Feuerstein.«

Er führte sie in einen kleinen, bequem möblierten Salon und wies auf einen Schreibtisch, der mit Papieren bedeckt war.

»Das ist mein Zimmer«, erklärte er. Eine Rosenholztür führte zu Herrn Maitlands Büro. Johnson klopfte leise an, und mit schneller pochendem Herzen trat Ella dem seltsamen Mann gegenüber.

Der Raum war groß, und der Luxus der Ausstattung verschlug ihr den Atem. Hinter seinem breiten Schreibtisch saß der große Maitland kerzengerade aufrecht und betrachtete sie unter seinen buschigen Augenbrauen. Er sah wie ein Patriarch und doch zugleich abschreckend aus. Und es war etwas Grobes und Gemeines an ihm, das sie verletzte. Es lag nicht in der Nachlässigkeit seines Anzuges oder der Zahl seiner Jahre. Das Alter pflegt sonst Verfeinerung zu bringen. Dieser alte Mann jedoch war nur ganz gemein geworden. Sein forschender Blick ermangelte der Sicherheit, die sie erwartet hatte. Es schien beinahe, als fühle er sich unbehaglich.

»Dieses ist Fräulein Bennett. Sie erinnern sich, daß Bennett unser Börsenbeamter ist. Fräulein Bennett bittet darum, daß Sie Ihren Entschluß über die Gehaltskürzung noch einmal prüfen mögen.«

»Wir sind nicht sehr wohlhabend«, sagte Ella leise, »und dieser Abzug macht für uns sehr viel aus . . .«

Herr Maitland schüttelte ungeduldig das kahle Haupt. »Das ist mir ganz egal, ob es Sie gutgeht oder nicht gutgeht! Wenn ich Gehaltsabzüge mach, dann mach ich sie. Verstanden?«

Sie starrte ihn entgeistert an. Seine Stimme war rauh und gemein. Sprache und Ton entstammten der Gosse.

»Wenn er nich mag, so kann er gehn, wohin er will. Und wenn Sie das nich recht is« – er heftete seine trüben Augen auf den unruhig aussehenden Johnson –, »dann könn Sie auch gehn, wohin Sie wolln. Es gibt massenhaft so Lausbuben, die ich kriegn kann. Brauch sie mir nur von der Straße raufzuholen. Millionen davon. Punktum!«

Johnson ging auf den Fußspitzen hinaus und schloß die Tür hinter dem Mädchen, das ihm gefolgt war.

»Aber das ist ja ein Scheusal!« brachte sie hervor. »Wie können Sie es nur mit ihm aushalten?«

Der dicke Mann lächelte gelassen. »Er hat recht. Bei eineinhalb Millionen Arbeitslosen auf den Straßen kann er sich seine Leute aussuchen.«

»Ich hatte keine Ahnung«, sagte sie, und legte impulsiv ihre Hand auf seinen Arm, »daß er so arg ist! Das tut mir leid um Ihretwillen! Er ist ja entsetzlich!«

»Er ist Selfmademan, aber er ist eigentlich nicht bösartig. Wenn ich nur begreifen könnte, warum er Sie empfangen hat?«

»Empfängt er denn sonst niemanden?«

Er schüttelte den Kopf. »Nicht, wenn es nicht absolut notwendig ist. Und das ereignet sich vielleicht zweimal im Jahr. Ich glaube kaum, daß er überhaupt je mit einem Menschen im ganzen Haus gesprochen hat. Nicht einmal mit den Direktoren.«

Johnson führte Ella in das Hauptbüro hinunter. Ray war noch nicht gekommen.

»Die Wahrheit ist«, gestand Johnson, als sie ihn mit Fragen bedrängte, »daß Ray heute überhaupt noch nicht im Büro war. Er ließ sagen, daß er sich nicht sehr wohl fühlt, und ich habe es so eingerichtet, daß er heute als frei gilt.«

»Er ist doch nicht krank?« fragte sie beunruhigt.

»Nein, ich habe ihn telefonisch gesprochen. Er hat ein Telefon in seiner neuen Wohnung.«

»Ich dachte, es wäre nur ein einfaches Zimmer?« sagte Ella entsetzt. Die gute Hausfrau in ihr empörte sich. »Eine ganze Wohnung? Wo denn?«

»In Knightsbridge«, antwortete Johnson ruhig. »Ja, es klingt teuer, aber ich glaube, daß er sie billig bekommen hat. Ein Mann, der ins Ausland ging, hat sie ihm für einen Pappenstiel untervermietet. – Darf ich offen sein, Fräulein Bennett?«

»Ist es Rays wegen, so bitte ich darum«, antwortete sie hastig.

»Ray beunruhigt mich in letzter Zeit«, sagte Johnson. »Natürlich möchte ich alles, was ich kann, für ihn tun, denn ich habe ihn sehr gern. Jetzt ist es meine einzige Sorge, seine ziemlich häufige Abwesenheit vom Büro zu verschleiern. Sie brauchen ihm das nicht wiederzusagen. Aber es ist eine ziemliche Mühe, denn der alte Herr hat einen unerhörten Instinkt dafür, wenn Angestellte sich vom Dienst drücken. Ray lebt viel großzügiger, als er es sich eigentlich leisten kann. Und ich habe ihn so gekleidet gesehen, als wollte er mit den elegantesten Leuten der Stadt in Konkurrenz treten.«

Die unbestimmte Unruhe in Ellas Seele wuchs zur Panik an.

»Es ist doch – nicht etwa im Büro – etwas Unrechtes vorgefallen?« fragte sie ängstlich.

»Nein, ich nahm mir die Freiheit, seine Bücher durchzusehen. Sie stimmen. Sein Kassenbuch ist bis auf einen Penny in Ordnung. Mit roher Offenheit gesagt: er stiehlt nicht. – Zum mindesten nicht bei uns. Aber noch ein anderes Detail. Er nennt sich Raymond Laster in Knightsbridge. Ich habe das durch Zufall herausgefunden und habe ihn gefragt, warum er einen andern Namen angenommen hat. Seine Erklärung war ziemlich glaubhaft. Er wollte nicht, daß Ihr Vater hören sollte, daß er auf so großem Fuß lebt. Er hat eine ziemlich einträgliche Nebenbeschäftigung. Aber er will nicht sagen, welcher Art sie ist.«

Ella war froh, als Johnson sie verließ. Froh, einen stillen Platz inmitten weiter Parkflächen zu erreichen. Sie mußte nachdenken und sich über ihre künftige Handlungsweise klarwerden. Ray war nicht so geartet, daß er sich von ihr oder von Johnson mit drakonischer Strenge würde behandeln lassen. Auch der Vater durfte nichts erfahren. Sie mußte sich an Ray wenden. Vielleicht entsprach es der Wahrheit, daß er eine einträgliche Nebenbeschäftigung hatte. Eine Menge junger Leute benützten ihre freie Zeit auf solche Weise. Aber Ray war kein Arbeiter.

Sie setzte sich auf einen Parkstuhl und war so sehr in ihr Sinnen vertieft, daß sie es nicht gewahrte, als jemand vor ihr stehenblieb.

»Das ist ja wunderbar!« sagte eine lachende Stimme, und sie sah in Dick Gordons hübsche blaue Augen auf. Er setzte sich auf den Stuhl neben dem ihren. »Und jetzt werden Sie mir bitte sagen, in was für Schwierigkeiten Sie geraten sind?«

»Warum meinen Sie, daß ich in Schwierigkeiten geraten bin?«

»Sie machen ein so trauriges Gesicht«, lächelte er. »Vergeben Sie diesen Aufzug. Ich habe einen offiziellen Besuch bei der Gesandtschaft der Vereinigten Staaten abstatten müssen.«

Jetzt erst bemerkte sie, daß er den offiziellen Anzug des Beamten trug, Gehrock, Zylinder und die vorschriftsmäßige Krawatte. Sie fand, daß er sehr gut darin aussah.

»Ich glaube beinahe, daß Ihr Bruder Ihnen Sorgen macht? Ich habe ihn vor wenigen Minuten gesehen. Hier ist er wieder!«

Sie folgte erstaunt seinem Blick und fuhr von ihrem Stuhl auf.

Auf dem mit Lohe bestreuten Reitweg, der mit der Parkstraße parallel lief, kamen ein Herr und eine Dame zu Pferd heran. Der Herr war Ray. Er war sehr elegant gekleidet, und von den Spitzen seiner glänzenden Reitstiefel bis zu seinem grauen, steifen Hut entstammte alles den teuersten Quellen. Das Mädchen neben ihm war jung, schön, zierlich. Die Reiter passierten, ohne daß Ray der interessierten Zuschauer gewahr wurde, und Ella, die vor Staunen erstarrte, vernahm den hellen Klang seines Lachens.

»Ich begreife nicht . . . Kennen Sie die Dame, Herr Gordon?«

»Dem Namen nach wohl«, sagte Dick trocken. »Sie heißt Lola Bassano.«

»Ist sie eine Dame?«

Dicks Augen zwinkerten. »Elk verneint es, aber Elk hat übernommene Vorurteile. Sie besitzt Reichtum, Erziehung und Wissen. Ob diese drei Trümpfe genügen, um eine Lady zu machen, weiß ich nicht.«

Ella saß mit wirbelnden Sinnen still.

»Ich glaube, Sie brauchen Hilfe für Ihren Bruder?« sagte Dick. »Nicht wahr, er macht Ihnen Angst?«

Sie nickte. »Es ist auch mir ein Rätsel. Ich kenne alle Details über ihn, sein Gehalt und seine merkwürdige Maskerade unter einem andern Namen. Das alles würde mir keine Sorgen machen, denn junge Leute haben diese Art von Geheimnissen gern. Nur sind sie unglücklicherweise teure Geheimnisse. Und ich möchte wissen, wie er es sich leisten kann, seine neugewonnene Stellung aufrechtzuerhalten.«

Dick erwähnte eine Summe, die bewirkte, daß Ella mit staunend geöffneten Lippen reglos sitzen blieb. »Ja, das kostet es«, sagte Dick. »Elk, der eine Leidenschaft für genaue Einzelheiten hat und der auf den Penny weiß, was zum Beispiel dieser Reitanzug kostet, hat mir diese Angaben geliefert.«

Sie unterbrach ihn mit einer so verzweifelten Geste, daß er sich brutal vorkam. »Was kann ich tun? Was kann ich tun?« fragte sie. »Jeder will mir helfen. Sie, Herr Johnson, und ich glaube auch Herr Elk. Aber es ist unmöglich. Es mag Ihnen vielleicht komisch vorkommen, daß ich in solche Aufregung über

Rays dumme Streiche gerate, aber es bedeutet für Vater und mich ja so viel.« Als habe sie seine Gedanken erraten, fragte sie plötzlich: »Ist sie eine liebe Person, das Fräulein Bassano? Ich meine, ist sie jemand, mit dem Ray bekannt sein darf?«

»Sie ist sehr reizvoll«, antwortete Dick nach einer Pause.

Sie bemerkte sein Ausweichen und führte das Gespräch nicht weiter. Sie kam auf ihre Unterredung mit Ezra Maitland zu sprechen, und er hörte ihren Bericht an, ohne Überraschung zu äußern.

»Er ist ein ungeschliffener Diamant«, sagte er. »Elk weiß etwas über ihn, aber er will es mir nicht verraten. Elk liebt es, seine Vorgesetzten zu mystifizieren, er tut es beinahe noch lieber, als einen Verbrecher zu entdecken.«

»Warum trägt Maitland Handschuhe im Büro?« fragte Ella.

»Handschuhe? Das habe ich nie gewußt«, sagte er überrascht.

»Als er die Hand hob, um seinen Bart zurückzustreichen, habe ich es gesehen. Und ich habe auch gesehen, daß er auf dem linken Handgelenk eine Tätowierung trägt. Sie kam gerade noch unter dem Rand des Handschuhs hervor. Und es war unverkennbar der Kopf eines Frosches.«

»Sind Sie sicher, sich das nicht nur eingebildet zu haben, Fräulein Bennett?« fragte Dick. »Ich fürchte, der Frosch macht uns nervös.«

»Aber ich stand nur wenige Schritte von ihm entfernt«, beharrte sie.

»Haben Sie mit Johnson darüber gesprochen?«

Sie schüttelte den Kopf.

»Aber ich erinnere mich jetzt, daß auch Ray gesagt hat, Herr Maitland trage Sommer und Winter Handschuhe.«

Dick war wie vor den Kopf geschlagen. Es war doch unwahrscheinlich, daß dieser Mann, das Haupt einer großen Finanzgruppe, mit einer Bande von Landstreichern im Bunde sein sollte. »Wann kommt Ihr Bruder nach Horsham?« fragte er ablenkend.

»Am Sonntag«, sagte das Mädchen. »Er hat Vater versprochen, mit uns zu essen.«

»Vielleicht wäre es dann möglich, mich als vierten zu laden?«

»Sie werden der fünfte sein«, lächelte sie. »Herr Johnson kommt auch. Der arme Johnson fürchtet sich vor Vater. Ich glaube, die Angst ist gegenseitig. In dieser Beziehung ähnelt Vater Herrn Maitland, auch er mag Fremde nicht leiden. Aber auf alle Fälle lade ich Sie ein.«

Des Abends kam Elk, als Dick gerade im Begriff war, sich fürs Theater umzukleiden. Dick erzählte ihm von Ellas Verdacht. Zu seiner Überraschung nahm Elk die aufregende Theorie recht kühl auf.

»Es wäre möglich«, sagte er, »aber es ist auch möglich, daß es gar kein Frosch ist. Der alte Maitland war in seiner Jugend Matrose, wenigstens sagt das die einzige Biographie von ihm, die existiert. Vor zwölf Jahren erschien eine halbe Spalte über ihn, als er Lord Maisters Bauplatz auf dem Embankment kaufte und sein Büro zu vergrößern begann.«

In dieser Woche war Dicks Aufmerksamkeit durch einen ungewöhnlichen Vorfall von den Fröschen abgelenkt worden. Am Dienstag hatte der Sekretär des Auswärtigen Amtes nach ihm geschickt, und er war zu seiner Überraschung von dem höchsten Herrn des Departement persönlich empfangen worden.

»Hauptmann Gordon«, sagte der Minister, »ich erwarte aus Frankreich die Kopie des Handelsvertrages, der zwischen uns, der französischen und der italienischen Regierung geschlossen werden soll. Es ist sehr wichtig, daß dieses Dokument wohl bewacht wird, weil, wie ich Ihnen im Vertrauen sagen kann, es von einer Revision der Tarifaufstellung handelt. Es ist von höchster Wichtigkeit, daß der Bote des Königs, der den Vertrag überbringt, auf das peinlichste bewacht wird, und ich wünsche, den gewöhnlichen Polizeidienst zu ergänzen, indem ich Sie ihm nach Dover entgegenschicke. Es ist ein bißchen außerhalb Ihrer Pflichten gelegen, aber Ihr Nachrichtendienst während des Krieges mag mir zur Entschuldigung dienen, wenn ich diese Verantwortung auf Ihre Schultern lege. Drei Mitglieder der französischen und der englischen Geheimpolizei werden ihn nach Dover begleiten, während Sie und Ihre Leute den Wachdienst übernehmen werden. Und Sie werden persönlich zugegen sein, bis das Dokument in meinem eigenen Safe deponiert wird.«

Wie so viele wichtige Aufgaben, erwies sich auch diese als absolut uninteressant. Der Bote wurde auf dem Kai von Dover abgeholt, in ein Pullmankupee geleitet, das für ihn reserviert worden war, und zwei Leute von Scotland Yard patrouillierten auf dem Laufgang.

Beim Victoriabahnhof empfing ein von einem Polizeichauffeur gesteuertes und von Bewaffneten begleitetes Auto Dick und den Boten und fuhr sie nach Calden Garten. Der Sekretär des Auswärtigen Amtes prüfte sorgfältig die Siegel und legte das Kuvert dann in Gegenwart Dicks und des Detektivinspektors, der die Eskorte befehligt hatte, in den Safe. Der Auswärtige Minister sagte, nachdem alle Besucher außer Dick ihn verlassen hatten, mit einem feinen Lächeln: »Ich glaube kaum, daß unsere lieben Freunde, die Frösche, daran besonderes Interesse nehmen. Und doch waren sie die Veranlassung zu meinen außerordentlichen Vorsichtsmaßregeln. – Es ist wohl noch keine weitere Spur von Genters Mördern gefunden worden?«

»Keine, Exzellenz, soweit mir bekannt ist. Einheimische Verbrechen gehören eigentlich nicht in mein Ressort, und es kommt kein Vergehen irgendwelcher Art vor den Staatsanwalt, ehe der Fall gegen einen der Angeklagten nicht fertig vorgelegt werden kann.«

»Das bedaure ich«, sagte Lord Farmley. »Mir wäre es lieber, wenn die Froschangelegenheit nicht gänzlich in den Händen von Scotland Yard bliebe. Sie bedeutet eine solche Gefährdung der öffentlichen Sicherheit, daß ich es angebracht fände, wenn eine eigene Abteilung die Nachforschungen führen würde. Mir schwebt bereits ein solcher Plan vor.«

Dick hätte gern gesagt, daß ihn diese Kontrolle außerordentlich verlocke, aber er hielt noch an sich.

Seine Lordschaft strich bedächtig über seine Stirn. »Ich werde mit dem Premierminister sprechen«, sagte er, »und Sie für diese Stelle vorschlagen.«

Zeitig am nächsten Morgen wurde Dick Gordon nach Downingstreet vorgeladen, und es wurde ihm mitgeteilt, daß ein spezielles Ressort geschaffen worden sei, das sich ausschließlich mit jener Gefährdung der Öffentlichkeit beschäftigen sollte.

»Sie haben Carte blanche, Hauptmann Gordon. Man mag mich tadeln, weil ich Ihnen diese Stellung gegeben habe, aber ich bin ganz sicher, den richtigen Mann gefunden zu haben«, sagte der Ministerpräsident. »Sie können jeden Offizier von Scotland Yard wählen, den Sie zu verwenden wünschen.«

»Ich werde Sergeant Elk nehmen«, sagte Dick sofort, aber der Ministerpräsident sah ihn mit zweifelnden Blicken an.

»Das ist gerade kein hoher Rang«, wandte er ein.

»Er ist ein Mann mit dreißig Dienstjahren. Lassen Sie ihn mir, Exzellenz, und geben Sie ihm den Rang eines Inspektors.«

Der Ministerpräsident lächelte. »Wie Sie wünschen.«

Und als Sergeant Elk am gleichen Nachmittag die Beförderungsliste durchsah, begrüßte ihn sein neuer Titel.

8

War es nicht Torheit, von dem kommenden Sonntag zu träumen, von dieser Stimme, von diesem Mädchengesicht?

Dick hatte Schönere schon bewundert, Stolzere, oder solche, aus denen eine launisch fesselnde Seele sprach. Aber was ihn bewegte, wenn die Erinnerung diese zarten Züge widerspiegelte, war anderes, war mehr. Noch nie hatte er einen Sonntag so ungeduldig herbeigesehnt.

Als er mit einem Lächeln der Erwartung das Tor des Gartenzaunes öffnete, sah er die rundliche Gestalt des philosophischen Johnson in einem Gartenstuhl ausgestreckt. Der Sekretär erhob sich, um ihm mit einem Ausdruck unendlichen Wohlwollens die Hand zu reichen.

»Ray sagte mir, daß Sie kommen würden, Hauptmann Gordon. Er ist mit Fräulein Bennett im Obstgarten, und wie ich aus einem gelegentlichen Blick entnehmen konnte, bekommt er gerade eine Gardinenpredigt.«

»Geht er nicht mehr ins Büro?« fragte Dick.

»Ich fürchte, es ist für immer aus.« Johnsons Gesicht wurde traurig. »Ich selbst mußte es ihm sagen. Der Alte hatte es herausgefunden, daß er weggeblieben war, und durch irgendein höchst listiges und unterirdisches Nachrichtensystem hat er erfahren, daß Ray ein unsolides Leben führt. Er ließ einen Buchsachverständigen kommen, um die Bücher nachzusehen, aber die waren, Gott sei Dank, alle in bester Ordnung. Ich bin selber beinahe hinausgeflogen.«

»Wissen Sie vielleicht, wo Maitland wohnt?« fragte Dick langsam, »und in welcher Umgebung? Besitzt er ein Haus in der Stadt?«

Johnson lächelte. »Ja gewiß«, sagte er sarkastisch. »Erst vor einem Jahr habe ich entdeckt, wo es liegt, und bis jetzt habe ich es noch keiner Seele gesagt. Der alte Maitland wohnt in einer Gegend, die beinahe ein Elendsquartier zu nennen ist. Er wohnt schlecht, ganz so ärmlich wie ein Arbeitsloser. Und dabei besitzt er Millionen. Er lebt mit seiner Schwester. Sie besorgt den Haushalt und hat wohl nicht viel Arbeit damit. Nie habe ich gesehen, daß Maitland auch nur einen Penny für sich ausgab. Er trägt den gleichen Anzug seit dem Tag, an dem ich zu ihm kam. Zu Mittag nimmt er ein Glas Milch und eine Zwei-Pence-Semmel zu sich und versucht manchmal, mich dahin zu bringen, sie für ihn zu bezahlen.«

»Sagen Sie mir, Herr Johnson, warum der Alte Handschuhe im Büro trägt?«

Johnson schüttelte den Kopf. »Das weiß ich nicht. Früher dachte ich, daß es nur geschieht, um die Narbe auf seinem Handrücken zu verdecken, aber er ist nicht der Mann, der deswegen Handschuhe tragen würde. Seine Arme sind bis zur Schulter hinauf mit Kronen und Ankern und Delphinen tätowiert.«

»Vielleicht auch mit Fröschen?« fragte Dick.

»Nein, einen Frosch habe ich noch nie an ihm gesehen. Ein Bündel von Schlangen ist auf sein Handgelenk tätowiert, das habe ich gesehen. Mein Gott, Maitland wird doch nicht etwa ein Frosch sein?«

»Das möchte ich selber nur zu gerne wissen«, meinte Dick.

»Ich würde ihn für gemein genug halten, um sogar ein Frosch oder etwas Ähnliches zu sein«, sagte Johnson.

In diesem Augenblick kamen Ray und seine Schwester heran. Ray sah düster drein, und der Anblick Gordons schien ihn nicht heiterer zu stimmen. Ellas Wangen waren gerötet, und sie war sehr erregt.

»Hallo, Gordon«, begann Ray ohne Einleitung. »Sie sind es wohl gewesen, der meiner Schwester Geschichten über mich zugetragen hat. Und Sie haben Elk beauftragt, mich auszuspionieren. Ich weiß es, denn ich habe Elk gerade dabei getroffen, wie er . . .«

»Ray, du darfst nicht so zu Hauptmann Gordon sprechen«, unterbrach ihn seine Schwester. »Er hat nie etwas Nachteiliges über dich erzählt. Was ich weiß, habe ich mit eigenen Augen gesehen. Und dann scheinst du zu vergessen, daß Herr Gordon Papas Gast ist.«

»Jedermann macht solches Aufsehen meinetwegen«, brummte Ray. »Sogar der alte Johnson.« Er schlug dem Philosophen auf die Schulter.

»Man hat wohl seine Sorgen mit Ihnen, mein Junge«, sagte Philo.

Die Situation entspannte sich erst, als John Bennett mit der Kamera auf dem Rücken den roten Gartenweg heraufkam.

»Ach, Herr Johnson, ich muß mich vielmals bei Ihnen entschuldigen, weil ich den Tag Ihres Besuches bei uns so oft verschieben mußte. Aber ich freue mich unendlich, Sie hier zu sehen. Wie ist man bei Ihnen im Büro mit Ray zufrieden?«

Johnson warf einen hilflosen und ausdrucksvollen Blick auf Gordon. »Oh, so ziemlich, Herr Bennett«, stotterte er.

Ein Gefühl des Unbehagens überkam Dick, als er begriff, daß Herr Bennett nichts von dem neuen Beruf seines Sohnes erfahren durfte. Auch Johnson schien diese Tatsache mit Mißvergnügen zu erfüllen, und nach dem in etwas gedrückter Stimmung verbrachten Mittagessen, als die beiden im Garten allein waren, schüttete der ehrenwerte Mann Dick sein Herz aus. »Ich schäme mich, weil ich den alten Bennett betrüge. Ray hätte es ihm sagen müssen.«

Dick vermochte ihm nur beizupflichten. Des jungen Mannes zornige Selbstsicherheit irritierte ihn, und es war niederdrückend für ihn, dieser plötzlichen und unverhüllten Feindschaft, die Ellas Bruder ihm entgegenbrachte, zu begegnen.

Er entdeckte, was viele verliebte junge Männer entdecken müssen, daß die Gloriole ihrer Liebsten nicht auch Verwandte und Freunde mit gleichem Lichte bestrahlt. Und er entdeckte auch, daß der rundliche Herr Johnson genau wie er selbst von ganzem Herzen in das Mädchen verliebt war. In ihrer Gegenwart war Johnson nervös und zerstreut. Er schien unglücklich, wenn sie fortging und noch viel unglücklicher, als Dick später ihren Arm nahm und sie in den Rosengarten führte, der hinter dem Haus lag.

»Ich weiß nicht, was dieser Mensch hier zu suchen hat«, sagte Ray wild, als die beiden verschwunden waren. »Er gehört nicht zu unserer Klasse, und er haßt mich.«

»Ich kann mir nicht denken, daß er Sie haßt, Ray«, sagte Johnson und erwachte aus seinem unglücklichen Brüten. »Er ist doch ein liebenswürdiger Mensch.«

»Unsinn!« sagte der andere verächtlich. »Er ist ein Snob. Er ist vor allem ein Polizeimann, und ich hasse diese Spitzel. Sie können mir glauben, daß er sich hoch erhaben über das dünkt. Aber ich bin ebensoviel wie er, und ich wette, daß ich viel mehr Geld verdiene als er.«

»Geld ist nicht alles«, sagte Johnson mürrisch. »Mit welcher Arbeit sind Sie denn jetzt eigentlich beschäftigt, Ray?«

»Das kann ich Ihnen nicht sagen«, antwortete Ray geheimnisvoll. »Ich konnte es auch Ella nicht sagen, obgleich sie stundenlange Verhöre mit mir angestellt hat. Es gibt eben Geheimnisse, über die man als Geschäftsmann nicht sprechen kann.«

Herr Johnson schwieg. Er dachte an Ella.

In der Abgeschlossenheit des Rosengartens erzählte Ella Gordon von ihren Befürchtungen.

»Ich fühle, daß Vater alles erraten hat. Er war fast die ganze letzte Nacht aus. Ich blieb wach, bis er zurückkam, und er war entsetzlich blaß. Er hat mir erzählt, daß er die ganze Zeit umhergewandert ist, und nach dem Schmutz auf seinen Stiefeln zu schließen, muß es wohl wahr sein.«

»Wenn ich auch nur wenig über Herrn Bennett weiß«, sagte Dick, »so glaube ich doch nicht, daß er der Mann ist, der schweigend dulden würde, wo es sich um Ihren Bruder handelt. Ich könnte mir eher einen höchst unliebsamen Auftritt vorstellen. – Warum ist Ihr Bruder so unfreundlich gegen mich?«

Sie schüttelte den Kopf. »Ich weiß nicht. Ray ist plötzlich ganz verändert. Das neue Leben richtet ihn zugrunde. Warum hat er denn nur einen falschen Namen angenommen, wenn – wenn er einem ehrlichen Beruf nachgeht?«

Sie hatte aufgehört, ihn mit »Herr Gordon« anzusprechen. Der Kompromiß, ihn nicht bei seinem Namen zu nennen, machte Dick jubeln, denn er erkannte wohl, daß es ein Kompromiß war. Der Tag war warm und der Himmel wolkenlos. Ella servierte den Tee auf dem Rasenplatz, und sie fand in Johnson und Dick zwei eifrige Helfer. Die Haltung des Jungen blieb weiter feindlich, und nach ein paar flüchtigen Versuchen, ihn umzustimmen, gab es Dick auf. Auch die Gegenwart des Vaters, der den Nachmittag hindurch der Gesellschaft ferngeblieben war, brachte nun keine Wendung zum Bessern.

»Das Schlimmste an dem Beruf eines Staatsanwaltes ist wohl«, warf er in die mühsame Unterhaltung bei Tisch ein, »daß er diesen Beruf nie abzustreifen vermag. Vermutlich vermerken auch Sie die belanglosesten Gespräche für später in Ihrem Gedächtnis.«

Dick legte gemächlich ein dünnes Butterbrot zusammen, bevor er antwortete.

»Ich habe sicherlich ein gutes Gedächtnis. Es hilft mir auch, mich in schwierigen und unangenehmen Situationen ruhig zu verhalten.«

Plötzlich wendet Ray sich um. »Seht nur«, rief er triumphierend, »dort steht das Oberhaupt seiner Spione. Sein getreuer Elk.« Dick war verblüfft. Er hatte Elk auf einer neuen Froschspur verlassen, der jener nach dem Norden zu folgen im Begriffe war. Und nun stand Elk hier, die Hände um die Stäbe des Gartentores gelegt, das Kinn auf die Brust gesenkt und blickte über seine Augengläser hinweg traurig nach der Gruppe.

»Darf ich hereinkommen, Herr Bennett?« fragte er. Bennett nickte.

»Ich bin ganz zufällig hier in die Nähe gekommen, und es fiel mir ein, Sie zu besuchen. Guten Abend.«

»Gib Sergeant Elk deinen Stuhl«, sagte John Bennett mürrisch zu Ray.

»Inspektor!« verbesserte der Detektiv. »Es ist merkwürdig, wie viele Leute sich einbilden, daß ich Sergeant bin. Nein, danke, ich möchte lieber stehenbleiben.«

»Ihre Beförderung hat wohl eine ganze Menge von Gaunern in Angst versetzt, Elk?« spottete Ray.

»Ach ja, besonders die Amateure«, sagte Elk. »Sonst«, gestand er bescheiden, »hat die Neuigkeit keinerlei Sensation hervorgerufen, denn London ist gerade jetzt so voll wie noch nie von Geschichtenerzählern, die Millionen unter die Armen ausstreuen wollen, wenn man ihnen nur zuerst hundert Pfund leihen wollte, um ihnen sein Vertrauen zu beweisen. Es gibt auch viele lumpige Preisboxer, die von Erpressungen und Räubereien leben, und fast ebenso viele schöne junge Damen gibt es, die Spielsalons und Tanzlokale leiten.«

Rays Gesicht wurde tiefrot, und wenn Blicke töten könnten, so würden Inspektor Elks Freunde an diesem Abend wohl nur mehr im Flüsterton von ihm gesprochen haben. Aber Elk wendete seine Aufmerksamkeit nun Dick zu.

»Herr Hauptmann, ich hätte gern gewußt, ob ich nächste Woche einen Tag freibekommen könnte? Ich habe eine kleine Familienunannehmlichkeit.«

Dick, der nicht gewußt hatte, daß sein Freund überhaupt eine Familie hatte, war überrascht. »Das tut mir leid«, sagte er.

Elk seufzte. »Ja, es ist etwas sehr Schweres für mich«, sagte er. »Ich möchte es Ihnen gerne erzählen. Wollen Sie uns für einen Augenblick entschuldigen, Fräulein Bennett?«

Dick erhob sich und folgte dem Detektiv an das Tor. Und dann sagte Elk hastig und leise: »Um ein Uhr morgens ist in Lord Farmleys Haus eingebrochen worden, und die Frösche sind mit der Kopie des Vertrages auf und davon gegangen.«

Ella beobachtete verstohlen Dicks Gesicht, aber es hatte nicht den Anschein, als habe Elks Geheimnis irgendwelchen Eindruck auf ihn gemacht. Er kam langsam zum Tisch zurück.

»Ich fürchte, ich werde nun gehen müssen«, sagte er. »Elks Angelegenheiten erfordern meine Anwesenheit in der Stadt.«

Ihn traf ein Blick des Bedauerns aus Ellas Augen, der ihn für den Verlust vieler Stunden entschädigte. Sie beschleunigten Abschied und Abfahrt. Im Auto begann Elk zu erzählen.

»Lord Farmley hat das Wochenende in seinem Stadthaus verbracht. Er hat an zwei neuen Klauseln gearbeitet, die auf die privaten Vorstellungen des amerikanischen Gesandten hin eingeschaltet worden waren. Dieser hatte, wie gewöhnlich, eine beobachtende Haltung eingenommen, und es war ihm, gleichfalls wie gewöhnlich, gelungen, sich die für sein Land wünschenswerte Verbesserung einer Klausel zu sichern, die von Schiffstransporten handelte. Lord Farmley hatte das Dokument in den Safe gelegt, der ein ›Cham‹-Fabrikat der letzten Erfindung und in die Wand seines Arbeitszimmers eingebaut ist. Er hat die Stahltüren zweimal versperrt, die Alarmanlage eingeschaltet und ist dann zu Bett gegangen. Erst nach dem Mittagessen hatte er wieder Gelegenheit gehabt, den Safe zu öffnen. Allem Anschein nach waren dessen Türen nicht berührt worden. Der Minister steckte, als er nach dem Essen wieder an dem Vertrag arbeiten wollte, den Schlüssel ins Schloß und entdeckte, während er ihn umdrehte, daß die Schlüsselbärte keinen Widerstand fanden. Er berührte den Handgriff, und dieser ließ sich leicht herausziehen. Der Safe war offen, und der Vertrag fehlte.«

»Wie sind sie in das Haus gekommen?«

»Durch das Speisekammerfenster. Die Speisekammern der Haushofmeister sind gerade von einem Einbrecherarchitekten erfunden worden«, meinte Elk. »Es war eine saubere Arbeit. Die feinste, die ich seit zwanzig Jahren gesehen habe, und nur zwei Männer auf der ganzen Welt gibt es, die dergleichen machen können. Keine Fingerabdrücke, keine in den Safe gesprengten häßlichen Löcher, alles nett und wunderbar schön gemacht.«

»Ich hoffe, daß Lord Farmley ebensoviel Befriedigung über diese Handfertigkeit empfunden hat wie Sie«, antwortete Dick grimmig. Und Elk schnupfte. »Er war nicht zum Lachen aufgelegt«, sagte er. »Wenigstens nicht, als ich wegging.«

Seine Lordschaft war auch um nichts heiterer, als Elk zurückkehrte.

»Das ist doch schrecklich, schrecklich, Gordon! Wir halten

heute abend eine Kabinettssitzung über den Fall ab. Der Ministerpräsident ist nur deshalb in die Stadt zurückgekommen. Es bedeutet ja den politischen Ruin für mich.«

»Glauben Sie, daß die Frösche dafür verantwortlich gemacht werden können?« fragte Dick.

Lord Farmleys Antwort bestand darin, daß er die Tür des Safes öffnete. Auf der Innenwand war ein weißer Abdruck zu sehen, genau der gleiche Abdruck, den Elk am Türpaneel von Herrn Broads Wohnung gefunden hatte. Es war für einen Nicht-Experten fast unmöglich, zu entdecken, wie der Safe geöffnet worden war. Elk erklärte die Arbeit. Sie hatten zuerst den Handgriff herausgenommen und waren so imstande gewesen, das Schloß durch einen wirksamen Sprengstoff zu zerstören, den niemand im ganzen Haus gehört hatte.

»Sie haben einen Schalldämpfer benutzt«, meinte Elk. »Ich sage Ihnen, nur zwei Männer auf der Welt können das gemacht haben.«

»Und wer sind die?«

»Der junge Harry Lyme ist der eine. Er ist seit Jahren tot. Und Saul Morris ist der andere. Und Saul ist auch tot.«

»Da aber die Arbeit offensichtlich nicht von zwei Toten herstammt, so wäre es doch wohl ratsam, an einen Dritten zu denken«, sagte Seine Lordschaft mit verzeihlicher Erregung. Elk schüttelte langsam den Kopf.

»Es muß wohl ein Dritter sein und der Klügste der ganzen Bande«, ließ er seine Gedanken laut werden. »Ich kenne die ganze Kompanie. Wal Cormon, Georg, die Ratte, Billy Harp, Ike Velleco, Pheeny Moore, und ich möchte einen Eid leisten, daß es keiner von ihnen war. Das ist Meisterarbeit, Exzellenz. Die Arbeit eines großen Künstlers, wie wir ihr heutzutage nur selten begegnen.«

Lord Farmley, der so geduldig wie möglich dieser Rhapsodie zugehört hatte, schritt aus dem Arbeitszimmer und ließ die beiden Männer allein.

»Herr Hauptmann«, sagte Elk, als er die Tür hinter dem Lord geschlossen hatte, »wissen Sie vielleicht, wo der alte Bennett in der letzten Nacht war?« Elks Ton war leicht, aber Dick fühlte die Bedeutung der Frage, die dahinter lag, und im Augenblick wußte er, daß Ella ihm viel teurer geworden war, als er je geahnt hatte.

»Er war fast die ganze Nacht hindurch auswärts«, antwortete er. »Fräulein Bennett sagte mir, daß er am Freitag wegging. Und er ist heute morgen bei Tagesgrauen wieder zurückgekehrt. Warum fragen Sie danach?« Dick räusperte sich erwartungsvoll.

Elk entnahm seiner Tasche ein Papier, entfaltete es langsam und setzte seine Brille auf. »Ich habe von einem meiner Leute Notizen über Bennetts Abwesenheit von seinem Haus machen lassen«, sagte er. »Es war ein leichtes, denn die Frau, die jeden Morgen hingeht, um im Haushalt zu helfen, hat ein ausgezeichnetes Gedächtnis. Er ist im vergangenen Jahr fünfzehnmal ausgeblieben, und jedesmal, sooft er fortblieb, ist irgendwo ein ganz großer Einbruch verübt worden.«

Dick atmete tief. »Und was ist Ihre Meinung darüber?« fragte er.

»Ich meine«, sagte Elk entschieden, »daß, wenn Bennett für sein Wegbleiben am Samstagabend keine Erklärung findet, ich ihn verhaften lassen werde. Ich habe weder Saul Morris noch den jungen Harry Lyme kennengelernt, sie lebten, bevor ich große Arbeiten zugewiesen bekam. Aber wenn nicht alles trügt, so ist Saul Morris nicht so tot, wie er es von Rechts wegen sein sollte. Ich fahre jetzt zurück, um Bruder Bennett zu besuchen, und vielleicht werden wir ein bißchen Auferstehung spielen.«

9

John Bennett arbeitete frühmorgens in seinem Garten, als Elk erschien und sofort auf den wichtigsten Punkt zu sprechen kam. »In der Wohnung Lord Farmleys ist zwischen Samstag nacht und Sonntag morgen ein Einbruch verübt worden, dem Anschein nach zwischen zwölf und drei Uhr. Der Safe war aufgesprengt und ein wichtiges Dokument gestohlen. Ich frage Sie, ob Sie Ihr Ausbleiben von Samstag auf Sonntag rechtfertigen können?«

Bennett sah dem Detektiv gerade in die Augen. »Ich kam aus

der Stadt. Um zwei Uhr sprach ich mit einem Polizisten in Dorking. Um Mitternacht war ich in Kingsbridge, wo ich wieder mit einem Polizisten sprach. Der Mann in Dorking ist Amateurfotograf wie ich selbst.«

Elk überlegte. »Mein Auto ist hier, möchten Sie vielleicht mit mir kommen und mit den beiden sprechen?« schlug er vor. Und zu seiner Überraschung war Bennett sofort damit einverstanden. In Dorking entdeckten sie ihren Mann. Er wollte gerade aus dem Dienst gehen.

»Ja freilich, Herr Inspektor, ich erinnere mich genau, mit Herrn Bennett gesprochen zu haben. Wir haben über Tierfotos diskutiert.«

»Wissen Sie genau, um welche Zeit es war?«

»Absolut genau! Um zwei Uhr visitiert mich der Patrouillensergeant, und er kam gerade herauf, als wir miteinander plauderten.«

Der Patrouillensergeant, den Elk aus dem Morgenschlaf weckte, bestätigte die Aussage. Das Resultat der Nachforschung in Kingsbridge war das gleiche. Elk ließ das Auto nach Horsham zurückfahren.

»Ich entschuldige mich nicht bei Ihnen, Herr Bennett«, sagte er. »Sie kennen meine Arbeit genug, um meine Stellung zu würdigen.«

»Ich beklage mich nicht«, sagte Bennett mürrisch. »Pflicht ist Pflicht. Aber ich habe doch das Recht zu erfahren, warum Sie von allen Menschen in der Welt gerade mich verdächtigen?« Elk brachte das Auto zum Halten.

»Gehen wir auf der Straße weiter«, sagte er. »Ich kann so besser reden.«

Sie stiegen aus und gingen eine Weile, ohne zu sprechen.

»Bennett, Sie stehen aus zwei Gründen unter Verdacht. Sie sind ein geheimnisvoller Mann, denn niemand weiß, womit Sie Ihren Lebensunterhalt verdienen. Sie haben kein eigenes Einkommen. Sie haben keine Beschäftigung, und in ungleichen Zwischenräumen verschwinden Sie vom Hause, und niemand weiß, wohin Sie gehen. Wären Sie ein jüngerer Mann, so würde ich Sie verdächtigen, daß Sie ein Doppelleben im gewöhnlichen Sinn führen. Aber Sie sind nicht von dieser Art. Das ist der verdächtige Umstand Nummer eins. Nummer zwei ist folgendes: Sooft Sie verschwinden, geschieht irgendwo ein großer Einbruch, und ich bin der Meinung, daß es Froscheinbrüche sind. Ich will Ihnen meine Theorie klarlegen. Die Frösche sind doch gewöhnlich letzte Klasse. Es ist nicht genug Hirn in der ganzen Bande, um eine mittelgroße Nuß auszufüllen. Aber ich garantiere Ihnen, höher oben sitzen die Gescheiten. Dazu gehören aber nicht die regulären Kerle, die von Verbrechen leben. Solche Jungen haben keine Zeit für so etwas. Sie machen den Plan und führen ihn aus, oder sie werden erwischt. Wenn sie eine Beute machen, so teilen sie sie. Und sitzen dann in Cafés mit Mädels herum, bis alles zerronnen ist und sie wieder von neuem anfangen müssen. Aber die Frösche unterhalten sicher gern ein paar gute Leute, die außerhalb der Organisation stehen und Extradienste leisten.«

»Und Sie meinen, ich wäre einer von diesen guten Leuten?«

»Genau das habe ich gemeint. Der Einbruch im Haus des Lord Farmley ist von einem Experten ausgeführt worden. – Es sieht ganz nach Saul Morris aus.«

Elks scharfe Augen durchforschten Bennetts Gesicht, aber kein Zucken verriet dessen Gedanken.

»Ich erinnere mich an Saul Morris«, sagte Bennett langsam. »Ich habe ihn nie gesehen, aber von ihm gehört. Sah er mir ähnlich?«

Elk schürzte die Lippen, und sein Kinn sank auf die Brust herab. »Wenn Sie überhaupt etwas über Saul Morris wissen«, sagte er langsam, »so wissen Sie auch, daß er niemals der Polizei in die Hände geraten ist, daß ihn niemals jemand gesehen hat, außer seiner eigenen Bande, und ihn also niemand je wiedererkennen kann.«

Es herrschte ein langes Schweigen. Auf ihrem Weg zum Auto sprach Bennett wieder.

»Ich trage Ihnen nichts nach, meine Handlungsweise ist verdächtig. Aber ich habe guten Grund dafür. Was die Einbrüche betrifft, so weiß ich nichts darüber. Das würde ich zwar auf jeden Fall sagen, ob ich es nun wüßte oder nicht. Ich bitte Sie nur, meiner Tochter nichts von dieser Angelegenheit zu sagen.«

Ella stand an der Gartentür, als das Auto herankam, und bei Elks Anblick schwand das Lächeln von ihrem Gesicht. Elk fühlte instinktiv, daß der Gedanke an ihren Bruder und die Schwierigkeiten, in die jener geraten sein mochte, den Grund ihrer Befürchtungen bildeten.

»Herr Elk ist herübergekommen, um ein paar Fragen wegen des Überfalls auf Herrn Gordon zu stellen«, sagte ihr Vater kurz. Elk dachte, daß er ein schlechter Lügner sei.

Sowie sie allein waren, fragte Ella ihn: »Ist etwas nicht in Ordnung, Herr Elk?«

»Nicht im geringsten, Fräulein. Ich bin nur hierhergekommen, um mein Gedächtnis aufzufrischen. Ist Ihr Bruder wieder in der Stadt?«

»Er ist gestern abend zurückgefahren«, sagte sie und fügte fast trotzig hinzu: »Er ist jetzt wirklich in einer sehr guten Stellung.«

»Das habe ich schon mehrfach gehört«, sagte Elk. »Ich hoffe nur, daß er nicht in demselben Geschäft arbeitet wie die andern, die mit ihm sind. Aber Sie können ganz ruhig sein, ich lasse ihn nicht aus den Augen, Fräulein Bennett«, sagte er.

Am Abend gestand der Detektiv Dick in höchster Niedergeschlagenheit seinen Irrtum. »Ich weiß nicht, wieso ich auf Bennett verfiel«, sagte er. »Mir scheint, meine Jugendeseleien beginnen wieder. Ich sehe, daß die Abendzeitungen den Diebstahl schon gebracht haben.«

»Aber sie wissen nicht, was gestohlen wurde«, sagte Dick. »Das muß geheimgehalten werden.«

Sie befanden sich im inneren Büro, das Dick nur zeitweilig benützte. In seinem nebenanliegenden Arbeitsraum waren zwei Tischler beschäftigt. Sie erneuerten die Wandtäfelung, die bei dem Attentat auf Dick von der durchs Fenster eindringenden Kugel beschädigt worden war. Es war symptomatisch für die Wirkung, die die Frösche auf die Polizeidirektion ausübten, daß beide Männer mechanisch nach einer Tätowierung auf dem linken Arm der Arbeiter ausgespäht hatten. Der Anblick des beschädigten Paneels brachte Elks Gedanken auf einen Vorfall, der ihn schon lange beschäftigte. Trotz der steten Beobachtung, unter der der Landstreicher Carlo gestanden hatte, und trotz aller angewandten Vorsichtsmaßregeln war er verschwunden, und den gemeinsamen Anstrengungen der Polizeidirektion und der Landpolizei war es nicht gelungen, seine Identität festzustellen. Das war Gordons wunder Punkt, wie Elk mit Recht äußerte. Denn Carlo schien die berühmte Nummer Sieben zu sein, nach dem Frosch selbst der wichtigste Mann der Organisation.

»Es nützt nicht viel, wenn wir einen anderen Mann hinausschicken, um Genters Rolle weiterzuspielen. Das System funktioniert nicht zweimal. Ob wohl Lola etwas darüber wüßte?«

»Ich glaube nicht, daß die Frösche einer Frau trauen«, sagte Dick.

Sie verbrachten den Rest des Tages mit fruchtlosen Untersuchungen. In sein Zimmer in der Polizeidirektion zurückgekehrt, saß Elk lange reglos und zusammengekauert in einem Sessel, die Hände in den Hosentaschen vergraben, geistesabwesend auf seinen Schreibblock starrend. Dann rief er seinen Assistenten Balder herein.

»Gehen Sie zum statistischen Büro und bringen Sie mir alles über jeden Safeeinbrecher, der im Land bekannt ist. Sie brauchen sich nicht um die französischen oder deutschen zu kümmern, aber es gibt ein oder zwei Schweden, die höchst geschickt mit der Lampe umgehen können. Und dann sind natürlich noch die Amerikaner da.«

Nach einer langen Pause kam Balder mit einem beträchtlichen Stoß von Papieren, Fotografien und Fingerabdrücken wieder.

»Sie können gehen, Balder. Der Mann, der den Nachtdienst hat, kann das wieder zurücktragen.«

Elk machte es sich bei seiner angenehmen Nachtlektüre gemütlich. Er hatte fast den ganzen Stoß durchgeprüft, als er auf das Bild eines jungen Mannes mit herabfallendem Schnurrbart und lockigem Haar stieß. Es war eine jener scharfen Aufnahmen, wie sie die unromantischen Polizeibeamten aufnehmen, und zeigte jegliche Unebenheit der Haut. Unter der Fotografie war der Name sorgfältig gedruckt: »Henry John Lyme R. V.«

»R. V.« war der Gefängniskodex. Jedes Jahr von 1894 bis 1919 war mit einem Großbuchstaben des Alphabets bezeichnet.

Dann kamen die Kleinbuchstaben. Das große R bedeutete, daß Henry John Lyme im Jahre 1911 zu Zuchthaus verurteilt worden war, das V, daß er eine weitere Zeit im Jahre 1915 im Gefängnis verbracht hatte. Elk las den schrecklichen und kurzen Bericht.

Im Jahre 1893 in Guernsey geboren, war der Mann sechsmal verurteilt worden, bevor er noch sein zwanzigstes Jahr vollendet hatte. Die geringeren Haftjahre werden nicht mit Buchstaben im Kodex bezeichnet. In dem Raum am Fuß des Abschnittes, wo besondere Einzelheiten des Verbrechers angemerkt werden, standen die Worte: »Gefährlich, führt Schießwaffen mit sich.« In einer anderen Schrift und mit roter Tinte, mit der man gewöhnlich die Karriere eines Verbrechers abschließt, stand darunter: »Zur See gestorben, CHANNEL QUEEN, 1. Februar 1918.« Elk erinnerte sich an den Schiffbruch des Guernsey-Postpaketbootes auf den Black Rocks. Er wendete die Seite um, um Genaueres über die Verbrechen des Toten zu lesen und die Erklärungen derjenigen, die zeitweilig in amtlichem Verkehr mit ihm standen. In diesen Abschnitten war die wahre Biographie zu lesen. »Arbeitet allein«, war die eine Anmerkung. Und dann: »Ist nie mit Frauen gesehen worden.« Eine dritte Anmerkung war schwer zu entziffern, aber als Elk die schlechte Schrift gemeistert hatte, erhob er sich in seiner Aufregung halb vom Sessel: »Zu den körperlichen Kennzeichen im allgemeinen hinzuzufügen: D. C. P. 14 Frosch tätowiert linkes Gelenk, neu I. I. M.«

Das Datum, an dem dies geschrieben war, war das der letzten Haft des Verbrechers. Elk drehte das Gedruckte D. C. P. 14 um und fand, daß es ein Formular war, betitelt: »Beschreibung des Häftlings.« Die Zahl war die Klassifikation. Von tätowierten Fröschen war nichts erwähnt. Der Schreiber war nachlässig gewesen. Wort für Wort las er die Beschreibung.

»Harry John Lyme, a. Jung Harry, a. Thomas Martin, a. Boy Piece, a. Boy Harry. (Es standen da fünf Zeilen solcher »Alias«.) Einbrecher, gefährlich, trägt Schußwaffen, Höhe fünf Fuß, sechs Zoll, Brustumfang 38. Teint frisch. Augen grau. Zähne gut. Mund regelmäßig. Grübchen im Kinn. Nase gerade. Haare braun, wellig, sehr lang. Gesicht rund. Schnurrbart herabfallend, trägt Koteletten. Hände und Füße normal, am linken Fuß das erste Glied der kleinen Zehe infolge eines Unfalls amputiert, königliches Gefängnis Portland. Spricht gut, schöne Handschrift, keinerlei Steckenpferd. Raucht Zigaretten, gibt sich für einen öffentlichen Beamten aus. Steuereinnehmer, Sanitätsinspektor, Gasmann oder Installateur. Sprich fließend Französisch und Italienisch. Trinkt nie, spielt Karten, ist aber kein Spieler. Lieblingsverstecke Rom oder Mailand. Keine Verurteilungen außer Landes. Keine Verwandten. Ausgezeichneter Organisator. Unmittelbar nach einem Verbrechen suche man ihn in einem guten Hotel in Mittelengland oder auf dem Weg nach Hull zu holländischen oder skandinavischen Schiffen. Man weiß, daß er Guernsey besucht hat . . .«

Hierauf folgten nur noch die genauen Maße und körperlichen Merkmale, denn es war in den Tagen, bevor das Fingerabdrucksystem eingeführt worden war. Des Frosches auf dem linken Handgelenk ward keinerlei Erwähnung mehr getan. Elk tauchte die Feder ein und fügte die fehlenden Daten hinzu. Dann schrieb er: »Dieser Mann mag noch am Leben sein«, und unterzeichnete dies mit seinen Initialen.

10

Als Elk dies gerade schrieb, surrte das Telefon. Er beendete jedoch ruhig seine Eintragung und löschte sie ab, bevor er den Hörer aufnahm.

»Hauptmann Gordon wünscht, Sie möchten das erste Taxi nehmen, das Sie finden und zu ihm kommen! Die Angelegenheit ist äußerst dringend. Ich spreche von Harley Terrace«, sagte die Stimme.

»Es ist gut«, antwortete Elk, nahm Hut und Schirm und ging in den dunklen Hof hinaus. Es gab zwei Ausgänge in Scotland Yard. Der eine führte nach Whitehall und war sicherlich der bessere Weg für ihn, denn in Whitehall stehen Wagen an Wagen. Der andere Ausgang geht nach dem Themse-Embankment, auf eine Durchgangsstraße, und ist der weitaus längere Weg, auf dem er zur vorgerückten Nachtstunde nur wenige Autos zu finden erwarten konnte.

Aber Elk war so ganz von seinen Gedanken erfüllt, daß er auf dem Embankment war, bevor er gewahr wurde, welchen Weg er genommen hatte. Er wendete sich gegen das Parlament in der Bridgestraße, fand einen alten Wagen und gab die Adresse an. Der Chaffeur war bejahrt und vermutlich ein wenig angeheitert, denn anstatt vor Nummer 273 stehenzubleiben, überfuhr er die Nummer um etwa ein Dutzend Häuser und hielt erst nach furchtbaren Drohungen seines Fahrgastes an.

»Was ist denn mit dir los, Vater Noah? Das ist ja nicht der Berg Ararat?« schalt Elk auf ihn ein. »Du bist ja besoffen, du armer Fisch.«

»Ich wollte, ich wär's«, murmelte der Chauffeur und streckte die Hand hin, um sein Fahrgeld zu empfangen. Elk hätte sicherlich den Fall des breiteren diskutiert, wäre Gordons Aufforderung nicht allzu dringlich gewesen. Er wartete, bis der Chauffeur seine vielen Überröcke aufgeknöpft hatte, um ihm auf die große Geldnote herauszugeben, und blickte indessen gewohnheitsmäßig die Straße entlang. Ein Auto, dessen vordere Lampen so weit als möglich abgeblendet waren, stand vor Dick Gordons Haus. Das wäre nun nicht allzu merkwürdig gewesen. Die zwei Männer, die auf dem Gehsteig warteten, waren es jedoch um so mehr. Sie standen mit dem Rücken gegen das Gitter gelehnt, je einer zu jeder Seite des Tores. Elk trat einen Schritt zurück und faßte den gegenüberliegenden Gehsteig ins Auge. Auch dort standen zwei Männer, die der Nummer 273 gegenüber müßig warteten. Elks eigenes Taxi war vor dem Haus eines Arztes stehengeblieben, und der Detektiv nahm sich nicht lange Zeit, seinen Entschluß zu fassen.

»Warten Sie, bis ich wiederkomme!«

Glücklicherweise war der Arzt zu Hause, und Elk gab sich ihm zu erkennen. In wenigen Sekunden war er mit der Polizeistation Mary Lane verbunden.

»Hier spricht Elk, Zentralamt«, sagt er rasch und gab seine Codenummer an. »Senden Sie jeden Mann, den Sie zur Verfügung haben, nördlich und südlich von Harley Terrace Nummer

273 aus. Lassen Sie alle Wagen in dem Moment, in dem Sie mein Signal – zwei lange und zwei kurze Lichtzeichen – bekommen, stoppen. In welcher Zeit können Ihre Leute hier sein?«

»In fünf Minuten, Herr Elk. Die Nachtablösung zieht gerade auf, und ich habe ein paar Lastautos hier. Die Fahrer sind soeben wegen Trunkenheit arretiert worden.«

Elk legte den Hörer auf und ging in die Halle zurück.

»Es ist doch nichts geschehen?« fragte der aufgeregte Doktor.

Elk nahm die Pistole aus dem Futteral und lud sie durch.

»Ich hoffe doch«, sagte Elk. »Denn wenn ich die Abteilung nur herauskommandiert habe, weil ein paar unschuldige Lümmel am Gitter von Harley Terrace lehnen, so können sich die größten Unannehmlichkeiten für mich ergeben.«

Er wartete fünf Minuten, öffnete das Tor und trat hinaus. Die Männer standen noch immer dort. Im gleichen Augenblick ratterten zwei riesige Lastautos von beiden Seiten in die Straße herein und blieben ihrer ganzen Breitseite nach in der Mitte stehen. Elks Taschenlampe spielte nach links und nach rechts, und er sprang vor. Nun sah er, daß sein Verdacht gerechtfertigt gewesen war. Die Männer vom gegenüberliegenden Gehsteig kamen über die Straße gelaufen und sprangen auf das Trittbrett des Autos mit den abgeblendeten Lichtern, das sich sofort in Bewegung setzte. Gleichzeitig waren auch die Männer, die den Eingang von Nr. 273 bewacht hatten, in ihren Wagen gesprungen. Aber die Flüchtlinge kamen zu spät. Der Wagen wendete, um dem blockierenden Lastauto zu entgehen, gerade als dieses rückwärts fuhr. Es gab einen Krach, ein Klirren von brechendem Glas, und noch ehe Elk herankam, waren die fünf Insassen des Wagens schon in den Händen der uniformierten Polizei, die die Straße hinaufstürmten. Die Gefangenen nahmen ihre Arretierung ohne Widerstand hin. Einem, dem Chauffeur, der unauffällig seinen Revolver fortzuwerfen suchte, wurden Handschellen angelegt. Auf der Polizeistation besah sich Elk seine Gefangenen des näheren. Vier waren schöne Exemplare der Gattung Landstreicher und recht unbeholfen in ihren neuen, fertiggekauften Anzügen. Der fünfte, der einen russischen Namen angab, war ein kleiner Mann mit scharfen Augen.

»Zeigt eure Arme her!« kommandierte Elk.

»Machen Sie sich keine Mühe, Elk«, sagte der kleine Chauffeur, der sichtlich der Anführer war. »Wir Jungens sind alle gute Frösche.«

»Gute Frösche gibt es nicht. Es gibt nur schlechte Frösche, noch schlechtere Frösche und den schlechtesten Frosch. Führen Sie die Leute in ihre Zellen, Sergeant, und halten Sie sie getrennt. Den Litnow nehme ich mit in die Direktion.«

Der Chauffeur sah unruhig von Elk auf den Stationssergeanten. »Was soll das Ganze?« fragte er. »Sie dürfen den dritten Grad in England nicht anwenden.«

»Das Gesetz ist jüngst geändert worden«, sagte Elk und ließ die Handschellen auf des Mannes Gelenken nochmals einschnappen.

Der kleine Russe sprach in der Polizeidirektion den ganzen nächsten Tag mit sich selber, und als er in Elks Büro geführt wurde, war er bereit, seine Aussage zu machen.

Elk kehrte nach Harley Terrace zurück und erzählte Dick seine Geschichte.

»Ich hätte mir nicht träumen lassen, daß es ein Komplott war, ehe ich nicht die Burschen entdeckt hatte, die auf mich warteten«, sagte Elk. »Natürlich haben Sie nicht telefoniert. Und die Frösche haben mich angeführt. Es war ein feines Stück Arbeit und ihrer ganz würdig. Sie vermuteten, daß ich die Polizeidirektion beim Whitehall-Ausgang verlassen würde und ließen ein Auto dort auf mich warten, aber für den Fall, daß man mich auf diesem Weg verfehlte, beauftragten sie eine illustre kleine Gesellschaft, mich in Harley Terrace zu empfangen.«

»Wer war es, der ihnen den Befehl erteilt hat?«

Elk zuckte die Achseln. »Ein Herr Niemand! Litnow bekam seinen Brief durch die Post. Er gab ihm das Rendezvous an und war mit ›7‹ unterzeichnet, und das war alles. Er sagt aus, er hätte nie einen Frosch gesehen, seit er eingeweiht worden ist. Wo er den Eid geleistet hat, weiß er nicht. Das Auto gehört den Fröschen, und er bekommt so und soviel in der Woche, um es in Ordnung zu halten. Für gewöhnlich wird er im Herons-Klub verwendet, wo er ein Lastauto fährt. Er sagt mir, daß noch zwanzig andere solcher Wagen in London versteckt sind, die in den verschiedenen Garagen stehen, jeder mit seinem eigenen Chauffeur, der einmal in der Woche hinkommt, um es zu reinigen.«

»Herons-Klub, das ist das Tanzlokal, an dem Lola und Lew Brady beteiligt sind«, sagte Dick gedankenvoll.

Elk dachte nach. »Das ist mir noch gar nicht eingefallen. Freilich muß das noch nicht bedeuten, daß die Direktion vom Herons-Klub irgend etwas über Litnows Abendbeschäftigung wissen muß. Ich werde mir das Lokal ansehen.«

Die Mühe wurde ihm erspart, denn als er am nächsten Morgen in sein Büro kam, fand er einen Herrn vor, der ihn zu sprechen wünschte.

»Mein Name ist Hagn. Ich bin Direktor des Herons-Klubs«, stellte er sich vor. »Wie ich höre, ist einer meiner Leute in Schwierigkeiten geraten.«

Hagn war ein großer, hübscher Schwede und sprach ohne die Spur eines fremden Akzents.

»Wieso haben Sie das erfahren, Herr Hagn?« fragte Elk, der Verdacht schöpfte. »Der Mann ist seit gestern abend hinter Schloß und Riegel und hatte mit niemandem Verbindung.«

Hagn lächelte. »Man kann doch wohl nicht jemand arretieren und ihn in Gewahrsam bringen, ohne daß die Welt hiervon erfährt«, sagte er. »Einer meiner Kellner sah, wie Litnow mit Handschellen nach Mary Lane gebracht wurde, und da sich Litnow heute morgen nicht zur Arbeit gemeldet hat, konnte man nur den einen Schluß ziehen. Was hat er angestellt, Herr Inspektor?«

»Ich kann Ihnen leider keine Auskunft über die Sache geben.«

»Kann ich ihn sprechen?«

»Auch das nicht«, sagte Elk. »Er hat aber gut geschlafen und schickt allen seinen lieben Freunden viele Grüße.«

Herr Hagn schien sehr beunruhigt. »Wäre es vielleicht möglich, herauszubekommen, wo er den Kohlenkellerschlüssel hingelegt hat?« drang er weiter. »Das ist nämlich sehr wichtig für mich, denn der Mann hat ihn für gewöhnlich in Verwahrung.« Der Detektiv zögerte.

»Ich kann ihn danach fragen«, sagte er. Er ließ Hagn unter den beobachtenden Augen eines Schreibers zurück und überquerte den Hof, wo die Zellen lagen. Litnow erhob sich von seiner Pritsche, als die Zellentür geöffnet wurde.

»Ein Freund von Ihnen hat mich besucht«, sagte Elk. »Er möchte wissen, wo Sie den Schlüssel des Kohlenkellers hingegeben haben?«

Nur ein leises, verständnisvolles Aufblitzen kam in die Augen des kleinen Mannes, aber es entging Elk nicht.

»Sagen Sie ihm, daß ich glaube, ihn bei dem Mann in Wandsworth gelassen zu haben«, sagte er.

»Mhm!« sagte Elk und ging zu dem wartenden Hagn zurück. »Er sagte, er hätte ihn auf der Petonville-Straße gelassen«, sagte Elk, nicht ganz der Wahrheit entsprechend. Aber Herr Hagn verabschiedete sich höchst befriedigt.

Elk ging zu den Zellen zurück und rief den Gefängniswärter. »Hat Sie dieser Mann gefragt, wohin er von hier aus gebracht wird?«

»Ja, Herr Inspektor«, sagte der Beamte. »Ich habe ihm gesagt, daß er nach Wandsworth kommt. Wir sagen gewöhnlich den Gefangenen, wohin sie kommen, damit sie ihre Verwandten benachrichtigen können.«

Elk war von Triumph geschwellt. Eine Telefonanfrage nach Mary Lane, wo der Rest der Bande gefangengehalten wurde, brachte die merkwürdige Information zutage, daß eine Frau, vermutlich die Frau eines dieser Leute, heute nach dem fehlenden Schlüssel vom Kohlenkeller gefragt hatte. Der Bescheid sei gewesen, daß ihn der Mann in Brixton besitze.

»Die Männer müssen nach dem Wormwood-Scrubbs-Gefängnis gebracht werden, und es ist nicht erlaubt, ihnen mitzuteilen, wohin sie gehen«, befahl Elk.

Am gleichen Nachmittag fuhr ein Gefangenenwagen von Cannon Row nach Whitehall. Unterwegs stieß ein Lastwagen mit ihm zusammen, zertrümmerte die eine Seite und riß ein Rad ab. Sofort kamen überall Leute von merkwürdigstem Aussehen herbei.

Die Tür wurde aufgedrückt und der Gefängniswärter herausgeholt. Bevor ihm aber ein Haar gekrümmt werden konnte, entströmten dem Wagen zwanzig Polizisten, und aus den Seitengassen kam ungefähr ebensoviel berittene Polizei mit Knüppeln in den Händen. Der Kampf währte weniger als drei Minuten. Einige der wild aussehenden Individuen konnten entwischen, aber die Mehrzahl marschierte zu zwei und zwei gefesselt und ziemlich niedergedrückt zwischen ihrer Eskorte ab. Dick Gordon, der stolz auf seine Organisation war, beobachtete die Schlacht vom Dach eines mit Polizisten vollgestopften Omnibusses aus, der den Gefängniswagen flankiert hatte. Er kam zu Elk, nachdem der Rummel vorüber war.

»Haben Sie jemand Wichtigen arretiert?« fragte er.

»Es ist zu früh, das beurteilen zu können. Sie schauen mir alle zusammen nur nach gewöhnlichen Kaulquappen aus. Litnow ist vermutlich schon in Wandsworth. Ich schickte ihn in einem geschlossenen Polizeiauto fort, lange bevor dieser Wagen abfuhr.«

In Scotland Yard angekommen, ließ er die Frösche in Doppelreihen aufmarschieren. Man prüfte einen nach dem anderen, und bei jedem kam die Tätowierung auf dem Handgelenk zum Vorschein.

»Einer der Leute möchte mit Ihnen sprechen, Herr Inspektor«, meldete ein Polizist. Elk tauschte einen Blick mit seinem Chef aus.

»Sprechen Sie mit ihm«, sagte Dick. »Wir können leider auf keine Information verzichten.«

Der Polizist führte den Frosch vor. Ein großer Mann mit einem Bart, der eine Woche alt war, ärmlich gekleidet und rußig. Sein zerbeulter Hut war tief in die Augen gezogen, und aus den Ärmeln seiner Jacke, die einem kleineren Mann gehört haben mochte, sah man seine mächtigen Fäuste hervorkommen.

»Nun, Frosch«, sagte Elk, ihn fixierend, »was hast du zu quaken?«

»Quaken ist hübsch«, sagte der Mann, und beim Ton der Stimme fuhr Elk auf. »Herr Inspektor, Sie glauben doch nicht, daß Ihr alter Polizeiwagen jemals Wandsworth erreichen wird?«

»Wer sind Sie?« fragte Elk und starrte ihn an.

»Die Leute wollen den Litnow zurück, sie wollen ihn um die Ecke bringen«, sagte der Frosch. »Und wenn dieser arme Narr glaubt, daß der alte Frosch einzig aus brüderlicher Liebe sich dieser großen Mühe unterzieht, so hat er sich noch nie im Leben so sehr geirrt.«

»Broad!«

Der Amerikaner befeuchtete seinen Finger und wischte das Froschzeichen vom Handgelenk. »Ich werde es Ihnen später erklären, Herr Elk, aber nehmen Sie jetzt den guten Rat eines Freundes an und rufen Sie Wandsworth an.«

Elks Telefon läutete wütend, als er sein Büro erreichte. Die Wandsworth-Station rief ihn an.

»Ihr Polizeiauto ist auf der Gemeindewiese aufgehalten worden, zwei Ihrer Leute wurden verwundet, der Gefangene wurde erschossen«, lautete der Bericht.

11

Dick Gordon und sein Assistent erreichten Wandsworth zehn Minuten, nachdem ihnen die Neuigkeit zugekommen war, und fanden das Wrack eines Polizeiautos von einer großen Menschenmenge umgeben, die von Polizei in Schach gehalten wurde.

Litnows Leichnam war nach dem Gefangenenhaus überführt worden, wohin man auch einen seiner Angreifer gebracht hatte, einen Mann, der von einer Abteilung von Gefängniswärtern festgenommen worden war, als sie gerade von ihrer Mittagspause zurückkehrte. Eine kurze Untersuchung des Toten sagte Dick nicht mehr, als er ohnehin wußte. Das Herz war durchschossen, und der Tod mußte sofort eingetreten sein.

Der neue Gefangene, der gebracht wurde, war ein Mann von ungefähr dreißig Jahren und gebildeter als der Durchschnitt der Frösche. Es wurden keine Waffen bei ihm gefunden, und er beteuerte, an dem Komplott in keiner Weise beteiligt gewesen zu sein. Er behauptete, er sei ein arbeitsloser Beamter, der gerade über die Wiese schlenderte, als das Scharmützel begann. Er sei unschuldig arretiert worden, während er den Mörder verfolgte.

»Frosch, du bist ein toter Mann!« sagte Elk mit seiner tiefsten Grabesstimme und sah ihn über den Stahlrand seiner Brille hinweg an. »Wo hast du gewohnt, als du noch am Leben warst?« Der Gefangene gestand, daß er im Norden Londons zu Hause sei. »Nord-Londoner kommen nicht nach Wandsworth, um auf der Gemeindewiese spazierenzugehen«, sagte Elk.

Er hatte eine kurze Unterredung mit dem Obergefangenenaufseher und führte den Arrestanten in den Hofraum hinunter.

Elk blickte um sich. Der Hof war ein kleines, steingepflastertes Viereck, von hohen verblaßten Mauern umgeben. In einer Ecke stand ein kleiner Schuppen mit grauen Schiebetüren.

»Komm hier herein!« sagte Elk. Er nahm den Schlüssel, den der Oberaufseher ihm gegeben hatte, schloß die Türen auf und schob sie auseinander. Man sah in ein reines kahles Gelaß mit weißgestrichenen Wänden. Quer über die Decke liefen zwei starke Balken, und zwischen denselben drei stählerne Stangen hin. Der Gefangene runzelte die Stirn, als Elk zu einem langen Stahlhebel trat.

»Gib acht, Frosch!« sagte er und zog an dem Hebel. Die Mitte des Bodens öffnete sich mit einem Krach, und man sah in eine tiefe, mit Ziegeln ausgelegte Grube hinab.

»Sieh dir die Falltür an. Siehst du das T, das mit Kreide gezeichnet ist? Dort muß der Mann seine Füße hinstellen, wenn der Henker ihm die Beine zusammenbindet. Das Seil hängt von dem Balken dort herunter.«

Des Mannes Gesicht wurde fahl, und er schreckte zurück. »Sie können mich nicht hängen«, keuchte er. »Ich habe nichts getan!«

»Sie haben einen Menschen getötet«, sagte Elk, trat hinaus und versperrte die Tür hinter ihnen. »Sie sind der einzige, den wir gefangen haben, und Sie werden für die übrige Bande büßen müssen.«

Der Gefangene hob seine zitternde Hand zu den Lippen. »Ich werde Ihnen alles sagen, was ich weiß«, sagte er heiser.

Eine Stunde später fuhr Dick mit beträchtlichen Informationen bereichert in die Polizeidirektion zurück. Seine erste Tat war, nach Joshua Broad zu schicken, und der Vagabund kam fröhlich und zum Reden aufgelegt herauf.

»Nun, Herr Broad, lassen Sie uns Ihre Geschichte hören«, sagte Dick und hieß den andern Platz nehmen.

»Viel ist ja nicht zu vermelden«, meinte Broad. »Seit einer Woche bin ich mit den Fröschen näher bekannt. Ich hielt es für höchst unwahrscheinlich, daß sie sich untereinander nicht kennen sollen und blieb gleich an dem ersten hängen, den ich fand. Ich traf ihn in einem Logierhaus in Deptford. Ich hörte heute, daß ein höchst eiliger Aufruf für ein großes Unternehmen ergangen sei, und schloß mich an. Auf dem Weg nach Scotland Yard hat man mir erzählt, daß eine Gruppe beordert worden sei, Litnow, der nach Wandsworth fuhr, abzupassen.«

»Haben Sie einen von den Großen gesehen?« Broad schüttelte den Kopf.

»Sie haben alle gleich ausgesehen. Aber es waren unzweifelhaft zwei oder drei von den Hauptanführern mit im Dienst. Ich habe nie daran geglaubt, daß man Litnow retten würde. Die Frösche wußten, daß er alles gestanden hatte, und er mußte büßen. Das heißt – sie haben ihn ja wohl umgebracht?«

»Ja«, nickte Dick. »Aber sagen Sie mir – warum nehmen Sie selber solch ein Interesse an den Fröschen?«

»Bloß aus reiner Abenteuerlust«, antwortete Broad. »Ich bin ein reicher Mann, habe nichts zu tun und interessiere mich unendlich für Kriminalfälle. Vor ein paar Jahren hörte ich zum ersten Male von den Fröschen, sie reizten meine Phantasie, und damals nahm ich mir vor, ihnen auf die Spur zu kommen.«

»Ich möchte nur noch wissen, wieso es geschah, daß Sie ein reicher Mann wurden?« fragte Dick. »Im vorletzten Kriegsjahr sind Sie mit einem Viehtransport nach England gekommen und hatten ungefähr zwanzig Dollar in der Tasche. Sie selbst haben es Elk erzählt, daß Sie auf diese Weise ankamen, und haben damit die Wahrheit gesprochen. Ich interessiere mich fast ebenso für Sie, wie Sie sich für die Frösche interessieren. Und ich habe einige Erkundigungen eingezogen. Sie kamen 1917 nach England und verließen Ihr Schiff. Im Mai 1917 verhandelten Sie wegen des Kaufes einer alten baufälligen Bude in der Nähe von Hampshire. Dort wohnten Sie, indem Sie die elende Hütte zusammenflickten, und lebten, soviel ich erforschen konnte, von den paar Dollars, die Sie mitgebracht hatten. Plötzlich waren Sie verschwunden und sind erst in Paris am Weihnachtsabend desselben Jahres wieder aufgetaucht. Sie waren es anscheinend, der eine Familie gerettet hat, die anläßlich eines Luftangriffes in ihrem Haus verschüttet wurde, und Ihr Name wurde von der Polizei notiert, damit Ihnen eine Belohnung ausgezahlt werden konnte. Der französische Polizeibericht besagt, daß Sie ziemlich ärmlich gekleidet waren. Man hielt Sie für einen Deserteur der amerikanischen Armee. Aber im Februar wohnten Sie in Monte Carlo, eine Menge Geld in der Tasche und mit exquisiter Garderobe wohl versorgt.«

Joshua Broad blieb während dieses Vortrages unbeweglich. Nur der Schein eines Lächelns zeigte sich in seinen unrasierten Mundwinkeln.

»Aber, Herr Hauptmann, in Monte Carlo muß man Geld besitzen!«

»Wenn man es hingebracht hat«, sagte Dick und fuhr fort: »Ich meine ja nicht, daß Sie das Geld anders als ehrlich erworben hätten. Ich stelle bloß fest, daß Ihr persönlicher Aufstieg von Armut zum Reichtum, gelinde gesagt, sehr merkwürdig war.«

»Das war er auch«, pflichtete der Amerikaner bei. »Und dem Anschein nach ist meine Veränderung vom Reichtum zur Armut ebenso plötzlich wie merkwürdig.«

»Sie meinen, daß, wenn es für Sie möglich ist, sich jetzt zu maskieren, es auch damals für Sie möglich war und Sie im Jahre 1917, obgleich anscheinend mittellos, ebensowohl ein reicher Mann gewesen sein können?«

»Das stimmt«, sagte Joshua Broad.

»Ich würde vorziehen, daß Sie das respektablere Selbst blieben. Ich liebe es nicht, einem Amerikaner sagen zu müssen, daß ich ihn des Landes verweise, denn das klingt, als ob es eine Strafe wäre, in die Vereinigten Staaten zurückzukehren.«

Joshua Broad erhob sich. »Das, Herr Hauptmann Gordon, ist ein Wink mit einem zu dicken Zaunpfahl und eine zu liebenswürdige Drohung. Von nun an wird Joshua Broad wieder ein ehrbares Mitglied der Gesellschaft werden. Das einzige, worum ich Sie bitte, ist, daß Sie die Polizei nicht anweisen, meine Erlaubnisscheine zurückzuziehen.«

»Erlaubnisscheine?« fragte Dick.

»Ja, ich führe zwei Revolver mit mir, und die Zeit ist nahe, wo auch diese beiden nicht genügen werden«, sagte Joshua Broad.

12

Es fand ein Konzert in Queens Hall statt, und die Verlockung, den großen Violinspieler zu hören, war so stark, daß selbst in diesen Sommertagen der riesige Zuschauerraum überfüllt war.

Es fiel Dick Gordon mitten in seiner dringenden Abendarbeit ein, daß auch er längst eine Karte bestellt hatte. Er fühlte sich übermüdet, von den rätselhaften Ereignissen genarrt und fast hoffnungslos, sie zu lösen. Ein Brief von Lord Farmley, der heute angekommen war, forderte schleunige Anstalten, um den verlorenen Handelsvertrag wiederzuerlangen. Es war ein Brief, wie ihn ein schwer überarbeiteter Mann schreiben mochte, ohne sich darüber Rechenschaft abzulegen, daß er damit seine eigene Panik auf den Empfänger übertrug, den er doch keinesfalls zu überstürzten Maßnahmen verleiten durfte. Dick entschloß sich, alle Sorgen zur Seite zu werfen und das Konzert zu besuchen. Er rief seine Garage an, ließ aber statt seines eigenen einen geschlossenen Mietwagen vorfahren und war nach zehn Minuten einer von den zweitausend Bezauberten, die dem Spiel des Meisters lauschten. In der Pause schlenderte er ins Foyer, und die erste Person, die er traf, war ein Zentralpolizeibeamter, der seinen Blick vermied. Ein zweiter Geheimdetektiv stand auf der Treppe, die zur Bar führte. Ein dritter rauchte seine Zigarette auf den Stufen vor der Halle. Das Glockenzeichen ertönte, und Dick wollte eben die halbgerauchte Zigarette fortwerfen, als eine prachtvolle Limousine vorfuhr und ein diskret livrierter Lakai absprang, um die Tür zu öffnen. Ein einzelner Herr stieg aus, und Dick erkannte ihn sogleich. Es war Ezra Maitland.

»Heiliger Moses!« murmelte jemand hinter ihm, und als Dick

den Kopf wendete, sah er Elk in dem einzigen alten Frack, den dieser je im Leben besessen hatte, hinter sich stehen. Sie waren beide von fassungslosem Erstaunen gelähmt. Denn nicht nur, daß Herr Maitland gleich einem regierenden Monarchen vorfuhr, mit silbernen Beschlägen, mit lackiertem Kupee und livrierter Dienerschaft, der alte Mann trug auch einen vorbildlichen Frack, gebaut nach den Gesetzen der allerletzten Mode. Sein Bart war um ein paar Zoll gekürzt, und über seine fleckenlose weiße Weste spannte sich eine schwere goldene Kette. Im Revers seines Abendmantels steckte eine Kamelie, und es war der glänzendste aller Zylinder der Welt, den er trug, der eleganteste Stock aus Ebenholz und Elfenbein, auf den er sich beim Gehen stützte.

Die Vision des Glanzes zog an ihnen vorbei durch die Halle.

»Er ist verrückt geworden!« flüsterte Elk hohl. Von seinem Platz aus konnte Dick den Millionär beobachten. Er saß während des zweiten Teiles des Programms mit geschlossenen Augen da. Nach jedem Stück applaudierte er mit seinen riesigen, weißbehandschuhten Händen. Dick war dessen sicher, daß er schlief und erst das Klatschen ihn erweckte. Einmal entdeckte er, wie der alte Mann ein Gähnen unterdrückte. Es war im zweiten Satz von Elgars Violinkonzert, das durch seine wundervolle Wiedergabe alle Zuhörer im Bann hielt.

»Das ist der reiche Maitland!« hörte Dick einen Herrn sagen. »Er hat jetzt das Haus des Prinzen von Caux in Berkeley Square gekauft.«

Elk kam mit noch andern Neuigkeiten zurück.

»Was halten Sie vom Musikverständnis des alten Maitland, Hauptmann Gordon? Nun, er hat im voraus Plätze für jedes große Konzert der nächsten Saison bestellt. Sein Sekretär kam heute nachmittag mit diesem Auftrag her. Der war auch nicht wenig verdutzt darüber, und er sollte einen Tisch für heute abend im Herons-Klub bestellen.«

Elks Gesicht war während seines ganzen Berichtes todernst geblieben. Er winkte einen seiner Begleiter heran.

»Wie viele Leute brauchen Sie, um den Herons-Klub zu besetzen?«

»Sechs«, war die prompte Antwort. »Zehn, um ihn auszuheben und zwanzig, wenn es schlimm zugeht.«

»Nehmen Sie dreißig«, sagte Elk.

Der Klub sah von außen völlig unscheinbar aus, aber befand man sich einmal hinter seinen geschlossenen Türen und zugezogenen Vorhängen, so vergaß man das ärmliche und düstere Aussehen. Ein luxuriöser Gang, mit dicken Teppichen bedeckt und mild erleuchtet, führte nach dem Tanzsaal und Restaurant. Dick wartete auf die Ankunft des Direktors und bewunderte, in der Tür stehend, den Reichtum des Saales. Die Tische standen in einem länglichen Viereck auf dem polierten Parkett, von einer Galerie kamen die Klänge eines Negerorchesters, und innerhalb des ausgesparten Raumes tanzte ein Dutzend Paare und bewegte sich nach dem schnellen, aufpeitschenden Rhythmus der Stakkatomelodie.

»Vergoldetes Laster!« brummte Elk verächtlich. »Ich möchte wissen, was man hier die Frechheit hat für ein Essen zu verlangen. Da ist ja unser Methusalem.«

Methusalem saß am besten Tisch des Saales. Sein kahler Schädel leuchtete im Licht des Kristallüsters, und in seinem Schatten verschmolz sein Patriarchenbart mit der schneeigen Hemdbrust, so daß Dick ihn einen Moment lang nicht erkannte. Vor ihm stand ein großes, mit Bier gefülltes Glas.

»Er trinkt! Er ist immerhin menschlich«, sagt Elk.

Hagn kam heran, freundlich lächelnd, in dem Bestreben, ihnen gefällig zu sein. »Das ist ein unerwartetes Vergnügen, Herr Hauptmann«, sagte er. »Sie wünschen, daß ich Sie hereinlasse? Aber, meine Herren, das ist doch gar nicht nötig. Jeder Polizeioffizier von Rang ist Ehrenmitglied meines Klubs.«

Er ging geschäftig voran, führte sie zwischen den Tischen durch und fand eine leere Loge. Es gab Zecher, deren Mienen sich bei der Ankunft der neuen Gäste umwölkten. Einer zumindest stahl sich hinaus und ward nicht wieder gesehen.

»Wir haben heute abend sehr feine Gäste«, sagte Hagn und rieb sich die Hände. »Hier ist Lord und Lady Belfin, dieser Herr mit dem Bart ist der reiche Maitland, und sein Sekretär ist ebenfalls hier.«

»Johnson?« fragte Dick überrascht. »Wo sitzt er?«

Da bemerkte er auch schon den rundlichen Philosophen. Er saß in einer entfernten Ecke und sah in seinem altmodischen Frack entsetzlich ungeschickt und unglücklich aus. Wie er so auf der Kante seines Sessels saß, machte er ein feierliches und erschrockenes Gesicht und hielt die Hände auf dem Tisch gefaltet.

»Gehen Sie hinüber und holen Sie ihn her«, flüsterte Dick Elk zu. Elk marschierte durch das Wirbeln der Tänzerpaare und erreichte Herrn Johnson, der ihn erlöst ansah und ihm so kräftig die Hand schüttelte, als hätte Elk ihn von einer verlassenen Insel errettet.

»Es war lieb von Ihnen, mich herüberzuholen«, sagte Johnson, als er Dick begrüßte. »Ich fühle mich hier so gar nicht am Platze. Es ist mein erster und mein letzter Besuch.« Und er blickte nach einer kleinen Gesellschaft in der gegenüberliegenden Loge. Gordon war ihrer schon beim Eintritt gewahr geworden. Da waren Ray, in seiner üppigsten Laune, Lola Bassano, herrlich und exzentrisch gekleidet, und der massive Expreisboxer Lew Brady. Johnson wies mit den Blicken nach dem alten Maitland.

»Ist das nicht ein Wunder?« fragte er mit Flüsterstimme. »In einem einzigen Tag hat er seine Lebensweise geändert. Kauft ein Haus in Berkeley Square, beruft eine Armee von Schneidern, schickt mich aus, um Theaterplätze zu bestellen, kauft Juwelen! Ich verstehe nicht«, gestand er kopfschüttelnd. »Besonders, weil er im Büro ganz unverändert ist. Dort ist er noch immer derselbe alte Geizhals. Er wollte, daß ich auch seine Privatunternehmungen führen sollte, aber ich schlug es aus. Was mich ängstigt, ist nur, daß er mich auch an die Luft setzen kann, wenn ich nicht einwillige. Er ist in dieser Woche recht unverdaulich gewesen. – Ob Ray ihn wohl gesehen hat?«

Ray hatte seinen früheren Chef noch nicht bemerkt. Er war zu sehr von der Freude erfüllt, in solch eleganter Umgebung mit Lola zusammenzusein, um ein Interesse an irgend etwas außer sich selbst und dem unmittelbaren Objekt seiner Zärtlichkeit zu nehmen.

»Du machst dich lächerlich, Ray, halb Scotland Yard ist hier und beobachtet dich«, warnte Lola.

Er blickte um sich und schien zum ersten Male zu bemerken, daß sie nicht allein waren. Ihm gegenüber saß Dick, der ihn ernsthaft betrachtete, und dieser Anblick und das Bewußtsein des Beobachtetwerdens machten ihn irrsinnig vor Zorn.

Er sprang auf, lief über das Parkett hin, stieß mit den tanzenden Paaren zusammen und stolperte mehrmals, bis er vor Dick stand.

»Suchen Sie mich?« fragte er laut. »Brauchen Sie mich vielleicht?«

Dick schüttelte den Kopf.

»Sie verfluchter Polizeispitzel, hetzen Sie Ihre Bluthunde auf mich?« tobte der Jüngling blaß vor Wut. »Johnson, was machen denn Sie bei der Bande? Sind Sie vielleicht auch Polizeispion geworden?«

»Aber lieber Ray«, murmelte Johnson.

»Lieber Ray!« spottete der andere. »Sie sind ja eifersüchtig, Sie armer Hund! Eifersüchtig, weil ich aus den Klauen Ihres Blutsaugers entkommen bin! Aber Sie ...!« Er fuchtelte mit geballter Faust vor Dicks Gesicht umher. »Sie werden mich in Ruhe lassen, Sie! Suchen Sie sich eine andere Beschäftigung, als meiner Schwester Geschichten über mich zu erzählen!«

»Ich glaube, Sie sollten lieber zu Ihren Freunden zurückkehren«, sagte Dick, »oder besser noch, Sie gehen nach Hause.«

All dies hatte sich während einer Tanzpause abgespielt, jetzt fiel das Orchester von neuem ein. Aber die Anteilnahme des überfüllten Klubsaales verringerte sich keineswegs, obwohl Rays hohe Stimme die Trommeln nicht zu übertönen vermochte.

Dick war dessen sicher, daß der Direktor oder einer der Diener des Klubs sogleich intervenieren würde. Der Oberkellner kam auch sofort herbei, um Ray zurückzudrängen. An allen Tischen war man aufgestanden und sah mit langgestreckten Hälsen nach dem zornigen jungen Mann, der sich wütend gegen die beschwichtigenden Kellner wehrte.

So sah niemand den Fremden, der eine ganze Weile die Vorgänge beobachtet hatte, bevor er, die Zuschauer beiseite schiebend, in die Mitte des Saales kam. Der grauhaarige Mann stach in seinem abgetragenen Tweedanzug auffallend von der elegant gekleideten Menge ab. Er stand, die Hände auf dem Rücken, mit leichenblassem, ernstem Gesicht da und betrachtete Ray, der im Augenblick fast nüchtern wurde, als er seinen Vater erkannte.

»Ich muß dich sprechen, Ray«, sagte John Bennett einfach. Sie standen allein inmitten eines großen Zuschauerkreises, der vor ihnen zurückgewichen war. Die Musik wurde abgebrochen, als habe der Dirigent ein Zeichen empfangen.

»Komm mit mir nach Horsham, Junge.«

»Ich geh' nicht!« sagte Ray störrisch.

»Gehen Sie mit Ihrem Vater, Ray.« Johnson legte die Hand eine Sekunde lang auf des jungen Mannes Schulter. Ray schüttelte ihn ab.

»Ich bleibe hier!« sagte er, und seine Stimme klang laut und trotzig. »Du hast kein Recht, hierherzukommen, Vater, und mich lächerlich zu machen.« Er blitzte seinen Vater zornig an. »Du hast mich in all diesen Jahren niedergehalten und mir das Geld verweigert, um das ich dich bat. Und jetzt erlaubst du dir, darüber entsetzt zu sein, daß ich mich in einem anständigen Klub befinde und anständig gekleidet bin. Mit mir ist alles in Ordnung. Kannst du das auch von dir sagen? Und selbst wenn nicht alles bei mir in Ordnung wäre, könntest du mich dann tadeln?«

»Komm fort von hier.« John Bennetts Stimme klang heiser.

»Ich bleibe!« sagte Ray heftig. »Und in Zukunft wirst du mich in Frieden lassen. Der Bruch hat einmal kommen müssen, und es ist gut, daß er gekommen ist.«

Vater und Sohn standen einander gegenüber, und in John Bennetts müden Augen lag ein Blick grenzenloser Trauer.

»Komm mit mir«, sagte er bittend.

Da sah Ray Lolas Gesicht, sah das unterdrückte Lächeln um ihre Lippen, und seine verletzte Eitelkeit machte ihn rasend.

Mit einem Wutschrei brach er los. Der Schlag, der den alten Bennett traf, ließ ihn wanken, aber er fiel nicht. Er sah seinen Sohn lange an, dann senkte er den Kopf und ließ sich wortlos von Dick hinwegführen.

Ray Bennett stand vor Schrecken gelähmt da, sprachlos.

Die Musik begann schmetternd, dudelnd, quietschend von neuem, und Lew Brady holte Ray an den Tisch zurück, wo er reglos, den Kopf in die Hand gestützt und vor sich hinstarrend, sitzen blieb.

Lola bestellte Champagner.

13

Während der ganzen Szene hatte Ezra Maitland vollkommen ruhig dagesessen, und es hatte den Anschein, als bringe er den Geschehnissen nicht das geringste Interesse entgegen, ja, als kämen sie seinem zerstreuten Geist gar nicht zum Bewußtsein. Endlich stand der alte Mann schwerfällig auf und verließ den Saal.

»Jetzt geht er und hat nicht einmal bezahlt«, flüsterte Elk.

Trotz dieses Versäumnisses begleitete der Oberkellner den bejahrten Millionär zur Tür. Überrock, Zylinder und Stock wurden ihm gebracht, und er war den Blicken entschwunden, bevor die sich verbeugenden Diener sich wieder aufgerichtet hatten. Es schien, als hätte das Publikum nach der viel diskutierten Störung seine gute Laune wiedergewonnen. Es wurde allgemein getanzt, und die Heiterkeit erstieg ihren Höhepunkt. Dick sah auf die Uhr und gab Elk ein unmerkliches Zeichen. Sie erhoben sich und schlenderten ohne Hast zur Tür. Ein Kellner kam ihnen eilends nach. »Die Herren wünschen zu zahlen?«

»Später, in drei Minuten«, sagte Dick

In dem Moment zeigten die Zeiger der Uhr auf eins. Genau drei Minuten später war der Klub in den Händen der Polizei. Um ein Uhr fünfzehn war er bis auf die diensthabenden Detektive und das Personal geleert.

»Wo ist Hagn?« verhörte Dick den Oberkellner.

»Er ist nach Hause gegangen«, sagte der Mann mürrisch. »Er geht immer zeitig nach Hause.«

»Das ist eine Erfindung, mein Sohn«, sagte Elk. »Führen Sie mich in sein Zimmer.«

Sie kamen in ein großes, fensterloses, gemütlich eingerichtetes Gemach, das im Erdgeschoß lag, in einem Teil der alten Missionshalle, den man unberührt gelassen hatte. Während die Unterbeamten die Bücher Blatt für Blatt untersuchten, durchforschte Elk das Zimmer. In einer Ecke stand ein kleiner Safe, auf den er das Polizeisiegel klebte. Auf einem Sofa lag in ziemlicher Unordnung ein Anzug, der anscheinend in aller Eile abgestreift worden war. Elk trug ihn unter das Lampenlicht und betrachtete ihn genau. Es war der Frack, den Hagn getragen hatte, als er sie zu ihren Plätzen geleitete.

»Führen Sie den Oberkellner her.«

Der Oberkellner wollte oder konnte keine Auskunft geben.

»Herr Hagn wechselt immer die Kleider, bevor er nach Hause geht«, sagte er.

»Warum ist er fortgegangen, bevor der Klub geschlossen wurde?«

Der Mann zuckte die Achseln. »Ich kenne seine Privatangelegenheiten nicht«, sagte er, und Elk entließ ihn.

An der Wand standen ein Toilettentisch und ein Spiegel. Zu beiden Seiten des Spiegels waren kleine Lampen angebracht, die keinen Lampenschirm hatten. Elk drehte auf, und in dem grellen Licht prüfte er den Tisch. Sofort fand er zwei Haarbüschel und hielt sie an den Ärmel seines schwarzen Rockes. In der Schublade fand er eine kleine Flasche mit flüssigem Gummi und prüfte dann die Bürste sorgfältig.

Endlich hob er den Papierkorb auf und schüttete dessen Inhalt auf den Tisch. Er fand ein paar zerrissene Rechnungen, Geschäftsbriefe, die Ankündigung eines Geschäftmannes, drei zerbröselte Zigarettenstummel und verschiedene Papierschnitzel. Einer davon war mit Gummi bedeckt und klebte zusammen.

»Ich möchte wetten, daß er damit seine Bürste abgewischt hat«, sagte Elk.

Mit einiger Schwierigkeit zog er den Zettel auseinander. Er war mit der Maschine geschrieben und bestand aus drei Zeilen:

»Dringend. Besucht Sieben in E. S. 2.

Kein Überfall. Versichert euch M.s Aussage.

Dringend! F. 1.«

Dick nahm das Papier aus Elks Hand und las es.

»Darin, daß es keinen Überfall geben wird, irrt er sich«, sagte er. »E. S. bedeutet Eldorstraße. Und 2 ist entweder die Nummer zwei oder zwei Uhr.«

»Aber wer ist M.?« fragte Elk stirnrunzelnd.

»Anscheinend Mills, der Mann, den wir in Wandsworth gefangen haben. Er hat seine Aussage schriftlich niedergelegt, nicht?«

»Er hat sie zumindest unterzeichnet«, sagte Elk nachdenklich.

Er wendete die Papiere um, und nach einer Weile fand er, wonach er gesucht hatte. Einen kleinen Briefumschlag, der in Maschinenschrift an »G. V. Hagn« adressiert war und auf der Rückseite den Stempel des Bezirks-Botendienstes trug.

Elk schickte nach dem Portier. »Um welche Zeit wurde dies hier abgegeben?« fragte er.

Der Mann war ein ausgedienter Soldat, der einzige der Verhafteten, der seine Lage zu empfinden schien.

»Der Brief kam ungefähr gegen neun Uhr, Herr Inspektor«, sagte er bereitwillig und brachte zur Bestätigung sein Postbuch. »Er wurde von einem Botenjungen gebracht.«

»Bekommt Herr Hagn viele solche Nachrichten?«

»Sehr wenige, Herr Inspektor«, sagte der Portier und fügte eine ängstliche Frage bei, was man mit ihm vorhabe.

»Sie können nach Hause gehen, aber unter Bewachung. Sie dürfen hier mit niemandem sprechen und niemandem sagen, daß ich mich nach diesem Brief erkundigt habe. Haben Sie verstanden?«

»Jawohl, Herr Inspektor.«

Elk rief die Telefonzentrale an und ließ für eine Stunde alle telefonischen Verbindungen unterbrechen. Es war jetzt drei Viertel zwei Uhr.

Er hieß achtzehn Detektive zurückbleiben, um den Klub zu beaufsichtigen und fuhr, von Dick und der übrigen Polizeimannschaft begleitet, mit der größtmöglichen Geschwindigkeit nach Tottenham. Etwa hundert Meter, ehe sie die Eldorstraße erreichten, hielt das Auto an und alle stiegen aus. Dick ließ seine Leute die Nebenstraßen nehmen und ging allein mit Elk weiter. An der Ecke der Eldorstraße sah Elk, daß die Vorsicht seines Chefs wohlbegründet gewesen war. Ein Mann lehnte an einem Laternenpfahl, und Elk verwickelte Dick sofort in ein lebhaftes Gespräch über einen harmlosen Gegenstand.

Der Mann unter dem Kandelaber zögerte einen kleinen Augenblick zu lange. Als sie neben ihm waren, wendete sich Elk an ihn.

»Haben Sie vielleicht Feuer?« fragte er.

»Nein«, brummte der andere.

Im nächsten Augenblick lag er auf dem Boden. Elk kniete auf seiner Brust und hielt mit seinen langen, knochigen Fingern seine Kehle umklammert.

»Wenn du schreist, Frosch, erdroßle ich dich«, zischte der Detektiv. Der Mann war in den Händen der herbeieilenden Detektive, er war geknebelt, gefesselt und auf dem Weg zum Polizeiauto, ehe er begriff, was für ein Tornado ihn niedergeworfen hatte. »Alles hängt jetzt davon ab, ob derjenige Gentleman, der in der Passage zwischen den Gärten patrouillieren dürfte, diese unziemliche Balgerei mit angesehen hat«, sagte Elk und staubte sich ab. »Hat er es gesehen, dann werden sich nette Dinge ereignen.« Aber anscheinend war die Wache in dem kleinen Gang selbst gewesen. Elk stand am Eingang still, lauschte und hörte sogleich gedämpfte Schritte. Er schlüpfte in den Gang und trat selbst nicht allzu leise auf.

»Wer ist da?« fragte der Wächter.

»Ich!« flüsterte Elk. »Mach nicht soviel Lärm.«

»Was hast du hier zu suchen?« fragte der andere in gebieterischem Ton. »Ich habe dir gesagt, daß du bei der Laterne stehenbleiben sollst.«

Elks Augen hatten sich bereits an das Dunkel gewöhnt, und er schätzte die Distanz ab.

»Es kommen zwei komische Leute die Straße herauf. Ich wollte nur, daß du sie siehst«, flüsterte er.

In seiner Jugend hatte Elk Fußball gespielt, und nun stieß er zu. Der Mann stürzte mit einem Anprall zu Boden, daß es ihm den Atem verschlug und er nur das unwillkürliche Keuchen ausstieß, das einem Knockout folgt. Der Niedergeschlagene war unfähig zu schreien und noch immer atemlos, als ihn schon bereitwillige Hände in den Patrouillenwagen warfen.

»Wir müssen durch die Hintertür, Jungens«, sagte Elk.

Diesmal stand das Gartentor offen. Elk zog seine Stiefel aus, und in Strümpfen schlüpfte er den finsteren Gang entlang und klinkte leise die Tür zu Maitlands Zimmer auf. Es war dunkel und leer. Elk kam in den Abstellraum zurück.

»Zu ebener Erde ist nichts«, sagte er. »Wir müssen oben nachschauen.«

Er hatte fast die Treppe erstiegen, als er Licht durch den Türspalt jenes Raumes schimmern sah, den Maitlands Wirtschafterin bewohnt hatte. Er nahm die Stufen in drei Sprüngen, flog den Treppenabsatz entlang und warf sich gegen die Tür. Sie brach erst beim dritten Anprall ein. Das Zimmer lag völlig finster.

»Hände hoch, jeder Mann!« schrie er ins plötzliche Dunkel.

Vollkommene Stille herrschte. Er duckte sich und ließ den Schimmer seiner elektrischen Lampe in dem Raum spielen. Er war leer. Seine Beamten kamen nachgestürmt, die Lampe auf dem Tisch wurde angezündet, der Glaszylinder war noch heiß. Das Zimmer wurde durchsucht, es war aber zu klein, als daß es hätte viele Menschen verbergen können. Ein Blick aus dem Fenster zeigte Elk, daß es für die Insassen unmöglich gewesen wäre, auf diese Weise zu entkommen.

Am anderen Ende des Zimmers stand ein Garderobenschrank, mit vielen alten Kleidungsstücken angefüllt, die an Haken hingen.

»Werfen Sie die Sachen hinaus!« befahl Elk. »Es muß da eine Tür ins nächste Haus führen.«

Die Kleider wurden auf den Boden gehäuft, und die Polizeimannschaft hieb die hölzerne Rückenwand des Schrankes ein. Dick durchsuchte hastig die Papiere, die den Tisch bedeckten.

»Mills' Geständnis«, sagte er höchst erstaunt. »Und es sind doch nur zwei Abschriften gemacht worden, von denen ich eine habe und die andere in Ihrem Büro liegt, Elk.«

In diesem Augenblick wurde die Rückenwand des Kleiderschrankes eingeschlagen, und die Detektive strömten durch sie hindurch in das nächste Haus.

Es ergab sich die höchst interessante Tatsache, daß ein Verbindungsgang durch einen Block von etwa zehn Häusern lief, und es wurde bald klar, daß in allen Häusern bis zum Ende der Straße Frösche wohnten. Da jeder von ihnen Nr. 7 sein konnte, wurden sie insgesamt arretiert. Außer jener Tür in Maitlands Haus war bei keiner der Versuch gemacht worden, die Verbindungstür zu maskieren. In den anderen Häusern gab es bloß rohe, in die Ziegelwände hineingebrochene Öffnungen.

»Ich zweifle daran, daß wir ihn haben«, sagte Elk, der atemlos zu Dick zurückkehrte. »Ich habe keinen einzigen gesehen, der nach ein bißchen Hirn ausschauen würde.«

»Ist niemand aus dem Häuserblock entkommen?«

Elk schüttelte den Kopf. »Meine Leute sind in der Passage und auf der Straße. Es ist auch eine Menge uniformierter Polizei hier. Haben Sie nicht die Pfeifen gehört?«

Elks Assistent kam, um Rapport zu erstatten. »Ein Mann ist in einem der Hinterhöfe gefunden worden. Ich habe mir erlaubt, ihn dem Schutzmann abzunehmen und ihn hierherzubringen. Wollen Sie ihn sehen?« berichtete er.

»Bringen Sie ihn nur herauf«, sagte Elk.

Wenige Minuten später wurde ein gefesselter Mann in das Zimmer gestoßen. Er war über Mittelgröße und sein Haar lang und blond. Den blonden Bart trug er spitz. Einen Moment lang sah ihn Dick an, dann rief er aus: »Das ist ja Carlo!«

»Ich bin sogar sicher, daß es Hagn ist!« sagte Elk. »Nimm einmal den Bart ab, du Frosch, du! Wir werden uns einmal über Zahlen unterhalten, von sieben angefangen.«

Selbst Dick vermochte seinen Augen kaum zu trauen. Die Perücke war so täuschend, der Bart so geschickt befestigt, daß er kaum zu glauben vermochte, daß dies wahrhaftig der Direktor vom Herons-Klub sein sollte. Aber als er die Stimme hörte, wußte er, daß Elk recht hatte. »Nummer Sieben?« näselte Hagn. »Ich glaube eher, daß Nummer Sieben durch Ihren Kordon gelangen wird, ohne im mindesten belästigt zu werden. Er steht sehr gut mit der Polizei. Wozu brauchen Sie mich, Herr Elk?«

»Ich brauche Sie der Rolle wegen, die Sie in der Nacht des vierzehnten Mai bei der Ermordung des Hauptinspektors Genter gespielt haben.« Hagn schürzte die Lippen.

»Warum fragen Sie nicht lieber Broad? Der war auch dabei. Vielleicht wird er als Zeuge für mich aussagen. Schauen Sie einmal aus dem Fenster, da unten steht er.«

Dick schob das Fenster hinauf und lehnte sich hinaus. Eine Menge Menschen in Tüchern und Überröcken stand unten und sah dem Abtransport der Inhaftierten zu.

Der Reflex eines Zylinders zog Dicks Blicke auf sich, und eine unverkennbare Stimme rief ihn an: »Guten Morgen, Hauptmann Gordon. Die Froschaktien sind wohl sehr gefallen? Apropos, haben Sie das Baby gesehen?«

14

Elk ging auf die Straße hinunter, um den Amerikaner zu begrüßen. Herr Broad war im Frack, und die Scheinwerfer seines Autos erhellten die schmutzige Straße.

»Sie haben wirklich eine gute Spürnase«, meinte Elk respektvoll.

»Als ich zwanzig Schutzleute aus dem Herons-Klub stürzen und in rasendem Tempo fortfahren sah, durfte ich wohl vermuten, daß ihre Eile nicht dem Bestreben galt, noch vor zwei Uhr ins Bettchen zu kommen«, sagte Broad. »Ich besuche den Klub gewöhnlich in den Morgenstunden. Seine Mitglieder sind ja vielleicht eine noch minder wünschenswerte Bekanntschaft als die übrige Rasse der Frösche. Aber sie amüsieren mich. – Ich wiederhole meine Frage: Haben Sie das liebe kleine Kindchen schon gesehen, das das Wort M-A-U-S buchstabieren lernt?«

Elk hatte das Gefühl, daß der liebenswürdige Amerikaner ihn verspottete. »Kommen Sie lieber herein und sprechen Sie mit dem Chef.«

Broad folgte dem Inspektor in das Schlafzimmer von Maitlands Wirtschafterin, wo Dick die bei dem eiligen Aufbruch von Nummer Sieben zurückgelassenen Papiere prüfte.

Außer der Kopie des Geheimberichtes über Mills hatte er ein Bündel von Zetteln gefunden, von denen viele unleserlich und unverständlich schienen. Sie waren maschinengeschrieben und glichen auffällig Armeebefehlen. Es waren tatsächlich des Frosches Befehle, vom Oberhaupt seines Stabes herausgegeben und trugen die Unterschrift: Nummer Sieben.

Auf einem Zettel stand: »Es muß rascher gehen mit Raymond Bennett! L. muß ihm sagen, daß er ein Frosch ist. Was immer mit ihm auch geschehen wird, es muß von einem ausgeführt werden, der als Frosch unbekannt ist.«

Auf einem anderen Zettel: »Gordon hat eine Einladung für Donnerstag zum Dinner der Amerikanischen Gesandtschaft. Ein Ende machen. Elk hat eine neue Alarmglocke unter der vierten Treppe anbringen lassen. Er geht morgen um 4.14 nach W., um M. zu verhören.«

Es gab da noch andere Zettel, die von Leuten handelten, von denen Dick nie gehört hatte. Er lächelte eben über die lakonische Instruktion, ein Ende mit ihm zu machen, als der Amerikaner eintrat.

»Setzen Sie sich, Herr Broad. Elks trauriger Blick sagt mir, daß Sie Ihre Anwesenheit hier hinreichend erklären konnten.«

Broad nickte lächelnd. »Und Herr Elk gibt sich solch riesige Mühe«, sagte er. Seine Blicke fielen auf die Papiere. »Wäre es indiskret, zu fragen, ob dies hier Froschakten sind?« fragte er.

»Sehr«, sagte Dick. »Jede Ihrer Bemerkungen über die Frösche bedeutet den Höhepunkt der Indiskretion, sofern Sie nicht gewillt sind, etwas zu unserer Aufklärung beizutragen.«

»Ich kann Ihnen, ohne mich ganz zu eröffnen, mitteilen, daß Ihr Frosch Nummer Sieben durchgebrannt ist«, sagte der Amerikaner kühl. »Ich hörte die Frösche jubeln, als sie unter Bewachung die Straße hinuntergeführt wurden. Die Verkleidung von Nummer Sieben war vollendet. Er trug die Uniform eines Polizisten.«

Elk fluchte leise, aber gründlich. »Also das war er«, sagte er. »Er war der Polizist, der Hagn unter dem Vorwand zu arretieren, abführte. Und wenn nicht einer meiner Leute zufällig ihm den Gefangenen weggenommen hätte, so wären sie beide entwischt. Bitte, warten Sie.«

Elk suchte den Detektiv auf, der Hagn hereingeführt hatte.

»Ich kenne den Schutzmann nicht«, sagte der Beamte. »Er war von einer mir fremden Abteilung. Ein größerer Mann mit einem dicken, schwarzen Schnurrbart. Wenn es eine Verkleidung war, dann war sie ausgezeichnet.«

Elk kehrte geknickt zurück.

»Ich möchte das eine nur gerne wissen, was für ein Spiel der Frosch mit Ray Bennett treibt?« sagte Joshua Broad. »Denn das ist jedenfalls die interessanteste Intrige der Froschstrategie.« Er erhob sich und nahm seinen Hut. »Gute Nacht! Vergessen Sie nicht, nach dem Kindergarten zu suchen, Inspektor.« Er lächelte beim Abschied, und Elk durchstöberte das Haus vom Boden bis zum Keller ohne das leiseste Resultat.

»Ich glaube, daß sich hier eine sehr wertvolle Spur verrät«, sagte Dick, indem er Elk ein Papier reichte. Dieser las: »Alle Ochsen müssen Mittwoch 3. 1. A. hören! L. V. M. B. Wichtig!«

»Es sind fünfundzwanzig Abschriften von dieser einfachen aber aufregenden Botschaft vorhanden«, sagte Dick. »Und da ich keine Briefumschläge für die Instruktionen finde, so kann ich nur vermuten, daß Hagn sie entweder vom Klub oder von seiner Wohnung aus expediert hatte. Soweit habe ich die Ziffern in der Organisation der Frösche festgestellt. Frosch Nummer Eins arbeitet durch ›Sieben‹, der vielleicht – oder vielleicht auch nicht – den Chef kennt. Hagn, dessen Nummer, nebenbei erwähnt, dreizehn ist, die ihm auch noch viel Unglück bringen wird, ist der ausübende Chef vom Büro Sieben und verkehrt nur mit den Leitern der einzelnen Sektionen. Sieben bekommt seine Orders vom Frosch selbst, aber er darf auch ohne Anfrage arbeiten, wenn sich Notfälle ergeben. Hier zum Beispiel«, er klopfte mit dem Zeigefinger auf das Papier, »ist eine Entschuldigung für die Verwendung von Mills, was meine Annahme bestätigt.«

»Keine Handschrift?« – »Nein, auch keine Fingerabdrücke.«

Elk nahm einen der Zettel, auf denen die Nachrichten geschrieben waren, und hielt ihn gegen das Licht.

»Drei Löwen als Wasserzeichen«, sagte er. »Eine neue Schreibmaschine von jemand Geschultem geschrieben, dessen kleiner Finger der linken Hand schwach ist, denn das Q und A sind durchlaufend schwach. Das zeigt, daß er nach dem Fingersatz schreibt. Maschinenschreib-Amateure gebrauchen selten ihre kleinen Finger, besonders an der linken Hand. Ich erwischte einmal einen Bankdieb, nur weil ich das wußte.« Er las nochmals die Nachricht. »Alle Ochsen müssen am Mittwoch hören. – ›Ochsen‹ bedeutet hier die Anführer, die Ochsenfrösche. Hm, wo hören Sie zu? ›3. 1. A.‹, das gibt mir zu denken, Herr Hauptmann.« Dick sah ihn merkwürdig an.

»Am 3. 1. Mittwoch nachts werden wir das Codesignal L. V. M. B. abhören. Wir werden den großen Frosch sprechen hören, mein lieber Elk!«

15

Ray Bennett erwachte. Seine Schläfen hämmerten, seine Zunge lag trocken im Mund. Als er den schmerzenden Kopf vom Kissen zu heben versuchte, stöhnte er, aber es gelang ihm mit Willensanstrengung, aus dem Bett zu steigen und sich bis ans Fenster zu schleppen. Er stieß die bleigefaßten Fensterflügel auf und sah auf den grünen Hyde-Park hinaus.

Dann goß er ein Glas mit Wasser voll und trank es gierig, setzte sich auf den Rand des Bettes, den Kopf in den Händen, und versuchte die Ereignisse der vergangenen Nacht zu überdenken. Er konnte sich ihrer nur trübe entsinnen, aber er war sich dessen bewußt, daß etwas Schreckliches geschehen war. Langsam erhellte sich die Erinnerung mehr und mehr, und mit schwerem Herzen wurde er sich des furchtbaren Vorganges bewußt.

Er sprang auf und begann hin und her zu gehen, bemüht, Rechtfertigung vor sich selber zu ersinnen. Die Eitelkeit der Jugend weist Entschuldigungen für eigene Fehltritte nicht zurück, und Ray stellte keine Ausnahme unter der Jugend dar.

Nachdem er ein Bad genommen und sich angekleidet hatte, war er bereits zu der Ansicht gekommen, daß viel, viel Unrecht an ihm geschehen sei. Es war unverzeihlich von ihm gewesen, seinen Vater zu schlagen, und er wollte ihm sicherlich sogleich schreiben, um seinen Schmerz hierüber zu betonen. Aber es sollte kein kriecherischer Brief sein, gelobte er sich, sondern ein würdiger und distanzierender. Schließlich kamen doch in allen Familien derlei Streitigkeiten vor. Und eines Tages würde er als reicher Mann zu seinem Vater zurückkehren und ...

Ray verzog unangenehm berührt die roten Lippen. Es ging

ihm ja jetzt recht gut, er hatte eine teure Wohnung, jede Woche wurden neue knisternde Banknoten durch die Post an seine Adresse gesandt. Er hatte auch ein Auto ... aber wie lange würde es wohl so bleiben? Ray war kein Narr, nicht ganz so klug vielleicht wie er sich dünkte, aber auch nicht dumm. Warum sollte die japanische – oder irgendeine andere Regierung – ihn für Informationen bezahlen, die sich doch aus jedem erreichbaren Handbuch schöpfen ließen, die für ein paar Schillinge bei jedem Buchhändler zu kaufen waren. Er ließ den Gedanken fallen. Er besaß die Gabe, alles von sich zu schieben, was ihn störte. Er öffnete die Tür, die in sein Speisezimmer führte und erstarrte.

Ella saß an dem offenen Fenster, den Ellbogen auf dem Sims und das Kinn in der Hand. Sie war blaß, und tiefe Schatten lagen unter ihren Augen.

»Ella, was, um Gottes willen, machst du hier?« fragte er. »Wie bist du hereingekommen?«

»Der Portier hat mir mit seinem Schlüssel geöffnet, als ich ihm sagte, daß ich deine Schwester bin«, sagte sie apathisch. »Ich kam sehr zeitig heute morgen, und ich will dich fragen, ob du nicht nach Horsham kommen und mit Vater sprechen möchtest?«

»Nicht jetzt, nein – in ein paar Tagen«, sagte er hastig. Tatsächlich fürchtete er sich nicht davor, seinem Vater zu begegnen.

»Wäre es denn ein solch schreckliches Opfer, Ray, das alles aufzugeben?«

Er machte eine ungeduldige Handbewegung. »Das alles nicht, wenn du damit die Wohnung meinst. Aber du und Vater, ihr wollt doch, daß ich meine Arbeit aufgebe.«

»Ich glaube nicht, daß das dein Schaden wäre.« Das war ein neuer Ton, und Ray starrte sie an. Ella war ihm immer eine nachsichtige, billigende, entschuldigende Schwester gewesen. Ein Puffer zwischen ihm und den Ermahnungen seines Vaters.

»Komm zu Papa zurück, Ray, komm sofort!«

Er schüttelte den Kopf.

»Nein, ich kann nicht. Ich werde ihm schreiben. Ich gebe zu, daß ich unrecht an ihm gehandelt habe und werde ihm das auch in meinem Brief schreiben, aber mehr kann ich nicht tun.« Es klopfte an die Tür.

»Herein!« rief Ray.

»Wollen Sie Fräulein Bassano und Herrn Brady empfangen?« fragte der Diener im Flüsterton und sah bedeutsam nach Ella hin.

»Natürlich will er mich empfangen!« rief eine Stimme draußen.

»Wozu denn diese Formalitäten? Ach, ich verstehe . . .« Lola Bassano maß Ella aus halbgeschlossenen Lidern.

»Das ist meine Schwester Ella«, stellte Ray vor, »und dies sind Fräulein Bassano und Herr Brady.«

Ella blickte nach der zarten Gestalt in der Tür und vermochte nur zu bewundern, was sie erblickte. Lolas schönes Gesicht, ihre Haltung, ihre wundervolle Hand, ihre Art sich zu kleiden, entzückten sie.

»Gefällt Ihnen die Wohnung Ihres Bruders?« fragte Lola, die gegenüber Platz nahm und ihre Beine übereinanderschlug.

»Es ist sehr schön hier, und Horsham wird ihm ziemlich öde vorkommen, wenn er zu uns zurückkehrt«, sagte Ella.

»Ja, gehen Sie denn nach Horsham zurück?« Lola warf den Kopf in den Nacken und sah Ray voll in die Augen, während sie diese Frage stellte.

»Ich denke nicht daran!« sagte Ray energisch. »Ich habe Ella schon vorhin gesagt, daß meine Arbeit hier mir viel zu wichtig ist, um sie aufzugeben.«

Lola nickte zufrieden, und eine seltsame Kälte überkam Ella plötzlich. Eine Sekunde vorher war sie noch von Lolas Schönheit gefangengenommen gewesen. Nun aber schien ihr, als berge sich viel Grausamkeit in den Linien ihres schönen Mundes. »Sie müssen wissen, Fräulein Bassano, daß Gordon meiner Schwester die reinsten Spukgeschichten über uns erzählt hat.«

»Gordon ist Monomane«, sagte Lew Brady. »Er hat ja sogar Elk zu Ihrem Herrn Vater geschickt, um ihn verhören zu lassen. Er meint, daß es in der ganzen Welt lauter Verbrecher gibt und einen einzigen Mann, der sie zu fangen vermag, und das ist er selber . . .«

»Tapp, tapp, tapptapptappp, tapp.« Es klopfte an die Tür. Langsam, überlegt, unverkennbar. Die Wirkung auf Lew Brady war eine höchst merkwürdige. Sein mächtiger Körper schien zusammenzusinken, und sein braunes Gesicht wurde plötzlich ganz hohl.

»Tapp, tapp ,tapptapptapp, tapp.«

Die Hand, die Brady zum Mund führte, zitterte. Ella blickte von ihm zu Lola und sah zu ihrem Erstaunen, daß sie unter ihrem Rouge blaß geworden war. Brady stolperte zur Tür, und sein Atem ging schwer und laut in der Stille.

»Herein!« brachte er hervor. Aber er vermochte das Eintreten nicht abzuwarten, er riß selbst die Tür auf.

Es war Dick Gordon, der eintrat.

Er sah einen nach dem andern mit lachenden Augen an. »Das Froschzeichen scheint manchen von euch zu erschrecken?« sagte er vergnügt.

16

Lola gewann als erste ihre Fassung wieder. »Es war nicht nett von Ihnen, uns so zu erschrecken, ich fürchte mich sehr vor den Fröschen, seit man so viel über sie in den Zeitungen liest.«

»Das Zeichen ist meine neueste Errungenschaft«, sagte Dick mit spöttischem Ernst. »Ein Frosch des dreißigsten Grades hat es mich gelehrt. Und er sagte mir, es ist dies das Signal, das der Meister, der große, alte Ochsenfrosch gibt, wenn er seine Untergebenen aufzusuchen beliebt.«

»Ihr dreiunddreißigjähriger Frosch lügt wahrscheinlich«, sagte Lola, in deren Wangen der Zorn neue Farbe jagte. »Überhaupt hat Mills . . .«

»Ich habe Mills gar nicht erwähnt«, sagte Dick.

»Aber seine Verhaftung stand doch in allen Blättern.«

»Sie erschien in keinem einzigen Blatt!« sagte Dick. »Falls sie nicht in ›Die Neue Froschzeitung‹ eingeschaltet wurde. Vermutlich unter Personalnachrichten.«

Ray trat einen Schritt vor. »Was führt Sie her, Gordon?«

»Ich möchte privat mit Ihnen sprechen«, sagte Dick.

»Es gibt nichts, was Sie mir nicht vor meinen Freunden sagen könnten«, antwortete Ray, der unmutig zu werden begann.

»Die einzige, für die dieser Titel Geltung hat, ist Ihre Schwester«, antwortete Gordon.

»Gehen wir, Lew«, sagte Lola achselzuckend. Aber Ray hielt sie zurück.

»Einen Augenblick! Ist das meine Wohnung oder nicht?« fragte er wütend. »Sie kommen ganz einfach her, beleidigen meine Freunde und werfen sie faktisch zur Tür hinaus. Ich bewundere Ihre Kühnheit. Dort ist die Tür!«

»Wenn Sie es so aufnehmen, so muß ich gehen!« sagte Dick. »Aber, ich kam hierher, um Sie zu warnen.«

»Pah, ich pfeife auf Ihre Warnungen!«

»Ich kam, um Ihnen zu sagen, daß der Frosch beschlossen hat, Sie Ihr Geld in Zukunft auch verdienen zu lassen. Das ist alles.«

Totenstille folgte, die endlich Ellas schwankende Stimme unterbrach.

»Der Frosch?« wiederholte sie mit aufgerissenen Augen. »Aber, Herr Gordon, Ray gehört doch nicht zu den Fröschen?«

»Es wird ihm vielleicht noch neu sein, aber es ist trotzdem wahr. Ihre beiden Gäste, Ray, sind treue Diener des Reptils, Lola wird von ihm ausgehalten, genauso wie ihr Gatte . . .«

»Lügner!« schrie Ray. »Lola ist nicht verheiratet. Sie sind ein elender Lügner. Hinaus, bevor ich Sie selbst hinauswerfe!«

Ellas stummes Flehen bewog Dick, wortlos zur Tür zu gehen. An der Schwelle wendete er sich um, und sein kalter Blick heftete sich auf Lew Brady.

»Im Froschbuch steht ein großes Fragezeichen bei Ihrem Namen, Brady! Seien Sie auf der Hut!«

Brady fuhr unter dem Schlag zusammen; denn es war ein Schlag. Hätte er es gewagt, so wäre er Gordon auf den Korridor nachgefolgt, um weitere Informationen zu erbetteln. Aber dazu fehlte ihm der Mut, und er stand in seiner ganzen Riesengröße da und sah hilflos und traurig auf die Tür, die der Besucher hinter sich geschlossen hatte.

»Um Gottes willen, lassen wir frische Luft herein!« rief Ray und riß das Fenster auf. »Dieser Kerl ist ja die reine Pest! Verheiratet! Und das will er mich glauben machen? . . . Du gehst schon, Ella?«

Seine Schwester nickte.

»Sage dem Vater, ich würde ihm schreiben. Sprich für mich und beweise ihm, daß auch er oft Unrecht an mir begangen hat!«

Sie hielt ihm die Hand entgegen. »Lebe wohl, Ray«, sagte sie. »Vielleicht wirst du eines Tages zu uns zurückkehren.« Die Bewegung überwältigte sie, und Tränen liefen über ihre Wangen. Sie drängte sich an ihn und flüsterte: »O, Ray, Ray, ist das denn wahr? Gehörst du zu den Fröschen?«

»Aber Ella, es ist ungefähr so viel Wahres daran, wie an der Geschichte von Fräulein Bassanos Verheiratung. – Sensationen! Gordon will immer nur Sensationen hervorrufen!«

Ella nickte Lola zum Abschied zu, ohne ihr die Hand zu reichen.

Lew Brady sah ihr mit hungrigen Augen nach, als Ray sie zum Lift begleitete.

»Was hat er gemeint, Lola?« fragte Brady, als die beiden zurückblieben. »Gordon weiß etwas! Hast du gehört? Es steht ein Fragezeichen bei meinem Namen! Das ist böse. Lola, ich habe genug von diesen Fröschen. Sie gehen mir auf die Nerven!«

»Du bist ein Narr«, sagte sie ruhig. »Gordon hat genau das erreicht, was er wollte, er hat dir Angst gemacht.«

»Angst?« antwortete Lew. »Du hast keine Angst, weil du keine Phantasie hast. Ich bin in Unruhe, weil ich einzusehen beginne, daß die Frösche zehnmal größer sind, als mir je geträumt hat! Sie haben neulich erst den Schotten Maclean getötet, sie werden sich's nicht zweimal überlegen, bevor sie mir den Garaus machen. Ich kenne die Frösche, Lola. Sie sind imstande, jedes Verbrechen zu begehen, vom Mord angefangen! Der Frosch ist ihr Gott, ihr Idol. – Ein Fragezeichen bei meinem Namen? Ich könnte es beinahe glauben! Ich habe etwas über sie ausgeplaudert, und das werden sie mir nicht verzeihen.«

»Pst!« warnte sie. Schritte wurden hörbar, und Ray kam zurück.

»Gott sei Dank, sie ist fort! Ach, was ist das heute für ein Morgen. Ich sehe schon überall grüne Frösche, wie ein Säufer im Delirium tremens weiße Mäuse sieht.«

Lola öffnete ihr goldenes Zigarettenetui, entzündete eine Zigarette und löschte das Zündhölzchen mit einem Knipsen des Fingers aus. Dann wendete sie über die Schulter hin ihr schönes, weißes Gesicht Ray zu. »Was hast du gegen die Frösche?« fragte sie kühl. »Sie zahlen gut und verlangen wenig.«

Ray starrte sie an.

»Wie meinst du das?« fragte er verblüfft. »Es sind doch niedrige Vagabunden, die die Leute umbringen?«

Sie schüttelte den Kopf.

»Nicht alle«, verbesserte sie. »Das ist nur die Masse. Die großen Frösche sind schon anderer Art. Ich bin einer und Lew ist einer.«

»Was, zum Teufel, plapperst du da?« fragte Lew halb in Angst und halb in Zorn.

»Er soll es nur wissen. Früher oder später muß er es wissen«, sagte Lola unbewegt. »Er ist ein viel zu gescheiter Junge, um für ewige Zeiten an die japanische Gesandtschaft zu glauben. Warum soll er nicht wissen, daß er ein Frosch ist?«

Ray taumelte zurück. »Ein Frosch?« wiederholte er mechanisch.

Lola trat hinter seinen Stuhl.

»Ich kann nicht begreifen, warum es schlimmer sein soll, ein Frosch zu sein, als der Agent einer fremden Regierung, der du die Geheimnisse deines Vaterlandes verkaufst«, sagte sie. »Man hat dich aus Tausenden auserwählt, weil man die richtige Intelligenz bei dir gefunden hat. Du solltest darüber geschmeichelt und nicht entrüstet sein.« Sie streckte ihm ihre schmalen Hände entgegen, die seine Seele wie Wachs zu formen wußten, und er küßte sie.

»Etwas wirklich Schlechtes wird man doch von mir nicht verlangen?« fragte er zögernd. »Ich bin auch absolut nicht dazu angetan, Leute mit dem Knüppel zu erschlagen, aber du hast vielleicht recht – man kann den Frosch nicht für alles verantwortlich machen, was seine Leute anstellen. Nur in einer Sache bleibe ich fest, Lola. Ich lasse mich unter keinen Umständen tätowieren!«

»Du dummer Junge!« sagte sie und streckte ihren weißen Arm aus. »Bin ich denn tätowiert?« fragte sie. »Oder Lew? Die Großen werden nicht gezeichnet! Du weißt nicht, was für eine große Zukunft du hast, Lieber.«

Ray nahm ihre Hand und streichelte sie. »Lola – und diese Geschichte, die Gordon erzählt hat – daß du verheiratet bist, ist das wahr?«

Sie strich über sein Haar.

»Gordon ist eifersüchtig«, sagte sie. »Nein, frage nicht, ich kann dir jetzt nicht alles erzählen. Aber hat er nicht seine guten Gründe?«

Ihre Augen strahlten ihn an, aber als er die Arme nach ihr ausstreckte, entwand sie sich ihm.

»Hör zu. Ich werde jetzt um einen Tisch telefonieren, und du kommst mit uns zum Lunch. Und wir werden auf das Wohl des großen, kleinen Frosches trinken, der uns alle ernährt.«

Aber als Lola den Hörer abhob, sah sie ein kleines schwarzes Metallkästchen, das an der Basis des Telefons befestigt war.

»Ist das eine neue Erfindung?« fragte sie.

»Man hat es gestern angebracht«, erwiderte Ray. »Der Monteur erzählte mir, daß jemand, der während eines Gewitters telefonierte, einen schrecklichen Schlag bekommen hat, und so machen sie jetzt das Experiment mit diesen Apparaten, die sie überall anbringen. Es macht das Telefon schwerer und ist auch häßlich, aber ...«

Lola legte den Hörer nieder und beugte sich über den Apparat.

»Es ist ein Diktaphon«, sagte sie. »Und die ganze Zeit, während wir gesprochen haben, hat man unser Gespräch belauschen können.«

Sie ging zum Kamin, holte den Schürhaken und ließ ihn mit einem Krach auf den kleinen Kasten fallen.

Inspektor Elk, der, die Hörer auf dem Kopf, in seinem kleinen Büro auf dem Themse-Embankment saß, legte den Bleistift mit einem Seufzer nieder. Dann nahm er seinen Hörer von der Gabel auf und rief die Polizeizentrale an.

»Sie können das Diktaphon bei Nummer 93718 abschrauben«, sagte er.

Er sammelte seine Stenogrammnotizen, ging an sein Pult und

legte sie gleich neben seinem Ablöscher zurecht. Zum Fenster schlendernd, blickte er auf den sonneblitzenden Fluß hinab, und Friede und Freude wohnten in seinem Herzen.

In derselben Nacht hatte sich der Gefangene Mills, nachdem ihm Straflosigkeit und freie Fahrt nach Kanada zugesichert worden waren, entschlossen, ein volles Geständnis in Aussicht zu stellen. Und Mills wußte viel, weit mehr, als er bis jetzt gestanden hatte.

»Ich kann Ihnen eine Spur angeben, die Ihnen Nummer Sieben in die Hände liefern wird«, hatte auf einem Zettel gestanden. »Nummer Sieben!« Elk holte tief Atem. Nummer Sieben war der Angelpunkt, um den sich das Rad drehte. Elk rieb sich die Hände, denn nun schien es, daß das Geheimnis des Frosches doch gelöst werden sollte. Vielleicht würde die Spur auch zu dem fehlenden Vertrag hinführen.

Bei dem Gedanken an das fehlende Dokument seufzte Elk. Zwei Minister, ein großes Staatsdepartement und unzählige Untersekretäre füllten ihre Bürozeit mit wilden Erkundigungsschreiben an die Polizeidirektion aus, die alle Lord Farmleys Verlust zum Inhalt hatten.

»Sie fordern Wunder!« sagte Elk. »Und ich glaube nicht, daß heutzutage noch Wunder geschehen.«

Er ging zum Kleiderständer, um sich zum Trost die Zigarrentasche aus seinem Rock zu holen, und seine Hand berührte dabei eine dicke Papierrolle. Er zog sie heraus und warf sie auf sein Pult. Sie entfaltete sich, und sein Blick fiel auf die ersten Worte des ersten Blattes: »Im Namen von des Königs allerhöchster Majestät ...«

Elk wollte aufschreien, aber die Stimme versagte ihm. Er riß die Papiere vom Pult und wendete mit zitternden Händen die Blätter um. Es war der verlorene Vertrag.

Elk hielt das kostbare Dokument in Händen und ließ die Ereignisse der heutigen Nacht an sich vorüberziehen. Wann hatte er nur den Überrock abgelegt? Wann hatte er nur zuletzt die Hand in die Tasche gesteckt? Er hatte den Rock in die Garderobe des Herons-Klubs gegeben und konnte sich nicht entsinnen, seither in die Tasche gegriffen zu haben. Also war es doch wohl im Klub geschehen! Vielleicht war einer der Kellner der Frosch gewesen.

Elk setzte sich nieder, um nachzudenken. »Du lieber Gott!« sagte er.

Er läutete, und Balder kam herein.

»Balder, Sie können sich erinnern, daß ich durch Ihr Zimmer gegangen bin. Trug ich da den Rock über dem Arm?«

»Ich habe gar nicht darauf geachtet«, sagte Balder mit Befriedigung.

Balder machte stets auf Elk den Eindruck, als ob es ihm herzliche Zufriedenheit bereite, wenn er nichts gesehen hatte, wenn er nichts wußte, wenn er nicht fähig war, zu helfen.

»Sehr merkwürdig«, sagte Elk.

»Etwas nicht in Ordnung, Herr Inspektor?«

»Nein, nein. – Haben Sie sich gemerkt, was mit Mills zu geschehen hat? Er darf mit niemandem sprechen. Im Augenblick seiner Ankunft soll er in das Wartezimmer geführt werden und ganz allein bleiben. Es ist nicht erlaubt, mit ihm zu reden, oder, falls er selbst sprechen sollte, zu antworten.«

Elk prüfte seinen Fund nochmals. Es fehlte nichts, auch die Anmerkungen des Ministers waren vorhanden. Elk rief Seine Lordschaft an und erstattete seinen erfreulichen Bericht. Zehn Minuten später kam eine kleine Abteilung vom Auswärtigen Amt, um das kostbare Dokument abzuholen und Elk im Namen des Ministeriums den Dank für seine wertvollen Dienste auszudrücken.

Hätte Elk die Papiere nicht wieder zu finden gewußt, so hätte man ihn von ganzem Herzen verflucht, und er wäre ebenso unschuldig daran gewesen. Es blieb noch eine Stunde bis zur Ankunft Mills', und Elk verbrachte diese mit Hagn, der nun eine besondere Zelle, entfernt von den gewöhnlichen Haftplätzen, in der Cannon-Row-Station einnahm.

Hagn weigerte sich, irgendwelche Geständnisse zu machen.

»Sie haben keine Beweise, Elk«, sagte er. »Und Sie wissen, daß ich unschuldig bin.«

»Sie waren der letzte, den man in Genters Gesellschaft gesehen hat«, sagte Elk fest. »Im übrigen hat auch Mills alles verraten. Ich will es Ihnen gestehen, wir haben seit heute morgen Nummer Sieben unter Schloß und Riegel.«

Zu seinem Erstaunen brach Hagn in helles Gelächter aus.

»Bluff!« sagte er. »Und ein billiger Bluff. Damit können Sie kleine Diebe täuschen, aber mir machen Sie nichts weis. Wenn Sie ›Sieben‹ gefangen hätten, würden Sie nicht so fröhlich zu mir sprechen. Gehen Sie doch und finden Sie ihn, Elk. Und wenn Sie ihn gefunden haben, dann halten Sie ihn nur ja fest. Lassen Sie ihn nicht entkommen, so wie Mills Ihnen entkommen wird.«

Elk kehrte von dieser Unterredung mit dem Gefühl zurück, daß vielleicht doch nicht alles ganz nach seinem Wunsch gegangen war.

Aber als er das Gebäude verließ, winkte er dem Oberinspektor.

»Ich werde Hagn heute nachmittag einen Lockvogel schicken. Stecken Sie die beiden zusammen und lassen Sie sie allein.«

Der Oberinspektor nickte verständnisinnig.

17

An jenem Morgen, an dem Elk auf die Ankunft des geständigen Mills wartete, wurden umständliche Vorsichtsmaßregeln ergriffen, um den Gefangenen sicher in die Polizeidirektion zu schaffen. Während der ganzen Nacht war das Gefängnis von einem Kordon bewaffneter Wachen umgeben, und Wachen patrouillierten in dem angrenzenden Hof. Der gefangene Frosch war ein gebildeter Mann, dem es nicht schlecht ergangen und der auf der Walze von zwei vagabundierenden Mitgliedern der Brüderschaft angeworben worden war. Aus seinen Aussagen ging hervor, daß er als Abteilungschef fungiert hatte, indem er die Instruktionen und Orders den Unteroffizieren und Gemeinen weitergab.

Um elf Uhr brachte man ihn aus seiner Zelle, aber Mills war trotz der Versicherung, die er erhalten hatte, nervös und furchtsam. Außerdem war er erkältet und hustete stark.

Um elf Uhr fünfzehn wurden die Gefängnistüren geöffnet,

und drei Motorradfahrer fuhren gleichzeitig heraus. Ein geschlossenes Auto mit herabgelassenen Vorhängen folgte ihnen. Auf beiden Seiten begleitete den Wagen eine Patrouille auf Motorrädern, und ein anderes Auto, mit Polizeibeamten bemannt, folgte.

Sie erreichten Scotland Yard ohne Mißgeschick. Die Tore an beiden Seitenflügeln des Gebäudes wurden geschlossen, und Mills wurde durch das Haupttor hereingebracht. Elks Beamter Balder und ein Detektivsergeant nahmen den Mann in Obhut, der sehr blaß war und schwankte.

Er wurde in ein kleines Zimmer, das an Elks Büro stieß, geführt. Es war ein Raum, dessen Fenster mit schweren Stangen versehen waren, weil er während des Krieges als Arrest für Spione verwendet worden war. Zwei Leute wurden zur Bewachung außerhalb der Tür beordert, und der immer unzufriedene Balder kam herein, um zu berichten.

»Wir haben den Burschen ins Wartezimmer gesteckt, Herr Inspektor.«

»Hat er etwas gesagt«, fragte Dick, der um des Verhöres willen gekommen war.

»Nein, nur verlangt, daß das Fenster geschlossen werden soll. Da habe ich es selber zugemacht.«

»Bringen Sie uns den Gefangenen!« sagte Elk.

Sie warteten eine Weile und hörten das Rasseln von Schlüsseln und dann ein aufgeregtes Stimmengewirr. Balder stürzte herein.

»Er ist krank, ohnmächig oder so was!« keuchte er. Und Elk stürzte ihm nach, den Korridor entlang in das Wartezimmer. Mills lag halb, den Oberkörper schwer gegen die Mauer gelehnt. Seine Augen waren geschlossen, sein Gesicht war aschfahl. Dick beugte sich über ihn und legte ihn flach auf den Boden. Er roch an seinem Mund.

»Blausäure«, sagte er. »Aus.«

An jenem Morgen war Mills bis auf die Haut ausgezogen und alle seine Kleidungsstücke waren gründlich untersucht worden. Aus besonderer Vorsicht hatte man außerdem seine Taschen zugenäht. Den beiden begleitenden Detektiven gegenüber hatte er hoffnungsvoll von seiner bevorstehenden Reise nach Kanada gesprochen. Niemand, außer den Polizeioffizieren, war mit ihm in Berührung gekommen.

Dicks erster Blick galt dem Fenster, von dem vorhin Balder erwähnt hatte, er hätte es geschlossen. Es war jetzt etwa sechs Zoll weit geöffnet.

»Herr Hauptmann, ich weiß ganz bestimmt, daß ich es geschlossen habe«, sagte der Beamte nachdrücklich. »Der Sergeant Jekler hat es gesehen.«

Der Sergeant bestätigte die Aussage. Dick schob das Fenster ganz auf und sah hinaus. Es liefen vier Eisenstangen quer über den Ziegelrahmen, aber sowie er den Kopf hinausstreckte, sah er, daß ungefähr einen Meter vom Fenster entfernt eine lange Eisenleiter an der Mauer befestigt war, die vermutlich vom Dach zur Erde führte. Das Zimmer lag im dritten Stockwerk, und man sah auf das Strauchwerk weiter Gärten hinab. Jenseits wurde der Blick von Gitterzäunen begrenzt.

»Was sind das für Gärten?« fragte Dick.

»Die Onslow-Gärten«, sagte Elk.

»Onslow-Gärten?« wiederholte Dick nachdenklich. »War es nicht von dort aus, daß die Frösche mich zu erschießen versuchten?«

Elk schüttelte hilflos den Kopf.

»Was meinen Sie damit, Hauptmann?«

»Ich weiß es mir wirklich nicht zu erklären! Es scheint mir keine sehr geistreiche Theorie zu sein, wenn wir annehmen, daß jemand die Leiter erklettert hätte, um Mills das Gift durch das Fenster aufzudrängen. Und noch unwahrscheinlicher ist es, daß er es selbst genommen haben soll! Balder schwört, daß das Fenster verschlossen war, und jetzt stand es offen. Können Sie Balder trauen?«

Elk nickte überzeugt. Der Polizeiarzt kam bald nachher und bestätigte die Annahme, daß Blausäure die Todesursache gewesen war.

Elk begleitete Dick Gordon in sein Büro in Whitehall.

»Ich habe mich im ganzen Leben nicht gefürchtet«, sagte er. »Aber diese Frösche wachsen mir über den Kopf. Es ist hier doch tatsächlich ein Mensch vor unseren Augen getötet worden. Er war bewacht, wir haben ihn nie allein gelassen, außer für die wenigen Minuten, die er in dem versperrten Zimmer verbrachte, und doch konnte ihn der Frosch erreichen. Das vermag einen schon ein bißchen bange zu machen, Hauptmann Gordon!«

Dick schloß die Tür seines Büros auf und führte Elk in das gemütliche Innere.

»Ich kenne keine bessere Kur für zerrüttete Nerven, als eine ›Cabana Cesare‹«, sagte er fröhlich. »Verlieren Sie nicht den Mut, Elk. Der Frosch ist nur ein Mensch wie wir alle und hat, wie wir, seine Befürchtungen. – Wo ist Freund Broad?«

Elk zog, ohne zu zögern, das Telefon herbei und verlangte die Nummer. Nach einer kleinen Pause antwortete ihm Broads Stimme.

»Sind Sie das, Herr Broad? Was machen Sie denn jetzt?« fragte Elk in jenem schmeichelnd-süßen Ton, den er bei Telefongesprächen anzuwenden pflegte.

»Wer spricht? Elk? Ich bin im Begriff, auszugehen.«

»Ich war der Meinung, Sie vor fünf Minuten in Whitehall gesehen zu haben«, flötete Elk.

»Dann war es ein Doppelgänger«, antwortete Broad. »Ich bin erst vor zehn Minuten aus dem Bad gestiegen. Wünschen Sie etwas von mir?«

»Nein, nein«, gurrte Elk. »Ich wollte nur wissen, ob Sie wohlauf wären.«

»Warum? Ist etwas geschehen?« kam eine scharfe Gegenfrage.

»Nein, nein. Alles in schönster Ordnung!« antwortete Elk unaufrichtig. »Vielleicht kommen Sie einmal herüber und besuchen mich dieser Tage im Amt? Adieu.«

Er legte den Hörer zurück und machte eine schnelle Berechnung.

»Von Whitehall nach Cavendish Square braucht man in einem guten Auto vier Minuten«, sagte er. »Also hat ein momentaner Aufenthalt in der Wohnung nichts zu sagen.«

Er zog das Telefon wieder zu sich heran und rief die Polizeidirektion an. »Ich brauche einen Mann, um Herrn Joshua Broad zu beobachten. Er darf ihn bis acht Uhr abends nicht verlassen und soll mir dann Bericht erstatten.«

Elk setzte sich in den Sessel zurück und zündete die lange Zigarre an, die Dick ihm aufgedrängt hatte. »Heute ist Dienstag«, überlegte er. »Morgen ist Mittwoch, wo schlagen Sie vor, daß wir zuhören sollen?«

»Im Admiralitätsgebäude«, sagte Dick. »Ich habe es mit dem Ersten Lord so arrangiert, daß ich um drei Viertel drei in der Instrumentenkammer sein kann.« Dick ließ eine Frühausgabe der Abendblätter besorgen und war sehr erleichtert, als er darin keine Anspielung auf den Mord fand. Im Lauf des Tages, als er einmal von seinem Fenster nach Whitehall hinaussah, bemerkte er Elk, der auf der anderen Seite der Straße dahinschlenderte, den Regenschirm am Arm, den alten, steifen, runden Hut aus der Stirn geschoben, eine schlampige, unauffällige Figur. Eine Stunde später sah er ihn wieder aus der entgegengesetzten Richtung kommen. Dick wunderte sich, in was für besonderen Geschäften der Detektiv ausgewesen sein mochte und erkundete, daß Elk der Admiralität an jenem Tage zwei Besuche abgestattet hatte. Doch erfuhr er den Grund erst, als sie sich spät am Abend trafen.

»Ich verstehe nicht viel von der drahtlosen Telegrafie«, sagte Elk, »aber ich erinnere mich, etwas über ›Peilungen‹ gelesen zu haben. Wenn man wissen will, woher eine drahtlose Botschaft kommt, so muß man sie von zwei oder drei verschiedenen Orten abhören.«

»Natürlich, was bin ich für ein Narr!« unterbrach Dick, über sich selbst verärgert. »Es ist mir nicht einmal eingefallen, daß wir doch zu der Radiostation gehen können.«

»Mir kommen manchmal solche Ideen«, sagte Elk bescheiden.

»Die Admiralität hat Botschaften nach Milford Haven, Harwich, Portsmouth und Plymouth geschickt und den Schiffen den Auftrag gegeben, abzuhorchen und uns die Richtung zu peilen. Hoffentlich haben die Abendblätter die Sache nicht gebracht.«

»Sie meinen wegen Mills? Gott sei gedankt, nein. Aber es wird ja sicher bei der Untersuchung herauskommen. Ich habe es schon so eingerichtet, daß sie um eine oder zwei Wochen verschoben wird. Denn ich fühle, daß sich in den nächsten Wochen für uns vieles ereignen muß.«

»Hoffentlich nicht«, sagte Elk böse. »Ich traue mich ja nicht einmal mehr, eine Bratwurst zu essen, seitdem Mills um die Ecke gebracht wurde. Und ich habe so eine Schwäche für Bratwürste.«

18

Elks mißlauniger Beamter war in anklägerischer Stimmung.

»Die beim Rekord haben mir schon wieder eine Nase gegeben«, beschwerte er sich bitter. »Rekord bildet sich mehr ein als das ganze verfluchte Büro zusammen.«

Der Krieg zwischen Balder und »Rekord«, was eine Abkürzung für jene Abteilung der Polizeidirektion war, die die genauen Daten der Verbrechervergangenheit aufbewahrt, war schon älteren Datums. Rekord stand allem, was nicht intabulierte Tatsache war, höchst erhaben und ablehnend gegenüber. Die Rekordbeamten respektierten die anderen Leute nicht, sie hätten ebensogut den Polizeichef, der sich gegen ihre unbeugsamen Regeln verging, getadelt, wie den jüngsten Schutzmann des Straßen- und Sicherheitsdienstes.

»Was ist denn wieder los?« fragte Elk.

»Wissen Sie noch? Sie hatten letzthin eine Menge Material über den Mann, ich kann mich an seinen Namen nicht erinnern ...«

»Lyme«, meinte Elk.

»Ja, so hieß er. Aber es scheint nun, daß eines der Bilder fehlt. Am nächsten Vormittag, nachdem Sie sie angeschaut hatten, bin ich wieder in die Statistik gegangen und habe mir die Dokumente wieder geben lassen, weil ich gemeint habe, Sie wollten sie noch einmal anschauen. Sie haben sie aber nicht verlangt, und ich habe sie zurückgebracht. Und jetzt behaupten die vom Rekord, daß das Bild und die Maße weg sind.«

»Wollen Sie damit sagen, daß sie verlorengegangen sind?«

»Wenn sie verlorengegangen sind«, sagte der immer mürrische Balder, »dann hat sie die Statistik selber verloren. Die glauben vielleicht, daß ich irgend so etwas wie ein Frosch bin? Sie werfen mir auch immer vor, daß ich ihre Fingerabdruckkarten verlege.«

»Balder, ich habe Ihnen versprochen, Ihnen einmal eine große Chance zu geben, und jetzt sollen Sie sie haben. Sie sind letzthin nicht befördert worden, mein Sohn, weil die Leute da oben glaubten, daß Sie einer der Führer im letzten Streik gewesen sind. Ich kenne die Gefühle der Übergangenen. Sie machen einen bitter. Wollen Sie die große Chance ausnützen?«

Balder nickte mit angehaltenem Atem.

»Hagn ist in der separierten Zelle«, sagte Elk. »Legen Sie Zivilkleidung an, maskieren Sie sich ein bißchen, und ich werde Sie mit ihm zusammen einschließen. Wenn Sie sich fürchten, so können Sie einen Revolver mitnehmen, und ich werde es so einrichten, daß man Sie nicht untersucht. Schauen Sie, daß Sie mit Hagn ins Gespräch kommen. Sagen Sie ihm, daß Sie wegen des Mordes in Dundee eingesteckt worden sind. Er wird Sie nicht erkennen. Tun Sie mir den Gefallen, Balder, und in einer Woche werden Sie den Streifen auf dem Ärmel haben.«

Balder nickte. Der streitsüchtige Ton seiner Stimme war verschwunden, als er sprach. »Das ist eine Chance. Und schönen Dank dafür, Herr Inspektor.«

Eine Stunde später brachte ein Detektiv einen grimmig aussehenden Gefangenen nach Cannon Row und stieß ihn in die Stahlkammer. Der einzige, der den Gefangenen erkannt hatte, war der Oberinspektor, der auf die Ankunft des Lockvogels wartete. Dieser hohe Beamte geleitete Balder selber zu der separierten Zelle und stieß ihn hinein.

»Gute Nacht, Frosch!« sagte er.

Balders Antwort ist im Druck nicht wiederzugeben. Nachdem er seinen Untergebenen in Sicherheit wußte, ging Elk in sein Büro zurück, schloß die Tür, nahm den Hörer vom Telefon und legte sich nieder, um endlich ein paar Stunden Schlaf zu finden. Aber der Schlaf kam nicht. Seine Gedanken wanderten von Balder zu Dick Gordon, von Lola zu dem toten Mann Mills.

Seine eigene Stellung schien ernstlich gefährdet, aber das machte Elk nicht die geringsten Sorgen. Er war Junggeselle und hatte sich ein hübsches, rundes Sümmchen erspart.

Er dachte an Maitland, dessen Verbindung mit den Fröschen nun erwiesen schien. Der Alte lebte ein Doppelleben, am Tage ein Geschäftsmann, vor dem das Personal zitterte, bei Nacht der Mithelfer von Dieben und schlechter noch als ein Dieb. Und wo war das Kind? Das war eine andere harte Nuß!

»Nichts als harte Nüsse!« sagte Elk. Und mit den Händen unter dem Kopf blickte er wach und grollend zur Decke auf. Da er doch die gesuchte Ruhe nicht zu finden vermochte, stand er endlich auf und ging nach Cannon Row hinüber.

Der Gefängniswärter sagte ihm, daß der neue Arrestant eine ganze Menge mit Hagn gesprochen habe, und Elk lächelte.

Er hoffte nur, daß der »neue Arrestant« nicht auch versucht hatte, seine Klagen gegen die Polizeiadministration mit Hagn zu diskutieren.

Um drei Viertel drei Uhr traf er in der Instrumentenkammer der Admiralität mit Dick Gordon zusammen. Es war ihnen ein Funker zur Verfügung gestellt worden, und nach den Vorinstruktionen nahmen sie an seinem Tisch Platz, wo er mit seinen Tastern hantierte. Dick lauschte bezaubert den Rufen der fernen Schiffe und dem Geplauder der übermittelten Stationen. Einmal hörte er ein ganz schwaches Quieken, so schwach, daß er nicht sicher war, ob er sich nicht geirrt hatte.

»Cap Race«, sagte der Funker. »Sie werden in einer Minute Chicago hören. Um diese Zeit werden sie dort immer gesprächig.«

Als die Zeiger der Uhr sich der dritten Stunde näherten, begann der Funker seine Wellenlänge zu verändern, um die zu erwartende Botschaft im Äther zu erreichen. Genau eine Minute nach drei sagte er plötzlich: »Da haben Sie Ihr L. V. M. B.«

Dick hörte den Stakkatotönen zu:

»Alle Frösche hört: Mills ist tot! Nummer Sieben hat ein Ende mit ihm gemacht.

Nummer Sieben bekommt eine Prämie von hundert Pfund.«

Die Stimme war klar und ganz ungewöhnlich zart. Es war die Stimme einer Frau.

»Der dreiundzwanzigste Bezirk soll es so einrichten, daß er die Instruktionen von Nummer Sieben an dem gewöhnlichen Ort empfängt.«

Dicks Herz schlug wie ein Hammer. Er hatte die Sprecherin

erkannt. Es konnte kein Zweifel sein. Er kannte den weichen Tonfall. Es war Ella Bennetts Stimme. Es wurde ihm plötzlich übel. Elks Augen hingen an ihm, und er machte übermenschliche Anstrengungen, sich zu beherrschen.

»Es scheint, als ob noch etwas kommen sollte«, sagte der Funker, nachdem er einige Minuten gewartet hatte.

Dick nahm den Kopfhörer ab und erhob sich. »Wir müssen warten, bis die Direktionssignale kommen«, sagte er, so fest er es vermochte.

Da kamen sie auch schon und wurden von einem Schiffsoffizier auf einer großen Skalenlandkarte ausgearbeitet.

»Die Radiostation befindet sich in London«, sagte der Offizier. »Ich möchte fast behaupten, daß alle Linien sich im Westen treffen, vermutlich im Herzen der City. – Haben Sie es schwer gehabt, den Froschruf aufzunehmen?« fragte er, sich an den Funker wendend.

»Ja«, sagte der Mann. »Ich glaube, man hat von ganz nah gesendet.«

»In welchem Stadtteil dürfte es Ihrer Ansicht nach gewesen sein?« fragte Elk.

Der Schiffsoffizier deutete auf eine Bleistiftlinie, die er in den Plan eingezeichnet hatte. »Ungefähr auf dieser Linie«, sagte er.

Und Dick, über dessen Schulter gebeugt, sagte erstickt: »Caverley-Haus.«

Es drängte ihn ins Freie hinaus. Er mußte das Ungeheuerliche überdenken. Ob wohl auch der Detektiv die Stimme erkannt hatte?

Sie hatten schon Whitehall erreicht, als Elk endlich sagte: »Das klang ja ganz wie eine uns sehr befreundete Stimme, Hauptmann Gordon?«

Dick antwortete nicht.

»Sehr ähnlich«, sagte Elk, als ob er zu sich selber spräche.

»Wirklich, ich könnte unzählige Eide schwören, daß ich die junge Dame kenne, die da für den alten Herrn Frosch gesprochen hat.«

»Warum hat sie das nur getan?« stöhnte Dick. »Warum, um Himmels willen, mußte sie das tun?«

»Ich erinnere mich, sie schon vor Jahren gehört zu haben«, sagte Elk. »Sie war damals bei der Bühne und noch ein kleiner Fratz.«

Dick Gordon blieb stehen und starrte den andern an.

»Ich habe etwas bemerkt, Hauptmann. Wenn Sie ein Vergrößerungsglas nehmen und Ihre Haut dadurch betrachten, so sehen Sie die geringsten Defekte, nicht wahr? Dieses drahtlose Telefon wirkt wie eine Art von Vergrößerungsglas auf die Stimme. Sie hat immer ein bißchen gelispelt, was ich sofort gemerkt habe. Sie mögen es vielleicht nicht beobachtet haben, aber ich habe ziemlich scharfe Ohren. Sie kann das S nicht richtig aussprechen. Es ist immer ein Zischen darin. Haben Sie das gehört?«

Dick hatte es gleichfalls gehört und bestätigte es stumm.

»In manchen Dingen bin ich – wie soll ich sagen? – unfehlbar!« fuhr Elk fort. »Bei den Daten mag es vielleicht ein wenig hapern, zum Beispiel, wann Wilhelm der Eroberer geboren ist – übrigens habe ich selbst auf Geburtstage nie Wert gelegt! Aber Stimmen und Nasen merke ich mir. Unvergeßlich!«

Sie durchschritten den dunklen Eingang von Scotland Yard, als Dick im Ton der Verzweiflung sagte: »Natürlich, das war ihre Stimme! Aber, ich hatte keine Ahnung, daß sie je bei der Bühne war. Ist ihr Vater vielleicht auch Schauspieler gewesen?«

»Soweit mir bekannt ist, hat sie doch keinen Vater«, war Elks zögernde Antwort. Und nun blieb Gordon stehen.

»Sind Sie wahnsinnig?« fragte er. »Ella Bennett hat keinen Vater?«

»Aber ich spreche doch nicht von Ella Bennett!« sagte Elk. »Ich spreche von Lola Bassano.«

»Ja, meinen Sie denn wirklich, daß Lola gesprochen hat?« fragte Dick atemlos.

»Natürlich war es Lola! Es mag ja eine ganz gute Imitation von Fräulein Bennett gewesen sein, aber jeder Imitator kann Ihnen sagen, daß solche sanften Altstimmen sehr leicht nachzuahmen sind.«

»Sie ganz gemeiner Schuft!« sagte Dick Gordon, und ein Stein fiel ihm vom Herzen. »Sie wußten wohl, daß ich Ella Bennett meinte, und Sie haben mich so auf die Folter gespannt!«

»Wieviel Uhr ist es?« gab Elk kühl zur Antwort. Es war halb vier. Elk sammelte seine Reserve, und zehn Minuten später entstieg vor der geschlossenen Tür des Caverley-Hauses eine kleine Gesellschaft dem Polizeiauto. Die Glocke rief den Nachtportier, der Elk sogleich erkannte.

»Schon wieder ein Gasalarm?« fragte er.

»Ich möchte das Mieterverzeichnis des Hauses sehen«, sagte Elk und hörte, wie der Portier die Namen, Beschäftigungen und Eigentümlichkeiten der Mieter darlegte.

»Wem gehört der Häuserblock?« fragte der Detektiv.

»Er gehört den Vereinigten Maitlands. Jetzt hat Maitland auch das Haus des Prinzen von Caux in Berkeley Square gekauft und ...«

»Bitte bemühen Sie sich nicht, mir seine Familiengeschichte zu erzählen. Um wieviel Uhr ist Fräulein Bassano nach Hause gekommen?«

»Sie war den ganzen Abend zu Hause, seit elf Uhr.«

»War jemand bei ihr?«

Der Mann zögerte. »Herr Maitland kam mit ihr, aber er ist bald wieder fortgegangen.«

»Sonst niemand?« Elk faßte den Portier scharf ins Auge.

»Niemand, außer Herrn Maitland.«

»Geben Sie mir Ihren Nachschlüssel.«

Der Portier weigerte sich. »Ich verliere meine Stellung«, bat er. »Können Sie nicht klopfen?«

»O doch«, meinte Elk. »Es vergeht kaum ein Tag, ohne daß ich jemanden bei der Verhaftung auf die Schulter klopfe. Aber ich möchte doch gern Ihren Schlüssel haben.«

Elk hatte nicht daran gezweifelt, daß Lola ihre Tür von innen verriegelt hatte, und seine Annahme bestätigte sich. Er läutete, und es dauerte lange, bevor Lola im Schlafanzug erschien.

»Was soll denn das heißen, Herr Inspektor?« fragte sie. Sie machte nicht einmal den Versuch, erstaunt zu scheinen.

»Nur eine freundliche Visite. Darf ich hereinkommen?«

Sie öffnete die Tür weiter, und Elk trat, von Gordon und den beiden Detektiven gefolgt, in die Wohnung ein. Lola ignorierte Dick völlig.

»Morgen sehe ich den Polizeichef«, sagte sie. »Und wenn er mir nicht volle Satisfaktion gibt, so bringe ich diese Sache in alle Zeitungen. Es ist unerhört, mitten in der Nacht in die Wohnung eines alleinstehenden Mädchens einzudringen, wenn es einsam und unbeschützt ist . . .«

»Wenn es irgendeine Zeit gibt, zu der ein alleinstehendes Mädchen einsam und unbeschützt sein soll, so ist es sicherlich die Nacht«, sagte Elk freundlich. »Ich möchte nur einen Blick in Ihr liebes kleines Heim werfen, Lola. Man hat uns davon benachrichtigt, daß bei Ihnen eingebrochen worden ist. Vielleicht versteckt sich gerade in dieser Minute der schwarze Mann unter Ihrem Bett. Der Gedanke, Sie sozusagen auf Gnade oder Ungnade solch einem gesetzlosen Charakter auszuliefern, widerstrebt unserer Ritterlichkeit. Durchsuchen Sie das Speisezimmer, Williams! Ich werde den Salon vornehmen. Und das Schlafzimmer.«

»Sie werden mein Schlafzimmer nicht betreten, wenn Sie nur einen Funken von Anstand haben«, zürnte Lola.

»Ich habe ihn aber nicht«, gestand Elk, »nicht das kleinste Fünkchen. Und im übrigen, Lola, stamme ich aus einer großen Familie, ich bin einer von zehn Geschwistern, und wenn es etwas gibt, was ich nicht sehen darf, so sagen Sie nur: machen Sie die Augen zu! Und ich werde sie bestimmt zumachen.«

Es gab aber allem Anschein nach nichts, das im geringsten verdächtig ausgesehen hätte. Vom Schlafzimmer aus gelangte man ins Badezimmer, und hier stand das Fenster offen. Elk leuchtete mit seiner Lampe die Außenmauer ab und sah, daß eine kleine Glasspule an der Wand befestigt war.

»Das sieht ganz wie ein Isolator aus«, murmelte er.

Ins Schlafzimmer zurückgekehrt, begann er nach dem Radiosender zu suchen. Er öffnete die Tür eines riesigen Mahagonischrankes und sah darin die Kleider in regenbogenfarbenen Reihen hängen. Elk tauchte seine Hand hinein. Es war der eleganteste Garderobenschrank, den er je gesehen hatte, und die Rückseite fühlte sich merkwürdig warm an.

Lola stand mit verschränkten Armen da und beobachtete ihn, ein verächtliches Lächeln auf ihrem schönen Gesicht. Elk schloß die Schranktür wieder, und seine empfindlichen Finger suchten auf ihrer Oberfläche nach einer Feder. Es brauchte lange Zeit, bis er den Taster entdeckt hatte, aber schließlich fand er doch ein Stückchen Holz, das dem Druck seiner Hand nachgab. Es schnappte etwas, und die Vorderseite des Schrankes begann sich herabzusenken.

»Ach, ein Schrankbett! Das ist aber eine praktische Erfindung!«

Aber es war durchaus kein Bett, das sich nun zeigte, und Elk wäre auch recht enttäuscht gewesen, hätte er ein solches vorgefunden. Auf einem Rahmen standen reihenweise Röhren, Transformatoren, der ganze Apparat, der für eine Sendestation notwendig ist.

»Sie haben doch sicherlich eine Erlaubnis dafür?« fragte er. In Wahrheit aber vermutete er nichts dergleichen, denn Lizenzen für Sendestationen werden in England recht spärlich gegeben.

Aber Lola ging an den Schreibtisch und brachte das Dokument zum Vorschein. Elk las, las wieder und nickte.

»Sie sind eine tüchtige Person«, sagte er nicht ohne Respekt.

»Nun möchte ich auch gerne die Lizenz sehen, die der Frosch Nummer Eins Ihnen ausgestellt hat.«

»Und ich möchte gern wissen, ob Sie für gewöhnlich die Leute aufzuwecken pflegen, um mitten in der Nacht nach ihren Lizenzen zu fragen?«

»Sie haben heute nacht den Sender im Dienste der Frösche benützt«, sagte Elk kurz. »Und vielleicht werden Sie die Güte haben, Hauptmann Gordon zu erklären, warum Sie dies taten?«

Lola wendete sich zum erstenmal zu Dick. »Ich habe den Apparat wochenlang nicht benützt, aber die Schwester eines meiner Freunde bat mich heute abend, ob sie ihn nicht benützen dürfe. Sie ist vor einer Stunde weggegangen.«

»Sie meinen Fräulein Bennett?« fragte Gordon, und Lola hob in vollendet gespieltem Erstaunen die schön gebogenen Augenbrauen.

»Woher wissen Sie es?«

»Liebe Lola, nun hast du dich aber verraten«, lachte Elk freundlich. »Fräulein Bennett hat neben mir gestanden, als du eben anfingst, in der Froschsprache zu plaudern. Du bist erwischt, Lola. Und das beste, was du tun kannst, ist, dich niederzusetzen und uns die ganze Wahrheit zu sagen. Wir haben Nummer Sieben gestern abend gefangen und wissen alles. Morgen wird der Frosch Handschellen tragen, und ich bin hierhergekommen, dir eine allerletzte Chance zu geben. Ich habe dich nämlich im geheimen immer gern gehabt. Etwas an dir erinnert mich an ein Mädchen, in das ich einmal wahnsinnig verliebt war.«

»Jetzt will ich Ihnen etwas erzählen, Elk«, sagte Lola. »Sie haben niemanden gefangen und Sie werden niemals jemanden fangen. Sie haben Ihren plattfüßigen Lockvogel Balder mit Hagn in eine Zelle gesperrt, um einen Triumph zu erleben. Aber Sie werden nichts erleben als große, große Unannehmlichkeiten.«

Zu anderen Zeiten würde sich Gordon über die Wirkung dieser Offenbarung auf Elk höchlichst amüsiert haben, denn das Kinn des unglücklichen Detektivs fiel herab, und er starrte hilflos über seine Gläser hinweg nach Lola.

»Hagn wird nicht gestehen«, fuhr sie fort. »Denn der Arm des Frosches würde ihn erreichen, so wie er Mills und Litnow erreicht hat und Sie erreichen wird, wenn der Frosch Sie dessen überhaupt für wert hält. So, jetzt können Sie mich arretieren, wenn Sie wollen. Sie haben durch das Diktaphon alles mit angehört, was ich Ray Bennett erzählt habe. Warum arretieren Sie mich nicht, um mir den Prozeß zu machen?«

Der gedemütigte Elk wußte wohl, daß er keinen Schuldbeweis hatte, um sie anzuklagen. Und Lola wußte, daß er dies wußte.

»Glauben Sie, mir so zu entkommen, Bassano?«

Gordon hatte gesprochen, und sie blitzte ihn zornig an.

»Es steht ein ›Fräulein‹ vor meinem Namen«, fauchte sie ihn an.

»Früher oder später werden Sie nur eine Nummer sein«, sagte Dick ruhig. »Sie und Ihresgleichen leben verantwortungslos und in Freuden dahin. Vielleicht, weil ich nicht kompetent genug bin, vielleicht, weil ich kein Glück habe. Aber eines Tages werden wir Sie erreichen, entweder ich oder mein Nachfolger. Sie können in dem Kampf mit dem Gesetz nicht gewinnen, denn das Gesetz ist ewig und beständig.«

»Eine Durchsuchung meiner Wohnung kann ich Ihnen nicht verwehren, aber eine Predigt brauch' ich mir nicht bieten zu lassen«, sagte sie verächtlich. »Und wenn die Herren zu Ende sind, so möchte ich Sie bitten, mir noch ein wenig Schlaf zu gönnen, damit ich morgen nicht allzu häßlich aufwache.«

»Das ist das einzige, was Sie niemals befürchten müssen«, sagte der galante Elk, und Lola lachte.

»Sie sind kein schlechter Mensch, Elk«, sagte sie. »Sie sind zwar ein schlechter Detektiv, aber Sie haben ein goldenes Herz.«

»Wenn das wahr wäre, so würde ich nicht wagen, allein in Ihrer Gesellschaft zu bleiben!« war Elks Antwort.

19

Als sie zur Polizeidirektion zurückfuhren, war Elk noch immer in tiefes Sinnen versunken.

»Es ist die größte Unannehmlichkeit für uns, daß die Frösche keine ungesetzliche Verbindung sind«, sagte Dick. »Es wird am Ende noch nötig sein, den Ministerpräsidenten um die Proklamierung der Gesellschaft zu bitten.«

»Vielleicht ist der auch ein Frosch!« sagte Elk, hoffnungslos düster. »Lachen Sie mich nicht aus! Hauptmann Gordon, ich sage es Ihnen, es stecken hohe Tiere dahinter. Ich fange schon an, jeden zu verdächtigen.«

»Vielleicht beginnen Sie gleich bei mir?« sagte Gordon in seiner befreiten Laune.

»Das habe ich schon längst getan«, war die freimütige Antwort.

»Und dann ist mir auch noch eingefallen, daß ich als kleiner Junge Nachtwandler war. Vielleicht führe ich ein Doppelleben und bin bei Tag Detektiv und bei Nacht ein Frosch. Das kann man nie wissen! Denn es ist mir ganz klar, daß ein Genie unter den Fröschen sein muß«, fuhr er mit unbewußter Unbescheidenheit fort.

»Lola Bassano?« vermutete Dick.

»Sie kann nicht organisieren. Sie hat eine Girltruppe geführt, als sie neunzehn Jahre alt war, und die ging an schlechter Organisation zugrunde. Ich glaube, daß man, um die Frösche zu führen, ganz der gleichen Art der Intelligenz bedarf, wie zum Beispiel zur Führung einer Bank. Maitland wäre der Mann! Ich habe den Kreis um ihn noch enger gezogen, nachdem ich mit Johnson über ihn gesprochen habe. Johnson sagt, daß er noch nie das Bankbuch des Alten gesehen hat, und obgleich er sein Privatsekretär ist, kann er über seine Transaktionen nichts aussagen, als daß er Realitäten kauft und verkauft. Das Geld, das der Alte privat verdient, wird auch nicht in den Bankbüchern gebucht, und Johnson war geradezu überrascht, als ich meinte, daß Maitland überhaupt seine Geschäfte außerhalb der Führung der Gesellschaft mache. Ich möchte Sie aber jetzt etwas anderes fragen, Hauptmann Gordon. – Möchten Sie sich nicht ein für allemal davon überzeugen, daß Fräulein Bennett nichts mit alledem zu tun hat?«

»Sie glauben doch nicht wirklich, daß das der Fall sein könnte?« fragte Dick, den das Entsetzen von neuem überkam.

»Ich bin bereit, alles von allen zu glauben!« sagte Elk. »Die Straße liegt jetzt leer vor uns, wir könnten in einer Stunde in Horsham sein. Ich für meine Person weiß ja ganz gewiß, daß es nicht Fräulein Bennetts Stimme war, aber denken Sie nur daran, daß wir für die Leute da oben Berichte zu schreiben haben (›Die Leute da oben‹ war Elks unveränderlicher Name für seine höchsten Vorgesetzten), und da würde es böse aussehen, wenn wir einfach sagen wollten, daß wir Fräulein Bennetts Stimme im Radio gehört haben und es nicht einmal der Mühe wert fanden, herauszubekommen, wo sie zu dieser Zeit in Wirklichkeit gewesen ist.«

»Sie haben recht«, sagte Dick gedankenvoll. Und Elk lehnte sich aus dem Wagen und gab dem Fahrer die neue Fahrtrichtung an. Der Morgen dämmerte schon, als das Auto die verlassene Straße von Horsham durchraste und dann langsam an Maytree Haus entlangfuhr. Das Landhaus zeigte kein Lebenszeichen. Die Vorhänge waren herabgelassen, nirgends brannte Licht.

Dick zögerte, als Elk die Hand auf die Türklinke legte. »Ich möchte die Leute nicht gern aufwecken«, gestand er. »Der alte

Bennett würde wahrscheinlich glauben, daß wir schlechte Nachrichten über seinen Sohn bringen.«

Aber sie brauchten John Bennett nicht erst aus dem Schlaf zu wecken. Elk wurde angerufen, und als er hinaufsah, bemerkte er den geheimnisvollen Mann, der aus dem Fenster lehnte.

»Was führt Sie hierher, Herr Inspektor?« fragte er gedämpft.

»Nichts Besonderes«, flüsterte Elk hinauf. »Wir haben heute nacht eine Radiobotschaft aufgefangen und uns war, als wäre es die Stimme Ihres Fräulein Tochter gewesen.«

John Bennett runzelte die Stirn, und Dick sah, daß er an der Wahrheit dieser Erklärung zweifelte.

»Auch ich habe die Stimme gehört, Herr Bennett«, bestätigte er.

»Wir haben einer ziemlich wichtigen Nachricht wegen zugehört, und die Umstände machen es uns zur dringenden Notwendigkeit, zu wissen, ob Fräulein Bennett gesprochen hat.«

»Das ist eine merkwürdige Geschichte«, sagte Bennett kopfschüttelnd. »Ich werde herunterkommen und Sie einlassen.«

Er öffnete, in einen alten Schlafrock gekleidet, die Tür und führte sie in das dunkle Wohnzimmer. »Ich werde Ella wecken, und sie wird wohl imstande sein, Ihnen zu beweisen, daß sie um zehn Uhr im Bett war.«

Er ging aus dem Zimmer, nachdem er die Vorhänge zurückgezogen hatte, um das Tageslicht hereinzulassen.

Und Dick wartete mit einem freudigen Vorgefühl auf Ellas Erscheinen. Er war nur zu froh gewesen, eine Ausrede für seinen neuerlichen Besuch in Horsham zu haben. Die Tage, die zwischen jedem Wiedersehen mit Ella lagen, schienen sich ihm zu Ewigkeiten zu dehnen.

Sie hörten Bennett die Treppe hinaufgehen, aber sogleich kam er wieder, und Entsetzen lag auf seinen Zügen.

»Ich kann das nicht verstehen«, murmelte er. »Ella ist nicht in ihrem Zimmer. Sie hat wohl in ihrem Bett geschlafen, aber sie hat sich offenbar wieder angezogen und ist fortgegangen.«

Elk kratzte sich das Kinn und vermied es, Dick anzusehen. »Fräulein Ella macht wohl gewöhnlich einen Morgenspaziergang?«

John Bennett schüttelte den Kopf. »Sie hat es sonst nie getan. Merkwürdig genug, daß ich sie nicht fortgehen gehört habe, denn ich habe heute nacht sehr wenig geschlafen. Entschuldigen Sie mich einen Augenblick, meine Herren.«

Er ging hinaus und kam in ein paar Minuten angekleidet wieder. Es war jetzt schon ganz hell, obgleich die Sonne noch nicht aufgegangen war. John Bennett schien nicht weniger beunruhigt, als Dick es war, in dessen Hirn tausend zweifelnde und entschuldigende Gedanken sich kreuzten.

»Sie sind ja im Auto hierhergekommen, haben Sie im Vorüberfahren niemanden gesehen?«

Dick schüttelte den Kopf.

»Liegt Ihnen etwas daran, wenn wir die Straße weiter nach Shoreham fahren?«

»Das wollte ich Ihnen eben vorschlagen«, sagte Dick. »Ist es nicht ziemlich gefährlich für Ihre Tochter, zu dieser Stunde allein spazierenzugehen? Die Straßen sind von Landstreichern bevölkert!«

Der Alte gab keine Antwort, er saß neben dem Chauffeur, und seine Blicke waren ängstlich auf die Straße vor ihnen gerichtet. Das Auto fuhr mit Eilzugsgeschwindigkeit zehn Meilen dahin, dann wendete es und begann die Seitenstraßen abzusuchen. Als sie sich dem Dorf näherten, zeigte Dick auf einen dichten Wald, zu dem ein schmaler Weg führte.

»Wie heißt dieser Wald?« fragte er.

»Es ist der Wald von Elsham, dort wird sie doch wohl nicht hingegangen sein!« Bennett zögerte.

»Versuchen wir es immerhin«, sagte Dick, und sie fuhren durch einen Hain von hohen Bäumen, deren verwachsene Wipfel die Straße gänzlich verdüsterten.

»Hier sind Autospuren«, sagte Dick plötzlich. Aber Bennett schüttelte den Kopf.

»Es kommen viele Leute hierher, um Picknicks abzuhalten«, sagte er.

Aber Dick hatte wohl gemerkt, daß diese Spuren frisch waren, und nun stellte er auch fest, daß sie von der Straße abbogen und zwischen den Bäumen hinführten. Von dem Auto selbst war jedoch nichts zu sehen. Die Straße endete nach einer weiteren Meile, und vor ihnen lag eine Lichtung, wo es nichts als Heidekraut und Baumstümpfe gab, denn der Wald war während des Krieges fast gänzlich abgeholzt worden. Mit einiger Schwierigkeit wurde das Auto gewendet und schoß zurück. Sie kamen durch den Hain ins Freie, und da stieß Dick einen Schrei aus.

John Bennett hatte seine Tochter schon erblickt. Sie ging in der Mitte der Straße rasch vor ihnen her und wich, als das Auto näher kam, auf den grasbewachsenen Rand zur Seite, ohne sich umzusehen. Dann blickte sie auf, sah ihren Vater und erblaßte. Im Augenblick war er neben ihr.

»Aber liebes Kind«, sagte er vorwurfsvoll, »wo bist du denn um diese Zeit gewesen?«

Es schien Dick, als sähe sie erschrocken aus. Elks Augen zogen sich prüfend zusammen.

»Ich konnte nicht schlafen und bin ein wenig ausgegangen, Vater«, sagte sie und nickte Dick zu. »Wie kommen Sie zu dieser Zeit hierher, Hauptmann Gordon? Das ist wirklich eine Überraschung!«

»Ich bin gekommen, um Sie um eine Unterredung zu bitten.«

»Mich!« rief Ella, aufrichtig erstaunt.

»Hauptmann Gordon hat deine Stimme im Radio mitten in der Nacht gehört und wollte etwas Näheres darüber erfahren. Warst du um Rays willen fort? Ist er hier?« fragte er eifrig.

Sie schüttelte den Kopf.

»Nein, Vater«, sagte sie ruhig. »Und was das Radiogespräch betrifft, so habe ich noch niemals durchs Radio gesprochen.«

»Wir haben auch sogleich gewußt, daß Sie es nicht gewesen sind!« sagte Dick Gordon rasch. »Elk hat sofort erklärt, daß jemand Ihre Stimme imitiert habe.«

»Sagen Sie mir nur das eine, Fräulein Bennett«, warf Elk ein, »waren Sie gestern abend in der Stadt?«

Ella schwieg.

»Meine Tochter ist um zehn Uhr zu Bett gegangen, ich habe es schon gesagt«, sagte John Bennett barsch.

»Waren Sie in den Morgenstunden in London, Fräulein Bennett?« beharrte Elk.

Und zu Dicks Verblüffung nickte sie.

»Waren Sie in Caverley Haus?«

»Nein«, antwortete sie sofort.

»Aber Ella, was hast du in der Stadt gemacht?« fragte John Bennett. »Hast du Ray besucht?«

Nach einem Zögern verneinte sie. – »Warst du allein?«

»Nein«, sagte Ella, und ihr Mund zitterte. »Bitte, frage mich nicht weiter. Ich kann in dieser Sache nicht frei reden. – Papa, du hast mir ja immer vertraut, du wirst mir auch jetzt vertrauen, nicht wahr?« sagte sie mit ihrer süßen Stimme.

Er nahm ihre Hand und hielt sie mit beiden Händen fest.

»Ich werde dir immer vertrauen, Mädel«, sagte er. »Und diese beiden Herren müssen es auch.«

Ihr bittender Blick begegnete Gordons Blick, und er nickte.

Elk rieb wütend sein Kinn.

»Ich bin sicherlich eine besonders vertrauensvoll veranlagte Natur und werde in Ihre Worte so wenig Zweifel setzen wie in meine eigenen, Fräulein Bennett.« Er sah auf die Uhr. »Aber ich denke, wir müssen jetzt wegfahren und den armen alten Balder aus dem Haus der Sünde befreien«, sagte er.

»Wollen Sie nicht bleiben und mit uns frühstücken?« lud Bennett ein.

Dick sah Elk bittend an, und der Detektiv stimmte zu.

»Nun, Balder wird es auf eine Stunde mehr oder weniger nicht ankommen«, sagte er.

Während Ella das Frühstück bereitete, spazierten Dick und Elk auf der Straße auf und ab.

»Ich habe das absolute Vertrauen in Fräulein Bennetts Wahrhaftigkeit!« sagte Dick begeistert.

»Vertrauen ist eine schöne Sache!« murmelte Elk. »Schließlich ist auch Fräulein Bennett nichts anders als eins der kleinen Stückchen, die zu diesem Puzzlespiel gehören, und wird ihren Platz finden, wenn wir nur erst das Stück, das so wie ein Frosch geformt ist, auf die richtige Stelle gelegt haben!«

Von dem Platz, auf dem sie nun standen, konnten sie, nach Shorham gewendet, den Anfang der engen Waldstraße von Elsham sehen.

»Und das Rätselhafteste ist mir daran«, murmelte Elk, »warum sie auf einmal mitten in der Nacht in den Wald spazieren mußte!«

Er hielt an und neigte horchend den Kopf zur Seite.

Das Rattern eines Autos kam näher und näher. Langsam ward auch der Kühler eines Autos sichtbar, dem der übrige Körper einer großen Limousine folgte.

Der Wagen kam auf sie zu, indem er sein Tempo mehr und mehr beschleunigte.

Einen Augenblick später schoß er an ihnen vorbei, und sie sahen den einzigen Insassen.

»Aber da soll mich doch der Teufel holen!« sagte Elk, der sehr selten einen Fluch gebrauchte. Und in diesem Augenblick hielt Dick ihn wirklich für gerechtfertigt, denn der Mann in der Limousine, den zu treffen Ella nachts in den Elshamwald gegangen war – war Ezra Maitland.

20

Eine halbe Stunde später fuhren sie in tiefem Schweigen an den leerstehenden Villen vorüber, wo Genters Leichnam gefunden worden war. Dick erinnerte sich dessen mit einem kleinen Schauder, daß der Tod Genter ausgerechnet in der Nähe von Horsham ereilt hatte.

Und Hagn sollte dafür sterben! Dick war dazu entschlossen. Denn ob er nun ein Frosch war oder nicht, er war an diesem Mord beteiligt gewesen.

Als ob Elk Dicks Gedanken lesen konnte, wendete er sich zu ihm und sagte: »Glauben Sie, daß Ihr Beweisverfahren stark genug sein wird, um ihn hängen zu können?«

»Unglücklicherweise gibt es keine Indizienbeweise gegen ihn, außer dem Auto, das Sie unter Schloß und Riegel halten, und der Tatsache, daß der Garagenbesitzer Hagn identifizieren kann.«

»Mit dem Bart?« kopfschüttelte Elk. »Ich glaube, solange der alte Balder ihn nicht zu einem Geständnis bringt, wird es schwerhalten, die Geschworenen von seiner Schuld zu überzeugen. Was mich betrifft«, fügte er hinzu, »würde ich, wenn ich je dazu verdammt sein sollte, eine ganze Nacht allein mit Balder zu verbringen, die Wahrheit sagen, nur um ihn loszuwerden. Er ist ein pfiffiger Bursche, dieser Balder. Die Leute da oben erkennen ihn nicht genügend an.«

Elk gab dem Chauffeur Weisung, geradeaus nach Cannon Row zu fahren. Dicks Geist befaßte sich mit andern Dingen.

»Was hatte sie nur, um Gottes willen, mit dem alten Maitland zu tun?« fragte er.

Elk schüttelte den Kopf.

»Ich weiß es nicht«, gab er zu. »Natürlich läge es ihr nahe, ihn vielleicht überreden zu wollen, daß er ihren Bruder zurücknimmt. Aber der alte Maitland ist nicht der Abenteurer, der mitten in der Nacht aufsteht, um darüber zu unterhandeln, ob er Ray die Stellung wiedergeben soll. Wenn er ein jüngerer Mann wäre, dann schiene es eher möglich! Aber er ist schon verteufelt bejahrt. Und er ist ein böser alter Mann, der sich nicht einen Pfifferling darum schert, ob Ray an seinem Pult für soundsoviel arbeitet, oder ob er im Zuchthaus zu Dartmoor Steine klopft.«

Der Wagen hielt am Eingang des Polizeigebäudes, und die Herren stiegen aus. Der Schreiber stand auf, als sie in das Büro kamen, und sah sie verwundert an.

»Wir wollen nur Balder herausholen«, erklärte Elk.

»Balder?« sagte der Mann überrascht. »Ich wußte gar nicht, daß er bei uns drinnen ist!«

»Ich habe ihn mit Hagn eingesperrt.«

Dem Polizeibeamten dämmerte ein Licht. Er blinzelte den Mann an.

»Das ist merkwürdig! Ich hatte gar keine Ahnung, daß das Balder war!« sagte er. »Mir hat nur ein anderer Sergeant gesagt, daß man einen Landstreicher zu Hagn hereingelassen hat. Hier ist der Schließer.«

Dieser Beamte war ebenso erstaunt wie der Sergeant selbst.

»Keine Ahnung gehabt, daß es Balder ist«, sagte er. »Deshalb haben sie so lange getratscht, beinahe bis ein Uhr.«

»Nun, und reden sie immer noch?« fragte Elk befriedigt.

»Nein, Herr Inspektor, ich habe vor einer Weile hineingeguckt, jetzt schlafen sie. Sie haben mir ja die Order gegeben, sie in Ruhe zu lassen.«

Dick und seine Untergebenen folgten dem Schließer auf den langen Gang hinaus, der weiß gekachelt war, und auf den viele schmale, schwarze Türen führten. Sie gingen bis zu der Tür am äußeren Ende. Der Gefängniswärter schloß auf, und Elk trat ein. Er ging zur ersten Schlafbank und zog die Decke herab, die der Schläfer über sein Gesicht gezogen hatte.

Da lag Balder auf dem Rücken, um seinen Mund war ein seidener Schal gewunden. Seine Hände waren ebenso wie seine Beine nicht nur mit Handschellen, sondern auch mit Stricken befestigt. Elk stürzte zur zweiten Schlafbank, aber als er die Decke berührte, sank sie leer unter seinen Händen zusammen. Hagn war fort!

Als sie Balder in Elks Büro gebracht und mit Branntwein gelabt hatten, erzählte er seine Geschichte: »Es war so um zwei Uhr herum, glaube ich, als das geschehen ist. Ich hab' den ganzen Abend mit Hagn geredet, aber es ist mir gleich klar gewesen, daß er mich von dem Moment an als Polizisten erkannt hat, als ich hereingekommen bin. Er hat mich den ganzen Abend zum besten gehalten. Aber ich bin standhaft geblieben, Herr Inspektor! Ich hab' schon gedacht, daß er seinen Verdacht überwunden hat, weil er plötzlich von den Fröschen zu reden angefangen hat. Er hat mir erzählt, daß diese Nacht, das heißt letzte Nacht, eine Radiobotschaft an alle Häuptlinge kommen wird. Dann hat er mich gefragt, warum Mills umgebracht worden ist, aber ich bin überzeugt, daß der Schurke ganz genau Bescheid gewußt hat. Nach ein Uhr haben wir nicht mehr sehr viel gequasselt, und um Viertel zwei habe ich mich niedergelegt und bin sicher gleich eingeschlafen. Dann bin ich aufgewacht, und da hat man mir schon einen Knebel in den Mund gesteckt gehabt, ich hab' versucht mich zu wehren, aber sie haben mich gehalten.«

»Sie?« fragte Elk. »Wie viele waren es denn?«

»Es müssen sicher zwei oder drei gewesen sein, ich weiß es nicht genau«, sagte Balder. »Mit zweien wäre ich ja wohl fertig geworden, denn ich bin nicht der Schwächsten einer – ah, es müssen schon mehr gewesen sein! Außer Hagn habe ich bestimmt noch zwei gesehen.«

»War die Zellentür offen?« erkundigte sich Elk gespannt.

»Ja, sie stand weit offen«, sagte Balder, nachdem er einen Moment nachgedacht hatte.

»Wie haben sie ausgesehen?«

»Sie haben ganz lange, schwarze Überröcke angehabt, und sie haben gar keinen Versuch gemacht, die Gesichter zu verstecken. Ich würde sie sofort wiedererkennen. Es waren noch junge Leute, wenigstens der eine. Was dann noch geschehen ist, weiß ich nicht mehr. Sie haben meine Beine umschnürt und haben die Decke über mich gezogen, ich habe nichts mehr gesehen oder gehört. Ich habe die ganze Nacht verlassen dagelegen und habe an meine liebe arme Frau und meine lieben armen Kinder gedacht ...«

Elk ließ ihn mitten in seiner Jeremiade zurück und ging hinüber, um eine sorgfältige Durchsuchung der Zelle vorzunehmen. Auf dem gleichen Korridor hatte ein Wächter in einem kleinen, mit Glaswänden umgebenen Loch, wo die Zellenindikatoren sich befanden, seinen Platz. Jede Zelle war für den Fall einer Erkrankung mit einer Glocke ausgestattet, die Signale wurden in diesem kleinen Büro an Tafeln sichtbar.

Darüber befragt, gab der Wärter an, daß er zweimal während seines Nachtdienstes für wenige Minuten in das Übernahmebüro gerufen worden war. Einmal, als ein wegen Trunkenheit Arretierter nach dem Doktor verlangte, und das andere Mal um halb zwei morgens, als er einen Einbrecher übernehmen sollte, der im Laufe der Nacht gefangengenommen worden war.

»Natürlich sind die Leute während dieser Zeit davongegangen«, sagte Elk.

Die Tür von Hagns Zelle war beiderseitig zu öffnen. In dieser Beziehung unterschied sie sich von den Türen aller anderen Zellen des Gefängnisses, da man ein Schloß gewählt hatte, das den Polizeioffizieren die Möglichkeit gab, den Gefangenen nach dem Verhör zu verlassen, ohne erst den Schließer herbeiläuten zu müssen. Das Schloß war nicht aufgebrochen worden, ebensowenig wie das der zum Hof führenden Tür. Elk ließ sofort die

Polizeileute rufen, die bei den Ausgängen von Scotland Yard Dienst gehabt hatten. Der wachhabende Beamte am Embankment hatte niemanden bemerkt.

Der Mann beim Whitehall-Ausgang entsann sich, daß er um halb drei Uhr einen Polizeiinspektor hatte hinausgehen sehen. Er war vollkommen sicher, daß der Beamte ein Inspektor gewesen war, denn jener hatte einen langen Säbel getragen, und der Wachhabende hatte auch den Stern auf seiner Schulter bemerkt. Er hatte den Vorgesetzten gegrüßt, wofür dieser gedankt hatte.

»Das kann einer von ihnen gewesen sein«, sagte Elk, »aber was ist dann mit den beiden andern geschehen?«

Hier fehlte jede Spur. Die beiden Befreier waren verschwunden, als ob sie sich in Luft aufgelöst hätten.

»Dafür werden wir wohl eine Nase bekommen, Hauptmann Gordon«, sagte Elk. »Und wenn es dabei glimpflich abgeht, so können wir uns noch freuen. Sie sollten lieber nach Hause gehen und sich schlafen legen, Hauptmann. Ich habe heute nacht wenigstens ein bißchen geschlafen. Wenn Sie ein wenig warten wollen, bis ich meinen armen Balder zu seinem Weib und zu seinen Kindern zurückschicke, die ich schon übrigens alle mit Namen kenne, dann will ich auch mit Ihnen gehen.«

Dick wartete am Whitehall-Ausgang, bis Elk kam.

»Ja, es wird wohl eine Nachfrage vom Department geben, da kann man nichts machen«, sagte er. »Was mich besonders kränkt, ist, daß wir den armen alten Balder in ein schlechtes Licht gestellt haben, und ich wollte ihm doch gerade etwas Gutes tun. Es ist eine alte Erfahrung, daß man dem Mann den schlechtesten Dienst erweist, dem man versucht, einen guten Dienst zu leisten.«

Es war jetzt beinahe zehn Uhr vormittags, und Dick war schwach von Hunger und Mangel an Schlaf. Ein- oder zweimal, während sie den Weg nach Harley Terrace zurücklegten, sah Elk sich um.

»Erwarten Sie jemanden?« fragte Dick, dem die Möglichkeit einer Gefahr aufdämmerte. »Ich habe gerade einen Mann gesehen, der uns nachgegangen sein kann, einer in einem braunen Überrock.«

»Ach nein«, sagte Elk gleichgültig. »Das ist einer von meinen Leuten. Aber haben Sie etwas dagegen, wenn wir hinübergehen?« Und ohne die Antwort abzuwarten, faßte er Gordons Arm und führte ihn über die breite Straße. »Das dachte ich mir!«

Ein kleiner Fordwagen, der in Riesenlettern den Namen einer Wäscherei trug und bis jetzt nur langsam hinter ihnen hergefahren war, überholte sie nun mit größter Geschwindigkeit. Elk folgte dem Auto mit den Blicken, bis es Trafalgar Square an der Ecke Whitehall erreichte. Aber statt nun nach links gegen Pall Mall oder rechts nach dem Strand abzubiegen, machte der Wagen einen Halbkreis und kam ihnen entgegen. Elk drehte sich um und gab ein Zeichen.

Der Detektiv im braunen Mantel, der ihnen gefolgt war, sprang sogleich auf das Trittbrett des Autos. Eine heftige Unterredung zwischen ihm und dem Chauffeur entspann sich, und endlich fuhren sie zusammen weiter.

»Erwischt!« sagte Elk lakonisch. »Jetzt führt er ihn auf die Direktion und hält ihn dort wegen irgendeiner Anschuldigung fest. Es ist nämlich die leichteste Art, jemand zu verfolgen, wenn man ein Geschäftsauto benützt«, sagte Elk. »Ein Geschäftswagen kann nämlich machen, was er will, und niemand nimmt davon die geringste Notiz. Wäre uns eine Limousine nachgefahren, so hätte sie die Aufmerksamkeit jedes einzelnen Schutzmanns erregt. Es war nichts anderes als ein Aufpasser. Aber mir schien es plötzlich«, sagte er mit einem Schaudern, »als wäre es der Tod selber.«

»Nehmen wir ein Auto«, sagte Dick, und seine Vorsicht war so groß, daß er drei leere Taxis abwartete, ehe er das vierte anrief.

»Kommen Sie mit«, sagte Dick. »Ich möchte Sie jetzt nicht gleich allein lassen. Ich habe ein leeres Zimmer, wenn Sie schlafen wollen.«

Elk begleitete Gordon nach Harley Terrace. Der Diener, der ihnen die Tür öffnete, sagte: »Ein Herr ist da, der auf Sie wartet. Er ist schon seit einer halben Stunde hier.«

»Wie heißt er?«

»Johnson.«

Tatsächlich war es der Philosoph, der sich aus dem Sessel erhob, obgleich Herrn Johnson in diesem Augenblick jeder Beweis für das Gleichgewicht der Seele, das die hauptsächlichste Eigenschaft aller Philosophen zu sein pflegt, mangelte. Der dicke Mann war ganz außer sich. Er saß verstört und unbequem auf dem äußersten Ende seines Sessels, so wie Dick ihn damals im Herons-Klub sitzen gesehen hatte.

»Hoffentlich werden Sie mir verzeihen, daß ich hierhergekommen bin, Hauptmann Gordon«, sagte er. »Ich habe ja vielleicht wirklich kein Recht, meine Sorgen zu Ihnen zu tragen.«

»Es freut mich, daß Sie in mir Ihren Freund sehen«, sagte Dick, indem er ihm die Hand schüttelte. »Kennen Sie Herrn Elk?«

»Wir sind ja alte Bekannte!« sagte Johnson, und für einen Moment kehrte all seine Freundlichkeit zurück.

»Ich muß unbedingt frühstücken«, sagte Dick, »wollen Sie nicht mein Gast sein?«

»Mit Vergnügen. Ich habe heute morgen noch nichts gegessen. Die Sache steht nämlich so, Hauptmann Gordon, daß er mich hinausgeworfen hat.«

Dick sah ihn verblüfft an. »Was? Maitland hat Sie entlassen?« Johnson nickte. »Und zu denken, daß ich dem alten Teufel so viele Jahre für dieses winzige Gehalt gedient habe! Und nie habe ich ihm Anlaß zu irgendeiner Klage gegeben! Hunderte und Tausende Pfund sind durch meine Hände gegangen, ja, auch Millionen. Bei mir hat immer alles auf den Penny gestimmt. Natürlich, denn wenn das nicht der Fall gewesen wäre, so hätte er es ja sofort entdeckt. Er ist der größte Mathematiker, dem ich je begegnet bin. Und er kann doppelt so schnell rechnen und schreiben als sonst irgendein Mensch«, fügte er mit widerstrebender Bewunderung hinzu.

»Es ist eigentlich merkwürdig, daß ein Mensch von so ungeschlachtem Benehmen und so roher Sprache solche Talente hat«, sagte Dick.

»Für mich ist er ein Wunder gewesen, seit ich ihn kenne«, gestand Johnson. »Wenn man ihn reden hört, so könnte man glauben, er wäre ein Straßenkehrer. Und doch ist er ein sehr belesener Mann von großer Bildung.«

»Kann er sich vielleicht auch Jahreszahlen merken?!« fragte Elk.

»Natürlich kann er das!« antwortete Johnson ernst. »Er ist ein merkwürdiger Mensch, wenn er auch in mancher Beziehung ein unangenehmer alter Herr ist. Ich sage das nicht, weil er mich jetzt entlassen hat, ich war immer dieser Ansicht. Aber er hat nicht den geringsten Funken von Güte. Ich glaube, das einzig Menschliche an ihm ist seine Liebe zu dem kleinen Jungen.«

»Was für ein kleiner Junge?« fragte Elk höchst interessiert.

»Ich habe ihn selbst nie gesehen«, sagte Johnson. »Das Kind ist noch nie ins Büro gebracht worden. Ich weiß nicht, wessen Kind es ist, aber möglicherweise ist es ein Enkel von Maitland.«

Es folgte eine Pause.

»Ich verstehe jetzt!« sagte Dick leise, und er hatte wohl das Recht dies zu sagen, denn in jenem Augenblick dämmerte ihm das Verständnis für den Frosch und für das Geheimnis des Frosches auf.

»Warum hat er Sie entlassen?« fragte Dick.

Johnson zuckte die Achseln. »Einer ganz törichten Sache wegen. Heute morgen, als ich kam, war er schon zugegen, ein ganz ungewöhnlicher Vorfall, denn er kommt gewöhnlich erst eine Stunde später als wir ins Büro. – ›Johnson‹, sagte er, ›Sie kennen Fräulein Bennett?‹ Ich antwortete, daß ich dieses Vergnügen hätte. ›Und wie ich höre‹, fuhr er fort, ›sind Sie einmal oder zweimal dort zum Essen geladen gewesen‹. – ›Das ist vollkommen wahr, Herr Maitland‹, antwortete ich. ›Sehr schön, Johnson‹, sagte Maitland, ›Sie sind entlassen.‹«

»Das war alles?« fragte Dick verblüfft.

»Ja, das war alles«, sagte Johnson verzweifelt. »Können Sie das begreifen?«

Dick antwortete nicht. Der neugierige Elk, der leidenschaftlich danach strebte, mehr über Maitland zu erfahren, stellte noch eine Frage.

»Herr Johnson, Sie sind doch jahrelang mit diesem Mann beisammen gewesen, haben Sie nicht irgend etwas an ihm bemerkt, was Ihnen besonders verdächtig vorgekommen ist? Hat er nicht geheime Besuche empfangen? Haben Sie nicht zum Beispiel gewußt, daß er etwas mit den Fröschen zu tun gehabt hat?«

»Mit den Fröschen?« Johnson riß die Augen auf, und seine Stimme verstärkte noch den Eindruck seines Unglaubens. »Gott behüte! Nein! Ich kann mir nicht einmal denken, daß er etwas über diese Leute weiß. Nein, Herr Elk, nie habe ich etwas gehört, gesehen oder gelesen, das diesen Eindruck erweckt hätte.«

»Sie haben doch die Berichte über die meisten seiner geschäftlichen Transaktionen gesehen, gibt es etwas, das Sie vermuten läßt, Maitland hätte – sagen wir durch den Tod des Herrn Maclean in Dundee oder durch den Überfall, der auf den Wollhändler in Durby gemacht wurde, profitiert? Zum Beispiel, wissen Sie, ob er nicht an dem Einkauf oder Verkauf von französischen Likören und Parfüms interessiert war?«

Johnson schüttelte den Kopf. »Nein, Herr Inspektor, er handelte einzig nur mit Realitäten. Er hat Bodenbesitz in England, in Südfrankreich und in Amerika. Er hat auch ein bißchen auf der Börse gespielt, ja, ja, wir haben sogar ein ziemlich großes Börsengeschäft gehabt, ehe die Mark fiel.«

»Was gedenken Sie jetzt zu tun, Herr Johnson?« fragte Dick.

Johnson machte eine hilflose Handbewegung. »Was kann ich denn anfangen, Herr«, sagte er. »Ich bin beinahe fünfzig Jahre alt – ich habe den größten Teil meines Lebens in einer Stellung verbracht, und es ist sehr unwahrscheinlich, daß ich noch eine zweite bekommen werde. Glücklicherweise habe ich mir nicht nur Geld erspart, sondern auch ein oder zwei gute Käufe gemacht, für die ich dem Alten dankbar sein muß. Ich glaube ja zwar nicht, daß er sich besonders gefreut hat, als er sah, daß ich seinem Beispiel gefolgt war, aber das gehört jetzt nicht zur Sache. Das verdanke ich ihm jedenfalls. Ich habe gerade genug Geld, um für den Rest meiner Tage, wenn ich keine außerordentlichen Spekulationen anfange und sehr, sehr bescheiden bin, leben zu können. Aber ich kam eigentlich hierher, um mich an Sie zu wenden und Sie zu fragen, ob Sie nicht vielleicht eine Stellung für mich wüßten? Ich würde doch gerne ein bißchen arbeiten und am allerliebsten mit Ihnen.«

Dick war ein wenig verlegen, denn für Herrn Johnson gab es, wohin er auch sah, keine Anstellungsmöglichkeit. Nichtsdestoweniger wollte er ihm doch nicht absagen.

»Lassen Sie mich die Sache ein paar Tage überdenken«, sagte er. »Wissen Sie eigentlich, wer jetzt Sekretär des Herrn Maitland ist?«

»Ich weiß es nicht. Das ist ja meine größte Kränkung. Ich habe einen Brief auf seinem Pult liegen sehen, der an Fräulein Bennett adressiert war. Und da ist mir der Gedanke gekommen, daß er vielleicht ihr meine Stellung anbieten will.«

Dick vermochte kaum seinen Ohren zu trauen. »Was veranlaßt Sie, das zu denken?«

»Ich weiß nicht, aber ein paarmal hat sich der Alte bei mir nach Rays Schwester erkundigt. Es war ebenso verwunderlich wie alles, was er sonst gemacht hat.«

Johnson tat Elk von Herzen leid. Er schien so absolut ungeeignet für den rauhen Konkurrenzkampf, und die Möglichkeiten, die einen Mann von fünfzig Jahren erwarteten, der immer in einer Stellung gewesen war, schienen praktisch genommen gleich Null. »Ich glaube nicht, daß Fräulein Bennett dieses Anerbieten annehmen wird, wenn Herr Maitland es ihr machen sollte. Bitte, geben Sie mir Ihre Adresse für den Fall, daß ich Ihnen etwas mitzuteilen habe.«

»Fitzroy Square Nummer 431«, sagte Johnson und murmelte eine Entschuldigung der etwas schmutzigen Visitenkarte wegen, die er überreichte. Er ging zur Tür, aber noch mit der Hand auf der Klinke zögerte er.

»Ich ... ich habe Fräulein Bennett sehr gerne«, sagte er stokkend. »Und ich möchte gerne, daß sie erfährt, daß Herr Maitland gar nicht so schlecht ist, wie er aussieht. Ich möchte mich nicht unanständig gegen ihn betragen.«

»Armer Teufel!« sagte Elk und sah dem Mann nach, der niedergeschlagen Harley Terrace entlangging. »Das ist ein Schlag für ihn. Sie hätten ihm fast ausgeplaudert, daß Sie Maitland heute morgen gesehen haben. Ich habe es gemerkt und war schon bereit, Sie zu unterbrechen. Denn es ist das Geheimnis der jungen Dame«, fügte Elk vorwurfsvoll hinzu.

»Wollte Gott, dem wäre nicht so«, seufzte Dick. Und nun erst fiel es ihm wieder ein, daß er ja eigentlich Herrn Johnson zum Frühstück eingeladen hatte.

21

Elk wurde um die Mittagsstunde dringend nach Fitzroy Square Nummer 431 gerufen.

Es hatte ein Einbruch in Herrn Johnsons Wohnung stattgefunden, und als der Philosoph den Eindringling überraschte, war er mit einem schweren Gegenstand über den Kopf geschlagen worden, so daß er bewußtlos zusammengesunken war.

Als Elk ankam, war der Philosoph schon verbunden und saß bleich und zitternd auf seinem Sofa.

Das Haus wimmelte von Polizisten, und auf der Straße hatte sich eine erregte Menschenmenge angesammelt.

»Er hat Ihnen einen ganz schönen Hieb versetzt«, sagte Elk anerkennend. »Aber ich zweifle daran, daß es der Frosch selbst gewesen ist, obgleich Sie sagen, daß er sich dafür ausgegeben hat. Denn der Frosch hat, soweit ich mich erinnern kann, niemals irgendeinen Überfall selbst ausgeführt.«

Elk untersuchte die Wohnung auf das genaueste, und als er in das Schlafzimmer kam, fand er in der Nähe des offenen Fensters einen Gepäckschein. Es war ein grüner Zettel, der die Aufbewahrung einer Handtasche bestätigte. Und er war von der Endstation der Nordbahn ausgestellt.

Elk hielt das Papier ans Licht und prüfte den Datumsstempel.

Das Gepäckstück war vor vierzehn Tagen hinterlegt worden. Elk legte den Schein vorsichtig und zärtlich in seine Brieftasche.

Was den Überfall für Elk bemerkenswert machte, war, daß der Mann, der ihn ausgeführt hatte, sich für den Frosch ausgegeben haben sollte.

Elk begriff die Organisation gut genug, um zu wissen, daß keiner der untergeordneten Sklaven des Frosches es gewagt haben würde, dessen Namen zu mißbrauchen.

Elk begriff nicht, warum der Frosch gerade Johnson seiner persönlichen Anwesenheit für würdig gehalten haben sollte.

»Und Sie meinen, daß es der Frosch selber gewesen ist?« fragte er skeptisch.

»Es war entweder der Frosch selbst oder einer seiner vertrauten Gesandten«, sagte Johnson. »Sehen Sie her.«

In der Mitte eines rosafarbenen Löschblattes sah Elk das gestempelte Zeichen des unausbleiblichen Frosches.

Es erschien auch auf dem Türpaneel.

»Das war als Warnung gemeint, nicht wahr?« sagte Johnson. »Nun, ich hatte Zeit, mich an diese Warnung zu gewöhnen, bevor ich meinen Teil bekam.«

»Es gibt ärgere Dinge als den Knüppel«, sagte Elk fröhlich. »Vermissen Sie irgend etwas?«

Johnson schüttelte den Kopf. »Nein, nichts!«

»Haben Sie vielleicht irgendwelche Privatpapiere von Maitland hierhergebracht, die Sie ihm wiederzugeben vergaßen?« fragte Elk nachdenklich.

»Die Formulierung Ihrer Frage ist sehr liebenswürdig«, sagte Johnson lächelnd und mit seinen Augen zwinkernd. »Es gibt hier nicht ein einziges Dokument von geringstem Wert. Ich war allerdings früher daran gewöhnt, mir Arbeit von Maitlands Büro nach Hause zu nehmen und habe oft bis Mitternacht darüber gesessen. Das ist auch der Grund, warum meine Verabschiedung mir als ein solcher Beweis von Undankbarkeit erscheint. Aber wenn Sie wollen, können Sie den Inhalt meiner sämtlichen Schränke, Schubladen und Kasten durchsuchen, ich kann Ihnen versichern, daß ich ein reichlich pedantischer Mann bin und tatsächlich jedes Papier kenne, das sich bei mir befindet.«

Auf dem Nachhauseweg überdachte Elk die ganze Angelegenheit in allen ihren überraschenden Erscheinungen. Er war in Wahrheit froh, daß ein neues Problem ihn von dem Gedanken an die ihm bevorstehende Untersuchung ablenkte.

Hauptmann Gordon würde sicherlich alle Verantwortung dem Präsidium gegenüber auf sich nehmen, aber dem Kriminalpolizisten kamen »die Leute dort oben« ebenso furchtbar vor wie der Frosch selber.

22

Elk beabsichtigte, den Bahnhof von Kings Cross zeitig zu besuchen, um den Inhalt der deponierten Reisetasche zu prüfen, aber als er am nächsten Morgen erwachte, war er einzig von der kommenden Untersuchung erfüllt.

Obgleich er den Einbruch bei Johnson sorgfältig in sein Rapportbuch eintrug und den grünen Gepäckschein in seinen Safe versperrte, war er viel zu beschäftigt, um sofortige Nachforschungen anzustellen. Dick stellte sich zur Untersuchung ein, und Elk gab ihm eine kurze Skizze von dem Einbruch in Fitzroy Square. Und dann holte Elk den grünen Schein heraus.

»Der Schein ist an irgend etwas anderes angeheftet gewesen«, sagte Dick, der den Zettel gegen das Fenster gehalten hatte. »Hier ist der ganz frische Abdruck einer Papierklammer. Vielleicht kann das irgendwie zur Information beitragen.«

»Ach, ich fürchte, daß die Leute da oben uns jetzt die Hölle heiß machen werden«, sagte Elk seufzend.

»Machen Sie sich keine Sorgen darüber«, tröstete Dick. »Unsere Freunde dort oben sind so froh über die Auffindung des Vertrages, daß sie uns nicht allzusehr mit Hagn quälen werden.«

Es war dies eine bemerkenswerte Prophezeiung, die sich in ebenso bemerkenswerter Weise erfüllte.

Als Elk zu den Großen hereingerufen wurde, zu all diesen Polizeichefs und Räten, die um den grünen Untersuchungstisch herumsaßen, fand er zu seiner freudigen Überraschung, daß die Haltung seiner Vorgesetzten eher freundliches Interesse als kalte Mißbilligung verriet.

»Unter gewöhnlichen Umständen wäre das Entweichen Hagns der Anlaß gewesen, strenge Maßregeln gegen die verantwortlichen Stellen zu erlassen«, sagte der Polizeipräsident. »Aber in diesem besonderen Fall möchte ich keinen Tadel aussprechen. Die Wahrheit ist, daß die Frösche ungeheuer mächtig sind.«

Nicht alle Mitglieder der Untersuchungskommission waren so freundlich gesinnt wie der Polizeipräsident.

»Es ist Tatsache«, sagte ein weißhaariger Polizeirat, »daß im Zeitraum einer einzigen Woche zwei Gefangene unter den

Augen der Polizei getötet wurden und – ebenfalls vor den Augen der Polizei – ein Gefangener aus dem Gewahrsam entfloh! Das ist sehr schlimm, Hauptmann Gordon! Sehr schlimm!« Er schüttelte den Kopf.

»Vielleicht würden Sie, Herr Polizeirat, selber sich mit der Untersuchung befassen wollen«, sagte Dick. »Es handelt sich hier nicht um einen gewöhnlichen, unscheinbaren Verbrechertyp, und das hohe Präsidium wird wohl in diesem Falle eine, das gewöhnliche Maß übersteigende Geduld üben müssen. Aber ich kenne jetzt den Frosch«, sagte er einfach.

»Sie kennen ihn? Wer ist es?« fragte der Präsident ungläubig.

»Obgleich es ganz leicht für mich wäre, noch heute morgen einen Haftbefehl gegen ihn zu erlassen, so ist es doch keine so leichte Sache, einen überzeugenden Schuldbeweis zu schaffen. Ich muß noch um eine Spanne Zeit bitten!«

Als Gordon und Elk in ihr Büro zurückgekehrt waren, sagte Elk geheimnisvoll flüsternd: »Wenn das ein Bluff gewesen ist, so war es der schönste, den ich je gehört habe!«

»Es war kein Bluff«, sagte Dick ruhig.

»Also wer, um Himmels willen, wer ist es?«

Dick schüttelte den Kopf. »Ich möchte Sie bitten, sich jetzt über den Gepäckschein zu informieren«, sagte er mit Würde.

Elk hastete verstört nach dem Bahnhof. Er wies den grünen Schein vor, bezahlte die Extragebühr für die abgelaufene Aufbewahrungsfrist, und es wurde ihm eine braune Ledertasche durch den Beamten ausgehändigt.

»Nun, mein Sohn«, sagte Elk, indem er sich zu erkennen gab, »vielleicht können Sie mir jetzt sagen, ob Sie sich erinnern können, wer diese Handtasche gebracht hat?«

Der Beamte grinste. »So ein gutes Gedächtnis habe ich leider nicht«, sagte er.

»Da sympathisiere ich ganz mit Ihnen«, sagte Elk. »Aber wenn Sie versuchen würden, sich daran zu erinnern, könnten Sie vielleicht doch einige wichtige Aussagen machen. Gesichter sind doch schließlich keine Jahreszahlen.«

Der Beamte blätterte in seinem Buch.

»Stimmt, an dem Tage hatte ich Dienst. Aber wir bekommen

so viel Gepäck herein, daß es mir unmöglich ist, mich an eine bestimmte Person zu erinnern. Ich weiß nur eins, daß ich mich erinnern würde, wenn diese Person etwas Merkwürdiges an sich gehabt hätte.«

»So. Sie glauben also, daß der, der das abgegeben hat, ganz gewöhnlich aussah? – War es vielleicht ein Amerikaner?«

Der Beamte dachte wieder nach. »Nein, das glaube ich nicht«, sagte er. »Wir haben schon seit Wochen keine Amerikaner hier gehabt.«

Elk trug die Handtasche in das Amt des Bahnhofspolizeiinspektors und öffnete sie mit Hilfe eines Dietrichs.

Der Inhalt war ganz ungewöhnlich. Ein kompletter Anzug, Hemd, Kragen und Krawatte. Ein funkelnagelneues Rasierzeug. Eine kleine Flasche Annatto – ein Färbemittel. Ein Paß auf den Namen »John Henry Smith« lautend, aber ohne Fotografie, eine Browningpistole mit gefülltem Magazin, ein Kuvert mit fünftausend Franc und fünf Einhundert-Dollar-Scheinen. Die Kleider trugen keine Marke, der Browning war belgisches Fabrikat, und der Paß mochte falsch sein, aber zumindest das Formular, auf dem er ausgestellt war, war zweifellos echt. Eine spätere Nachfrage beim Auswärtigen Amt ergab, daß er nicht amtlich ausgestellt war.

Elk beschaute die Gegenstände, die auf dem Schreibtisch des Inspektors in langer Reihe ausgebreitet waren.

»Das ist die wunderschönste Reiseausstattung, die ich je gesehen habe«, meinte der Bahnhofsinspektor. »Die schönste Ausstattung, um durchzubrennen.«

»Das ist auch meine Meinung«, sagte Elk. »Und wissen Sie, ich möchte wetten, daß eine gleiche Handtasche auf jeder Endstation von London zu finden ist. Ich werde die Sachen auf die Polizeidirektion bringen. Vielleicht wird der Mann zu Ihnen kommen, um nach der Tasche zu fragen, aber ich halte das für höchst unwahrscheinlich.«

Elk trat aus dem Büro des Inspektors.

Einer der Nordexpreßzüge war gerade mit zweistündiger Verspätung eingetroffen. Elk stand zerstreut und müßig da und beobachtete die Reisenden, die sich vor den Schranken stauten.

Und als er eine Weile so dagestanden hatte, bemerkte er ein bekanntes Gesicht. Da er aber völlig in andere Gedanken versunken war, erkannte er den Betreffenden erst, als dieser schon den Ausgang erreicht hatte.

Es war John Bennett. Elk schlenderte durch die Schranken zu dem Stationsbeamten.

»Woher kommt der Zug?«

»Aus Aberdeen, Herr.«

»Letzter Aufenthalt?« fragte Elk.

»Letzter Aufenthalt in Doncaster«, antwortete der Beamte.

Während sie sprachen, sah Elk zu seinem Erstaunen Bennett zurückkehren. Er arbeitete sich eilig durch den entgegendrängenden Strom der Reisenden durch, die eben die Schranken passiert hatten. Augenscheinlich hatte er etwas vergessen.

Als Bennett wieder erschien, trug er den gewohnten, schweren braunen Kasten, und Elk erkannte die Filmkamera, das Steckenpferd des seltsamen Mannes, durch das er seinen Verdienst zu erwerben suchte.

»Sonderbarer Kauz!« sagte Elk zu sich selber, rief einen Wagen an und brachte seinen Fund in die Polizeidirektion. Er schickte nach zweien seiner besten Leute.

»Die Aufbewahrungsräume jedes Bahnhofs in London sollen nach Handgepäck von dieser Art untersucht werden«, sagte er, indem er die Tasche vorwies. »Alle Stücke sind wahrscheinlich schon wochenlang eingelagert. Stellen Sie die gewöhnlichen Fragen nach dem Mann, der die Sachen hinterlegt hat und, um ganz sicher zu gehen, öffnen Sie auf der Stelle jede der Taschen. Wenn Sie ein vollständiges Rasierzeug, einen Paß und Geld vorfinden, so bringen Sie sie nach Scotland Yard.«

Dick bewunderte die Organisation, als Elk ihm seinen Fund zeigte.

»Er hat dafür gesorgt, sich zu jeder Tages- und Nachtzeit in Sicherheit bringen zu können«, sagte Elk. »Bei jeder Endstation hätte er Geld, andere Kleider, den nötigen Paß, um ins Ausland zu fahren, Annatto, um Gesicht und Hände zu färben, gefunden, und brauchte nur seine eigene Fotografie mitzuhaben. – Übrigens, wissen Sie, daß ich John Bennett getroffen habe?«

»Wo? Auf dem Bahnhof?« fragte Dick.

Elk nickte. »Er kam aus dem Norden, aus einer der fünf Städte – Aberdeen, Arbroarth, Edinburgh, York oder Doncaster. Er hat mich nicht gesehen, und ich habe mich auch nicht vorgedrängt. Geben Sie mir Antwort, Herr Hauptmann, was halten Sie von dem Mann? Ist er vielleicht Ihr Frosch?« forderte ihn Elk heraus.

Aber Dick Gordon lächelte nur. »Sie können sich eine Menge Arbeit ersparen, wenn Sie sich den Gedanken aus dem Kopf schlagen wollten.«

»Das weiß ich ohnehin«, murmelte Elk. »Dieser John Bennett ist mir ein Rätsel. Wenn er wirklich der Frosch ist, so hat er doch gestern abend nicht in Johnsons Wohnzimmer sein können.«

»Außer, falls er mit einem Motorrad nach Doncaster gefahren wäre, um sich ein Alibi zu verschaffen«, sagte Dick lächelnd, und nach einer Pause fuhr er fort: »Ich bin wirklich neugierig, ob die Polizei von Doncaster unsere Direktion anrufen wird, oder ob sie sich auf ihr eigenes Nachrichtendepartement verläßt?«

»Nachrichten? Worüber denn?« fragte Elk überrascht.

»Mabberley Hall, das außerhalb Doncaster liegt, wurde gestern von Einbrechern ausgeraubt«, sagte Dick, »und Lady Fitz Hermans Brillantendiadem wurde gestohlen. Das unterstützt Ihre Theorie wohl so ziemlich, Elk, was?«

23

Herons-Klub, der auf Befehl der Polizei zeitweilig geschlossen gewesen war, durfte nun wieder seine Pforten öffnen.

Ray nahm seinen Lunch fast immer bei Heron ein, wenn er die Mahlzeit nicht mit Lola teilte, die eine glänzendere Atmosphäre vorzog, als der Klub sie zu Mittag bot. Als er ankam, waren nur einige Tische besetzt. Die Erinnerung an die Polizeiuntersuchung war noch immer wach in den Gemütern, und die vorsichtigeren Kunden hatten noch nicht gewagt, zurückzukehren. Es war allgemein bekannt geworden, daß Hagn, der Direktor, seit der Nacht der Aushebung nicht wieder gesehen worden war. Unbestätigte Gerüchte über seine Verhaftung liefen um.

Ray war nicht gewohnt, seine Post nach Herons-Klub adressiert zu erhalten, und war daher überrascht, als der Kellner, der seine Bestellung übernahm, ihm zwei Briefe, einen vielfach versiegelten und sehr schweren, und einen anderen, kleineren übergab. Ray öffnete den großen Umschlag zuerst und wollte den Inhalt herausziehen, als er gewahr wurde, daß das Kuvert nichts anderes als Geld enthielt. Er wollte die Noten selbst vor einem spärlichen Publikum nicht aus dem Umschlag nehmen und stellte nur zu seiner Freude die hohe Anzahl und den Wert der Scheine fest. Es lag keine schriftliche Mitteilung dabei.

Aber da war ja noch der andere Brief.

Ray riß ihn auf. Das Schreiben trug weder Anrede noch Datum, und der Inhalt in Maschinenschrift lautete wie folgt:

»Am Freitagvormittag werden Sie die Kleidung anziehen, die man Ihnen zustellen wird, und sich zu Fuß auf die Landstraße nach Nottingham begeben. Sie werden den Namen ›Jim Carter‹ annehmen, Legitimationspapiere, auf diesen Namen lautend, werden in den Taschen des Rockes zu finden sein, der Ihnen morgen durch einen besonderen Boten überbracht wird. Von nun an dürfen Sie sich nicht mehr rasieren. Sie dürfen nicht in der Öffentlichkeit erscheinen, Besuche machen oder solche empfangen. Ihr Geschäft in Nottingham wird Ihnen mitgeteilt werden. Vergessen Sie nicht, daß Sie zu Fuß reisen müssen und in Unterkunftshäusern – gelegentlich auch in Schlafstellen der Heilsarmee – nächtigen werden, wie sie Vagabunden mit Vorliebe suchen. In Barnett, auf der großen Nordstraße, in der Nähe des neunten Meilensteines, werden Sie jemanden treffen, den Sie kennen und der auf der übrigen Reise Ihr Begleiter sein wird. In Nottingham werden Sie weitere Befehle erhalten. Man wird wahrscheinlich Ihrer gar nicht bedürfen, und die Arbeit, die Sie zu leisten haben, wird Sie in keiner Weise bloßstellen. Vergessen Sie nicht, daß Ihr Name ›Carter‹ ist. Vergessen Sie nicht, daß Sie sich nicht rasieren dürfen. Vergessen Sie nicht den neunten

Meilenstein und Freitag morgen. Wenn sich diese Einzelheiten Ihrem Gedächtnis eingeprägt haben, so nehmen Sie diesen Brief und den Umschlag, der das Geld enthielt, und verbrennen Sie alles im Kamin des Klubs. Ich werde Sie dabei beobachten.«

So war die Stunde gekommen, da die Frösche seiner bedurften. Er hatte sich vor diesem Tag gefürchtet und ihn dennoch erwartet. Er führte die Instruktionen getreulich aus, und vor den vielen neugierigen Augen der Gäste ging er mit Brief und Kuvert an den leeren Ziegelkamin, entzündete ein Zündhölzchen, verbrannte die Papiere und zertrat die Asche mit dem Fuß.

Sein Puls schlug schneller, als er sich an seinen Platz zurückbegab. Und ihm wurde bewußt, daß er diese Handlung in Anwesenheit des Frosches vollführt hatte. Ray sah scheu von einem zum andern der wenigen Gäste hinüber und begegnete den scharfen Blicken eines Fremden, die unablässig auf ihm geruht hatten. Das Gesicht schien ihm bekannt und doch wieder fremd.

Er winkte den Kellner herbei.

»Sehen Sie nicht sofort hin«, sagte er leise. »Aber sagen Sie mir, wer jener Herr in der zweiten Loge ist.«

Der Kellner wendete sich nachlässig um.

»Das ist Herr Joshua Broad«, sagte er.

Fast im Augenblick, da der Kellner diesen Namen aussprach, erhob sich Joshua Broad von seinem Sitz und kam auf Ray zu.

»Guten Morgen, Herr Bennett. Ich glaube nicht, daß wir uns schon früher gesprochen haben, obwohl wir beide Mitglieder des Klubs sind, und ich Sie hier schon oftmals gesehen habe. Mein Name ist Broad.«

»Wollen Sie nicht Platz nehmen?« Es fiel Ray ein wenig schwer, seine Stimme zu meistern. »Ich freue mich, Sie kennenzulernen, Herr Broad. Wollen Sie vielleicht mit mir speisen?«

»Nein«, antwortete der Amerikaner, »ich habe schon gegessen. Aber wenn es Sie nicht stört, werde ich meine Zigarette weiterrauchen. Ich bin der Nachbar Ihrer Freundin. Fräulein Bassano hat die Wohnung inne, die der meinen vis-à-vis liegt.«

Ray entsann sich nun auch des sonderbaren Amerikaners, über dessen Verhältnisse Lola und Lew Brady sich schon oftmals den Kopf zerbrochen hatten.

»Kennen Sie Brady schon lange?« fragte Broad.

»Lew? Ich könnte es nicht genau sagen. Er ist ein sehr netter Kerl«, urteilte Ray ohne Begeisterung. »Und er ist befreundet mit einer mir bekannten Dame.«

»Eben mit Fräulein Bassano«, sagte Broad. »Sagen Sie, sind Sie nicht einmal bei Maitlands gewesen?«

»Ja, vor Zeiten«, sagte Ray gleichmütig. Aus seinem Ton hätte man entnehmen können, daß er bloß als interessierter Zuschauer den Bankpalast aufgesucht hatte.

»Er ist ein sonderbarer Bursche, der alte Maitland, was?«

»Ich weiß nicht viel über ihn«, sagte Ray. »Aber er hat einen sehr netten Sekretär.«

»Sie meinen Johnson? Den kenne ich gut.«

»Der arme, alte Philo, er hat seine Stellung verloren.«

Broads Gesicht veränderte sich. –

»Johnson? Wann ist denn das geschehen?«

»Heute morgen traf ich ihn, und er teilte es mir mit.«

»Ich wundere mich, daß Maitland den Mut gehabt hat.«

»Den Mut?« fragte Ray verdutzt. »Da gehört doch nicht viel Mut dazu, seinen Sekretär zu entlassen.«

Ein flüchtiges Zucken ging über das Gesicht des Amerikaners.

»Ich meine damit, daß für einen Mann von Maitlands Charakter viel Mut dazu gehört, einen Menschen zu entlassen, der so viele Geheimnisse weiß. Doch was gedenkt Johnson jetzt anzufangen?«

»Er sieht sich nach einer Stellung um«, sagte Ray kurz.

Die hartnäckigen Fragen des Fremden begannen ihn zu irritieren. Broad schien dies sogleich zu merken, er ließ das Gesprächsthema fallen und plauderte noch eine Weile über alltägliche Dinge, ehe er sich empfahl.

Ray blieb allein zurück, und der Gedanke an den erhaltenen Auftrag nahm ihn gänzlich gefangen. Das Abenteuer, die Verkleidung waren für einen romantischen jungen Mann äußerst verführerisch, und Raymond Bennett fehlte es nicht an Romantik. In seinen Instruktionen lag eine hinreißende Ahnung von Gefahr verborgen.

Und es war von Vorteil für seine Gemütsruhe, daß er nicht

in die Zukunft zu sehen vermochte. Denn hätte er diese Gabe besessen, so wäre er in diesem Augenblick gepeitscht von Entsetzen entflohen, um einen einsamen Ort zu suchen, ein Versteck, eine Höhle, sich darin zu verkriechen, zu schaudern und zu beten.

24

Dick Gordon kam in die Polizeidirektion, und Elk beeilte sich, ihm Bericht zu erstatten.

»Wir haben neun gleiche Reisehandtaschen gefunden, jede von der gleichen Ausstattung wie die vom Kings-Cross-Bahnhof.«

»Führt keine Spur zu dem Mann, der sie hinterlegt hat?«

»Nein, nicht die geringste. Wir haben sie auf Fingerabdrücke hin geprüft und einige Resultate erzielt, aber da sie von vielleicht einem halben Dutzend Bahnhofsbediensteten berührt worden sind, kann ich nicht annehmen, daß wir dadurch etwas erfahren. Nur in Paddington haben wir eine Tasche entdeckt, die größer ist als die anderen. Sie enthielt dieselbe Ausstattung, aber wir haben darin noch ein dickes Paket von Scheckformularen vorgefunden, von denen jedes auf verschiedene Filialen verschiedener Banken lautete. Es sind Schecks auf den Credit Lyonnais, auf die Neunte Nationalbank in New York, auf den Burrowstown Trust, auf Banken von Spanien, Italien und Rumänien und auf ungefähr fünfzig Filialen der fünf englischen Hauptbanken lautend.«

Dick hörte niedergeschlagen zu.

»Elk, ich möchte ein paar Jahre meines Lebens dafür geben, wenn ich in das Mysterium der Frösche eindringen könnte. Ich lasse Lola jetzt bewachen. Lew ist verschwunden, und als ich heute morgen einen Mann zu dem jungen Dandy Ray Bennett schickte, um zu erfahren, was ihm geschehen sei, da gab er vor, krank zu sein, und weigerte sich, den Besucher zu empfangen. Aber ich vermag Ihnen eine interessante Neuigkeit mitzuteilen.«

Dick Gordon entnahm seiner Brieftasche einen Umschlag und warf ihn auf den Tisch. »Ich habe mich in New York nach Saul Morris erkundigt. Hier ist die New Yorker Kabeldepesche:

›Beantwortung Ihrer Anfrage: Saul Morris lebt. Soll zur Zeit in England sein. Hier laufen keine Anklagen, aber es wird angenommen, daß er es war, der am 17. Februar 1918 den Saferaum des Schiffes Mantania in Southampton in England erbrochen hat und mit fünfundzwanzig Millionen Francs entfloh. Bestätigt.‹«

Elk las die Depesche immer wieder. Dann faltete er sie sorgfältig zusammen, steckte sie in das Kuvert und reichte sie Dick über den Tisch zurück.

»Saul Morris ist also in England«, sagte er mechanisch. »Das scheint mir so manches zu erklären.«

Als Dick ihn verlassen hatte, ging Elk daran, die Taschen nochmals einer Untersuchung zu unterziehen, da ihm in der Nacht der Gedanke an die Möglichkeit von Doppelböden gekommen war. Er berief Balder und den Kriminalsergeanten namens Fayre, einen vielversprechenden jungen Mann, in den Elk großes Vertrauen setzte, und begann seine Schlüssel hervorzusuchen.

Das Hervorziehen des Schlüsselbundes hatte sein festgesetztes Ritual. Man vermochte den Eindruck zu gewinnen, daß Elk eine Entkleidungsszene vornehmen wollte, denn die Schlüssel ruhten in geheimnisvollen Regionen, in die man erst nach dem Lockern von Rock und Weste gelangte, indem man dort nach einer Tasche suchte, wo man sonst keine zu vermuten pflegte. Nachdem die Zeremonie erfüllt war, steckte Elk den Schlüssel feierlich ins Schloß und zog die Tür auf.

Der Safe war so mit Taschen vollgepackt, daß sie Elk entgegenzurutschen begannen, sowie der Halt, den die Tür geboten hatte, weg war. Elk händigte sie, eine nach der andern, Fayre aus, der sie auf den Tisch stellte.

»Wir werden die von Paddington zuerst aufschneiden«, sagte Elk und wies auf die größte der Taschen.

»Ich muß erst das andere Messer holen«, sagte Balder. »Das hier ist ganz stumpf.«

»Beeilen Sie sich!« antwortete Elk, und Balder lief aus dem Zimmer.

Im nächsten Augenblick wurde Fayre mit ungeheurer Wucht gegen die Tür geworfen, und Elk kam über ihn zu liegen. Ein schrilles Klirren von zerbrochenen Scheiben erklang, das Sausen eindringender Luft und der betäubende Donner einer Explosion. Elk war der erste auf den Beinen. Das Zimmer war voll schwarzen Rauches, so daß er nicht die Hand vor den Augen sah, und bei seinem ersten Schritt trat er bereits auf den leblosen Körper des Sergeanten. Elk hob und zog ihn auf den Korridor hinaus. Es schien ihm auf den ersten Blick, daß wenig Hoffnung auf seine Wiederherstellung wäre. Die Feueralarmglocken gellten durch das Haus, von allen Seiten stürmten bestürzte Polizisten herbei, die Löschmannschaft kam den Korridor heruntergerannt, den Schlauch hinter sich herschleppend.

Das glimmende Feuer war bald gelöscht, aber Elks Büro hatte sich in einen Trümmerhaufen verwandelt. Sogar die Tür des Safes war aus den Angeln gesprengt worden. Nicht eine Fensterscheibe, nicht ein Stück der Einrichtung war ganz, und ein riesiges Loch klaffte mitten im Fußboden.

»Balder, retten Sie die Taschen«, rief Elk, der mit Wiederbelebungsversuchen, die an dem unglücklichen Fayre vorgenommen wurden, beschäftigt war. Als man den Assistenten in die Ambulanz geschafft hatte, kehrte Elk zurück, um die Ruinen zu betrachten, die die Explosion hinterlassen hatte.

»Ja, es war eine Bombe«, sagte Elk.

Eine Gruppe älterer Beamter stand im Korridor, und sie sahen sich die Verwüstung an.

»Es ist wirklich ein Wunder, daß ich noch am Leben bin, und ich habe Balder das Leben gerettet, als ich ihn nach dem Messer schickte, um die Taschen aufschneiden zu können.«

»Aber wurden denn die Taschen nicht vorher untersucht?« fragte der Polizeipräsident zornig.

Elk nickte. »Gestern ist jede einzeln von mir untersucht worden, die von Paddington wurde um und um gedreht. Jeder Gegenstand, der sich darin befand, ist hier auf meinen Tisch gelegt und eingetragen worden. Ich selber habe sie in den Safe gesperrt. Es war keine Bombe dabei.«

»Aber wie konnte sie dann hineingelangen?« fragte der Präsident.

Elk schüttelte den Kopf. »Das weiß ich nicht. Der einzige

Mensch, der außer mir einen Schlüssel zu diesem Safe hat, ist der Vizepolizeirat meines Departements, Oberst McClintock, der gerade auf Ferien ist. Es ist nur ein Glück, daß ich Balder gerade fortgeschickt hatte. Er ist Vater von sieben Kindern.«

»Was war es für ein Explosivstoff?«

»Dynamit«, antwortete Elk sofort. »Es hat nach unten gesprengt.« Er zeigte auf das Loch im Boden. »Nitroglyzerin sprengt nach oben und seitwärts. Nein, kein Zweifel, es war Dynamit.«

Bei der Durchsuchung des Büros fand er eine zusammengedrückte Rolle von dünnem Stahl und später das geschwärzte, verbeulte Zifferblatt einer billigen Weckuhr.

»Sowohl Zeit als auch Kontakt!« murmelte er.

Von seinen Sachen suchte er, soviel er davon aufzufinden vermochte, in Balders Büro hinüberzubringen.

Es war wenig Hoffnung, daß dieser Überfall von den Blättern verschwiegen werden konnte. Die Explosion hatte das Fenster und einen Teil des Mauerwerks herausgesprengt und viele Schaulustige auf dem Embankment versammelt. Als Elk die Polizeidirektion verließ, rief man schon die Extraausgaben aus, die das Ereignis brachten.

Sein erster Besuch galt dem nahegelegenen Spital, wohin man den unglücklichen Fayre gebracht hatte. Die Nachrichten über ihn klangen ermutigend.

»Er wird vielleicht ein oder zwei Finger verlieren, aber er ist wirklich mit einem blauen Auge davongekommen«, meinte der Oberchirurg. »Ich kann es nicht verstehen, daß er nicht in Stücke gerissen wurde.«

»Und was ich nicht verstehen kann«, sagte Elk mit Nachdruck, »ist, wieso ich nicht in Stücke gerissen wurde.«

»Diese Hochexplosivstoffe spielen merkwürdige Streiche. Ich kann begreifen, daß die Kraft der Explosion die Tür des Safes weggesprengt hat, und doch ist dieses Papier, das ebenfalls im Bereich der Bombe war, kaum versengt.« Er zog ein Stückchen Papier aus der Tasche, dessen Ecken geschwärzt und abgebrannt waren. »Sehen Sie, ich habe es in seinen Kleidern gefunden«, sagte der Arzt.

Elk glättete das Papier und las:

»Mit vielen Grüßen von Nummer Sieben!«

Sorgfältig faltete er das Papier zusammen. »Das möchte ich gern behalten«, sagte er und steckte es zärtlich lächelnd in das Innere seines Brillenetuis. »Glauben Sie an Vorahnungen?«

»Bis zu einer gewissen Grenze«, lächelte der Arzt.

25

Eine Woche verging, und die Explosion im Polizeibüro war schon zur Legende geworden. Der verletzte Detektivsergeant befand sich auf dem Weg der Besserung, und in bezug auf die Frösche gab es keine Neuigkeiten.

Elks Fatalismus enttäuschte seine Kollegen ein wenig. Am sechsten Tag nach der Explosion hatte die Direktion die Gepäckaufbewahrungen aufs neue untersuchen lassen, und so wie es Elk erwartet hatte, war bei jeder einzelnen Endstation eine funkelnagelneue Handtasche mit genau dem gleichen Inhalt wie vorher beschlagnahmt worden. Die Taschen wurden von dem Feuerwerker nach langwierigen, sorgfältigen Schutzmaßnahmen geöffnet.

Aber sie enthielten außer den belgischen Pistolen nichts Bedrohliches, und der Paß lautete diesmal auf den Namen »Clarence Fielding«.

»Diese Burschen sind Meister in ihrem Handwerk«, sagte Elk mit widerstrebender Bewunderung, als er seine Beute besichtigte.

»Wollen Sie die Taschen wieder in Ihrem Büro behalten?« fragte Dick. Aber Elk schüttelte melancholisch das Haupt.

»Ich denke nicht«, sagte er.

Er ließ die Taschen sofort ausleeren und ihren Inhalt an das Untersuchungsdepartement schicken.

»Nach meiner Meinung«, orakelte Balder, »muß jemand in der Polizeidirektion sein, der gegen uns arbeitet. Ich habe mir die Sache schon längst überlegt, und wie ich sie mit meiner lieben Frau besprochen habe . . .«

»Haben Sie vielleicht auch die Kinder zu Rate gezogen?

Mhm?« fragte Elk unfreundlich. »Je weniger Sie über die Direktionsangelegenheiten in Ihrem häuslichen Kreis reden, desto besser wird das für Ihre Beförderungschancen sein.«

Herr Balder machte ein saures Gesicht.

»Da ist nichts zu fürchten und nichts zu hoffen. Ich bin schon auf die schwarze Liste gesetzt. Alles kommt davon, weil Sie mich mit Ihrem Hagn zusammengesperrt haben.«

»Sie sind ein undankbarer Schuft«, sagte Elk.

»Wer ist denn eigentlich diese Nummer Sieben?« fragte Balder. »Wie ich mir gestern die Sache überdacht und sie mit meiner lieben Frau besprochen habe, bin ich zu dem Schluß gekommen, daß er einer von den wichtigsten Fröschen sein muß. Und wenn wir den nur erwischen könnten, so würde nicht mehr viel fehlen, um den großen Burschen dranzukriegen.«

Elk legte seine Feder nieder. Er war gerade dabei gewesen, einen Bericht zu verfassen.

»Sie hätten sich der Politik widmen sollen«, sagte er und wies seinen Assistenten mit dem Ende des Federhalters aus dem Zimmer.

Er hatte seinen Bericht beendet und überlas ihn gerade mit kritischen Augen, als das Diensttelefon einen Besucher ankündigte.

»Schicken Sie ihn mir herauf!« sagte Elk, als er den Namen hörte.

Er läutete nach Balder. »Dieser Bericht geht zu Hauptmann Gordon zur Unterschrift«, sagte er. Und im Augenblick, da er den Brief übergab, öffnete Joshua Broad die Tür.

»Guten Morgen, Herr Inspektor«, grüßte er und nickte Balder freundschaftlich zu, obgleich er ihm niemals früher begegnet war.

»Kommen Sie nur herein und setzen Sie sich, Herr Broad. Was verschafft mir das besondere Vergnügen Ihres Besuches? – Entschuldigen Sie meine extreme Höflichkeit, aber am frühen Morgen pflege ich immer so höflich zu sein. Schon recht, Balder, Sie können gehen!«

Broad reichte dem Detektiv sein Zigarrenetui.

»Ich komme einer merkwürdigen Sache wegen«, sagte er.

»Niemand kommt gewöhnlicher Sachen wegen in die Polizeidirektion«, antwortete Elk.

»Es betrifft meine Nachbarin.« – »Lola Bassano?«

»Ihren Gatten.«

»Lew Brady?« Elk schob die Brille hinauf. »Sie werden mir doch nicht einreden wollen, daß die beiden ganz anständig verheiratet sind?«

»Ich glaube nicht, daß daran ein Zweifel bestehen kann«, sagte Broad. »Obwohl ich natürlich sicher bin, daß ihr junger Freund Bennett keinen Dunst von der Sache hat. Brady ist seit einer Woche in Caverley Haus, und seit dieser Zeit ist er noch nicht aus der Tür gegangen. Was aber noch sonderbarer ist, auch der junge Bennett hat während dieser Zeit seine Wohnung nicht verlassen. Ich glaube nicht, daß es einen Streit gegeben hat, ich ahnte eher, daß es etwas Tieferes sein muß. Ich habe Brady zufällig gesehen, als ich aus meiner Tür trat. Die Tür bei der Bassano stand gerade offen. Das Mädchen holte die Milch herein, und da bekam ich einen Schimmer von ihm zu sehen. Er hatte den schönsten neuen Bart, den ich an einem zurückgezogenen lebenden Boxer jemals bewundern durfte. Und Faustkämpfer haben für gewöhnlich nicht den Ehrgeiz, einen Bart zu tragen. Das machte mich also neugierig. Ich stattete Ray Bennett einen Besuch ab, ich hatte ihn neulich im Herons-Klub getroffen, und die Tatsache konnte als Entschuldigung für mich gelten, daß es mir auch gelungen war, Fräulein Bennett zu sprechen. Sein Diener, denn er hat einen Mann, der bei Tag kommt, um seine Kleider zu bürsten und die Wohnung aufzuräumen, sagte mir, daß er sich nicht wohl fühle und nicht zu sprechen sei.« Broad blies einen Rauchring in die Luft und betrachtete ihn nachdenklich. »Wenn ein Diener ergeben sein soll, so muß er auch bei seinem Herrn wohnen«, sagte er. »Es kostete mich nach dem heutigen Kurs zwei Dollar und fünfunddreißig Cent, um zu entdecken, daß auch Ray Bennett sich nachdrücklichst mit der Pflege seines Bartes beschäftigt. Wie die Sache steht, gefällt sie mir nicht.«

Elk rollte seine Zigarre von einem Mundwinkel in den anderen. »Ich bin im Gesetzbuch nicht sehr gut bewandert«, sagte er. »Aber ich stehe unter dem Eindruck, daß es kein Gesetz gibt, demzufolge man Leute abhalten könnte, sich den Bart wachsen zu lassen. – Herr Broad, Sie sind Amerikaner, nicht wahr?«

»Ich genieße diesen Vorzug«, sagte der andere mit jenem halben Lächeln, das so oft in seinen Augen lag.

»Haben Sie je von einem Mann mit Namen Saul Morris gehört?« fragte Elk gleichgültig und starrte nach dem Fenster. Joshua Broad runzelte in der Anstrengung des Erinnerns die Stirn.

»Ich glaube schon«, sagte er, »er war ein ganz großer Verbrecher. Ein Amerikaner, wenn ich mich recht erinnere. Aber er ist doch längst tot, nicht wahr?«

Elk kratzte sich nervös das Kinn. »Ich würde für mein Leben gern jemanden treffen, der seinem Begräbnis beigewohnt hat. Jemanden, dem ich auf den Eid glauben könnte!«

»Sie glauben doch nicht, daß Lew Brady ...?«

»Nein!« sagte Elk. »Ich glaube gar nichts über Lew, außer, daß er ein überwundener Boxer ist. Und ich werde mir diesen Wettbewerb der Bärte näher besehen, Herr Broad. Ich danke Ihnen für Ihre Mitteilung.«

Um fünf Uhr kam Balder zu Elk und fragte, ob er nach Hause gehen könne. »Ich habe meiner lieben Frau versprochen ...«, begann er.

»Halten Sie ...«, sagte Elk, »und sehen Sie zu, daß Sie weiterkommen.«

Kaum eine halbe Stunde, nachdem sein Untergebener gegangen war, kam ein amtlicher Brief für Inspektor Elk, und als er dessen Inhalt gelesen hatte, begann sein Antlitz zu leuchten und zu strahlen. Es war ein Brief des Oberintendanten der Polizei und lautete: »Das Polizeipräsidium beauftragt mich, Ihnen mitzuteilen, daß die Beförderung des Polizeischutzmannes J. J. Balder zum Rang eines wirklichen Sergeanten genehmigt wurde. Die Beförderung wird vom 1. Mai v. J. zurückdatiert.«

Elk faltete das Papier zusammen und empfand eine ehrliche Freude. Er läutete Sturm, um Balder hereinzurufen, da entsann er sich, daß er ihn schon nach Hause geschickt hatte. Elk war für diesen Abend frei, und in der Mitfreude seines Herzens beschloß er, ihm die Neuigkeit persönlich zu überbringen.

»Ich möchte gern seine ›liebe Frau‹ kennenlernen«, sagte Elk zu sich selber, »und auch seine sieben Kinder.«

Er schlug im amtlichen Register nach und fand, daß Balder 93, Leaford Road, Oxbridge wohnte. Das Polizeiauto fuhr Elk nach der Leafordstraße Nummer 93.

Es war ein nettes, kleines Haus, genauso, wie Elk sich das Haus vorgestellt hatte, in dem sein Assistent wohnen würde.

Auf sein Klopfen kam eine ältliche, zum Ausgehen gekleidete Frau heraus, und Elk war überrascht, zu sehen, daß sie Pflegerinnentracht trug.

»Ja, Herr Balder wohnt hier«, sagte sie, anscheinend verwirrt, einen Besucher zu sehen. »Das heißt: er hat zwei Zimmer hier, aber er bleibt sehr selten über Nacht hier. Er kommt gewöhnlich, um sich umzukleiden, und dann geht er meistens gleich wieder fort. Zu seinen Freunden, glaube ich.«

»Wohnt seine Frau hier?«

»Seine Frau?« fragte sie überrascht. »Ich habe gar nicht gewußt, daß er verheiratet ist.«

Elk hatte Balders Papiere mitgebracht, um einige Daten nachzutragen, die für seine spätere Pensionierung wichtig waren. Nun erst bemerkte er, daß unter der angegebenen auch eine zweite Adresse eingetragen stand. Doch war die Tinte so verwischt, daß er die Anschrift nun erst bemerkte.

»Ich scheine mich geirrt zu haben«, sagte Elk. »Da steht die Orchardstraße in Stepney als neue Adresse angegeben.« Aber die Pflegerin lächelte.

»O nein, er hat viele Jahre bei mir gewohnt«, sagte sie. »Er ist dann nach der Orchardstraße gezogen. Aber während des Krieges kam er wieder zu mir, weil die Luftangriffe dort im Osten von London ziemlich gefährlich waren. Trotzdem glaube ich, daß er noch immer ein Zimmer in Stepney hat.«

»Mhm«, sagte Elk nachdenklich. Er stand schon an der Tür, als ihn die Pflegerin nochmals zurückrief.

»Ich weiß nicht, ob ich mit Fremden über seine Geschäfte reden darf, aber wenn Sie dringend mit ihm zu sprechen haben, so glaube ich, daß Sie ihn in Slough finden werden. Ich bin Monatspflegerin«, sagte sie, »und habe sein Auto zweimal in die

›Sieben Giebel‹ in der Sloughstraße fahren sehen. Ich denke, er muß dort einen Freund wohnen haben.«

»Wessen Auto?« fragte der immer mehr verdutzte Elk.

»Seins oder eins seiner Freunde«, sagte die Pflegerin. »Sagen Sie, sind Sie mit ihm gut befreundet?«

»O ja, sehr intim!« sagte Elk vorsichtig.

»Wollen Sie bitte hereinkommen?«

Er folgte ihr in das kleine, saubere, nette Wohnzimmer.

»Um ihnen die Wahrheit zu sagen, ich habe nämlich Herrn Balder gekündigt. Er hat immer so viele Beschwerden gehabt und ist so schwer zufriedenzustellen. Ich bin nicht mehr imstande, es zu leisten. Und er hat mir dabei nicht einmal viel gezahlt. Ich habe sehr wenig für die zwei Zimmer bekommen, und jetzt habe ich Aussicht, sie viel besser zu vermieten. Und dann ist er immer so merkwürdig mit seinen Briefen gewesen. Ich habe seinetwegen diesen Riesenbriefkasten draußen an der Tür befestigen lassen. Aber selbst der ist manchmal nicht groß genug, um sie alle zu fassen. Nein, was seine sonstige Beschäftigung ist, weiß ich nicht. Die Briefe, die hierherkommen, sind für die Chemischen Werke in Didcot bestimmt. Nein, Sie werden vielleicht glauben, daß ich eine sehr schwierige Person bin, weil er ja schließlich doch den ganzen Tag wegbleibt und sehr selten eine Nacht hier schläft.«

»O nein«, sagte er. »Sie sind, glaube ich, die allernetteste Person, die ich je getroffen habe! Und jetzt gehen Sie aus?«

Sie nickte. »Ich habe eine Nachtpflege und werde erst gegen elf Uhr vormittags zurückkommen. Sie haben es gut getroffen, daß ich noch zu Hause war.«

»Sagten Sie nicht: sein Auto? Was für ein Auto ist denn das?« fragte Elk.

»Es ist so ein großer schwarzer Wagen, aber die Marke kenne ich nicht. Ich glaube, es ist ein amerikanisches Fabrikat. Und er muß irgend etwas damit zu tun haben, denn ich habe einmal viele Kataloge von Autoreifen in seinem Schlafzimmer gefunden, und einige von den Reifen hatte er mit dem Bleistift angezeichnet, und so vermute ich, daß er auf irgendeine Weise daran interessiert ist.«

Elk stellte eine letzte Frage: »Und kommt er, wenn Sie fort sind, nachts nach Hause?«

»Ich glaube sehr selten«, antwortete die Frau. »Er hat seinen eigenen Schlüssel, und weil ich in der Nacht oft weg bin, weiß ich nie, wann er heimkommt.«

Elk stand schon mit einem Fuß auf dem Trittbrett seines Autos.

»Vielleicht kann ich Sie irgendwo absetzen, meine liebe Dame?« sagte er, und die ältliche Frau nahm dankbar an.

Elk fuhr in die Direktion zurück, öffnete die Schublade seines Pultes und nahm ein paar Berufswerkzeuge heraus. Nachdem er eine Anzahl dringender Befehle gegeben hatte, sprang er ins Auto und raste nach Harley Terrace.

Dick war von den Mitgliedern der Amerikanischen Gesandtschaft eingeladen worden und saß mit ihnen in einer Loge des Hilarity Theaters, als Elk leise hinter ihm die Tür öffnete, ihm auf die Schulter klopfte und ihm ein Zeichen gab, auf den Gang hinauszukommen, alles, ohne daß die übrige Gesellschaft etwas bemerkte.

»Ist irgend etwas los?« fragte Gordon.

»Ja, denken Sie nur, Balder hat seine Beförderung bekommen!« sagte Elk feierlich, und Dick starrte ihn fassungslos an. »Er ist jetzt wirklicher Sergeant«, fuhr Elk fort. »Und ich wüßte keinen besser passenden Rang für Balder. Wenn die Nachricht ihn und seine liebe Frau und seine sieben lieben Kinderchen erreichen wird, wird es neun glückliche Menschen mehr geben, glaube ich.«

Er pflegte niemals geistige Getränke zu sich zu nehmen, aber der ketzerische Gedanke daran war der erste, der Gordon durch den Kopf schoß. Und der zweite war die Erwägung, daß die Anstrengungen und Unannehmlichkeiten der letzten Wochen dem Armen den Sinn verwirrt hätten.

»Das freut mich für Balder«, sagte er behutsam, »und es freut mich auch um Ihretwillen, Elk. Denn ich weiß, Sie haben sich sehr bemüht, diesen armen Teufel in das richtige Licht zu setzen.«

Elk sah ihn über seine Brillengläser hinweg an.

»Jetzt denken Sie, daß ich einen Sonnenstich habe, da ich Sie sonst doch nicht aus Ihrem bequemen Theater herausrufen würde, um Ihnen Balders Beförderung zu verkünden. Aber versuchen Sie doch, Ihren Überrock zu holen und mit mir zu kommen. Ich möchte nämlich Balder die Nachricht überbringen.«

Neugierig ging Gordon in die Garderobe, holte seinen Mantel und traf den Detektiv im Vestibül.

»Wir gehen nach den ›Sieben Giebeln‹«, verfügte Elk. »Ein schönes Haus, ich habe es zwar noch nicht selbst gesehen, aber ich habe davon gehört. Es hat eine Garage und großartige Einrichtungen, Zentralheizung, Telefon und ein hochmodernes Badezimmer. Das alles ist nur eine logische Folgerung. Und jetzt werde ich Ihnen dazu noch etwas sagen: auch eine logische Folgerung! Es gibt Alarmdrähte auf dem Rasen, Alarmglocken an Türen und Fenstern, Fußfallen und Selbstschüsse.«

»Ja, von was, zum Teufel, sprechen Sie denn?« fragte Dick hilflos. Und Elk kicherte wie eine hysterische Jungfrau. Sie fuhren durch Oxbridge, als ein langes Auto in vollster Eile an ihnen vorbeischoß. Es war so mit lachenden Männern angefüllt, daß sie einander beinahe auf den Knien saßen.

»Das ist eine lustige Gesellschaft!« sagte Dick.

»Sehr!« antwortete Elk lakonisch.

Ein paar Sekunden später sauste ein zweites Auto vorbei, das ebenfalls mit viel größerer Geschwindigkeit fuhr als sie selber.

»Das sieht aber doch nach einem unserer Polizeiautos aus!« sagte Dick. Auch dieses war überfüllt.

»Ja, es sieht wirklich fast so aus!« stimmte Elk bei.

Als ihr Wagen in der enggekrümmten Straße von Collebrock langsamer fuhr, raste noch ein dritter Wagen an ihnen vorüber, und diesmal blieb kein Zweifel mehr. Den Mann, der neben dem Chauffeur saß, den kannte Dick. Es war der Detektivinspektor der Polizeidirektion.

»Was soll denn das nur heißen?« fragte Dick, und seine Neugier wuchs ins Unermeßliche.

»Wir alle fahren zu Balders Beförderung, um ein kleines Fest zu feiern«, sagte Elk.

In Langley wendete sich die Windsorstraße nach links, und

Elk gab, sich hinauslehnend, dem Chauffeur eine neue Richtung an. Von den Polizeiautos war keine Spur mehr zu sehen. Anscheinend waren sie auf dem Weg nach Slough. Ein einzelner Landschutzmann stand am Kreuzweg und beobachtete sie, vom eintönigen Dienst ermüdet, mit ziemlich mattem Interesse.

»Wir bleiben hier stehen«, sagte Elk, und das Auto bog von der Straße ab in eine grüne Seitenallee ein. Elk stieg aus.

»Gehen Sie ein bißchen die Straße hinauf, ich habe mit Herrn Gordon zu sprechen«, sagte er zum Chauffeur. Und dann erzählte er, und Dick Gordon lauschte in Verwunderung und Unglauben.

»Nun«, sagte Elk, »brauchen wir nur noch fünf Minuten zu gehen, soweit ich mich erinnern kann. Es ist ziemlich lange her, daß ich bei den Windsorrennen war.«

Sie fanden den Eingang zu den »Sieben Giebeln« zwischen zwei hohen Buschhecken. Ein breiter, mit Kies bestreuter Pfad lief zwischen dem dicken Gürtel von Tannen hin, hinter dem das Haus versteckt lag. Es war ein großes Gebäude, mit Holzverschalungen an den Wänden und hohen, ineinander verschlungenen Kaminen.

»Na, ist das ein Haus?« murmelte Elk bewundernd.

Aus den breiten Fenstern drang Licht, aber die cremefarbenen Vorhänge waren herabgelassen. Elk hatte ein paar dicke Galoschen über seine Schuhe gezogen und reichte Dick ein zweites Paar. Dann begann er, mit einer elektrischen Taschenlampe in der Hand, den Gartenweg entlangzugehen, der parallel mit dem Gelände lief. Plötzlich blieb er stehen.

»Steigen Sie darüber!« flüsterte er.

Und Dick bemerkte den schwarzen Draht, der über den Weg hinlief, und nahm vorsichtig das Hindernis. Nach ein paar weiteren Schritten blieb Elk wieder stehen und ließ sein Licht auf einen zweiten Draht fallen, der selbst in dem starken Licht der Taschenlampe kaum zu sehen war. Elk tat keinen Tritt, ehe er nicht den Weg auf das genaueste untersucht hatte. Es bedurfte einer halben Stunde, ehe sie die wenigen Meter, die sie vom Fenster trennten, zurückgelegt hatten.

Die Nacht war lau, und einer der Fensterflügel stand offen.

Elk kroch heran und untersuchte mit seinen feinfühligen Fingerspitzen den Sims nach einer Alarmglocke. Er entdeckte sie, durchschnitt die Fäden und zog sachte den Vorhang ein wenig zur Seite.

Er blickte in ein großes, getäfeltes, luxuriös eingerichtetes Zimmer. Der offene, große Seitenkamin war von Blumen umgeben, und an dem kleinen Tischchen davor saßen zwei Männer. Der erste war Balder.

Unverkennbar war es Balder, und er sah merkwürdig gut aus. Seine rote Nase war nicht mehr rot. Seine unrasierten Wangen waren nicht mehr stachelig. Er trug einen Frack, und zwischen den Zähnen hielt dieser Balder, dem Elk manche Sonntagszigarette geschenkt hatte, eine lange, kostbare Zigarettenspitze. Dick sah dies alles über Elks Schulter hinweg mit an und hörte des Detektivs raschen, zornigen Atem gehen. Dann erst bemerkte Dick den zweiten Anwesenden. Es war Herr Maitland. Maitland saß, das Gesicht in den Händen, da, und Balder blickte ihn mit einem unheimlich zynischen Lächeln an. Es war unmöglich zu vernehmen, was sie sprachen, aber anscheinend wurden Maitland Vorwürfe gemacht.

Nach einer Weile richtete sich der alte Mann auf und begann zu reden. Sie hörten das Gemurmel seiner aufgeregten rauhen Stimme, aber wiederum war kein Wort zu verstehen. Dann sahen sie, wie Maitland die Faust ballte und sie drohend gegen den lächelnden Mann erhob, der ihn mit vollkommener Seelenruhe und kühlstem Interesse betrachtete. Nach dieser drohenden Gebärde sprang der alte Mann auf und stürzte aus dem Zimmer.

Eine Minute später kam er aus dem Haus. Aber nicht durch den Haupteingang, wie die beiden erwartet hatten, sondern über einen kleinen Gartenweg auf der anderen Seite der Hecke, denn sie sahen den Schimmer seiner Scheinwerfer, als das Auto vorbeifuhr.

Nun allein im Zimmer, läutete Balder.

Der Eintretende fesselte sofort Dicks Aufmerksamkeit im höchsten Grade. Er trug die übliche Livree der Lakaien, dunkle Hose und gestreifte Weste. Aber es war aus der Art, mit der er sich bewegte, leicht zu entnehmen, daß er durchaus kein gewöhnlicher Lakai war. Ein großer, schwerfällig gebauter Mann, dessen Bewegungen langsam und merkwürdig nachdenklich wirkten. Balder gab einen Befehl, und der Lakai nickte, nahm die Tasse auf und ging mit denselben langsamen feierlichen Schritten hinaus, mit denen er eingetreten war.

Es durchzuckte Dick, und er flüsterte ein einziges Wort in das Ohr des Detektivs: »Blind!«

Elk nickte.

Die Tür öffnete sich nochmals, und diesmal kamen drei Lakaien herein, die einen schwer wirkenden, mit einem weißen Tuch bedeckten Tisch hereintrugen.

Gordon dachte zuerst, daß Balders Mahlzeit serviert werden sollte. Aber bald begriff er die Wahrheit. Oberhalb des Kamins hing an einem einzigen Draht eine große elektrische Lampe. Einer der Lakaien stieg auf einen Stuhl, schraubte die Lampe aus und steckte einen Kontakt an, der mit dem Tisch durch einen Draht verbunden war.

»Lauter Blinde!« sagte Elk flüsternd.

Die Diener gingen hinaus, und Balder verschloß hinter ihnen die Tür. Er wendete ihnen noch den Rücken zu, als Elk seinen Fuß auf den Ziegelvorsprung stellte und, die Vorhänge zur Seite reißend, ins Zimmer sprang. Bei diesem Geräusch fuhr Balder herum.

»Schönen guten Abend, Balder!« sagte Elk süß. »Ich bin zu Ihnen gekommen, um Ihnen zu sagen, daß Sie endlich in Anerkennung Ihrer großen Verdienste zum Sergeanten befördert worden sind. Es ist der Dank für die Dienste, die Sie dem Staat durch Vergiftung des Frosches Mills, Befreiung des Frosches Hagn und In-die-Luft-Sprengung meines Büros geleistet haben.«

Immer noch sprach der Mann kein Wort und stand da, ohne sich zu regen; denn der langläufige Browning in Elks Hand zielte unentwegt auf den untersten Knopf seiner eleganten, weißen Pikeeweste.

»Und nun«, sagte Elk, und es klang wie Jubel und Triumphgesang, »werden Sie einen ganz kleinen, hübschen Spaziergang mit mir machen. Denn ich bedarf Ihrer, Nummer Sieben.«

»Glauben Sie nicht, sich geirrt zu haben?« näselte Balder, so ganz unähnlich seiner gewohnten Stimme, daß selbst Elk einen Moment lang zögerte.

»Nein, ich habe mich nicht geirrt. Außer, wenn mich einer gefragt hat, wieviel Frauen Heinrich VIII. gehabt und wann er sie geheiratet hat.«

Elk sprang auf ihn zu und hielt die Mündung seiner Pistole auf das Zwerchfell seines Gefangenen gepreßt. »So, jetzt wollen Sie die Güte haben, Ihre Hände auszustrecken, und belieben sich umzudrehen«, sagte er.

Balder gehorchte. Elk zog Handschellen aus der Tasche und ließ sie über Balders Gelenken einschnappen. Er schnallte ihm auch die Arme fest zusammen.

»Das ist sehr unbequem«, sagte Balder. »Pflegen Sie immer solche Irrtümer zu begehen, Herr Inspektor? – Mein Name ist Collet-Banson.«

»Ihr Name ist Hans Dreck!« sagte Elk. »Aber ich will gern anhören, was Sie mir sonst etwa zu sagen haben. Sie können sich niedersetzen.«

Dick sah, wie es in den Augen des Mannes aufblitzte. Und auch Elk bemerkte es.

»Ich möchte Ihnen raten, Balder, jetzt nicht etwa Ihre Hoffnung auf irgendeinen Affenstreich zu setzen, der mir von Ihren Dienern gespielt werden könnte. Fünfzig Polizeibeamte, von denen Sie die meisten persönlich kennen, umstellen nämlich das Haus.«

»Ich sage Ihnen, daß Sie einen Irrtum begangen haben, Herr Inspektor, der Sie teuer zu stehen kommen wird«, sagte der Gefangene zornig. »Wenn ein Engländer nicht einmal in seinem eigenen Salon sitzen darf, um« – er blickte nach dem Tisch – »ein Radiokonzert aus Den Haag anzuhören, ohne daß die Polizei einschreitet, so ist es höchste Zeit, daß diese Tyrannei ihr Ende findet.«

Er ging zornig hin und her und stieß dabei den einen der stählernen Feuerböcke um, die zu beiden Seiten des offenen Kamins standen. Und der Feuerbock fiel um. Es schien dies nichts anderes als die nervöse Handlung eines Mannes, der nicht mehr wußte, was er in seinem Zorn tat. Sogar Elk sah darin nichts, was seine Befürchtung hätte erregen können.

»Ich weiß nicht, für wen Sie mich halten!« fuhr er fort. »Nun, alles was ich sagen kann, ist . . .« Und plötzlich schwang sich der Gefesselte seitwärts auf die Kaminplatte.

Aber Elk war schneller. Er faßte ihn beim Kragen, riß ihn von der Falltür zurück und schleuderte ihn ins Zimmer hinein.

Elk warf sich über ihn, aber in seiner Verzweiflung wurde Balders Kraft übermenschlich gesteigert.

Sein Schrei nach Hilfe wurde gehört. Es wurde an der Tür gerüttelt, und ein zorniges Stimmengewirr erhob sich draußen. Dann vernahm man die rasche Aufeinanderfolge vieler scharfer Explosionen, denn die Armee von Detektiven rannte draußen über den Rasen, ohne der Alarmschüsse zu achten.

Es gab nur einen kurzen Kampf.

Sechs blinde Diener wurden im Polizeiwagen weggebracht, und im letzten Auto thronten Dick und Elk und zwischen ihnen der aktive Polizeisergeant Balder – der Nummer Sieben, die rechte Hand des furchtbaren Frosches, gewesen war.

26

Ella Bennett war im Begriff, das Mittagessen zu bereiten, als ihr Vater heimkehrte. Im Wohnzimmer stellte er seine schwere Kamera ab, und die Handtasche trug er wie gewöhnlich in sein Schlafzimmer. Ella hatte längst aufgehört, sich darüber zu wundern, daß ihr Vater sein Gepäck unweigerlich in seinem Zimmer verschloß. Als er wiederkam, sah er sehr müde und alt aus. Tiefe Ringe lagen unter seinen Augen, und die Blässe seines Gesichtes trat mehr als gewöhnlich hervor.

»Ist es dir gut ergangen, Vater?« fragte sie. Es war immer dieselbe Frage, und John Bennett gab immer dasselbe Nicken zur Antwort.

»Heute morgen habe ich eine Strecke voller Federwild gefunden und einige wirklich gute Aufnahmen gemacht. Rund um Horsham sind meine Möglichkeiten viel zu begrenzt.«

Er setzte sich in seinen alten Lehnstuhl neben dem Kamin und stopfte langsam seine Pfeife.

Ella ging hin und her, deckte den Tisch und sprach erst, während sie dem Vater vorlegte, von der Angelegenheit, die sie bedrückte: »Es ist heute morgen ein Brief von Ray gekommen«, sagte sie. Es war seit langen Tagen zum erstenmal, daß sie den Namen des Bruders erwähnte.

»Ja?« sagte Bennett, ohne von seinem Teller aufzusehen.

»Er möchte gern wissen, ob du seinen Brief bekommen hast, Vater?«

»Jawohl, das habe ich«, sagte John Bennett. »Aber ich habe darauf nichts zu erwidern. Wenn Ray mich zu sehen wünscht, so weiß er, wo ich zu finden bin.«

Er sprach mit überraschender Ruhe. Sie hatte sich vor dem Auftritt gefürchtet, der sich bei der Nennung von Rays Namen ereignen würde.

Sie sah ihn an und überlegte von neuem, ob sie es wagen durfte, ihn ins Vertrauen zu ziehen.

»Vater, ich wollte dir sagen, daß ich neulich mit Herrn Maitland zusammengekommen bin«, sagte sie.

»Du erzähltest mir doch damals davon, als du ihn im Büro besuchtest.«

»Nein, Vater. Erinnerst du dich an den Morgen, an dem Hauptmann Gordon so früh herausgekommen ist? An den Morgen, als ich in den Wald ging? Damals ging ich aus, um Herrn Maitland zu treffen.«

Bennett legte Messer und Gabel nieder und starrte sie an.

»Ich hatte keine Ahnung, daß ich ihn sehen sollte«, fuhr sie fort. »Aber ich wurde des Nachts von jemandem aufgeweckt, der Steinchen an mein Fenster warf. Ich glaubte, es wäre Ray, der so spät gekommen war. Er hat es früher oft getan. Manchmal hat er sich verspätet, und dann pflegte er mich auf diese Weise aufzuwecken. Es dämmerte schon, als ich hinaussah, und zu meiner namenlosen Verwunderung sah ich Herrn Maitland unten stehen. Er bat mich auf seine sonderbare, rasche Art, herunterzukommen, und da ich glaubte, daß er vielleicht um Rays willen käme, zog ich mich an und lief in den Garten. Ich war aber so verwirrt, daß ich nicht gewagt habe, dich aufzuwecken. Ich lief die Straße hinauf, dorthin, wo sein Auto stand. Es war das merkwürdigste Zusammentreffen, das du dir denken kannst. Denn eigentlich hat er gar nichts gesagt.«

»Nichts?«

»Ja, doch. Er fragte mich, ob ich seine Freundin sein wollte. Wenn es jemand anderes als Herr Maitland gewesen wäre, so hätte ich mich geängstigt, aber er kam so rührend, so alt, so flehend zu mir, er sagte fortwährend: ›Froilein, ich werd' Sie was sagn!‹ Aber sooft er zu sprechen begann, sah er erschrocken um sich. Er bat mich, in sein Auto zu steigen. Natürlich lehnte ich ab, bis ich entdeckte, daß der Chauffeur eine Frau war. Eine sehr alte Frau, seine Schwester. Es war ein höchst merkwürdiges Erlebnis. Ich glaube, sie muß beinahe siebzig Jahre alt sein. Und sie trug den Rock eines Chauffeurs. Etwas Lächerlicheres konnte man sich gar nicht vorstellen. Ich fuhr mit ihm zum Wald und fragte ihn: ›Kommen Sie wegen Ray?‹ Aber er war gar nicht wegen Ray gekommen. Er sprach so unzusammenhängend, so sonderbar, daß ich wirklich nervös wurde. Und als er dann erst angefangen hatte, sich ein wenig zu fassen und ein paar zusammenhängende Bemerkungen zu machen, kamt ihr im Auto heran. Er war sehr erschrocken und bebte am ganzen Körper. Er bat mich, fortzugehen und fiel beinahe auf die Knie, um mich zu bitten, daß ich ja nichts darüber sagen sollte, daß ich ihn je gesehen hätte.«

»Was?« sagte John Bennett und stieß seinen Stuhl zurück. »Und du hast gar nichts erfahren?«

Sie schüttelte den Kopf.

»Ich konnte die Hälfte von dem, was er sagte, nicht verstehen. Er sprach halblaut, und ich habe dir ja gesagt, wie rauh seine Stimme ist.«

Bennett saß einen Augenblick mit niedergeschlagenen Augen da, während er über das Gehörte nachdachte.

»Wenn er das nächste Mal kommen sollte, so wäre es besser, du ließest mich mit ihm sprechen«, sagte er.

»Das glaube ich nicht, Papa«, sagte sie ruhig. »Ich habe das Gefühl, daß er mich um Hilfe bitten wollte.«

»Ein Millionär, der dich um Hilfe bittet, Ella? Das klingt doch wohl verwunderlich!«

»Es ist auch verwunderlich«, sagte sie, »er schien mir nicht halb so schrecklich wie das erstemal. Es ist etwas Tragisches um ihn, etwas sehr Trauriges. Und heute nacht wird er wiederkommen, ich habe es ihm versprochen, mit ihm zu reden. Erlaubst du es?« Der Vater überlegte.

»Ja, du kannst mit ihm sprechen. Aber du darfst nicht aus dem Garten hinausgehen. Ich verspreche dir, daß ich mich nicht zeigen werde, aber ich werde in der Nähe bleiben. Und du glaubst nicht, daß es sich um Ray handelt?«

»Das glaube ich nicht, Papa. Maitland ist Ray und was mit ihm geschehen soll, ganz gleichgültig. Ich möchte nur gern wissen, ob ich überhaupt jemandem davon erzählen soll?«

»Hauptmann Gordon?« riet Vater trocken, und das Mädchen errötete. »Magst du den jungen Mann gern leiden, Ella?«

»Ja«, sagte sie nach einer Pause. »Ich habe ihn sehr gern.«

»Aber hoffentlich nicht zu gern, Liebling«, sagte John Bennett, und ihre Augen trafen sich.

»Warum nicht?« Es kostete sie Überwindung, zu fragen.

»Weil es nicht wünschenswert ist«, antwortete Bennett. »Ich möchte nicht, daß du Kummer haben sollst. Und ich sage dir dies, weil ich weiß, daß ich die Ursache sein werde, falls du Kummer haben solltest!«

Ella wurde blaß und sagte: »Und was wünschst du, daß ich tun soll?«

Er erhob sich langsam, ging auf sie zu und legte den Arm um sie.

»Was immer du auch tun willst, Ella, ich muß für meine Sünden leiden. Vielleicht wird er es nie erfahren. Aber ich habe aufgehört, an Wunder zu glauben.«

»Was meinst du, Vater?« fragte sie angstvoll.

»Vielleicht ...« Er überlegte eine Weile. »Vielleicht erreiche ich doch etwas durch den Film, den ich gestern aufgenommen habe. Ich habe das zwar nun schon oft gesagt und von vielen Dingen geglaubt, die ich unternommen habe. Der Mann, der die Bilder kauft, er hat ein Geschäft in der Wardourstraße, sagte mir, daß die Qualität meiner Filme sich bei jeder neuen Aufnahme bessere. Ich nahm eine Entenmutter in ihrem Nest auf, gerade als die Jungen auskrochen. Ich weiß noch nicht, wie die Bilder sich beim Entwickeln ausnehmen werden, denn ich war vielleicht ein bißchen zu weit vom Nest entfernt ...«

Ella setzte das Gespräch von vorhin nicht weiter fort.

Am Nachmittag sah sie einen fremden Mann auf der Straße dem Haustor gegenüberstehen, der sich Maytree Haus ansah. Er war ein gut angezogener Herr, den sie wegen seiner runden Brillengläser für einen Amerikaner hielt. Und als er sie ansprach, ließ ihr auch sein neuenglischer Akzent keinen Zweifel darüber.

»Irre ich mich, wenn ich Sie für Fräulein Bennett halte?« fragte er. Und als sie nickte, stellte er sich vor. »Mein Name ist Broad. Ich habe mich gerade in der Gegend hier ein wenig umgesehen, und es kam mir in Erinnerung, daß Sie irgendwo in der Nachbarschaft wohnen. Ihr Bruder hat mir das gesagt.«

»Sind Sie ein Freund von Ray?« fragte Ella.

»Das wohl nicht«, sagte Broad mit einem Lächeln. »Ich bin, was man eine Klubbekanntschaft nennt.«

Er machte keinen Versuch, näherzukommen. Und anscheinend erwartete er auch nicht, infolge seiner Bekanntschaft mit Ray, ins Haus eingeladen zu werden. Im Gegenteil, nach einer Bemerkung über das Wetter, aus deren Tiefsinn hervorging, daß er sich die englischen Bräuche schon völlig zu eigen gemacht hatte, entfernte er sich nach der Waldstraße hin. Es war dies ein Lieblingsstandplatz der Autoausflügler, und es überraschte Ella nicht allzusehr, als sie Broad einige Augenblicke später im Auto vorbeifahren sah.

Herr Broad lüftete den Hut, während er vorüberfuhr, und grüßte jemanden, den sie nicht sah. Ihre Neugierde wurde aufgestachelt, sie öffnete die Tür und trat auf die Straße hinaus. Auf einem Baumstumpf saß ein Mann, der die Zeitung las und aus einer großen Pfeife rauchte.

Eine Stunde später, als sie wieder hinaustrat, war er immer noch da. Aber diesmal war er aufgestanden.

Es war ein großer Mann, der wie ein Soldat aussah und der den Kopf zur Seite drehte, als sie in seine Richtung blickte. Aus irgendeinem Grund schien Maytree Haus unter Beobachtung zu stehen.

Zuerst hatte Ella Angst, aber dann bekam sie fast Lust, ins Dorf hinabzugehen, um Elk zu telefonieren und eine Erklärung zu verlangen. Sie ging zeitig zu Bett und stellte den Wecker auf drei Uhr.

Sie erwachte, noch bevor die Glocke Alarm geläutet hatte, zog sich rasch an und ging hinunter, um ein wenig Kaffee zu kochen. Als sie an der Tür ihres Vaters vorbeiging, rief er sie an: »Ich bin auf, falls du mich brauchen solltest, Ella.«

»Vielen Dank, Papa«, sagte sie herzlich. Sie war froh darüber, ihn in ihrer Nähe zu wissen.

Das erste Licht zeigte sich am Himmel, als Herrn Maitlands Silhouette sich gegen die Dämmerung abhob. Ella vernahm das leise Knacken des Türschlosses, als er die Gartentür öffnete.

Diesmal hatte er seinen Wagen eine kleine Strecke vom Haus entfernt warten lassen. Er schien sehr nervös und vermochte im Augenblick kein Wort hervorzubringen. Sein schwerer, abgetragener Überrock war bis zum Hals zugeknöpft, und eine große Kappe bedeckte seinen kahlen Kopf.

»Sin Sie es, Froilein?« fragte er in rauhem Flüsterton.

»Ja, Herr Maitland.«

»Wolln Sie nich mit mir spazierengehn? Ich muß Sie etwas sagn, etwas sehr Wichtiges.«

»Wir wollen im Garten spazierengehen«, sagte sie leise.

Er hielt sie zurück.

»Wenn man uns aber sehn wird, was? Schöne Geschichte für mich! Grad nur ein Stückchen die Straße rauf, Froilein«, bat er.

»Es wird uns niemand hören«, tröstete Ella sanft. »Wir können ja auf den Rasenplatz gehen, es stehen einige Stühle dort.«

»Schläft allens? Alle Dienstmädchens?«

»Wir haben keine Mädchen«, lächelte sie.

Er schüttelte den Kopf. »Schad is nich drum. Ich kann sie nich ausstehn. Sechs Kerle in Uniform hab ich bei mir zu Haus, machn mir immer eine Mordsbange.«

Sie führte ihn über den Rasenplatz, legte ein Kissen in seinen Sessel und wartete.

Der Anfang auch der vorigen Unterredung hatte ziemlich aussichtsreich geschienen, aber nach einer Weile hatte Herr Maitland sich in Abgründe des Gesprächs verirrt, so daß Ella nicht mehr zu folgen vermochte.

»Sie sin ein liebes Mächen«, sagte Maitland heiser. »Hab mir's schon gedacht, wie ich Sie 's erste Mal gesehn hab. Sie wer'n einem armen alten Mann nichts antun, was Froilein?«

»Aber gewiß nicht, Herr Maitland.«

»Das hab ich mir gedacht. Ich hab es auch Mathilda gesagt. Und sie sagt auch, es is allens in Ordnung mit Ihnen. – War'n Sie schon im Armenhaus, Froilein?«

»Im Armenhaus?« fragte sie und lächelte wider Willen. »Nein, Herr Maitland, ich bin nie im Armenhaus gewesen.«

Erschrocken abwinkend, sah er sich um und starrte unter seinen weißen buschigen Brauen auf ein Gesträuch hin, das einen Lauscher hätte verbergen können.

»Sin Sie schon im Loch gewesen? Ach ja, ich meine Gefängnis, Froilein? Natürlich kann'n Mächen wie Sie so 'ne Sache nich wissen.«

Wieder sah er sich um.

»Alle großen Leute hab ich dort getroffen. Möcht wetten, daß ich der einzigste bin, der noch den großen Saul Morris gesehn hat, den schwersten Kerl von uns alle. – Denken Sie, Sie sin ich, allens kommt auf das an. Denken Sie, Sie sin ich, Froilein – ach, es is schrecklich, Froilein!«

»Ich fürchte, daß ich Sie nicht verstehen kann, Herr Maitland«, flüsterte sie leise. Sie sah ihn nochmals gequält die Gegend mit den Blicken durchforschen, und dann beugte er sich nahe zu ihr.

»Er is hinter Sie her!« Er umklammerte ihren Arm. »Sie wer'n doch für mich 'n Wörtchen bei ihm einlegen, nich wahr? Sagn Sie ihm, daß ich Sie gewarnt hab, er wird es schon wieder gut für mich machn, nich?«

Er sprach flehentlich, und sie begann zu verstehen, daß mit dem »Er« des Alten Dick gemeint war. Er nahm ihre Hände und tätschelte sie, und obgleich sie sein Gesicht nicht sah, wußte sie, daß er weinte.

»Ich werde sicher alles für Sie tun, was nur in meiner Macht steht! Aber Sie sind zu erregt, lieber, lieber Herr Maitland. Sollten Sie nicht mit einem Arzt sprechen?«

»Ne, ne, nur keine Doktors nich, Froilein! Aber ich sage Sie«, sprach er langsam und ausdrucksvoll, »sie wer'n mich kriegn. Und Mathilda! Aber ich habe mein ganzes Geld jemand hinterlassen, einer gewissen Person, und das is der ganze Witz dabei, Froilein«, kicherte er irrsinnig. »Und dann wird man ihn erwischn.«

Er schlug sich, von stillem Lachen geschüttelt, auf die Knie. Ella begann zu glauben, daß er wahnsinnig geworden war.

»Aber ich hab 'nen riesigen Plan, haja! Ich hab nie 'nen größeren gehabt, Froilein. Können Sie auf der Maschine schreibn?«

»Ich kann es wohl, aber nicht sehr gut.«

Seine Stimme wurde beinahe unhörbar.

»Kommen Sie mit, kommen Sie in mein Büro! Werdn mich doch nicht bloß für einen Spaßvogel halten? Was? Siebenundachtzig bin ich gewor'n, Froilein! Kommen Sie zu mir herauf, und Sie wer'n lachen.« Plötzlich kam das Schluchzen wieder über ihn.

»Mich wer'n sie kriegn, ich weiß! Aber ich hab Mathilda nichts gesagt. Weil, dann würde sie schrein. So stehts, Froilein. Der alte Johnson is nich mehr da. Besuchn Sie mich nur! Habn Sie nie einen Brief gekriegt, was?« fragte er plötzlich.

»Von Ihnen? Nein, Herr Maitland!« sagte sie überrascht.

»Geschriebn is er worn«, sagte er. »Aber vielleicht nich aufgegebn. Weiß nich!« Er fuhr auf und wich zurück, als eine Gestalt sich vor dem Haus zeigte. »Wer is das?« fragte er. Und sie fühlte, wie seine Hand sich zitternd auf ihren Arm legte.

»Das ist mein Vater, Herr Maitland«, sagte sie. »Ich glaube, er ist meines Ausbleibens wegen ein bißchen besorgt.«

»Ach so, Ihr Vater?« Er schien eher erleichtert als beunruhigt.

»Sagn Sie ihm das nich, daß ich im Arbeitshaus war, Froilein!«

John Bennett stand unentschlossen still, ob er näher kommen sollte oder ob Ella nicht dadurch in Verlegenheit geraten würde.

Maitland entschied die Situation, indem er hinüberhumpelte.

»Guten Morgen, Herr«, sagte er. »Hab gerade gequasselt mit Ihren Mächen. Hoffentlich macht es Sie nichts, Herr Bennett, was?«

»Aber gewiß nicht«, sagte Herr Bennett. »Wollen Sie nicht ins Haus kommen, Herr Maitland?«

»Ne, ne«, sagte Maitland ängstlich. »Mathilda wartet.« Er streckte nicht die Hand aus, noch lüftete er seinen Hut. Seine Manieren waren tatsächlich unter aller Kritik. Er nickte dem Mädchen kurz zu, dann sagte er: »Wiedersehn, Herr!«

In diesem Augenblick trat Bennett aus dem Schatten des Hauses.

»Leben Sie wohl, Herr Maitland«, grüßte er.

Maitland erwiderte nichts mehr. Seine Augen waren weit und entsetzt aufgerissen, sein Antlitz totenbleich.

»Sie? Sie?« krächzte er. »O mein Gott!« Er schien zu schwanken. Ella wollte ihm zu Hilfe kommen. Er faßte sich aber und rannte mit einer Beweglichkeit, die bei seinem hohen Alter überraschen mußte, den Weg hinunter, riß die Gartentür auf und stürzte die Straße hinab.

In der großen Stille hörten sie sein trockenes Schluchzen.

»Vater«, flüsterte das Mädchen angstvoll, »hat er dich denn gekannt?«

»Das wäre verwunderlich«, sagte John Bennett. »Du gehst jetzt zu Bett, Liebling.«

»Und wohin willst du, Vater?« fragte sie überrascht.

»Ich habe mit ihm zu sprechen.«

Sie ging nicht zu Bett. Sie stand an der Tür und wartete – fünf Minuten – zehn Minuten – fünfzehn Minuten. Dann hörte sie das Rattern eines Autos, und die Limousine flog kotspritzend am Gartentor vorbei. Endlich kam auch John Bennett. »Du bist nicht zu Bett gegangen?« bemerkte er barsch.

»Vater, hast du ihn gesprochen?« fragte sie angstvoll.

»Möchtest du mir vielleicht schwarzen Kaffee machen?«

»Vater, warum hatte er solche Angst vor dir?«

»Liebling, du fragst zuviel. Er kannte mich von früher her, das ist alles.«

»Wenn er nur nie mehr wiederkäme«, seufzte Ella tief und angstvoll.

»Der kommt nicht wieder«, sagte John Bennett aus Horsham.

27

Dick Gordon beendete seine Unterredung mit Ezra Maitland und kehrte in die Polizeidirektion zurück, um Elk zu sprechen.

»Im großen ganzen halte ich Pentonville für das sicherste Gefängnis und habe Balder dorthin bringen lassen. Ich verlangte sogar vom Polizeichef, daß man ihn in die Zelle der Verurteilten stecken soll, aber das scheint bei ihnen nicht gute Sitte. Immerhin ist Pentonville der sicherste Fleck, den ich kenne, und wenn die Frösche nicht Steine zu fressen vermögen, so wird er doch wohl drinbleiben müssen. Also, was hatte Maitland Ihnen zu sagen, Herr Hauptmann?«

»Maitlands Geschichte ist, soweit man von ihm etwas herausbekommen kann, die, daß er Balder auf dessen Aufforderung besucht hat. ›Was könn Sie machn, wenn die Polizei nach einem schickt?‹ fragte er mich, und das ist nicht leicht zu beantworten.«

»Darüber herrscht doch wohl kein Zweifel«, sagte Elk, »daß er Balder nicht in dessen Eigenschaft als Polizeimann in Slough besucht hat. Noch viel weniger Zweifel besteht darüber, daß der Mann mit dem Frosch im Bündnis ist.«

»Maitland ist ein so energischer und trotzdem so ängstlicher alter Herr. Ich glaube, daß er direkt in die Erde sinken wollte, als ich Balders Arretierung erwähnte. Er fiel fast in Ohnmacht.«

»Dieser Spur müßte man folgen«, sagte Elk gedankenvoll. »Ich habe nach Johnson geschickt. Er müßte eigentlich schon hier sein. Er ist ein sehr wichtiger Zeuge, und man sollte die beiden nach Möglichkeit gleich konfrontieren.«

Der Philosoph kam nach einer halben Stunde an.

»Herr Elk wird Ihnen etwas sagen, was in ein paar Tagen allgemein bekannt sein dürfte«, sagte Dick. »Elks eigener Beamter ist als Frosch verhaftet worden.«

Johnson ließ sich erklären, wer Balder war, und Dick berichtete ihm von des alten Maitlands Besuch in Slough. Johnson schüttelte den Kopf.

»Ich habe nie davon gehört, daß Maitland einen Freund dieses Namens hat«, sagte er. »Balder? Nein, habe ich nie gehört!«

»Er nannte sich auch Collet-Banson«, sagte Dick.

»Ja, den kenne ich sehr gut! Der pflegte Maitland oft im Büro zu besuchen und gewöhnlich sehr spät des Abends. Maitland arbeitet dreimal in der Woche im Büro die Nacht durch, wenn alle Beamten gegangen sind, wie ich leider an meinem eigenen Leib erfahren habe«, sagte Johnson. »Ja, ja, es war ein großer hübscher Mensch, von so ungefähr vierzig Jahren.«

»Stimmt«, sagte Dick. »Er hat ein Haus in der Nähe von Windsor.«

»Ja, obwohl ich selbst nie dort war, weiß ich das, weil ich Briefe an ihn aufgegeben habe.«

»Was für Geschäfte hatte Collet-Banson mit Maitland?«

»Das konnte ich nie herausbekommen. Ich hielt ihn immer für einen Agenten, der Grundbesitz zum Verkauf anbot, denn das waren die einzigen Leute, die zu Maitland zugelassen wurden. Ich erinnere mich auch, daß das Kind eine Woche lang bei ihm war.«

»Mhm, das Kind aus Maitlands Haus?« fragte Elk.

Herr Johnson nickte zustimmend.

»Sie wissen nicht, was für eine Beziehung zwischen dem Kind und den beiden Männern besteht?«

»Nein, ausgenommen, daß ich ganz sicher bin, daß der kleine Junge wirklich bei Herrn Collet-Banson war, weil ich auf Maitlands Anordnung Spielzeug hinüberschicken mußte. Es war an dem Tag, an dem Herr Maitland sein Testament machte, ungefähr vor anderthalb Jahren. Ich erinnere mich aus einem besonderen Grund so genau an diesen Tag. Ich hatte nämlich erwartet, daß Herr Maitland mich auffordern würde, das Testament mit zu unterzeichnen, und fühlte mich als alter, treuer Angestellter recht gekränkt, als er zwei Beamte aus dem Büro zur Unterzeichnung herbeiholen ließ. Solche kleinen Kränkungen haben auf mich den stärksten Eindruck ausgeübt«, fügte er hinzu.

»War das Testament zugunsten des Kindes verfaßt worden?«

Johnson schüttelte den Kopf. Immer zu Elk gewendet, denn Dick schwieg während dieser Unterredung, sagte er: »Er hat die Sache nie mit mir besprochen. Er wollte nicht einmal einen Advokaten zu Rate ziehen. Er sagte mir, daß er die äußere Form des Testaments einem Buch entnommen habe.«

Dick erhob sich. »Ich danke Ihnen recht herzlich für Ihre interessanten Aufschlüsse, Herr Johnson«, sagte er, den Philosophen zur Tür begleitend.

Am nächsten Morgen hatte Dick eine Unterredung mit dem Gefangenen von Pentonville und fand ihn in recht widerspenstiger Stimmung.

»Ich weiß nichts von Babies und von Spielzeug, und wenn Johnson sagt, daß er es geschickt hat, dann lügt er in seinen Hals«, sagte Balder trotzig. »Ich verweigere jede Aussage über Maitland und meine Verbindung mit ihm. Ich bin das Opfer einer polizeilichen Verfolgung geworden und wünsche meine Freilassung. Ich fordere Sie auf, einen Beweis zu erbringen, daß ich auch nur eine einzige strafbare Handlung in meinem Leben begangen habe, ausgenommen, daß es vielleicht in Ihren Augen ein Verbrechen ist, ein Leben wie ein Gentleman zu führen.«

»Haben Sie aber nicht doch vielleicht eine Nachricht für Ihre liebe Frau und Ihre sieben Kinder zu bestellen?« fragte Dick sarkastisch.

Die drohenden Züge des Gefangenen glätteten sich für einen Augenblick.

»Nein, für die wird Elk schon sorgen«, sagte er.

Eine Stunde vor der Zeit, zu der der Gerichtshof sonst zusammenzutreten pflegte, wurde in Bowstreet die Anklage gegen Balder erhoben. Der Arrestbefehl wurde erteilt und Balder im Auto unter Bewachung nach Pentonville weiterbefördert.

In der dritten Nacht nach Balders Einlieferung in das Gefängnis von Pentonville kam Romantik in das Leben des zweiten Hauptaufsehers. Er war verhältnismäßig jung, alleinstehend, von recht angenehmem Äußeren und wohnte bei seiner verwitweten Mutter in Shepherd's Bush. Es war seine Gewohnheit, nach seiner Arbeit einen Autobus zu benützen, um sein

Heim zu erreichen, und er war gerade im Begriff bei seiner Straße auszusteigen, als eine Dame vor ihm ausstieg, strauchelte und zu Boden fiel. Er war sofort bei ihr, um sie aufzuheben. Sie war jung, elegant und erstaunlich hübsch. Er führte sie behutsam auf den Gehsteig.

»Es ist nichts geschehen«, sagte sie lächelnd, aber mit schmerzlich verzogenem Gesicht. »Es war sehr dumm von mir, mit dem Bus zu fahren! Ich habe mein altes Dienstmädchen besucht, das erkrankt ist. Wollen Sie mir bitte ein Auto rufen?«

Ein vorbeifahrendes Auto wurde herangewinkt, und das blasse Fräulein sah sich hilflos um.

»Wenn ich nur jemandem begegne, den ich kenne. Ich fahre so ungern allein nach Hause! Ich habe Angst davor, ohnmächtig zu werden.«

»Wenn Sie gegen meine Begleitung nichts einzuwenden haben«, sagte der Hauptaufseher mit all dem warmfühlenden Ernst, den der Anblick einer hilflosen Frau in der Brust des empfindsamen Mannes weckt, »will ich Sie gern nach Hause begleiten.« Ein langer Blick voller Rührung und Dankbarkeit traf ihn aus ihren Augen. Sie nahm seine Begleitung an und murmelte nur ihr Bedauern über die ihm verursachte Mühe.

Sie bewohnte eine wundervolle Wohnung. Der Hauptaufseher dachte, er hätte nie vorher eine so anmutige und schöne Dame in so passender Umgebung kennengelernt, und damit hatte er auch recht. Er hätte gern nach der Verletzung an ihrem Knöchel gesehen, aber sie fühlte sich viel, viel wohler, und gerade kam auch ihre Zofe herein.

Und ob er nicht ein bißchen Whisky mit Soda haben wollte? Und ob er nicht, bitte, rauchen möchte? Sie wies ihm den Platz, wo er Zigaretten finden konnte, und dann sprach der Hauptaufseher eine Stunde lang von sich selbst und hatte so einen äußerst unterhaltsamen Abend.

»Ich bin Ihnen sehr zu Dank verpflichtet, Herr Bron«, sagte sie beim Abschied, »weil Sie so viel Zeit an mich vergeudet haben.«

»Wenn das die Zeit vergeuden heißt, so hat es keinen Sinn für mich, mit ihr zu sparen.«

»Das ist ein schönes Kompliment!« sagte sie lächelnd. »Also, dann will ich Ihnen auch erlauben, morgen zu mir zu kommen, um sich nach meinem armen Fuß zu erkundigen.«

Er notierte sich sorgfältig die Adresse des alleinstehenden Häuschens in Bloomsbury Square, und als er am nächsten Abend klingelte, war er nicht mehr in Uniform.

Um zehn Uhr ging er in Ekstase fort, ein Mann, der den Kopf hochhielt, mit sich selber sprach und goldene Träume träumt. Denn »der Duft ihrer Reize«, wie er ihr schrieb, »hatte sein Innerstes durchdrungen.«

Zehn Minuten, nachdem er gegangen war, kam die Dame heraus, schloß das Haustor sorgfältig hinter sich ab und trat auf die Straße.

Der Müßiggänger, der auf dem gegenüberliegenden Gehsteig auf und ab schlenderte, warf seine Zigarre weg.

»Guten Abend, Fräulein Bassano«, grüßte er.

Sie nahm eine abweisende Haltung an. »Ich fürchte, daß Sie sich irren«, sagte sie steif.

»Nicht im geringsten! Sie sind Fräulein Bassano, und meine einzige Entschuldigung dafür, daß ich mir erlaube, Sie anzusprechen, ist, daß ich Ihr Nachbar bin.«

Nun erst sah sie ihn näher an. »Ach, Herr Broad!« sagte sie etwas freundlicher. »Ich habe eben eine Freundin besucht, die schwer erkrankt ist.«

»Ja, das hat man mir berichtet. Ihre Freundin hat eine recht hübsche Wohnung«, sagte er und begann neben ihr herzugehen. »Ich selbst wollte sie vor ein paar Tagen mieten. Die möblierten Wohnungen sind recht schwer zu finden. Stimmt, vor einer Woche war ich hier. An dem Tag, an dem Sie Ihren beklagenswerten Unfall in Shepherd's Bush hatten.«

»Ich verstehe Sie nicht!« sagte Lola.

»Die Wahrheit ist«, sagte Herr Broad im Ton der Entschuldigung, »daß auch ich versucht habe, mit Herrn Bron bekannt zu werden. Während der letzten zwei Monate habe ich mich mit dem sorgfältigen Studium des Gefängnispersonals in Pentonville beschäftigt und besitze eine Liste der leicht zugänglichen Jungen, die zusammenzustellen mich einen Haufen Geld gekostet hat, ich vermute, daß Sie noch nicht das Stadium erreicht haben, wo Sie ihn hätten überreden können, über seine interessanten Gefangenen zu sprechen. Dazu spricht Herr Bron allzugern von seinen seelischen Vorgängen. Ich habe es letzthin mit ihm versucht«, fuhr Broad fort, »er besucht einen Tanzklub in Hammersmith, und ich wurde mit ihm durch ein Mädchen, das er hofiert, bekannt. Sie sind, nebenbei bemerkt, nicht die einzige Liebe seines jungen Lebens.«

Lola lachte leise. »Was für ein kluger Mann Sie sind, Herr Broad«, sagte sie. »Nein, ich interessiere mich gar nicht so sehr wie Sie für Gefangene. Übrigens, wem gilt denn Ihr besonderes Interesse?«

»Aber, aber! Nummer Sieben, der im Gefängnis von Pentonville sitzt«, sagte Broad lächelnd. »Ich habe so eine Ahnung, daß er auch Ihr Freund ist.«

»Nummer Sieben?« Lolas Erstaunen würde einen weniger abgehärteten Mann als Joshua Broad überzeugt haben müssen. »Ich glaube, das hat etwas mit den Fröschen zu tun?« sagte sie.

»Das stimmt!« antwortete Broad. »Fräulein Bassano, ich möchte Ihnen ein Anerbieten machen!«

»Machen Sie mir das Anerbieten, ein Auto holen zu wollen, ich bin sehr müde«, sagte sie.

Und als sie beide im Wagen saßen, fragte Lola: »Also, was ist es mit dem Anerbieten?«

»Ich biete Ihnen so viel an, wie Sie brauchen, um England zu verlassen und ein paar Jahre außer Landes zu leben, bis der alte Frosch verspielt hat. Und er wird verspielen. Ich habe Sie seit längerer Zeit beobachtet und bitte Sie, es nicht als Frechheit aufzufassen, wenn ich Ihnen sage, daß ich Sie gern habe. Es ist etwas äußerst Anziehendes an Ihnen, nein, lassen Sie mich ausreden, ich bin nicht im Begriff, Ihnen den Hof zu machen. Ich habe Sie in irgendeiner Art von Mitleid lieb. Sie brauchen darüber nicht beleidigt zu sein, aber ich möchte nicht, daß Sie zu Schaden kommen.«

Er war sehr ernst. Sie erkannte seine Aufrichtigkeit, und die sarkastische Bemerkung, die ihr auf der Zunge lag, blieb unausgesprochen.

»Sind Sie wirklich so gänzlich desinteressiert?« fragte sie.

»Soweit es Sie selbst betrifft, völlig!« antwortete er. »Aber Lola, ich warne Sie. Es wird ein furchtbares Erdbeben stattfinden, und höchstwahrscheinlich werden Sie von den herumfliegenden Stücken getroffen werden.«

Sie antwortete nicht sofort, denn was er gesagt hatte, verstärkte bloß ihre eigene Unruhe.

»Vermutlich wissen Sie, daß ich verheiratet bin?«

»Ich ahnte es«, sagte er. »Nehmen Sie Ihren Mann mit. Und was wollen Sie mit dem kleinen Jungen machen?«

Es war merkwürdig, daß sie nicht einmal den Versuch machte, die Rolle, die sie spielte, zu verleugnen. Sie wunderte sich später selbst darüber. Aber Joshua Broad hatte so eine zwingende Überlegenheit, daß es ihr gar nicht einfiel, ihn täuschen zu wollen.

»Sie meinen Ray? Ich weiß nicht«, sagte sie. »Ich wünschte, daß er nicht dabei wäre. Ich habe ihn auf dem Gewissen. Lachen Sie?«

»Darüber, daß Sie ein Gewissen haben, nein. Ich dachte nur daran, was er wohl für Sie gefühlt haben mag? Und was bedeutet der Bart, den er sich wachsen ließ?«

»Darüber weiß ich nichts. Ich weiß nur, daß wir – aber warum erzähle ich Ihnen das alles? Wer sind Sie, Herr Broad?«

Er kicherte. »Eines Tages werden Sie es erfahren. Ich verspreche Ihnen, wenn Sie ein wenig mit sich reden lassen, so werden Sie es als erste erfahren. Behandeln Sie den Jungen gut, Lola.«

Sie verwehrte ihm nicht, daß er ihren Taufnamen gebrauchte, es nahm sie eher für den geheimnisvollen Mann ein.

»Und schreiben Sie an Herrn Bron, den Vizehauptaufseher im Gefängnis von Pentonville, und teilen Sie ihm mit, daß Sie aus der Stadt abberufen wurden und ihn in den nächsten zehn Jahren nicht sehen können.«

Sie gab keine Antwort. Er verließ sie an der Tür ihrer Wohnung und nahm ihre schmale Hand in die seine.

»Falls Sie Geld brauchen, um zu verreisen, werde ich Ihnen einen Blankoscheck schicken. Glauben Sie mir, es gibt keinen anderen Menschen auf der ganzen Erde, dem ich einen Blankoscheck geben würde.«

Lola nickte und hatte ungewohnte Tränen in ihren Augen. Sie war nahe daran, unter ihrer Last zusammenzubrechen, und das wußte niemand besser als der Mann mit dem Raubvogelgesicht, der ihr nachsah, wie sie in ihre Wohnung eintrat.

28

Das Haus des Prinzen von Caux, das in Ezra Maitlands Besitz übergegangen war, war mit einem Aufwand erbaut, bei dem die Kosten keine Rolle gespielt hatten. Obwohl er als einer der schönsten Paläste Londons bekannt war, hatten doch nur wenige Fremde Gelegenheit gefunden, seine inneren Räume zu besichtigen.

In dem fürstlichen Salon mit seinen Säulen aus Lapislazuli, seinem aus Onyx und Silber geformten Kamin und den mit niederländischen Gobelins tapezierten Wänden, saß Ezra Maitland, in seinem großen Louis-XV.-Sessel zusammengesunken, ein Glas Bier vor sich, eine schwärzliche Tonpfeife zwischen den Zähnen. Auf dem kostbaren Perserteppich waren die Spuren seiner kotigen Stiefel zu sehen, und sein Hut verdeckte halb eine goldene Venus von Marrionet, die auf einem Sockel neben ihm stand.

Die Hände über seinem Bauch gefaltet, saß er wie eine Statue da und starrte unter seinen buschigen, weißen Augenbrauen auf den Fußboden hin. Die Vorhänge waren zugezogen, um das Tageslicht nicht einzulassen, und eine Stehlampe erleuchtete das Düster des Saales.

Herr Maitland zog mit Anstrengung das Glas Bier heran, das schon abgestanden war, und leerte dessen Inhalt. Nachdem er es wieder hingestellt hatte, sank er in seine frühere, starre Stellung zurück.

Es klopfte leise an die Tür, und ein Lakai in Puderperücke kam herein. »Drei Herren wünschen Sie zu sprechen, Herr Maitland. Hauptmann Gordon, Herr Elk und Herr Johnson!«

Der alte Mann fuhr auf. »Johnson?« fragte er. »Was will der?«

»Sie warten im kleinen Salon.«

»Lassen Sie sie rein««, brummte der Alte.

Die Gegenwart der beiden Polizeibeamten schien ihm gleichgültig. Es war Johnson, an den er das Wort richtete.

»Was wollen Sie da?« fragte er heftig. »Was soll das heißn, daß Sie bis daher kommen?«

»Die Anregung zu diesem Besuch kam von mir«, sagte Dick.

»So? Von Sie, so, so«, sagte der Alte, und seine Haltung war, mit der Niedergeschlagenheit von vorhin verglichen, merkwürdig kühn. Elks Augen fielen auf den leeren Bierkrug, und er hätte gern gewußt, wie oft dieser gefüllt worden war, seit Maitland nach Hause gekommen war. Denn im Ton des alten Mannes lag so viel Brutalität, seine Augen blitzten so trotzig, daß man auf mehr als bloße Aufregung schließen konnte.

»Ich werd auf keine Fragn nich antworten«, sagte er laut. »Ich werd nich die Wahrheit sagn un nich eine Lüge.«

»Herr Maitland«, sagte Johnson zögernd, »diese Herren möchten gern etwas über das Kind erfahren.«

Der alte Mann schloß die Augen.

»Ich werd nich die Wahrheit sagn und ich werd keine Lügen sagn«, wiederholte er monoton.

»Herr Maitland«, bat der gutmütige Elk, »ändern Sie Ihren Entschluß und sagen Sie uns, warum Sie in jenem elenden Quartier in der Eldorstraße gewohnt haben?«

»Keine Wahrheit nich und keine Lügen nich«, murmelte der Alte. »Einsperren könnt ihr mich, aber erzähln werd ich euch schon gar nichts. Sperrt mich ein, ich bin Ezra Maitland, ich bin' Millionär. Ich könnt euch aufkaufn. Ich könnt alle anderen auch aufkaufn, der alte Ezra Maitland bin ich. Im Strafhaus bin ich gewesn und im Loch bin ich gewesn, jaha!«

Dick und sein Gefährte tauschten einen Blick, und Elk schüttelte unmerklich den Kopf, um die Nutzlosigkeit einer weiteren Fragestellung anzudeuten. Nichtsdestoweniger machte Dick noch einen Versuch: »Warum sind Sie neulich des nachts nach Horsham gefahren?« fragte er. Er hätte sich aber gern im gleichen Augenblick die Zunge abgebissen, da er seinen Fehler merkte. Denn nun war der Alte ganz wach.

»Ich bin nicht in Horsham gewesn!« brüllte er. »Ich weiß nich, wovon man da quasselt! Ich werd euch nichts sagen! Überhaupt nichts! Schmeißn Sie die raus, Johnson!«

Als sie wieder auf der Straße standen, sagte Johnson: »Ich habe nie gewußt, daß er trinkt. Er war abstinent, solange ich ihn gekannt habe.«

Der Philosoph ging sehr niedergedrückt noch ein Stückchen Wegs mit ihnen. Wie er Elk mitteilte, mußte er morgen aus seiner Wohnung in Fitzroy Square ausziehen, um im Süden Londons zwei billige Zimmer zu bewohnen.

Gordon machte Elk ein Zeichen, Johnson zu verabschieden, und als dieser sie verließ, sagte er: »Wir müssen heute noch zwei von unseren Leuten in Maitlands Haus bringen. Aber was für Entschuldigungen können wir um Gottes willen erfinden, wenn wir sie hinkommandieren?«

»Ich weiß nicht«, gestand Elk und kratzte verzweifelt sein Kinn. »Bevor wir ihn verhaften, müssen wir ja erst eine Vollmacht haben. Wir können leicht eine Hausdurchsuchung durchsetzen, aber darüber hinaus können wir kaum gehen, falls er nicht selber um Schutz bittet.«

»Dann müssen Sie ihn verhaften!« antwortete Dick heftig.

»Ja, aber unter welcher Anklage?«

»Beschuldigen Sie ihn, mit Balder in Verbindung zu stehen. Bringen Sie ihn, wenn nötig, auf das Polizeikommissariat, aber es muß sofort geschehen.«

Elk geriet außer sich. »Es ist keine Kleinigkeit, einen ›Millionär‹ zu arretieren, müssen Sie wissen. In Amerika ist das vermutlich sehr einfach. Wie man mir gesagt hat, kann man dort den Präsidenten selbst festnehmen, wenn man ihn mit einem Fläschchen in der Tasche überrascht. Aber bei uns sieht es doch ein bißchen anders aus.«

Dick mußte feststellen, daß Elk im Recht gewesen war, als er versuchte, die nötigen Vollmachten zu erhalten.

Erst nachmittags um vier wurden ihm diese durch einen Beamten des widerstrebenden Gerichts ausgefolgt, und von Polizeibeamten begleitet, kehrten sie in Maitlands Palais zurück.

Der Lakai, der sie einließ, sagte ihnen, daß Herr Maitland

sich zur Ruhe begeben habe und daß er es nicht wagen würde, ihn zu stören.

»Wo liegt sein Zimmer?« fragte Dick. »Ich bin Hilfsdirektor der Staatsanwaltschaft und muß ihn sprechen!«

»Im zweiten Stock.« Der Diener wies sie an den Lift, der sie ins zweite Stockwerk beförderte. Gegenüber dem Liftgitter, das Dick öffnete, lag eine große Doppeltür, die schwer poliert und kunstvoll vergoldet war.

»Sieht wie der Eingang in ein Theater aus!« murmelte Elk.

Dick klopfte. Keine Antwort.

Aber dann warf sich der junge Mann zu Elks Überraschung mit seiner ganzen Kraft gegen die Tür. Man hörte das Holz splittern und die Tür brach ein.

Dick blieb wie angewurzelt am Eingang stehen. Ezra Maitland lag auf seinem Bett, seine Beine fielen schlaff zur Seite herab. Ihm zu Füßen kauerte die niedergesunkene Gestalt der alten Frau, die er Mathilda genannt hatte.

Sie waren beide tot, und scharf riechender Qualm hing noch in blauer Wolke unter der Decke.

29

Dick stürzte an das Bett, und ein Blick auf die stillen Gestalten sagte ihm alles.

»Erschossen!« murmelte er und sah zu der Rauchwolke an der Decke auf. »Es kann auch schon vor einer Viertelstunde geschehen sein. Dieses Zeug hängt oft stundenlang in der Luft.«

»Halten Sie jeden Bediensteten im Hause fest!« befahl Elk halblaut seinen Leuten.

Sie traten durch einen Gang in ein kleines Schlafzimmer, das augenscheinlich von Maitlands Schwester bewohnt worden war.

»Der Schuß wurde hier vom Eingang aus abgefeuert«, sagte Dick. »Vermutlich hat man mit einem Schalldämpfer gearbeitet.« Er suchte auf dem Boden nach und fand zwei ausgeworfene Hülsen einer schwerkalibrigen, automatischen Pistole. »Das habe ich befürchtet. Wenn ich nur unsere Leute im Haus gehabt hätte!«

»Ja, haben Sie denn erwartet, daß man ihn umbringen wird?« fragte Elk erstaunt.

Dick nickte. Er untersuchte das Fenster im Zimmer der Frau. Es war offen, und unter ihm lief eine schwindelnd schmale Brüstung hin. Von ihr aus konnte man in ein anderes Zimmer desselben Stockwerks gelangen, und der Mörder hatte auch gar keinen Versuch gemacht, die Tatsache zu verbergen, daß er sich dieses Weges bedient hatte.

Es waren auf dem Fußboden feuchte Spuren zu sehen, und sie führten in das Gastzimmer, dessen Tür sich auf den Treppenflur öffnete, einer Anzahl von schmalen Stufen gegenüber, die zu den Dienerzimmern im Oberstock führten.

Elk kniete nieder und prüfte sorgfältig die Spuren auf dem Boden. Der dritte Stock bestand ausschließlich aus Dienerzimmern, und sie konnten die Spuren geradeaus bis zu Nummer Eins verfolgen. Elk drückte die Klinke nieder, aber die Tür war verschlossen.

Dick trat einen Schritt zurück, hob den Fuß und trat sie ein. Das Zimmer war leer. Ein Bodenfenster öffnete sich auf das geneigte Dach, und ohne einen Augenblick zu zögern, schwangen Elk und Dick sich hinaus, um dem schmalen Gang zu folgen.

Als sie eine Strecke auf allen vieren gekrochen waren, wurde der Weg durch ein eisernes Geländer geschützt, und sie vermochten sich aufzurichten. Augenscheinlich war dies einer der Fluchtwege des Palais bei Feuergefahr.

Sie liefen atemlos über die Dächer hin, bis sie zu einer kurzen eisernen Treppe kamen, die auf das flache Dach eines vierten Hauses und zu einem Feuerausgang führte. Jetzt stand die eiserne Tür offen, und sie rannten die Treppe hinunter, bis sie in einen Hof gelangten, der an drei Seiten von hohen Feuermauern und an der vierten von der Hinterseite eines Hauses umgeben war.

Das Haus schien nicht bewohnt, denn an allen Fenstern waren die Jalousien herabgelassen. In der dritten Mauer stand ein Tor weit offen. Und als die beiden Verfolger es durchlaufen hatten, befanden sie sich in einem Stallgebäude.

Ein Mann war gerade damit beschäftigt, ein Auto zu waschen. Und sie eilten auf ihn zu.

»Ja, Herr!« sagte der Mann und wischte sich mit dem Handrücken die schweißtriefende Stirn, »ich habe vor fünf Minuten einen Mann herauskommen sehen, der es sehr eilig gehabt hat. Einen Diener oder einen Lakaien, ich habe ihn aber nicht erkannt.«

»Hat er einen Hut getragen?«

Der Mann dachte nach. »Ich glaube ja, Herr«, sagte er. »Er ist dort hinausgelaufen.«

Er wies ihnen die Richtung, und Gordon und Elk eilten weiter und bogen in die Berkeley Straße ab.

Als sie verschwunden waren, wendete sich der Wagenwäscher nach der versperrten Tür seiner Garage und pfiff leise.

Langsam öffnete sich die Tür, und Joshua Broad kam hervor.

»Danke Ihnen schön!« sagte er, und eine neue knisternde Banknote glitt in die Hand des Mannes.

Broad war längst verschwunden, als Gordon und Elk von ihrer vergeblichen Suche zurückgekehrt waren.

Nach Dicks Meinung konnte kein Zweifel herrschen, wer der Mörder gewesen war, denn es fehlte einer der Lakaien. Sechs Diener waren brave Leute von untadeligem Charakter. Der siebente aber war zur selben Zeit wie Herr Maitland ins Haus gekommen, und obgleich er die Livree des Lakaien trug, so schien es doch, als habe er vorher nicht die geringste Erfahrung in den zu verrichtenden Pflichten gesammelt. Er war ein unbeliebter Mann, der sich abseits der anderen Dienerschaft hielt und keine Sekunde länger im Dienerzimmer blieb, als es nötig war.

»Offenbar ein Frosch!« sagte Elk und war außer sich vor Freude, zu hören, daß eine Fotografie des Mannes existierte, die ihren Ursprung in einem weitschweifigen und harmlosen Witz, dessen Objekt die Köchin war, hatte. Der Spaß hatte darin bestanden, daß man im Arbeitskorb der Köchin eine Fotografie des häßlichen Mannes auffinden sollte, zu welchem Zwecke der jüngste Lakai eine Momentaufnahme gemacht hatte.

»Kennen Sie ihn?« fragte Dick, indem er das Bild betrachtete. Elk nickte. »Er ist schon durch meine Hände gegangen, und ich glaube nicht, daß es mir schwerfallen wird, mich seiner zu erinnern, obgleich mir für den Moment sein Name entfallen ist.«

Die Nachforschungen im Statistikbüro offenbarten bald die Identität des Flüchtlings, und es erschien eine Vergrößerung des Bildes, der Name des Dieners, die Namen, die er früher getragen hatte, und die allgemeinen Charakteristika in allen Abendblättern.

Einer der Diener gab an, den Schuß gehört zu haben. Aber er war der Meinung gewesen, es sei nur eine Tür zugeschlagen worden, ein verzeihlicher Irrtum, denn Herr Maitland besaß die Gewohnheit, alle Türen schmetternd zuzuschlagen.

»Maitland war ein ganz richtiggehender Frosch«, berichtete Elk, nachdem er den Leichnam in die Totenhalle hatte überführen lassen. »Auf dem linken Handgelenk ist er wunderschön dekoriert; der Frosch sitzt ordnungsgemäß ein bißchen schief. Nebenbei gesagt, ist das einer der Punkte, den Sie mir nie geklärt haben, Hauptmann Gordon. Warum es schick ist, auf dem linken Handgelenk tätowiert zu sein, das kann ich noch verstehen, aber warum der Frosch nicht gerade tätowiert wird, das wird mir nie klarwerden.«

Der vermißte Lakai hatte am Nachmittag ein Telegramm erhalten. Man entsann sich dessen erst, nachdem Elk in die Polizeidirektion zurückgekehrt war.

Ein Telefonanruf beim Bezirkspostamt brachte eine Kopie der Drahtnachricht. Sie lautete sehr einfach: »Schlußmachen und verschwinden!« Das waren die drei Worte ihres Inhalts.

Die Botschaft trug keine Unterschrift. Sie war um zwei Uhr beim Hauptpostamt aufgegeben worden, und der Mörder hatte keine Zeit verloren, seine Instruktionen auszuführen.

Maitlands Büro war in Händen der Polizei, und eine systematische Untersuchung der Dokumente und Bücher war im Gange. Um sieben Uhr abends begab sich Elk nach Fitzroy Square, und Johnson öffnete ihm mit erstaunter Miene die Tür. Elk sah den Gang mit Möbeln und Packkisten angefüllt und erinnerte sich, daß Johnson ihn am frühen Morgen von seinem bevorstehenden Umzug unterrichtet hatte.

»Sie haben schon gepackt?«

Johnson nickte. »Ich gehe sehr ungern von hier fort«, sagte er. »Aber es ist hier leider viel zu teuer für mich. Es scheint, als ob ich nie eine andere Stellung bekommen soll, und ich möchte dieser Möglichkeit vernünftig ins Gesicht sehen. Wenn ich in Balham wohne, kann ich recht bequem leben, und ich habe nicht viel kostspielige Liebhabereien.«

»Und wenn Sie sie haben, so können Sie ihnen jetzt nach Belieben frönen«, sagte Elk. »Wir haben das Testament des Alten gefunden. Er hat ihnen alles vermacht.«

Johnson riß Mund und Augen auf. »Machen Sie einen Witz?« fragte er.

»Ich war noch nie in meinem Leben so ernst. Der Alte hat Ihnen alles, bis auf den letzten Penny, vermacht. Hier ist eine Testamentsabschrift. Ich dachte mir, daß Sie sie gern sehen würden.« Er öffnete seine Brieftasche, zog ein Papier heraus, und Johnson las:

»Ich, Ezra Maitland, wohnhaft in Eldorstraße Nummer 193, Grafschaft Middlesex, erkläre dies als meinen Letzten Willen und verfüge formell, daß alle anderen Testamente und Kodizille zugunsten dieses hier für ungültig erklärt werden. Ich vermache meinen ganzen beweglichen und unbeweglichen Besitz, alle Ländereien, Häuser, Urkunden, Anteile an Aktiengesellschaften jeglicher Art, alle Anwartschaften, allen Schmuck, Autos, Wagen, also meine ganze gesamte Habe ausschließlich Philipp Johnson, Fitzroy Square Nummer 431, Beamter in London. Ich erkläre, daß er der einzige ehrliche Mensch ist, den ich je in meinem langen, kummervollen Leben angetroffen habe, und ich weise ihn an, sich mit der unermüdlichen Sorgfalt der Vernichtung der Organisation zu widmen, die als jene der Frösche bekannt ist und die vierundzwanzig Jahre lang große Summen von mir erpreßt hat.«

Es war in einer Johnson vertrauten Handschrift unterzeichnet und von zwei Zeugen gegengezeichnet, deren Namen er kannte. Johnson setzte sich nieder und schwieg eine lange Zeit hindurch. »Ich habe in den Abendblättern von seiner Ermordung gelesen«, sagte er nach einer Weile. »Ich bin auch zum Haus hingegangen, aber die Polizisten haben mich an Sie gewiesen, und ich wußte, daß Sie viel zu sehr beschäftigt waren, als daß ich Sie hätte stören dürfen. Wie ist er getötet worden?«

»Erschossen!« sagte Elk.

»Haben Sie den Mann gefangen?«

»Wir werden ihn wohl morgen früh haben«, sagte Elk mit Überzeugung. »Jetzt, da Balder sitzt, gibt es ja niemanden, der die Frösche warnt, wenn wir ihnen nachstellen.«

»Es ist wirklich schrecklich«, sagte Johnson nach einer Pause. »Aber das hier«, und er sah das Papier an, »hat mir den Rest gegeben. Ich weiß nicht, was ich sagen soll. Hätte er es doch nicht getan«, seufzte Johnson mit Ausdruck. »Ich hasse so große Verantwortung. Mein Temperament ist nicht danach angetan, daß ich so große Geschäfte zu führen vermöchte. Nein, ich wollte wirklich, er hätte es nicht getan.«

»Nun, wie hat er es aufgenommen?« fragte Dick, als Elk zurückkehrte.

»Er ist absolut kopfscheu geworden«, sagte Elk. »Armer Teufel! Er hat mir geradezu leid getan, und ich hätte in meinem Leben nicht geglaubt, daß mir einer leid tun könnte, der zu so einem Haufen Geld gekommen ist. Er war gerade im Begriff, in die billigere Wohnung umzuziehen, als ich ankam. Er wird wohl nicht in das Palais des Prinzen von Caux übersiedeln. Aber die Veränderung in Johnsons Lebensführung mag wohl auch eine solche für Ray Bennett zur Folge haben, haben Sie das bedacht, Herr Hauptmann?«

»Ja, ich habe an diese Möglichkeit schon gedacht«, sagte Dick kurz.

Am Nachmittag hatte Dick eine Unterredung mit dem Chef der Staatsanwaltschaft, die auf Balder Bezug hatte. Der Chef stimmte seinen eigenen Befürchtungen bei.

»Ich sehe keine Möglichkeit, wie wir ein auf Mord lautendes Urteil erzielen sollen«, sagte er. »Obgleich es so klar war, wie das Tageslicht ist, daß er Mills vergiftet hat und für das Bombenattentat verantwortlich ist. Aber man kann jemanden nicht auf bloßen Verdacht hin hängen. Sogar dann nicht, wenn der Verdacht nicht den geringsten Zweifel übrig läßt. Wie meinen Sie wohl, hat er Mills umgebracht?«

»Mills war erkältet«, sagte Dick. »Er hat schon den ganzen Weg im Auto gehustet und Balder gebeten, das Fenster zu schließen. Balder hat das Fenster geschlossen und dem Mann eine Blausäuretablette zugesteckt, indem er vorgab, daß es ein Mittel gegen Erkältung wäre. Es war durchaus natürlich für Mills, die Pastille zu nehmen. Ich bin ganz sicher, daß es sich so abgespielt hat. Wir haben Balders Haus in Slough durchsucht und ein Duplikat des Schlüsselbundes gefunden, darunter auch einen Schlüssel zu Elks Safe. Balder kam zeitig am Morgen her und legte die Bombe, da er wohl wußte, daß Elk die Taschen nochmals öffnen würde.«

»Und dann hat er Hagn zur Flucht verholfen«, meinte der Staatsanwalt.

»Und das war noch viel einfacher«, erklärte Dick. »Ich vermute, daß der Inspektor, den man um halb drei Uhr hinausgehen gesehen hat, Hagn war. Als Balder in die Zelle eingelassen wurde, hatte er unter seinen Kleidern die Inspektoruniform getragen und hatte die nötigen Handschellen und Nachschlüssel mit. Er ist ja nicht untersucht worden. Und dafür bin ich ebenso verantwortlich wie Elk. Die Hauptgefahr, in der wir schweben, bestand in Balders Intimität mit uns und der Möglichkeit, dem Frosch sofort jede Bewegung, die wir machten, mitzuteilen.

Sein Name ist Kramer. Er ist gebürtiger Litauer. Er wurde aus Deutschland im Alter von achtzehn Jahren revolutionärer Umtriebe wegen ausgewiesen, zwei Jahre später kam er nach England, wo er eine Stellung bei der Polizei zu erhalten wußte. Wann er mit den Fröschen in Kontakt kam, weiß ich nicht. Aber es ist durch Beweise erhärtet worden, daß der Mann in verschiedene ungesetzliche Operationen verwickelt war. Ich fürchte, daß es ungeheuer schwer halten wird, ihn des Mordes zu überführen, bevor wir nicht den Frosch selbst gefangen haben.«

»Und wagen Sie wirklich zu hoffen, daß Sie den Frosch fangen werden, Hauptmann Gordon?«

Dick Gordon verbeugte sich und lächelte.

Über den Mord an Maitland und seiner Schwester liefen keine neuen Nachrichten ein, und Dick benützte die kurze Ruhepause mit Enthusiasmus.

Ella Bennett war gerade im Gemüsegarten mit der prosaischen Aufgabe des Kartoffelausgrabens beschäftigt, als Dicks Auto vor dem Gartentor hielt. Ella streifte ihre ledernen Handschuhe ab, während sie ihm entgegenlief.

»Das ist ja eine herrliche Überraschung!« sagte sie und wurde rot als ihr ihre eigene Freude bewußt wurde. »Es muß jetzt eine schreckliche Zeit für Sie sein. Ich habe heute morgen die Zeitungen gelesen. Ist es nicht entsetzlich? Der arme Herr Maitland! Er ist zweimal hier gewesen und war jedesmal völlig verzweifelt.«

»Wissen Sie, daß er Herrn Johnson sein ganzes Vermögen vermacht hat?«

»Aber das ist doch herrlich!« jubelte Ella.

»Mögen Sie Herrn Johnson so gut leiden?« sagte er.

»Ja, er ist ein netter Mensch«, nickte sie. »Ich kenne ihn ja nicht allzu gut, aber er war immer sehr lieb zu Ray und hat ihm viel Unannehmlichkeiten erspart. Ob er wohl jetzt, da ihm das Bankhaus gehört, Ray bewegen wird, zu den Vereinigten Maitlands zurückzukehren?«

»Ich möchte wissen, ob er Sie dazu bewegen wird ...« Er stockte.

»Wozu?« fragte sie erstaunt.

»Johnson hat Sie sehr gern. Er hat diese Tatsache nie verheimlicht. Und jetzt ist er ein sehr reicher Mann. Nicht, daß ich glaube, daß es für Sie einen Unterschied ausmachen würde!« fügte er hastig hinzu. Und dann sagte er leise: »Ich bin nicht reich, aber ...«

Die zarten Finger, die er mit seiner Hand umschloß, preßten die seinen in kurzem Druck, dann aber ließen sie plötzlich los.

»Ich weiß nicht«, sagte sie und wendete sich ab, »Vater hat gesagt ...« Sie zögerte. »Ich weiß nicht, ob Vater damit einverstanden wäre. Er glaubt, daß in unserer gesellschaftlichen Stellung ein so riesiger Unterschied liegt.«

»Unsinn!« sagte Dick ungezogen.

»Und dann ist da noch etwas.« Es kostete sie Anstrengung zu sagen, was es war. »Ich weiß nicht, was Vater für einen Beruf hat, aber es muß eine Arbeit sein, über die er nie sprechen will. Etwas, das er selbst als entehrend ansieht.«

Die letzten Worte sprach sie so leise, daß er sie kaum hörte.

»Nun, und vorausgesetzt, daß ich das Schlimmste über Ihren Vater wissen würde?«

Sie trat zurück und sah ihn mit gerunzelten Brauen an.

»O Gott, was ist es, Dick?«

Er schüttelte den Kopf. »Vielleicht weiß ich gar nichts, es ist nur eine wilde Vermutung. Aber Sie dürfen nichts darüber sagen, daß ich etwas weiß oder in irgendeiner Weise Verdacht geschöpft habe. Wollen Sie mir, bitte, diesen Gefallen tun?«

»Und wenn Sie alles wüßten, würde sich dann irgend etwas verändern?« fragte sie mit schwacher Stimme.

»Nicht das geringste.«

Er schlang seinen Arm um ihre zuckenden Schultern und legte seine Hand unter ihr Kinn.

»Mein Liebling«, murmelte er, und der jugendliche Staatsanwalt vergaß, daß es den Mord auf der Welt gab.

John Bennett freute sich, Dick zu sehen, weil er ihm gern eine Neuigkeit mitteilen wollte, die für ihn einen Triumph bedeutete. Er zeigte Dick Zeitungsausschnitte, die den Titel »Wundervolle Naturstudien«, »Bemerkenswerte Filmaufnahmen eines Amateurs!« trugen. Auch hatte er einen Scheck erhalten, dessen Höhe ihm den Atem verschlug.

»Sie wissen gar nicht, was das für mich bedeutet, Gordon«, sagte er. »Pardon, Hauptmann Gordon. Ich vergesse immer, daß Sie einen militärischen Titel haben. Wenn mein Junge nur seine Besinnung erlangt und nach Hause zurückkehrt, so soll es ihm ganz so gut gehen, wie er es sich immer gewünscht hat. Er ist in einem Alter, in dem die meisten Jungen Narren sind.«

Es erleichterte Dick, den alten Mann so sprechen zu hören.

»Wenn es so fortgeht, werde ich heute in einem Jahr ein Künstler sein, der nur dem eigenen Vergnügen lebt«, sagte John Bennett, den die Freude um zehn Jahre verjüngt hatte.

Er hatte einen Besuch in Dorking zu machen. Anscheinend wurden die Briefe, die sich auf seine mysteriösen Ausflüge bezogen, für ihn nach jener Stadt adressiert. Dick bot ihm an, ihn im Auto hinüberzufahren, aber Bennett wollte davon nichts wissen. Dick verließ Horsham mit viel leichterem Herzen, als er in die kleine Stadt gekommen war.

30

Lew Brady saß trostlos in Lolas Salon, und es war unmöglich, sich eine weniger passende Figur in diesen zarten Rahmen zu denken. Achttägiger Bartwuchs hatte ihn in einen unappetitlich aussehenden Raufbold verwandelt, und die beschmutzten Kleider, die er trug, die zerrissenen Stiefel, die ihre Farbe verloren hatten, das schmierige Hemd, machten ihn im Verein mit seinem unreinlichen Äußeren zu einer abstoßenden Figur.

Das dachte auch Lola, die ihn bedrückt ansah.

»Ich mache Schluß mit den Fröschen!« brummte Lew, »er zahlt, ja natürlich zahlt er, aber wie lange wird das noch so weitergehen, Lola? Du bist es, die mich in die Patsche gebracht hat!« Er blickte sie finster an.

»Ich habe dich in die Patsche gebracht, als du hineingebracht zu werden wünschtest«, sagte sie ruhig. »Du kannst nicht dein ganzes Leben lang von meinen Ersparnissen zehren, und es war höchste Zeit, daß du etwas auf die Seite zu legen anfingst.«

Er spielte mit einem silbernen Petschaft, das er zwischen den Fingern hin- und herrollte und hielt die Augen düster gesenkt, von Ahnungen gepeinigt.

»Balder ist eingesteckt und der Alte tot«, sagte er. »Und das waren die Großen. Was für Chancen bleiben mir?«

»Wie lauten deine Instruktionen?« fragte sie zum zwanzigsten Male an jenem Tag. Er schüttelte den Kopf.

»Ich setze mich keiner Gefahr aus, Lola. Ich vertraue keinem, nicht einmal dir.« Er nahm ein Fläschchen aus seiner Tasche und hielt es prüfend gegen das Licht.

»Was ist das?« fragte sie neugierig.

»Irgendeine Art von Schlafmittel.«

»Gehört das auch zu deinen Instruktionen?« Er nickte.

»Wirst du deinen eigenen Namen tragen?«

»Nein, das nicht«, sagte er kurz. »Frag mich nicht mehr. Du siehst, daß ich dir nichts verraten will. Der Ausflug soll vierzehn Tage dauern, aber wenn es vorbei ist, dann ist es auch vorbei mit den Fröschen.«

»Und der Junge? Geht der mit dir?«

»Wie soll ich das wissen? Ich soll irgendwen irgendwo treffen, das ist das Ganze. Das letztemal für die nächsten Tage, daß ich in einem anständigen Salon sitze.« Er nickte ihr kurz zu und ging zur Tür. Es gab eine Dienertreppe, einen Ausgang, den man von der Küche her erreichte, und er ging ihn unbeobachtet hinab und in die Nacht hinaus.

Es war von neuem Nacht, als er Barnet erreichte. Die Füße schmerzten ihn, ihm war heiß, und er fühlte sich sehr elend. Er hatte die Schmach erduldet, vom Bürgersteig durch einen Polizisten verjagt zu werden, den er mit einer Hand hätte niederschlagen können. Er verfluchte den Frosch bei jedem Schritt, den er tat. Als er Barnet verließ, lag noch ein langer Weg vor ihm, und die Dorfuhr schlug bereits elf, als er auf eine Gestalt stieß, die am Straßenrand saß. Sie war im blassen Mondlicht gerade noch sichtbar, aber er erkannte sie erst, als der Wartende zu sprechen begann.

»Sind Sie das?« fragte eine Stimme.

»Ja, ich bin es. Und du bist Carter, nicht wahr?«

»Ach, Gott im Himmel«, staunte Ray, als er die Stimme erkannte. »Lew Brady?«

»Nichts davon!« knurrte der andere. »Ich heiße Phenan und du bist Carter. Setz dich ein bißchen nieder, ich bin todmüde.«

»Was soll jetzt geschehen?« fragte Ray, als sie nebeneinander saßen.

»Zum Teufel, woher soll ich das wissen?« fragte der andere wild und zog vorsichtig seine Stiefel aus, um die wunden Füße zu reiben.

»Ich hatte keine Ahnung, daß Sie es sind!« sagte Ray.

»Ich habe es ganz gut gewußt«, sagte der andere.

»Aber wozu man die Aufforderung an uns hat ergehen lassen, einen Ausflug in diese schöne Gegend zu machen, das weiß Gott.«

Nach einer Weile war Lew genügend ausgeruht, um den Weg fortzusetzen.

»Es gibt da irgendwo eine Scheune, die dem Kaufmann im nächsten Dorf gehört. Er wird uns für ein paar Pence dort schlafen lassen.«

»Warum versuchen wir nicht, ein Zimmer zu bekommen?«

»Sei kein Idiot!« fiel ihm Lew ins Wort. »Wer wird ein paar Landstreicher aufnehmen? Wir wissen, daß wir sauber sind, aber die nicht. Nein, wir müssen schon den Weg gehen, den Landstreicher nehmen.«

»Wohin? Nach Nottingham?«

»Ich weiß nicht. Wenn man dir geschrieben hat, daß wir nach Nottingham gehen sollen, so sage ich dir, daß es der letzte Platz auf der ganzen Welt ist, wohin wir gehen sollen. Ich habe ein versiegeltes Kuvert in der Tasche. Wenn wir Baldock erreichen, soll ich es aufmachen.«

So verbrachten sie die Nacht in der Scheune, einem zugigen Schuppen, der, wie es schien, von Hühnern und Ratten bevölkert war. Ray hatte eine schlaflose Nacht und dachte sehnsüchtig an sein liebes Bett in Maytree Haus. Merkwürdig genug, sehnte er sich keinen Augenblick nach seiner fürstlichen Wohnung in Knightsbridge zurück. Am nächsten Tag regnete es, und sie erreichten Baldock erst spät am Nachmittag. Unter dem Schutz einer Hecke öffnete Brady den Brief und las ihn, während sein Gefährte ihn erwartungsvoll beobachtete:

›Du wirst von Baldock abzweigen und den nächsten Zug nach Bath nehmen. Dann gehst Du auf der Landstraße nach Gloucester. Im Dorfe Laverstock wirst Du Carter mitteilen, daß Du mit Lola Bassano verheiratet bist. Du wirst ihn in den »Roten Löwen« führen und es ihm dort so herausfordernd wie möglich mitteilen, um einen Streit vom Zaun zu brechen. Aber unter keinen Umständen darfst Du ihm erlauben, sich von Dir zu trennen. Ihr geht weiter nach Jbbley Copse. Dort wirst Du einen Landstrich finden, wo drei abgestorbene Bäume stehen. Dort machst Du halt, nimmst das Geständnis, daß Du mit Lola verheiratet bist, zurück und entschuldigst Dich. Du trägst eine Whiskyflasche bei Dir und mußt zu dieser Zeit das Schlafmittel schon mit dem Whisky vermengt haben. Nachdem er eingeschlafen ist, gehst Du weiter nach Gloucester, Hendrystraße Nummer 289, wo Du eine vollkommene Neuausrüstung finden wirst. Hier rasierst Du Dich und kehrst mit dem 2.19-Uhr-Zug in die Stadt zurück.‹

Lew las jedes Wort, jede Silber wieder und wieder, bis er sich den Inhalt eingeprägt hatte. Dann entzündete er ein Streichholz, hielt das Papier daran und sah zu, wie es verbrannte. Den Befehl hatte er fast auswendig gelernt.

»Was hast du für Instruktionen?« fragte Ray.

»Dieselben wie du, vermute ich. Was hast du damit gemacht?«

»Auch verbrannt«, sagte Ray. »Weißt du, wohin wir gehen?«

»Wir schlagen die Straße nach Gloucester ein. Das heißt, daß wir über Land gehen müssen, bis wir die Straße nach Bath erreichen. Dort können wir den Zug nach Bath nehmen.«

»Gott sei Dank!« sagte Ray inbrünstig. »Ich glaube nicht, daß ich noch einen Schritt machen kann.«

Um sieben Uhr abends stiegen zwei Vagabunden auf dem Bahnhof von Bath aus einem Wagen dritter Klasse. Einer, der jüngere, hinkte leicht und setzte sich auf eine Bahnhofsbank.

»Komm weiter, hier können wir nicht bleiben«, sagte der andere mürrisch. »Wir müssen in der Stadt ein Bett kriegen. Es gibt hier irgendwo eine Heilsarmeeunterkunft.«

»Warte noch«, sagte der Jüngere. »Ich habe vom Sitzen in dem verfluchten Wagen den Krampf bekommen. Ich kann mich kaum rühren.«

Der Zug, mit dem sie angekommen waren, fuhr zur selben Zeit wie der Londoner in der Halle ein, und die Passagiere hasteten die Stufen zum unteren Durchgang hinab, während Ray ihnen neidisch nachblickte. Die hatten eine Heimat, wohin sie gehen konnten, reine, bequeme Betten, um darin zu schlafen. Der Gedanke daran verursachte ihm Pein.

Plötzlich blieb sein Auge an einer Gestalt in der Menge haften, einem großen, vierschrötigen Mann, und Ray fuhr zurück.

Es war sein Vater.

John Bennett ging die Stufen hinab, und sein zufälliger Blick erfaßte im Vorüberstreifen die zwei schmutzigen Stromer auf der Bank. Er ließ sich nicht träumen, daß der eine von ihnen sein Sohn war, für dessen Zukunft er gerade Pläne geschmiedet hatte. Er ging in die Stadt, holte seine Kamera in einer Schenke ab, wo er sie zurückgelassen hatte, hob den schweren Kasten auf den Rücken und machte sich mit seiner Reisetasche auf den Weg.

Ein Polizeimann sah ihm mißbilligend nach und schien unschlüssig, ob er ihn nicht zurückhalten solle.

Die Stärke und Ausdauer des grauhaarigen Mannes waren bemerkenswert.

Er erstieg einen Hügel, ohne seinen Schritt zu verlangsamen, erreichte den Gipfel und schritt auf der weißen Straße weiter. Unter ihm erstreckte sich das Wiesengelände von Somerset, weite Felder von Viehherden gesprenkelt und glitzernd im Licht, wo der Fluß sich durch sie hinwand. Der Himmel über ihm war leuchtend blau, hier und da mit weißen Wolken besät. Wie er so dahinging, ward sein Herz leicht. Alles, was schön und glücklich in seinem Leben gewesen war, fiel ihm ein. Er dachte an Ella und an all das, was sie ihm bedeutete, und an Dick Gordon – aber das war ein Gedanke, der ihn schmerzte. Und er flüchtete zu den Zeitungskritiken zurück.

Er schritt stetig aus. Man hatte ihm gesagt, daß man in dieser Gegend Dachse zu sehen bekäme. Ein Mann, den er im Zuge gesprochen hatte, hatte ihm ein wahres Paradies für Naturliebhaber genau bezeichnet, und es war dieser schöne Flecken, zu dem Bennett nun mit Hilfe einer Landkarte, die er des Nachts bei einem Papierhändler gekauft hatte, den Weg nahm. Nach einer weiteren Stunde kam er in einen waldbewachsenen Hohlweg, und als er seine Karte befragte, fand er, daß er sein Ziel erreicht hatte.

Alles, was sein zufälliger Freund aus dem Zug berichtet hatte, bestätigte sich. Er sah ein Hermelin, das einem erschrockenen Kaninchen nachraste, einen Habicht, der unaufhörlich mit ausgebreiteten Fittichen über ihm kreiste, und plötzlich fand er, wonach er auf der Suche war: den kunstvoll versteckten Eingang zu einem Dachsbau.

In den Jahren, in denen er seinem Steckenpferd nachging, hatte Bennett so manche Schwierigkeit besiegt und dabei viel gelernt. Und heute wollte er beweisen, daß früheres Mißgeschick ihn die Kunst gelehrt habe, sich zu verbergen. Er brauchte lange Zeit dazu, um seinen Apparat in einem wilden Lorbeerbusch aufzustellen, und war trotzdem darauf gefaßt, daß es nötig sein würde, eine lange Aufnahme zu machen, denn er kannte den

Dachs als das scheueste Tier seiner Art. Es waren junge Dachse im Bau. Bennett sah ihre Spuren, und er wußte, daß ein Dachs, der Junge hat, doppelt scheu ist. Bennett hatte den pneumatischen Auslöser durch eine elektrische Erfindung ersetzt, die ihm mit größerer Sicherheit zu arbeiten erlaubte. Er rollte den Draht seiner ganzen Länge nach ab und nahm selbst auf dem Abhang des Hügels, etwa fünfzig Meter entfernt, seinen Posten ein. Dort machte er es sich bequem. Er legte seinen Rock ab, der ihm als Kissen dienen sollte, und nahm seinen Feldstecher zur Hand.

Er hatte eine halbe Stunde gewartet, als er eine Bewegung an der Mündung des Baues zu sehen glaubte und langsam sein Glas danach richtete. Er sah eine schwarze Nasenspitze und ergriff den Auslöser. Minuten folgten auf Minuten, fünf – zehn – fünfzehn, aber es kam keine weitere Bewegung in das Dickicht, und fast war John Bennett froh darüber, denn die Wärme des Tages ließ ihn zusammen mit seiner Müdigkeit, wie er so auf dem Gras lag, ein Gefühl körperlicher Erschlaffung verspüren. Tiefer und tiefer wurde dieses wohlige Gefühl der Ermattung, das wie ein Nebel alles Sichtbare und Hörbare verdunkelte.

John Bennett schlief ein, und wie er schlief, träumte er von Erfolg und Frieden und Freiheit, von alledem, was sein Herz zerbrochen hatte. Er hörte Stimmen im Traum und einen scharfen Ton, wie einen Schuß. Aber er wußte, daß es kein Schuß war und schauderte. Er kannte diesen Ton und ballte im Schlaf krampfhaft die Hände. Der Auslöser war noch in seiner Hand.

An jenem Morgen kamen um neun Uhr zwei hinkende Vagabunden nach Leverstock. Der größere von ihnen blieb an der Tür des ›Roten Löwen‹ stehen, und ein mißtrauischer Wirt beobachtete die neuen Gäste hinter dem Vorhang hervor, der den Stammgästen der Schenke eine halbe Abgeschlossenheit gab.

»Komm herein!« brummte Lew Brady.

Ray war froh, folgen zu können. Die Gestalt des Wirtes blockierte den Eingang.

»Was wollt ihr?« fragte er.

»Wir möchten etwas trinken.«

»Hier gibt es keine Gratisgetränke«, sagte der Wirt und sah die zweideutigen Kunden von Kopf bis Fuß an.

»Was plappern Sie da von gratis?« fauchte Lew. »Mein Geld ist grad so rund wie das von jedem andern.«

»Wenn's ehrlich erworben ist, schon«, sagte der Wirt. »Laß einmal sehen.«

Lew zog eine Handvoll Silber heraus, und der Wirt vom ›Roten Löwen‹ trat zurück. »Na, kommt herein«, sagte er. »Aber glaubt nicht etwa, daß ihr da zu Hause seid. Ihr könnt etwas trinken, aber dann trollt euch!«

Lew bestellte brummend, der Wirt goß die beiden Gläser ein und brachte sie an den Tisch.

»Da ist deiner, Carter«, sagte Lew. Und Ray schluckte das feurige Getränk hinab, an dem er fast erstickte.

»Ich werd' auch sehr froh sein, wenn ich zurückgehen kann«, sagte Lew mit leiser Stimme. »Euch Junggesellen macht es ja nichts aus, aber uns Verheirateten fällt das Herumvagabundieren schwer. Auch wenn die Frauen grad nicht so sind, wie sie sein sollten.«

»Ich habe gar nicht gewußt, daß du verheiratet bist«, sagte Ray mit schwachem Interesse.

»Es gibt eine Menge, was du nicht gewußt hast!« höhnte der andere. »Natürlich bin ich verheiratet. Einmal hat man dir's schon gesagt, aber du hast nicht genug Hirn gehabt, um es zu glauben!«

Ray blickte den Mann voll Verblüffung an. »Meinst du vielleicht das, was Gordon gesagt hat?« Lew nickte. »Du willst doch nicht etwas sagen, daß Lola deine Frau ist?«

»Ja, natürlich ist sie meine Frau«, sagte Lew kalt. »Ich weiß nicht, wie viele Männer sie schon gehabt hat, aber ich bin ihr gegenwärtiger.«

»Du lieber Gott!« flüsterte Ray.

»Nun, was ist denn mit dir los? Glotz nicht so dumm drein. Ich habe ja nichts dagegen, daß du in sie verknallt bist. Mich freut's, wenn ich seh', wie man mein Weib bewundert. Sogar bei einem solchen Milchbart wie du.«

»Deine Frau?« sagte Ray wieder und konnte es nicht fassen. »Und sag, gehört sie auch zu den Fröschen?«

»Warum nicht«, antwortete Brady. »Und kannst du nicht ein

bißchen leiser sprechen, was? Der alte Schuft da hinten am Schanktisch hört angestrengt zu. Natürlich ist sie eine Verbrecherin. Wir sind doch alle Verbrecher, du auch! Und so muß man Lola kommen, denn Verbrecher mag sie am liebsten. Vielleicht hast du bei ihr erst die richtigen Aussichten, wenn du ein oder zwei Arbeiten gedeichselt hast –«

»Du Bestie!« zischte Ray und schlug den Mann mitten ins Gesicht.

Noch bevor Lew Brady wieder auf den Füßen war, stand der Wirt zwischen ihnen: »Hinaus mit euch beiden!« brüllte er. Und zur Tür stürzend, rief er ein halbes Dutzend Männernamen. Er kam zur rechten Zeit zurück, um Brady wieder auf den Beinen zu sehen, der die Faust vor Rays Gesicht schüttelte.

»Das wirst du mir büßen, Carter!« sagte er laut. »Mit dir werde ich auch noch eines Tages abrechnen!«

»Und bei Gott, ich auch mit dir! Du Hund!« sagte Ray rasend.

Aber im gleichen Moment faßte ihn ein muskulöser Hausknecht am Arm und warf ihn im Schwung auf die Straße hinaus. Er wartete auf Brady, der den gleichen Weg nahm.

»Mit dir bin ich fertig«, sagte er. Sein ganzes Gesicht war blaß, und seine Stimme zitterte. »Mit der ganzen verdammten Bande bin ich fertig! Ich fahre nach London zurück.«

»Das wirst du nicht tun«, sagte Lew. »Höre doch zu, Junge. Bist du denn ganz verrückt? Wir müssen nach Gloucester kommen und unsere Aufgabe erledigen. Und wenn du nicht mit mir gehen willst, kannst du ja ein bißchen vorausgehen.«

»Ich gehe allein!« sagte Ray.

»Sei kein Narr!« Lew Brady kam ihm nach und ergriff seine Hand. Eine Sekunde lang schien die Situation gefährlich, aber dann duldete Ray Bennett achselzuckend Bradys Arm um die Schultern.

»Höre«, sagte Brady, »ich bin gar nicht mit Lola verheiratet; ich habe vorhin gelogen.«

»Ich glaube dir nicht«, sagte Bennett, nachdem sie schon eine halbe Stunde vom ›Roten Löwen‹ entfernt waren. »Warum solltest du vorhin gelogen haben?«

»Mir ist deine gute Laune schon zu dumm geworden, das ist die ganze Wahrheit. Ich mußte dir was vorlügen, um dich ein bißchen verrückt zu machen. Sonst wäre ich selber verrückt geworden.«

»Aber ist das wahr, das mit Lola?«

»Aber natürlich nicht«, sagte Brady verächtlich. »Glaubst du, sie macht sich etwas aus so einem Kerl, wie ich es bin? Nicht das geringste! Lola ist ein braves Mädchen. Vergiß die Dummheiten, die ich gesagt habe, Ray.«

»Ich werde sie selber fragen, mich wird sie nicht belügen«, sagte Ray bestimmt.

»Natürlich. Dich gewiß nicht«, stimmte Lew bei.

Sie näherten sich jetzt dem vorbestimmten Ziel, einem baumbestandenen Einschnitt zwischen den Hügeln, und Bradys Augen suchten nach den drei Baumstümpfen, die der Blitz getroffen hatte. Plötzlich sah er sie.

»Komm dort hin, und ich werde dir alles erzählen«, sagte er. »Ich werde heute nicht mehr weitergehen. Meine Füße sind so wund, daß ich kaum einen Schritt mehr machen kann.« Er führte Ray zwischen den Bäumen über einen Teppich von Fichtennadeln hin. »Da setz dich her, Junge«, sagte er. »Jetzt werden wir trinken und rauchen.«

Ray setzte sich nieder und verbarg den Kopf in den Händen. Er sah so entsetzlich elend aus, daß jeder andere als Lew Brady Mitleid mit ihm gehabt haben würde.

»Die ganze Wahrheit ist«, begann Lew langsam, »daß Lola dich wirklich gern hat, Junge.«

»Warum hast du mir denn dann das alles gesagt? Horch!« Ray sah sich um.

»Was war das?« fragte Lew.

»Ich glaube, ich habe etwas sich bewegen gehört.«

»Es ist ein Zweig abgebrochen, es kann ein Kaninchen sein. Es gibt ja Tausende hier«, sagte Lew. »Nein, nein, Lola ist ein braves Mädel.«

Er fischte das Fläschchen aus seiner Tasche hervor, zog den Becher vom Boden ab, schraubte den Stöpsel auf und hielt die Flasche gegen das Licht. »Ein braves Mädel!« wiederholte er geistesabwesend. »Und sie soll nie etwas anderes werden.« Er schenkte den Becher voll. »Ich werde auf ihre Gesundheit trinken. Nein, Ray, trink du zuerst!«

Ray schüttelte den Kopf. »Ich mag das Zeug nicht«, sagte er.

Der andere lachte. »Für einen Kerl, der Nacht für Nacht eingepökelt war, ist das eine lustige Ansicht! Wenn du nicht einmal einen Tropfen Whisky vertragen kannst, sobald wir auf Lolas Gesundheit trinken wollen, dann bist du ein recht armer . . .«

»Gib her!« Ray riß ihm den Becher fort, vergoß dabei ein wenig, trank aber den Rest in einem Zug hinunter und warf den Becher seinem Gefährten zu. »Uff! – der Whisky schmeckt mir aber gar nicht. Ich glaube, mir liegt überhaupt an Whisky nichts. Und es ist nichts schwerer, als vorzutäuschen, daß man gerne trinkt, wenn man es in Wirklichkeit so ungern tut wie ich.«

»Ich glaube, keiner mag ihn zuerst gern. Er schmeckt so wie Tomaten. Ein sehr feiner Geschmack.« Er beobachtete seinen Gefährten scharf von der Seite her.

»Und wohin gehen wir von Gloucester aus?«

»Von Gloucester nirgendwohin. Wir bleiben dort einen Tag, dann wechseln wir unsere Kleider und fahren nach Haus.«

»Ist das eine stupide Idee!« sagte Ray Bennett, riß die Augen auf und gähnte. Er legte sich ins Gras zurück, faltete die Hände unter dem Kopf und gähnte von neuem. »Du, Lew! Wer ist denn eigentlich dieser Frosch?«

Lew Brady leerte den restlichen Inhalt des Fläschchens auf das Gras, schraubte den Stöpsel wieder auf und schüttete jeden Tropfen aus dem Becher heraus, bevor er sich erhob, um zu dem schlafenden Jungen hinüberzugehen.

»He, du, steh auf!« sagte er.

Es kam keine Antwort. »Steh auf!«

Mit einem Stöhnen drehte sich Ray um, den Kopf auf dem Arm gebettet, und nun rührte er sich nicht mehr.

Ein plötzlicher Verdacht stieg in Lew auf. War er am Ende tot? Lew erbleichte bei diesem Gedanken. Dieser so geschickt eingefädelte Streit würde genügen, ihn zu überführen. Er riß das Fläschchen aus seiner Tasche und ließ es in die Brusttasche des Schläfers gleiten. Da hörte er ein Geräusch. Als er sich umwendete, sah er, daß ein Mann ihn beobachtete. Lew starrte ihn an und öffnete die Lippen, um zu reden, aber da kam es:

»Plop!«

Er sah den Blitz der Flamme, bevor die Kugel ihn traf. Er versuchte neuerlich die Lippen zu öffnen, um zu reden, und wieder kam es:

»Plop!«

Lew Brady war tot.

Der Mann zog den Schalldämpfer von der Pistole, ging ohne jede Hast zu dem schlafenden Ray hinüber und steckte diesem die Pistole in die schlaffe Hand. Dann kam er zurück, kehrte den Körper des Toten um und sah ihm ins Gesicht. Er entnahm drei Zigarren seiner Westentasche, zündete eine von ihnen an und steckte das Zündhölzchen sorgfältig in die Schachtel zurück. Er hatte eine Vorliebe für gute Zigarren, besonders für die anderer Leute. Dann ging er, immer noch ohne Hast, den Weg zurück, den er gekommen war, stieg zur Hauptstraße empor, nachdem er sich sorgfältig umgesehen hatte, und erreichte das Auto, das auf ihn wartete.

Im Auto saß, hinter den mit Vorhängen versehenen Scheiben verborgen, ein junger Mensch, der mit herabhängendem Mund und gläsernen Augen vor sich hinstierte. Er trug einen schlecht passenden Anzug, und ein Kragenende hing unordentlich herab.

»Du kennst diesen Ort, Bill?«

»Ja, Herr.« Die Stimme klang guttural und heiser. »Jbbley Copse.«

»Du hast soeben einen Mann umgebracht. Du hast ihn erschossen, so wie du es in deinem Geständnis ausgesagt hast.«

Der halbidiotische Junge nickte.

»Ich habe ihn umgebracht, weil ich ihn gehaßt habe«, sagte er gehorsam.

Der Frosch nickte und nahm auf dem Führersitz Platz.

John Bennett erwachte mit einem Ruck. Er sah mit reuevollem Lächeln auf den Auslöser in seiner Hand herab und begann den Draht aufzuwinden. Dann ging er zu dem Gebüsch, wo er seine Kamera versteckt hatte, und fand zu seiner Enttäuschung, daß der Zähler ihm den Verlust von ungefähr dreihundert Metern anzeigte. Er sah grollend auf das Dachsloch, und wie zum Spott kam dort wieder die Spitze einer schwarzen Nase hervor.

Er schüttelte die Faust gegen sie und begann den Abstieg. Unweit vom Pfad sah er zwei Männer im Gras liegen, beide schlafend und beide Landstreicher, wie es schien. Er trug den Kurbelkasten dorthin zurück, wo er seinen Rock gelassen hatte, zog diesen an, hob den Kasten auf den Rücken und machte sich auf den Weg nach dem Dorf Laverstock, von wo er, wenn seine Uhr richtig ging, den Lokalzug erreichen konnte, der ihn bis Bath bringen würde, um dann den Londoner Schnellzug zu benützen. Und während er mit dem schweren Kasten dahinkeuchte, berechnete er seinen Verlust.

31

Elk hatte versprochen, mit Gordon in dessen Klub zu speisen. Dick wartete mehr als zwanzig Minuten über die Stunde des Rendezvous, und Elk hatte nicht abtelefoniert. Erst fünfundzwanzig Minuten später kam er in aller Eile.

»Herrgott!« keuchte er und sah auf die Wanduhr, »ich hatte keine Ahnung, daß es so spät ist.«

Sie gingen zusammen in den Speisesaal, und Elk war es, als trete er in eine Kirche, solch feierliche Würde herrschte in dem stattlichen Raum mit seinen schweigsamen und wohlerzogenen Speisenden.

»Was hat Sie denn so lange aufgehalten, Elk?« fragte Dick. »Ich beklage mich ja nicht darüber, aber wenn Sie nicht zur Zeit kommen, so mache ich mir Sorgen, was Ihnen geschehen sein könnte.«

»Mir ist gar nichts geschehen«, sagte Elk und nickte dem verlegenen Klubkellner freundlich zu. »Wir haben nur eine Untersuchung in Gloucester gehabt. Ich dachte, ich hätte eine neue Froschaffäre aufgedeckt, aber die zwei Leute, die in die Angelegenheit verwickelt waren, hatten kein Froschzeichen.«

»Um wen handelt es sich?«

»Einer heißt Phenan, das ist der Tote.«

»Ein Mord?«

»Ich glaube schon«, sagte Elk und legte sich vor. »Er war schon tot, als man ihn in Jbbley Copse fand. Den anderen hat man eingesperrt. Er war sinnlos betrunken. Wie es scheint, waren sie in Laverstock und haben schon in der Schenke zum ›Roten Löwen‹ Streit gehabt und eine Rauferei begonnen. Die Polizei wurde informiert und hat nach dem nächsten Dorf telefoniert, der Schutzmann soll auf die beiden ein Auge haben, aber sie waren noch gar nicht hingekommen. Und deshalb schickte man eine Radfahrpatrouille aus, um nach ihnen zu suchen. Es sind nämlich in der Gegend ein paar Einbrüche verübt worden. Carter, das ist der Mörder, hat man in das Gefängnis von Gloucester gebracht. Es ist ein ganz einfacher Fall, und die Polizei von Gloucester hat ja auch hochmütig über die Idee gelächelt, die Polizeidirektion davon benachrichtigen zu sollen. Aber es ist doch immerhin ein Verbrechen, das mehr als das intellektuelle Niveau der Landpolizei verlangt.«

Dicks Lippen preßten sich zusammen. »Ach, gerade jetzt sollten wir nicht großtun, wo die Landpolizei so unangenehme Kommentare über unsere Weisheit abzugeben vermag«, sagte er.

»Mögen sie«, tröstete Elk. »Diese Leute haben doch auch ein Recht auf ihre bescheidenen Vergnügungen, und ich bin der letzte, es ihnen abzusprechen. Übrigens habe ich heute schon wieder John Bennett auf einem Bahnhof getroffen, auf dem Paddington-Bahnhof diesmal. Ich hab' immer das Glück, ihn auf Bahnhöfen zu treffen. Der Kerl ist sicher ein Reisender. Diesmal habe ich mit ihm gesprochen. Er war ganz verzweifelt. Er hat mir erzählt, daß er eingeschlafen ist und im Traum auf den Auslöser gedrückt und ein Vermögen an Film verschwendet hat. Ich sagte ihm, daß ich neulich eine Notiz über seine Bilder in der Zeitung gelesen hätte. Es sah ja wirklich wie ein ungewöhnlicher Erfolg aus.«

»Ich würde es ihm aufrichtig wünschen«, sagte Dick ruhig, und ein Etwas in seiner Stimme ließ seinen Gast aufblicken.

»Sie erinnern mich daran, daß ich von Freund Johnson einen Brief bekam, in dem er fragte, ob ich nicht Rays Adresse wüßte.

Er hat ihn im Herons-Klub angerufen, aber Ray war schon seit Tagen nicht dort. Er möchte ihm eine Anstellung geben. Eine ganz große Anstellung. Es ist doch wirklich viel Gutes an diesem Johnson.«

»Haben Sie ihm die Adresse gegeben?«

Elk nickte. »Ich gab ihm die Adresse und habe Ray besucht, aber er ist nicht mehr in der Stadt. Er ist vor ein paar Tagen fortgefahren und wird nicht allzubald zurück sein. Es wäre zu töricht, wenn er deshalb seine Stellung verlieren sollte. Ich glaube, es tat Johnson leid, zu sehen, wie der junge Mann sich aufführt. Vielleicht ist da noch ein anderer Einfluß am Werk.« Dick verstand wohl, daß er Ella meinte, aber er reagierte nicht auf die Anspielung. Nach dem Essen gingen sie ins Rauchzimmer hinüber.

Während Elk mit Behagen eine der guten Zigarren seines Wirtes rauchte, schrieb Dick einen Brief an Ella, bei der seine Gedanken den ganzen langen Tag über geweilt hatten. Es war ein unnötiger Brief, ein überlanger Brief, aber die Nachricht, die Elk gebracht hatte, mochte vielleicht zu seiner Entschuldigung dienen.

Elk begann Dick eine neue Theorie darzulegen.

»Ich habe einen meiner Leute hinbeordert, um sich einmal diese Chemische Fabrik anzusehen, an die Balders Briefe gerichtet waren. Es ist eine Schwindelgesellschaft. Kaum ein Dutzend Leute sind angestellt, und auch diese nur von Fall zu Fall. Es ist eine alte Giftgasfabrik, aber sie hat eine sehr starke elektrische Anlage. Die jetzige Gesellschaft hat sie für einen Pappenstiel gekauft, und zwei Burschen, die wir in Gewahrsam nahmen, sind die nominellen Käufer.«

»Wo liegt sie?« fragte Dick.

»Zwischen Newbury und Didcot. Als die Fabrik noch unter Regierungskontrolle stand, mußte sie einen jährlichen Beitrag für die Newbury-Feuerwehr leisten, und als die jetzige Gesellschaft sie übernahm, hat sie auch den Kontrakt mitübernommen. Sie hat der Feuerwehr oftmals versichert, daß sie bereit wäre, auf den Alarmdienst zu verzichten, aber diese, die im Vorteil ist und während des Krieges durch das Arrangement viel Geld verloren hat, weigert sich, den dreijährigen Kontrakt zu annullieren.«

Dick war nicht im geringsten an dem Streit zwischen Löschbrigade und Fabrik interessiert, aber die Stunde war nahe, da er Elk für dieses Gespräch unendlichen Dank schuldete.

Etwa vierzehn Tage nach dem Verschwinden von Ray Bennett nahm Elk Joshua Broads Einladung zum Mittagessen an.

Elk, bei dem die Zeit keine Rolle spielte, kam wie gewöhnlich eine Viertelstunde zu spät.

»Viertel vor zwei«, sagte er. »Ich kann jetzt keine Verabredung einhalten. Es sind jetzt im Büro so viel Geschichten mit meinem neuen Safe gemacht worden, den man neulich angebracht hat; irgend etwas ist dabei nicht in Ordnung und sogar der Mechaniker weiß nicht, was los ist.«

»Können Sie ihn nicht öffnen?«

»Das ist eben die Geschichte. Ich kann es nicht und soll noch heute Akten herausnehmen, die von allergrößter Wichtigkeit sind. Sie haben doch so große Erfahrung in der Kriminalistik, und da dachte ich, als ich hierherging, ob Ihnen nicht eine Methode bekannt ist, vermittels der man diesen verfluchten Safe öffnen könnte? Eigentlich braucht man einen Ingenieur dazu, und wenn ich mich recht entsinne, so haben Sie einmal gesagt, daß Sie Ingenieur sind, Herr Broad?«

»Da läßt Sie Ihr Gedächtnis im Stich«, sagte der Amerikaner ruhig, indem er seine Serviette entfaltete und den Detektiv mit seinem lustigen Augenzwinkern ansah. »Nein, das Öffnen von Safes gehört leider nicht zu meinem Beruf.«

»Es ist mir auch nicht eingefallen, das zu behaupten«, versicherte Elk herzlichst. »Aber es ist mir immer aufgefallen, daß ihr Amerikaner viel geschicktere Hände habt als meine Landsleute. Also, Sie können mir keinen Rat geben?«

»Ich werde Sie mit meinem Lieblingseinbrecher bekannt machen«, sagte Broad ernst, und dann lachten sie beide. »Was halten Sie eigentlich von mir?« fragte der Amerikaner unerwartet. »Ich verlange nicht, daß Sie mir ein Urteil über meinen Charakter oder meine äußere Erscheinung geben sollen. Aber was denken Sie eigentlich über meinen Aufenthalt in London, wo ich nur Amateurpolizeiarbeit leiste?«

»Ich habe niemals lange über Sie nachgedacht«, sagte Elk unaufrichtig. »Aber da Sie Amerikaner sind, erwarte ich auch, daß Sie etwas Ungewöhnliches sind.«

»Schmeichler!« sagte Broad.

»Oh, ich würde nie so weit gehen, Ihnen zu schmeicheln«, verwahrte sich Elk.

Er entfaltete mit einer Entschuldigung sein mitgebrachtes Abendblatt.

»Sie wollen wohl nachsehen, was die ungeschwänzten Amphibien machen, was?«

Elk sah verdutzt auf.

»Die Frösche«, erklärte der Amerikaner.

»Nein, ich sehe nicht gerade der Frösche wegen nach. Tatsächlich ist jetzt sehr wenig in den Zeitungen über diese interessanten Tierchen zu lesen. Aber es wird schon kommen.«

»Und wann?« Die Frage klang wie eine Herausforderung.

»Wenn wir den Frosch fangen.«

Herr Broad zerkrümelte eine Semmel in der Hand. »Glauben Sie, daß Sie Frosch Nummer eins früher fangen werden als ich?« fragte er ruhig, und Elk blickte ihn über die Brille hinweg an. »Das möchte ich schon lange gerne wissen«, sagte er, und beider Augen trafen sich sekundenlang. Dann senkte sich Elks Blick auf die Zeitung, und plötzlich wurde seine Aufmerksamkeit durch einen Absatz gefesselt. »Rasche Arbeit«, sagte er. »In dieser Beziehung sind wir euch Amerikanern über!«

»In welcher?« fragte Broad.

»Vierzehn Tage«, rechnete Elk. »Und das hat gerade gereicht, um vom Schwurgericht zum Tode verurteilt zu werden.«

»Wer wurde verurteilt?«

»Dieser Carter, der einen Vagabunden in der Nähe von Gloucester erschossen hat«, sagte Elk.

»Carter? Von dem Mord habe ich gar nichts gelesen.«

»Es gibt eigentlich keinen Beweis. Carter hat sich geweigert, zu gestehen oder den Advokaten zu instruieren. Und es muß geradezu ein Schnelligkeitsrekord unter den Mordprozessen gewesen sein. Es hat wenig darüber in den Zeitungen gestanden. Es war eigentlich auch kein interessanter Mord, und merkwürdigerweise war keine Frau im Spiel.«

Elk faltete die Zeitung zusammen, und während der übrigen Mahlzeit sprachen sie von den Polizeimethoden der Vereinigten Staaten, ein Gebiet, auf dem Herr Joshua Broad eine Autorität zu sein schien. Der Zweck der Einladung war ein sehr durchsichtiger. Immer wieder versuchte Broad das Gespräch auf Balder zu bringen, und so geschickt er auch die Rede auf den Gegenstand lenkte, immer wußte Elk abzubiegen.

»Sie sind verschlossen wie eine Auster, Elk«, sagte Broad und winkte dem Kellner, die Rechnung zu bringen. »Und doch könnte ich Ihnen ebensoviel über Balder sagen, wie Sie selbst wissen.«

»Nun also, in welchem Gefängnis ist er?« fragte Elk.

»Er ist in Pentonville. Aufseher Nr. 7, Zelle Nr. 84«, sagte Broad, und Elk setzte sich kerzengerade in seinem Sessel auf.

32

Es gibt eine Zelle im Gefängnis von Gloucester, die als allerletzte am Ende eines langen Ganges liegt. Tür an Tür mit ihr gibt es noch einen anderen Raum, aber dieser wird aus ganz besonderen Gründen nie mit Häftlingen belegt.

Die Zelle, in der Ray Bennett saß, war ein wenig besser ausgestattet als die anderen. Es stand eine eiserne Bettstelle darin, ein einfacher Tisch, ein bequemer Windsorstuhl und zwei andere Stühle, auf deren einem Tag und Nacht der Wärter saß. Die Wände waren rosa getüncht. Ein großes Fenster nahe der Decke war schwer vergittert und mit durchscheinendem Glas bedeckt und ließ das bleiche Licht herein, das von einer elektrischen Birne am gewölbten Plafond verstärkt wurde. Es führten drei Türen aus der Zelle. Die eine auf den Gang, die andere in ein kleines Gelaß, das mit Waschschüssel und Badewanne ausgestattet war, die dritte in eben diesen leeren Raum mit hölzernem Boden, in dessen Mitte eine Falltür sich abzeichnete.

Ray wußte nicht, wie nahe er der Behausung des Todes war, aber hätte er das gewußt, so würde ihn das auch nicht berührt haben. Der Tod war der geringste aller Schrecken, die ihn bedrängten. Aus seinem betäubenden Schlaf aufgewacht, hatte er sich in der Zelle des Landgefängnisses gefunden, und völlig verwirrt vernahm er die gegen ihn vorgebrachte Anklage auf Mord. Er konnte sich an das Geschehen nicht erinnern. Alles, was er noch wußte, war, daß er Lew Brady um Lolas willen gehaßt hatte und ihn hätte umbringen mögen. Später sagte man ihm, daß Brady tot sei und daß man die Waffe, mit der der Mord begangen worden war, in seiner Hand gefunden hatte. Ray zerquälte sein Hirn, ob er wirklich diesen Revolver mit sich geführt hatte. Lew hatte ihm etwas Entsetzliches über Lola gesagt, und er hatte ihn erschossen.

Es befremdete Ray selbst, daß er so ganz ohne Sehnsucht Lolas gedachte. Seine Liebe zu ihr war erloschen. Er dachte an sie als an etwas Unwichtiges, das der Vergangenheit angehörte. Einzig dies lag ihm am Herzen, daß sein Vater und Ella nichts erfahren sollten. Um jeden Preis wollte er ihnen diese Schande ersparen. Er hatte vor Ungeduld gezittert, bis der Prozeß zu Ende war und er aus der Öffentlichkeit verschwinden konnte. Glücklicherweise war der Mord nicht einmal interessant genug für die ländlichen Zeitungsfotografen gewesen. Ray wünschte nur, daß alles schon vorbei wäre und er unbekannt aus dem Leben scheiden könnte. Er war Jim Carter und besaß weder Eltern noch Freunde. Und wenn er als Jim Carter sterben wollte, so mußte er auch die letzten Tage als Jim Carter verbringen. Der Wärter, der bei ihm saß, hatte ihm verraten, daß nach dem Gesetz zwischen Todesurteil und Exekution drei Sonntage vergehen müßten. Der Kaplan besuchte ihn täglich, ebenso der Gefängnisdirektor. Ein Klopfen zeigte ihm die Stunde des Besuches an, und Ray erhob sich, als der grauhaarige Beamte eintrat.

»Haben Sie irgendwelche Klagen, Carter?«

»Nein, Herr Direktor.«

»Wünschen Sie etwas?«

»Nein, Herr, nichts.« Der Direktor sah nach dem Tisch. Die Schreibmappe des Verurteilten war unberührt geblieben.

»Haben Sie keine Briefe zu schreiben? Sie können doch schreiben?«

»Ja, aber ich habe niemanden, an den ich schreiben möchte.«

»Wer sind Sie eigentlich, Carter? Sie sind kein gewöhnlicher Landstreicher. Sie sind besser erzogen, als diese Klasse es zu sein pflegt.«

»Ich bin ein ganz gewöhnlicher Landstreicher, Herr«, sagte Ray.

»Erhalten Sie auch alle Bücher, die Sie wünschen?«

Ray nickte, und der Direktor ging.

Täglich kamen die unausbleiblichen Fragen. Manchmal machte der Direktor auch eine Anspielung auf seine Freunde, aber er würde dessen müde, ihn der unbenutzten Schreibmappe wegen zu befragen.

Morgens und abends durchschritt er den viereckigen Gefängnishof, von drei Wachen beobachtet und eifersüchtig vor den Blicken der anderen Gefangenen bewahrt. Seine Heiterkeit erstaunte alle, die ihn sahen.

Das Triebrad der Geschehnisse hatte ihn erfaßt, und er mußte die volle Drehung mitmachen. Er war schon ein toter Mann. Niemand nahm sich die Mühe, einen Urteilsaufschub zu erwirken, die Zeitungen brachten keine Riesenüberschriften, die einen neuen Prozeß verlangten, seinetwegen würden sich die berühmten Advokaten nicht versammeln, um über den Fall zu diskutieren. Er war ein zu uninteressanter Mörder.

Er hätte Besuche empfangen dürfen, wenn er sie verlangt hätte, aber er schöpfte aus seiner Einsamkeit eine ganz seltsame Befriedigung.

Eines Tages trat der Direktor in feierlicher Weise ein, und in seiner Begleitung erschien ein Herr, den Ray am Tag des Prozesses gesehen zu haben sich erinnerte. Es war der Untersheriff. Der Direktor mußte sich zweimal räuspern, bevor er sprach:

»Carter, der Staatsanwalt hat mir mitgeteilt, daß er keinen Grund sieht, den Lauf des Gesetzes aufzuhalten. Der Oberexekutor hat den nächsten Mittwoch, morgens acht Uhr, als Datum und Stunde der Hinrichtung bestimmt.«

Ray neigte den Kopf. »Ich danke Ihnen«, sagte er.

33

John Bennett kam aus seinem Holzschuppen, den er zur Dunkelkammer umgewandelt hatte, und in jeder Hand trug er eine flache, viereckige Kassette. »Ella, ich bitte dich, sprich jetzt nicht zu mir«, sagte er, »oder ich werde diese zwei verwünschten Dinger verwechseln. Das da«, er schüttelte seine rechte Hand, »ist eine Forellenaufnahme und eine wirklich wunderschöne Aufnahme!« sagte er begeistert. »Der Mann, der die Forellenfarm leitet, hat sie mich durch die Glasseite des Behälters machen lassen, und es war ein wunderbar sonniger Tag.«

»Und die andere, Papa?« fragte Ella.

»Ach, das ist die verdorbene«, sagte er bedauernd.

»Dreihundert Meter guter Film sind verdorben. Vielleicht habe ich zufällig auch ein Bild mit aufgenommen, aber ich kann es nicht riskieren, sie auf jeden Fall entwickeln zu lassen. Ich will sie aufheben, und eines Tages, wenn ich Geld habe, werde ich mir das Vergnügen leisten, meine Neugierde zu befriedigen.«

Er trug beide Kassetten ins Haus und war im Begriff, die kennzeichnenden Etiketten zu schreiben, als Dick Gordons fröhliche Stimme unter dem Fenster erklang. Er stand hastig auf und ging zu ihm hinaus.

»Nun, Hauptmann, wie steht es?« fragte er.

»Ich hab's bekommen!« rief Dick feierlich und schwang einen Briefumschlag in die Luft. »Sie sind der erste Kinophotograph, der die Erlaubnis hat, im Zoologischen Garten Aufnahmen zu machen, aber ich mußte vor den hohen Herrschaften meinen Kotau machen, um mir die Erlaubnis zu erwirken.«

Bennetts blasses Gesicht rötete sich vor Vergnügen. »Das ist ja großartig!« sagte er.

»Es sind noch niemals Aufnahmen vom Zoo gemacht worden, und Selinski hat mir eine fabelhafte Summe versprochen, falls ich ihm den Film bringe.«

Ella erinnerte sich nicht, ihren Vater je lächeln gesehen zu haben.

»Die fabelhafte Summe ist bereits in Ihrer Tasche, Herr Bennett«, lachte Dick.

»Es war sehr nett, sich für mich zu verwenden, Herr Hauptmann.«

»Ich habe ja gewußt, daß Sie sich für Tierphotographien so sehr interessieren.«

John Bennett ging mit leichterem Herzen zu seinem Pult zurück als an so manchem Tag.

Er schrieb die Zettel fertig, befeuchtete den Klebstoff und zögerte. Dann stand er auf und ging in den Garten.

»Ella, erinnerst du dich, in welcher von den zwei Kassetten der Film mit den Forellen war?«

»In der rechten Hand, Papa«, sagte sie.

»Das habe ich mir auch gedacht«, sagte er und ging, um seine Arbeit zu vollenden. Aber als er die Schildchen aufgeklebt hatte, kam ihm ein neuer Zweifel. Er besann sich nicht mehr, an welcher Seite des Tischchens er gestanden hatte, als er die Kästchen niederstellte. Dann begann er mit einem Achselzucken die Forellenaufnahme einzupacken, und die beiden jungen Leute sahen, wie er, das Kästchen unter dem Arm, zum Dorfpostamt ging.

»Noch keine Nachricht von Ray?« fragte Dick. Das Mädchen schüttelte den Kopf.

»Was meint Ihr Vater?«

»Er spricht nie von ihm, und ich habe auch die Tatsache ihm gegenüber nicht erwähnt, daß seit Rays letztem Brief so lange Zeit vergangen ist.« Sie schlenderten durch den Garten hin, nach dem kleinen Häuschen, das John Bennett erbaut hatte, als Ray noch ein Schuljunge war. »Und haben Sie nichts von ihm gehört?« fragte sie. »Ich denke Sie mir immer mit einer Allwissenheit ausgestattet, die Sie vielleicht gar nicht besitzen. Haben Sie den Mann noch nicht gefunden, der Herrn Maitland erschossen hat?«

»Nein«, sagte Dick. »Aber ich würde wahrhaftig wünschen, daß ich allwissend wäre. Ich habe in all diesen Tagen immer wieder nur an dies eine gedacht . . .«

Sie hob fragend den Blick, aber sie senkte ihn sogleich wieder. Eine tiefe Röte schoß über ihre blassen Wangen, und in ihre schöne Stimme trat ein zu beherrschendes Zittern.

»Woran haben Sie gedacht, Hauptmann Gordon?«

»An dich«, sagte Dick. »Nur an dich. Ob du mich liebst wie ich dich und ob du meine Frau werden willst?«

John Bennett wartete an jenem Tag lange auf seinen Lunch. Er ging hinaus, um zu sehen, wo seine Tochter blieb, da traf er Dick, und in kurzen Worten sagte ihm dieser alles. Er sah den Schmerz auf des alten Mannes Zügen und sagte, indem er die Hand auf dessen breite Schulter legte: »Ella hat sich mir angelobt und wird ihr Versprechen nicht mehr zurücknehmen, was immer auch geschieht, was immer sie auch erfährt.«

John Bennett erhob seinen Blick zu Dicks Antlitz.

»Aber Sie, werden Sie Ihr Versprechen nicht zurücknehmen, was immer Sie auch erfahren mögen?«

»Ich weiß«, sagte Dick einfach.

Ella Bennett ging an jenem Tag wie auf Wolken. Eine wunderbare Sicherheit war über sie gekommen, die alle Zweifel und Befürchtungen verbannte. Ihr Vater ging nach Dorking hinüber, und als er zurückkam, hatte sein Gesicht jenen gequälten Ausdruck, der sie tief in der Seele schmerzte.

»Ich werde wieder in die Stadt fahren müssen, Liebling«, sagte er. »Es hat seit zwei Tagen ein Brief auf mich gewartet. Ich bin von meinen Aufnahmen so in Anspruch genommen gewesen, daß ich beinahe meine anderen Verpflichtungen vergessen hätte.«

Der Vater suchte sie nicht mehr im Garten auf, um sie zum Abschied zu küssen, und als sie ins Haus zurückkehrte, war er in solcher Eile aufgebrochen, daß er nicht einmal seinen Apparat mitgenommen hatte.

Ella fürchtete das Alleinsein nicht, da sie auch schon in der Zeit, als Ray noch im Haus wohnte, viele Nächte hatte einsam verbringen müssen.

Sie bereitete den Tee und begann einen langen, glücklichen Brief an Dick zu schreiben. Etwa hundert Meter von der Straße entfernt war ein Postkasten angebracht. Ella entschloß sich, den Brief sogleich aufzugeben. Es war eine schöne Nacht, und die Leute standen vor ihren Haustüren und schwatzten, als sie vorüberging. Sie warf den Brief in den Kasten, kam in das Haus zurück, versperrte und verriegelte das Tor und setzte sich mit ihrem Arbeitskorb nieder, um die Stunde bis zum Schlafengehen auszufüllen.

Während sie nähte, kehrten ihre Gedanken immer wieder zu Ray zurück.

Die einzige Beleuchtung des gemütlichen Speisezimmers war eine mit einem Lampenschirm bedeckte Petroleumlampe, die auf dem Tisch neben ihr stand und ihr genügend Licht zur Arbeit gab. Außerhalb ihres Lichtkreises lag alles im Dunkeln. Ella hatte soeben die Socken ihres Vaters fertiggestopft und stach mit einem glücklichen Seufzer die Nadel in das Polster, als ihr Blick die Tür streifte, die in die Küche führte.

Sie hatte sie vorhin geschlossen. Aber nun öffnete sie sich langsam, Zoll für Zoll.

Einen Augenblick saß Ella starr vor Schrecken da, ehe sie auf die Füße sprang.

»Wer ist da?« rief sie.

Da erschien im dunklen Türrahmen eine Gestalt, deren bloßer Anblick den Schrei in ihrer Kehle erstickte. Sie schien riesengroß in dem engen schwarzen Mantel, den sie trug. Gesicht und Kopf waren hinter einer scheußlichen Maske von Gummi und Glimmer verborgen. Das Lampenlicht reflektierte auf den großen Augengläsern und erfüllte sie mit unheimlichem Feuer.

»Schrei nicht und rühr dich nicht!« sagte der Maskierte, und die Stimme klang hohl und weit entfernt. »Ich werde dir nichts tun.«

»Wer sind Sie?« stammelte Ella.

»Ich bin der Frosch«, sagte der Fremde. Für die Dauer einer Ewigkeit stand sie hilflos, jeder Bewegung unfähig. Er begann von neuem zu sprechen. »Wie viele Männer lieben dich, Ella Bennett?« fragte er. »Gordon und Johnson und der Frosch, und der liebt dich am meisten.«

Er machte eine Pause, als erwarte er ihre Antwort, aber sie war nicht imstande, zu sprechen.

»Die Männer arbeiten für das Weib, und sie morden für das Weib, und hinter allem, was sie tun, ob es ehrlich oder unehrlich sein mag, steht ein Weib«, sagte der Frosch. »Das Weib bist du für mich, Ella.«

»Aber wer sind Sie?« versuchte sie zu fragen.

»Ich bin der Frosch«, wiederholte er, »und du wirst meinen Namen erfahren, wenn du selbst ihn von mir empfangen hast. Ich will dich besitzen.« Er hob die Hand, als er das Entsetzen in ihrem Antlitz aufsteigen sah. »Und du wirst freiwillig zu mir kommen!«

»Sie sind wahnsinnig!« rief sie. »Ich kenne Sie nicht. Wie kann ich, ach, es ist sinnlos, nur daran zu denken . . . Bitte gehen Sie!«

»Ich werde gehen«, sagte der Frosch, »willst du mich heiraten, Ella?«

Sie schüttelte den Kopf.

»Willst du mein Weib werden, Ella?« fragte er nochmals.

»Nein!« Sie hatte ihre Ruhe und auch ein wenig Selbstbeherrschung wiedergewonnen.

»Ich will dir alles schenken, was du . . .«

»Und wenn Sie mir alles Gold der Erde geben würden, ich würde Sie nicht heiraten!« sagte sie.

»Ich will dir noch etwas viel Kostbareres schenken«, seine Stimme wurde sanfter, fast unhörbar. »Ich will dir ein Menschenleben schenken.«

Sie dachte, daß er von Dick Gordon spräche.

»Ich will dir das Leben deines Bruders schenken.«

Eine Sekunde lang drehte sich das ganze Zimmer im Kreis um sie, und ihre Hand tastete nach einem Stuhl.

»Was meinen Sie?« fragte sie.

»Ich will dir das Leben deines Bruders geben, der im Gefängnis von Gloucester zum Tode verurteilt sitzt«, sagte der Frosch.

Mit äußerster Anstrengung klammerte sie sich an den Stuhl an.

»Mein Bruder?« fragte sie stammelnd.

»Heute ist Montag«, sagte der Frosch. »Und am Mittwoch stirbt er! Gib mir dein Wort, daß du kommst, wenn ich dich rufe, und ich werde ihn retten.«

»Was hat er verbrochen?«

»Er hat Lew Brady getötet.«

»Brady?« keuchte sie. Der Frosch nickte.

»Das ist nicht wahr!« brachte sie hervor. »Sie sagen das nur, um mich zu erschrecken.«

»Willst du mein Weib werden?« fragte er.

»Nie! Nie!« schrie sie. »Eher sterben! Sie haben gelogen!«

»Wenn du meiner bedarfst, so rufe mich«, sagte der Frosch.

»Stelle eine weiße Karte in dein Fenster, und ich werde deinen Bruder retten.«

Sie lag vornüber auf den Tisch geworfen, den Kopf auf ihren verschränkten Armen.

»Es ist nicht wahr, es ist nicht wahr!« schluchzte sie.

Es kam keine Antwort, und als sie aufsah, war das Zimmer leer. Sie wankte in die Küche hinaus. Die Tür, die in den Garten ging, stand weit offen. Sie lauschte ins Dunkel, aber sie vernahm keinen Schritt. Sie hatte noch die Kraft, die Tür zu verriegeln und sich in ihr Zimmer hinauf und zu ihrem Bett zu schleppen, dann fiel sie in Ohnmacht.

Das Tageslicht schien durch das Fenster, als sie zur Besinnung kam. Alle Glieder schmerzten sie, ihre Augen waren rot vom Weinen, ihr Kopf wirbelte. Aber sie fühlte sich wohler und überblickte ihr Abenteuer ruhigeren Blutes. Es war nicht wahr, konnte nicht wahr sein. Der Mann hatte sie nur erschrecken wollen.

Sie zog sich in Hast an und eilte in die Stadt, um den Frühzug zu erreichen. So viele Gedanken ihr Hirn auch durchkreuzten, so erwog sie doch keinen Augenblick lang die Übergabe, und nicht ein einziges Mal sah sie nach dem Fenster, in das eine weiße Karte hätte gelegt werden können, um das Leben ihres Bruders zu retten.

Dick und Elk saßen gerade beim Frühstück, als sie eintrat, und der erste Blick sagte ihnen, daß sie schlechte Nachrichten brachte.

»Gehen Sie nicht, Herr Elk!« sagte sie, als der Inspektor seinen Sessel zurückschob. »Sie müssen alles erfahren.«

So kurz sie es vermochte, schilderte sie die Ereignisse der vergangenen Nacht, und Dick lauschte mit aufsteigendem Zorn.

»Ray zum Tode verurteilt?« fragte er ungläubig.

»Das ist nicht wahr!«

»Wo sagten Sie, daß sich Ray befindet?« fragte Elk.

»Im Gefängnis von Gloucester.«

In Gegenwart ihrer beiden Freunde schmolz Ellas Beherrschung dahin, und sie kämpfte mit den aufsteigenden Tränen.

»Gloucester?« wiederholte Elk langsam. »Es sitzt dort ein zum Tode Verurteilter, ein Mann namens ... namens ...« Er strengte sich an, um sich zu erinnern. »Carter«, sagte er schließlich.

»Richtig, Carter, ein Vagabund, er hat einen andern Stromer mit Namen Phenan ermordet.«

»Natürlich hat das nichts mit Ray zu tun«, sagte Dick und drückte Ellas Hand. »Dieser Unmensch hat dich nur erschrecken wollen. Wann sollte diese Hinrichtung stattfinden?«

»Morgen!« schluchzte Ella. Nun, da die Notwendigkeit der Selbstbeherrschung fehlte, schien sie die letzte Grenze ihrer Kraft erreicht zu haben.

»Mein Liebling, weine noch nicht, Ray ist wahrscheinlich auf dem Kontinent«, tröstete sie Dick. Und als die Unterredung bei diesem Punkt angelangt war, hielt es Elk für angemessen und zartfühlend, sich leise hinwegzustehlen.

Elk war nicht ganz so fest wie Gordon davon überzeugt, daß der Frosch nur einen Streich hatte spielen wollen. Er war kaum in seinem Büro angelangt, als er seinem neuen Beamten klingelte.

»Rekord«, befahl er kurz. »Alle Details über einen Mann namens Carter, im Gefängnis zu Gloucester zum Tode verurteilt. Photographie, Fingerabdrücke und das Protokoll über das Verbrechen.« Nach zehn Minuten kam der Beamte mit einer kleinen Mappe zurück.

»Wir haben noch keine Photographie bekommen«, sagte er. »In Mordfällen bekommen wir die vollen Berichte der Landpolizei erst nach der Hinrichtung.« Elk verfluchte die Landpolizei mit ungewohnter Geläufigkeit und machte sich an die Durchsicht der Papiere. Diese hatten ihm wenig oder nichts zu sagen. Die Höhe und das Gewicht des Mannes schätzte er beiläufig als übereinstimmend mit dem von Ray ein. Kennzeichen waren nicht angegeben, nur die Bemerkung »leichter Bart«.

Elk fuhr auf. »Leichter Bart?« Ray Bennett hatte sich doch

aus irgendeinem Grunde einen Bart wachsen lassen? »Ach was!« sagte er laut und warf die Fingerabdruckskarte auf das Pult, »es ist unmöglich!« Es war unmöglich und dennoch ... Er zog die Telegrammformulare heran und schrieb eine Depesche:

›Direktor S. M. Gefängnis Gloucester, sehr dringend. Schickt mit besonderem Boten Photographie von James Carter, unter Mordanklage in Ihrem Gefängnis. An Polizeidirektion, Berichtabteilung. Bote mit dem ersten Zug fortzusenden. Sehr dringend!‹

Er nahm sich die Freiheit, dies mit dem Namen des Polizeipräsidenten zu unterzeichnen. Nachdem das Telegramm abgesandt war, kehrte er wieder zur Untersuchung der Personalbeschreibungstabelle zurück. Und plötzlich entdeckte er eine Bemerkung, die er früher übersehen hatte: »Impfnarben am rechten Unterarm.« Das war ungewöhnlich. Die meisten Leute waren am linken Oberarm geimpft. Er zeichnete dies an und kehrte zu der Arbeit, die seiner wartete, zurück.

Mittags kam eine Antwortdepesche von Gloucester mit der Mitteilung, daß die Photographie auf dem Wege sei. Dies zumindest war befriedigend. Aber wenn sie erwies, daß es Ray war, was sollte man dann beginnen? In seinem Herzen betete Elk inständig, daß der Frosch sie belogen hatte.

Gerade vor ein Uhr rief Dick ihn an und lud ihn ein, mit Ella und ihm im Autoklub zu Mittag zu speisen. Es war dies eine Einladung, die Elk unter allen Umständen angenommen haben würde, denn er liebte es höchlichst, anderer Leute Klubs zu besuchen.

Als er ankam (ungewöhnlich pünktlich sogar), fand er das Mädchen in einer sicheren und fast fröhlichen Stimmung. Und sein rasches Auge entdeckte an ihrem Finger einen Ring von überraschender Schönheit, den er früher an ihr nie gesehen hatte.

Dick Gordon hatte von seinem freien Nachmittag guten Gebrauch gemacht.

»Ich fürchte, Elk, daß ich meine Arbeit vernachlässige«, sagte Dick, nachdem er die beiden in das fürstlich ausgestattete Speisezimmer des Autoklubs geführt, ein Kissen für den Rücken des Mädchens gesucht und ihren Stuhl genau dorthin gestellt hatte, wo er am bequemsten stand. »Aber ich vermute, Elk, Sie haben den Vormittag verbracht, ohne meine Abwesenheit zu hart zu empfinden.«

»Sicherlich habe ich das«, sagte Elk. »Es war ein sehr interessanter Vormittag. Im Ostende von London grassieren wieder die Blattern«, fuhr er fort, »und ich habe in der Direktion davon gehört, daß eine Neuimpfung des ganzen Personals durchgeführt werden soll. Wenn es etwas gibt, was ich nicht leiden mag, so ist es diese Impferei. Ich finde, ich in meinem Alter sollte schon gegen jeden Bazillus immun sein, der zufällig in der Welt umherspaziert.«

Ella lächelte. »Armer Herr Elk, da fühle ich mit Ihnen. Als Ray und ich, vor ungefähr fünf Jahren, während der großen Epidemie, geimpft wurden, ist es uns schrecklich arg ergangen. Aber bei mir war es noch lange nicht so arg wie bei Ray. Er mußte fast zwei Wochen den Arm in der Schlinge tragen.«

Sie zog den Ärmel ihrer Bluse hinauf und wies auf drei winzige Narben auf der Unterseite des rechten Arms.

»Der Doktor sagte, er will uns dort impfen, wo man es nicht so stark bemerkt. War das nicht eine gute Idee?«

»Ja«, sagte Elk langsam. »Und Ihr Bruder ist genau auf derselben Stelle geimpft worden?«

Sie nickte und fragte bestürzt: »Was haben Sie, Herr Elk?«

»Ach, ich habe so einen Olivenkern verschluckt«, sagte Elk. »Ich verstehe nicht, warum nicht irgend jemand endlich anfängt, Oliven ohne Kerne zu ziehen.« Er sah angelegentlich zum Fenster hinaus. »Na, Sie haben sich einen netten Tag für Ihren Besuch ausgesucht, Fräulein Bennett.« Und er begann mit einem ausschweifenden und langatmigen Verdammungsurteil über das englische Klima.

Es schien Elk Stunden zu währen, bis die Mahlzeit endlich beendet war.

Ella sollte nach Gordons Haus zurückfahren, um die Kataloge anzusehen, die Dick telefonisch nach Harley Terrace bestellt hatte.

»Wollen Sie nicht ins Büro kommen?« fragte Elk.

»Ungern! Halten Sie es denn für nötig?« forschte Dick.

»Ich möchte Sie zehn Minuten lang sprechen«, näselte Elk. »Vielleicht auch eine Viertelstunde.«

»Kommen Sie in den Klub zurück.«

»Ja, richtig, daran dachte ich gar nicht«, sagte Elk.

»Vielleicht gibt es hier einen Damensalon? Ich erinnere mich, einen gesehen zu haben, als ich durch die Marmorhalle ging, und Fräulein Bennett wird nichts dagegen haben?«

»Aber gewiß nicht«, sagte Ella. »Wenn ich im Weg bin, so bin ich gerne bereit, alles zu tun, was Sie nur wünschen. Führe mich in den Damensalon.«

Als Dick zurückkam, saß der Detektiv rauchend da, die Ellenbogen auf dem Tisch, die braunen, mageren Hände unter dem Kinn gefaltet, und prüfte mit den Augen eines Kenners die wunderschön geschnitzte Zimmerdecke.

»Worum handelt es sich, Elk?« fragte Gordon und setzte sich auf den Stuhl neben ihm.

Elks Blicke verließen die Decke und hefteten sich auf Dicks Gesicht.

»Der Mann, der zum Tode verurteilt wurde, ist Ray Bennett«, sagte er.

34

Dicks Gesicht wurde aschfahl. »Woher wissen Sie das?«

»Die Photographie ist auf dem Weg zu uns, heute nachmittag wird sie in London sein. Aber ich brauche sie erst gar nicht zu sehen. Der Mann in Gloucester hat drei Impfnarben am rechten Unterarm.«

Es herrschte Totenstille.

»Ich wunderte mich, als Sie das Gespräch auf die Blattern brachten«, sagte Dick gefaßt. »Ich hätte mir denken können, daß etwas dahintersteckt. Was sollen wir nun machen?«

»Ich werde Ihnen lieber aufzählen, was wir nicht machen können«, sagte Elk. »Wir dürfen Bennett und Fräulein Ella nicht benachrichtigen. Ray hat sich aus guten Gründen entschlossen, seine Identität nicht zu offenbaren. Sie werden einen verdorbenen Nachmittag haben, Herr Hauptmann«, sagte Elk liebenswürdig. »Oh, ich möchte nicht mit Ihnen tauschen! Denn Sie müssen dabei Ihr leichtes Geplauder aufrechterhalten, oder die junge Dame wird erraten, daß etwas vorgeht.«

»Gott im Himmel, das ist ja entsetzlich!« sagte Dick leise.

»Das ist wohl wahr«, gab Elk zu, »und wir können nichts machen. Wir müssen es als Tatsache hinnehmen, daß er schuldig ist. Wenn Sie anders dächten, würde es Sie verrückt machen. Und selbst wenn er so unschuldig wäre wie Sie oder ich, was für Möglichkeiten hätten wir, eine Untersuchung einzuleiten oder die Ausführung des Urteils aufzuhalten?«

»Der arme John Bennett«, sagte Dick niedergeschlagen.

»Wenn Sie anfangen wollen, sentimental zu werden«, knurrte Elk und zwinkerte dabei wütend, »dann verfüge ich mich in eine nüchternere Atmosphäre. Guten Tag!«

»Warten Sie ein bißchen, ich kann ihr momentan nicht allein gegenübertreten. Kommen Sie mit mir zurück?«

Elk zögerte und folgte dann widerwillig.

Ella vermochte aus dem Betragen der beiden den Schrecken, der auf ihren Gemütern lastete, nicht zu erraten. Elk kam von neuem auf Geschichte und Daten zu sprechen und die Enttäuschungen, die diese ihm bereitet hatten, und dies war ein ausgiebiges und geläufiges Thema, das den ganzen Weg nach Harley Terrace vorhielt.

»Gott sei Dank, die Preislisten sind gekommen!« sagte Dick mit einem Seufzer der Erleichterung, als er den großen Stoß auf seinem Schreibtisch bemerkte.

»Und warum: Gott sei Dank?« lächelte Ella.

»Weil ihn sein Gewissen drückt, wenn er eine Entschuldigung dafür braucht, daß er seine Arbeit im Stich läßt!« half Elk ihm.

Der Zwang war so groß, daß er ihn unerträglich fand, und als Dick ihm nach einem beschwörenden Blick durch ein Nicken die Erlaubnis erteilte, sprang er mit einem Gefühl wie vor den Ferien auf.

»Ich muß jetzt gehen, Fräulein Bennett«, sagte er. »Ich glaube, Sie beide werden den ganzen Nachmittag brauchen, um Maytree Haus einzurichten, obgleich . . .«

Soweit war es gekommen, als eine Stimme im Vorraum laut wurde. Es war die aufgeregte, schrille, hysterische Stimme einer Frau. Bevor Dick die Tür erreichen konnte, wurde sie aufgerissen, und Lola stürzte ins Zimmer. Sie war aufgelöst, verzweifelt, ihr schönes Gesicht geschwollen von Tränen.

»Gordon, Gordon! Oh, du mein Gott«, schluchzte sie. »Wissen Sie es schon?«

»Still!« sagte Dick, denn Ella stand neben ihm. Aber Lola war außerstande zu hören und zu verstehen.

»Sie haben Ray gefangen und sie werden ihn hängen! Und Lew ist tot!«

Das Unglück war geschehen.

»Mein Bruder?« fragte Ella, starr vor Schrecken.

Erst in diesem Augenblick erkannte Lola sie und nickte heftig. »Ja, ich habe es herausbekommen«, schluchzte sie. »Ich hatte Verdacht und ich schrieb. Ich habe eine Fotografie von Phenan bekommen. Ich wußte sofort, daß es Lew sei. Der Frosch hat es getan! Der Plan war monatelang vorbereitet! Ich weine nicht um Lew. – Ich schwöre, daß ich nicht um Lew weine. Aber der Junge! Es war meine Schuld, ich habe den armen Jungen in den Tod gelockt, Gordon!« Und sie brach in hysterisches Schluchzen aus.

»Bringen Sie sie fort«, sagte Dick leise. Und Elk führte die willenlose Gestalt zur Tür hinaus.

»Ist das wahr?« hauchte Ella.

Dick nickte. »Ich fürchte, daß es wahr ist, Ella.«

»Wenn ich nur wüßte, wo ich Vater finden kann!« sagte sie gefaßt.

»Glaubst du, daß es gut ist, ihn zu benachrichtigen, wo er nicht helfen kann?«

Sie forschte in seinem Gesicht.

»Ich glaube, du hast recht, Dick. Ja, Vater darf nichts erfahren. Dick, könnte ich Ray nicht sehen?«

Dick schüttelte den Kopf. »Ella, wenn Ray so tapfer geschwiegen hat, um euch das zu ersparen, so würden seine ganze Haltung und sein Mut dahin sein, wenn du ihn besuchen wolltest.«

Elk kam rasch herein. »Ein Telegramm für Sie, Fräulein Bennett«, sagte er. »Ich habe den Boten vor der Haustür getroffen. Es ist von Horsham nachgeschickt worden, wie ich vermute.«

»Öffne es, bitte«, sagte das Mädchen. »Es kann von Vater sein.«

Dick riß den Umschlag auf, das Telegramm lautete:

›Ihr Bild entwickelt. Kann Mord nicht verstehen. Besuchen Sie mich. Selinski-Haus, Wardourstraße.‹

»Was soll das heißen?« fragte Elk.

»Ich verstehe es auch nicht!« sagte Dick. »Kann Mord nicht verstehen? Hat dein Vater versucht, Aufnahmen für Kinostücke zu machen?«

»Nein, Liebster, sicher nicht! Das hätte er mir gesagt.«

»Was für Bilder hat dein Vater an Selinski geschickt?«

Sie versuchte ihre Gedanken zu sammeln. »Es war eine Forellenaufnahme«, sagte sie. »Aber er hat mir von einem verdorbenen Film erzählt. Er war auf dem Land und ist eingeschlafen, während er auf einen Dachs gewartet hat. Und die ganze Zeit hat der Apparat gekurbelt. Er wollte den Film gar nicht entwickeln lassen. Er muß ihn verwechselt haben. Selinski erwähnt die Forellen ja gar nicht.«

»Wir müssen sofort nach der Wardourstraße.«

Es war Elk, der so entschieden sprach, der ein Auto holte und die beiden hineinschob.

Als sie in die Wardourstraße kamen, war Herr Selinski gerade beim Lunch, und niemand wußte etwas über den Film oder hatte Erlaubnis ihn vorzuführen. Eineinhalb Stunden warteten sie auf ihn in dem schmierigen Büro, während Boten auf der Suche nach Selinski durch die Stadt jagten. Schließlich kam er, ein höflicher, gefälliger, kleiner Mann, der sich in tausend Entschuldigungen erging, obgleich er seine Besucher gar nicht hatte erwarten können.

»Ja, es ist eine merkwürdige Aufnahme«, sagte er. »Ihr Herr Vater, Fräulein Bennett, ist ein sehr guter Amateur, das heißt, jetzt ist er ja Berufsfotograf. Und wenn es wahr ist, daß er die Erlaubnis für die Zoo-Aufnahmen bekommen hat, so wird er sicherlich in die erste Reihe unserer Naturfotografen treten.«

Sie folgten ihm in einen großen Saal, in dem die Sessel aneinandergereiht standen. Sie setzten sich vor einen kleinen, weißen Schirm.

»Das ist unser Theater«, erklärte Selinski. »Haben Sie vielleicht eine Ahnung, Fräulein, ob Ihr Vater nicht versucht hat, Kinostücke zu drehen? Denn die Szene ist an und für sich sehr gut gespielt. Auf der Etikette stand ›Forellen in einem Teich‹, oder so ähnlich. Aber es kommen weder Forellen noch ein Teich vor.«

Man hörte ein Knacken, und der Raum verfinsterte sich. Dann erschien auf der Leinwand ein Bild, das im Vordergrund einen Streifen grauen, sandigen Bodens zeigte. Man sah die schwarze Öffnung eines Baues, aus der ein seltsam aussehendes Tier hervorspähte.

»Sehen Sie, das ist der Dachs«, erklärte Herr Selinski. »Bis jetzt sieht es sehr vielversprechend aus, aber ich verstehe nicht, was Ihr Herr Vater weiterhin damit gemacht hat. Die ganze Stellung der Kamera wird eine andere.«

Während er sprach, schwenkte das Bild ein wenig nach rechts, als ob es heftig gezogen würde. Und jetzt sah man zwei Männer, Landstreicher offenbar. Einer saß, den Kopf in den Händen, da, der andere neben ihm schenkte einen Becher voll.

»Das ist Lew Brady!« flüsterte Elk aufgeregt. Und in diesem Augenblick sah der andere Mann auf. Ella stieß einen Schrei aus.

»Es ist Ray! O Dick, es ist Ray!«

Keine Frage, er war es. Sie sahen, wie Brady ihm zu trinken anbot, sahen ihn den Becher widerwillig leeren und zurückreichen. Dann sahen sie, wie er die Arme gähnend ausstreckte und sich zum Schlaf zusammenkauerte. Die liegende Gestalt wurde auf das Gesicht gedreht, und Lew bückte sich und steckte Ray etwas in die Tasche. Sie bemerkten deutlich den Glasreflex.

»Die Flasche!« sagte Elk.

Aber dann wendete sich die Gestalt in der Mitte des Bildes hastig um. Ein Mann schritt langsam auf Lew zu. Sein Gesicht war den Beschauern unsichtbar, er wendete sich ihnen nicht ein einziges Mal während der ganzen Zeit zu. Sie sahen, wie er den Arm hob, sahen das Aufblitzen von zwei Schüssen und beobachteten atemlos, als läge Zauberbann auf ihnen, die Tragödie, die darauf folgte. Der Mörder beugte sich nieder, legte die Pistole neben den schlafenden Ray und, eben als er... jetzt... jetzt... jetzt sich ihnen zuwendete, wurde die Leinwand wieder weiß, und das Licht flammte auf.

»Er ist unschuldig, Dick, er ist unschuldig!« rief Ella verzweifelt. »Hast du nicht den Mann gesehen, der geschossen hat?«

Dick erfaßte mit festem Griff ihre beiden Schultern. Sie war halb wahnsinnig vor Schmerz und Entsetzen. Und während der verblüffte Selinski verständnislos auf die Szene blickte, sagte Dick kurz und befehlend: »Du wirst jetzt zu mir nach Hause gehen, wirst ein Buch nehmen und wirst lesen. Hörst du, Ella? Du darfst nichts beginnen, eh du Nachricht von mir erhältst! Du wirst nicht aus dem Haus gehen, du wirst nur lesen und lesen – die Bibel, Polizeinachrichten, was du willst, aber du darfst nicht daran denken! Elk und ich werden alles tun, was menschenmöglich ist.«

Sie bemeisterte ihre wilde Angst und versuchte sogar zu lächeln. »Ich weiß, daß du es tun wirst«, sagte sie, am ganzen Leib schaudernd. »Bitte, bring mich nach Haus.«

Er sandte Elk nach der Fleetstraße, um auch die geringsten Berichte über den Mord in den Zeitungsbüros zu erheben, und brachte Ella selbst nach Harley Terrace.

Als sie aus dem Wagen stiegen, sah Dick, daß ein Mann vor dem Haus wartete. Es war Joshua Broad. Ein Blick auf sein Gesicht genügte, um zu erkennen, daß er von dem Mord wußte und dessen Umstände erriet. Er wartete im Vorraum, bis Dick das Mädchen in sein Arbeitszimmer geführt und jede illustrierte Zeitung, jedes Buch, das er finden konnte, vor ihr aufgestapelt hatte.

»Lola ist zu mir gekommen und hat mir alles erzählt.«

»Das habe ich geahnt«, sagte Dick. »Wissen Sie etwas Näheres?«

»Ich wußte nur, daß die beiden Männer in der Verkleidung von Landstreichern ausgezogen sind. Das ist das Werk des Frosches. Aber warum hat er das getan?«

»Ich weiß es«, sagte Dick. »Der Frosch kam gestern nacht zu Fräulein Bennett und fragte sie, ob sie ihn heiraten will. Er versprach, ihren Bruder zu retten, wenn sie einwilligte. Aber ich kann kaum glauben, daß er den ganzen teuflischen Plan zu diesem Zweck ersonnen haben soll.«

»Zu keinem anderen«, sagte Broad kühl. »Sie kennen den Frosch nicht, Gordon. Der Mann ist ein Stratege. Sagen Sie, Gordon, kann ich irgend etwas für Sie tun?«

»Ich möchte Sie bitten, hier zu bleiben und Fräulein Bennett Gesellschaft zu leisten«, sagte Dick.

Ella sah mit einem peinvollen Blick auf, als der Besucher ins Zimmer trat. Sie glaubte die Anwesenheit eines Fremden zu dieser Stunde nicht ertragen zu können und sah flehentlich zu Dick auf.

»Falls Sie nicht wollen, daß ich hierbleibe, Fräulein Bennett«, sagte Broad, »so werde ich sogleich gehen, aber ich habe Ihnen die Mitteilung zu machen, daß Ihr Bruder sicherlich gerettet werden wird.«

»O Gott, haben Sie Nachrichten von ihm?« fragte Ella hastig.

»Ja, die habe ich, aber Sie dürfen es mir nicht verargen, wenn ich jetzt noch nicht darüber sprechen darf!« sagte der Amerikaner fröhlich.

Dick telefonierte an die Garage nach seinem Wagen, nach demselben gelben Rolls, den Ray gelenkt hatte, als er zum erstenmal nach Horsham gekommen war. Dicks erster Besuch galt dem Büro der Staatsanwaltschaft, wo er die Tatsachen vorlegte.

»Das ist eine höchst merkwürdige Geschichte«, sagte der Oberstaatsanwalt, »aber ich bin da natürlich nicht kompetent. Sie würden besser sofort den Staatssekretär aufsuchen, Gordon.«

»Tagt das Unterhaus jetzt?«

»Nein, und ich glaube sogar, daß der Staatssekretär, der als einziger etwas für Sie tun kann, sich zur Zeit nicht einmal in der Stadt befindet. In der letzten Woche wurde eine Konferenz in San Remo abgehalten. Und ich habe so eine Ahnung, daß er auch hingefahren ist.«

Dicks Herz stand still.

»Ist niemand sonst im Ministerium des Innern, der helfen kann?«

»Der Unterstaatssekretär. Vielleicht fahren Sie zu ihm.«

Das Departement der Staatsanwaltschaft war im Ministerialgebäude untergebracht, und Dick ging geradewegs auf die Suche nach dem verantwortlichen Beamten.

Der Sekretär, dem er die Umstände erklärte, schüttelte den Kopf.

»Ich fürchte, daß wir nichts machen können, Gordon«, sagte er. »Der Staatssekretär ist auf dem Land und sehr krank.«

»Wo ist der Vizestaatssekretär?« fragte Dick verzweifelt.

»Der ist in San Remo.«

»Und wie weit ist Herrn Whitbys Haus von der Stadt entfernt?«

»Ungefähr dreißig Meilen, diesseits von Tunbridge Wells.«

Dick schrieb die Adresse auf ein Stück Papier.

Eine halbe Stunde später raste über die Westminsterbrücke ein langer gelber Rolls Royce, der sich mit einer Sorglosigkeit durch das Gewühl hindurchdrängte, die sogar den kaltblütigsten Chauffeuren den Atem stocken ließ. Vierzig Minuten, nachdem er Whitehall verlassen hatte, eilte Dick durch eine Ulmenallee nach dem Heim des Staatssekretärs.

Der Kammerdiener, mit dem er sprach, vermochte ihn nicht zu entmutigen.

»Ich fürchte, Herr Whitby wird Sie nicht empfangen können. Der Herr hat einen sehr bösen Gichtanfall gehabt, und die Ärzte haben verordnet, daß er sich von allen Geschäften fernhalten muß.«

»Es ist eine Sache auf Leben und Tod«, sagte Dick. »Ich muß ihn sprechen! Wenn er mich nicht empfängt, dann bleibt mir nichts übrig, als zum König zu gehen!«

Diese Botschaft, die er dem Kranken überbringen ließ, hatte eine Einladung zur Folge.

»Worum handelt es sich?« fragte der Minister scharf, als Dick hereintrat. »Ich kann mich mit keinem, wie immer gearteten Geschäft befassen. Ich leide durch diesen höllischen Fuß die Qualen eines Verdammten. Sagen Sie schnell, worum es sich handelt!«

Gordon erzählte ihm rasch seine Entdeckung.

»Eine erstaunliche Geschichte!« sagte der Minister ächzend. »Wo ist denn der Film?«

»In London.«

»Aber ich kann doch nicht nach London fahren, es ist mir physisch unmöglich. Können Sie nicht jemanden im Ministerium dazu veranlassen, dies zu bestätigen? Wann soll Ihr Mann gehängt werden?«

»Morgen früh um acht, Exzellenz.«

Der Staatssekretär dachte nach und trommelte wütend auf die Tischplatte. »Ich wäre ja ein Unmensch, wenn ich mich weigerte, diesen gottverdammten Film zu sehen«, sagte er. »Aber ich kann nicht in die Stadt fahren. Es sei denn, Sie verschaffen mir einen Krankenwagen. Vielleicht rufen Sie eine Londoner Garage an, daß sie mir einen Wagen schickt, oder, noch besser, lassen Sie mir einen vom hiesigen Spital schicken.«

Alles schien sich gegen Dick verschworen zu haben. Das Krankenauto des Ortes war in Reparatur. Aber schließlich meldete man Dick aus London, daß ein Krankenauto sich in zehn Minuten auf den Weg begeben würde.

Aber zwei Stunden vergingen, bevor der Krankenwagen kam. Der Chauffeur hatte während der Fahrt zweimal die Reifen wechseln müssen. Mit großer Vorsicht und doch unter den wütenden Flüchen des Ministers, mit denen er das schmerzende Bein bedachte, wurde die Bahre in den Krankenwagen gehoben. Die Reise schien Dick kein Ende nehmen zu wollen. Er hatte an Selinski telefoniert und ihn gebeten, sein Büro so lange offenzuhalten, bis sie kämen. Es war acht Uhr abends, als der Minister in das »Theater« geleitet und der Film abgerollt wurde.

Herr Whitby verfolgte das Drama mit dem größten Interesse, und als es zu Ende war, schöpfte er tief Atem.

»So weit wäre das in Ordnung«, sagte er. »Aber wie soll ich mich davon überzeugen, daß es nicht mit Absicht gestellt wurde, um dem Mann einen Aufschub zu verschaffen? Und wie soll ich mich davon überzeugen, daß der Vagabund derjenige ist, den Sie meinen?«

»Diese Sicherheit kann ich verschaffen, Exzellenz«, sagte Elk. »Ich bekam heute nachmittag die Fotografien aus Gloucester.«

Er zog aus seiner Brieftasche zwei Bilder hervor, das eine im Profil, das andere en face, und legte sie vor den Minister hin.

»Führen Sie den Film noch einmal vor«, befahl dieser, und sie sahen die Tragödie von neuem sich abrollen.

»Aber was, um Himmels willen, hat denn der Operateur angestellt, um diesen Film aufzunehmen?«

»Er ging aus, um die Aufnahme eines Dachses zu machen. Ich weiß dies, Exzellenz, weil Herr Selinski mir alle zu seiner Verfügung stehenden Informationen mitgeteilt hat.«

Der Minister sah Dick an. »Sie sind aus dem Staatsanwaltsdepartement, ich erinnere mich jetzt sehr gut an Sie. Ich muß Ihrem Manneswort glauben. Dies ist kein Fall für einen Aufschub, sondern nur für eine Wiederaufnahme des Prozesses, zur Aufklärung sämtlicher Umstände.«

»Ich danke, Exzellenz«, sagte Dick und wischte sich den Schweiß von der Stirn.

»Sie können mich jetzt in das Ministerium des Innern bringen«, brummte der dicke Mann. »Morgen werde ich ja wahrscheinlich Ihren Namen und Ihr Gedächtnis verfluchen, obgleich ich gestehen muß, daß ich mich seit dieser Fahrt beinahe besser fühle. Ich möchte diesen Film haben.«

Sie mußten warten, bis der Film in der Kassette gebracht wurde, und dann halfen Gordon und Elk dem Sekretär in das wartende Krankenauto. Um Viertel zehn lag der Urteilsaufschub zur Unterschrift des Königs bereits in Dicks Händen. Und das Wunder, das der Minister gar nicht zu hoffen gewagt hatte, begab sich. Er war imstande, mit Dicks und eines Stockes Hilfe nach seinem Auto zu humpeln.

Vor dem großen Palast standen Wagen um Wagen. Es war die Nacht des ersten Balles in dieser Saison, und die Halle bot ein unvergeßliches Bild.

Die fürstlichen Juwelen der Damen, das Scharlachrot, Blau und Giftgrün diplomatischer Uniformen, der Glanz der Orden, so unzählbar wie nächtliche Sterne, und mehr noch die Organisation dieser prächtigen Veranstaltung fesselten Dick, während er müde und verstaubt, eine sonderbar kontrastierende Figur, an einer Säule lehnte und das Gepränge an sich vorüberziehen ließ.

Der Minister war humpelnd in einem der Vorsäle verschwunden, kam aber fast gleich darauf zurück und winkte Dick mit dem Finger.

Dick folgte ihm, an weißhaarigen, scharlachroten und goldenen Dienern vorbei, bis sie an eine Tür kamen, vor der ein Lakai wartete.

Auf ein geflüstertes Wort klopfte der Lakai, und eine Stimme bat einzutreten.

Der Diener öffnete vor ihnen die Tür.

Von dem Tisch, an dem er gesessen hatte, erhob sich ein Mann, der die scharlachrote Uniform eines Generals trug. Quer über seine Brust schlang sich das blaue Band des Hosenbandordens. Aus seinen Augen blickte so viel Güte und Menschlichkeit, wie Dick sie hier kaum zu finden erwartet hatte.

»Wollen Sie Platz nehmen? Bitte erzählen Sie mir jetzt den Fall so schnell Sie es vermögen, denn ich habe noch eine andere Verabredung, und Pünktlichkeit ist die Höflichkeit der Könige«, lächelte er.

Er hörte aufmerksam zu und unterbrach Gordon hier und da mit einer kurzen Frage. Als Dick zu Ende war, nahm er die Feder und schrieb mit kühner, mannhafter Schrift ein Wort, löschte es ab und händigte das Dokument dem Staatssekretär aus.

»Hier ist Ihr Aufschub. Ich freue mich darüber«, sagte er.

Dick, der sich über die ausgestreckte Hand beugte, hatte das Gefühl eines ungeheuren Triumphes und vergaß für einen Augenblick die schreckliche Gefahr, in der Ray geschwebt hatte. Als er in das Ministerium des Innern zurückkehrte, verabschiedete er sich mit einem sehr ernsten Ausdruck der Dankbarkeit von dem cholerischen, aber gütigen Minister, flog die Stufen zu seinem eigenen Büro hinauf und riß das Hörrohr ans Ohr. »Verbinden Sie mich mit Gloucester 8585 Amt«, sagte er und wartete auf das Fernsignal. Es kam nach wenigen Minuten.

»Tut mir leid, keine Verbindung mit Gloucester, die Linie ist gestört. Die Drähte abgeschnitten.«

Dick legte langsam das Telefon nieder. Und in diesem Augenblick erst entsann er sich dessen, daß der Frosch noch lebte, wachsam, mächtig, rachsüchtig wie immer.

35

Als Elk in das Zimmer des Staatsanwalts trat, saß Dick am Tisch und füllte ein Telegrammformular nach dem andern aus. Sie alle waren an den Direktor des Gloucester Gefängnisses adressiert und enthielten die kurze Mitteilung, daß ein Urteilsaufschub für Jim Carter auf dem Wege sei. Jedes Telegramm war nach einer anderen Route aufzugeben.

»Was heißt das?« fragte Elk.

»Das Telefon nach Gloucester ist gestört«, sagte Dick. Und Elk biß sich nachdenklich auf die Lippen. »Mhm«, sagte er gedehnt. »Nun, wenn das Telefon gestört ist, dann wird auch . . .«

»Daran möchte ich noch nicht glauben!« schnitt Dick ab.

Elk nahm den Apparat zur Hand. »Verbinden Sie mich mit dem Zentraltelegrafenamt«, sagte er. »Ich möchte den Chef sprechen, Fräulein. Ja, hier spricht Inspektor Elk.« Nach einer Pause meldete er sich wieder. »Wir wollen ein paar Telegramme nach Gloucester schicken, die Linien sind doch hoffentlich in Ordnung?«

In seinem Gesicht bewegte sich kein Muskel, während er lauschte. Dann sagte er: »Danke, vielleicht können wir mit Umweglinien arbeiten? Welches ist denn die nächste offene Stadt?« Dann wartete er. »Also, so steht es, danke.«

Er legte den Hörer nieder. »Alle Drähte nach Gloucester sind durchschnitten, das Hauptkabel an drei Orten zerstört, die Verbindung mit Birmingham, die in einer unterirdischen irdenen Röhre läuft, ist an drei Stellen in die Luft gesprengt worden.« Dicks Augenbrauen zogen sich zusammen.

»Versuchen Sie die Radiogesellschaft«, sagte er. »Sie haben jetzt eine Station in Devizes und eine andere in der Nähe von Cheltenham, und sie könnten eine Botschaft hinüberschicken.«

Elk ging ans Telefon. »Ist dort die Radiostation? Hier spricht Inspektor Elk, Polizeidirektion. Ich möchte eine Nachricht nach Gloucester schicken, nach dem Gefängnis, über . . . mhm? Aber ich denke, solch eine Schwierigkeit kann man doch beheben? . . . Ja, seit wann ist es denn gestört? Danke schön!« sagte er und legte das Telefon von neuem nieder.

»Es ist irgendwo ein Störsender«, sagte er. »Die Radioleute sagen, daß irgend jemand im Land einen geheimen Apparat hat, der von den Deutschen während des Krieges verwendet wurde und mit dem man Sendungen der Radiostation unmöglich machen kann.«

Dick sah nach der Uhr. Es war jetzt halb zehn.

»Sie können noch den 10.05-Uhr-Zug nach Gloucester erreichen, Elk, aber ich glaube, daß er nicht durchkommen wird!«

Als Elk sich von neuem geduldig an das Telefon begab, sagte er: »Als Telefonexperte habe ich viele Eigenschaften, die mich sozusagen zu einem großen Mann stempeln, denn ... hallo! Verbinden Sie mich mit der großen Westbahn, bitte Groß-Westbahn, Stationsvorstand ... denn ich habe ein tadelloses Organ, eine unendliche Geduld, Vertrauen in meine Mitbürger und ... hallo, sind Sie das, Herr Stationsvorstand? Hier spricht Inspektor Elk. Ich sagte Ihnen das vorher ... nein, das war jemand anders ... Ist irgendeine Störung auf der Linie heute abend?«

Diesmal war die Pause länger.

»Gott im Himmel!« sagte Elk. »Gibt es irgendeine Möglichkeit durchzukommen? Was? ... Gar keine? Wann werden die Züge wieder fahren können? ... Danke bestens!«

Er wendete sich zu Dick. »Drei Bahnübergänge und eine Brücke bei Swindon in die Luft gesprengt. Zwei Leute verhaftet. Einer vom Eisenbahnwächter erschossen. Zwei Übergänge in Reading niedergerissen. Die Schienen in Slough in die Luft gesprengt. Ich werde mir nicht noch die Mühe nehmen, die anderen Linien anzurufen, denn wie ich sehe, ist der Frosch durch.«

Dick Gordon öffnete seinen Schrank und entnahm ihm einen ledernen Mantel und einen weichen Lederhelm. Er holte aus seiner Schublade zwei bedrohlich aussehende Brownings hervor und prüfte ihre Magazine, bevor er sie in die Tasche steckte. Dann wählte er ein halbes Dutzend Zigarren aus und verpackte sie sorgfältig in die Brusttasche seines Mantels.

»Sie denken doch nicht daran, allein zu gehen, Gordon?« fragte Elk.

Dick nickte. »Doch«, sagte er, »schicken Sie mir ein Polizeiauto nach und befehlen Sie den Leuten, daß sie vorsichtig fahren. Ich denke nicht, daß man mich diesseits von Newbury aufhalten wird. Ich kann es noch erreichen, bevor es ganz finster wird. Sagen Sie Fräulein Bennett, daß der Aufschub des Urteils unterzeichnet ist, und daß ich auf dem Weg zu ihm bin.« Elk schwieg, aber er folgte seinem Vorgesetzten auf die Straße hinaus und stand so lange neben dem Polizeimann, der das Auto bewacht hatte, bis Dick den Benzintank und die Reifen auf das sorgfältigste geprüft hatte. Dann winkte er dem langen, gelben Wagen nach, solange er noch etwas von ihm sehen konnte.

Dick nahm den Weg nach Bath, und eine kleine Gesellschaft von Schützen, die ihn an den beiden Flugfeldstationen von London erwartet hatte, um ihn abzuschießen, falls er den Luftweg wählen sollte, wartete vergeblich.

Er vermied die direkte Straße nach Reading und nahm einen längeren Umweg. Er kam um elf Uhr nach Newbury und hörte von ein paar neuerlichen Sprengungen von Übergängen. In der Stadt gingen die wildesten Gerüchte um.

Zwei vollbesetzte Personenzüge waren auf der unteren Linie aufgehalten worden, und das Gedränge der Passagiere staute sich in den altmodischen Straßen der Stadt. Er sprach mit dem Lokalpolizeiinspektor. Die Straße war anscheinend noch in guter Verfassung, denn kaum zehn Minuten vor Dicks Ankunft war ein Auto aus Swindon gekommen.

»Bis Swindon sind Sie auf jeden Fall sicher«, sagte der Mann. »Die Gegend ist zwar in letzter Zeit von Vagabunden durchschwärmt worden, aber meine berittenen Patrouillen, die gerade zurückgekommen sind, haben auf der Landstraße nichts bemerkt.«

Ein Gedanke durchblitzte Dick, und er zog den Inspektor mit sich in das Polizeigebäude.

»Ich brauche ein Kuvert und ein amtliches Papier«, sagte er. Er setzte sich an das Pult und fertigte eine rohe Kopie des Urteilsaufschubs mit all seiner seltsamen Terminologie an, siegelte das Kuvert mit Wachs und steckte es in die Brusttasche. Dann nahm er das echte Dokument, zog den linken Schuh und Strumpf aus und legte es sorgfältig unter den bloßen Fuß, ehe er Strumpf und Schuh wieder anzog. Dann sprang er ins Auto und fuhr vorsichtig den Weg nach Didcot weiter. Seine Scheinwerfer beleuchteten die Straße vor ihm, trotzdem fuhr er nur mit halber Geschwindigkeit, und einer der Brownings lag auf dem Sitz neben ihm.

Er gewahrte drei umgekehrte V, von denen er annahm, daß sie die Ausläufer eines Gebäudes, möglicherweise eines Hangars wären. Aber dann entsann er sich, daß dies wohl die Chemische Fabrik sei, von der Elk ihm erzählt hatte.

Er fuhr mit immer größerer Vorsicht weiter. Er hatte eben die Bremse angezogen, als er drei rote Lichter sah, die quer über die Straße hinweg aufgestellt waren, und neben denen ein Polizist stand.

»Hier können Sie nicht weiter! Die Straße ist aufgerissen.«

»Seit wann?« fragte Dick.

»Sie ist vor zwanzig Minuten gesprengt worden«, war die Antwort. »Aber es gibt eine Meile zurück noch einen Seitenweg, von wo Sie auf die andere Seite der Schienen gelangen können. Hier können Sie umwenden.«

Er zeigte auf einen Torweg, der offenbar in die Fabrik führte. Dick zog den Schalthebel an und ließ seinen Wagen gegen die Öffnung hin zurückfahren. Seine Hand war ausgestreckt, um die Richtung zu ändern, als der Polizist, der neben dem Auto hergegangen war, einen Hieb nach ihm führte.

Gordons Kopf war gerade gebeugt, und nur der lederne Helm, den er trug, rettete ihn vor dem Tod. Der Schlag war kaum gefallen, als etwa ein halbes Dutzend Leute aus dem Schatten hervortraten. Einer sprang auf den Führersitz, warf die reglose Gestalt des Besitzers heraus, drehte die Lampen ab und fuhr weiter zurück. Die anderen trugen die roten Weglampen fort. Der Polizist beugte sich über Dick.

»Ach, ich habe geglaubt, daß er ganz hin ist«, sagte er enttäuscht.

»Du kannst das ja noch immer besorgen«, sagte jemand in der Finsternis, aber der Polizeibeamte hatte anscheinend seine Meinung geändert.

»Hagn wird ihn sehen wollen!« sagte er. »Hebt ihn auf!«

Sie trugen die leblose Gestalt über den unebenen Boden hin

und durch eine Schiebetür in eine große, schlecht beleuchtete Fabrikhalle, aus der die Maschinen entfernt worden waren. An dem einen Ende der Halle war ein Raum durch Ziegelmauern abgetrennt und als Büro verwendet worden. Dorthin wurde Dick getragen und auf den Boden geworfen.

»Da hast du ihn, Hagn«, brummte der Polizeibeamte. »Ich glaube, er ist fertig.«

Hagn stand vom Tisch auf und ging zu Gordon hinüber.

»Dem ist nicht viel passiert«, sagte er. »Durch den Helm kann kein Schlag töten. Nehmt ihn ab.«

Sie nahmen den Lederhelm vom Kopf des Bewußtlosen, und Hagn untersuchte ihn flüchtig.

»Nein, ihm ist nichts geschehen«, sagte er. »Spritzt ihn mit Wasser an – nein, wartet! Wir wollen ihn lieber zuerst durchsuchen. Diese Zigarren«, sagte er und zeigte auf das braune Etui, das aus der Brusttasche herausragte, »die nehme ich.«

Das blaue Kuvert war das erste, was sie fanden. Hagn riß es auf und las.

»So!« lachte er und sperrte das Dokument in den Rollschreibtisch, »und jetzt schüttet ihn mit Wasser an.« Dick kam zur Besinnung. Sein Kopf schmerzte und pochte, und er hegte eine Art von Groll gegen das Bewußtsein, das man ihm aufzwang. Er setzte sich auf und rieb sich das Gesicht wie ein Mann, den man aus schwerem Schlaf weckt, blinzelte in das helle Licht und taumelte schwankend einige Schritte. Dann sah er einem nach dem andern in das grinsende Gesicht.

»Oh«, sagte er zum Schluß, »einer von euch hat mich niedergeschlagen. Wer war es?«

»Wir werden Ihnen sofort seine Karte überreichen«, spottete Hagn. »Aber wohin sind Sie mitten in der Nacht gefahren?«

»Nach Gloucester«, sagte Dick kurz.

»Ja, nach der Hölle!« brüllte Hagn. »Hinauf mit ihm, Jungens!«

Aus dem Büro führte eine Treppe von ungestrichenen Fichtenholzstufen nach oben, und über diese wurde er halb hinaufgestoßen, halb hinaufgezogen. Der obere Raum war in Kriegszeiten das Büro des Hilfsaufsehers gewesen. Eine kleine Kohlenfadenlampe warf einen kränklichen, gelben Schimmer auf die finstere Gruppe, die Dick umringte. Er fand Zeit, seine Umgebung zu betrachten.

Das Zimmer hatte ein großes Fenster, von dem aus man einen Überblick über die ganze Gegend gewann. Es war mit einer dikken Schmutzschicht überzogen, so wie der Fußboden mit Kehricht bedeckt war, den hinwegzuräumen die jetzigen Besitzer der Fabrik nicht der Mühe wert erachtet hatten.

»Durchsucht ihn noch einmal, versichert euch, daß er keine Pistolen bei sich hat und nehmt ihm die Stiefel weg!« rief Hagn von der Treppe her. »Du wirst einen oder zwei Tage hierbleiben, Gordon! Vielleicht kannst du mit dem Leben davonkommen, wenn man uns Balder zurückgibt. Wenn aber nicht, dann . . .: ›Gute Nacht, meine liebe Mutter!‹«

36

Dick Gordon wußte, daß jegliche Diskussion mit seinen Gegnern nur Zeitverlust bedeutete. Aber kaum war er allein, als er sich an eine Behandlung machte, die ihn einst ein Arzt gelehrt hatte. Er drückte das Kinn auf die Brust und seine beiden offenen Handflächen legte er hinter den Nacken, indem er mit den Fingerspitzen kräftig zudrückte und dann langsam den Kopf erhob, was ihm fast unerträgliche Qualen bereitete. Dann führte er die Finger über die Kehle. Nachdem er dies dreimal wiederholt hatte, war sein Kopf verhältnismäßig frei, und er begann die Möglichkeit der Flucht zu überdenken.

Die Tür bestand nur aus dünnem Holz, das man wohl leicht einzudrücken vermochte, aber es gab keinen andern Ausweg, als den über die Treppe. Und der Raum unter ihm war voll von Männern. Plötzlich ging das Licht aus, und das Haus lag im Dunkeln.

Er erriet, daß dies geschah, weil Hagn befürchtete, daß der Lichtschein von der Straße her bemerkt werden könnte.

Hagn hatte wirksame Maßregeln ergriffen, um dem nachfolgenden Polizeiauto, das er nach Dicks Ankunft erwarten mußte, zu begegnen. Zu Dicks Freude hatte man ihm die Zündhölzchen nicht fortgenommen, er strich eins an und sah um sich.

Vor einem offenen Kamin, der mit einem unbeschreiblichen Kehrichthaufen von halb verbrannten Papieren und Staub angefüllt war, lehnte eine Stahlplatte, die man zum Anbringen von Schrauben mit Löchern versehen hatte, augenscheinlich Teil eines Tanks.

Ein großer Schalter war an der Mauer angebracht, und Dick drehte ihn, in der Hoffnung, daß er zu der elektrischen Lampe führte. Aber anscheinend stand diese mit der unteren Lichtleitung in Verbindung. Er zündete ein neues Streichhölzchen an und folgte der Leitung. Ein dicker schwarzer Draht führte in die Ecke von der Wand und der Zimmerdecke hin. Er endete plötzlich rechts vom Kamin, und aus den Spuren am Fußboden erriet Dick, daß hier irgend einmal eine Versuchsschweißanlage eingebaut gewesen war. Er setzte sich nieder, um nachzudenken. Er konnte das Murmeln der Stimmen durch den dünnen Bretterboden hören, als er sich niederließ, und hielt das Ohr an die Falltür, die er mit einem Stück Draht, den er im Kamin gefunden hatte, reinigte. Hagn schien zu sprechen.

»Wenn wir auch die Straße zwischen hier und Newbury in die Luft sprengen, so wird man den Braten riechen«, sagte er.

»Das ist eine stupide Idee, die du da auskramst, Hagn. Was willst du eigentlich mit dem Kerl da oben machen?«

»Ich weiß nicht. Ich warte auf eine Nachricht vom Frosch. Vielleicht will er ihn töten.«

»Es wäre aber gut, ihn als Geisel für Balder dazubehalten, wenn der Frosch denkt, daß er es wert ist.«

Gegen fünf Uhr vernahm Dick Hagns Stimme, die er einige Zeit nicht mehr aus dem allgemeinen Gespräch herausgehört hatte.

»Er will, daß er stirbt!« sagte Hagn.

In Dicks Arbeitszimmer hatten zwei Menschen die ganze Nacht hindurch wach gesessen, und nun war es vier Uhr früh. Elk war fort, zum zwanzigstenmal in die Polizeidirektion gegangen und zum zwanzigstenmal wieder zurückgekehrt. Ella Bennett hatte verzweifelt versucht, Dicks Bitte zu erfüllen, hatte entschlossen Seite um Seite umgewendet, hatte stundenlang gelesen und doch nichts gelesen. Mit einem Seufzer legte sie das Buch hin, faltete die Hände und sah nach der Uhr.

»Ach, glauben Sie, daß er Gloucester erreichen wird?«

»Aber sicher«, sagte Broad überzeugend. »Es ist ein Mann, der überall durchkommt. Er ist von der richtigen Art und dem richtigen Typ. Ihn kann nichts aufhalten.«

Sie nahm das Buch wieder auf und sah gedankenlos auf die Seiten nieder.

»Haben Sie nichts von den Polizeiautos gehört? Herr Elk hat mir gestern abend noch eine Menge davon erzählt«, sagte sie. »Aber seither hat er nicht mehr von ihnen gesprochen.«

Joshua Broad befeuchtete seine trockenen Lippen.

»Oh, die sind ganz gut durchgekommen«, sagte er.

Er erzählte ihr nicht, daß zwei Polizeiautos zwischen Newbury und Reading verunglückt waren und drei Leute von einer Mine getötet wurden, die mitten unter ihnen explodierte. Er teilte ihr auch nicht die Neuigkeit mit, die ein Motorradfahrer aus Swindon gebracht hatte, daß Dicks Auto dort nicht gesehen worden war.

»Es sind entsetzliche Leute! Entsetzliche!« Sie zitterte.

»Wie konnte so eine Bande überhaupt entstehen, Herr Broad?«

Herr Broad rauchte eine seiner langen, dünnen Zigarren und paffte eine Zeit, bevor er sprach.

»Ich fürchte, ich selbst bin der Vater der Frösche«, sagte er zu ihrem Erstaunen.

»Sie?« Er nickte.

»Ja, ich habe nicht gewußt, daß dies daraus entstehen würde. Aber jetzt ist es entstanden.«

Er schien nicht geneigt, das Wie gerade jetzt erklären zu wollen. Bald darauf hörte man ein Klingelzeichen, und da er glaubte, daß Elk vielleicht den Schlüssel vergessen hatte, erhob er sich, um die Tür zu öffnen. Aber es war nicht Elk.

»Verzeihen Sie meinen Besuch zu dieser Zeit. Sind Sie es, Herr Broad?«

Der Besucher versuchte ihn im Dunkeln zu erkennen.

»Ich bin's, Broad, ganz recht. Sie sind Herr Johnson, nicht wahr? Kommen Sie nur herein.«

Er schloß die Tür hinter ihm und drehte das Licht an. Der behäbige Mann war in einer bemitleidenswürdigen Erregung.

»Ich bin gestern nacht lange aufgeblieben«, sagte er, »und mein Diener hat mir eine Frühausgabe des Post Herald gebracht.«

»So wissen Sie es also?«

»Es ist schrecklich, schrecklich! Ich kann es kaum glauben.«

Johnson zog eine verknüllte Zeitung aus der Tasche und sah die Überschriften an, als wolle er sich dessen nochmals vergewissern.

»Ich habe gar nicht gewußt, daß es in die Zeitungen gekommen ist«, sagte Broad.

Johnson reichte das Blatt dem Amerikaner.

»Ja, es steht drinnen. Ich glaube, der alte Whitby muß die Geschichte verbreitet haben.«

»Ich glaube, sie stammt von dem Kinomann Selinski. Ist es denn wahr, daß Ray zum Tod verurteilt ist?«

Broad nickte.

»Wie entsetzlich!« sagte Johnson mit gedämpfter Stimme. »Gott sei Dank, daß man es rechtzeitig erfahren hat, Herr Broad«, sagte er ernst. »Ich hoffe, daß Sie Fräulein Ella Bennett sagen werden, daß sie über jeden Penny, den ich jetzt besitze, verfügen kann, um die Unschuld ihres Bruders zu beweisen. Ich vermute, es wird ein Aufschub und ein neuer Prozeß erwirkt werden? Wenn es dazu kommt, so müssen die besten Advokaten bestellt werden.«

»Sie ist hier, wollen Sie nicht hereinkommen und mit ihr sprechen?«

»Hier?« staunte Herr Johnson. »Davon habe ich keine Ahnung gehabt.«

»Kommen Sie nur herein. – Es ist ein Freund hier, der Sie besuchen möchte – Herr Johnson.«

Der Philosoph durchschritt schnell und nervös das Zimmer und hielt dem Mädchen beide Hände hin.

»Es tut mir ja so leid, Fräulein Bennett«, sagte er. »So entsetzlich leid. Und wie muß Ihnen erst zumute sein? Kann ich Ihnen helfen?«

Sie schüttelte den Kopf und hatte Tränen der Dankbarkeit in den Augen.

»Das ist sehr lieb von Ihnen, Herr Johnson. Sie haben soviel für Ray getan, und Inspektor Elk hat mir auch gesagt, daß Sie ihm eine Stellung in ihrem Büro angeboten haben.«

Johnson schüttelte den Kopf. »Das will doch gar nichts heißen. Ich habe Ray sehr gern, und er besitzt ausgezeichnete Fähigkeiten. Wenn wir ihm aus dieser Patsche geholfen haben, müssen wir ihn sogleich wieder auf die Füße stellen. – Ihr Herr Vater weiß doch von nichts?«

»Gott sei Dank, nein! Wenn nur die Nachricht nicht in die Zeitung gekommen wäre«, sagte sie, als Johnson ihr erzählte, wieso er von dem Geschehnis Kenntnis erlangt hatte.

»Natürlich hat Selinski sie verbreitet«, sagte Broad, »ein Filmmann würde sein eigenes Begräbnis benützen, um eine Grablegung kurbeln zu können. Wie fühlen Sie sich in Ihrer neuen Lage, Herr Johnson?«

Johnson lächelte. »Ich bin noch immer ganz verwirrt und kann nicht einsehen, wodurch ich dies verdient habe. Aber heute habe ich bereits meine erste Froschwarnung bekommen. Ich komme mir selber höchst wichtig vor.«

Er zog ein Stück Papier aus seiner abgetragenen Brieftasche, auf dem nur vier Worte standen: ›Sie sind der Nächste!‹ und es trug das bekannte Handzeichen des Frosches.

»Ich weiß nicht, was ich den Leuten angetan habe, aber ich vermute, daß es etwas ziemlich Schlimmes sein muß, denn zehn Minuten später brachte mir der Portier meinen Nachmittagstee. Ich nahm einen Schluck, und er schmeckte so bitter, daß ich mir den Mund mit einem Desinfektionsmittel ausspülte.«

»Wann ist das geschehen?«

»Gestern«, antwortete Johnson. »Heute morgen habe ich den Tee analysieren lassen, und der Chemiker erklärte, er enthalte genug Blausäure, um hundert Menschen zu vergiften. Er konnte es nicht verstehen, wie ich auch nur einen Schluck davon zu genießen vermochte, ohne ernste Folgen zu erleiden. Ich werde die ganze Angelegenheit heute der Polizei übergeben.«

Die Flurtür wurde aufgesperrt, und Elk kam ins Zimmer.

»Was bringen Sie für Neuigkeiten?« fragte Ella begierig.

»Gute«, sagte Elk. »Sie brauchen sich ganz und gar nicht zu beunruhigen, Fräulein Bennett. Hauptmann Gordon kommt unter allen Umständen ans Ziel. Ich vermute, daß er jetzt in Gloucester ist und im bequemsten Bett der Stadt schläft.«

»Aber Sie vermuten es nur, Sie haben noch keine Nachricht aus Gloucester?« fragte Ella hartnäckig.

»Ich habe keine genauen Nachrichten, aber ich kann Ihnen versichern, daß die Nachrichten, die wir haben, nicht schlecht sind«, sagte Elk. »Und da können wir wetten, daß die Dinge alle wie am Schnürchen gehen. – Wieso haben Sie von der Sache erfahren, Johnson?« fragte er. Und der frischgebackene Millionär gab die Erklärung.

»Ich hätte Selinski und seinen Operateur in das Geheimnis einweihen sollen«, sagte Elk nachdenklich. »Diesen Filmleuten fehlt jede Zurückhaltung. Nun, und wie fühlen Sie sich als Krösus, Herr Johnson?«

»Herr Johnson fühlt sich nicht allzu wohl«, sagte Broad. »Er hat die Aufmerksamkeit des lieben Frosches erregt.«

Elk prüfte die Warnung sorgfältig. »Wann haben Sie den Wisch bekommen?«

»Ich fand ihn gestern morgen auf meinem Pult.« Und er erzählte auch den Zwischenfall mit dem vergifteten Tee, bevor er sich empfahl. »Ach, Herr Elk, wenn es Ihnen gelänge, den Frosch zu fangen, so würden Sie ein gutes Werk an der Menschheit tun.«

Es dämmerte schon, als Johnson fortging, und Elk schloß ihm das Haustor auf und sah ihm nach, als er die leere Straße hinunterschritt.

»Ich habe den alten Knaben gern«, sagte er zu Broad. »Und er ist sicher unter einem Glücksstern geboren, denn ich verstehe nicht, warum der Alte sein Geld nicht lieber dem Baby vermacht hat...«

»Haben Sie das Kind schon gefunden?« unterbrach ihn Broad.

»Nein, das ist auch so ein Froschmysterium, das noch auf seine Aufklärung wartet.«

Johnson hatte eben die Straßenecke erreicht, und sie sahen ihn die Straße überqueren, als ein Mann aus dem Schatten ihm entgegentrat. Es gab eine kurze Unterredung, dann gewahrte Elk den Blitz einer Pistole und hörte den Schuß. Johnson taumelte zurück und sein Gegner wandte sich und floh.

In einer Sekunde war Elk auf der Straße. Der Philosoph war anscheinend nicht verletzt, wenn auch sehr erschüttert.

Elk rannte um die Ecke, aber der Angreifer war verschwunden. Er kehrte zu dem Philosophen zurück, der am Rand des Gehsteiges saß und seine Glieder betastete, ob sie auch heil waren.

»Nein, nein, ich glaube, es war nur der Schock«, keuchte Johnson. »Ich war auf eine solche Angriffsmethode nicht vorbereitet.«

»Wie ist es denn geschehen?« fragte Elk.

»Ich begreife es gar nicht!« antwortete Johnson, der noch ganz verwirrt war. »Ich wollte die Straße überqueren, da kam ein Mann auf mich zu und fragte, ob ich Herr Johnson wäre. Und dann, ehe ich noch wußte, was geschah, hatte er geschossen.«

Johnsons Rock war von der Flamme versengt.

»Nein, ich komme nicht mehr ins Haus zurück. Ich glaube auch nicht, daß man den Versuch wiederholen wird.«

Es kamen soeben zwei Detektive zurück, die Harley Terrace bewacht hatten, und ihnen wurde Johnson zur Begleitung anvertraut.

»Das sind doch die geschäftigsten Leutchen, die ich kenne«, sagte Elk kopfschüttelnd. »Man möchte glauben, daß sie mit der Arbeit in Gloucester zufrieden sein könnten und nicht noch eine Nebenbeschäftigung brauchten.«

Es schlug sechs Uhr, aber aus dem Westen kam keine weitere Nachricht mehr. Um sieben Uhr wurde der Zustand des Mädchens bemitleidenswert. Sie hatte sich während der Nacht mit einem Mut aufrecht erhalten, der die Bewunderung der Männer erregte. Aber jetzt, da die furchtbare Stunde herannahte, schien es mit ihrer Kraft zu Ende. Um halb acht Uhr schrillte das Telefon, und Elk war mit einem Panthersprung beim Apparat.

»Hauptmann Gordon hat Didcot vor einer Stunde verlassen«, besagte die Botschaft.

»Didcot?« keuchte Elk verzweifelt. Er sah auf die Uhr. »Vor einer Stunde? Dann hätte er Gloucester in sechzig Minuten erreichen müssen!«

Ella, die sich gerade dazu zwang, den Kaffee zu versuchen, den Gordons Diener im Speisezimmer serviert hatte, kam, als sie ihn sprechen hörte, ins Arbeitszimmer, und Elk wagte nicht, das Gespräch fortzusetzen. »Schon gut!« sagte er laut und warf den Hörer hin.

»Wie lauten Ihre Nachrichten, Herr Elk?«

»Die Nachrichten?« sagte Elk und zwang sein Gesicht in ein Lächeln, »oh, die sind gut!«

»Wer hat angerufen?« beharrte sie.

»Ach, das?« sagte Elk und sah das Telefon bös an, »das war ein Freund, der mich heute abend zum Essen einlud.«

Ella ging still ins Speisezimmer zurück, und Elk rief den Amerikaner mit einem Wink zu sich.

»Gehen Sie und holen Sie einen Arzt«, sagte er leise, »und sagen Sie ihm, daß er etwas mitbringen soll, was diese junge Dame für zwölf Stunden in Schlaf versenkt.«

»Schlechte Nachrichten?« fragte Broad.

Elk nickte. »Nicht die geringste Aussicht, den Jungen zu retten«, sagte er.

37

Das Ohr auf den Boden gepreßt, hörte Dick die Worte: »Er sagt, daß er sterben muß«, und seine zersprungenen Lippen verzogen sich zu einem Grinsen. »Habt ihr ihn droben herumgehen hören?« fragte Hagn.

»Nein, ich glaube, daß er schläft«, sagte eine andere Stimme.

»Wir werden warten müssen, bis es hell wird. Im Finstern kann man es nicht machen. Wir würden uns gegenseitig umbringen.«

Diese Ansicht wurde von den meisten Anwesenden geteilt.

Dick glaubte, sechs Stimmen zählen zu können. Er strich ein Zündhölzchen an, um nochmals die Lage zu überblicken, und wieder fiel sein Auge auf das Kabel.

Und dann kam Eingebung über ihn. Er bewegte sich lautlos über den Boden hin, er faßte den Draht und zog mit aller Gewalt daran. Unter seinem Gewicht brach der unterstützende Isolator. Zum größten Glück fielen die Stücke auf den Haufen Kehricht im Kamin und verursachten kein Geräusch. In der nächsten halben Stunde arbeitete Dick fieberhaft, indem er die Gummi-Isolierung vom Kabel abwickelte, um die Kupferdrähte freizulegen. Seine Hände bluteten. Seine Nägel brachen, aber nach Ablauf einer Stunde harter Arbeit hatte er das Ende des Kabels bloßgelegt. Mit Befriedigung entsann er sich, daß die Tür nach außen aufging, und indem er die Stahlplatte mit unendlicher Mühe aufhob, legte er sie so dicht an die Tür, daß jeder darauftreten mußte, der ins Zimmer wollte. Dann begann er die losen Kupferdrähte des Kabels in den Schraubenlöchern der Platte zu befestigen.

Er war kaum damit fertig, als der Tag anbrach und das Licht durch das Glasdach der Fabrik zu strömen begann. Dick hörte schwaches Flüstern und ein leises Knacken, als ob die Riegel an der Tür zurückgeschoben würden. Er kroch zum Schalter und drehte ihn auf.

Die Tür wurde aufgerissen, und ein Mann trat auf die Platte. Bevor noch sein Schrei den zweiten, der ihm folgte, zu warnen vermochte, lagen sie besinnungslos am Boden.

»Was ist denn los, zum Teufel?« Das war Hagns Stimme. Er kam die Stufen hinaufgelaufen und setzte den Fuß auf die elektrische Platte. Er stand eine Sekunde lang bewegungslos, dann fiel er mit einem Keuchen zurück, und Dick hörte den Krach, mit dem er die Treppe hinabstürzte.

Da wartete er nicht länger.

Er sprang mit einem weiten Satz über die Platte hinweg, rannte die Stufen hinab und stieg über den Körper des bewußtlosen Hagn.

Das kleine Büro war leer. Auf dem Tisch lag eine seiner Pistolen. Er ergriff sie und rannte durch die lange, öde Fabrikhalle, die ihn endlos dünkte, riß eine Tür auf, und dann war er im Freien.

Er hörte einen Schrei, und als er sich wendete, sah er zwei von der Bande, die ihn verfolgten. Er hob die Pistole und drückte ab. Es knackte, aber Hagn hatte das Magazin entleert.

Ein Browning ist eine wunderbare Waffe, selbst wenn er nicht geladen ist. Dick Gordon schlug mit dem Lauf auf den Kopf des Mannes, der ihn fassen wollte, dann rannte er weiter.

Er begriff, daß er sich geirrt hatte, als er annahm, daß nur sechs Männer im Gebäude anwesend waren. Es waren wohl an zwanzig darin, und die meisten in Hörweite. Dick versuchte, die Straße zu erreichen, von der ihn nur einige Büsche trennten.

Aber damit beging er einen Fehler. In den Büschen war ein Stacheldrahtzaun versteckt, und er mußte auf dem unebenen Boden weiterlaufen. Unbeschuht, wie er war, empfand er jeden Stein schmerzhaft. Sein langsames Weiterkommen machte es seinen Verfolgern möglich, ihn zu überholen.

Dick machte einen Bogen und lief nach dem zweiten der drei Fabrikbauten zurück. Nun aber waren sie hinter ihm. Er konnte das Keuchen des Führers hören, und er selbst war mit seinen Kräften zu Ende. Aber da sah er gerade vor sich an der Mauer eine große, runde Feueralarmscheibe, und wie ein Blitzschlag flammte die Erinnerung an eine gleichgültige Unterredung auf. Er zerschmetterte das Glas mit der bloßen Faust und riß an der Glocke. Aber in dieser Minute fielen sie auch schon über ihn her. Er kämpfte, doch solcher Überzahl gegenüber war Widerstand nutzlos. Er mußte Zeit gewinnen.

»Laßt ab, Jungens!« brüllte er. »Hagn ist tot!«

Das war eine unglückselige Konstatierung, denn im gleichen Moment kam Hagn aus dem gegenüberliegenden Gebäude, wohl matt und mitgenommen, aber doch höchst lebendig. Er war fahl vor Schmerz und Zorn und kauderwelschte in einer Sprache, die Dick nicht verstand und für Schwedisch hielt.

»Dafür sollst du mir büßen! Du sollst selbst den elektrischen Strom kosten, du Hund!«

Er schlug mit der Faust nach Dicks Gesicht, aber Dick wendete den Kopf zur Seite, und die Faust schlug hart auf die

Mauer auf. Mit einem Wutschrei sprang Hagn auf ihn los und kratzte und kniff ihn mit beiden Händen. Aber gerade dies wurde Dicks Rettung; denn die Männer, die seinen Arm festgehalten hatten, ließen von ihm ab, um ihrem Anführer leichteres Spiel zu gewähren. Dick versetzte Hagn einen genau berechneten Schlag gegen den Magen, und mit einem gellenden Aufschrei brach der Schwede zusammen.

Ehe ihn jemand aufzuhalten vermochte, war Dick fort wie der Wirbelwind, und diesmal rannte er auf das Tor zu. Er hatte es schon erreicht, als eine Hand nach ihm faßte. Er schleuderte sie beiseite und taumelte aus dem Tor, gerade, als von der langen Straße her der Ton von Glocken kam und das Glitzern von Messing und das Leuchten von scharlachenem Rot. Alles ging schnell.

Ein Feuerwehrauto raste mit größter Geschwindigkeit heran. Einen Augenblick starrten die Frösche dem Wagen entgegen, dann machten sie, ohne sich weiter um die Beute zu kümmern, kehrt und rannten fort.

Dick erklärte dem Chef der Löschmannschaft in wenigen Worten die Situation. Schon kam ein zweiter Wagen in halsbrecherischer Eile heran, und die Feuerwehrleute waren Männer, die sich vor Fröschen nicht fürchteten.

Während Hagn gebunden in das eine Auto getragen wurde, sah Dick auf die Uhr. Der Zeiger stand auf sechs.

Dick rannte zu seinem Rolls und machte sich auf das Schlimmste gefaßt.

Aber Hagn hatte keinen Versuch gemacht, den Wagen außer Betrieb zu setzen. Vielleicht hatte er den Plan erwogen, ihn für sich selbst zu behalten. Drei Minuten später schwang sich Dick barhaupt, schmutzig, die Zeichen von Hagns Krallen im Gesicht, ans Steuer und sauste nach Gloucester. Er hätte auch dann kaum schneller fahren können, wenn er es geahnt hätte, daß seine Uhr stehengeblieben war.

In halsbrecherischem Tempo fuhr er durch Swindon und war schon auf der Straße nach Gloucester, als er wieder auf die Uhr sah.

Es war immer noch sechs, und sein Herzschlag setzte aus.

Er fuhr mit der größtmöglichen Geschwindigkeit, aber die

Straße war schlecht und voller Windungen, und einmal geschah es, daß er beinahe aus dem Auto fiel, als er gegen einen Wegvorsprung streifte. Ein Reifen platzte, aber er konnte das Auto wieder gerade richten und fuhr auf dem flachen Reifen weiter. Die Schnelligkeit wurde dadurch bedeutend vermindert. Und es wurde ihm heiß und kalt, als er so Meile um Meile dahinfuhr, ohne ein Zeichen von der Stadt zu gewahren.

Und dann, als er die Kirchturmspitzen von Gloucester auftauchen sah, platzte der zweite Reifen.

Aber er konnte nicht halten. Er mußte weiter, und wenn er auf den bloßen Felgen in Gloucester ankommen sollte. Aber nun wurde sein Tempo im Vergleich zu der wilden Jagd, die ihn durch Berkshire und Wiltshire bis nach Somerset gebracht hatte, unangenehm langsam.

Er fuhr in die Vororte der Stadt ein. Die Straßen waren entsetzlich. Er wurde von einem Straßenbahnwagen aufgehalten, und als er die Warnung eines Polizisten mißachtete, kam er beinah unter die Räder einer großen Straßenwalze, und nun sah er auch, wie spät es war. Es fehlten zwei Minuten auf acht. Und das Gefängnis war noch eine halbe Meile entfernt. Er biß die Zähne zusammen und betete.

Als er in die Hauptstraße einfuhr und die Tore des Gefängnisses vor sich sah, schlugen die Glocken der Kathedrale acht, und Dick schien der Klang schrecklich, wie der der Posaunen am Tage des Jüngsten Gerichts. Er wußte, daß Ray Bennetts Tod auf die Sekunde pünktlich erfolgen würde. Bei dem Gedanken an die Herzensangst dieses Augenblicks wurde er aschfahl. Er brachte den rumpelnden Wagen vor dem Gefängnistor zum Stehen und taumelte auf die Glocke zu. Zweimal läutete er, aber das Tor blieb geschlossen. Dick zog seine Socken aus, und das durchweichte, beschmutzte Dokument war mit Blut überströmt, denn seine Füße bluteten. Wieder läutete er mit der Wut der Verzweiflung. Dann öffnete sich ein kleines Gitter, und das finstere Gesicht eines Wärters erschien.

»Sie dürfen nicht herein«, sagte er. »Wissen Sie nicht, was hier geschieht?«

»Ministerium des Innern!« keuchte Dick heiser. »Botschaft

vom Ministerium des Innern. Ich habe gerade den Urteilsaufschub bekommen!«

Das Gittertürchen schloß sich, und nach einer Ewigkeit wurde der Schlüssel umgedreht und das schwere Tor aufgetan.

»Ich bin Hauptmann Gordon von der Staatsanwaltschaft«, sagte Dick. »Und ich habe einen Aufschub für Jim Carter.«

Der Wärter schüttelte den Kopf. »Die Hinrichtung hat vor fünf Minuten stattgefunden«, sagte er.

»Aber die Kirchturmuhr«, keuchte Dick.

»Die Kirchturmuhr geht vier Minuten nach«, sagte der Wärter. »Ich fürchte, Carter ist tot.«

38

Ray Bennett erwachte nach einem erquickenden Schlaf und setzte sich im Bett auf. Einer der Wärter, die die ganze Nacht bei ihm gewacht hatten, stand auf und kam zu ihm.

»Wollen Sie Ihre Kleider haben, Carter? Der Direktor meint, es würde Ihnen nichts daran liegen, die alten Sachen zu tragen.«

»Er hat recht«, sagte Ray dankbar. »Dieser Anzug sieht ganz gut aus«, sagte er, als er die Hose anzog.

Der Wärter hustete. »Ja, es ist ein guter Anzug«, stimmte er bei. Mehr sagte er nicht, aber etwas in seinem Gehaben verriet die Wahrheit. Es waren Kleider, in denen schon ein anderer Mann gehängt worden war. Und doch zitterten Rays Hände nicht, als er sie anlegte. Um sechs Uhr brachte man ihm das Frühstück.

Seine Blicke schweiften von neuem zur Schreibmappe, aber er streckte die Hand nicht nach ihr aus. Der Kaplan kam, ein ruhiger Mann, Kraft in jeder Linie seines beweglichen Antlitzes. Sie plauderten eine Weile, und dann riet der Wärter, Ray möge sich in dem gepflasterten Hofraum ein wenig Bewegung machen. Ray freute sich darüber, er wollte noch einmal den blauen Himmel sehen. Dennoch wußte er, daß dies keine selbstlose Güte war, und erriet auch wohl, warum dieser Vorzug ihm gewährt wurde, als er Arm in Arm mit dem Priester im Hofe hin und her ging. Man bereitete die Exekutionszelle neben der seinen vor und wünschte seine Gefühle zu schonen. Eine halbe Stunde später war er wieder in seiner Zelle.

»Wollen Sie noch ein Geständnis machen, Carter? Heißen Sie überhaupt so?«

»Nein, Herr«, sagte er ruhig, »aber es tut nichts zur Sache.«

»Haben Sie den Mann getötet?«

»Ich weiß es nicht«, sagte Ray. »Ich wünschte ihn zu töten, daher ist es möglich, daß ich es getan habe.«

Zehn Minuten vor acht kamen der Direktor und der Sheriff in die Zelle, um ihm die Hand zu schütteln. Die Uhr in der Gefängnishalle ging langsam, aber unerbittlich vorwärts. Durch die offene Tür der Zelle konnte Ray sie sehen, und der Direktor, der dies bemerkte, schloß sie sanft, denn es fehlte noch eine Minute auf acht, und sie mußte sich bald wieder öffnen. Ray sah, wie die Klinke von außen niedergedrückt wurde, und eine Sekunde lang verließ ihn die Fassung. Er wendete sich ab, um den Mann, der jetzt eintreten mußte, nicht zu sehen. Er fühlte seine Hände von rückwärts zusammengebunden.

»Möge mir Gott vergeben! Möge mir Gott vergeben!« murmelte jemand hinter ihm, und beim Klang dieser Stimme wendete Ray sich mit einem Ruck um und sah dem Henker ins Gesicht.

Der Henker war John Bennett.

Vater und Sohn, Henker und Verurteilter, standen einander gegenüber. Mit fast unhörbarer Stimme hauchte John Bennett das Wort: »Ray!«

Ray nickte. Es war seltsam, daß in diesem Moment seine Gedanken zu den geheimnisvollen Fahrten seines Vaters zurückstreiften. Er entsann sich des Hasses, den dieser gegen seinen Beruf gehegt hatte, in den ihn Umstände gedrängt hatten.

»Ray!« hauchte der Mann nochmals.

»Kennen Sie diesen Mann?« Es war der Direktor, der so fragte, und seine Stimme zitterte vor Erregung.

John Bennett wendete sich ihm zu.

»Er ist mein Sohn«, sagte er und zog an den Fesseln, um sie zu lösen.

»Bennett, Sie müssen das Urteil vollstrecken!« Nun klang die Stimme fest und schrecklich.

»Vollstrecken? Meinen eigenen Sohn umbringen? Sind Sie wahnsinnig? Halten Sie mich für wahnsinnig?« Er schloß Ray in die Arme und drückte sein Gesicht fest gegen dessen bärtige Wange.

»Mein Junge! Mein Junge!« sagte er und strich ihm das Haar zurück, wie er es in Rays Kindheit getan hatte. Dann riß er sich plötzlich zusammen, stieß den Jungen durch die offene Tür in die Todeskammer, folgte ihm, schlug die Tür zu und verriegelte sie.

Ray sah das baumelnde gelbe Seil, das Zeichen auf der Falltür, und taumelte bebend gegen die Mauer, die Augen geschlossen.

Dann zerhieb John Bennett das Seil, zerhieb es, daß die Stücke zu Boden fielen. Es gab einen Krach, die Falltüren öffneten sich, und in die gähnende Öffnung schleuderte er das abgeschnittene Seil. Ray starrte ihn fassungslos an. Und während die Schläge gegen die Tür donnerten, kam der Alte auf ihn zu, nahm sein Gesicht in die Hände und küßte ihn.

»Kannst du mir vergeben, Ray?« fragte er gebrochen. »Ich mußte es tun. Ich verhungerte beinahe, bevor ich mich dazu hergab. Ich war gerade aus einer medizinischen Schule gekommen, und die Sache schien mir nicht so schrecklich. Ich versuchte alle möglichen Berufe, um Geld zu verdienen, und lebte mein ganzes Leben in Angst, daß jemand mit dem Finger auf mich zeigen und sagen würde: »Da geht Ben, der Scharfrichter!«

»Ben, der Scharfrichter?« fragte Ray verwundert. »Du bist Ben?«

Der Alte nickte.

»Kommen Sie heraus, Ben. Ich gebe Ihnen mein Ehrenwort, daß ich die Hinrichtung auf morgen verschieben werde. Ihr könnt nicht hierbleiben!«

John Bennett sah auf das abgeschnittene Seil. Die Hinrichtung konnte nicht ausgeführt werden, denn es gab eine Vorschrift, die verlangte, daß ein völlig ungebrauchtes Seil vom Polizeidirektionsgefängnis geliefert werden mußte. Die gesamte Ausrüstung der Hinrichtung, bis auf das Stück Kreide, mit dem das T auf die Klappe gezeichnet wurde, auf das der Mann seine Füße stellen sollte, mußte genauestens aus dem Hauptgefängnis gebracht und ebenso genau zurückgestellt werden.

John Bennett zog den Riegel zurück und trat hinaus.

Die Gesichter der Leute in der Gefangenenzelle waren geisterbleich.

Der Gefängnisarzt schien zusammengeschrumpft, der Sheriff saß auf dem Bett und hatte das Gesicht in den Händen verborgen.

»Ich werde nach London telegraphieren und die Umstände mitteilen«, sagte der Direktor. »Ich verdamme Sie Ihrer Handlungsweise wegen nicht, Ben, es wäre ungeheuerlich, zu erwarten, daß Sie das vermocht hätten!« Ein Wärter kam den Gang herabgerannt. Hinter ihm hinkte ein barhäuptiger, staubbedeckter Mann, mit zerkratztem Gesicht, über das vertrocknete Blutstreifen hinliefen, die Augen rotgeschwollen vor Müdigkeit. Eine Minute lang erkannte ihn John Bennett nicht.

»Aufschub von des Königs eigener Hand«, stammelte Dick Gordon schwankend und überreichte das blutbefleckte Kuvert dem Direktor.

39

Während des ganzen Tages lag Ella Bennett halb wachend, halb im Schlaf. Sie erinnerte sich später, daß der Arzt gekommen war und sie auf Elks flehentliche Bitte das zubereitete Getränk zu sich genommen hatte. Und obgleich sie vermutete, was es war, und sich dagegen wehrte, den milchweißen Trank einzuschlürfen, hatte sie schließlich nachgegeben. Sie war durch den innerlichen Kampf, den sie geführt hatte, um ihren gesunden Verstand zu bewahren, völlig erschöpft.

Als ihr Bewußtsein zurückzukehren begann, fühlte sie, daß sie in einem Bett lag und daß jemand ihr die Schuhe ausgezogen und ihr Haar gelöst hatte. Es kostete sie eine entsetzliche Anstrengung, die Augen zu öffnen, und sie sah, daß eine Frau am

Fenster saß und las. Das Zimmer war sichtlich das eines Mannes und roch schwach nach Rauch.

»Dicks Bett!« murmelte sie. Die Frau legte ihr Buch hin und stand auf.

Ella sah sie verwundert an. Warum trug sie nur die weiße Haube um ihr Haar und die blaue Jacke mit den weißen Manschetten? Ach, natürlich, sie war eine Pflegerin. Zufrieden, dieses Problem gelöst zu haben, schloß Ella die Augen und verlor sich wieder in das Land der Träume.

Sie erwachte nochmals. Die Frau war noch da, aber diesmal war Ellas Geist völlig klar.

»Wie spät ist es?« fragte sie.

Die Pflegerin kam mit einem Glas Wasser zu ihr, das Ella gierig trank.

»Es ist sieben Uhr«, sagte sie.

»Sieben?« Ella schauderte und versuchte, mit einem Aufschrei aufzustehen. »Es ist Abend!« stammelte sie.

»Was ist geschehen?« fragte sie dann.

»Ihr Vater ist unten, Fräulein«, sagte die Pflegerin, »ich werde ihn rufen.«

»Vater ist hier?« Sie runzelte die Brauen.

»Herr Gordon ist auch unten und Herr Johnson!«

Die Frau führte getreulich die Instruktionen, die man ihr gegeben hatte, aus.

»Sonst niemand?« fragte Ella flüsternd.

»Nein, Fräulein, der andere Herr kommt erst morgen oder übermorgen.«

Mit einem Schluchzen vergrub das Mädchen das Gesicht in die Kissen.

»Sie sagen mir nicht die Wahrheit!«

»O doch!« sagte die Frau, und etwas in ihrem Lachen ließ Ella aufblicken.

Die Pflegerin ging aus dem Zimmer, und nach einer Weile öffnete sich die Tür und John Bennett kam herein. Da lag sie auch schon in seinen Armen und schluchzte vor Freude.

»Ist es wahr! Ist es wirklich wahr, Papa?«

»Ja, mein Herz, es ist wahr!« sagte Bennett. »Ray wird morgen hier sein. Es sind noch einige Formalitäten zu erledigen. Sie können seine Befreiung nicht sofort erwirken, wie man das in Romanen liest. Wir sprechen gerade über seine Zukunft. Ach, mein armes Mädel!«

»Wann hast du es erfahren, Vater?«

»Heute morgen«, sagte er ruhig.

»Hat es dich nicht entsetzlich geschmerzt?« fragte sie.

Er nickte. »Johnson möchte Ray die Führung der Vereinigten Maitlands übergeben«, sagte er. »Das wäre etwas Herrliches für Ray. – Ella, unser Junge hat sich sehr verändert.«

»Hast du ihn gesehen?« fragte sie überrascht.

»Ja, heute morgen.«

Es kam Ella ganz natürlich vor, daß der Vater ihn gesehen hatte, und sie dachte auch gar nicht daran, wie es ihm wohl gelungen war, in das eifrig behütete Gefängnis zu gelangen.

»Ich glaube aber nicht, daß Ray Johnsons Anerbieten annehmen wird«, sagte der Vater. »Wenn ich ihn recht verstehe, so wird er es gewiß nicht tun. Er wird jetzt keine ihm fertig angebotene Stellung annehmen wollen, sondern sich lieber selbst emporarbeiten. Ella, er kommt wieder zu uns.«

»Papa, wenn Ray wieder zurückkommt«, sagte sie nach einem langen Schweigen, »würde es dir dann möglich sein, deine Beschäftigung, die du doch so hassest, aufzugeben?«

»Ich habe sie schon aufgegeben, Liebling«, erwiderte er ruhig. »Nie wieder! Niemals wieder! Gott sei gedankt!«

Sie sah sein Gesicht nicht, aber sie fühlte den Schauer, der durch des Vaters Gestalt rann.

Das Arbeitszimmer lag voller Rauchwolken. Dick Gordon, dessen Kopf ganz bandagiert, und dessen hübsches Gesicht ein wenig durch drei Querkratzer verunziert war, saß in seinem Schlafrock und Pantoffeln, eine Shagpfeife zwischen den Zähnen wie ein Bild der etwas mitgenommenen Zufriedenheit da.

»Sehr nett von Ihnen, Johnson«, sagte er. »Ob Ray wohl Ihr Anerbieten annehmen wird? Glauben Sie es ehrlich, daß er befähigt ist, als Direktor eines so ungeheuren Unternehmens zu fungieren?«

Johnson sah zweifelnd drein. »Bei Maitland war er bloß Angestellter, aber man hat vielleicht keine Ahnung von seinen administrativen Qualitäten.«

»Sind Sie nicht fast ein bißchen zu großmütig gegen ihn?«

»Das weiß ich nicht. Vielleicht«, sagte Johnson. »Ich möchte ihm natürlich gern helfen. Es sind ja auch noch andere, weniger wichtige Stellungen da, und vielleicht würde Ray, wie Sie sagen, nicht einmal einen so verantwortlichen Platz einnehmen wollen.«

»Sicherlich nicht«, sagte Dick entschieden.

»Mir scheint«, sagte Elk, »das schwierigste ist, daß wir den Jungen ganz aus den Klauen der Frösche befreien. Einmal ein Frosch, allzeit ein Frosch! Und dieser alte Herr Nummer Eins ist nicht derjenige, der mit den Händen im Schoß dasitzt und seine Niederlage wie ein kleiner Edelmann aufnimmt. Heute früh hatten wir einen Beweis dafür. Johnson wurde in Ihrer Straße angeschossen.«

Dick nahm die Pfeife aus dem Mund und sandte eine blaue Rauchwolke in den Nebel, der über dem Raum lag.

»Der Frosch hat ausgespielt«, sagte er. »Die einzige Frage ist nur die, was der beste und wirksamste Weg ist, ein Ende mit ihm zu machen. Balder ist gefangen, Hagn im Kerker. Lew Brady, einer der hilfreichsten Agenten, ist tot, nur Lola . . .«

»Lola ist fort!« sagte Elk. »Heute morgen hat sie sich nach den Vereinigten Staaten eingeschifft, und Joshua Broad war es, der ihr die Überfahrt ermöglichte. Es bleibt also nur noch der Frosch selbst übrig und die Organisation, die er leitet. Fängt man ihn, so ist es mit der ganzen Bande zu Ende.«

In diesem Moment kam John Bennett zurück, und das Gespräch nahm eine andere Wendung. Wenig später verabschiedete sich Johnson.

»Sie haben Ella doch nichts gesagt, Herr Bennett?« fragte Dick.

»Über mich? Nein! Ist es nötig?«

»Ich glaube nicht«, sagte Dick ruhig, »lassen Sie dies Ihr eigenes und Rays Geheimnis bleiben. Mir selbst war es schon lange Zeit bekannt. An dem Tag, an dem Elk mir erzählte, daß er Sie auf dem Kings-Cross-Bahnhof getroffen hat und daß ein Einbruch verübt worden ist, habe ich erfahren, daß man einen Mann im Gefängnis von York hingerichtet hat. Ich nahm mir die Mühe, in den Spalten der Zeitungen nachzusehen, und fand heraus, daß Ihre Abwesenheit tatsächlich, wie Elk behauptete, immer mit Einbruchsdiebstählen zusammentraf. Aber es werden im Lauf eines Jahres so viele Einbrüche in England verübt, daß es nur merkwürdig gewesen wäre, wenn sich dieses Zusammentreffen nicht ereignet hätte. Es gab aber auch noch andere Zufälle. An dem Tag, an dem der Mord in Ibbley Copse verübt wurde, waren Sie in Gloucester. Und an dem gleichen Tag wurde Walbsen, der Mörder von Hereford, hingerichtet.«

John Bennett senkte den Kopf. »Sie haben es gewußt und dennoch . . .« Er zögerte.

Dick nickte.

»Ich kannte das Scheitern all Ihrer Pläne, das Sie in Ihren schrecklichen Beruf getrieben hat«, sagte er freundlich. »Mir erscheinen Sie als ein Vollstrecker des Gesetzes – nicht mehr oder minder schrecklich als ich selbst, der ich so viel dazu beigetragen habe, Menschen aufs Schafott zu bringen. Sie sind nicht unreiner als der Richter, der aburteilt und der das Todesurteil unterschreibt. Wir alle sind nur Instrumente der Ordnung.«

Ella und ihr Vater blieben in jener Nacht in Harley Terrace und fuhren am Morgen nach Paddington-Station, um Ray dort zu treffen. Weder Elk noch Dick begleiteten sie.

»Aber es kommt mir sehr auffallend vor«, sagte Elk, »daß weder Sie noch ich Bennett kannten.«

»Wie sollten wir auch?« sagte Dick. »Weder Sie noch ich pflegen Hinrichtungen beizuwohnen, und die Person des Scharfrichters bleibt für gewöhnlich unbekannt. Nur wenn er vorzieht, von sich reden zu machen, genießt er eine zweifelhafte Berühmtheit. Bennett aber scheute vor der Öffentlichkeit zurück und vermied sogar die Bahnhöfe der Städte, in denen Exekutionen stattfanden. Er stieg gewöhnlich in einem abseits gelegenen Dorf aus und marschierte zu Fuß in die Stadt. Der Hauptwärter in Gloucester sagte mir, daß er immer erst um Mitternacht in das Gefängnis kam. Niemand hat ihn je kommen oder gehen sehen.«

»Der alte Maitland muß ihn aber erkannt haben.«

»Der wohl«, nickte Dick, »Maitland war eine Zeitlang im Kerker, und es ist möglich, daß besonders bevorzugte Gefangene den Scharfrichter sehen konnten. Unter ›bevorzugten Gefangenen‹ verstehe ich Leute, die wegen ihres guten Betragens sich im Gefängnis frei bewegen dürfen. Maitland hat Ella doch erzählt, daß er ›im Loch‹ war. Und das ist sicherlich die richtige Erklärung dafür. Alle offiziellen Briefe für Bennett kamen nach Dorking, wo er ein Zimmer fürs ganze Jahr gemietet hatte. Seine geheimnisvollen Reisen in die Stadt schienen den Leuten nicht geheimnisvoll, die ihn weder dem Aussehen noch dem Namen nach kannten.«

Zu Elks Überraschung war, als er abends Harley Terrace aufsuchte, Dick nicht anwesend. Der Diener meldete, daß der Herr ein wenig geschlafen und sich umgekleidet hätte. Dann sei er ausgegangen, ohne Botschaft zu hinterlassen. Dick pflegte in der Regel nicht auf einsame Spaziergänge auszugehen, und Elk dachte zuerst, er wäre nach Horsham gefahren. Elk dachte sehnsüchtig an sein eigenes bequemes Bett, aber er wollte sich nicht zurückziehen, bevor er nicht seinen Vorgesetzten gesprochen hatte. So machte er es sich im Arbeitszimmer bequem und war fest eingeschlafen, als ihn jemand leise an der Schulter rüttelte. Er schlug die Augen auf und sah Dick vor sich stehen.

»Hallo«, sagte er, »wollen Sie die ganze Nacht aufbleiben?«

»Mein Auto steht vor der Tür«, sagte Dick, »nehmen Sie Ihren Überrock, wir fahren nach Horsham.«

Elk gähnte die Uhr an. »Sie wird jetzt an ihr Bettchen denken«, protestierte er.

»Hoffentlich!« sagte Dick. »Aber ich habe meine Befürchtungen. Um neun Uhr abends hat man den Frosch auf der Straße nach Horsham gesehen.«

Jetzt war Elk vollkommen wach. »Woher wissen Sie das?« fragte er.

»Ich habe ihn den ganzen Abend beobachtet«, sagte Dick, »aber er ist mir entkommen.«

»Sie haben den Frosch beobachtet?« wiederholte Elk langsam. »Ja, kennen Sie ihn denn?«

»Ich kenne ihn schon seit einem Monat«, sagte Dick. »Nehmen Sie Ihren Revolver mit!«

40

Es gibt eine Glückseligkeit, die mit keiner anderen im Leben zu vergleichen ist, und das ist jene, die uns überkommt, wenn einer unserer Lieben uns nach Gefahren wiedergegeben ist. Ray Bennett saß neben seinem Vater und war glücklich, all diese Liebe und Zärtlichkeit zu genießen. Es schien ihm wie ein Traum, daß er wieder in diesem gemütlichen Wohnzimmer mit seinen Kretonvorhängen, seinem schwachen Lavendelduft, seinem großen Kamin, seinen bleigefaßten Fenstern saß und Ella vor sich sah.

Der Regensturm, der an die Fensterscheiben prasselte, verlieh der Behaglichkeit und dem Frieden seines Daheims noch gesteigerte Wirkung. Von Zeit zu Zeit betastete er wie abwesend sein rasiertes Gesicht. Es war ihm dies der sicherste Beweis, daß er wach war und seine Eindrücke der Welt der Wirklichkeit angehörten. »Hol deinen Stuhl heran, Junge«, sagte Bennett, als Ella mit der dampfenden Teekanne ins Zimmer kam. Ray erhob sich gehorsam und stellte seinen Windsorsessel dorthin, wo er immer gestanden, zur rechten Hand seines Vaters.

John Bennett saß bei Tisch und beugte das Haupt. Das alte Tischgebet erklang, das der Vater jahrelang gebetet hatte und das Ray in vergangener Zeit stets mit heimlichem Spott bedachte. Nun aber schien es ihm von schöner Bedeutung erfüllt, die ihm das Herz zusammenschnürte.

»Für all die Segnungen, die wir heute erfahren haben, mache der Herr uns wahrhaft dankbar.«

Es war eine wundervolle Mahlzeit. Viel wunderbarer als jene, die er im Herons-Klub oder in jenen teueren Restaurants genossen hatte, die Lola so liebte. Er legte Messer und Gabel nieder und lehnte sich mit glücklichem Lächeln zurück.

»Zu Hause!« sagte er einfach. Und sein Vater faßte unter dem Schutze des Tischtuches seine Hand und drückte sie so fest, daß es den Jungen fast schmerzte.

»Ray, man möchte dir die Direktorstelle bei Maitlands geben. Johnson trägt sie dir an. Was denkst du darüber, mein Sohn?«

Ray schüttelte den Kopf.

»Ich bin ebensowenig geeignet, das Geschäft der Vereinigten Maitlands zu führen, wie ich Präsident der Bank von England sein könnte«, sagte er mit einem kleinen Lachen. »Nein, Papa, meine Erwartungen sind heute nicht mehr so übertrieben wie früher. Ich glaube, ich könnte mir einen ganz schönen Lebensunterhalt mit dem Ausgraben von Kartoffeln verdienen. Ich würde es gern tun.«

Der Alte sah nachdenklich auf das Tischtuch.

»Ich, ich würde wohl dringend einen Assistenten bei meinen Aufnahmen brauchen, falls sie, wie Selinski sagt, weiterhin Erfolg haben werden. Inzwischen kannst du ja vielleicht Kartoffeln graben – wenn Ella erst verheiratet ist.«

»Ella soll heiraten? Wirklich, Ella?« Ray sprang auf das Mädchen zu und küßte es. »Aber der Vorfall mit mir wird dir doch nicht schaden?«

»Nein, mein Lieber«, sagte sie. »Jetzt nicht mehr.«

»Was willst du damit sagen?« fragte John Bennett, als er sah, wie Ellas Antlitz sich verdüsterte.

»Ich habe an etwas sehr Unangenehmes gedacht, Papa«, sagte sie und erzählte von dem schrecklichen Besuch.

»Was, der Frosch wollte dich heiraten?« fragte Ray atemlos. »Das ist ja unglaublich! Und hast du sein Gesicht gesehen?«

Sie schüttelte den Kopf.

»Er trug eine Maske«, sagte sie, »reden wir lieber nicht mehr darüber.

Sie stand rasch auf und begann abzuräumen, und zum erstenmal nach langer Zeit half Ray ihr dabei.

»Es ist eine schreckliche Nacht heute«, sagte sie, als sie aus der Küche zurückkam. »Der Wind hat das Fenster aufgerissen und die Lampen ausgeblasen. Und es regnet in Strömen herein.«

»Jetzt sind alle Nächte gute Nächte für mich«, sagte Ray, und es klang wie leises Schluchzen in seinem Lachen mit. Es war noch kein Wort über seine schreckliche Todespein gesprochen worden. Sie waren stillschweigend übereingekommen, daß dieses Erlebnis für immer in die Region der schlimmen Träume verwiesen bleiben sollte.

»Verriegle die Hintertür, Liebling«, sagte John Bennett und sah auf, als sie hinausging. Jeder der beiden Männer rauchte, mit seinen eigenen Gedanken beschäftigt. Und dann sprach Ray mit seinem Vater natürlich von Lola.

»Ich glaube nicht, daß sie schlecht war, Vater«, sagte er. »Sie konnte nicht ahnen, was mit mir geschehen sollte. Der Plan war so teuflisch ausgeklügelt, daß ich bis zu der Stunde, da ich von Gordon die wahre Geschichte erfuhr, der Meinung war, ich hätte Brady wirklich getötet.«

Bennett nickte.

»Ich habe immer gedacht«, fuhr Ray fort, »daß Maitland etwas mit den Fröschen zu tun haben müßte; ich erriet es zuerst, als er nach Herons-Klub gekommen war. Was beunruhigt dich, Vater?«

»Ella!« rief John Bennett. Es kam keine Antwort aus der Küche.

»Ich möchte nicht, daß sie allein draußen bleibt und das Geschirr abwäscht, ruf sie herein, Ray.«

Ray stand auf und öffnete die Tür. Die Küche war dunkel.

»Die Lampe, bring die Lampe, Vater!« rief er. Und John Bennett eilte ihm nach.

Die Küchentür war verschlossen, aber nicht verriegelt. Etwas Weißes lag davor auf dem Boden, und Ray bückte sich, um es aufzuheben. Es war ein abgerissenes Stück der Schürze, die Ella getragen hatte. Die zwei Männer sahen einander an, und Ray rannte in sein Zimmer und kam mit einer Windlaterne, die er anzündete, herunter.

»Vielleicht ist sie im Garten«, sagte Ray gepreßt, stieß die Tür auf und schrie in den Sturm hinaus.

Der Regen strömte erbarmungslos hernieder. Die Männer waren durch und durch naß, ehe sie noch ein paar Meter gegangen waren. Ray leuchtete mit der Laterne den Boden ab. In dem regenfeuchten Grund sah er Spuren vieler Tritte, und plötzlich erkannte er die von Ellas Fuß. Am Rand des Rasens verschwanden sie, aber gerade vor der Seitentür kamen sie wieder zum

Vorschein. Dieser Durchgang verband die Straße mit einer Wiese hinter Maytree Haus, und die Gartentür war gewöhnlich verschlossen. Ray sah als erstes die Spuren eines Autos, dann sah er, daß das Tor offenstand. Er rannte hinaus und sah, daß die Spuren nach rechts wiesen.

»Wir wollen vielleicht den Garten durchsuchen, um ganz sicherzugehen, Vater«, sagte er. »Ich werde einige von den Nachbarn herausrufen und um Hilfe bitten.« Als er dies getan hatte, hatte John Bennett den Garten bereits durchsucht, ohne eine Spur von Ella zu finden.

»Fahr in die Stadt und telefoniere Gordon!« sagte er. Und seine Stimme war eigentümlich ruhig.

Nach einer Viertelstunde sprang Ray vor der Tür von seinem alten Fahrrad ab, um dem Vater die ernste Neuigkeit mitzuteilen.

»Die Telefonlinie ist zerschnitten«, sagte er gepreßt.

»Aber ich habe ein Auto bestellt, das von der Garage kommen wird. Wir wollen versuchen, den Spuren zu folgen.«

Das Mietauto kam gerade an, als auch schon die Scheinwerfer von Dicks Auto in Sicht waren.

Gordon sah ihre Gesichter und war auf das Schlimmste gefaßt, noch ehe er heraussprang. Es folgte eine kurze, sachliche Besprechung. Dick ging rasch durch die Küche und den Spuren nach, die auf die Straße führten, und dort sahen sie schon Elk, der gebückt den Boden mit einer elektrischen Taschenlampe langsam und methodisch absuchte.

»Hier ist noch eine schmale Radspur«, sagte er. »Aber zu schwer für ein Fahrrad und zu leicht für ein Auto. Sieht wie ein Motorrad aus!«

Dick sandte Ray und den Vater ins Haus und bestand darauf, daß sie sich umkleideten, bevor sie weitere Schritte unternahmen. Sie kamen in Regenmäntel gehüllt heraus und sprangen in den gelben Rolls, der sich sogleich in Bewegung setzte. Die Spuren blieben auf der Strecke von fünf Meilen hinaus sichtbar, dann fuhren sie durch ein Dorf. Der Schutzmann hatte vor ganz kurzer Zeit einen Wagen und einen Motorradfahrer durchkommen sehen.

»Fuhr der Motorradfahrer direkt hinter dem Wagen?« fragte Elk.

»Nein, er folgte ihm in einem Abstand von etwa hundert Metern«, sagte der Polizist. »Ich wollte ihn aufschreiben, weil sein Licht nicht brannte, aber er kümmerte sich nicht um mich.«

Sie legten eine neue Meile zurück, aber da kamen sie auf die harte Oberfläche einer frisch geteerten Straße, und hier verloren sie die Spur. Noch eine Meile weiter kamen sie zu einem Punkt, wo drei Wege abzweigten. Zwei davon waren geteert und zeigten keine Radspuren. Auch der dritte nicht, obwohl dessen Oberfläche weich war.

»Es muß also einer von diesen beiden Wegen sein«, sagte Dick. »Wir wollen die rechte Straße probieren.«

Sie war geteert, bis sie das nächste Dorf erreichten. Aber der Nachtwächter schüttelte den Kopf, als Dick ihn befragte.

»Nein, Herr, seit zwei Stunden ist kein Auto durchgekommen.«

»Wir müssen zurückfahren!« sagte Dick, Verzweiflung im Herzen. Das Auto wendete und flog mit größter Geschwindigkeit zu dem Straßenknotenpunkt zurück. Hier fuhren sie nun auf der neuen Straße weiter und waren noch nicht lange gefahren, als Dick das rote Hecklicht eines vor ihnen haltenden Autos erblickte und heraussprang. Seine Hoffnungen jedoch sollten sich nicht erfüllen.

Das Auto war nicht das, das sie suchten. Es hatte an der Straßenseite eine Panne erlitten, aber der beschmutzte Fahrer konnte ihnen doch wertvolle Fingerzeige geben.

Vor dreiviertel Stunden war ein Wagen vorbeigerast. Er beschrieb ihn ganz genau, ja, er war sogar imstande gewesen, die Fabrikmarke festzustellen. Der Motorradfahrer war gefolgt, sein Rad war eine Red Indian.

»Wie weit fuhr er hinter dem Auto?«

»Gute hundert Meter, möchte ich sagen«, war die Antwort.

Von nun an bekamen sie häufige Mitteilungen über das Auto, aber im nächsten Dorf hatte man den Motorradfahrer nicht mehr gesehen, und auch in den folgenden Orten, die das fremde Auto passiert hatte, erfuhren sie nichts mehr von ihm.

Mitternacht war vorbei, als sie endlich das Auto, dem sie nachjagten, antrafen. Es stand außerhalb einer Garage auf der Straße nach Shoreham, und Elk war der erste, der es erreichte. In der Garage selbst war der Besitzer beschäftigt, Platz für diesen letzten Gast zu machen. Das Auto war leer und ohne Fahrer.

»Ja, Herr, vor einer Viertelstunde«, sagte er, als Elk sich legitimiert hatte. »Der Chauffeur sagte, er wollte sich in der Stadt nach einem Quartier umschauen.«

Mit Hilfe einer starken elektrischen Lampe durchsuchten sie das Innere des Wagens. Es blieb kein Zweifel, daß Ella dessen Insasse gewesen war. Eine kleine Elfenbeinbrosche, die John Bennett ihr zum Geburtstagsgeschenk gemacht hatte, wurde in einer Ecke zerbrochen am Boden gefunden.

»Es hat gar keinen Sinn, nach dem Chauffeur zu suchen«, sagte Elk. »Unsere einzige Chance wäre, wenn er in die Garage zurückkommen würde.«

Die Lokalpolizei wurde zur Besprechung herbeigerufen.

»Es ist ein sehr großer Ort«, sagte der Polizeichef. »Wenn der Chauffeur einer Diebesbande angehört, so ist es sehr wahrscheinlich, daß Sie ihn gar nicht finden und er des Autos wegen nicht mehr zurückkommen wird.«

Etwas aber erschien Dick noch rätselhafter als alles andere. Es war dies das Verschwinden des Motorradfahrers. Wenn es wahr war, daß er immer in der Distanz von hundert Metern hinter dem Auto hergefahren und zwischen zwei Dörfern abgestiegen war, so hätten sie ihn passieren müssen.

»Wir sollten lieber zurückfahren«, sagte Elk. »Es ist fast sicher, daß man mit Fräulein Bennett irgendwo auf der Straße ausgestiegen ist. Der Motorradfahrer ist jetzt unser einziger Anhaltspunkt, denn offenbar ist sie mit ihm gewesen. Und es war entweder der Frosch oder einer seiner Leute.«

»Sie sind zwischen Shoreham und Morby verschwunden«, sagte Dick. »Sie kennen doch die Gegend hier, Bennett? Gibt es hier einen Ort in der Umgebung von Morby, zu dem sie hätten hinfahren können?«

»Ich kenne die Gegend«, stimmte Bennett zu, »es liegen noch ein paar Häuser außerhalb Morbys. Natürlich, es könnte auch

Morby-Feld sein! Aber ich kann mir wirklich nicht denken, daß man Ella dorthin gebracht haben soll.«

»Was ist Morby-Feld?« fragte Dick, als das Auto langsam den Weg, den es eben gekommen war, zurückfuhr.

»Morby-Feld ist ein unbenützter Steinbruch. Die Gesellschaft hat vor ein paar Jahren liquidiert«, erwiderte Bennett. Sie fuhren im Schneckentempo durch Morby und hielten vor dem Haus der Ortspolizei, um vielleicht etwas Neues zu erfahren, das in ihrer Abwesenheit vorgefallen sein mochte. Aber es gab nichts Neues. »Sind Sie absolut sicher, daß Sie den Motorradfahrer nicht gesehen haben?«

»Absolut!« sagte der Mann. »Das Auto fuhr so nahe an mir vorbei, wie Sie jetzt halten. Ich mußte tatsächlich auf den Gehsteig treten, um nicht mit Kot bespritzt zu werden. Ich hatte sogar den Eindruck, daß das Auto leer war.«

»Warum waren Sie dieser Meinung?« fragte Elk rasch.

»Erstens fuhr es sehr leicht, und zweitens rauchte der Chauffeur. Ich verbinde immer rauchende Chauffeure mit einem leeren Auto.«

»Mein Sohn«, sagte der bewundernde Elk, »in dir liegen Möglichkeiten verborgen!« Und der Nachwuchs für die Polizeidirektion wurde notiert.

»Ich möchte diesem Dorfpolizisten beistimmen«, sagte Dick, als sie zu ihrem Rolls zurückgingen. »Der Wagen war leer, als sie hier durchkamen, und das erklärt auch das Fehlen des Motorradfahrers. Wir müssen zwischen Morby und Wellan suchen.«

Nun bewegten sie sich mit der Langsamkeit von Fußgängern weiter. Die Scheinwerfer wurden so eingestellt, daß man den Graben und die Hecke auf beiden Seiten der Straße beleuchtete. Sie waren noch nicht fünfhundert Meter gefahren, als Elk: »Halt!« brüllte und hinaussprang. Nach ein paar Minuten rief er Dick zu sich. Die drei Männer eilten dem Detektiv entgegen, der vor einem großen roten Motorrad stand, das sich unter dem Schutz einer verfallenen Steinmauer verbarg. Sie waren, ohne es zu sehen, daran vorbeigefahren, denn es stand auf der anderen Seite der Mauer, und nur ein Lichtreflex auf der Lenkstange hatte zu seiner Entdeckung geführt. Dick rannte nach dem Auto und stellte die Scheinwerfer so ein, daß sie das Rad hell beleuchteten.

Es war fast neu, über und über mit Kot bespritzt, und die Lampe fühlte sich kalt an. Elk hatte eine Eingebung. An der Rückseite des Sitzes war ein schwerer Werkzeugbeutel mittels eines festen Lederriemens angebracht, und diesen schnürte er auf.

»Wenn es eine neue Maschine ist, so hat der Fabrikant den Namen und die Adresse des Besitzers in den Beutel eingeschrieben«, sagte er.

Sie nahmen den Beutel ab. Elk löste den letzten Riemen und schlug die Klappe zurück.

»Du großer Moses!« sagte Elk.

Auf dem rohen Leder zeigte sich die säuberlich gemalte Inschrift: »Joshua Broad, Caverley Haus, Cavendish Square.«

41

Ellas erster Eindruck, als sie in die Küche kam, war der, daß das auf einer Leine unter der hohen Decke zum Trocknen aufgehängte Tischtuch herabgefallen war.

Mit überraschender Plötzlichkeit wurde sie von rückwärts her in die Falten des schweren feuchten Tuches eingehüllt. Ein Arm preßte sich um sie, eine Hand bedeckte ihren Mund und drückte ihren Kopf nach unten. Sie versuchte zu schreien, aber sie brachte keinen Ton hervor. Sie stieß mit dem Fuß gegen die Tür, doch ein eiserner Arm legte sich um ihre Knie. Sie hörte einen Ton wie von zerreißendem Stoff, und ihre Gelenke wurden zusammengebunden. An dem eiskalten Luftzug spürte sie, daß die Tür geöffnet wurde, und in der nächsten Sekunde war sie im Garten.

»Geh!« zischte eine Stimme, und sie fühlte, daß ihre Füße jetzt wieder befreit wurden. Sie vermochte nichts zu sehen, sie fühlte nur, daß der Regen auf das Tuch, das ihren Kopf bedeckte, herniederströmte und daß es vom Wind mit aller Kraft ihr ins Gesicht geweht wurde. Der Wind blies es ihr so eng um Mund und Nase, daß sie kaum zu atmen vermochte. Erst als sie die Füße in dem feuchten Straßenkot versinken fühlte, wußte sie, daß sie in der kleinen Allee neben dem Haus war. Und als sie dies erkannte, fühlte sie sich auch schon erfaßt und in ein Auto gehoben. Sie hörte, wie jemand den Platz neben ihr einnahm und der Wagen ansprang. Dann löste eine geschickte Hand das Tuch von ihrem Kopf. Auf einem der beiden Vordersitze saß eine dunkle Gestalt, deren Gesicht sie nicht zu erkennen vermochte.

»Was wollen Sie, wer sind Sie?« fragte sie. Aber lange bevor die Stimme des Mannes an ihre Ohren klang, hatte sie schon gewußt, daß sie in der Gewalt des Frosches war.

»Ich will dir noch eine letzte Chance geben«, sagte er. »Nach dieser Nacht ist die Frist zu Ende.«

Sie beherrschte mit Anstrengung das Zittern ihrer Stimme und fragte: »Was wollen Sie von mir?«

»Du wirst dich verpflichten, mich zu heiraten und das Land am Morgen mit mir zu verlassen. Ich habe solches Zutrauen zu dir, daß ich mich mit deinem Wort zufrieden gebe.«

Sie schüttelte heftig den Kopf, bis ihr zum Bewußtsein kam, daß er sie in der Finsternis des Wagens ja nicht zu sehen vermochte. Erst dann sprach sie.

»Das werde ich nie tun«, antwortete sie ruhig. Und es wurde während der ganzen Fahrt kein anderes Wort mehr gesprochen. Einmal flüsterte der Mann mit der Maske, sie sah trotz der zugezogenen Vorhänge den Reflex seiner Glimmerbrille, als das Auto durch eine Dorfstraße fuhr, einen Befehl, und der Mann, der neben ihr saß, spähte durch das rückwärtige Fenster.

»Nichts!« sagte er.

Es wurde ihr keine Gewalt angetan. Sie wurde nicht gehindert oder gebunden, aber sie wußte wohl, daß es vollkommen aussichtslos war, an Flucht auch nur zu denken.

Nun fuhren sie in verlangsamtem Tempo dahin, und das Auto blieb stehen. Die Insassen sprangen heraus, und sie verließ als letzte den Wagen. Ein Mann faßte ihren Arm und zog sie durch die Lücke einer Hecke auf ein gepflügtes Feld, wie ihr schien.

Der andere kam nach und brachte einen Regenmantel, in den er ihr hineinhalf. Der Regen strömte herab und trommelte auf die ölgetränkten Mäntel. Der Frosch ging voraus, ohne sich ein einziges Mal umzusehen. Sie glitt oft aus und wäre gefallen, hätte sie der Arm des Begleiters nicht so fest gehalten.

»Wohin führen Sie mich?« fragte sie endlich. Es kam keine Antwort. Sie überlegte, ob sie sich nicht losmachen konnte, um in der herrschenden Finsternis zu entfliehen. Gerade als ihr dieser Gedanke kam, sah sie einen Schimmer von Wasser zu ihrer Rechten, einen runden, gespenstisch bleichen Fleck.

»Das ist ja Morby-Feld«, sagte sie, denn nun hatte sie den Ort erkannt. »Sie bringen mich zum Steinbruch!«

Wieder keine Antwort. Unaufhörlich marschierten sie weiter, bis sie wußte, daß man in nicht zu großer Entfernung vom Steinbruch selbst angelangt war. Sie hätte gern erfahren, welches Schicksal ihrer wartete, wenn sie den Frosch bis zum Ende zurückweisen würde, wie sie es zu tun gedachte. Wollte dieser furchtbare Mensch sie töten?

»Warte!« sagte der Frosch plötzlich und verschwand im Finstern. Dann sah sie ein Licht, das aus einem kleinen Holzhaus kam. Eigentlich waren es zwei Lichtflecken, ein langer und ein viereckiger. Ein Fenster und eine Tür. Das Fensterviereck verdunkelte sich sogleich, denn der Laden wurde geschlossen. Dann sah sie die Gestalt des Frosches mit dem abenteuerlichen Kopfschmuck wie eine höllische Silhouette in der Tür stehen.

»Komm!« befahl er, und sie ging wie hypnotisiert auf ihn zu. An der Tür der Hütte wollte sie zurückweichen, aber seine Hand erfaßte ihren Arm und hielt ihn fest.

Sie wurde in das Innere der Hütte hineingezogen, die Tür wurde zugeschlagen und verriegelt. Sie war mit dem Frosch allein. Ihre Neugierde war nun stärker als ihre Angst. Sie sah sich in dem kleinen Raum um. Er war ungefähr sechs Meter lang und vier Meter breit. Das Mobiliar war sehr einfach: ein Tisch, ein Bett, zwei Sessel, ein Kamin. Der hölzerne Fußboden war mit einem alten, schmutzigen Teppich bedeckt. An einer der Wände standen lange Glaszylinder, die eine opalene Substanz oder Flüssigkeit enthielten. Daneben sah sie zwei flache Kisten, deren Holz ganz neu schien.

Der Maskierte folgte ihrem Blick, und sie hörte ihn kichern.

»Gold!« sagte er. »Dein Gold, unser Gold. Es ist eine Million Pfund Sterling darin.«

Ella sah geblendet hin.

»Setz dich nieder«, sagte er. Er sprach rasch und geschäftsmäßig. Sie erwartete, als er sich ihr gegenübersetzte, daß er die Maske abnehmen würde. Aber sie wurde enttäuscht. Durch die Glimmerbrille sah sie, wie seine harten Augen sie beobachteten.

»Nun, Ella Bennett, willst du mich heiraten? Oder willst du lieber in ein willkommenes Nichts eingehen? Du verläßt diese Hütte als mein Weib oder als Leiche.« Er stand auf, ging zu den Glaszylindern und tippte mit dem Nagel daran. »Einen von diesen hier werde ich zerschlagen und meine Maske herunternehmen. Du wirst dann wenigstens die Genugtuung haben, sicher zu wissen, wer ich bin, bevor du stirbst!«

»Ich werde Sie nie heiraten!« sagte sie. »Niemals! Und wäre es aus keinem anderen Grund, als um Ihres elenden Komplotts gegen meinen Bruder willen.«

»Dein Bruder ist ein Narr«, sagte die hohle Stimme, »und er hätte diese Qualen nie durchmachen müssen, wenn du mir schon damals versprochen hättest, mich zu heiraten. Ich hatte einen Mann, einen Halbblödsinnigen, bereit, der gestanden hätte, daß er Lew Brady getötet hat, und ich hätte selbst das Risiko auf mich genommen, sein Geständnis zu unterstützen.«

»Ja, aber warum wollen Sie mich eigentlich heiraten?« fragte sie. Es klang banal, fast töricht, aber die Situation war so grotesk, daß sie kaltblütig und ohne innere Bewegung sprach.

»Weil ich dich liebe«, war die Antwort. »Ob ich dich so wie Gordon liebe, weiß ich nicht. Es kann ja wohl sein, daß du etwas bist, was ich nie besitzen darf und mir deshalb kostbarer erscheint als alles. Noch nie hat sich etwas meinem Wunsch verweigert.«

»Eher will ich den Tod willkommen heißen«, sagte sie rasch, und sie hörte wieder ein verhaltenes Kichern.

»Es gibt ärgere Dinge als den Tod für ein feinfühliges Mädchen«, sagte er bedeutungsvoll, »und du wirst erst sterben, wenn alles zu Ende ist.«

Er sah sie an, und etwas in seinen Augen ließ sie erstarren.

»Vielleicht wirst du nie mein Gesicht sehen«, sagte er und streckte die Hand nach der Petroleumlampe aus, die auf dem Tisch stand. Er drehte den Docht langsam tiefer.

Da wurde ein gedämpftes Klopfen an der Tür hörbar.

»Tapp, tapp, tapptapptapp, tapp.«

Der Frosch stand still, die Hand an der Lampe.

Das Klopfen wiederholte sich. Er drehte ein wenig das Licht auf und ging zur Tür. »Wer ist da?« fragte er.

»Hagn!« antwortete eine tiefe Stimme, und der Frosch trat erstaunt zurück. »Schnell, öffne!«

Der Frosch schob die schwere Eisenstange zurück, zog den Schlüssel aus der Tasche und schloß auf. »Hagn, wie bist du losgekommen?«

Die Tür wurde mit solcher Gewalt aufgestoßen, daß er gegen die Wand taumelte, und Ella stieß einen Freudenschrei aus.

Im Türrahmen stand ein Mann, barhaupt, in einem glänzenden Regenhautmantel. Es war Joshua Broad: »Zurück!«

Er sah sie nicht an, aber Ella wußte, daß die Worte an sie gerichtet waren und stand starr wie ein Steinbild in der Ecke. Broads Hände steckten in den Manteltaschen. Seine Augen hingen an der Maske.

»Harry«, sagte er gedämpft, »du weißt, was ich fordere.«

»Nimm, was dir gebührt!« schrie der Frosch. Zwei Schüsse erklangen gleichzeitig, und der Frosch taumelte gegen die Wand. Sein Fuß war nur ein paar Zoll von den Zylindern entfernt, und er erhob ihn. Aber Broad schoß noch einmal, und der Frosch fiel rücklings, sein Kopf schlug auf den Kamin auf. Er erhob sich noch einmal auf die Füße, fiel aber mit einem kleinen, erstickten Seufzer zurück, die Arme weit ausgebreitet.

Dann kam der Klang von Stimmen von draußen, das Geräusch von Tritten auf dem kotigen Weg, und John Bennett stürzte in die Hütte. Ella flog in seine Arme. Elk und Dick blieben in der Tür stehen.

»Meine Herren«, sagte Joshua Broad und trat den drei Männern entgegen, »ich rufe Sie zu Zeugen auf, daß ich diesen Mann aus Notwehr getötet habe. Es ist der Frosch! Sein Name ist Harry Lyme. Er ist ein englischer Sträfling.«

»Ich habe gewußt, daß es Harry Lyme ist«, sagte Elk.

Broad beugte sich hinab und fuhr mit der Hand unter die Weste des Mannes.

»Ja, er ist tot. Es tut mir leid, daß ich Sie Ihrer Beute beraubt habe, Herr Elk, aber es war Lebensnotwendigkeit, daß er von mir getötet wurde; denn einer von uns beiden mußte in dieser Nacht sterben.«

Elk kniete neben der stillen Gestalt nieder und begann, die scheußliche Gummimaske zu lösen.

»Hier wurde Genter getötet«, sagte Dick Gordon leise. »Sehen Sie dort das Glas?« Elk sah auf die Zylinder und nickte. Dann wanderten seine Augen zu dem barhäuptigen Amerikaner.

»Saul Morris, wie ich glaube?« sagte er. Und »Joshua Broad« nickte. Elk kratzte nachdenklich sein Kinn und blickte neuerdings auf die stille Gestalt zu seinen Füßen.

»Nun, Frosch, laß dir ins Gesicht sehen!« sagte er und riß die Maske ab. Er sah in das Gesicht des Philosophen Johnson.

42

Das Sonnenlicht strömte durch das Fenster von Maytree Haus; das Frühstücksgeschirr stand noch auf dem Tisch, als der Amerikaner mit der Erzählung seiner Geschichte begann.

»Mein Name ist, wie Sie, Herr Elk, richtig vermuteten, Saul Morris. Ich bin, vom moralischen Standpunkt betrachtet, ein Verbrecher, wenn ich mir auch seit den letzten zehn Jahren keinerlei kriminelle Vergehen habe zuschulden kommen lassen. Ich bin in Hertford in Connecticut geboren.

Ich will Sie nicht beleidigen, indem ich Ihre Sympathie für meinen Beruf erbitte. Ich bin ebenfalls mit leichten Fingern und großer Sehnsucht nach einem Reichtum, den ich nicht selbst verdiente, auf die Welt gekommen. Ich bin weder verdorben noch in Versuchung geführt worden, auch hatte ich keine schlechte Gesellschaft. Tatsächlich war meine Karriere ziemlich unähnlich der von anderen Verbrechern.

Ich studierte Bankdiebstähle, wie ein Arzt das Studium der

Anatomie betreibt, und erwarb eine erschöpfende Kenntnis der verschiedenen Safekonstruktionen. Als ich mich für meine Laufbahn entschlossen hatte, arbeitete ich fünf Jahre in der Fabrik des größten englischen Safemachers, in Wolverhampton. Ich kehrte im Alter von fünfundzwanzig Jahren nach Amerika zurück und schaffte mir eine Reihe von Einbruchswerkzeugen an, die mich ein paar tausend Dollar kosteten.

Mit ihnen erbrach ich, ganz allein, die Safekammr der Neunten Nationalbank, und dieser erste Versuch trug mir dreihunderttausend Dollar ein. Ich will Ihnen keine Liste meiner Einbrüche geben. Einige habe ich schon vergessen, andere sind zu unwichtig und enthalten zu viele Enttäuschungen, um auf Details einzugehen. Es genügt mir, zu sagen, daß außer diesen meinen Worten kein Beweis für meine Urheberschaft an ihnen existiert. Mein Name ist nur mit einem einzigen Raub in Verbindung gebracht worden, dem Einbruch in den Kassenraum der Mantania.

Im Jahre 1918 hörte ich, daß die Mantania vierundfünfzig Millionen Francs in Papiergeld nach Frankreich überführte. Das Geld war vorher einem hydraulischen Druck ausgesetzt worden, um den Umfang zu verkleinern, und war in zwei starke Holzkisten verpackt worden. In der einen Truhe befanden sich fünfunddreißig Pakete, in der zweiten zwanzig Pakete, jedes zu tausend Francs.

Das Schiff sollte einen französischen Hafen anlaufen, ich glaube, es war Havre, denn die Überseedampfer landeten damals noch nicht in Cherbourg. Zu dieser Zeit war der Diebstahl tatsächlich schon ausgeführt. Ich hatte Ersatzkisten von genau der gleichen Form im Kassenraum zurückgelassen, und alles schien in bester Ordnung, als wir zu meinem höchsten Mißvergnügen, während wir an der Küste von Irland entlangfuhren, ein Schraubenblatt verloren. Der Kapitän der Mantania entschloß sich, in Southampton zu landen, ohne den französischen Hafen zu berühren. Eine nachträgliche Veränderung des Planes wirkt auf einen Mann meines Berufes ebenso verwirrend, wie die Änderung des Schlachtplans mitten im Kampf auf den Offizier. Ich hatte bei dieser Gelegenheit einen Helfershelfer. Es war dies ein Mann, der später an Delirium tremens starb. Dieses Unternehmen war für einen Mann ganz allein doch zu groß angelegt, und ich hatte allen Grund, meinem Gehilfen zu vertrauen.«

»Harry Lyme?« fragte Elk.

»Joshua Braod« schüttelte den Kopf.

»Nein, Sie irren sich. Ich will seinen Namen nicht verraten, der Mann ist tot und war ein treuer und aufrichtiger Kamerad, obgleich er zum Trunk neigte – eine Schwäche, die ich nie geteilt habe. Die Fahrtänderung bedeutete nun für uns, daß wir einen Vorwand erfinden mußten, um überhaupt in Southamton an Land zu kommen. Und dies womöglich noch, bevor der Diebstahl entdeckt wurde. Aber es schien nicht eben wahrscheinlich, daß uns dies noch gelingen könnte.

Glücklicherweise herrschte Nebel, und wir mußten langsam die Küste entlangfahren. Falls Sie sich der Umstände noch erinnern können, so wissen Sie, daß die Mantania mit einem Schlepper, der nach Portsmouth fuhr, zusammenstieß. Und da kam die Möglichkeit für uns. Aus einem offenen Gang auf dem Deck, wo wir mit unserem Gepäck warteten, warf ich die beiden Koffer auf das Deck des Schleppers, und mein Freund und ich sprangen über. Wie ich schon sagte, herrschte dichter Nebel, und die Schiffsmannschaft des Schleppers entdeckte uns erst, als die Mantania sich schon von ihm losgelöst hatte. Obgleich die Geschichte, die wir dem Kapitän erzählten, höchst durchsichtig war, so glaubte er sie doch bereitwillig, als ich ihre Wahrscheinlichkeit durch einen Zwanzig-Dollar-Schein bekräftigte.

Wir landeten unter großen Schwierigkeiten spät am Abend in Portsmouth, wo es keine Zollinspektion gab, und bekamen unsere Koffer glücklich an Land. Wir gedachten, die Nacht in Portsmouth zu verbringen. Aber als wir das empfohlene Quartier aufgesucht hatten, gingen mein Freund und ich in ein kleines Gasthaus, um etwas zu trinken, und da erfuhren wir eine Nachricht, die uns Hals über Kopf wieder zu unserem Zimmer zurückkehren ließ. Wir vernahmen, daß der Einbruch schon entdeckt war und daß die Polizei nach zwei Leuten fahndete, die sich auf den Schlepper geflüchtet hatten. Da es der Kapitän des Schleppers selbst war, der uns das Quartier empfohlen hatte, so hatte ich wenig Hoffnung, zu entkommen.

Immerhin stürzten wir aus dem Haus, und als wir die Straße bei dem einen Ende verließen, kam die Polizei zu dem anderen Ende herein. Wir machten uns zu Fuß auf den Weg, und vor Tagesanbruch hatten wir einen Ort namens Eastleigh erreicht. Als wir in Eastleigh ankamen, ging mein Gefährte in die Stadt, um etwas zum Essen zu kaufen, und kam nicht mehr zurück.

Als ich mich auf die Suche nach ihm begab, fand ich ihn endlich betrunken auf der Straße liegen. Ich konnte nichts anderes beginnen, als ihn zurückzulassen. Die beiden Koffer waren jedoch viel zu schwer für mich, und ich mußte irgendeinen Ausweg suchen. Da gewahrte ich ein altes Haus, an dem eine Tafel mit der Ankündigung angebracht war, daß es zum Verkauf ausgeboten wurde. Ich kletterte über den Zaun, betrachtete alles auf das genaueste und fand, daß sich am Ende des verfallenen Gartens ein alter Brunnen befand, der mit verfaulten Planken bedeckt war. Ich konnte den leichteren meiner beiden Koffer in den Brunnen hinablassen und ihn mit herumliegendem Gerümpel bedecken. Hätte ich damals beide Truhen vergraben, so wäre mir mancherlei erspart geblieben. Aber es widerstrebte mir, alles, was ich mit solcher Mühe und Kühnheit erworben hatte, zurückzulassen. Ich notierte mir den Namen und die Adresse des Verkäufers, eines Advokaten in Winchester, nahm den zweiten Koffer mit mir, kaufte in Winchester einen neuen Anzug und verbrachte dort einen angenehmen Tag, nachdem ich mit dem Advokaten eine Unterredung gehabt hatte. Ich hatte etwas englisches Geld bei mir, und der Kauf wurde perfekt. Ich gab genaue Weisungen, daß man das Haus auf keinen Fall vermieten dürfe und daß alles in dem Zustand verbleiben solle, in dem es sich befand, bis ich von meiner Australien-Reise zurückgekehrt sein würde. Denn ich spielte einen Australier, der sein Geburtshaus wieder kaufen wollte.

Von Winchester aus fuhr ich nach London, ohne Ahnung, in welcher Gefahr ich mich befand. Mein verlassener Freund hatte mir nämlich den Namen eines seiner Bekannten angegeben, eines gewissen Harry Lyme, der, wie er sagte, der beste Safeeinbrecher in Europa war. Er hatte behauptet, daß Lyme mir in jeder Notlage würde helfen können.

Und eine solche ereignete sich bald. Der erste Mensch, den ich sah, als ich meinen Fuß auf den Bahnsteig von Waterloo setzte, war der Säckelmeister der Mantania, und der Detektiv des Schiffes war in seiner Gesellschaft. Glücklicherweise gab es einen Vorortzug, der auf dem gegenüberliegenden Bahnsteig abfuhr, und ich reiste nach Surbiton und kehrte auf einer anderen Strecke nach London zurück. Später erfuhr ich, daß mein Gefährte arretiert worden war und in seinem halbbetrunkenen Zustand alles gestanden hatte, was man nur wollte. Mir blieb nun nichts übrig, als den Rest des Geldes, fünfunddreißig Millionen Francs, zu verstecken. Und da dachte ich an Harry Lyme.

Ich las in den Zeitungen, daß eine besondere Polizeimacht aufgebracht worden war, um die Häuser der bekannten Verbrecher zu beobachten, an die ich mich vermutlich wenden würde. Aber ich gedachte, trotzdem sein Haus zu erreichen.

Es lag in einer verdächtigen Straße in Camden Town. Der Nebel war dick und gelb, und ich fand mich nur mit Schwierigkeit in der elenden, schmutzigen Straße zurecht. Ein Mann öffnete mir erst nach langem und vorsichtigem Zögern und führte mich in ein kleines Zimmer, das von einer einzigen, kleinen Laterne, die auf dem Tisch stand, erhellt wurde. Auch das Zimmer war von dem dichten Nebel erfüllt; denn das Fenster stand offen, um Lyme Gelegenheit zur Flucht zu geben.

›Sie sind der Amerikaner?‹ fragte er. ›Sie sind ja wahnsinnig, daß Sie hierherkommen! Die Polizei beobachtet das Haus seit heute nachmittag.‹

Ich sagte ihm kurz, in welcher Schwierigkeit ich mich befände. ›Ich habe hier fünfunddreißig Millionen Francs, das ist eine Million dreihunderttausend Pfund Sterling‹, sagte ich ihm. ›Das reicht für uns beide. Können Sie das irgendwo verstecken, während ich zu fliehen versuche?‹

›Ja‹, sagte er sofort. ›Was bekomme ich dafür?‹

›Die Hälfte!‹ versprach ich. Er schien zufrieden.

Ich war überrascht, ihn mit der Stimme und dem Ton eines gebildeten Mannes reden zu hören. Später erfuhr ich, daß er ein Gestrandeter war, der sich zuerst für einen anderen Beruf vorbereitet und, wie ich, den leichteren Weg gewählt hatte.

Es wird Ihnen kaum glaublich scheinen, wenn ich Ihnen sage, daß ich kein sehr deutliches Bild von seinen Gesichtszügen mitnahm.

Daran ist die Tatsache schuld, daß ich meine Aufmerksamkeit einzig auf den Frosch konzentriert hatte, der auf sein Handgelenk tätowiert war. Ja, er hat ihn später durch die mit großen Kosten vorgenommene Operation eines spanischen Arztes in Valladolid entfernen lassen.

Dieser Frosch war ein wenig schief tätowiert, und Lyme wußte, so gut wie ich, daß er ein Zeichen trug, das mich sicher zu ihm zurückführen würde, wo immer er auch wäre.

Unser Übereinkommen lautete dahin, daß ich ihm meine erfolgte Ankunft nach Amerika an eine vereinbarte Adresse telegraphieren würde und daß er mir sodann mittels Einschreibebriefe an das Grand Hotel in Montreal die Hälfte des Geldes zu schicken hätte.

Um es kurz zu sagen, meine Flucht gelang. Zur angegebenen Zeit war ich in den Vereinigten Staaten und schickte sofort nach meiner Ankunft das Telegramm an Lyme ab.

Das Geld kam nicht.

Ich kabelte wieder, diesmal von Montreal, wo ich es erwartete; es kam noch immer nicht. Viele Monate später erst entnahm ich einer Zeitung, daß Lyme auf dem Wege nach Guernsey ertrunken war.

In Wirklichkeit war er höchst lebendig. Er übersiedelte in eine Stadt in Mittelengland, wo er sechs Monate als bescheidener Geschäftsmann lebte. In dieser Zeit veränderte er langsam sein Aussehen. Er rasierte seinen Schnurrbart und erzielte künstliche Kahlköpfigkeit, durch die Anwendung chemischer Mittel. Während er in Zurückgezogenheit lebte, fing er nach und nach an, die Brüderschaft der Frösche zu gründen. Der Zweck dieser Gründung war, das Zeichen, an dem ich ihn wiedererkennen mußte, so weit und breit als nur möglich auszustreuen.

Zuerst mochte er vielleicht keinen anderen Glauben haben, als eben den. Aber es wollte sich niemand damit einverstanden erklären, die Qualen der Tätowierung umsonst zu erdulden, und so gründete er einen eigentümlichen Wohlfahrtsfonds. Aus diesen geringen Anfängen erstand die große Froschorganisation. Einer der ersten, mit denen er in Kontakt kam, war ein alter Verbrecher namens Maitland. Ein Mensch, der weder lesen noch schreiben konnte.«

Broads Zuhörer fuhren auf.

»Natürlich!« sagte Elk, und klopfte ungeduldig auf das Knie, »das ist doch die Erklärung für das Baby!«

»Es gab niemals ein Baby«, lächelte Broad. »Das Baby war Maitland selbst, der heimlich schreiben lernte. Das Spielzeug des Kindes, von dem Johnson erzählte, war nur eine Erfindung, um Sie irrezuführen. Als Johnson Maitland gefunden hatte, kam er nach London, und die Vereinigten Maitlands wurden gegründet. Maitland hatte nichts zu tun, als im Büro zu sitzen und unnahbar auszusehen.

Sein bescheidenster Beamter, einer der geschicktesten Schauspieler, die ich je getroffen habe, war das wirkliche Haupt des Unternehmens, und er blieb Maitlands Beamter, solange es ihm eben paßte.

Als er Verdacht gegen sich anwachsen fühlte, ließ er sich entlassen. Und als er dachte, daß Sie ihn als Frosch erkannt hätten, ließ er einen seiner Leute mit einer leeren Patrone auf sich schießen.

In der Zwischenzeit war die Froschorganisation angewachsen, und er begann nachzudenken, wie er die Gesellschaft zu seinem Vorteil auszunützen vermochte. Jeden Tag erschienen neue Rekruten, und sie alle kosteten Geld.

Aber was er aus diesem Rest auswählte, waren doch ein oder zwei glänzende Köpfe. Balder war der eine, und Hagn der zweite. Vielleicht gab es noch andere mehr, die wir jetzt nie mehr kennenlernen werden. Als führende Kraft der Vereinigten Maitlands hatte er nicht die geringste Schwierigkeit, über seine Francs zu disponieren. Und wenn seine Spekulationen mißglückten, so fand er den Ausweg, um seine Verluste wieder einzubringen. Bei einer Transaktion in Eisenwerten wäre es ihm einmal fast an den Kragen gegangen. Der Frosch machte darauf James G. Bliss, den einzigen Mann, der ihn hätte ruinieren können, kalt. Wann immer er es angezeigt fand, einen Mann niederzuschlagen, ob er nun ein Militärattaché oder ganz einfach ein Kaufmann war, der sich unterfing, in seinen eigenen Aktien zu spekulieren, so zögerte Johnson niemals. Er hat nur einen einzigen großen Fehler begangen. Er ließ Maitland weiterhin wie ein Schwein in dem von ihm gekauften Haus wohnen. Als er erkannte, daß Elk den alten Mann ausspioniert hatte, ließ er ihn nach Berkely Square übersiedeln, ließ ihm neue Kleider anmessen und brachte ihn auch, als dieser es wagte, nach Horsham zu fahren, gelegentlich um. Ich sah, wie der Mörder entkam, denn ich war auf dem Dach, als die Schüsse abgefeuert wurden. Ich bin damals selbst mit knapper Not entkommen.

Aber, um Sie weiter mit den Ereignissen meines Lebens bekannt zu machen: nach fünf Jahren besaß ich nichts mehr und beschloß einen weiteren Versuch zu machen, um zu meinem Geld zu gelangen. Es wartete ja auch noch die große Geldsumme in Eastleigh auf mich – immer vorausgesetzt, daß ich nicht als der Mann, der das Haus kaufte, identifiziert wurde. Es brauchte lange Zeit, bevor ich mich versichert hatte, daß man mich nicht kannte, und dann segelte ich, mit dem Kaufvertrag in der Tasche, auf einem Viehtransportschiff nach England und landete, ganz wie Sie es sagten, meine Herren, mit ein paar Dollars in der Tasche, in Southampton. Ich fuhr direkt zu dem Haus, das jetzt in einem schrecklich verwahrlosten Zustand war, und machte es mir dort so bequem, wie ich nur konnte, während ich Nacht für Nacht im Brunnen arbeitete, um die Geldkiste hervorzuholen. Als ich dies vollbracht hatte, fuhr ich nach Paris, und das Ende meiner Geschichte kennen Sie selbst.

Ich begann meine Nachforschungen nach dem Frosch. Aber ich mußte bald erkennen, daß diese, falls ich mich nur auf das Tätowierungszeichen verließ, hoffnungslos sein würden. Als ich entdeckt hatte, daß Maitland ein Frosch war, beschränkte ich meine Forschung auf das Büro. Durch ein sehr einfaches Mittel erkannte ich bald, daß Maitland Analphabet war.

Eines Tages sprach ich ihn in der Nähe seines Hauses an und zeigte ihm ein Kuvert, auf das ich: ›Sie sind ein Schwindler!‹ geschrieben hatte. Und ich fragte ihn, ob er diese Adresse wüßte. Er wies auf ein Haus, das weiter unten in der Straße lag, und eilte davon. Von diesem Augenblick an wußte ich, daß Johnson der Frosch war.

Johnson war ein Genie. Die Art, wie er diese ungeheure Organisation leitete, und zwar hauptsächlich nur in der freien Zeit, außerhalb der Bürostunden, ist eine Offenbarung. Er zog alle in sein Netz, und dennoch kannte ihn niemand.

Ich glaube, dies ist alles, was ich Ihnen zu sagen habe, und nun werde ich Ihnen wohl für alle Zukunft Lebewohl sagen müssen.«

Als Joshua Broad nach London zurückgefahren war, begleitete Dick Elk an die Gartentür.

»Ich werde jetzt einige Zeit nicht ins Büro kommen«, sagte Dick entschuldigend.

»Das habe ich auch nicht erwartet«, sagte Elk schmunzelnd. »Aber sagen Sie mir nur, Hauptmann Gordon, was ist mit diesen beiden Holztruhen geschehen, die gestern abend in der Steinbruchhütte gestanden haben?«

»Ich habe gar keine Kisten gesehen«, sagte Dick.

»Aber ich!« antwortete Elk nickend. »Sie waren dort, als wir Fräulein Bennett holten. Und als ich mit der Polizei zurückkam, waren sie weg. Joshua Broad ist die ganze Zeit dortgeblieben.«

Sie sahen einander an. »Ich glaube, ich werde der Sache nicht allzu sehr auf den Grund gehen«, sagte Dick, »ich schulde Broad viel.«

»Ich eigentlich auch!« sagte Elk, und er schämte sich ein bißchen seiner Begeisterung. »Wissen Sie, daß er mich gestern ein Gedicht gelehrt hat? Es hat ungefähr hundertfünfzig Verse, aber ich weiß nur zwei. Es fängt an mit:

›Wilhelm der Eroberer, an England rächt sich,
Schlachtfeld von Hastings, zehn, sechsundsechzig.‹

Das ist ein großartiger Vers, Hauptmann Gordon, wenn ich den schon vor zehn Jahren gewußt hätte, könnte ich heute Polizeipräsident von London sein!«

Elk winkte noch lange zurück, als er die Straße zum Bahnhof hinunterschritt.

Die Sonne glitzerte auf den tropfnassen Ranken der Malven, die in den Gärten der Dorfhäuser wuchsen. Da hüpfte aus einer

Ecke ein winzig kleines, grünes Geschöpf hervor, und Elk stand still und beobachtete es lange.

Das kleine Reptil blickte umher und sah auch den Detektiv mit seinen gewölbten, schwarzen, starren Äuglein an.

»Du Frosch!« Inspektor Elk hob warnend seinen Finger. »Sei brav und geh nach Haus – deine Zeit ist vorbei.«

Und als ob er verstanden hätte, was der Mann gesagt hatte, hüpfte der Frosch in den Schutz des hohen Grases zurück.

EDGAR
WALLACE

DER GRÜNE BOGENSCHÜTZE

Roman

Aus dem Englischen
von Gregor Müller

1

Spike Holland tippte das letzte Wort seines Artikels, warf das vollgeschriebene Blatt schwungvoll über den Tisch und knallte den Deckel auf die klapprige Schreibmaschine.

Der Reporter, der ihm gegenübersaß, schaute auf.

»Nanu, eine tolle Sache geschrieben, Spike?«

»Über die gestrige Hundeausstellung«, antwortete Spike so würdevoll wie möglich. »Dabei weiß ich von Hunden nur so viel, daß das eine Ende bellt und das andere wedelt. Natürlich hat mich Syme darauf gehetzt, weil, wie er obendrein versicherte, ein Kriminalreporter auch etwas von Bluthunden verstehen sollte! Der Mann ist wirklich nicht ganz richtig im Kopf – legt man ihm triumphierend die semmelfrische Geschichte eines großartigen Bankraubes vor, dann springt er einem mit der idiotischen Zumutung ins Gesicht, warum man die Lieblingsspeise des Bankdirektors nicht erwähnt habe.«

Der andere Reporter lehnte sich behaglich auf seinem Stuhl zurück.

»Das ist hierzulande nun mal so. Im Vergleich zu den Amerikanern sind unsere Landsleute unglaubliche Dickschädel.«

»Sie können jede Wette eingehen, daß die Leute drüben genauso beschränkt sind wie in England«, widersprach Spike. »Sie sind, hier wie dort, völlig unfähig, das Leben vom Standpunkt eines Berichterstatters aus zu sehen, und sie haben alle einen Klaps.«

Er seufzte tief und legte mit großartiger Selbstverständlichkeit seine Füße auf den Tisch. Spike war noch jung. Sein sommersprossiges Gesicht sah gut aus. Die rötlichen Haare hingen wirr durcheinander.

»Hundeausstellungen können ja ganz interessant sein ...« begann er gerade wieder, als die Tür heftig aufgerissen wurde und ein Mann in Hemdsärmeln und mit einer überdimensionalen Hornbrille auf der Nase hereinschaute.

»Spike – brauche Sie! Haben Sie gerade etwas vor?«

»Ich wollte eben Wood aufsuchen, den Mann mit den Kinderheimen – bin mit ihm zum Essen verabredet.«

»Na, der kann warten!«

Syme winkte energisch, und Spike folgte ihm in sein kleines Büro.

»Haben Sie schon mal etwas von Abel Bellamy aus Chicago gehört – dem Millionär?«

»Abel? Natürlich – ist er etwa tot?« fragte Spike hoffnungsvoll. »Wenn der Kerl das Zeitliche gesegnet hat, läßt er sich noch zu einer glänzenden Story verarbeiten.«

»Kennen Sie ihn gut?« fragte der Redakteur.

»Ich weiß, daß er aus Chicago stammt, Millionen im Baugeschäft verdient hat und ein elender Grobian ist. Seit acht oder neun Jahren lebt er schon in England. Ich glaube, er bewohnt eine richtige Burg – und hat einen tauben Chinesen als Chauffeur.«

»Besten Dank, das weiß ich auch schon! Was ich erfahren will, ist vorerst folgendes: Gehört Bellamy zu der Sorte Menschen, die gern von sich reden machen? Anders ausgedrückt – ist der grüne Bogenschütze ein wirkliches Gespenst oder seine Erfindung?«

»Ein Gespenst –?«

Syme nahm einen zerknitterten Briefbogen vom Tisch und reichte ihn dem Reporter. Die tintenbekleckste Mitteilung stammte offensichtlich von jemandem, der mit der englischen Sprache auf nicht besonders vertrautem Fuße stand.

›Lieber Herr, der grüne Bogenschütze ist wieder da in Schloß Garre. Mr. Wilks, der Hausmeister, hat ihn gesehen. Der grüne Bogenschütze ist in Mr. Bellamys Zimmer gekommen und hat die Tür offengelassen. Alle Dienstleute gehen weg. Mr. Bellamy sagt, er schmeißt alle 'raus, die davon sprechen, aber sie gehen alle von allein weg.‹

»Würden Sie mir, zum Donnerwetter, vielleicht sagen, wer der grüne Bogenschütze eigentlich ist?« fragte Spike.

Mr. Syme schob seine Brille zurecht und lächelte nachsichtig.

»Der grüne Bogenschütze von Garre Castle galt früher als eine der berühmtesten Geistererscheinungen in England. Darüber brauchen Sie nicht zu lachen, Spike, es ist kein Märchen. Der wirkliche grüne Bogenschütze wurde im Jahre 1487 von einem de Gurcy – diese Familie war damals im Besitz von Schloß Garre – gehenkt.«

»Was Sie nicht sagen! Ihr Gedächtnis läßt wirklich nichts zu wünschen übrig!« Spike grinste anerkennend.

»Versuchen Sie nicht, die Sache ins Lächerliche zu ziehen! Er wurde beim Wildern ertappt und gehenkt. Noch heute kann man den Eichenbalken sehen, an dem er hing. Jahrhundertelang spukte er im Schloß, bis er 1799 zum letztenmal gesehen wurde. In Berkshire kennt jedes Kind die Geschichte. Offenbar wurde dieser Brief von einem Dienstmädchen verfaßt, das seine Stellung aufgeben mußte oder aus Furcht davonlief. Jedenfalls kann man daraus schließen, daß die alte Geschichte neue Nahrung erhalten hat.«

Spike zog die Stirn kraus und dachte nach.

»Ein Gespenst, das Abel Bellamy zu nahe tritt, muß sich in acht nehmen. Ich glaube überhaupt nicht an die Sache, sondern halte das Ganze für die hysterische Einbildung eines Dienstmädchens. Soll ich tatsächlich zu Abel gehen?«

»Natürlich, suchen Sie ihn auf, überreden Sie ihn, daß er Sie eine Zeitlang im Schloß wohnen läßt.«

Spike hob abwehrend die Hand.

»Ausgeschlossen. Er würde mich sofort hinauswerfen, wenn ich mit einem solchen Ansinnen käme. Bestenfalls kann ich zu seinem Sekretär, Mr. Savini, gehen. Möglich, daß ich bei dem etwas erreiche.«

»Gut. Sehen Sie zu, was sich machen läßt. Versuchen Sie auf alle Fälle, unter irgendeinem Vorwand ins Schloß zu kommen. Und behalten Sie die ganze Sache für sich. Eine sensationelle Geistergeschichte haben wir schon seit Jahren nicht mehr gebracht. Außerdem hindert Sie nichts daran, mit Wood zu essen. Seine Geschichte brauche ich ebenfalls. Wo sind Sie verabredet?«

»Im Carlton. Wood war nur kurz in London und fährt heute abend nach Belgien zurück.«

»Das trifft sich ja gut. Bellamy wohnt ebenfalls im Carlton Hotel. Da können Sie sich gleich an beide heranmachen.«

Der Redakteur stand auf.

»Gespenstergeschichten und Kinderkrippen!« murrte Spike

vorwurfsvoll und wandte sich zur Tür. »Und dabei warte ich schon endlos lange auf einen ordentlichen Mord. Aber ich verstehe schon – die Zeitung braucht keinen Kriminalisten, sondern einen Märchenerzähler!«

»Da sind Sie doch der richtige Mann!« rief ihm Syme nach.

2

Das Rattern elektrischer Bohrer, der Höllenlärm von Hämmern, Meißeln, Stahl – Abel Bellamy hörte es für sein Leben gern.

Er stand am Fenster seines Hotelzimmers und starrte fasziniert auf die andere Straßenseite hinüber. Dem Hotel gegenüber entstand ein Neubau. Das Stahlgerüst erhob sich turmhoch über die niedrigen Häuser in der Nachbarschaft.

Vor der Baustelle hatten sich neugierige Passanten angesammelt. Der große Kran zog gerade einen Eisenträger hoch. Langsam hin und her pendelnd schwebte er in die Höhe. Bellamy brummte unzufrieden. Von bloßem Auge erkannte er, wo der richtige Aufhängepunkt lag – dieser Träger war schlecht ausbalanciert.

Es gab genug Leute, die ihn verfluchten – Bellamy war ein hartgesottener Geschäftsmann, und sein Name wurde da und dort mit einer Gemeinheit in Verbindung gebracht, was ihm allerdings keine schlaflosen Nächte bereitete. Reue und Furcht kannte er nicht, sondern war im Gegenteil noch stolz auf das Böse, das er getan hatte. Was sich ihm in den Weg stellte, hatte er stets niedergetreten. Mit zwanzig Jahren war er noch ein einfacher Arbeiter gewesen, mit fünfunddreißig hatte er seine erste Million Dollar beisammen. In den nächsten zwanzig Jahren verzehnfachte sich dieses Vermögen. Mit fünfundfünfzig verließ er die Stadt, in der er reich geworden war, und kaufte sich einen Adelssitz in England.

Seit dreißig Jahren war er mächtig genug, um andere verfolgen und völlig nach seinem Belieben handeln zu können. Er war außergewöhnlich groß und besaß noch mit sechzig Jahren eine

Bärenkraft. Auf der Straße sahen sich die Leute nach ihm um, vor allem wegen seiner ungewöhnlichen Häßlichkeit. Sein rotes Gesicht war zerfurcht, die Nase groß und knollenartig, die Lippen wulstig. Den einen Mundwinkel zog er stets etwas in die Höhe, so daß er ständig höhnisch zu grinsen schien.

Er kümmerte sich jedoch nicht im mindesten um sein Aussehen und nahm es als eine Tatsache hin. Dies war Abel Bellamy aus Chicago, der Schloßherr von Garre Castle in Berkshire – ein Mann, der keine Gefühle kannte.

Noch immer stand er am Fenster seines Hotelzimmers und beobachtete die Bauarbeiter. Die Zimmertür ging auf. Er drehte sich kurz um.

Julius Savini war daran gewöhnt, nur durch ein Brummen begrüßt zu werden. Heute spürte er, daß er etwas mehr abbekommen würde als den gewohnten mürrischen Morgengruß.

»Was glauben Sie eigentlich, Savini –? Seit sieben Uhr warte ich auf Sie! Wenn Sie Ihre Stellung behalten wollen, sollten Sie sich wenigstens vor Mittag einmal blicken lassen! Verstanden?«

»Tut mir leid, Mr. Bellamy – aber ich sagte Ihnen schon gestern abend, daß ich heute später kommen würde. Ich bin eben erst von auswärts zurückgekommen.« Savinis Stimme klang beflissen; er war nun seit einem Jahr Bellamys Sekretär und wußte, daß es zwecklos war, ihm zu widersprechen. »Würden Sie einen Vertreter vom ›Globe‹ empfangen?« fragte er vorsichtig.

»Was? Eine von diesen aufdringlichen Zeitungskanaillen? Sie wissen doch, daß ich solche Leute nicht bei mir sehen möchte. Was will er überhaupt? Wie heißt er?«

»Es ist Spike Holland, ein Amerikaner«, antwortete Julius.

»Das macht ihn mir nicht angenehmer. Sagen Sie ihm, daß ich ihn nicht empfangen kann. Es ist mir völlig gleichgültig, was in den Zeitungen steht. Weshalb kommt er überhaupt?«

Savini zögerte einen Augenblick.

»Er kommt wegen des grünen Bogenschützen.«

Abel Bellamy fuhr auf.

»Wer hat diese Sache ausgeplaudert? Waren Sie das etwa?«

»Ich habe zu keinem Menschen darüber gesprochen. – Was soll ich ihm nun ausrichten?«

»Sagen Sie ihm, er solle sich zum ... Nein, lassen Sie ihn heraufkommen!«

Bellamy hatte sich rasch überlegt, daß der Journalist, wenn er ihn nicht empfing, selbst irgendeine verrückte Geschichte erfinden würde. Er erinnerte sich noch deutlich an den Lärm, den ein solches Blatt vor einiger Zeit in Falmouth verursacht hatte.

Savini führte den Besucher herein.

»Ich brauche Sie nicht mehr!« fuhr Bellamy den Sekretär an, und als Savini gegangen war, brummte er unfreundlich: »Nehmen Sie eine Zigarre –.«

Spike Holland dankte und ließ sich in einen der tiefen Sessel fallen. Bellamy betrachtete ihn mit zusammengekniffenen Augen.

»Nun, was wollen Sie?« fragte er.

»Man erzählt sich da eine Geschichte, daß ein Geist in Schloß Garre umgeht – der grüne Bogenschütze ...«

»Das ist eine dumme Lüge«, fiel ihm Bellamy sofort ins Wort. »Wer hat Ihnen dieses Märchen erzählt?«

»Wir erhalten unsere Informationen aus sicherer Quelle«, erwiderte Spike vorsichtig. »Man hat uns mitgeteilt, daß der grüne Bogenschütze von Garre im Schloß gesehen wurde und allem Anschein nach in Ihr Zimmer eingedrungen ist.«

»Ich sagte Ihnen doch schon, daß es erlogen ist! Diese verrückten englischen Dienstboten haben nichts anderes im Kopf als Gespenster. Es stimmt, daß ich die Tür meines Schlafzimmers eines Nachts offen fand, aber vermutlich hatte ich vergessen, sie zu schließen. Von wem haben Sie überhaupt diese Auskunft?«

»Wir erhielten Hinweise von drei verschiedenen Seiten«, log Spike. »Und alle drei Berichte ergänzen sich sozusagen. Es wird schon etwas Wahres daran sein, Mr. Bellamy. Warum regen Sie sich übrigens darüber auf? Eine Geistererscheinung erhöht doch nur den Reiz eines Schlosses.«

»Da irren Sie sich gewaltig, junger Mann. So etwas bringt einen Besitz nur in ein lächerliches Gerede. Ich möchte Ihnen nicht raten, auch nur eine Zeile über Gespenstererscheinungen in meinem Schloß in Ihre Zeitung zu setzen – merken Sie sich das!«

Spike ging die Treppe hinunter und war sich nicht klar darüber, was er tun sollte. Als er die Hotelhalle betrat, machte ihm Savini, der gerade einen graubärtigen Herrn zur Treppe führte, ein Zeichen, zu warten.

»Bitte, Sie kennen ja den Weg zu Mr. Bellamys Zimmer. Ich glaube, er erwartet Sie schon.«

Der Mann stieg die Treppe hinauf und Savini wandte sich zum Reporter um.

»Was haben Sie erreicht, Holland?«

»Er hat natürlich alles abgestritten. Aber sagen Sie mir, Savini, ist etwas daran?«

Der Sekretär zuckte die Schultern.

»Ich weiß nicht, woher Sie Ihre Informationen haben. Von mir jedenfalls erfahren Sie nichts, darauf können Sie sich verlassen. Der Alte macht mir ohnehin schon die Hölle heiß, weil er glaubt, ich hätte Ihnen den Tip gegeben!«

»Daß die Geschichte nicht aus der Luft gegriffen ist, steht bei mir fest. Warum sollte nicht ein Gespenst im Schloß herumspuken? Sagen Sie, hat es auch mit den Ketten gerasselt?«

Julius schüttelte spöttisch den Kopf.

»Ich will meine Stellung nicht verlieren, Holland!«

»Wer war der Mann, mit dem Sie eben sprachen? Er sah aus wie ein Polizist.«

»Genau dasselbe hat er mich über Sie gefragt, als Sie herunterkamen. Er heißt Creager und ist ein – ich will nicht gerade sagen, Freund ... Er ist eine der seltsamen Bekanntschaften, die der Alte hat. Wahrscheinlich bekommt er von Bellamy eine Art Rente, denn er kommt in regelmäßigen Abständen, und ich kann mir nicht vorstellen, daß er es umsonst tut.«

Während sie noch miteinander sprachen, kam Creager, zur sichtlichen Überraschung Savinis, schon wieder die Treppe herunter. Er sah wütend aus.

»Will mich nicht vor zwei Uhr sehen!« stieß er verbittert hervor. »Glaubt er etwa, daß ich warte, bis es ihm paßt? Wenn er sich das einbildet, irrt er sich gewaltig. Richten Sie ihm das von mir aus, Mr. Savini!«

»Was hat's denn gegeben?« fragte Julius.

»Er behandelt mich wie einen Hund, er glaubt, er hat mich ...

Außerdem tobt er über einen Zeitungsreporter – das sind wohl Sie, wie ich annehme?«

»Stimmt genau«, bestätigte Spike.

»Also, sagen Sie ihm«, wandte sich Creager wieder an Savini, »daß ich um zwei Uhr komme – und daß ich mich mit einem Zeitungsreporter unterhalten werde, wenn er etwa wieder keine Zeit haben sollte.«

Mit dieser Drohung ging er fort.

»Savini«, murmelte Spike sanft, »ich wittere eine verdammt gute Geschichte!«

Aber Savini war schon die Treppe hinaufgesprungen, um möglichst schnell bei seinem aufgebrachten Herrn zu sein.

3

Spike sah auf die Uhr – fünf Minuten vor eins. Er erwartete John Wood, der im gleichen Augenblick die Halle betrat. Als erstes fielen an ihm die lebhaften Augen und das eindrucksvolle, sympathisch offene Gesicht auf.

Er reichte Spike die Hand.

»Ich komme doch nicht zu spät? Den ganzen Vormittag war ich sehr beschäftigt, und um halb drei möchte ich den Zug nach dem Kontinent nehmen. Leider habe ich es eilig.«

Sie gingen gleich in den Speisesaal hinüber. Spike musterte den großgewachsenen, grauhaarigen Mann von der Seite.

»Schießen Sie los!« forderte ihn Wood sogleich auf. »Was möchten Sie von mir erfahren? Ich will Ihnen erst einmal selbst alles kurz und schnell erzählen. – Von Geburt bin ich Amerikaner, habe aber lange in England gelebt. Von mir gibt es nicht viel zu berichten, und meine bescheidenen Verdienste kann ich mit wenigen Worten abtun. Ich lebe jetzt in Wenduyne in Belgien und leite dort ein Heim für schwindsüchtige Kinder. Diese Anstalt will ich noch in diesem Jahr nach der Schweiz verlegen. Die Woodsche Lungenheilmethode stammt von mir. Übrigens bin ich Junggeselle – so, das ist schon alles, was wissenswert ist.«

»Ich hätte gerne Näheres von Ihnen über die Kinderheime gehört. Wir wissen, daß Sie die Absicht haben, mit privater Geldhilfe Heime für elternlose Kinder zu gründen.«

»Ja, ich habe es mir zur Lebensaufgabe gesetzt, in allen Ländern Europas für heimatlose Kinder Stätten zu schaffen, in denen sie aufwachsen können und erzogen werden. Ich denke hauptsächlich an die vielen Kinder, die nicht gewünscht wurden, oder deren Eltern viel zu arm sind, um sich Kinder leisten zu können.«

Wenn er von seiner Arbeit sprach, sah man ihm an, daß sie fast sein ganzer Lebensinhalt war.

Zwei Herren und eine junge Dame betraten den Speisesaal. Der eine war schlank, groß und schon ergraut, der Gesichtsausdruck recht melancholisch. Der andere sah wesentlich jünger aus. In seinem tadellos geschnittenen Anzug wirkte er wie eine wandelnde Reklame für seinen Schneider. Am meisten jedoch fesselte die Erscheinung der jungen Dame.

»Kennen Sie diese Leute?« fragte Wood.

Die kleine Gesellschaft ließ sich an einem Tisch in der Nähe nieder. Spike deutete unmerklich mit dem Kopf in Richtung der jungen Dame und sagte:

»Sie sieht außerordentlich gut aus.«

»Wer ist sie?«

»Miss Valerie Howett. Der ältere Herr ist Mr. Howett, ein Engländer, der in dürftigen Verhältnissen in den Staaten lebte, bis auf seiner Farm Petroleum gefunden wurde. Der elegante junge Mann ist ebenfalls Engländer. Er heißt Featherstone und treibt sich in ziemlich allen Nachtklubs von London herum.«

Spike stand auf und ging zu dem Tisch hinüber, um den älteren Herrn zu begrüßen. Er kam gleich wieder zurück.

»Mr. Howett hat mich eben gebeten, nachher auf sein Zimmer zu kommen. Würden Sie mich dann vielleicht einen Augenblick entschuldigen?«

»Aber selbstverständlich.«

Miss Howett schaute während des Essens mehrmals zu Mr. Wood hinüber, so als wollte sie herausfinden, wo sie ihn schon gesehen haben könnte.

Spike hatte die Unterhaltung auf ein Thema gebracht, das ihn im Augenblick mehr interessierte als kleine Kinder.

»Sind Sie auf Ihren vielen Reisen nie einem wirklichen Geist begegnet, Mr. Wood?«

»Nein, ich kann mich nicht entsinnen.«

»Kennen Sie Bellamy?«

»Sie meinen den Millionär – ja, ich habe von ihm gehört. Der Mann, der Garre Castle kaufte?«

»In diesem Schloß geht der grüne Bogenschütze um. Bellamy ist keineswegs erfreut über diesen Spuk. Er rückt nicht mit der Sprache heraus und will mich um diese schöne Geschichte bringen.« Spike erzählte, was er über den grünen Bogenschützen wußte.

Mr. Wood hörte aufmerksam zu.

»Ja, es ist merkwürdig. Die Legende von Garre Castle ist mir auch bekannt.«

Kurz darauf brach Mr. Howetts Gesellschaft auf. Mr. Wood winkte dem Kellner und zahlte.

»Ich muß einen dringenden Brief schreiben«, sagte er. »Wie lange bleiben Sie bei Mr. Howett?«

»In fünf Minuten kann ich sicher wieder hier sein. Ich habe keine Ahnung, was er von mir will, aber bestimmt dauert es nicht länger.«

Die Zimmer der Howetts lagen auf der gleichen Etage wie das von Abel Bellamy. Mr. Howett erwartete ihn bereits. Featherstone schien sich schon vorher verabschiedet zu haben. Nur der Millionär und seine Tochter befanden sich im Zimmer.

»Kommen Sie herein, Holland!« Howett sah müde und niedergeschlagen aus. »Vielleicht können Sie meiner Tochter helfen. – Valerie, das ist Mr. Holland . . .«

Die junge Dame nickte Spike freundlich zu.

»Es handelt sich um folgendes, Mr. Holland«, begann sie. »Ich möchte eine Dame ausfindig machen, die vor zwölf Jahren in London lebte, eine Mrs. Held, die in der Little Bethell Street, Camden Town, wohnte. Ich habe bereits in der Straße nachgeforscht – es ist eine schrecklich armselige Gegend –, aber niemand kann sich dort an sie erinnern. Daß sie sich einmal dort aufhielt, habe ich durch einen Brief erfahren, der in meinen Besitz kam.« Sie machte eine Pause. »Daß ich diesen Brief habe, ist dem Adressaten unbekannt. Er hätte allerdings, auch wenn er es wüßte, Grund, über die damaligen näheren Umstände nichts verlauten zu lassen. Einige Wochen, nachdem der Brief geschrieben wurde, verschwand Mrs. Held.«

»Haben Sie schon eine Annonce in die Zeitung gesetzt?«

»Ja, alles, was nur irgend möglich war, habe ich getan. Auch die Polizei unterstützt mich schon seit Jahren.«

Spike zuckte bedauernd die Schultern.

»Ich fürchte, dann kann ich Ihnen auch nicht viel helfen.«

»Das sagte ich auch gleich«, fiel Mr. Howett ein. »Aber meine Tochter glaubt, Zeitungsleute wüßten alles und ...«

Er brach ab, denn auf dem Flur war ein mächtiger Lärm entstanden. Heftige Schimpfworte – dann ein Fall. Spike riß die Tür auf.

Der Anblick, der sich ihm bot, war recht ungewöhnlich. Auf der andern Korridorseite, ein paar Schritte weiter, stand die massige Gestalt Bellamys im Türrahmen seines Zimmers, und vor ihm, mitten im Gang, richtete sich gerade der Mann mit dem grauen Bart, den der Sekretär Creager genannt hatte, mühsam vom Boden auf.

»Das wird Ihnen noch leid tun!« rief Creager wütend.

»Scheren Sie sich zum Teufel!« brüllte Bellamy. »Wenn Sie noch mal herkommen, werfe ich Sie zum Fenster hinaus!«

»Das kommt Sie teuer zu stehen!« preßte Creager, heftig schnaufend, heraus.

»Aber nicht in Dollar und Cent!« fuhr ihn der Alte gehässig an. »Nehmen Sie sich in acht, Creager! Sie erhalten doch von der Regierung eine Pension? Möglich, daß Sie die verlieren –.« Mit diesen Worten drehte er sich um und knallte die Tür hinter sich zu.

Creager hinkte den Gang entlang. Spike ging ihm sofort nach.

»Was ist denn nun wieder los?« fragte er ihn.

Creager blieb stehen und rieb sein rechtes Knie.

»Sie kommen mir wie gerufen – Sie sind doch Reporter, nicht wahr? Warten Sie, ich habe eine gute Sache für Sie!«

Spike war Zeitungsmann mit Leib und Seele. Eine gute Geschichte bedeutete für ihn das halbe Leben. Schnell ging er zu Howett zurück.

»Würden Sie mich für einen Augenblick entschuldigen? Ich muß dringend mit diesem Mann sprechen.«

»Wer hat ihn niedergeschlagen? Bellamy?«

Valerie fragte es mit so erregter Stimme, daß Spike sie verblüfft anschaute.

»Ja, Miss Howett – kennen Sie ihn?«

»Ich – ich habe schon manches über ihn gehört«, erwiderte sie.

Spike begleitete den wütenden Creager in die Hotelhalle. Er war bleich und zitterte immer noch. Es dauerte einige Zeit, bis er sich ein wenig gefaßt hatte.

»Es könnte sehr leicht eintreten, was er sagte. Möglich, daß ich jetzt meine Pension verliere. Aber ich will es auf mich nehmen. Sehen Sie, Mr. ...«

»Holland ist mein Name.«

»Ja – sehen Sie, hier kann ich Ihnen doch nicht alles erzählen. Bitte besuchen Sie mich in meinem Hause – Rose Cottage, Field Road, New Barnet.«

Spike notierte sich die Adresse.

»Wann soll ich vorbeikommen?«

»In ein paar Stunden. Sie werden mit der Sensation zufrieden sein, die ich Ihnen mitteile.«

Wood, der in der Halle saß und interessiert dem davonhumpelnden Creager nachschaute, trat zu Spike.

»Der Mann sah ziemlich mitgenommen aus –.«

»Man hat ihm auch böse mitgespielt – aber er weiß eine Geschichte, die ich brennend gern erfahren möchte.«

»Vielleicht kann ich Ihnen eines Tages auch eine Geschichte über Abel Bellamy erzählen – die beste, die Sie je gehört haben. Falls Sie noch weitere Informationen über die Kinderheime brauchen, wenden Sie sich ruhig an mich. Für diesmal müssen Sie mich entschuldigen.«

Damit verabschiedete sich Wood, und Spike kehrte zu Mr. Howett zurück. Dort erfuhr er aber, daß sich Miss Howett starker Kopfschmerzen wegen zurückgezogen habe und die Unterhaltung mit ihm verschieben möchte.

4

Als Spike am Nachmittag ins Büro kam, schrieb er einen langen Artikel über die großartigen Kinderheime, die John Wood ins Leben rufen wollte.

Dann fuhr er mit einem Taxi nach New Barnet. In der Fleet Street beugte er sich zum Wagenfenster und versuchte, die fettgedruckten Schlagzeilen der Zeitungsplakate zu entziffern. Als ihm das Wort ›Spuk‹ in die Augen stach, ließ er anhalten und las, was auf dem Plakat stand:

›Der geheimnisvolle Spuk in Garre Castle‹.

Er fluchte leise und kaufte das Blatt. Die Unterlagen für den Artikel schienen von der gleichen Person zu stammen, die auch dem ›Globe‹ geschrieben hatte, denn was es da zu berichten gab, war äußerst dürftig und erschöpfte sich in fünf Zeilen. Daran angehängt folgte lang und breit eine ganze Geschichte des Schlosses und eine umständliche Aufzählung, wann und auf welche Weise der grüne Bogenschütze in früheren Zeiten schon aufgetreten war. ›Nach alter Überlieferung ist der geheimnisvolle Geist von Kopf bis Fuß grün gekleidet, auch sein Bogen und die Pfeile sollen von der gleichen grünen Farbe sein‹, hieß es da.

Die Fahrt nach New Barnet dauerte lange und führte durch offene Felder. Rose Cottage lag etwas abseits der Straße hinter beschnittenen Hecken. Am Haus wucherten Schlinggewächse, davor ein kleiner Garten – Spike sah dies alles vom Auto aus. Er stieg aus, öffnete die Gartenpforte, ging die paar Schritte über den gepflasterten Weg zur Haustür. Auf sein wiederholtes Läuten antwortete niemand. Die Tür war unverschlossen, er stieß sie auf und rief Creagers Namen.

Als er auch damit keinen Erfolg hatte, kehrte er auf die Straße zurück und erkundigte sich bei einer Frau, die aus einem der Häuschen weiter vorn getreten war.

»Mr. Creager? Um diese Zeit ist er gewöhnlich zu Hause.«

»Er scheint aber nicht da zu sein. Wohnt er allein?«

»Ja, nur meine Schwester macht vormittags bei ihm sauber. Übrigens ist die Haustür meistens offen – gehen Sie doch einfach hinein und warten Sie auf ihn!«

Da es eben zu regnen anfing, fand Spike diesen Vorschlag vernünftig. Er betrat den Korridor, öffnete eine Tür, es war das Wohnzimmer, und setzte sich in einen Sessel am Fenster, von dem aus er den hübsch angelegten Garten überblicken konnte. Nach kaum einer Minute fuhr er erschrocken hoch – dort drüben, wo der Rasen aufhörte, ragte unter einem Busch ein steif ausgestreckter Fuß hervor.

Mit ein paar Sätzen war Spike im Freien, rannte über den Rasen und blieb starr vor Schreck vor dem Gebüsch stehen. Darunter, von den Zweigen halb verdeckt, lag Creager – auf dem Rücken, die Hände verkrampft auf der Brust, aus der der lange, grüne Schaft eines Pfeils herausragte.

Spike kniete nieder, um zu sehen, ob noch irgend etwas zu helfen war. Umsonst. Er durchforschte eilig die Umgebung. Das Grundstück wurde auf dieser Seite durch einen niedrigen hölzernen Zaun vom freien Feld abgetrennt. Mit einigem Geschick konnte man leicht darüberspringen. Spike tat es und suchte weiter. Zehn Schritte vom Zaun entfernt stand eine einzelne, große Eiche, die genau in der Schußlinie des Pfeils lag.

Spike ging um den Baum herum, prüfte den Boden, konnte aber keine Fußspuren entdecken. Kurz entschlossen ergriff er einen niedrigen Ast und schwang sich hinauf. Er kletterte höher und höher und kam schließlich zu einer Stelle, von der aus er den Toten sehen konnte. Ein instinktives Gefühl sagte ihm, daß der tödliche Pfeil von hier aus abgeschossen worden war. Der Baum war so dicht belaubt, daß man von unten nicht gesehen werden konnte.

Spike kletterte wieder hinunter und schaute sich noch einmal genau um. Er fand etwas sehr Wichtiges – einen Pfeil, der genau dem in Creagers Brust glich. Ein glatt polierter Schaft, grün angestrichen, neue Federn, ebenfalls giftgrün und sehr gut befestigt. Eigentlich sah der Pfeil fast zu dekorativ aus, als wäre er gar nicht für den praktischen Gebrauch bestimmt. Doch die Spitze war nadelscharf.

Spike schickte den Taxichauffeur zur nächsten Polizeiwache. Nach einiger Zeit erschien ein Wachtmeister und bald darauf ein Wagen von Scotland Yard mit der Mordkommission.

Lange bevor die Polizei eintraf, hatte Spike das Haus auf eigene Faust durchsucht. Vor allem stöberte er in allen Papieren, die ihm unter die Hände kamen, herum. Anhand verschiedener Fotografien und eines Zeugnisses fand er bald heraus, was Creager von Beruf gewesen war. Einundzwanzig Jahre hatte er als Gefängniswärter Dienst getan und dann seinen ehrenvollen Abschied genommen. Spike war besonders darauf aus, Papiere zu finden, die das Verhältnis Creagers zu Abel Bellamy erklären würden. Leider konnte er eine Schreibtischschublade nicht öffnen, und Gewalt wollte er nicht anwenden.

Aus einem Scheckbuch und verschiedenen Kontoauszügen ersah er, daß Creager verhältnismäßig wohlhabend gewesen war. Sein Bankguthaben betrug über zweitausend Pfund. Eine Abrechnung der Bank zeigte, daß Creager an jedem Monatsersten vierzig Pfund erhielt, die bar auf sein Konto eingezahlt wurden. Die Höhe der Staatspension, die vierteljährlich vergütet wurde, war ebenfalls zu ersehen.

Noch während Spike damit beschäftigt war, die Personalien Creagers aus dessen Paß abzuschreiben, trafen die Beamten ein. Der Polizeiarzt untersuchte sofort die Leiche.

»Der Tod ist schon vor mindestens einer Stunde eingetreten. Der Pfeil hat den Körper glatt durchbohrt.«

Spike gab dem Inspektor von Scotland Yard den zweiten Pfeil und führte ihn zu der Stelle, wo er ihn gefunden hatte.

»Hm – das ist der erste Mord durch einen Bogenschuß, den ich erlebe. Na, Holland, ich vermute, Sie werden, sobald Sie in Ihre Redaktion kommen, den Bericht für die Zeitung schreiben. Wie kamen Sie überhaupt hierher?«

Spike erzählte, was sich im Carlton Hotel abgespielt hatte. Daraufhin entschloß sich der Inspektor, Bellamy aufzusuchen.

Mr. Abel Bellamy war eben im Begriff, nach Berkshire aufzubrechen, als der Beamte mit Spike zusammen bei ihm eintraf, und er war nicht einmal erstaunt, als er die Neuigkeit erfuhr.

»Stimmt haargenau, daß ich ihn hinausgeworfen habe. Creager bezog eine recht ansehnliche Unterstützung von mir – er hatte mir einmal das Leben gerettet, als ich in meinem Ruderboot auf dem Strom umgeschlagen wurde.«

Eine glatte Lüge, dachte Spike, der den Alten genau beobachtete.

»Weshalb haben Sie sich heute mittag mit ihm gestritten, Mr. Bellamy?«

»Er wollte mich anpumpen. Dabei benahm er sich so unverschämt, daß ich ihn schließlich hinauswarf. Übrigens, wie wurde Creager eigentlich umgebracht?«

»Er wurde durch einen Pfeil getötet«, antwortete der Inspektor. »Durch einen grünen Pfeil –.«

»Ein grüner Pfeil?« wiederholte Bellamy. »Was, zum Teufel ...« Er schien erschrocken, nahm sich aber gleich wieder zusammen. »Also ein Opfer Ihrer Geistergeschichte, Holland! Grüner Pfeil und grüner Bogenschütze – das paßt gut zusammen, wie? Haben Sie eigentlich schon etwas in die Zeitung gebracht?«

»Lesen Sie morgen unser Blatt, Mr. Bellamy – Ihr Bogenschütze wird eine besondere Spalte für sich haben!«

5

›Ist der grüne Bogenschütze der Mörder Creagers? Mysteriöser Mord unmittelbar nach einem Streit mit dem Besitzer des Geisterschlosses!

Wer ist der grüne Bogenschütze von Garre Castle, und in welcher Beziehung steht er zum Mord an Charles Creager, dem früheren Gefängniswärter von Pentonville? Das sind die Fragen, die Scotland Yard zu beantworten versucht. Creager wurde von einem Berichterstatter des »Globe« tot in seinem Garten aufgefunden. Der Ermordete hatte zuvor eine heftige Auseinandersetzung mit Abel Bellamy, dem Millionär aus Chicago, in dessen Schloß der grüne Bogenschütze umgeht. Creager wurde durch einen grünen Pfeil getötet, wie sie vor sechshundert Jahren in Gebrauch waren ...‹

Abel Bellamy knallte die Zeitung auf den Tisch.

»Möchte wissen, wieviel von diesen Klatschereien auf Ihr Konto kommt. Savini, ich will Ihnen etwas sagen. Sie haben eine gute Stellung – passen Sie auf, daß Sie sie nicht verlieren! Ich habe Sie aus der Gosse aufgelesen, vergessen Sie das nicht. Daß Sie ein Schuft sind und ein Verbrecher, weiß ich genau. Ich habe Sie trotzdem angestellt, weil Sie ein Kerl sind, den ich brauchen kann. Glauben Sie aber ja nicht, daß ich Sie nicht durchschaut hätte! Ich weiß genau Bescheid über Sie und die Falschspielerbande, zu der Sie gehörten, als ich Sie auflas. Die Polizei wartet nur auf eine Gelegenheit, Sie einzustecken. Der Detektiv gestern abend fragte mich sofort, ob ich wüßte, was für eine Art Sekretär ich mir da angeschafft hätte.«

Savini starrte ihn wortlos an. Sein Gesicht war kreidebleich. Bellamy ging auf ihn zu und packte ihn an den Rockaufschlägen.

»Dieses Geschwätz vom grünen Bogenschützen wird sehr bald ein Ende finden – von heute an schieße ich rücksichtslos auf alles Grüne!« Er faßte seinen Sekretär noch fester und schüttelte ihn wie ein Bündel hin und her. »Wenn Sie glauben, daß Sie mich durchschauen, irren Sie sich. Ich durchschaue Sie!« Er gab Savini einen Stoß, daß er zur Seite taumelte. »Um fünf Uhr brauche ich den Wagen!«

Mit einer Kopfbewegung schickte er den Sekretär hinaus.

Savini ging auf sein Zimmer. Langsam kam er geistig und körperlich wieder zu sich. Der Schrecken, der ihm in die Glieder gefahren war, löste sich. Der Alte mag schlau sein, sagte er sich schon halb beruhigt, aber alles weiß er eben doch nicht. Er schaute auf die Uhr, es war kurz nach neun, der ganze Tag bis fünf gehörte ihm. Gedankenvoll zog er den Mantel an und verließ das Haus. Ein Taxi brachte ihn vor das Portal eines großen Gebäudes in Maida Vale. Er stieg ins zweite Stockwerk hinauf, zog einen Schlüssel aus der Tasche und öffnete eine Wohnungstür. Er warf seinen Hut über einen Garderobenhaken und stieß die nächstliegende Zimmertür auf. Eine Frau sprang von einer Couch auf und starrte ihn erschrocken an.

»Oh, du bist es!« sagte sie dann gleichgültig, als sie ihn erkannt hatte.

»Wer sollte es sonst sein?«

»Wo warst du gestern?« fragte sie. »Ich dachte, du würdest zum Abendessen kommen.«

Sie setzte sich auf die Tischkante und wippte mit den Füßen. Sie hatte eine gute Figur, lange blonde Haare und schöne dunkle Augen. Ohne seine Antwort abzuwarten, sagte sie:

»Heute morgen bekam ich einen Brief von Jerry.«

Sie lachte über sein erstauntes Gesicht und schlenderte lässig zum Kaminsims, um den Briefumschlag zu holen.

»Ich will ihn gar nicht sehen«, knurrte er. »Ich hasse die Berührung mit Dingen, die aus dem Gefängnis kommen.«

»Du kannst von Glück sagen, daß du nicht selbst drin sitzt, mein Lieber.« Sie steckte sich eine Zigarette an. »Jerry kommt in sechs Monaten heraus und möchte gern wissen, was du für ihn zu tun gedenkst. Du bist ja jetzt Millionär, Julius.«

»Rede keinen Blödsinn!« fuhr er sie nervös an.

»Jedenfalls ist Bellamy einer, und wenn du schlau bist ...«

»Hm, eine halbe Million Pfund könnte in Garre schon für uns herausspringen.«

Sie lachte leise.

»Der alte Bellamy wäre sehr besorgt, wenn er wüßte ...«

»Er weiß. Er ist von allem unterrichtet.«

Sie sah ihn erstaunt an.

»Daß du –?«

»Heute morgen sagte er mir auf den Kopf zu, daß ich ein Verbrecher und Falschspieler wäre.«

»Was hat eigentlich diese Geschichte mit dem grünen Bogenschützen zu bedeuten?« fragte sie nach einer Pause. »Ich habe heute morgen in der Zeitung darüber gelesen.«

Er zuckte die Achseln.

»Ich weiß es nicht, ich habe nichts bemerkt. Einige von den Dienstboten glauben, ihn gesehen zu haben, und der Alte behauptet, jemand hätte nachts seine Türe geöffnet.«

»Das warst natürlich du!«

Zu ihrer Verwunderung schüttelte er den Kopf.

»Dazu liegt doch gar kein Grund vor. Hinter den Geldschrank mache ich mich sowieso nicht allein – die alte Gesellschaft aber ist so gut wie erledigt. Entweder sitzen die Kerle im Kittchen, oder sie haben sich in Sicherheit gebracht. Außerdem wäre mir die Sache, das ganze Risiko, viel zu dumm. Es geht hier um etwas völlig anderes! Wenn wir es richtig anstellen, verdienen wir eine halbe Million!«

»Was hast du vor, Julius?« fragte sie zweifelnd.

»Es gibt einen Ort, er heißt Paulo, wo ein Mann wie ein Fürst leben kann, wenn er die Zinsen von hunderttausend Dollar zu verzehren hat. Das ist das mindeste, was mir der alte Gauner zahlen wird. Garre Castle birgt ein Geheimnis, Fay. Kann sein, daß es sogar hunderttausend Pfund wert ist –.«

Er liebte es, sich geheimnisvoll auszudrücken. Auch jetzt freute er sich, als er das verständnislose Gesicht seiner Frau sah.

6

Der junge Mann, der mit den Howetts zusammen im Carlton gesessen hatte, war in Wirklichkeit älter, als er aussah. Anfänglich hatte sich Valerie wenig für ihn interessiert. Die vielen Reisen ihres Vaters brachten es mit sich, daß sie in jeder größeren Stadt mit jungen Leuten zusammentraf, die nichts zu tun hatten, als ihre Zeit totzuschlagen.

Obwohl James Lamotte Featherstone anscheinend auch keinen festen Beruf hatte, stach er doch irgendwie von diesen reichen Nichtstuern ab. Er unterschied sich vor allem durch gute Manieren, war ihr gegenüber sehr zurückhaltend, sprach nie über sich selbst und konnte sich anregend über alle möglichen Dinge unterhalten.

Zuerst hatte ihn Valerie nur geduldet, weil er immerhin besser und vornehmer aussah als der Detektiv, der sie vorher auf Anordnung ihres Vaters auf den oft recht einsamen und gewagten Streifzügen in die Umgebung begleiten mußte.

Schließlich mochte sie Featherstone sogar ziemlich gut leiden. Am Tag nach Creagers Ermordung holte er sie zu einem Spaziergang im Park ab. Unterwegs sah sie ihn eine Zeitlang von der Seite her an.

»Ich möchte Sie etwas ganz Persönliches fragen, Mr. Featherstone. Haben Sie eigentlich noch etwas anderes zu tun, als anständige junge Damen auf ihren Spaziergängen zu begleiten?«

Er musterte sie zerstreut.

»Ach, Sie sind sehr anziehend. Sie erinnern mich immer an Beatrice d'Este, die von Leonardo gemalt wurde – nur sind Ihre Augen noch viel schöner ...«

»Mr. Featherstone«, unterbrach sie ihn ärgerlich, »nehmen Sie sich zusammen! Ich wollte keine Komplimente hören.«

»Es tut mir leid, Miss Valerie. Ich habe tatsächlich nichts anderes zu tun, als spazierenzugehen.«

»Sie bügeln also nicht einmal Ihre Hosen?«

»Nein, das nicht, dafür habe ich einen Mann angestellt. Aber ich bürste meine Haare selbst.«

Sie lachte, doch wurde sie gleich wieder ernst.

»Mr. Featherstone, ich möchte sie um einen großen Gefallen bitten. Sie wissen, mein Vater ist ängstlich besorgt um mich. Er achtet darauf, daß ich nie allein ausgehe. Offen gestanden, ich sehne mich oft danach, ganz allein zu sein. Ich möchte tagelang für mich sein, tun, was ich will – verstehen Sie, Mr. Featherstone?«

»Ich versuche es.«

»Nun ja, ich will Ihnen gleich sagen, worum es geht. Ich möchte, daß Sie morgen zu uns kommen und mich zu einer Spazierfahrt abholen, mich dann jedoch allein lassen, so daß ich hinfahren kann, wohin ich will. Sagen Sie einfach, Sie wollten mich auf eine Tagestour mitnehmen. Es muß nämlich etwas sein, das mir erlaubt, den ganzen Tag von zu Hause wegzubleiben.«

»Sie verlangen also von mir, daß ich vorgebe, mit Ihnen auszugehen, und in Wirklichkeit soll ich Sie sich selbst überlassen?«

Sie seufzte.

»Wie klug Sie sind! Genau das möchte ich.«

Jimmy Featherstone schlug mit seinem Spazierstock durch die Luft.

»Ich will Ihren Wunsch unter einer Bedingung erfüllen. Überlassen Sie die Nachforschungen, die Abel Bellamy betreffen, jemand anderem. Es ist durchaus keine Aufgabe für eine Dame. Wenn die Polizei den Gemüsegarten hinter Creagers Haus abgesucht hätte, wäre es Ihnen sicher schwergefallen, Ihre Anwesenheit dort zu erklären, Miss Howett!«

Valerie starrte ihn sprachlos an und wurde blaß.

»Ich – ich verstehe Sie nicht, Mr. Featherstone«, stotterte sie.

»Miss Howett, ein Müßiggänger hat eben viel Zeit, Beobachtungen anzustellen. Sie kamen an meiner Wohnung in St. James Street vorbei, das heißt, Sie folgten in einem Taxi dem Ford Mr. Creagers.«

»Kannten Sie denn Creager?«

»Oh, nur oberflächlich. Ich kenne fast alle Leute nur oberflächlich, manche allerdings auch sehr eingehend. Zum Beispiel weiß ich, daß Sie das Taxi Ende Field Road entließen und zu Fuß bis zu Creagers Haus gingen. Dort versteckten Sie sich im Gemüsegarten und warteten bis acht Uhr abends.«

»Reine Vermutungen«, bemerkte sie schroff. »Mein Vater hat Ihnen erzählt, daß ich zum Abendessen nicht zurückkam.«

»Nicht nur Vermutungen – Sie warteten so lange im Gemüsegarten, weil Sie fürchteten, daß man Sie sonst entdecken könnte.«

Von wo aus haben Sie mich beobachtet?«

»Ach, ich war eben auch dort. Es tut mir jetzt leid, daß ich mich nur im Gemüsegarten herumgetrieben habe, denn sonst hätte ich unsern Freund, den grünen Bogenschützen, wahrscheinlich gesehen.«

»Was hatten Sie eigentlich dort zu tun? Und was erlauben Sie sich, hinter mir herzuspionieren, Mr. Featherstone? Wie kamen Sie überhaupt auf den Gedanken, daß ich Creager folgte?«

Er zwinkerte ihr zu und zog ein Zigarettenetui aus der Tasche.

»Sie folgten Creager«, erwiderte er und steckte sich eine Zigarette an, »weil – das vermute ich allerdings nur –, weil Sie dachten, daß er in seinem Zorn auf Bellamy diesen vielleicht verraten und Ihnen die Aufklärung geben würde, nach der Sie nun schon seit Jahren suchen.« Als sie ihn verblüfft anstarrte, setzte er hinzu: »Sie suchen nach einer Frau, die unter merkwürdigen Umständen verschwand, Miss Howett. Und Sie vermuten, daß Bellamy mit dem Verschwinden dieser Frau zu tun hatte. Ich habe allerhand Zeit gebraucht, bis ich Ihre Gedankengänge rekonstruieren konnte. – Der grüne Bogenschütze jedenfalls ist mir gestern entgangen. Ich hätte viel Geld dafür gegeben ...«

Sie sah ihn von der Seite an.

»Glauben Sie also wirklich –?«

»Ich glaube es nicht nur, ich weiß es ganz sicher.«

Sie betrachtete ihn mit neuerwachtem Interesse. Manches wurde ihr jetzt klar.

»Ein seltsamer Mensch sind Sie, Mr. Featherstone! Sie sind bedeutend schlauer als der Detektiv, den mein Vater vor Ihnen engagiert hatte, um mich zu beschatten.«

Er lachte amüsiert.

»Leider muß ich Ihnen ein Geständnis machen, Miss Howett! Ich bin nämlich auch Detektiv, und ich habe ebenfalls einen Auftrag Ihres Vaters, wenn auch gewissermaßen inoffiziell. Ich bin Captain Featherstone von Scotland Yard, und ich beobachte Sie schon, seit Sie nach London kamen.«

7

Spike Holland arbeitete gerade an seinem zweiten Artikel über den Mord durch den grünen Bogenschützen, als er ans Telefon gerufen wurde. Gleich danach verständigte er den Redakteur von dem Gespräch.

»Man ruft mich nach Scotland Yard – passen Sie auf, ich werde noch eine ganz bedeutende Persönlichkeit!«

»Sind Sie eigentlich sicher, daß eine Frau in die Geschichte verwickelt ist?« fragte der Redakteur.

»Natürlich. Zwei Personen haben sie gesehen. Ich habe den Taxichauffeur gefunden, der sie fuhr, und außerdem wurde sie von einer Frau, die in der Field Road wohnt, beobachtet. Ganz bestimmt läßt sich feststellen, wie sie heißt und wer sie ist.«

Zehn Minuten später war Spike Holland in Scotland Yard.

»Der Chef der Abteilung H möchte Sie sprechen«, sagte der Sergeant am Eingang und ließ Spike von einem Polizisten in ein Zimmer führen, das nach Größe und Ausstattung einem höheren Beamten zu gehören schien. Am Schreibtisch saß ein jüngerer Mann und schrieb eifrig. Als der begleitende Polizist sich zurückzog, schaute er auf.

»Donnerwetter!« rief Spike überrascht. »Ich habe Sie doch schon mal irgendwo gesehen!«

Der Beamte erhob sich und schob Holland einen Sessel hin. »Ich glaube nicht, daß wir uns schon begegnet sind. Bitte, nehmen Sie Platz, Mr. Holland. Ich bin Captain Featherstone. Im allgemeinen bekommt mich das Publikum nicht zu Gesicht, aber da ich Sie so ungemein sympathisch finde ...«

»Haben Sie kein besseres Kompliment auf Lager – zum Beispiel über meine schönen roten Haare?«

Featherstone grinste.

»Also, zur Sache. Ich habe Sie hierherbemüht, weil ich weiß, daß Sie einen Chauffeur ausfindig machten, der eine Dame bis ans Ende der Field Road brachte. Daran ist gar nichts Geheimnisvolles. Der Chauffeur fühlte sich übrigens, nachdem Sie ihn so scharf ausgefragt hatten, unbehaglich und meldete den Vorfall auch der Polizei.«

»Wurde es auch den anderen Zeitungen mitgeteilt?« fragte Spike unangenehm berührt.

»Keine Zeitung bekam eine Mitteilung. Auch Ihre nicht.«

»Was heißt das? Wir haben es doch schließlich herausgefunden!«

»Gerade deshalb möchte ich Sie dringend bitten, keinen Gebrauch davon zu machen. Dies ist der Grund, weshalb ich Sie herbat. An der Sache ist nämlich nichts dran. Ich bin mit der Dame persönlich bekannt, und ihre Anwesenheit in der Field Road ist zur Genüge aufgeklärt. Vermutlich sind Sie jetzt enttäuscht, weil ja doch vom Standpunkt des Berichterstatters eine Mordgeschichte mit einer geheimnisvollen Dame viel wirkungsvoller gewesen wäre!«

»Gut –«, meinte Spike bedauernd, »wenn Sie sonst nichts von mir wollen. Die übrige Geschichte wird aber auf alle Fälle in unserer Zeitung veröffentlicht.«

»Ich will Ihnen noch ein paar Tatsachen mitteilen«, sagte Featherstone, »aus denen Sie weitere Schlüsse ziehen können. Der Mörder Creagers hat rote Narben quer über die Schultern.«

»Ist das eine Vermutung von Ihnen?«

»Nein, eine Tatsache. Aber ich möchte noch auf einen weiteren

Punkt hinweisen. Der Mörder trug entweder einen starken Spazierstock oder ein Bündel Golfschläger. Ich persönlich glaube, daß es Golfschläger waren, denn in der Nähe des Tatorts liegt ein Golfplatz. Ich weiß nicht, ob diese Mitteilungen im Augenblick von irgendwelchem Nutzen für Sie sind, aber vielleicht können Sie sie später auswerten, wenn der Mörder gefaßt ist.«

»Gibt es eigentlich Anhaltspunkte, die zur Aufklärung führen könnten?«

»Keine – das heißt keine, die jetzt schon reif für eine Veröffentlichung wären. Sie wissen ja, Holland, daß wir Indizien nur dann bekanntgeben, wenn wir den Verbrecher zu einer Unvorsichtigkeit verleiten wollen. Es ist oft unser letztes Hilfsmittel. Der Übeltäter wird veranlaßt, seinen Wohnsitz aufzugeben und sich zu verstecken. Es sind schon mehr Leute durch verdächtiges Fernbleiben als durch Fingerabdrücke überführt worden.«

»Was hat es eigentlich mit den Narben auf dem Rücken auf sich?« fragte Spike, ohne mit einer wirklichen Antwort zu rechnen. Erstaunlicherweise aber gab Featherstone eine Erklärung.

»Ich weiß nicht, wie weit Sie über die Gerichtsstrafen in England informiert sind. In gewissen Gefängnissen wird heute noch die Prügelstrafe angewendet. Creager hat sie jahrelang im Pentonville-Gefängnis praktiziert. Manche Betroffene vergessen so etwas nie. Meine Theorie ist daher, daß der Mörder Creagers ein früherer Häftling war, der auf eine Gelegenheit zur Rache wartete.«

»Und was soll Ihrer Meinung nach der dicke Spazierstock oder das Bündel Golfschläger bedeuten?« fragte Spike weiter.

»Creager wurde von einem Pfeil getroffen, der mit einem sehr starken Bogen abgeschossen wurde, vermutlich einem Metallbogen. Wer aber könnte mit Pfeil und Bogen durch London spazieren, ohne die allgemeine Aufmerksamkeit auf sich zu lenken? Deshalb nehme ich an, daß die Waffe entweder in einem hohlen Spazierstock oder unter einem Bündel Golfschläger versteckt wurde.«

Spike kehrte in sein Büro zurück mit dem Gefühl, um eine Pointe gebracht worden zu sein.

»Wir dürfen die Frau nicht in die Geschichte hineinbringen, Mr. Syme«, berichtete er dem Redakteur. »Die Polizei hat die Sache bereits aufgeklärt, es ist nichts dran.«

»Ich sagte es Ihnen ja gleich – geheimnisvollen Damen gegenüber bin ich immer mißtrauisch gewesen!«

8

Valerie Howett war verzweifelt und machte ihrem Vater noch am gleichen Abend heftige Vorwürfe.

»Liebe Val«, seufzte Mr. Howett, »ich mußte es tun. Hätte ich dich denn ganz ohne Schutz lassen sollen?«

»Wenn du mir wenigstens gesagt hättest, daß er Detektiv ist!«

»Was willst du, er ist doch ein guter Kerl. Ich kannte seinen Vater, der Attaché bei unserer Gesandtschaft in Washington war. Du solltest dich nicht ärgern, Val, er hat seinen zweimonatigen Urlaub geopfert, um mir zu helfen. Ich hoffte, du würdest in dieser Zeit deiner Nachforschungen endlich überdrüssig.«

»Es ist ein widerwärtiges Gefühl, zu wissen, daß man dauernd beobachtet wird«, sagte sie vorwurfsvoll.

Ihre ablehnende Haltung Jim Featherstones Mission gegenüber hielt sie allerdings nicht davon ab, ihn an sein Versprechen zu erinnern. Anderntags kam er auch wie verabredet und holte sie ab. Schon nach fünf Minuten, beim großen Marmorbogen im Hyde Park, ließ sie den Wagen anhalten und öffnete die Tür.

»Aha – hier soll ich also aussteigen?« fragte er harmlos.

»Haben Sie schon zwei Polizeibeamte bestellt, die mit Motorrädern hinter mir herfahren?«

»Ehrenwort – nein! Ich vertraue Ihnen, daß Sie heute nichts tun werden, was mich als Ihren offiziellen Schutzengel in Verlegenheit bringen könnte. Aber hören Sie gut zu – um acht Uhr werde ich im Carlton Hotel nach Ihnen fragen, und wenn Sie bis dahin nicht zurück sind, lasse ich Ihren Steckbrief an alle Polizeistationen Englands gehen.«

Sie winkte ihm vergnügt zu, als der Wagen abfuhr, und sah, daß er ihr solang es ging nachschaute.

Als das Auto außer Sicht war, schlenderte er nachdenklich durch den Park zurück. Obwohl er alle Zusammenhänge zu erraten glaubte, war es ihm dabei doch ziemlich unbehaglich. Zum Beispiel Valeries Anwesenheit in Creagers Garten vor zwei Tagen – in Wirklichkeit hatte er nur beobachtet, wie sie sich im Garten versteckte und später wieder herauskam. Was sie in der Zeit zwischen drei Uhr nachmittags und acht Uhr abends getan hatte, wußte er nicht.

Mr. Howett hatte ihm seinerzeit nur mitgeteilt, daß seine Tochter dringend nach jemand suche. Wer die gesuchte Person war und was es mit ihrem Verschwinden auf sich hatte, war ihm noch völlig unklar. Seit zwei Monaten beobachtete er diese schöne junge Dame nun schon. Wer, um alles in der Welt, aber war Mrs. Held, und weshalb suchte Valerie sie? Mr. Howett kannte er gut und war ihm sowohl diesseits wie jenseits des Atlantischen Ozeans öfters begegnet. Er war Witwer und hatte nur das eine Kind. Nichts deutete auf eine verlorengegangene Verwandte oder enge Freundin der Familie hin.

Soweit war er mit seinen Überlegungen gekommen, als er eine alte Bekannte entdeckte. Schnell überquerte er den Rasen und trat einer elegant gekleideten Dame in den Weg, die langsam auf einem der Parkwege spazierte.

»Wahrhaftig, ich dachte schon, ich hätte mich geirrt«, begann Jim liebenswürdig. »Wie geht es Ihnen, Fay?«

Sie schaute ihn verständnislos an und zog die Brauen hoch.

»Ich erinnere mich nicht, Ihre Bekanntschaft gemacht zu haben«, sagte sie und sah sich scheinbar nach einem Polizisten um.

Jim Featherstone amüsierte es sehr.

»Fay, Fay«, rief er lachend, »seien Sie nicht so abweisend und hochmütig! Was machen alle Ihre vornehmen Bekannten? Jerry ist, soviel ich weiß, noch im Gefängnis, und die übrigen halten sich in Paris versteckt, nicht wahr?«

»Mr. Featherstone, es ist schlimm genug, daß eine Dame nicht einmal spazierengehen kann, ohne von einem Polizeispitzel angepöbelt zu werden ...«

»Sehr fein drücken Sie sich nicht gerade aus. Wie steht's eigentlich mit der Neuigkeit, die ich über Sie zu hören bekam?«

»Wovon sprechen Sie?« fragte sie ungeduldig.

»Man erzählte mir, daß Sie kürzlich geheiratet hätten. Wer ist wohl der Glückliche?«

»Da irren Sie sich sehr, ich bin nicht verheiratet.«

Er ging beharrlich neben ihr her.

»Wie geht es eigentlich diesem Mischling, dem Sekretär des alten Bellamy?« erkundigte er sich nebenbei.

»Wie kommen Sie auf den Ausdruck ›Mischling‹?« fragte sie pikiert. »Falls Sie Mr. Savini meinen, der ein guter Freund von mir ist, muß ich Ihnen sagen, daß er aus einer alten portugiesischen Familie stammt. Im übrigen weiß ich nicht, wie ich dazu komme, mich mit einem Polizeibeamten in der Öffentlichkeit zu unterhalten.«

»Entschuldigen Sie«, murmelte Featherstone, »ich hätte natürlich daran denken sollen, daß man einen Eurasier nicht ›Mischling‹ nennt. Nebenbei, ich glaube, er ist ganz normal und ehrenhaft geworden, oder täusche ich mich?«

Sie drehte sich gereizt zu ihm hin.

»Mr. Featherstone, ich habe keine Lust, mit Ihnen noch weiter über meinen Freund zu sprechen. Wenn Sie mich jetzt allein ließen, wäre ich Ihnen sehr verbunden.«

»Man könnte tatsächlich glauben, daß Sie mit Julius verheiratet sind. Sollte es der Fall sein, so darf ich Ihnen wohl meinen herzlichen Glückwunsch . . .«

Sie drehte sich um, bevor er den Satz beenden konnte.

Jim Featherstone begab sich zum Carlton Hotel zurück, um seine Bekanntschaft mit Julius zu erneuern. Er traf ihn dort nicht mehr an, denn Savini war mit seinem Herrn schon unterwegs nach Garre Castle.

9

Man konnte dem alten Turm und den dicken Mauern von Garre Castle nicht ansehen, wie luxuriös das Schloß innen eingerichtet war. Von außen machte es einen düsteren und abschreckenden Eindruck. Nur schmale Schießscharten starrten dem Betrachter entgegen. Die Doppelfenster von Mr. Bellamys Bibliothek blieben neugierigen Augen verborgen, denn sie gingen auf die grüne Rasenfläche des inneren Hofes hinaus.

Es hatte seinerzeit Aufsehen erregt, als Bellamy, der selbst kaum ein Buch las, und auf den geschichtliche Tradition nicht den geringsten Eindruck machte, die alte Burg für eine hohe Summe kaufte. Vielleicht aber waren es einfach die dicken, starken Mauern gewesen, die dem alten Bauunternehmer Bewunderung abnötigten. Diese trutzigen Steinmauern, die Strenge der Burgkapelle, die düsteren Kerkerzellen mit ihren schweren Türen, die ganze Macht und Majestät von Garre Castle sprachen diesen primitiven Menschen auf seltsame Weise an.

Schon zwanzig Jahre zuvor, bei seinem ersten Besuch in England, hatte die Burg einen starken Eindruck auf ihn gemacht, und bei allen seinen späteren Plänen spielte sie eine große Rolle.

Er liebte Garre Castle über alles. Selten blieb er eine Nacht außerhalb; wenn er in die Stadt fuhr, kehrte er nach Möglichkeit abends in seine Burg zurück. Stundenlang konnte er Art und Anlage des Mauerwerks studieren. Oft starrte er auch zu dem mächtigen Eichenbalken hinauf, der unter dem Dach der Burgkapelle in den Hof hinausragte. In halber Höhe darunter gab es eine Öffnung in der Mauer; durch dieses Loch hatte man in vergangenen Zeiten Menschen gestoßen, denen zuvor ein oben am Galgenbalken befestigter Hanfstrick um den Hals gebunden worden war. So ging man damals mit Leuten um, die sich auflehnten oder gegen Verbote verstießen. Auch der grüne Bogenschütze, der in den Forsten seines Herrn gewildert hatte, endete an diesem Galgen.

Am Abend seiner Rückkehr von London saß Abel Bellamy vor dem großen Kamin in der Bibliothek und schaute ins Holzfeuer, das lebhaft knisterte und sprühte. Es war ein schöner Raum, Holzpaneele schmückten die Wände vom Boden bis zur Decke, blaue Samtvorhänge hingen vor den tiefen Nischen der Fenster.

Es war schon spät, Bellamy konnte sich immer noch nicht von seinem bequemen Armsessel trennen, aber schließlich erhob er sich doch, schloß die Tür auf und klingelte. Gleich danach erschien Savini.

»Nehmen Sie alle Briefe dort auf dem Tisch, setzen Sie die Antworten auf und legen Sie sie mir morgen vor. – Ich bleibe den ganzen nächsten Monat hier – wenn Sie einmal Urlaub haben wollen, dann sagen Sie es mir besser gleich.«

»Am Mittwoch habe ich eine Verabredung –.«

Der Alte knurrte irgend etwas.

»Nun gut, Sie können am Mittwoch gehen.« Als Julius schon wieder an der Tür war, rief er ihn noch einmal zurück. »Savini, Sie fragten mich neulich, ob ich ein Testament gemacht hätte –.«

»Mein Gott, ich dachte mir nichts Böses dabei«, erwiderte Savini rasch. »Als Ihr Privatsekretär muß ich mich schließlich um Ihre Angelegenheiten kümmern.«

»Ja, das sagte ich mir zuerst auch. Inzwischen habe ich es mir allerdings überlegt und bin zur Überzeugung gekommen, daß Sie nicht der Mann sind, der eine solche Frage ohne bestimmte Absicht stellt. – Gut, Sie können gehen.«

Als er wieder allein war, lief Bellamy unruhig auf und ab. Er hatte ein unsicheres Gefühl, das er sich nicht erklären konnte. Mit einem seltsam geformten Schlüssel öffnete er eine der Schreibtischschubladen. Obenauf lag eine Ledermappe, die er aufklappte und auf den Tisch legte. Er nahm die Fotografie einer Frau in die Hand. Die altmodischen Kleider auf dem Bild mochten vor etwa zwanzig Jahren modern gewesen sein. Das Gesicht sah jung und hübsch aus. Die dunklen Augen schienen ihn anzublicken. Bellamy preßte die Lippen aufeinander.

»Du bist eine Närrin«, murmelte er nach einer Weile. »Du bist hübsch, aber verrückt. Du hast nicht den geringsten Verstand.«

Er legte das Bild weg und nahm eine zweite Fotografie auf, die eines dreißig- bis vierzigjährigen Mannes.

»Auch ein Narr – ja, du warst immer einer, Mike!«

Eine dritte Fotografie zeigte ein kleines Kind. Auf der Rückseite war ein Zeitungsausschnitt aufgeklebt. Die kurze Notiz lautete:

›Leutnant J. D. Bellamy, Angehöriger der Armee der Vereinigten Staaten. Der genannte Offizier wurde bei einem Luftkampf ungefähr am 14. Mai 1918 getötet.‹

Er legte auch diese Fotografie in die Mappe zurück, als er etwas entdeckte. Asche – Zigarettenasche! Bellamy rauchte nie Zigaretten, aber er wußte, daß Savini es tat. Er wollte schon klingeln, unterließ es aber doch. Daß ein Mann wie Savini, dessen Charakter er kannte, in seinen Privatsachen herumschnüffeln würde, damit hätte er rechnen müssen. Bevor er an diesem Abend die Bibliothek verließ, schloß er die Ledermappe in den hinter einem Eichenpaneel eingebauten Wandtresor ein.

Julius, der in einem Zimmer auf der andern Seite der Eingangshalle arbeitete, sah durch die offenstehende Tür, wie sein Herr herauskam und das Licht in der Bibliothek ausdrehte.

Bellamys großes, düsteres Schlafzimmer war nur spärlich möbliert. Der einzige Zugang war durch zwei Türen gesichert, eine äußere, schwere aus Eichenholz und eine innere, die mit Leder überzogen war. Bellamy verschloß wie jeden Abend die äußere wie auch die innere Tür und kleidete sich aus. Bevor er sich ins Bett legte, holte er einen langen, dünnen Schlüssel aus der Tasche, den er unter dem Kopfkissen versteckte.

Er fiel sofort in einen leichten, gesunden Schlaf, aus dem er drei Stunden später plötzlich erwachte. Es war eine mondhelle Nacht mit fast wolkenlosem Himmel, und da die Vorhänge nachts nie gezogen wurden, war es ziemlich hell im Zimmer. Er konnte deutlich erkennen, wie die Ledertür langsam und geräuschlos aufschwang.

Bellamy wartete einen Augenblick, dann griff er nach der Pistole, die er stets auf seinem Nachttisch liegen hatte. Vorsichtig stand er auf, die Pistole schußbereit in der Hand.

Die Tür stand jetzt weit offen – jeden Augenblick konnte jemand im Zimmer stehen. Eine Minute verging, ohne daß sich etwas ereignete. Bellamy rannte bis zur Tür, wartete, machte einen Schritt hinaus.

Der Mond schien durch die Gangfenster, die Halle war silbrighell erleuchtet.

Zuerst konnte er nichts entdecken, aber dann bewegte sich etwas aus dem Schatten ins helle Licht. Eine schlanke, grüne Gestalt mit todblassem Gesicht stand vor Bellamy und hielt einen Bogen in der Hand. Eine Täuschung war ausgeschlossen.

Einen Augenblick starrte der Alte wie gebannt auf die Erscheinung, dann hob er die Pistole und schoß zweimal.

Als Bellamy schoß, schien die Gestalt zu verschwimmen und sich im Schatten, aus dem sie getreten war, aufzulösen. Er stürzte vorwärts, aber die Stelle, an der die grüne Erscheinung gestanden hatte, war leer. Die Schüsse hatten zwei große Löcher in der Wandverkleidung hinterlassen.

Bellamy schaute sich um. In der Nähe befand sich die Tür, hinter der eine Wendeltreppe zu den Zimmern der Dienstboten hinaufführte. Er versuchte die Tür zu öffnen, aber sie war verschlossen. Plötzlich fiel ihm etwas ein. Er eilte den Gang entlang, bis er zu Savinis Schlafzimmer kam. Er rüttelte heftig an der verschlossenen Tür.

»Savini!« rief er laut.

Nichts rührte sich. Inzwischen waren einige Dienstboten von dem Lärm wach geworden. Ein alter Mann, nur mit Hemd und Hose bekleidet, kam durch den Gang gelaufen.

»Was ist geschehen, Mr. Bellamy?«

»Fragen Sie nicht so dumm! Tun Sie etwas. Wir müssen das ganze Schloß durchsuchen. Wecken Sie die andern Diener und telefonieren Sie rasch nach dem Portier!«

In diesem Moment öffnete sich Savinis Tür. Er war im Schlafanzug und blinzelte verstört ins Licht.

»Was ist . . .« stotterte er schlaftrunken.

Bellamy stürzte sofort ins Zimmer und sah sich argwöhnisch darin um. Ein Fenster stand offen, er ging darauf zu und schaute hinaus. Ein schmaler Mauervorsprung zog sich unmittelbar unter dem Fenster der Mauer entlang, breit genug, daß ein schwindelfreier Mann darauf gehen konnte.

»Haben Sie die Schüsse nicht gehört?«

»Was ist denn los?«

»Ziehen Sie sich sofort an und kommen Sie in die Bibliothek hinunter!« befahl der Alte.

Mit raschem Griff riß er dem Sekretär die Jacke auf und starrte auf die bloße Brust darunter. Er fluchte vor Enttäuschung, denn unter dem Schlafanzug hatte er ein anliegendes grünes Trikot erwartet.

Savini kleidete sich hastig an und eilte in die Bibliothek, in der Bellamy zornig auf und ab lief.

»Wer hat die Tür zur Dienertreppe abgeschlossen?« fragte er.

»Ich – das tue ich doch jeden Abend. Sie haben mir ja selbst den Auftrag dazu gegeben.«

Ein durchdringender Blick traf den Sekretär.

»Und den Schlüssel haben natürlich Sie?«

»Nein, der Hausmeister. Er muß morgens die Tür öffnen, um die Mädchen einzulassen, die oben saubermachen.«

Bellamy kniff die Augen zusammen.

»Savini, wenn Sie nicht irgendwie mit diesem grünen Bogenschützen zu tun haben, dann irre ich mich gewaltig! Holen Sie sofort Wilks!«

Julius verschwand und kam bald mit dem Hausmeister wieder zurück. Wilks hatte den Schlüssel tatsächlich in der Tasche.

Bellamy nahm eine Taschenlampe aus dem Schreibtisch. Sie verließen zu dritt die Bibliothek und stiegen in den oberen Stock zu den Schlafzimmern hinauf. Der Hausmeister öffnete mit seinem Schlüssel die Tür zur Wendeltreppe. Nach oben führte sie zu den Dienstbotenzimmern, nach unten zu den Wirtschaftsräumen.

Bellamy entsicherte seine Pistole und stieg, mit der Lampe vorausleuchtend, die Treppe hinunter. Der Hausmeister und Savini folgten ihm. Unten gelangten sie an eine unverschlossene Tür zu einem Nebenraum der Burgküche. Dieser Raum hatte noch zwei Türen, die aber von innen verriegelt waren.

Bellamy leuchtete in jeden Winkel, ohne etwas Ungewöhnliches entdecken zu können.

»Nichts – wo zum Teufel könnte ...«, murmelte er und suchte weiter, bis der Morgen graute.

Vor dem Feuer in der Bibliothek trank er eine Tasse heißen Kaffee. Savini war stehengeblieben und sah ihm zu.

»Irgend etwas steckt hinter dieser Geschichte mit dem grünen Bogenschützen. Ein Geist? Blödsinn! Ich glaube weder an Geister noch an den Teufel und lasse mir von nichts Über- oder Unterirdischem Furcht einflößen. Der Kerl, der heute nacht hier eingebrochen ist, muß kugelfest sein, wenn er mir das nächste Mal entwischen will! – Ja, was gibt's? Herein!«

Der Hausmeister hatte angeklopft und trat jetzt ein.

»Ich habe noch einmal die Vorratskammer neben der Küche durchsucht, Mr. Bellamy – dabei habe ich dies hier gefunden.«

Bellamy sprang auf und riß Wilks den Gegenstand aus der Hand, der aussah wie ein kleiner roter Ball, sich bei näherer Untersuchung aber als blutdurchtränktes Taschentuch herausstellte. Bellamy zog die Augenbrauen hoch.

»Also habe ich den Kerl doch erwischt!« rief er triumphierend. »Oder können Gespenster etwa bluten? Was halten Sie davon, Savini?«

Er faltete das Taschentuch ganz auseinander.

»Ein Damentaschentuch –«, murmelte er verblüfft.

Es war ein hübsches Spitzentuch aus feinstem Batist. In der einen Ecke war ein Monogramm eingestickt. Er hielt das Tüchlein unter die Tischlampe.

»V. H.«, las er stirnrunzelnd. »V. H.! Wer, zum Teufel, ist V. H.?«

Da er nicht auf Savini achtete, sah er dessen entsetzten Blick nicht.

V. H.! Valerie Howett! durchzuckte es den Sekretär.

10

Abel Bellamy empfing Fremde nie oder doch nur selten in der Burg. Er hatte im Pförtnerhaus eigens ein Besucherzimmer einrichten lassen, und wenn es etwas zu verhandeln gab, ging er hinüber und führte die Besprechung dort.

Der Morgen nach dem nächtlichen Zwischenfall war klar und frostig. Mr. Bellamy stapfte langsam über die Rasenflächen des Parks zum Pförtnerhaus. Der Portier legte respektvoll die Hand an die Mütze, als er eintrat und sich ins Besuchszimmer begab, wo ein Polizeibeamter auf ihn wartete.

»Guten Morgen, Mr. Bellamy. Wie ich höre, gab es heute nacht einige Aufregung in der Burg?«

Bellamy sah ihn abweisend an.

»Dann sind Sie falsch unterrichtet worden. Es war überhaupt nichts los, außer, daß ich einen dummen Traum hatte und auf einen Schatten schoß. Ich hielt ihn für einen Einbrecher. Da – nehmen Sie, für Ihre Bemühungen!« Er drückte dem Polizisten eine Banknote in die Hand. »Vergessen Sie den Vorfall. Ich möchte nicht, daß die Sache weitergemeldet wird.«

Der Polizist lächelte verbindlich.

»Ich verstehe, Mr. Bellamy.«

»Sie sind wohl über alles unterrichtet, was im Dorf passiert, nehme ich an. Waren in letzter Zeit Fremde hier?«

»Ja, ich glaube, ein oder zwei Besucher sind hier gewesen, vor allem eine Dame, die Lady's Manor sehen wollte.«

»Lady's Manor?« fragte Bellamy. »Das ist doch das alte Haus dort an der Straße?«

»Ja, es gehört Lord Tetherton. Man müßte viel Geld hineinstecken. Deshalb ist es wohl auch noch nie vermietet worden. Teile des Hauses sind so alt wie Ihre Burg.«

»Wann war sie hier?«

»Ich glaube, vor zwei Tagen. Die Dame sah sehr gut aus.«

»Wissen Sie, woher sie kam?«

»Von London, soviel ich weiß. Wenigstens hatte das Auto eine Londoner Nummer.«

War sie allein?«

»Ich habe niemand in ihrer Begleitung gesehen.«

»Falls Sie noch etwas über die Dame erfahren können – ich möchte gerne ihren Namen wissen –.«

Den restlichen Vormittag benützte Bellamy dazu, die Vorratskammer nochmals genau zu untersuchen. Er hoffte, eine Blutspur zu entdecken, die ihm weitere Aufschlüsse geben würde, aber er fand nicht einen einzigen Flecken. Savini schickte er unter einem Vorwand nach Guildford, damit er sich ungestört seinen Nachforschungen im Haus widmen konnte.

Julius war nur zu froh, sich aus dem Staub machen zu können. Sobald er seinen Auftrag in Guildford erledigt hatte, fuhr er nach London ins Carlton Hotel.

»Nein, ich glaube nicht, daß Miss Howett in ihrem Zimmer ist«, teilte ihm der Empfangschef mit. »Ich habe sie heute überhaupt noch nicht gesehen. Wenn Sie wünschen, kann ich fragen, ob sie zu sprechen ist.«

Savini zögerte einen Augenblick.

»Ja – bitte.«

Er hatte sich zu einem kühnen Schritt entschlossen. Gespannte Erwartung spiegelte sich in seinem Gesicht, während der Concierge telefonierte.

»Es tut mir leid, Mr. Savini, Miss Howett ist nicht zu sprechen. Sie hat sich gestern abend den Fuß vertreten, als sie aus dem Wagen stieg, und ist nun in ärztlicher Behandlung.«

Verwirrt verließ Julius das Hotel. ›Den Fuß vertreten‹ bedeutete doch wohl, durch einen Schuß verwundet? Was jedoch hatte sie überhaupt in Garre Castle zu suchen? Und zu welchem Zweck verkleidete sich die Tochter eines Millionärs als grüner Bogenschütze? Wenn sie es wirklich gewesen war – die Annahme schien unglaublich, phantastisch, und doch, die Anfangsbuchstaben auf dem Taschentuch und nun der verletzte Fuß sprachen für seine Theorie.

Wenige Schritte vom Hotel entfernt lief er dem Mann in die Arme, den er gerade heute am wenigsten treffen wollte – Spike Holland.

»Ich habe keine Zeit, Holland! Wenn Sie Mr. Bellamy sehen, sagen Sie ihm um Himmels willen nicht, daß Sie mich in London getroffen haben. Er hat mich nach Guildford geschickt und weiß nicht, daß ich hier bin.«

»Stimmt es, daß er letzte Nacht Besuch bekam?« fragte Spike.

»Ich kann Ihnen schwören . . .«

»Unsinn! Leugnen hat gar keinen Zweck. Wir haben einen Agenten im Dorf sitzen, der uns alles berichtet. Er teilte uns telefonisch mit, daß der alte Bellamy in der vergangenen Nacht Schießübungen nach dem grünen Bogenschützen veranstaltete.«

»Mein Gott, wenn der Alte erfährt, daß ich mit Ihnen gesprochen habe ...« jammerte Savini. »Dabei weiß ich gar nicht genau, was eigentlich los war.«

»Los, erzählen Sie schon!«

Julius berichtete ziemlich genau, was sich zugetragen hatte. Nach jedem Satz beschwor er allerdings Spike, ihn ja nicht zu verraten.

»Was führt der Alte eigentlich für ein Leben in seiner Burg? Gibt er auch Einladungen?«

»Kein fremder Besucher hat Garre Castle betreten, seit ich dort bin, und Bellamy vertrödelt seine Tage damit, die Mauern zu betrachten. Die Abende verbringt er allein in seiner Bibliothek. Gewöhnlich schließt er sich dort von neun bis elf Uhr abends ein, manchmal auch eine Stunde morgens.«

»Was, er schließt sich regelrecht ein?« staunte Spike.

»Ja, beide Türen der Bibliothek sind dann verschlossen. Es gibt nämlich auf der anderen Seite noch eine Tür. Die Mahlzeiten nimmt er meist auch in der Bibliothek – aber verraten Sie mich bloß nicht, Holland! Ich habe schon viel zuviel gesagt, und jetzt muß ich schleunigst gehen –.«

Bevor Spike ihn aufhalten konnte, war er verschwunden.

Auf dem Rückweg nach Guildford machte sich Julius die größten Vorwürfe, weil er so viel ausgeplaudert hatte. Ein Glück nur, daß er wenigstens das Taschentuch nicht erwähnt hatte – das war ja das Interessanteste an der ganzen Geschichte.

Savini traf Bellamy in verhältnismäßig guter Stimmung an, als er sich bei ihm zurückmeldete. Er äußerte sogar von sich aus die Vermutung, daß der Vorfall wahrscheinlich wieder in die Zeitungen kommen würde.

»Die Hälfte der Dienstboten hat mir gekündigt«, brummte er. »Selbst der dicke Wilks will gehen. Ich habe ihm aber gleich gesagt, daß ich ihn wegen Kontraktbruchs verklagen werde. Veranlassen Sie übrigens, Savini, daß heute nacht alle Lampen in den Korridoren und der Halle brennen!«

»Rechnen Sie damit, daß er wiederkommt?« erkundigte sich Julius, aber sein Herr würdigte ihn keiner Antwort, sondern fluchte nur leise vor sich hin.

Bellamy hatte beide Türen seines Schlafzimmers genau untersucht. Die äußere Tür konnte ohne größere Schwierigkeiten geöffnet werden, wenn jemand über die nötigen Werkzeuge verfügte. Praktisch unmöglich war es dagegen, die Ledertür zu öffnen, die ein Patentschloß und nur auf der Innenseite einen Drücker hatte.

Als er nachts schlafen ging, legte er die Pistole wie immer griffbereit neben sich. Um fünf Uhr morgens wachte er auf und sah, daß beide Türen seines Zimmers weit offenstanden. Seine Pistole war verschwunden!

11

»Vater, ich hätte schrecklich gerne ein Landhaus!« platzte Valerie Howett eines Morgens beim Frühstück unvermittelt heraus.

Mr. Howett schaute erstaunt auf.

»Wie kommst du darauf?« fragte er.

Valerie sah müde und blaß aus.

»Ich habe einen herrlichen alten Landsitz besichtigt«, berichtete sie. »Er ist nicht weit von London entfernt und hat nur den einen Nachteil, daß er an die Besitzung Abel Bellamys grenzt.«

»Wo liegt denn das Haus?«

»In Garre – es heißt Lady's Manor und ist ein alter Witwensitz, der früher zur Burg gehörte. Allerdings muß das Gebäude gründlich renoviert werden. Sehr still ist es dort, Vater – du könntest sicher ungestört an deinem Buch arbeiten.«

Mr. Howett träumte schon lange davon, eine politische Geschichte Englands zu schreiben.

»Es ist still dort, sagst du? Eigentlich keine schlechte Idee.« Er lehnte sich im Stuhl zurück und sah zur Decke. »Ich hätte tatsächlich große Lust, endlich mit meinem Buch anzufangen – und auch für dich wäre es vielleicht eine ganz gute Erholung. – Sag mal, Valerie, fürchtest du dich vor Geistern?«

»Nein, ich fürchte mich nicht – wenn du mit Geistern etwa den grünen Bogenschützen meinst?«

»Eine merkwürdige Geschichte. Ich kenne diesen Mr. Bellamy

nicht, aber soviel ich gehört habe, scheint er sich vor nichts auf der Welt zu fürchten, es sei denn vor dem Besuch eines Steuerbeamten.«

Valerie war aufgestanden. Mr. Howett wollte ihr helfen, aber sie wehrte lachend ab.

»Du solltest mit deinem Fußgelenk unbedingt zum Arzt, Valerie!«

»Ich will mich ein wenig hinlegen.«

Sie humpelte ins andere Zimmer hinüber. Nach einer Stunde klopfte Mr. Howett an ihre Tür.

»Captain Featherstone ist hier – er sagt, daß er dich sprechen möchte. Kann er hereinkommen?«

»Wenn er verspricht, sich ruhig zu verhalten!« rief sie zurück. »Ich bin momentan nicht in Stimmung, mir Vorhaltungen machen zu lassen.«

»Warum in aller Welt sollte er dir Vorhaltungen machen?« wunderte sich Mr. Howett und nahm seine unterbrochene Lektüre wieder auf.

Absichtlich übertrieben auf den Zehenspitzen gehend, stolperte Jim Featherstone in Valeries Zimmer.

»Wie traurig, Sie darniederliegen zu sehen, Miss Howett!« begann er spöttisch. »Bitte, seien Sie nicht böse, ich wollte Ihnen wirklich meine Teilnahme aussprechen. Wo waren Sie letzte Nacht?«

»Im Bett.«

»Und die Nacht vorher?«

»Auch im Bett.«

»Halten Sie mich nicht für zudringlich, wenn ich mir die Frage erlaube, ob Sie im Traum jener düsteren Gegend von Limehouse einen Besuch abstatteten und sich nach einem Mann umsahen, der unter dem Namen Coldharbour Smith bekannt ist?« Er hob feierlich abwehrend die Hand, als sie ihn unterbrechen wollte. »Einen Augenblick! Gerieten Sie bei dieser Gelegenheit nicht in eine Wirtshauskeilerei? In einer Kneipe, die hauptsächlich von Chinesen und Negern besucht wird? Glücklicherweise hat Sie ein ehrlicher, aber rauher Matrose gerettet – trotzdem haben Sie einen bösen Fußtritt von einem der Kerle abbekommen.«

»Waren etwa Sie dieser freundliche Seemann?« fragte sie verwirrt.

»Nein, es war einer meiner Beamten, Sergeant Higgins. Warum unternehmen Sie nur so gefährliche Sachen?«

»Weil ich muß«, antwortete sie trotzig. »Hätte ich Creager nur gesehen, bevor alles passierte. Ich wußte schon einiges von ihm, zum Beispiel, daß er von Bellamy Geld erhielt, weil er früher einmal etwas Schreckliches für ihn getan hatte. Und auch dieser andere Mann hat für ihn ...« Sie brach fröstelnd ab.

»Na, ein Gentleman ist Coldharbour sicher nicht«, stimmte Featherstone bei. »Er wird also auch von Bellamy unterstützt? Das wußte ich noch gar nicht. Wo bekommen Sie nur all diese Informationen her?«

»Ich bezahle dafür. Weiter kann ich Ihnen nichts sagen.«

Nachdenklich studierte er das Teppichmuster.

»Ich habe das Gefühl, daß Sie sich auf diese Weise außerordentlich gefährden. Zum Glück haben Sie Coldharbour nicht getroffen. Wenn es der Fall gewesen wäre, hätte es Bellamy innerhalb der nächsten vierundzwanzig Stunden erfahren.«

Er sah, wie sich ihre Augen mit Tränen füllten, und dieser unerwartete Anblick machte ihn betroffen.

»Ich habe alles probiert«, sagte sie, »wirklich alles. Und ich sehe ein, daß es sehr eigensinnig von mir war, als ich klüger sein wollte als die Polizei. Leider bin ich es nicht.«

»Hinter was jagen Sie nur her, Miss Howett?«

»Fragen Sie mich nicht!« rief sie heftig. »Ich bin meiner Sache sicher und weiß, daß ich auf dem rechten Weg bin.«

»Vertrauen Sie mir doch wenigstens an, wer die Frau ist, die Sie suchen.«

»Ich kann es Ihnen nicht sagen. Es ist allein mein Geheimnis.«

12

Spike Holland wurde von seinem Chefredakteur beauftragt, zu John Wood nach Wenduyne zu fahren und ihn zu überreden, eine Artikelfolge über Kinderfürsorge zu schreiben. Spike kam es sehr gelegen, denn dieser Mann hatte großen Eindruck auf ihn gemacht. Außerdem hoffte er, von Wood noch einiges über Abel Bellamy zu erfahren. Seine Reaktion letzthin, als dieser Name gefallen war, gab Spike die Gewißheit, daß Wood mehr wußte, als er sagen wollte.

Die Überfahrt über den sehr unruhigen Kanal war ungemütlich. Spike war froh, als er in Ostende wieder festen Boden unter den Füßen hatte und bald darauf in einem Zugabteil erster Klasse saß.

Wenduyne war zu dieser Jahreszeit so gut wie verlassen, die Strandpromenade schmutzig und ungepflegt. Der Wind pfiff über die Dünen, und Spike knöpfte seinen Mantel bis zum Kinn zu. Endlich stand er vor dem Haus Nummer vierundzwanzig, einer großen Villa, die einen menschenleeren Eindruck machte.

Die Klingel funktionierte nicht, und erst auf heftiges Klopfen hin erschien eine alte Frau.

»Monsieur empfängt nicht«, sagte sie auf französisch.

»Ich werde erwartet und habe mich telegrafisch angemeldet.«

Nun wurde die Frau freundlicher.

»Oh, natürlich, ich weiß. Kommen Sie bitte mit –.«

Sie führte ihn die Treppe hinauf und klopfte an eine Tür.

Das Zimmer war lang und sehr schmal. An der einen Wand standen hohe Bücherregale, die andere war mit Teppichen behängt. Durch das einzige, bunte Glasfenster fiel spärlich etwas Tageslicht ein.

John Wood saß am Schreibtisch. Er erhob sich sofort.

»Sie sind also trotz des schlechten Wetters gekommen? Nehmen Sie bitte Platz, Mr. Holland. Damit Sie nicht erst zu fragen brauchen – ich bin natürlich gern bereit, die Artikelserie zu schreiben, die Sie erwähnten. Es ist mir lieb, wenn meine Pläne der Öffentlichkeit bekanntwerden, und ich scheue mich nicht, rücksichtslos für mich Reklame zu machen.«

Während sie ein paar Einzelheiten, Länge und Inhalt der Artikel besprachen, brachte die alte Frau Kaffee und Biskuits herein.

»Wie ruhig und friedlich Sie es hier haben«, meinte Spike. »Genau die richtige Atmosphäre zum Schreiben!«

John Wood lächelte nachsichtig.

»Ich würde Sie ganz gern nach oben führen, um Ihnen die Ruhestörer zu zeigen, aber sie schlafen gerade.«

»Haben Sie denn Kinder hier?« fragte Spike erstaunt.

»Eine ganze Menge. Dreißig. Hier sind allerdings nur die gesunden Kinder. Das Sanatorium befindet sich in einem andern Stadtteil.«

Sie unterhielten sich lange über Kinder und Fürsorgeprobleme. Wood schien sich für nichts anderes zu interessieren. Endlich versuchte Spike das Thema zu wechseln.

»Sie haben, Mr. Wood, als wir uns das letztemal trafen, eine Bemerkung gemacht, die mich beschäftigte. Ich glaube, Sie wissen mehr über Abel Bellamy, als Sie mir sagen wollten. Mir scheint, Sie schätzen ihn nicht besonders?«

Mr. Wood spielte mit einer kleinen Statue, die auf seinem Schreibtisch stand.

»Ich weiß genug, um ihn an den Galgen bringen zu können«, sagte er, ohne aufzublicken.

»Sie wissen genug, um ihn ...« wiederholte Spike verwirrt. »Ist das nicht etwas übertrieben?«

Wood sah ihm jetzt offen ins Gesicht.

»Möglich, daß meine Behauptung gewagt ist. Aber ich spreche ja im Vertrauen mit Ihnen.«

Spike war gewöhnlich nicht entzückt, wenn ihm Mitteilungen gemacht wurden, die er nicht veröffentlichen sollte. Dieser Fall jedoch interessierte ihn auch persönlich.

»Zwar habe ich keine Beweise. Trotzdem weiß ich genug, daß ihm der Prozeß gemacht werden könnte.«

»Wenn ich an Ihre Arbeit denke«, meinte Spike, »vermute ich, daß es damit zusammenhängt. Handelt es sich um Kinder?«

»Ja, er hat ein Kind umgebracht. Ob allerdings er oder einer seiner Komplicen dafür verantwortlich ist, weiß ich nicht. Abel

Bellamy haßt Kinder. Er würde seinen letzten Dollar lieber ins Meer werfen, als mit ein paar Cents einem Kind zu helfen.«

»Können Sie mir nicht mehr über die Sache erzählen?«

»Es war in Amerika, vor vielen Jahren. Aber ich fürchte, daß ich schon zuviel gesagt habe. Früher oder später werden die Beweise in meiner Hand sein. Ich habe meine Mittelsmänner, die schon seit zwei Jahren eine Spur verfolgen.«

»Hatte Bellamy nicht einen Streit mit dem Vormundschaftsgericht in Amerika?«

»Ich weiß davon, aber es hat nichts mit dem Fall zu tun, den ich meine. Es gibt eben eine ganze Reihe von Untaten, für die er verantwortlich ist. Bellamy ist ein brutaler Kerl ohne Skrupel.«

Spike wagte erst jetzt die Frage zu stellen, die ihm besonders wichtig war.

»Glauben Sie, daß es sich beim grünen Bogenschützen um eines seiner Opfer handelt?«

»Die Leute glauben, der grüne Bogenschütze sei die Erfindung eines Zeitungskorrespondenten.« Wood lächelte spöttisch. »Seinen Namen zu nennen, verbietet die Höflichkeit.«

»Ich würde mich glücklich schätzen, als Verfasser einer Geschichte zu gelten, die ganz England zum Narren hält. Leider aber ist der grüne Bogenschütze nicht mein Phantasieprodukt.«

Spike erzählte vom letzten Erscheinen des Bogenschützen, und John Wood fragte ihn genau nach allen Einzelheiten aus.

»Wer sah das Gespenst noch, mit Ausnahme von Bellamy?«

»Niemand – vielleicht hat er sich die Sache selbst ausgedacht.«

»Das glaube ich nicht. Der grüne Bogenschütze wird schon wirklich existieren.«

Wood lehnte sich zurück und blieb in Gedanken versunken sitzen. Dann erhob er sich, ging zum Geldschrank neben dem Eingang und holte etwas heraus.

»Sehen Sie, Holland!« Er zeigte ihm einen verfärbten, fleckigen Kinderschuh aus weichem, weißem Leder. »Eines Tages werde ich Abel Bellamy vor einem amerikanischen Gericht diesen Schuh vorlegen!«

Spike dachte, als er gegen den Wind ankämpfend wieder zur Bahnstation ging, über Mr. Wood und seine Worte nach.

13

»Gehen Sie bloß meinen Hunden aus dem Weg!« knurrte Bellamy, als Savini am nächsten Morgen bei ihm erschien. »Sie wären gerade der richtige Bissen für sie!«

Julius schaute ihn fragend an, denn im Schloß gab es gar keine Hunde. Sein Herr klärte ihn sogleich auf.

»Ich habe zwei Polizeihunde gekauft, die von heute nacht an die Halle und die Korridore bewachen werden. Wenn Sie nicht Selbstmord begehen wollen, dann bleiben Sie morgen früh in Ihrem Zimmer, bis ich aufgestanden bin.«

Später bekam Julius die Hunde auch zu Gesicht. Es waren riesige Tiere, die nur Bellamy an sich heranließen. Er fürchtete sich nicht im geringsten vor ihnen, und sie schienen ihn bereits als ihren Herrn anerkannt zu haben.

Bellamy bereitete es sichtlich Spaß, zuzusehen, wie Savini ängstlich zur Seite sprang, als einer der Hunde Miene machte, nach seiner Hand zu schnappen.

»Sagen Sie, Savini«, fragte Bellamy später, »das Haus nebenan ist ja vermietet? Wie heißt es doch gleich?«

»Meinen Sie Lady's Manor?«

»Ja, ich bin leider zu spät gekommen beim Agenten. Ich erfuhr es, als ich heute morgen telefonierte. Wissen Sie etwas Näheres?«

»Nein, nichts. Wer ist der Mieter?«

»Ich weiß es nicht. Warum konnten die Leute nicht woanders hinziehen?«

Am Nachmittag ging Bellamy mit seinem Sekretär zu der Mauer, die seinen Besitz vom Nachbargrundstück trennte. Vor einer altertümlichen Pforte blieb er stehen, die vermutlich früher als Verbindung zwischen der Burg und dem Witwensitz gedient hatte. Die dicken Eichenbohlen waren mit Eisenplatten beschlagen. Der Durchgang schien seit Jahren nicht mehr benützt worden zu sein, denn das Eisen war verrostet und die Tür von Efeu überwuchert. Dies beruhigte Bellamy jedoch nicht.

»Holen Sie einen Maurer aus dem Dorf und lassen Sie die Tür zumauern«, befahl er. »Nicht vergessen, Savini!«

Am gleichen Nachmittag noch machten sich zwei Männer an die Arbeit. Als Valerie Howett auf einem Rundgang durch den verwilderten Garten ihres neuen Wohnsitzes das Klirren von Maurerkellen gegen die Steine hörte, vermutete sie sofort, was auf der anderen Seite des alten Tores vor sich ging.

Lady's Manor hatte sie in mancher Hinsicht überrascht. Einige Räume waren unerwartet schön und gut erhalten, so daß nur kleinere Reparaturen ausgeführt werden mußten und der Einzug bald erfolgen konnte.

Eines Morgens sah Abel Bellamy vom Fenster seines Schlafzimmers aus, daß hinter den Bäumen seines Parks aus Richtung Lady's Manor Rauch aufstieg. Er fluchte.

Seit einigen Tagen stand er früher auf, weil seine Leute die Halle und die Gänge nicht mehr betraten, bevor er die Hunde an die Leine gelegt hatte. Nachts trieben sich die Tiere frei in den Korridoren herum. Ihre Anwesenheit schien tatsächlich Erfolg zu haben, denn in der Zwischenzeit war der grüne Bogenschütze nicht mehr aufgetaucht.

Als Bellamy eines Morgens die Zeitungen überflog, fiel ihm eine Schlagzeile im ›Globe‹ auf:

›Polizeihunde beschützen den Millionär aus Chicago vor dem grünen Bogenschützen!‹

Mit der Tatsache, daß er bei jeder Gelegenheit an die Öffentlichkeit gezerrt wurde, hatte er sich abgefunden. Seine Abneigung gegen Reporter war dabei nicht kleiner geworden. Spike Holland jedoch haßte er geradezu. Dieser Mensch hatte, am Tag nach seiner Rückkehr von Belgien, die Frechheit gehabt, sich durch den Pförtner bei ihm anmelden zu lassen.

»Sagen Sie ihm«, hatte Bellamy dem Pförtner am Telefon erregt geantwortet, »daß ich die Hunde auf ihn hetze, wenn er die Burg betritt!«

Als er kurz darauf eine seiner ruhelosen Wanderungen durch den Park machte, blieb er wie vom Blitz getroffen stehen. Sein Gesicht lief vor Wut rot an. Dieser ›Globe‹-Reporter spazierte über den Rasen des Gartens seelenruhig auf ihn zu.

»Wie sind Sie hier hereingekommen?« Bellamys Gesicht war jetzt dunkelrot.

»Über die Mauer«, antwortete Spike strahlend.

»Dann machen Sie, daß Sie auf dem gleichen Weg schleunigst wieder hinauskommen!«

»Ich glaube, es ist besser, wenn Sie mich erst einmal anhören, Mr. Bellamy. Die Polizei hat nämlich die Kopie eines Briefes gefunden, den Creager an Sie richtete, und in dem er einen Mann namens Z. erwähnt. Man ist nun sehr darum bemüht, das Datum dieses Schreibens festzustellen und wer dieser Mr. Z. ist.«

»Ein Brief –«, wiederholte Bellamy ungläubig, aber etwas zugänglicher, »der an mich adressiert sein soll? Hat dieser Mensch etwa Durchschläge von seinen Briefen gemacht?«

»Man fand über hundert Durchschläge in seinem Schreibtisch. Wahrscheinlich hat er es damit immer so gehalten.«

Bellamy dachte einen Augenblick nach. Unvermittelt sagte er: »Kommen Sie mit mir ins Haus!«

Spike folgte ihm triumphierend.

14

»So – nun erzählen Sie mal, woher Sie überhaupt etwas von dem Brief wissen!«

»Ich entdeckte das Schreiben und machte mir eine Abschrift davon, bevor der Polizeiinspektor herausfand, daß es wichtig sein könnte.« Spike nahm aus seinem Notizbuch ein Blatt Papier und legte es vor sich auf den Tisch. »Die Tatsache, daß der Brief kein Datum trägt, machte die Polizei schließlich stutzig. Ich will Ihnen vorlesen, was drin steht:

›Mr. Abel Bellamy – der Gefangene Z., den ich zu betreuen habe, ist als hitziger Bursche bekannt. Ich glaube, daß ich ausführen kann, was Sie mir bei unserem letzten Zusammentreffen aufgetragen haben. Aber Sie müssen mich gut bezahlen, denn die Sache könnte mich meine Stellung kosten, wenn ein anderer Wärter dazukommt. Es ist auch möglich, daß ich mich verletze. Deshalb möchte ich wissen, was für mich dabei herausspringt. Ich kann Z. nicht leiden, er ist schlau und geschwätzig, und ich hatte schon mehrmals Unannehmlichkeiten mit ihm. Wenn Sie wirklich an der Sache interessiert sind, können Sie mich morgen bei meinen Verwandten in Henley treffen. J. Creager.‹«

Bellamy las die Abschrift zweimal durch und gab das Blatt dann zurück.

»Ich kann mich nicht erinnern, den Brief je bekommen zu haben. Keine Ahnung, wer dieser Z. sein sollte! Creager habe ich nur deswegen Geld gezahlt, weil er mir einige ganz persönliche Dienste erwiesen hat.«

Spike steckte den Brief in sein Notizbuch zurück.

»Nun, dann ist ja alles klar«, bemerkte er sarkastisch. »Entschuldigen Sie!«

Bellamy sah ihn wütend an.

»Haben Sie etwas Neues von Ihrem Gespenst gehört?« erkundigte sich Spike höflich.

»Wie sollte ich etwas wissen, das der ›Globe‹ noch nicht weiß? Eine glänzende Zeitung, wahrhaftig! Ich würde eher auf mein Frühstück verzichten als auf die Lektüre des ›Daily Globe‹.«

»Hm –. Dürfte ich mir jetzt noch ein wenig die Burg ansehen?«

»Bitte sehr, wenn Sie wollen – aber nur von außen! Je schneller Sie jetzt machen, daß Sie wegkommen, desto besser!«

Um ganz sicherzugehen, daß er wirklich verschwand, begleitete er ihn bis zum Pförtnerhaus.

»Diese Mauern sind nicht hoch genug, Savini«, knurrte der Alte, als Spike gegangen war. »Telefonieren Sie nach Guildford, jemand soll kommen und über alle Mauern Stacheldraht ziehen. Und noch etwas, Savini –!« Julius, schon an der Tür, drehte sich wieder um. »Ich möchte Ihnen noch sagen, daß die Ledermappe, in der ich ein paar alte Fotografien aufbewahre, nicht mehr in der Schreibtischschublade liegt. Sicher erspare ich Ihnen mit dieser Mitteilung viel Mühe. Wenn Sie die Fotografien wieder ansehen wollen, brauchen Sie es mir nur zu sagen!«

Julius fiel keine passende Antwort ein.

Bevor Abel Bellamy in Garre Castle eingezogen war, hatte er die Burg gründlich renovieren lassen. Unter seiner Leitung und nach seinen Plänen hatten zahlreiche Handwerker einen Monat lang gearbeitet, um die Erneuerungen und Änderungen auszuführen. Eine neue Wasserleitung, die elektrische Beleuchtungsanlage und Gasheizung waren angelegt worden. Auch die altmodische Küche erhielt einen großen Gasherd.

An dem Tag, an dem Spike Holland der Burg seinen unerwünschten Besuch abstattete, war der Gasverbrauch die Ursache eines weiteren Zwischenfalls, oder vielmehr war es die Gasrechnung, und Wilks, der biedere Hausmeister, machte sich Gedanken darüber.

Haushaltsrechnungen gingen sonst direkt an Bellamy, aber durch einen Zufall war die Gasrechnung für das vergangene Sommervierteljahr bei Wilks abgegeben worden. Er hatte sie lange studiert, bevor er damit den Hausherrn aufsuchte, weil er glaubte, ihm einen Dienst zu erweisen.

»Die Gasrechnung stimmt nicht, sie haben uns zuviel verrechnet.«

»Was ist los? Was stimmt nicht?« fuhr ihn Bellamy an.

»Sie haben uns eine zu hohe Rechnung für die heißesten Monate im Jahr geschickt. Die Heizung haben wir doch überhaupt nicht gebraucht, und außerdem war der Gasherd in der Küche nicht in Ordnung, wir mußten Kohlen verbrennen.«

Bellamy riß ihm die Rechnung aus der Hand, ohne sie anzusehen.

»Kümmern Sie sich nicht darum!« donnerte er. »Das geht Sie überhaupt nichts an. Rechnungen haben Sie nicht zu öffnen, das steht Ihnen nicht zu, verstanden!«

Das schlug dem Faß den Boden aus. Wilks bezog zwar ein gutes Gehalt, aber er hatte auch schon viel unter der schlechten Behandlung zu leiden gehabt. Er war furchtbar gekränkt.

»Ich lasse so nicht länger mit mir reden, Mr. Bellamy«, stammelte er aufgeregt. »Bitte zahlen Sie mir meinen Lohn aus und lassen Sie mich gehen. Ich bin es nicht gewohnt, daß man . . .«

»Halten Sie keine großen Reden und machen Sie, daß Sie fortkommen!« Bellamy zog eine größere Banknote aus der Tasche und knallte sie auf den Tisch. »Nehmen Sie –«, schrie er, »und lassen Sie sich nicht mehr bei mir blicken!«

Spike saß gerade beim Frühstück im einzigen Gasthof des Dorfes, als er diese überraschende Neuigkeit erfuhr. Die plötzliche Entlassung des Hausmeisters bedeutete für das Dorf ein wichtiges Ereignis. Man wußte natürlich schon lange, daß das Verhältnis zwischen dem Burgherrn und seinem Angestellten äußerst gespannt war.

Spike ließ sein Frühstück im Stich, um Wilks zu suchen und Genaueres von ihm zu erfahren.

»Worüber haben Sie sich mit ihm gestritten?« fragte er ihn.

Der Hausmeister, noch immer wütend und empört, erzählte ihm alles.

»Es ist ganz unmöglich, mit diesem Menschen auszukommen! Ja, und im Sommer wurde doch überhaupt kein Gas gebraucht. Trotzdem schickte uns das Werk eine sehr hohe Rechnung. Es lag schließlich in seinem eigenen Interesse, wenn ich ihn darauf hinwies. Statt mir aber dankbar zu sein, fuhr er mich grob an, und dies lasse ich mir nicht länger gefallen, Mr. Holland.«

Spike hörte es sich an. Dem Umstand der zu hohen Gasrechnung maß er keinen großen Wert bei, sondern lenkte die Unterhaltung geschickt auf das nächtliche Gespenst, das in der Burg umging. Der Hausmeister konnte ihm jedoch darüber nichts Neues mitteilen. Trotzdem wollte er den Bericht Wilks zu einem Artikel verarbeiten, der den Titel ›Mein Leben in der Geisterburg‹ tragen sollte.

Spike kehrte in die Stadt zurück und begab sich sofort zu Scotland Yard. Featherstone war im Büro, und Spike wurde gleich vorgelassen.

»Was bringen Sie Neues, Holland?«

»In Garre Castle hat es Streit gegeben. Der Hausmeister flog hinaus, weil er sich erlaubte, die Gasrechnung unter die Lupe zu nehmen. Vor vierhundert Jahren hätte man dem armen Wilks kurzerhand ein Hanfseil um den Hals gelegt, und dann hätte er ebenfalls als Gespenst auftreten können.«

»Erzählen Sie mir das noch einmal, aber bitte etwas genauer. Zunächst einmal – was stimmte mit der Gasrechnung nicht?«

Spike berichtete, was er wußte, und fand in Featherstone einen sehr aufmerksamen Zuhörer.

»Diese Gasrechnung ist so ziemlich das Wichtigste, was wir bisher von Garre Castle erfahren konnten«, sagte Featherstone anerkennend. »Ich bin Ihnen für diese Mitteilung sehr dankbar, Holland. Übrigens werde ich die nächsten Wochen abwesend sein. Falls Sie weitere Nachrichten erhalten sollten, verlangen Sie bitte meinen Assistenten.«

Eine halbe Stunde später kam Spike ins Büro und machte seinem Redakteur einen Vorschlag.

»Mr. Syme, ich bin jetzt völlig überzeugt davon, daß die Aufklärung des Mordes an Creager in Garre Castle erfolgen wird. Der Alte hat seinen Hausmeister hinausgeworfen. Wir sollten einen von uns hinschicken, der diese Stelle übernehmen könnte. Wie wäre es mit Mason oder einem der anderen?«

»Eine ausgezeichnete Idee!« stimmte der Redakteur zu.

Aber dieser Gedanke war nicht allein nur Spike Holland gekommen.

15

Für Abel Bellamy bedeutete die Ermordung Creagers vor allem, daß er in Zukunft die Summe von 480 Pfund, die er jährlich an Creager gezahlt hatte, sparen konnte. Unangenehm waren ihm nur die zahlreichen Fragen der Polizei gewesen, die seine Beziehungen zu dem Ermordeten betrafen. Über die sonderbaren Umstände von Creagers Tod und die angebliche Rolle des grünen Bogenschützen dabei machte er sich keine übertriebenen Gedanken. Seiner Meinung nach war Creager von irgendeinem alten Verbrecher, der ihn haßte, getötet worden.

Nach der Entlassung Wilks war ein neuer Hausmeister eingestellt worden. Schon in den ersten Tagen fuhr ihn Bellamy an:

»Junger Mann, ich möchte Sie ein für allemal darauf aufmerksam machen, daß Sie keinen Raum zu betreten haben, in dem ich mich aufhalte, ausgenommen, wenn ich nach Ihnen schicke. Gestern abend klopften Sie an die Tür der Bibliothek, obwohl Mr. Savini Sie unterrichtet hatte, daß ich nicht gestört sein will.«

»Ich bitte vielmals um Entschuldigung, Sir«, erwiderte der Hausmeister höflich. »Ich bin mit den Gewohnheiten hier noch nicht ganz vertraut, aber Sie sollen sich in Zukunft nicht über mich zu beklagen haben.«

Julius Savini machte, besonders seit Ankunft des neuen Hausmeisters, einen bekümmerten Eindruck. Er sprach kaum noch etwas, und als Abel eines Nachmittags den Park durchstreifte, traf er ihn dort in bedrückter Stimmung an und stellte ihn zur Rede.

»Was ist eigentlich los mit Ihnen? Wenn einer Grund hat, sich zu ärgern, bin ich es! Was haben Sie überhaupt? Hat die Polizei eine Ihrer Schandtaten entdeckt und ist hinter Ihnen her?«

»Ich fühle mich nicht ganz gesund ...«

»Dann suchen Sie sich eine andere Stelle! Mein Haus ist kein Sanatorium.«

Diese Standpauke verscheuchte Savinis melancholische Gedanken und hatte den Erfolg, daß er seine alte Beweglichkeit zurückgewann.

Seit dem letzten dramatischen Auftritt des grünen Bogenschützen waren mehr als zwei Wochen vergangen. Bellamy erklärte sich sein Fernbleiben aus der Anwesenheit der zwei Hunde.

»Mit Polizeihunden vertragen sich eben selbst Geister schlecht«, knurrte er zufrieden.

In der kommenden Nacht weckte ihn das Knurren eines der Hunde. Sofort sprang er aus dem Bett und eilte auf den Gang hinaus. Alle Lampen brannten, wie er es angeordnet hatte. Der Hund, dessen Knurren ihn geweckt hatte, stand sprungbereit mitten im Korridor und witterte zur Treppe hin, die nach unten in die Halle führte.

»Was ist denn los, Alter?«

Abel ging rasch ins Zimmer zurück, zog den Morgenrock an und steckte die Pistole ein. Mittlerweile war auch der andere Hund von der oberen Treppe her im Gang aufgetaucht. Bellamy stieg, von beiden Tieren gefolgt, die Treppe hinunter. Nichts Verdächtiges war zu sehen. Er schloß die Bibliothek auf und durchsuchte den Raum, ebenfalls ohne etwas zu finden. Die Haustür war wie immer fest verschlossen und verriegelt.

Beruhigt ging er nach oben und legte sich wieder hin. Aber schon nach kurzer Zeit schreckte er von neuem auf. Er hörte die Hunde bellen, diesmal schlugen beide an. Sie standen an der gleichen Stelle wie das erstemal, knurrend der Haupttreppe zugekehrt. Selbst auf seinen scharfen Pfiff reagierten sie nicht.

»Was habt ihr nun schon wieder?«

Beide bellten erregt und sprangen, als er sich näherte, mit ein paar Sätzen die Treppe hinunter. Bellamy lief hinterher. Als er unten ankam, sah er, wie sie den Boden der Halle beschnüffelten. Aber auch diesmal konnte er absolut nichts feststellen.

»Seid ihr verrückt geworden heute nacht?« brummte er ärgerlich.

Die Hunde waren immer noch sehr unruhig, aber er schrieb es irgendeiner besonderen Gemütserregung zu, der ja auch Tiere unterworfen sein konnten. Er kroch wieder ins Bett und nahm auch keine Notiz mehr davon, als er noch einmal bellen hörte.

Es war fünf Uhr und noch stockdunkel, als er aufwachte. Er knipste das Licht an und zuckte erschrocken zusammen. Beide Türen standen weit offen, obwohl er bestimmt wußte, daß er sie verschlossen hatte. Was war nur mit den Hunden los? Er eilte in den Gang hinaus. Dort lagen sie mit ausgestreckten Beinen wie tot der Wand entlang. Er bückte sich und schüttelte den einen. Der Hund öffnete langsam die Augen, sah ihn schläfrig an und ließ den Kopf wieder zur Seite fallen.

»Sie sind betäubt worden«, murmelte er. »Heute nacht war also doch jemand hier, der sich die ganze Zeit versteckt hielt. Ein Gespenst mit menschlichen Eigenschaften!«

Nach und nach kamen die Hunde wieder zu sich. Bellamy brachte sie in den Zwinger hinunter.

Was beabsichtigte der grüne Bogenschütze mit seinem neuesten Auftritt? Sicher wollte er nicht nur demonstrieren, daß er sich jederzeit Zugang auch durch verschlossene Türen zu verschaffen wußte. Immerhin war es mit einer gewissen Gefahr verbunden, die scharfen Hunde zu betäuben. Was also suchte der Kerl? Um was, zum Kuckuck, ging es ihm bei alldem?

Bellamy verwahrte in seinem Schlafzimmer nichts von Bedeutung. Trotzdem – es mußte da etwas geben ... Er überlegte lange und fand endlich die Erklärung. Der grüne Bogenschütze suchte den Schlüssel – den Schlüssel, den er tagsüber stets bei sich trug und nachts unter das Kopfkissen legte.

Wenn diese Vermutung jedoch richtig war, dann kannte der Bogenschütze auch das Geheimnis von Garre Castle! Bellamy zog sich eilig in die Bibliothek zurück und warf die Tür krachend hinter sich zu.

16

Als Savini die Dorfstraße hinunter zur Post ging, sah er schon von weitem eine bekannte Gestalt mit rotem Schopf auf sich zukommen.

»Ich bin in großer Eile«, murmelte er und wollte sich rasch an seinem allgegenwärtigen Bedränger vorbeidrücken.

»Ich weiß, ich weiß, Sie haben es immer furchtbar eilig! Und Sie haben Angst, daß der Alte dahinterkommt, wenn Sie sich mit mir unterhalten! Die schöne Stellung, die es Sie kosten könnte, nicht wahr? Schon gut, ich weiß Bescheid, Sie versäumen ja nie, es zu beteuern. Trotzdem, Julius – ich hoffe, Sie haben nichts dagegen, daß ich Sie mit Ihrem Vornamen anrede? Ich mache das nur bei Leuten, die ich besonders schätze – nein, nein, ohne Scherz! Nun hören Sie mal zu, ich möchte Sie etwas fragen – kennen Sie Featherstone von Scotland Yard?«

»Ja, ich kenne ihn. Er verkehrt mit den Howetts. Wenn Sie etwas über ihn wissen wollen, dann besuchen Sie doch Mr. Howett. Er wohnt ja jetzt ganz in der Nähe!«

»Ich war schon bei ihm. Sie kennen also Featherstone?«

»Das habe ich Ihnen ja bereits vorhin gesagt«, antwortete Julius ungeduldig. »Ich muß nun wirklich weiter, Holland!«

»Nennen Sie mich ruhig Spike, ich möchte, daß wir gute Freunde werden. Was haben Sie da für einen neuen Hausmeister?«

»Scheint ein ganz brauchbarer Mann zu sein. Er wurde uns von einer Londoner Stellenvermittlung empfohlen.«

»Ganz brauchbar? Das klingt ja ziemlich nüchtern. Kommt er auch manchmal ins Dorf hinunter?«

»Ich glaube schon. Aber warum interessieren Sie sich eigentlich so sehr für den neuen Hausmeister? Ist er etwa ein Bekannter von Ihnen?«

»Laufen Sie mir doch nicht einfach weg!« Spike hielt Julius am Arm fest. »Was gibt es sonst Neues in der Burg? Macht der grüne Bogenschütze immer noch Ferien?«

»Nein, heute nacht war er wieder da«, platzte Julius heraus. »Er hat die Hunde betäubt. Ich will eben telegrafisch zwei weitere Hunde bestellen. Der Alte denkt sich nämlich, es wäre unmöglich, vier solcher Biester kampfunfähig zu machen.«

Jetzt endlich gelang es Savini, am ›Globe‹-Reporter, der seinerseits kampfunfähig mit offenem Mund dastand, vorbeizukommen, und er beeilte sich, aus seinem Gesichtskreis zu verschwinden.

Holland hatte an diesem Morgen einen Brief aus Belgien erhalten. John Wood wollte Ende dieser Woche nach England kommen und lud ihn ein, mit ihm zu essen. Ein Abschnitt des langen Briefes interessierte Spike besonders:

›Ich bin Ihnen sehr dankbar, daß Sie mir einen so langen Bericht über Bellamy und die sonderbaren Vorgänge in seiner Burg gesandt haben. Seither halte ich Ihr Blatt und verfolge die Artikel über den grünen Bogenschützen gespannt. In Ihrem Brief sprachen Sie die Vermutung aus, daß die ständige Beunruhigung Abel Bellamy schließlich zermürben würde. Aber ich glaube, in diesem Punkt irren Sie sich. Nichts in der Welt kann diesem Menschen Furcht einjagen. Auch glaube ich nicht, daß Bellamy durch die gleiche Hand getötet wird wie Creager. Meiner Meinung nach hängt sein Schicksal eher von den Entdeckungen ab, die der Unbekannte im Schloß macht.‹

Der Brief handelte im weiteren von Woods Plänen und den Fortschritten, die er inzwischen gemacht hatte. Es war ihm gelungen, ein paar reiche Amerikaner und Engländer, die seine Bestrebungen unterstützen wollten, für sich zu gewinnen. Spike überflog diesen Teil des Schreibens nur oberflächlich, denn momentan beschäftigte ihn Näherliegendes.

Er hatte für heute eine Einladung der Howetts zum Essen erhalten und schlenderte nun gemächlich durch die schöne Allee und an den hohen Burgmauern vorbei. Bald kamen die Kamine von Lady's Manor in Sicht.

Es war ein schöner Tag, sehr warm für die Jahreszeit. Im Garten traf er Valerie Howett an, die Blumenzwiebeln in den Boden steckte.

»Gehen Sie nur hinein – mein Vater ist in der Bibliothek!« rief sie ihm über die Beete hin zu.

Mr. Howett war freundlich und guter Dinge. Er zeigte ihm stolz viele Dokumente und Nachschlagewerke und erzählte von dem Buch, das er schreiben wollte.

»Haben Sie schon etwas von Ihrem Nachbarn gehört?« erkundigte sich Spike, als schließlich eine Pause entstand.

»Bellamy? Ach ...« Mr. Howett verzog das Gesicht. »Nein, ich möchte möglichst wenig mit ihm zu tun haben. Gott sei Dank ist er kein geselliger Mensch, so daß ich nicht befürchten muß, zu einer Tasse Tee eingeladen zu werden.«

Nach dem Essen führte Valerie den Gast durch den Park. Er war nicht sehr groß und stieß auf der einen Seite an die Mauern von Bellamys Park. Spike interessierte sich sehr für die Mauer.

»Hier ist ja ein Tor nach drüben, Miss Howett!«

»Ja, früher gab es hier einen Durchgang«, stellte sie fast bedauernd fest, »aber Mr. Bellamy hat ihn auf der anderen Seite zumauern lassen.«

»So hoch ist die Mauer gar nicht.« Spike streckte seinen Arm in die Höhe, konnte aber den oberen Rand mit der Hand nicht erreichen. »Hm, zwei leichte Leitern, dann ist man drüben, eine Kleinigkeit. Wenn Sie mich nur ein wenig ermutigen, Miss Howett, komme ich in einer dunklen Nacht und sehe mich einmal persönlich nach dem Bogenschützen um.«

»Ich werde mich hüten, Sie zu ermutigen, Mr. Holland«, lachte sie. »Haben Sie eigentlich Captain Featherstone wieder einmal gesehen?«

»Nein, seit letzten Montag nicht mehr. Er erzählte mir, daß er verreisen müsse, obgleich ich das stark bezweifle. Unter uns gesagt, Miss Howett, ich glaube, daß er der neue Hausmeister in der Burg ist. Er interessiert sich nämlich sehr für Bellamys Gasrechnungen. Warum gerade dafür so besonders, mag der Himmel wissen!«

Sie schien einem Gedanken nachzuhängen, aber dann fragte sie auf einmal lebhaft:

»Was sagten Sie da eben?«

Spike erzählte von dem Streit, der zur Entlassung des früheren Hausmeisters geführt hatte.

»Captain Featherstone hat also der hohen Gasrechnung solchen Wert beigemessen?« vergewisserte sie sich.

»Möglich, daß er Familienvater ist, denn wenn er Junggeselle wäre, hätte ihn eine hohe Gasrechnung kaum aufgeregt.«

»Captain Featherstone ist doch gar nicht verheiratet«, sagte sie unbedacht und wurde rot, als er sich wegen seines Irrtums entschuldigte.

Nach einer etwas peinlichen Pause kam sie auf Julius Savini zu sprechen.

»Wissen Sie etwas über ihn?« fragte sie noch ein wenig verlegen.

»Nicht viel. Nur, daß er eine etwas seltene Mischung ist – sein Vater war Italiener, die Mutter Inderin, und ich glaube, Julius hat von beiden nur die schlechten Charaktereigenschaften geerbt. Früher war er mit der Crowley-Bande zusammen, die die Polizei vor einem Jahr etwa auffliegen ließ. Aus einem mir unbekannten Grund gelang es Julius, sich aus dem Staub zu machen. Ich weiß nicht, was für Zukunftspläne er hat, aber grundsätzlich ist er ein Schuft und hat überhaupt kein Gewissen.«

»Sie beurteilen ihn wahrscheinlich richtig«, stimmte Valerie zu.

Spike hatte in Garre für unbestimmte Zeit Aufenthalt genommen. Zweimal am Tag telefonierte er mit seiner Redaktion.

Er sprach gerade mit dem Chefredakteur, als er Valerie in ihrem Auto Richtung London vorbeifahren sah. Da kam ihm eine Idee.

»Hallo, Mr. Syme – Miss Howett ist unterwegs nach London, vermutlich fährt sie zuerst ins Carlton. Schicken Sie sofort einen Mann dorthin, der sie weiter beobachten soll. Ich glaube, dabei wäre allerhand Nützliches zu erfahren.«

»Aha, Miss Valerie – hat die denn auch etwas mit dem grünen Bogenschützen zu tun?« fragte Syme ironisch.

»Etwas zu tun? Und ob – ich bin überzeugt, sie spielt eine der Hauptrollen in der Geschichte!«

17

Fay Clayton wohnte allein in ihrer kleinen Wohnung, aber sie führte trotzdem kein einsames Leben. Sie hatte viele Freunde in Maida Vale und verkehrte regelmäßig in mehreren Lokalen. Ihren Mann vermißte sie nicht besonders, bewies ihm aber doch eine gewisse Anhänglichkeit, um so mehr, als sich ihre finanzielle Lage in den letzten Monaten zusehends verbessert hatte.

Als Julius noch mit der Falschspielerbande zusammenarbeitete, hatten sie ein wenig gesichertes, unruhiges Leben geführt. Wochenlang lebten sie von geliehenem Geld oder versetzten Schmuckstücke, und wenn Julius einmal ein guter Fang gelang, dauerten die besseren Tage meist auch nicht lang. Aber jetzt erhielt sie regelmäßig eine größere Geldsumme von ihm. Sie wußte, daß ihm Bellamy kein hohes Gehalt zahlte. Julius mußte also irgendeinen guten Nebenverdienst haben, doch sie fragte ihn nicht nach der Herkunft des Geldes.

Er erzählte ihr auch nie, was er eigentlich bei Bellamy arbeitete. Sie vermutete, daß er unter anderem die Haushaltskasse verwaltete. Das wäre wenigstens eine Erklärung für das viele Geld gewesen. Jedenfalls bekam sie von ihrem Mann nicht nur eine anständige Summe für den Lebensunterhalt, sondern er machte ihr jetzt öfter auch unerwartete Geschenke. Sie konnte sich also nicht beklagen, Julius hatte eine gute Stellung, und sie durfte ihre neuen Diamantringe in jedem Lokal sehen lassen, ohne gleich befürchten zu müssen, daß wildfremde Leute sie zu einem Spaziergang auf die nächste Polizeiwache einluden.

Sie stand in der Küche und bügelte eine Bluse, als an der Tür geklopft wurde. Sie sah nach. Draußen war ein magerer, hohläugiger junger Mann in schlechtsitzendem Anzug und eingefallener Haltung.

»Jerry!« rief sie und riß die Tür ganz auf. »Komm schnell herein!«

Sie schloß die Tür hinter ihm, und er folgte ihr ins Wohnzimmer.

»Wann bist du herausgekommen?«

»Heute morgen. Wo ist Julius?«

»Nicht zu Hause, Jerry. Er hat eine Stellung auf dem Lande.«

Er nickte nur, holte zielsicher aus der kleinen Hausbar eine Flasche heraus und goß sich einen Whisky ein.

»Was willst du jetzt tun? Was hast du vor?« erkundigte sich Fay.

»Keine Ahnung. Die andern sind ja in alle Winde zerstreut. Julius hat also eine Stellung? Hält er sich jetzt anständig?«

»Natürlich«, sagte Fay etwas beleidigt. »Auch du solltest dir eine richtige Arbeit suchen und in Zukunft die Finger von unsauberen Geschäften lassen.«

Sie waren Geschwister. Aber in Jerrys jetzigem, heruntergekommenem Zustand war eine gewisse Ähnlichkeit mit der hübschen, gepflegten Frau nicht gerade das, was als erstes in die Augen sprang.

»Ich habe Featherstone getroffen.«

»Hat er dich hierher gehen sehen?« fragte sie sofort.

»Nein, ich traf ihn im Westend. Er sprach mich an und fragte, wie es mir ginge und was ich unternehmen würde. Eigentlich ist er ein ganz netter Kerl.«

»Na, ich weiß nicht – aber sag, was willst du wirklich jetzt anfangen, Jerry?«

»Tatsache – ich habe keine Ahnung. Wenn ich ein wenig Kapital hätte, würde mich vielleicht eine Gesellschaft, die auf den großen Atlantikdampfern arbeitet, aufnehmen. Es wäre das alte Metier – Falschspielerei. Könntest du mir nicht etwas Geld leihen?«

Sie biß sich auf die Unterlippe und überlegte.

»Ich könnte schon . . .«

»Wir werden ja sehen. Vorerst bin ich froh, daß ich draußen bin. Vom Knast habe ich genug! In Pentonville, wo ich war, hat Creager früher Dienst getan – ich könnte dir Geschichten über ihn erzählen, daß dir die Haare zu Berge stünden, Fay! Kann ich eigentlich bei dir wohnen?«

»Natürlich. Julius' Zimmer ist fast ständig frei. Er kann ja nur ganz selten über Nacht hierbleiben.«

»Ich sollte mich neu einkleiden, Fay – hast du etwas Geld?«

»Auch das, Jerry. Du mußt wirklich etwas anständiger aussehen, wenn du bei mir wohnst. Eigentlich dachte ich, du kämst erst in sechs Monaten heraus.«

»Ja, aber weißt du, der Gefängnisarzt hat sich meiner angenommen. Die Lunge ist nicht ganz in Ordnung bei mir, deswegen haben sie mir einen Teil der Strafe erlassen. Übrigens habe ich noch ein paar gute Anzüge in meinem Koffer. Er steht in der Gepäckaufbewahrung der Charing Cross-Station.«

Fay ließ sich den Gepäckschein geben. Am Nachmittag nahm sie ein Taxi, um den Koffer zu holen. Der Chauffeur fuhr den kürzesten Weg über Fitzroy Square. Dort lag ein Restaurant, in dem Fay früher viel verkehrt hatte. Es bestand eigentlich aus einer Reihe kleiner Einzelzimmer, in denen man sich ungestört unterhalten konnte.

Als sie daran vorbeifuhren, sah sie einen Mann beim Eingang stehen und erschrak, als sie ihn erkannte. Es war Julius. Fay ließ sofort halten. In diesem Moment fuhr ein anderes Auto vor, aus dem eine Dame ausstieg. Sie sah, wie Julius seinen Hut zog und wie darauf beide durch die schmale Tür von El Moro's – so hieß das Restaurant – verschwanden.

Fay sprang aus dem Taxi. Sie hatte Valerie Howett, die sie nur einmal vorher gesehen hatte, sofort erkannt.

18

Valerie sah sich in dem Zimmer, in das sie geführt wurde, um. Die zugezogenen Samtvorhänge, die unechte Eleganz des Raumes berührten sie unangenehm.

»Bitte, nehmen Sie Platz, Miss Howett. Ich kann Ihnen heute nicht viel Neues berichten – Mr. Bellamy macht es mir immer schwerer, etwas zu entdecken.«

»Haben Sie die Fotografien machen lassen?«

»Nein. Als ich sie kürzlich holen wollte, war die Schublade leer. Bellamy muß gemerkt haben, daß ich seinen Schreibtisch durchsuchte. Ich habe sehr viel riskiert für Sie, Miss Howett!«

»Dafür habe ich Sie auch bezahlt. Außerdem bin ich sicher, Mr. Savini, daß Sie Ihre eigenen Pläne verfolgen – aber das geht mich schließlich nichts an.«

Das also war Savinis einträgliche Nebenbeschäftigung – Valerie Howett bezahlte ihn für jede kleinste Nachricht über Bellamy und dessen Gewohnheiten. Die Brieftasche der jungen Dame war die Goldmine, der Fay Clayton ihr gegenwärtiges unbeschwertes Leben verdankte.

»Ich muß die Fotografie unbedingt haben!« drängte Valerie. »Sie sagten, es wären noch andere dabei gewesen?«

»Ja, ein Bild seines Neffen lag auch in der Mappe.«

»Seines Neffen? Ich wußte gar nicht, daß er irgendwelche Verwandten hat.«

»Ich nehme ja auch nur an, daß es sein Neffe war. Er ist im Krieg umgekommen.«

»Stand etwas auf der Rückseite der Fotografie? Ich meine auf dem Bild der Dame – ein Name oder sonst etwas?«

»Nein, nichts, Miss Howett.«

»Sie erwähnten in Ihrer Nachricht, daß der grüne Bogenschütze wieder aufgetaucht sei und die Hunde betäubt habe ...«

»Ja, und er hat wieder beide Türen von Bellamys Zimmer geöffnet. Aber da fällt mir ein – ich kann Ihnen doch eine wichtige Mitteilung machen, Miss Howett. Bellamy schrieb heute morgen an Smith und schickte mich mit dem Brief zur Post. Der Umschlag war versiegelt, ich mußte den Brief einschreiben lassen und schließe daraus, daß er Geld enthielt. Smith bekommt viel mehr Geld als seinerzeit Creager. Ich schätze, etwa hundert Pfund im Monat.«

»Wer ist eigentlich der neue Hausmeister?« fragte Valerie.

»Keine Ahnung. Er scheint recht nett zu sein, aber ich bekomme ihn selten zu Gesicht.«

Valerie schwieg. Diese Sache mit Coldharbour Smith beschäftigte sie. Ihr erster Versuch, mit ihm in Verbindung zu kommen, wäre beinahe schlimm für sie ausgegangen. Dennoch war sie überzeugt, daß sie durch diesen Mann die Lösung des Geheimnisses finden könnte.

»Ich möchte mehr über diesen Smith wissen«, sagte sie energisch. »Haben Sie denn gar nichts über ihn herausgebracht?«

»Nicht das geringste. Bellamy hat alle privaten Papiere im Geldschrank eingeschlossen. Den einzigen Schlüssel dazu trägt er ständig bei sich.«

»Gut. Benachrichtigen Sie mich, sobald sich etwas Neues ereignen sollte. Hat er die neuen Hunde schon bekommen?« Sie erhob sich lächelnd. »Die Verständigung ist jetzt ja sehr einfach – Sie brauchen nur ein Briefchen über die Mauer zu werfen.«

Sie wollte sich gerade verabschieden, als draußen aufgeregte Stimmen laut wurden. Mit einem Ruck flog die Tür auf, eine Frau stürzte zornfunkelnd herein.

»Was haben Sie hier zu tun – zusammen mit meinem Mann, Miss Howett?« kreischte sie außer sich.

»Mit Ihrem Mann?« Valerie drehte sich erschrocken nach Savini um.

Bestürzt versuchte Julius seine Frau zu beschwichtigen.

»Fay, was fällt dir ein –? Ich hatte eine geschäftliche Unterredung mit dieser Dame . . .«

»Geschäftliche Unterredung? Ha! Die hättest du auch in ihrem Hotel haben können. Warum schleichst du dich dazu hierher?«

»Ist es wirklich Ihre Frau, Mr. Savini?« fragte Valerie.

»Was – Sie fragen noch? – Jetzt weiß ich wenigstens, mit wem du dir die Zeit vertreibst, Julius – du gemeiner Lügner!«

»Fay, hör endlich auf, ich kann dir alles erklären. Ich war auf dem Weg zu dir und mußte nur zuerst etwas Geschäftliches mit Miss Howett regeln.«

»Und Miss Howett kommt ganz allein hierher, um dich geschäftlich zu sprechen?« fragte Fay ironisch. »Geht sie etwa ohne Begleitung in ein Lokal wie El Moro's? Und sie ist allein gekommen!«

»Selbstverständlich ist sie nicht allein gekommen!« ertönte jetzt eine kräftige Männerstimme unter der Tür. »Miss Howett kam mit mir.«

Fay Clayton fuhr herum und wurde im Nu ganz klein.

»Ach – so . . .« murmelte sie verwirrt.

»Na, Fay, wir stoßen doch immer wieder zusammen«, sagte Captain Featherstone und wandte sich Valerie zu, die konsterniert die Szene verfolgt hatte. »Ich wollte Sie gerade fragen, Miss Howett, wie lange Sie noch hierbleiben wollen – Sie haben doch nicht vergessen, daß Sie um vier Uhr verabredet sind?«

Valerie nahm ihren Mantel und folgte Jim die Treppe hinunter. Bemerkenswerterweise war sie auf ihren Helfer in der Not wütend. Er führte sie zu ihrem Wagen und setzte sich ohne weitere Umstände neben sie.

»Sind Sie mir wieder den ganzen Tag gefolgt?« fragte sie.

»Fast den ganzen Nachmittag.«

»Captain Featherstone, Sie fallen mir auf die Nerven!«

Das tun Sie mir schon seit Monaten. Glauben Sie, daß es ein Vergnügen ist, ständig hinter Ihnen her durch ganz London zu jagen? Wissen Sie überhaupt, welches Risiko Sie eingehen, wenn Sie ein Lokal wie dieses aufsuchen? Und was diesen Julius betrifft, ich warne Sie vor ihm, Miss Howett. Ich bin überzeugt, daß er hauptsächlich auf eigene Rechnung arbeitet.«

Jim sprach besorgt und eindringlich, und Valerie empfand bereits Gewissensbisse, daß sie sich über ihn geärgert hatte.

»Es tut mir leid«, erwiderte sie kleinlaut. »Und ich bin Ihnen ja auch dankbar, daß Sie gerade im richtigen Moment . . . Nun ja, es war wirklich sehr unangenehm.«

Er wehrte ab. Im Augenblick hätte er sowieso nichts lieber getan, als an ihrer Seite in dem ruhig gleitenden Rolls-Royce zu sitzen. Auf einmal stieß Valerie einen kleinen Schrei aus.

»Ach, jetzt habe ich doch etwas vergessen, das Wichtigste . . .« Sie öffnete ihr Handtäschchen, zog ein zusammengefaltetes Papier hervor und breitete es auf den Knien aus.

»Aha, ein Plan der Burg«, bemerkte Jim sogleich.

»Ja, ein alter Plan, den ich bei einem Buchhändler in Guildford gekauft habe. Er zeigt die Burg, wie sie vor zweihundert Jahren aussah. Die heutigen Wohnräume kann man darauf nicht finden. Nur diese Halle, die jetzt die Bibliothek sein soll, dürfte stimmen. Früher war es der Gerichtssaal.«

»Ja, in dem Saal verhörten die alten de Curcys ihre Gefangenen«, bestätigte Jim. »Und wo jetzt die Eingangshalle ist, war früher die Folterkammer. Dort wurden die Gefangenen gezwungen, ihre Aussagen zu machen.«

»Haben Sie neuere Pläne der Burg?«

»Ja. Warum?«

»Würden Sie mir einen leihen?«

»Wozu?«

»Ich brauche ihn dringend.«

Das war an sich kein überzeugender Grund, aber Captain Featherstone stimmte zu.

»Unter einer Bedingung. Betreiben Sie Ihre Nachforschungen meinetwegen wo Sie wollen, aber wagen Sie sich um Himmels willen nicht allein in die Burg hinein. Das ist viel zu gefährlich. Auf gewöhnlichem Wege kommen Sie gar nicht hinein, und selbst wenn es Ihnen gelingen sollte, was hoffen Sie dort zu finden? Erwarten Sie vielleicht, daß der alte Bellamy schriftliche Bekenntnisse herumliegen läßt? Glauben Sie im Ernst, eine brauchbare Entdeckung machen zu können? Nein, überlassen Sie das mir, Miss Howett. Die Hunde würden kurzen Prozeß mit Ihnen machen. Und der grüne Bogenschütze ...«

»Wie –«, unterbrach sie ihn, sie traute ihren Ohren nicht, »glauben Sie etwa –? Sie scherzen wohl, Captain Featherstone?«

»Durchaus nicht, im Gegenteil. Ich bin tatsächlich sehr besorgt deswegen. Die Gefahr, in die Sie sich begeben wollen, ist um so schlimmer, weil man nicht genau weiß, was sich ereignen kann. Ich möchte nicht in Ihr Geheimnis eindringen, aber es wäre auf jeden Fall besser, wenn Sie mir mehr Vertrauen schenken wollten. Ihr Vater ist der gleichen Meinung.«

»Hat er Ihnen etwa nähere Aufschlüsse gegeben?«

»Nein, er hat mir nichts gesagt. Bitte, versprechen Sie mir jetzt, keinen Versuch zu machen, in die Burg einzudringen.«

»Sie überschätzen die Gefahr und sind sich über die Wichtigkeit meiner Nachforschungen nicht im klaren.«

Nach einer Pause sagte er:

»Das mag sein. Ich glaube, ich muß Sie jetzt verlassen.«

In Whitehall stieg er aus.

19

Julius Savini sagte seiner Frau einige unangenehme Dinge, bevor er sie verließ.

»Dafür mühe ich mich ab, daß du mir ein so ausgezeichnetes Geschäft durch deine Dummheit verdirbst!«

»Es tut mir leid, ich konnte ja nicht wissen, daß Featherstone sie begleitete. Ich verlor den Kopf, als ich sah, daß du mit ihr zu El Moro's gingst. Bestimmt wärst du an meiner Stelle auch eifersüchtig geworden.«

»Dazu war kein Grund vorhanden. Hast du dir eigentlich eingebildet, daß der Alte mir das Geld gibt?«

»Woher sollte ich wissen, daß sie deine Auftraggeberin ist und dich bezahlt?«

»Ich würde mich nicht wundern, wenn es mit der Freigebigkeit Miss Howetts jetzt zu Ende wäre. Wahrscheinlich sehe ich keinen Penny mehr von ihr. Seit wann weiß übrigens Featherstone, daß wir verheiratet sind?«

»Das weiß er offenbar schon einige Zeit. Neulich hat er es mir auf den Kopf zu gesagt, als ich ihn im Park traf. Warum fragst du? Ist es dir etwa unangenehm?«

»Red keinen Unsinn!« Ärgerlich rief er nach dem Kellner, um zu zahlen. »Ich muß mit dem nächsten Zug zurück.«

Er war sehr erleichtert, daß sie diese Eröffnung ohne Widerspruch hinnahm.

Sie war schon auf dem Rückweg nach Maida Vale, als ihr einfiel, daß sie ja noch den Koffer ihres Bruders abholen mußte.

Im Zug, der Julius nach Berkshire brachte, fuhr auch ein Mann, der zwei riesige, wild aussehende Hunde bei sich hatte.

»Die beiden sind wohl für Mr. Bellamy bestimmt?« fragte Savini den Hundewärter.

»Ja, und ich wünsche viel Vergnügen mit ihnen! Es sind recht gefährliche, scharfe Tiere.«

Auf der Station wartete nur das Auto, das Julius bestellt hatte. Wohl oder übel mußte er auch den Mann mit den Hunden einladen, im Wagen Platz zu nehmen. Die Fahrt nach Garre war entsprechend aufregend und beängstigend.

Sofort nach ihrer Ankunft brachte Bellamy die Hunde in den Zwinger. Savini mußte ihn begleiten. Der Alte amüsierte sich über die schlecht kaschierte Furcht seines Sekretärs.

Spike Holland hatte die Ankunft des Wagens beobachtet und seinen Beobachtungsposten auf der Umfassungsmauer eingenommen, ungefähr hundert Meter vom Pförtnerhaus entfernt. Durch ein starkes Fernglas verfolgte er Bellamy und Savini, die die Hunde in den Zwinger brachten und danach am Haus entlang zum Eingang zurückkehrten.

Der Chefredakteur war mit Spikes ›Ferienaufenthalt auf dem Lande‹, wie er es nannte, nicht ganz einverstanden, aber Spike hatte nun einmal eine besonders feine Nase für kommende Ereignisse und ahnte, daß sich hier etwas vorbereitete.

Wenig später schlenderte er ins Dorf hinunter. Er wollte zur Post, um seiner Redaktion telegrafisch den Zuzug der neuen Hunde zu melden. Ein Wagen hielt dicht neben ihm an. Miss Howett lehnte sich aus dem Fenster.

»Mr. Holland!« rief sie atemlos. »Ich möchte Sie um einen großen Gefallen bitten. Haben Sie – können Sie mir einen Revolver verschaffen?« Da er sie etwas fassungslos anstarrte, versicherte sie eilig: »Wissen Sie, Lady's Manor liegt so einsam, da kam mir der Gedanke ... Ich wollte einen Revolver in London kaufen, einen Browning, aber ich erfuhr, daß man dazu einen Waffenschein braucht. Und nun sah ich Sie – und da fiel mir ein ...«

»Keine Sorge, Miss Howett, ich habe im Hotel eine Pistole im Koffer liegen. Wenn Sie warten, hole ich sie gleich!«

Er eilte in den ›Blauen Bären‹. Kurz darauf kam er zurück und überreichte ihr die Waffe.

»Sie ist geladen«, warnte er sie. Sie müssen mir aber versprechen, Miss Howett – wenn Sie jemanden damit niederknallen, steht mir das exklusive Recht zu, darüber zu berichten!«

20

»Holen Sie die Zeitung, Savini!« befahl Bellamy am Abend des Tages, an dem die neuen Hunde angekommen waren.

Er saß in seinem Lehnstuhl in der Bibliothek und schaute auf die brennenden Holzscheite im Kamin.

Es gehörte zu Savinis Pflichten, das wöchentlich erscheinende Lokalblatt, den ›Berkshire Herald‹, durchzusehen und seinen Herrn auf Neuigkeiten und Klatsch aus der Gegend aufmerksam zu machen.

Julius brachte das Provinzblättchen. Zu seinem größten Erstaunen begann der sonst wenig mitteilungsbedürftige Bellamy ein Gespräch.

»Neulich las ich im ›Globe‹ von einem Mann in Belgien, der ein Heim für kranke Kinder hat. Durch meinen Anwalt erfuhr ich Näheres über diesen sonderbaren Heiligen. – Ich kannte einen Mann, der im Krieg fiel ...« Er lächelte, als ob daran etwas Lustiges wäre, und Savini, der wie auf Kohlen stand, dachte an die Fotografie in der Ledermappe und vermutete, daß Bellamy von seinem gefallenen Neffen sprach. »So ein verrückter Flieger, wissen Sie, und dieser Wood in Belgien war sein Freund. Nach dem Krieg brachte er ein Testament bei, wonach er alles von diesem – na ja, er war ein Verwandter von mir –, wonach er also alles von dem Flieger erbte. War übrigens nicht der Rede wert!« stellte er mit größter Genugtuung fest. »Aber dieser Wood ist durchaus kein Freund von mir ...«

Eine längere Pause entstand, endlich knurrte der Alte: »Kommen Sie mal mit, Savini! Ich habe das Wassertor schließen lassen. Es war meiner Meinung nach der einzige Zugang in die Burg, den der grüne Spuk benützen konnte.«

Sie kamen vor das starke Eisengitter, das jetzt auf der Rückseite noch durch eine Anzahl schwerer Eichenplanken gesichert war. Oben über das Tor zogen sich außerdem dichte Reihen von Stacheldraht.

Vorausgesetzt, daß der grüne Bogenschütze ein menschliches Wesen war – woran der abergläubische Julius stark zweifelte –, würde er seinen Weg tatsächlich versperrt finden.

Sie kehrten in die Bibliothek zurück.

»Was gibt's Neues in der Zeitung?« fragte Bellamy.

»Hier steht eine Notiz über die Bewohner von Lady's Manor«, antwortete Savini und schaute fragend auf.

»Lesen Sie!«

Bellamy saß mit vorgebeugtem Kopf und geschlossenen Augen da, als ob er schliefe. Daß er dies keineswegs tat, sondern ganz im Gegenteil hellwach war, wußte Julius aus bitterer Erfahrung.

»Der neue Mieter von Lady's Manor ist ein bekannter Petroleummagnat, dessen Leben sehr romantisch verlaufen ist. Als er vor Jahren nach Amerika auswanderte, lebte er zuerst als armer Farmer in Montgomery County in Pennsylvania ...«

»Wie –?« Bellamy saß kerzengerade in seinem Stuhl. »Farmer in Montgomery County in Pennsylvania –?« wiederholte er. »Weiter, weiter!«

Julius, erstaunt und aus dem Konzept gebracht, las weiter:

»... in Pennsylvania. Doch ein Glücksfall gab ihm die Mittel, eine größere Farm in einer anderen Gegend der Staaten zu kaufen. Auf dem neuen Grundstück wurde Petroleum gefunden, und damit konnte er den Grundstock zu seinem großen Vermögen legen. Beide, Mr. Howett und seine Tochter, Miss Valerie Howett ...«

»Was –? Wie war der Name?«

Bellamy schrie es, mit funkelnden Augen verschlang er seinen Sekretär beinah. Er riß ihm die Zeitung aus der Hand und las den Artikel selbst zu Ende.

Zum erstenmal sah Julius seinen Herrn außer Fassung.

»Valerie Howett! In Lady's Manor – hier!«

Er sprang auf, riß die Schreibtischschublade auf, wühlte einen Moment darin und zog das blutbefleckte Taschentuch hervor, das in der Speisekammer gefunden worden war.

»V. H. –«, murmelte Bellamy, »Valerie Howett!«

Er hielt Savini den Rücken zugekehrt. Als er sich nach einigen Augenblicken umwandte, schien er sich wieder gefaßt zu haben. Sein Gesicht war verhältnismäßig ruhig.

»Sie brauchen sich nicht den Kopf darüber zu zerbrechen, warum ich mich so aufgeregt habe. Ich kannte früher einmal jemand, der Howett hieß, ebenso ein Mädchen mit dem Vornamen Valerie. Eine zufällige Übereinstimmung der Namen – das machte mich stutzig. Kennen Sie die beiden?«

»Sie wohnten doch auch im Carlton Hotel, Mr. Bellamy, auf dem gleichen Korridor wie wir!«

»Ich habe sie nicht gesehen. Ist das Mädchen hübsch, wie? Jung, intelligent und lebhaft?«

»Jawohl, Sir. Ich glaube, diese Beschreibung paßt ausgezeichnet.«

»Und er ist ein schlanker, hagerer Mensch, der ein wenig elend aussieht?«

»Ganz richtig, Mr. Bellamy.«

»Ich möchte wissen, wo diese Valerie Howett lebte, bevor sie nach England kam. Sie müssen das herausfinden, Savini! Vor allem, ob sie in New York war – vor sieben Jahren, und ob sie damals im Fifth Avenue Hotel wohnte. Fragen Sie sofort telegrafisch an, und zwar will ich genau bestätigt haben, ob sie am 17. Juli vor sieben Jahren im Fifth Avenue Hotel war. Schikken Sie das Telegramm an den Geschäftsführer des Hotels – sicher sind die alten Fremdenlisten noch vorhanden.« Bellamy schaute auf die Uhr. »Es ist jetzt sieben Uhr, in New York aber erst zwei. Die Antwort kann also noch in dieser Nacht kommen. Sagen Sie den Leuten auf dem Amt, daß ich das Antworttelegramm dringend brauche. Sie sollen Überstunden machen. Geld spielt keine Rolle. Aber nun beeilen Sie sich!«

Julius gab das Telegramm telefonisch auf. Als er kurz darauf in die Bibliothek zurückkam, fand er Bellamy in der gleichen Haltung wie vorher – die Zigarre im Mundwinkel, die Hände auf dem Rücken, den Kopf vorgestreckt.

»Haben Sie eigentlich je mit der Dame gesprochen?«

»Einmal, als ich im Carlton zufällig mit ihr zusammentraf.«

»Hat sie sich dabei nach mir erkundigt oder Sie über mein Leben ausgefragt?«

Julius fing einen argwöhnischen Blick auf.

»Nein«, antwortete er mit gutgespielter Überraschung. »Wenn Sie es getan hätte, würde ich Sie sofort informiert haben.«

»Sie sind ein alter Lügner. Wenn man Ihnen nur genügend Geld in die Hand drückt, kann man alles aus Ihnen herauskriegen. Vermutlich gibt es nichts auf der Welt, das Sie für Geld nicht tun würden.«

Savini haßte den Alten in diesem Augenblick mehr als je.

Bellamy griff wieder nach dem Taschentuch mit den eingetrockneten, braunroten Blutflecken.

»Sie hat wahrscheinlich irgendeine Zofe. Machen Sie sich an die heran und finden Sie heraus, ob dieses Taschentuch der jungen Dame gehört. Die Anfangsbuchstaben beweisen noch gar nichts. – Nein, lassen Sie es hier, sehen Sie sich's genau an, damit Sie es beschreiben können. Wenn möglich, besorgen Sie mir ein anderes Taschentuch. Sie können dafür jede Summe ausgeben, die verlangt wird.«

Mechanisch zog er einen langen, dünnen Schlüssel aus der Tasche und drehte ihn in den Fingern, wie um sich zu überzeugen, daß er ihn noch besaß.

»Ist dieser Zeitungsmensch noch im Dorf?«

»Ich habe keine Ahnung. Ich unterhalte mich nie mit Reportern.«

»Zum Donnerwetter«, knurrte Bellamy ärgerlich, »reden Sie mir nicht ständig nach dem Mund! Ich mache Ihnen ja keinen Vorwurf daraus. Stellen Sie fest, ob er noch da ist, und bringen Sie ihn sofort hierher. Doch geben Sie mir, bevor Sie gehen, eine Telefonverbindung mit 789 Limehouse – legen Sie das Gespräch in die Bibliothek.«

21

Juilus eilte durch den dunklen Park zum Dorf. Er fand Spike Holland im Gasthaus beim Billardspiel.

»Er will mich sprechen?« wunderte sich Spike. »Ist er denn plötzlich verrückt geworden?«

»Hören Sie, Holland – denken Sie vor allem daran, daß wir uns nie gesprochen haben, falls der Alte Sie fragt!«

»Ach was, hören Sie damit schon auf! Sagen Sie mir lieber,

um was es sich überhaupt handelt. Will er mich etwa zum Abendessen einladen?«

»Ich weiß nicht. Aber er ist heute ganz durcheinander.«

»Ist etwas passiert?« fragte Spike, als sie durch den Park zum Schloß gingen.

»Nein.« Julius wollte den merkwürdigen Eindruck, den Valerie Howetts Name auf den Alten gemacht hatte, nicht erwähnen.

In der Halle angekommen, klopfte er und drückte die Klinke zur Bibliothek hinunter, aber sie war verschlossen. Die dicke Eichentür ließ keinen Laut nach außen dringen.

»Ich vermute, daß er noch telefoniert.«

Spike blickte bewundernd zur gewölbten Decke der hohen Eingangshalle empor. Die breite Steintreppe war mit Teppichen belegt.

Ein Schlüssel wurde geräuschvoll gedreht. Abel Bellamy stand vor ihnen.

»Herein mit Ihnen, Holland! – Savini, Sie brauchen nicht zu warten, ich werde nach Ihnen klingeln, wenn ich Sie brauche.« Damit schloß er die Tür hinter Spike.

»Ich habe mir alles noch einmal überlegt, Holland«, begann er in bester Laune. »Tut mir leid, daß ich Sie neulich vor den Kopf gestoßen habe. Wo wohnen Sie jetzt eigentlich?«

»Im Dorfgasthaus, im ›Blauen Bären‹.«

Bellamy bot Spike eine Zigarre an.

»Haben Sie sich mit den Dorfbewohnern schon angefreundet? Genügend Auskünfte, um meine Lebensgeschichte zu schreiben, haben Sie doch sicher erhalten, wie?«

»Ja, man hört so manches, Mr. Bellamy.«

»Kennen Sie auch die neuen Besitzer von Lady's Manor? Sie kommen ebenfalls aus Amerika, glaube ich. Habe gehört, daß die junge Dame sehr hübsch sein soll. Kennen Sie die Leute vielleicht sogar aus den Staaten?«

»Ich bin nicht aus der Gegend von Philadelphia, ich stamme aus New York.«

»Eben. Alle guten Zeitungsleute kommen aus New York.« Bellamy wäre an diesem Kompliment beinahe erstickt. »Vermutlich interessiert sich die junge Dame für die Burg und möchte sie einmal besichtigen. Hat sie nie diesen Wunsch geäußert?«

»Nein, das könnte ich nicht behaupten, aber es ist schon möglich, daß sie die Burg einmal ansehen möchte.«

»Na, dann fragen Sie sie doch mal, oder besser, bringen Sie sie gleich hierher! Ich würde mich sehr darüber freuen, wenn sie mich besuchen wollte. Wollen Sie ihr das ausrichten, Holland?«

»Warum nicht?«

Spike erkannte, daß ihn der Alte nur hatte kommen lassen, um ihm diesen Auftrag zu geben.

Die Unterhaltung war beendet. Bellamy verabschiedete sich und klingelte. Savini kam herein.

»Führen Sie Mr. Holland zum Tor, Savini.«

22

Julius wartete, bis Spike Holland außer Sicht war, dann schlüpfte auch er durch das Tor und lief Richtung Lady's Manor.

Als er gerade die Gartentür öffnen wollte, sah er jemand im Schatten der Eibenhecke stehen. Erschrocken fuhr er zurück.

»Wer ist da?« rief er mit möglichst gefaßter Stimme.

Die Gestalt bewegte sich, und er erkannte Mr. Howett.

»Mr. Savini, was gibt's denn? Schreien Sie doch nicht so!«

»Oh, Mr. Howett, Sie sind es – Sie haben mich erschreckt.«

»Wollen Sie meine Tochter sprechen?«

»Ja, Sir. Ich hätte sie gern etwas gefragt – aber es ist wohl schon zu spät ...«

»Keineswegs, Mr. Savini.« Auch Howett schien etwas erschrocken und verwirrt zu sein. »Doch würden Sie mir den großen Gefallen tun und meiner Tochter nicht sagen, daß Sie mich gesehen haben?«

»Selbstverständlich«, versicherte Julius erstaunt.

»Sie glaubt nämlich, ich wäre schon zu Bett gegangen. Ich – ich habe mir angewöhnt, spät abends noch einen Spaziergang zu machen.«

Savini läutete an der Haustür. Ein Dienstmädchen ließ ihn

ein. Er wurde ins große Wohnzimmer gebeten, wo er Valerie vorfand.

»Entschuldigen Sie vielmals, Miss Howett, aber ich muß unbedingt noch etwas mit Ihnen besprechen. Durch den unglücklichen Zwischenfall letzthin ...« Er stockte verlegen.

Valerie trug ihm nichts nach. Hinterher amüsierte sie der peinliche Vorfall sogar.

»Sie brauchen sich nicht zu entschuldigen, Mr. Savini. Mein Vater ist übrigens schon schlafen gegangen, Sie können mir ruhig erzählen, was es gibt.«

»Ich wollte Sie fragen, ob Sie ein Taschentuch verloren haben. Bellamy will das unbedingt herausbringen. Er benahm sich heute abend sehr merkwürdig, als er erfuhr, daß Sie und Ihr Vater die neuen Bewohner von Lady's Manor sind. Er fragte mich über Sie aus und konnte sich nicht mehr beruhigen.«

»Also stimmt doch alles! Warum sollte er sich sonst über meinen Namen so aufregen? Wie war das mit dem Taschentuch? Ich habe tatsächlich eines von denen, die ich in Paris anfertigen ließ, verloren. Haben Sie es gefunden?«

»Es ist in Garre Castle gefunden worden – in der gleichen Nacht, als Bellamy nach dem grünen Bogenschützen schoß, und es war ganz mit Blut durchtränkt!«

Sie sah ihn entsetzt an. »Mein Taschentuch – in Garre Castle? Aber das ist doch ganz unmöglich!«

Er beschrieb ihr das kleine Tuch genau.

»Warten Sie einen Augenblick –.« Sie ging aus dem Zimmer und kam gleich darauf mit einem Taschentuch wieder zurück.

Julius erkannte es sofort.

»Wie merkwürdig. Jetzt erinnere ich mich auch, daß ich es am gleichen Tag verlor, an dem ich Lady's Manor besichtigte. Ich merkte es erst auf der Rückfahrt nach London.«

»Sind Sie denn damals nicht in der Burg gewesen? Entschuldigen Sie diese Frage. Oder doch vielleicht in die Nähe des Hauptgebäudes gekommen?«

»Nein«, antwortete sie bestimmt. »Ich weiß genau, daß ich es in Lady's Manor verloren haben muß, denn ich erinnere mich, daß ich es noch bei mir hatte, als ich das Haus besichtigte.«

»Das ist alles, was ich Ihnen berichten wollte, Miss Howett.« Julius erhob sich. »Mr. Bellamy hat mich sogar beauftragt, ein zweites Taschentuch zu beschaffen, von Ihrer Zofe, wie er meinte.«

Nachdem Julius gegangen war, versuchte Valerie, zu einem Entschluß zu kommen.

23

Trotz der dringenden Warnungen Jim Featherstones hielt Valerie Howett an ihrem Plan, in die Burg einzudringen, fest. Daß Bellamy jetzt offenbar wußte, wer sie war, machte das Vorhaben zwar noch gefährlicher.

Trotzdem – wenn der Plan der Burg, den sie besaß, im großen und ganzen stimmte, und durch die Umbauten der letzten zwei Jahrhunderte der Grundriß nicht völlig verändert worden war, dann hatte sie einen Zugang gefunden.

Auf der Nordseite befand sich das Wassertor. In früheren Zeiten war die Burg von einem Wassergraben umgeben gewesen, der später austrocknete und aufgefüllt wurde. Nur das Wassertor war übriggeblieben.

Sie konnte die quadratische Öffnung in der Burgmauer, die ein schweres Gittertor verschloß, von ihren Fenstern aus sehen. Dieses Tor benützten die Händler, wenn sie zum Kücheneingang mußten. Auf diesem Weg wollte Valerie in die Burg eindringen, um Bellamys Geheimnis nachzuspüren. Möglich, daß sie ihrem Ziel dabei nicht näherkam, doch den Versuch wenigstens mußte sie wagen.

Ihr Vater schlief, so nahm sie wenigstens an, und auch das Mädchen war gegangen. Wartend saß Valerie im Wohnzimmer. Sie hatte sich für das Abenteuer gründlich vorbereitet.

Nachdem alles im Haus still geworden war, ging sie durch den Garten zur Mauer. Mit ihrer Taschenlampe hinter die Sträucher leuchtend, fand sie die beiden am Boden liegenden Leitern, die sie am Tage dorthin hatte schaffen lassen. Sie stellte die eine Leiter gegen die Mauer, stieg hinauf und zog die zweite nach, um sie auf der anderen Seite hinunterzulassen. Danach ging sie ins Haus zurück, denn es war noch zu früh für die Ausführung ihres Planes.

Sie schrieb zwei Briefe und wollte gerade einen dritten anfangen, da fiel ihr ein, daß sie an diesem Abend nur wenig gegessen hatte. Deshalb stand sie auf, um sich in der Küche, die im Kellergeschoß lag, etwas zu holen. Sie stieg die lange Steintreppe hinunter, machte in der Küche Licht, stellte einen Wasserkessel auf und durchsuchte die Speisekammer. Eine Schüssel mit Pasteten, die sie am meisten lockten, stellte sie auf dem Küchentisch bereit. Dann kehrte sie ins Wohnzimmer zurück, um an dem angefangenen Brief weiterzuschreiben, bis das Wasser kochte.

Plötzlich schrak sie zusammen. Sie hatte ein Knacken gehört – jemand mußte die Haustür ganz vorne in der Halle aufgeschlossen haben. Sie hörte leichte Schritte in der Halle, starr vor Furcht saß sie da, die Schritte kamen näher und näher, gingen an der Tür vorbei.

Valerie sprang auf, riß die Tür auf, aber sie konnte nur den Lichtschein aus der Küche sehen.

»Ist hier jemand?« rief sie laut.

Statt einer Antwort ertönte ein lauter Krach. Unten in der Küche ging das Licht aus.

Ihr Herz klopfte heftig. Sie biß sich auf die Lippen, um einen Hilferuf zu unterdrücken. Sie hatte die Taschenlampe noch bei sich und leuchtete die dunkle Halle ab. Der Revolver von Spike fiel ihr ein, und sie ging ins Zimmer, um ihn aus der Tischschublade zu holen. Sie sah sich noch einmal in der Halle um und leuchtete die dunkle Treppe zur Küche hinunter.

»Ist jemand hier?« rief sie wieder. Nur das dumpfe Echo ihrer Stimme hallte herauf.

Kein Laut war zu hören. Sie nahm ihren ganzen Mut zusammen und stieg langsam die Treppe hinunter. Die Schüssel mit den Pasteten lag zerbrochen auf dem Fußboden. Das also hatte sie gehört! Um einen Geist jedenfalls konnte es sich nicht gut handeln!

Sie machte Licht. Ein Glück, daß in der Küche die elektrischen

Leitungen schon gelegt waren. Im Oberstock mußte man sich noch mit Kerzen behelfen, weil die Handwerker noch nicht alle Installationen hatten fertigstellen können.

Valerie schaute sich in der Küche um. Zwei Scherben lagen auf dem Tisch. Jemand mußte sie aufgehoben haben. Die Türen in die Speisekammer und zum Kohlenkeller waren verschlossen, die Fenster durch Gitter geschützt. Nirgends ein Mensch – unerklärlich, wohin sich jemand so rasch von hier hätte zurückziehen können!

Mit der Taschenlampe leuchtete Valerie in einen kleinen Verschlag, in dem Besen aufbewahrt wurden. Erschrocken fuhr sie zurück und griff nach dem Revolver – zwei blitzend grüne Augen starrten sie an. Dann begann sie nervös zu lachen. Es war lediglich die Hauskatze, die sich gähnend erhob und unwillig einen Buckel machte.

»Und ich glaubte schon, du wärst ein Gespenst! Wahrscheinlich hast du auch die Schüssel umgeworfen –?«

Sie drehte sich um und erstarrte von neuem – ihr Blick war auf einen langen grünen Pfeil gefallen, der neben den Scherben der Schüssel auf dem Boden lag. Seine Spitze funkelte kalt und metallisch.

Valerie Howett wurde nicht ohnmächtig. Langsam bückte sie sich und hob den Pfeil auf. Der Schaft war glatt, wie lackiert, die Spitze nadelscharf.

Der grüne Bogenschütze! Er war hier in dieser Küche gewesen – vor ganz kurzer Zeit ...

Verwirrt stieg sie die Treppe hinauf und schloß sich im Wohnzimmer ein. Mit aller Kraft versuchte sie, das lähmende Angstgefühl zu überwinden.

Langsam verging die Zeit. Als es vom Dorf herauf dumpf eins schlug, stand Valerie entschlossen auf und ging in den Garten hinaus.

Ihre Knie zitterten ein wenig. Trotzdem kletterte sie die Sprossen der Leiter empor und tastete sich auf der anderen Seite wieder hinunter. Außer Atem lehnte sie sich an die Mauer. Vor ihr erhoben sich die düsteren Umrisse von Garre Castle.

24

Gewöhnlich brauchte Mr. Bellamy zwei Stunden, bis er zu Abend gegessen hatte; manchmal speiste er auch länger, nie aber kürzer. Es verstieß gegen jede Regel und Gewohnheit, daß er an diesem Abend schon eine halbe Stunde nach dem Servieren Savini rufen ließ.

»Telefonieren Sie zum Pförtnerhaus, sagen Sie, daß ich Besuch erwarte, einen Mr. Smith –. Der Mann soll sofort heraufgebracht werden, wenn er kommt!«

»Jawohl, Sir«, antwortete Savini unterwürfig wie immer. Zu gern hätte er gewußt, weshalb Coldharbour Smith nach Garre Castle gerufen worden war.

Es ging gegen elf Uhr, als Smith ankam. Julius sah sofort, daß er unterwegs mit seinem Wagen öfters angehalten haben mußte, um sich verschiedene Schnäpse zu genehmigen.

Coldharbour Smith war ungefähr fünfzig, groß, breit und von dunkler Gesichtsfarbe. Seine starken Kinnladen hätten einem Gorilla Ehre gemacht.

»Scheren Sie sich zum Teufel!« brüllte er Savini an, als dieser ihm den Mantel abnehmen wollte. »Wo ist der Alte?«

»Er erwartet Sie.«

Smith stolperte unsicher neben Savini durch den Park.

Warum hat er mitten in der Nacht nach mir geschickt?« fragte er aufsässig.

»Ich weiß nicht – fragen Sie ihn besser selbst.«

»Wer sind Sie überhaupt? Sie sind wohl hier als Hausgespenst engagiert, wie? Wie geht es eigentlich dem grünen Bogenschützen?« Er brüllte vor Vergnügen und schlug sich aufs Knie. »Eine Verrücktheit, wenn man anfängt, Gespenster zu sehen! Euer Schnaps ist wohl ein bißchen zu stark, he?«

Julius atmete auf, als sie in die Halle kamen. Coldharbour Smith, der seinen Übernamen der Polizeistation verdankte, die ihn am häufigsten verhaftet hatte, war völlig betrunken. Er blinzelte, als er in den hellen Lichtschein der Bibliothek trat. Auf einen Wink des Alten zog sich Julius sofort zurück, froh, daß er sich verdrücken konnte.

»Setzen Sie sich, Smith.« Bellamy zeigte auf einen Stuhl. »Wie wär's mit einem Schluck?« Jetzt erst erkannte er die Verfassung seines Besuchers. »Sie sind ja besoffen! Habe ich Ihnen nicht befohlen, nüchtern zu mir zu kommen?«

»Warum überhaupt«, maulte Smith störrisch, »sollte man nüchtern sein? Solange man sich besaufen kann, sagen Sie doch selbst, warum sollte man's nicht . . .«

Bellamy ging zum Tisch, goß ein Glas Branntwein ein – Smith wollte schon die Hand danach ausstrecken, da goß ihm Bellamy blitzschnell den ganzen Inhalt ins Gesicht. Mit einem Aufschrei fuhr Smith in die Höhe und rieb sich wie verrückt die Augen.

»Ich kann nichts mehr sehen –!« brüllte er.

Bellamy warf ihm eine Serviette zu, die vom Abendessen her noch auf dem Tisch lag. Stöhnend wischte sich Smith lange das Gesicht ab.

»Das hat Sie hoffentlich nüchtern gemacht, Sie besoffenes Schwein! Und wenn Sie noch immer nicht aufgewacht sind, kenne ich andere Mittel . . .« Bellamy packte Smith am Kragen und schüttelte ihn hin und her. »Fünf Jahre lang haben Sie jeden Monat ein ordentliches Stück Geld von mir erhalten und haben nichts dafür getan! Wenn Sie jetzt, wo ich etwas von Ihnen will, nicht parieren, können Sie etwas erleben!« Er schlug ihm mit dem Handrücken ins Gesicht und gab ihm einen Stoß vor die Brust. Smith flog krachend in einen Sessel. »Jetzt passen Sie auf! Ich habe Arbeit für Sie. Sie schrieben mir neulich, daß Sie nach Amerika gehen wollen – das heißt also, daß die Polizei hinter Ihnen her ist. Möglich, daß ich eine Aufgabe für Sie habe, die Sie über den Atlantik bringt, und wenn Sie die Sache gut machen, werden Sie für den Rest Ihres Lebens genug Geld haben. In den nächsten Tagen wird sich die Sache entscheiden. – Sind Sie jetzt eigentlich nüchtern genug, um mich zu verstehen?«

»Ja – ja, natürlich, Mr. Bellamy«, beteuerte Smith kleinlaut.

Bellamy fixierte ihn scharf, dann ging er zur Tür und schloß ab.

»Sie sind gerade der Richtige für diese Aufgabe – ich brauche so einen Dreckskerl wie Sie! Nun hören Sie gut zu . . .«

Eine Stunde lang setzte er Smith seinen Plan auseinander.

25

Der neue Hausmeister bewohnte das sogenannte Königszimmer im Flügel der Burgkapelle, den ein schmaler Gang mit dem Haupttrakt verband. Es war der einzige bewohnte Raum in diesem Gebäudeteil.

Noch während Smith beim Alten in der Bibliothek war, hatte der Hausmeister sein Zimmer aufgesucht. Unter seinen Sachen befand sich ein kleiner Koffer, den er bei seiner Ankunft mitgebracht hatte. Diesen Koffer öffnete er jetzt und entnahm ihm eine Anzahl dünner Metallrohre, die ein Werkzeugmacher in aller Eile für ihn angefertigt hatte. Am oberen Ende der etwa fünfzig Zentimeter langen Rohre waren kleine Thermometer eingebaut, die durch aufgesetzte, spitze Hülsen geschützt wurden. Zur Ausrüstung gehörte auch ein Hammer, dessen Kopf aus Hartgummi bestand.

Ganz unten im Koffer lag noch ein Strick mit vielen Knoten und einem Stahlhaken am Ende, den der Hausmeister am Fensterbrett befestigte.

Er trug einen dunklen Anzug und weiche Filzschuhe. Eine Weile schaute er noch aus dem Fenster in den Park hinunter, dann drehte er das Licht aus und ging in die Halle.

Es war zehn Minuten nach zwölf. Er hörte, wie soeben Smiths Auto abfuhr. Abel Bellamy kam vom Hundezwinger, die vier Tiere trotteten hinter ihm her.

»Gehen Sie zu Bett – ich lasse die Hunde frei.«

Der Hausmeister ging wieder hinauf. Einer der Hunde lief auf der Treppe hinter ihm her und beschnüffelte seine Füße. In seinem Zimmer angekommen, verriegelte er die Tür. Wenige Minuten später ließ er sich an dem Strick vom Fenster in den Park hinunter, nachdem er seine ganzen Gerätschaften schon vorher hinabgelassen hatte.

Unten begann er seine merkwürdige Arbeit. Dicht neben der Burgkapelle trieb er einen der Rohrbolzen in den Boden. Der Gummihammer machte fast gar keinen Lärm. Dann huschte er im Schatten der Mauer weiter, hielt nach ein paar Schritten an und trieb ein zweites Rohr in die Erde. Da diese Sonden im Boden fast verschwanden, bezeichnete er die betreffenden Stellen mit Steinen.

Auf diese Weise umkreiste er die ganze Burg, bis er wieder zu der Stelle kam, an der er begonnen hatte. Er sah auf die Uhr und wartete noch eine Viertelstunde, bis er den ersten Bolzen herauszog. Im Schein der Taschenlampe untersuchte er das Thermometer. Es zeigte sechs Grad, also eine normale Bodentemperatur. Er ging weiter und zog ein Rohr nach dem andern heraus. Alle Thermometer standen ungefähr auf dem gleichen Punkt. Nur eines der Dinger fehlte jetzt noch. Er hatte die Stelle verpaßt und suchte lange ohne Erfolg.

Plötzlich wurde über ihm ein Fenster aufgerissen. Er drückte sich dicht an die Mauer und sah erst jetzt, daß er sich unmittelbar unter Bellamys Fenster befand.

»Dort ist er!« brüllte Bellamy mit voller Lautstärke.

Im ersten Moment dachte der Hausmeister, er sei entdeckt worden, aber dann vergaß er seine eigene kritische Lage völlig, als sich aus dem Schatten der nördlichen Umfassungsmauer eine Gestalt löste und quer über den Rasen auf eine Gruppe von Sträuchern zueilte.

Es war eine Frau, und der Hausmeister wußte sofort, wer es war. Ohne zu überlegen, rannte er ihr nach.

Bellamy war an dem Abend nicht gleich zu Bett gegangen, sondern hatte sich noch ein wenig ans offene Fenster gestellt, um über die Entdeckungen des heutigen Tages nachzugrübeln. Er dachte an die Zeit vor einundzwanzig Jahren. Was für ein Zusammentreffen! Sicher gab es Tausende, die den Namen Howett trugen, aber eine Valerie Howett, die aus Montgomery County stammte – das war doch etwas anderes.

»Wenn sie es nun wirklich ist –?«

Er lächelte spöttisch. Was für eine Nachricht könnte er dann der längst ergrauten Frau bringen!

Abwesend starrte er in den dunklen Park hinab. Plötzlich schreckte er aus seinen Gedanken auf. Dort unten bewegte sich ein Schatten. Gleich darauf sah er eine schlanke Gestalt über eine freie, vom Mondlicht beschienene Stelle eilen. Er schrie laut zum Fenster hinaus und rannte in den Korridor. Zwei der Hunde sprangen auf und folgten ihm hinunter in die Halle, wo die beiden andern lagen. Er zog die Riegel zurück und schloß die Haupttür auf.

Ja, drüben bei den Sträuchern lief jemand!

»Vorwärts, faßt ihn!« brüllte er.

Die vier Hunde rasten los.

Die Gestalt eilte jetzt im Schatten der Bäume der Mauer entlang. Zwei Hunde hatten sie erspäht, aber nur einer nahm die Verfolgung auf.

Valerie Howett lief, so schnell sie konnte. Ihr Herz klopfte wild, sie keuchte und fand kaum noch Atem. Der Hund, der sie verfolgte, kam näher und näher, und irgendwo noch weiter zurück hörte sie einen Menschen laufen. Ihr einziger Gedanke war, daß sie die Leiter erreichen mußte. Hinter ihr japste der Hund. Der Revolver, den sie in der Tasche trug, und der ihr ständig gegen die Hüfte schlug, kam ihr gar nicht in den Sinn.

Jetzt noch ein kleines Bord – der Hund war schon so nah, daß er nach ihrem Bein zu schnappen versuchte. Die Angst jagte sie vorwärts, sie lief, ohne die Anstrengung zu spüren, ohne Besinnung – sonst wäre sie in diesem Augenblick vor Schreck zusammengebrochen. Klar und scharf umrissen tauchte jetzt eine schlanke, grüne Gestalt mit einem geisterhaft weißen Gesicht vor ihr auf. Ein langer Bogen blitzte grün im Mondlicht.

Valerie hielt nicht an, sie rannte weiter. Sie sah noch, wie der Bogen sich etwas hob, hörte die Sehne schwirren. Hinter ihr schlug ein schwerer Körper dumpf auf. Sekundenlang zurückblickend erkannte sie einen gelb-schwarz gefleckten Hund, der sich am Boden wälzte. Sie brach ohnmächtig zusammen.

26

»Mr. Howett läßt fragen, ob Sie zum Frühstück kommen können, gnädiges Fräulein?«

Valerie fuhr im Bett hoch und strich sich mit der Hand über die Stirn. Ihr Kopf schmerzte.

»Zum Frühstück?« fragte sie benommen. »Ja, ja, ich komme.«

Hatte sie geträumt? Sie schauderte bei der Erinnerung an die vergangene Nacht. Nein, es war kein Traum gewesen! Ihr Kleid lag beschmutzt auf einem Stuhl. Wie hatte das Abenteuer bloß geendet? Als sie wieder zu sich gekommen war, befand sie sich im Wohnzimmer von Lady's Manor – doch wie war sie da hingekommen? Der grüne Bogenschütze! Hatte er sie über die Mauer getragen? Die Leitern mußten sie ja verraten haben. Schnell sprang sie aus dem Bett.

»Du hättest ruhig noch ein wenig schlafen können, Valerie«, begrüßte sie Mr. Howett und küßte sie. »Fühlst du dich nicht wohl? Du siehst nicht gut aus.«

Sie murmelte irgend etwas und beendete das Frühstück so rasch wie möglich, um sich entfernen zu können. Zuerst lief sie in den Park und ging zur Mauer. Die beiden Leitern lagen im Gebüsch. Selbst daran hatte der grüne Bogenschütze gedacht! Sie kehrte ins Haus zurück und wollte sich im Wohnzimmer umsehen. Das Mädchen hatte inzwischen dort aufgeräumt und ein paar herumliegende Kleinigkeiten wie gewöhnlich in eine Schale gelegt. Valerie fand darin die abgesprengte Hälfte eines Manschettenknopfs. Er war aus Gold und trug ein Monogramm. Das goldene Kettchen war zerrissen. Sie hielt das flache Plättchen zwischen den Fingern und las das Monogramm.

›J. L. F.‹ – James Lamotte Featherstone! Das konnte doch nicht wahr sein!

Gleich darauf wurde ihr Besuch gemeldet – Spike Holland, der von Neuigkeiten übersprudelte.

»Vergangene Nacht war der grüne Bogenschütze wieder da. Diesmal hat er einen der Hunde erwischt. Bellamy schäumt vor Wut. Offenbar hat er den Bogenschützen zufällig entdeckt und die Hunde auf ihn losgelassen. Resultat – ein vollständig toter Hund! Aber damit ich's nicht vergesse, Miss Howett, ich bringe Ihnen vor allem eine Einladung von Abel Bellamy, dem hochwohlgeborenen Herrn von Garre Castle.«

»Eine Einladung – für mich?«

»Ja – Bellamy ist auf einmal zugänglicher geworden. Er will sich in seiner Burg als Fremdenführer betätigen – wenigstens in Ihrem Fall. Ihren Namen hat er in der Zeitung gelesen. Er wußte nicht, daß Sie hier wohnen, und bittet Sie nun schleunigst um einen Antrittsbesuch.«

»Wie merkwürdig –«.

»Übrigens bezieht sich die Einladung nicht auf Mr. Howett – und natürlich auch nicht auf mich. Wenn Sie aber hingehen, Miss Howett, lassen Sie es mich bitte trotzdem wissen. Es wäre ein guter Vorwand für mich, mir die Burg auch anzusehen, und er kann mich nicht gut abweisen, wenn ich als Ihr Begleiter auftrete.«

Valerie überlegte.

»Gut, ich werde heute nachmittag nach dem Essen hingehen. Ist diese Zeit Mr. Bellamy wohl recht?«

»Werde ich telefonisch feststellen – sicher ist ihm die Zeit ganz gleichgültig.«

»Mr. Holland, wissen Sie eigentlich, wo sich Captain Featherstone zur Zeit aufhält?«

»Gestern war er in London. Julius hat ihn dort gesehen.«

Als Valerie wieder allein war, dachte sie abwechselnd über die Gründe von Bellamys Einladung und die Ereignisse der letzten Nacht nach. Bestimmt hatte Featherstone sie ins Haus gebracht! Die zerbrochene Schüssel fiel ihr wieder ein – und der grüne Pfeil!

»Es ist nicht möglich –«, sagte sie laut und versuchte sich die absurde Idee aus dem Kopf zu schlagen, daß Jim Featherstone, der Polizeiinspektor, mit dem grünen Bogenschützen identisch sein könnte.

Im Verlauf des Vormittags setzte sie ihre Erkundungen im Haus fort und suchte die Angestellten in der Küche auf. Sie hatte ihre Taschenlampe bei sich.

»Ich möchte mir den Kohlenkeller einmal ansehen.«

»Sie werden sich bestimmt ganz schmutzig machen, gnädiges Fräulein«, warnte sie ein Mädchen, aber sie ließ es sich nicht ausreden.

Eine Reihe von Treppenstufen führten in einen großen, unfreundlichen Kellerraum. In einer Ecke lag ein Haufen Kohlen aufgeschüttet, darüber befand sich eine Luke, durch die man die Kohlen vom Garten aus hineinschaufeln konnte. Vom Kohlenkeller aus führten drei Türen in andere Kellerräume. Der eine hatte einmal als Weinkeller gedient, im zweiten standen vereinzelte leere Flaschen und alte Kisten herum. Die dritte Tür war verschlossen. Valerie bemerkte, daß das Schloß neu war. Sie leuchtete mit der Taschenlampe durch das vergitterte Guckloch in ein dunkles Kellergelaß hinein, aber außer einem schwarzen Koffer konnte sie nichts entdecken. Alle Bemühungen, die Tür zu öffnen, waren vergeblich.

27

Nach den Erfahrungen der letzten Zeit sah Valerie ihrem Besuch in Garre Castle mit gemischten Gefühlen entgegen. Sie hatte noch nie mit Abel Bellamy gesprochen. Ob sie ihren Haß und Widerwillen würde verbergen können?

Warum nahm die Polizei, wenn sie einen begründeten Verdacht gegen Bellamy hatte, keine Haussuchung im Garre Castle vor? Warum sollte statt dessen Jim Featherstone als grüner Bogenschütze maskiert durch die Burg spuken?

Valerie war froh, als Spike kam, um sie abzuholen.

Julius Savini erwartete sie im Pförtnerhaus.

»Bellamy hat nichts von Ihnen erwähnt, Mr. Holland«, sagte er. »Es ist besser, ich telefoniere erst ...«

»Lassen Sie das«, winkte Spike ab. »Ich möchte nicht, daß Miss Howett ohne meine Begleitung Garre Castle betritt.«

Julius gab schließlich nach und führte die beiden nach oben. Bellamy schien mit dem Reporter gerechnet zu haben, denn er zeigte sich nicht im mindesten erstaunt.

Er kam durch die Halle und begrüßte Valerie. Sie schaute ihm voll ins Gesicht und war entsetzt über seine außerordentliche Häßlichkeit.

»Ich freue mich, Sie hier zu sehen, Miss Howett!« Ihre Hand verschwand völlig in seiner Rechten. Er ließ sie keinen Moment aus den Augen. »Ich wußte gar nicht, daß Sie hier wohnen, sonst hätte ich Sie schon früher gebeten, mich zu besuchen.«

Im Ostflügel befand sich der ehemalige große Speisesaal. An

den Wänden hingen viele Gemälde, zum Teil wertvolle alter Meister.

»Ich wußte gar nicht, daß Sie Bilder sammeln, Mr. Bellamy«, bemerkte Spike.

»Ach, die Gemälde habe ich zusammen mit der Burg gekauft – sie kosteten eine halbe Million Dollar. Tja ...«

Bellamy führte seine Gäste auch zu den unterirdischen Kerkern. Über enge Steintreppen stiegen sie in finstere Gewölbe hinab. Valerie fröstelte, als sie an den eingemauerten Eisenringen vorbeikamen, an denen früher die Gefangenen angekettet worden waren, und atmete auf, als sie das Tageslicht wieder sah. Es gab ihr den Mut, eine Frage zu stellen.

»Kann ich Sie nachher einmal allein sprechen, Mr. Bellamy?«

»Natürlich, Miss Howett – ich habe Auftrag gegeben, den Tee in der Bibliothek zu servieren. Vielleicht anschließend ...«

Es tat ihr schon leid, die Frage gestellt zu haben. Der Rundgang war beendet. Ein Mädchen brachte den Tee.

»Wo ist denn Philipp, der Hausmeister?« wollte Bellamy wissen.

»Er hat heute seinen freien Nachmittag«, erwiderte Savini.

»Was, schon wieder –?« brauste Bellamy auf. Aber er unterdrückte seinen Ärger gleich wieder und spielte den wohlwollenden Gastgeber. Er beobachtete Valerie, ihren Gang und ihre Haltung, als sie ans Fenster trat und hinaussah, und mußte lächeln.

Spike hatte inzwischen eingehend die Bibliothek begutachtet. Von Büchern war zwar nicht viel zu sehen, aber der Raum war schön und hatte trotz der Renovierung seinen altertümlichen Charakter behalten.

Savini und Spike, denen die unerwartete Ehre zuteil geworden war, an dem Tee teilnehmen zu dürfen, erhoben sich bald.

»Savini wird Sie unterhalten, Holland, während Miss Howett mit mir spricht«, rief Bellamy Spike nach. »Ich glaube, die Unterredung dauert nicht lange.«

Er wartete, bis beide draußen waren, stand dann auf und lehnte sich mit dem Rücken zum Kamin.

»Nun, Miss Howett? Warum wollten Sie mich sprechen?«

»Mr. Bellamy, ich möchte, daß Sie mir etwas sagen –.«

»Wenn ich es für richtig halte, daß ich es Ihnen sage – bitte ...«

»Wo – ist – meine Mutter?«

Er sah sie unbeweglich an.

»Wo ist meine Mutter?« wiederholte sie.

Eine Blutwelle schoß ihm ins Gesicht, er löste sich vom Kaminsims und kam, ein höhnisches Lächeln um den Mund, auf sie zu.

»Soll ich noch etwas Holz nachlegen, Sir?« fragte in diesem Augenblick eine Stimme von der Türe her.

Bellamy drehte sich zornig um. Es war der neue Hausmeister, der unbeteiligt und diskret neben dem Eingang stehengeblieben war.

»Ich werde nach Ihnen klingeln, wenn ich etwas von Ihnen will«, stieß Bellamy voll unterdrückter Wut hervor. »Verlassen Sie sofort das Zimmer!«

Der Hausmeister verbeugte sich und ging hinaus.

Bellamy wandte sich wieder Valerie zu; ihr Gesicht war blaß geworden.

»Ihre Mutter? Sie wollen von mir wissen, wo Ihre Mutter ist? Ich habe Ihre Mutter nie gesehen, Miss Howett, und auch Ihnen bin ich früher nie begegnet. Sie hatten vermutlich ein Zimmer im gleichen Hotel in New York wie ich – das muß ungefähr vor sieben Jahren gewesen sein. Fast alle meine Post kam damals noch an meine dortige Adresse, obwohl ich schon die meiste Zeit in London war. In jenen Tagen wurde ein Paket Briefe, das mir nachgeschickt werden sollte, gestohlen. Und der Dieb muß in einem der Schreiben etwas gelesen haben, das ihn auf die verrückte Idee brachte, ich könnte wissen, wo seine Mutter ist. – Nein, ich habe keine Ahnung, wo sich Ihre Mutter aufhält. Aber selbst wenn ich es wüßte, würde ich es Ihnen nicht sagen. Sie haben völlig verrückte Ideen, Miss Howett! Das kommt davon, wenn man sich mit gestohlenen Briefen abgibt. Lassen Sie es sich gesagt sein – die meisten Menschen, deren Spuren sich verloren haben, weilen nicht mehr unter den Lebenden. Es gibt kein besseres Versteck als das Grab.«

Mit einer Kopfbewegung deutete er an, daß die Unterredung beendet sei.

Als sie blaß und benommen aus der Bibliothek wankte, lief Spike auf sie zu und faßte sie am Arm.

»Was ist los? Was ist passiert?«

»Ach nichts, ich fühle mich nicht ganz wohl. Bitte, Mr. Holland, bringen Sie mich rasch von hier weg.«

Sie sah sich ein paarmal um, weil sie hoffte, den Hausmeister zu Gesicht zu bekommen, doch zeigte er sich nirgends.

»Was hat es denn gegeben?« fragte Spike böse. »Ich will sofort hineingehen und ihn ...«

»Nein, bitte nicht, bringen Sie mich einfach nach Hause.«

Die beiden hatten das Haus kaum verlassen, als Savini den Auftrag bekam, den neuen Hausmeister zu suchen. Er fand ihn nicht gleich.

»Beeilen Sie sich, der Alte will Sie sehen – er ist fürchterlich wütend!«

»Wie heißen Sie?« brüllte Bellamy den Hausmeister an, als er endlich eintrat.

»Philipp, Sir – Philipp Jones.«

»Wenn Sie noch einmal hereinkommen, ohne daß ich Sie gerufen habe, dann fliegen Sie! Haben Sie mich verstanden?«

»Vollkommen, Sir. Was wünschen Sie heute abend zu speisen?«

Bellamy war sprachlos über soviel Dreistigkeit.

28

Als Valerie am Nachmittag im Garten spazierte, sah sie, wie ein weißes Briefchen über die Mauer geworfen wurde. Mit ein paar rasch hingekritzelten Zeilen kündigte ihr Jim Featherstone für zehn Uhr seinen Besuch an. Sie hatte mit dieser Möglichkeit schon halb gerechnet und erwartete ihn ungeduldig.

»Ich bin froh, daß Sie gekommen sind! Ich möchte Ihnen nämlich jetzt die Geschichte von Mrs. Held erzählen. Zuallererst aber will ich Ihnen Ihr Eigentum zurückgeben. Das Zimmermädchen fand heute morgen dies...« Sie führte ihn ins Wohnzimmer und nahm etwas Eingewickeltes vom Schreibtisch.

»Es wird mein Manschettenknopf sein, den ich hier verloren habe. Ich hatte keine Zeit mehr, mich danach umzusehen.«

»Sie haben mich also tatsächlich hierhergebracht? Ich hätte mir viel Unruhe und Aufregung ersparen können, Captain Featherstone, wenn ich von Anfang an aufrichtiger zu Ihnen gewesen wäre – das sehe ich jetzt ein. Zum Beispiel hätte ich Ihnen schon längst erzählen sollen, daß – Mr. Howett nicht mein Vater ist –.« Sie bemerkte, daß ihn diese Mitteilung völlig überraschte. »Vor dreiundzwanzig Jahren war Mr. Howett noch ein armer Farmer in Montgomery und konnte aus dem dürftigen Ertrag seines kleinen Grundstückes gerade so viel herauswirtschaften, als er zum Leben brauchte. Damals litt er an einer bösen Augenkrankheit, die ihn nahezu blind machte. Er lebte allein mit seiner Frau, Kinder hatten sie keine, und obwohl sie schon lange verheiratet waren und sich selbst nur schlecht und recht durchbrachten, setzten sie dennoch eine Annonce in die Zeitung, weil sie ein Kind adoptieren wollten. Welch günstige Wendung sich später für Mr. Howett ergab, wissen Sie ja; auf der neuen Farm, die er kaufte, wurde Petroleum gefunden. – Auf die Annonce kamen viele Antworten, darunter ein Brief – hier ist er...«

Sie nahm ein Schreiben aus der Schublade und gab es Jim. Es war auf dem Briefpapier eines Hotels in der Fifth Avenue in New York geschrieben und lautete:

›Sehr geehrter Herr,
auf Ihre Annonce teile ich Ihnen mit, daß ich sehr froh wäre, wenn Sie ein kleines Mädchen im Alter von zwölf Monaten adoptierten, dessen Eltern vor kurzem gestorben sind. Ich bin bereit, Ihnen dafür gegebenenfalls tausend Dollar zu bezahlen.‹

»Zu jener Zeit«, fuhr Valerie fort, »war Mr. Howett in großen Geldschwierigkeiten. Das gab wahrscheinlich den Ausschlag. Die Sache entschied sich zu meinen Gunsten, denn ich war das kleine Mädchen. Mr. Howett schrieb, daß er einverstanden sei, und einige Tage später fuhr ein Mann im Auto vor, holte ein Bündel aus dem Wagen und übergab es ohne weiteres Mrs. Howett. Dabei ereignete sich etwas, das fast mehr als ein Zufall war – ein Bekannter hielt sich gerade auf der Farm auf, ein begeisterter Amateurfotograf, der ständig irgend etwas knipste und der auch die eben beschriebene Szene festhielt. Er hat alle die Bilder, die er während seines Aufenthalts auf der Farm machte, meinen Pflegeeltern geschenkt. Die betreffende Fotografie war bei meinen Nachforschungen der wichtigste Anhaltspunkt für mich. Ich habe mir später eine Vergrößerung machen lassen. Hier ...«

Sie griff nochmals in die Schreibtischschublade und legte die Vergrößerung unter die Tischlampe. Featherstone beugte sich darüber.

»Ohne Zweifel – es ist unverkennbar Abel Bellamy!«

»Sonderbar ist, daß Mrs. Howett damals gar nichts an Mr. Bellamy auffiel. Allerdings war sie beinahe so kurzsichtig wie ihr Mann. Nach dem Tod meiner Pflegemutter erfuhr ich alles, was mit meiner Adoption zusammenhing, aber damals interessierte ich mich nicht dafür, wer meine wirklichen Eltern gewesen waren. Erst später, als ich selbständiger wurde und Geld zur Verfügung hatte, erwachte der Wunsch in mir, meine Eltern ausfindig zu machen. Zufällig sah ich in einer Zeitung Abel Bellamy abgebildet und erkannte sofort, daß es der gleiche Mann wie auf der Fotografie hier war. Ich begann mich nach Bellamy zu erkundigen. Sein Ruf war außerordentlich schlecht, und bald kam ich zu der Überzeugung, daß er mich nicht deshalb zu den Howetts gebracht und tausend Dollar bezahlt hatte, um mir oder sonst jemand zu helfen, sondern daß er dafür andere Gründe gehabt haben mußte. Meine Detektive fanden heraus, daß er nur einen einzigen Verwandten, einen Bruder, hatte, mit dem er jedoch seit langer Zeit verfeindet war. Dieser Bruder, der vor ungefähr achtzehn Jahren starb, hatte zwei Kinder, die ebenfalls nicht mehr am Leben sind. – Immer mehr konzentrierten sich meine Gedanken auf Bellamy. Mr. Howett weiß nicht, daß ich mir bereits mit siebzehn Jahren eine Möglichkeit verschafft habe, Bellamys Korrespondenz zu kontrollieren. Er lebte schon damals meist in Europa und verbrachte kaum drei Monate im Jahr in New York. Nach Chicago ist er überhaupt nie gekommen. Eines Tages entdeckten meine Beauftragten einen Brief – sehen Sie!«

Valerie zeigte Featherstone ein Briefblatt. Er mußte es nah ans Licht halten, denn die Tinte war schon ziemlich verblaßt und die Schrift teilweise unleserlich.

›Little Bethell Street, London N. W.,
Sie haben mich schwer getroffen. Geben Sie mir das Kind zurück, das Sie mir . . ., und ich will Ihre Wünsche erfüllen. Ich bin völlig gebrochen durch Ihre fortwährenden Verfolgungen. Sie haben mir das Teuerste genommen, das ich besaß, und ich kann nicht länger ohne . . . Wollen Sie nicht großherzig sein und mir sagen . . . die kleine Valerie . . . Letzten April waren es siebzehn Jahre . . . Elaine Held.‹

»Im vergangenen April waren es vierundzwanzig Jahre, daß ich zu Mr. Howett gebracht wurde«, sagte Valerie. »Bellamy hatte einen großen Fehler gemacht, als er Mrs. Howett meinen Namen nannte.«

Featherstone ging im Wohnzimmer auf und ab.

»Sind Sie davon überzeugt, daß Ihre Mutter noch lebt?«

»Ich bin ganz sicher«, antwortete sie leise.

»Glauben Sie, daß er ihren Aufenthaltsort kennt?«

»Bestimmt. Ich nahm fest an, sie wäre in der Burg zu finden.«

»Ich möchte Sie in Ihrer Hoffnung nicht bestärken, Miss Howett, aber ich will alles tun, um Ihnen zu helfen. Ich bin auch nicht untätig gewesen, und in ein oder zwei Tagen wird sich herausstellen, ob es der richtige Weg ist. Würden Sie mir übrigens den alten Plan der Burg leihen? Ich glaube, ich kann ihn im Moment besser brauchen als Sie!« Er lächelte. »Sie dürfen jetzt nichts auf eigene Faust unternehmen, nicht wahr?«

Sie nickte und begleitete ihn zur Haustür.

»Gute Nacht.« Er hielt ihre Hand einen Augenblick fest.

»Gute Nacht – Jim!«

Featherstone kehrte in seltsam aufgeräumter Stimmung ins Dorf zurück.

29

Julius Savini fühlte sich recht unbehaglich. Die Quelle seiner Nebeneinnahmen war plötzlich versiegt. Er schaute sich nach einer neuen Erwerbsquelle um, aber einstweilen sah er sich gezwungen, das Monatsgeld seiner Frau stark herabzusetzen. Als Antwort darauf verlangte sie sofort, daß er in die Stadt zurückkehre. Ihr Bruder hatte sich inzwischen doch einer Bande angeschlossen, und dort gab es auch Arbeit für einen Mann wie Julius. Aber er lehnte dieses Ansinnen entschieden ab. Seiner Meinung nach konnte er in seiner jetzigen Stellung mehr erreichen, wenn er sich auch eingestehen mußte, daß es ziemlich schwierig war, aus Abel Geld herauszupressen. Unter gewissen Umständen wäre es vielleicht trotzdem möglich, zum Beispiel, wenn er hinter eines seiner Geheimnisse käme, konnte ihm das eine Rente einbringen. Allerdings war er nun schon über ein Jahr bei diesem Amerikaner angestellt, ohne daß er bisher etwas hatte entdecken können. Außerdem war es seit der Anschaffung der Polizeihunde immer schwieriger geworden, Nachforschungen anzustellen.

Seiner Frau verbot Savini streng, sich an den zweifelhaften Unternehmungen ihres Bruders zu beteiligen. Als sie sich damit nicht einverstanden erklärte, warf er seinen Schwager kurzerhand hinaus.

Dieser Vorfall spielte sich wenige Tage nach Valeries Besuch in Garre Castle ab. Nach außen hatte sich das Leben auf der Burg kaum geändert, nur Abel Bellamy war in letzter Zeit noch schweigsamer geworden, und es wurde immer schwieriger, mit ihm auszukommen.

Drei Tage später kam unerwartet Coldharbour Smith zu Besuch. Bellamy schloß sich fast den ganzen Abend mit ihm in der Bibliothek ein. Smith war diesmal völlig nüchtern und sah noch abstoßender aus als sonst.

Dann kam ein ereignisreicher Tag. Schon bald nach dem Frühstück fing es an. Bellamy holte die drei Hunde aus dem Zwinger, um mit ihnen im Park zu spazieren. Er kam nahe beim Hauptportal vorbei, wo der Hausmeister einem neuen Dienstmädchen Anweisungen gab. Eines der Tiere lief unvermittelt von Bellamy weg und sprang das taumelnde Mädchen an. Noch bevor der Hund den Arm des Mädchen packen konnte, versetzte ihm der Hausmeister mit der Faust einen so heftigen Schlag gegen die Kinnlade, daß er zur Seite fiel und nach Luft schnappend liegenblieb.

»Was haben Sie mit dem Hund gemacht?« brüllte ihn Bellamy an. »Was fällt Ihnen eigentlich ein? Wenn Sie ihn getötet haben ...«

»Es wäre ihm nicht das geringste passiert, wenn Sie ihn rechtzeitig zurückgerufen hätten.«

Bellamy maß den Hausmeister von oben bis unten.

Sie wissen wohl nicht, mit wem Sie sprechen? Packen Sie sofort Ihren Plunder und scheren Sie sich fort, oder ...« Langsam, tückisch kam er näher.

»Kommen Sie mir nicht zu nahe, Mr. Bellamy, es könnte schlecht für Sie ausgehen. Es gehört nicht zu meinen Aufgaben, Sie niederzuschlagen. Das ist nicht vorgesehen.«

»Ihren – Aufgaben? Was soll das heißen?« schrie Bellamy.

»Ich bin Captain James Featherstone, Chefinspektor von Scotland Yard. Ich habe den Auftrag, Garre Castle zu durchsuchen und, falls nötig, Sie zu verhaften. Sie stehen im Verdacht, Elaine Held ungesetzlicherweise gefangenzuhalten.«

Der Alte schien nicht gleich zu verstehen.

»Sie – sind –?« Rasch gewann er seine Fassung zurück. »Ich möchte Sie warnen, Featherstone. Wenn ich Sie anzeige, kommt Ihnen die Sache teuer zu stehen. Vergessen Sie nicht, daß ich amerikanischer Bürger bin.«

»Die Frau, die wir suchen, ist auch amerikanische Bürgerin.« Featherstone sprang die paar Stufen zum Hauptportal hinauf und stieß die Tür auf.

In der Eingangshalle standen etwa ein Dutzend Männer.

Sie überfallen mich also?« fragte Bellamy. »Gut, fangen Sie an, sehen Sie zu, was Sie finden!«

Featherstone streckte die Hand aus.

»Geben Sie mir die Schlüssel!«

»Ich werde Ihnen die Räume zeigen –.«

»Ich will aber Ihre Schlüssel! Bitte, machen Sie keine Umstände, Mr. Bellamy, Sie wissen, daß ich Vollmachten habe.«

Nur zögernd holte Bellamy einen Schlüsselbund aus der Tasche.

Ich möchte auch den einzelnen Schlüssel, den sie ständig bei sich tragen!«

Der Alte war erst starr, rückte dann aber ohne Widerstreben auch mit diesem Schlüssel heraus.

»Soll ich Ihnen auch noch sagen, welche Tür er öffnet?«

»Die Mühe können Sie sich sparen.«

Featherstone ging durch die Halle voraus in die Bibliothek. Neben dem Kamin zog er an einem Zierstück in der Wandverkleidung. Das Holzpaneel gab nach und dahinter zeigte sich eine Stahltür. Jim steckte den Schlüssel ins Schloß und öffnete den Tresor, der einige Schubfächer und diverse Stahlkassetten enthielt. In einem Fach lag eine Ledermappe.

»Ich glaube, es ist besser, wenn Sie in ein anderes Zimmer gehen, ich habe hier einige Stunden zu tun. Für die Zeit, in der ich das Haus durchsuche, können Sie sich als verhaftet betrachten.«

In Begleitung zweier Detektive verließ Bellamy schweigend die Bibliothek. Widerstand leistete er nicht, dazu war er doch zu klug.

Eine Stahlkassette nach der andern wurde geleert. Die meisten enthielten irgendwelche Dokumente, Geschäftspapiere, Bankauszüge, alte Verträge. Hinten im Geldschrank lag ein seltsam aussehender Stock. Featherstone holte ihn heraus und rief seinem Assistenten zu:

»Jackson, was halten Sie davon?«

Es war ein etwa vierzig Zentimeter langer dicker Stock, an dessen einem Ende lange Peitschenschnüre befestigt waren, neun dunkelfleckige Stricke im ganzen.

Der Sergeant nahm die Peitsche in die Hand.

»Das ist eine neunschwänzige Katze, Sir.« Er betrachtete das Stockende und las den verblaßten roten Stempelaufdruck. »›Eigentum der Gefängnisverwaltung‹ steht hier –.«

»Zweifellos ein Geschenk Creagers«, meinte Jim. »Ein makabres Andenken – aber typisch für Bellamy!«

Er begann sämtliche Schriftstücke durchzusehen, fand aber nichts, was ihn auf die Spur der verschwundenen Mrs. Held gebracht hätte. Die einzigen Privatbriefe, die ihm in die Hände kamen, waren alle mit ›Michael‹ unterschrieben. Drei trugen den Poststempel Chicago, aber die meisten stammten aus New York. Es ging daraus hervor, daß der Absender Lehrer und Bellamys Bruder war. Die ersten Briefe klangen freundlich, Michael hatte anscheinend Glück gehabt, ein Vermögen erworben, in Cleveland ein Grundstück gekauft und sich nebenbei dem Maklergeschäft zugewandt. Doch dann änderte sich der Ton der Biefe gründlich. Michael Bellamy war in Schwierigkeiten geraten und hoffte, daß sein Bruder ihm helfen würde. Zu spät entdeckte er, daß hinter der Organisation, mit der er sich in Geschäfte eingelassen und die ihn ruiniert hatte, Abel stand.

Nach drei Stunden – jeder Winkel der Burg war inzwischen durchstöbert worden – mußte Jim die Nutzlosigkeit seiner Bemühungen einsehen.

Bellamy triumphierte, als er in die Bibliothek zurückgerufen wurde.

Nun, haben Sie Ihre Dame gefunden? Diese Mrs. – wie war doch gleich ihr Name?«

»Geduld, Mr. Bellamy! Vielleicht trügen meine Pläne. Möglich, daß es noch andere geheime Räumlichkeiten unter der Erde gibt. Was zum Beispiel liegt hier unter der Bibliothek?«

»Da unten gibt's überhaupt nichts, die Verliese fangen erst unter der Halle an.«

Jim breitete den alten Grundriß der Burg aus und überlegte. Dem Plan nach stand die Bibliothek tatsächlich auf festem Boden. Doch hatte dies nicht viel zu bedeuten, schon mehrmals war er auf Abweichungen gestoßen. Früher wurden solche Pläne oft nur nach allgemeinen Angaben gezeichnet, ohne daß die Räume nachgemessen worden wären.

»Hier haben Sie Ihre Schlüssel zurück, Mr. Bellamy! Für heute jedenfalls . . .«

»Sie haben zuviel Detektivgeschichten gelesen, Mr. Featherstone!« höhnte Bellamy. »Vielleicht verschwinden Sie jetzt – von meinen Anwälten werden Sie dann das Weitere hören!«

30

Valerie Howett stand am Fenster ihres Zimmers, als sie Jim den Gartenweg entlangkommen sah. Sie lief zur Haustür.

»Valerie, ich bin stellungslos!«

»Haben Sie wenigstens etwas herausgefunden?«

»Leider nicht, obwohl wir alles gründlich durchstöbert haben. Scotland Yard hatte mir einen Haussuchungsbefehl geschickt. Es tut mir leid, daß ich den grünen Bogenschützen nun aus etwas weiterer Entfernung beobachten muß.«

»Haben Sie ihn eigentlich noch nie gesehen?« fragte sie.

»Nein. Aber bestimmt war er in jener Nacht im Schloß, als Sie in den Park von Garre Castle kamen.«

Er sagte das mit einer solchen Ruhe, daß Valerie an ihren Vermutungen wieder zu zweifeln begann.

»Jim, ich möchte Sie etwas fragen. Haben Sie sich nicht, aus einem bestimmten Grund natürlich, als grüner Bogenschütze verkleidet? Einmal haben Sie es bestimmt getan!«

Völlig verblüfft sah er sie an.

»Nicht einmal im Traum habe ich je daran gedacht!«

»Und wie war das damals, als Sie mich hierherbrachten?«

Er zog die Stirn in Falten.

»Keine Ahnung, was Sie meinen. Ich spionierte gerade ein wenig im Park, als Bellamy seine Hunde auf Sie hetzte. Wenn Sie es wissen wollen – ich maß die Bodentemperatur rings um die Burg. Scherz beiseite – das war eine durchaus ernsthafte Beschäftigung. Als die Hunde Sie verfolgten, rannte ich hinterher, um Ihnen beistehen zu können.«

»Dann waren es also Ihre Schritte, die ich hörte?«

»Ich verlor Sie einen Moment aus den Augen, und als ich wieder freie Sicht hatte, fand ich Sie dicht neben dem toten Hund auf dem Rasen liegen. Vom grünen Bogenschützen nicht die geringste Spur! Allerdings war der Hund von einem Pfeil getötet worden. Mir blieb nichts weiter übrig, als Sie aufzuheben und schleunigst zur Mauer von Lady's Manor zu tragen. Wie vermutet, stieß ich dort auf die Leitern. Aber es war gar nicht so einfach, Sie über die Mauer zu schaffen, es hat mich allerhand

Anstrengung und Zeit gekostet. Nachher kehrte ich zur Burg zurück. Glücklicherweise fand ich die Haupttür unverschlossen, so daß ich mich nicht als Fassadenkletterer betätigen mußte.«

Sie seufzte erleichtert auf.

»Dann sind Sie also nicht der grüne Bogenschütze?«

»Um Himmels willen, nein, ich bin nur ein armseliger, in Ungnade gefallener Hausmeister – und ein Polizeibeamter, der jetzt wahrscheinlich in böse Verlegenheit kommen wird.«

»Haben Sie wirklich gar nichts Belastendes gefunden?«

»Nein, nichts. Einige Briefe seines Bruders, das war alles.«

Von der neunschwänzigen Katze erwähnte er nichts. Er verabschiedete sich bald und ging zum ›Blauen Bären‹ zurück. Sein Wagen, den er für die täglichen Ausflüge nach London benützt hatte, war im nächsten Dorf eingestellt. Savini hatte die Aufgabe gehabt, Bellamy gegenüber immer neue Entschuldigungen und Erklärungen für seine häufige Abwesenheit zu erfinden.

Jim traf an der Theke des Gasthauses Spike, der sich einen Whisky genehmigte und gleich anfing, sich über die Hinterhältigkeit Savinis zu beklagen.

»Ich habe ihn mehrmals gefragt, wer der neue Hausmeister sei, aber der Kerl schwor, daß er ihn nie zuvor gesehen hätte!«

»Er meinte natürlich – in diesem Beruf! Im übrigen hatte ich ihn ausdrücklich angewiesen, mich an keinen Menschen zu verraten. Aber passen Sie jetzt auf, Spike! Ich kehre vorerst nach London zurück, nehme aber für alle Fälle ein Zimmer im ›Blauen Bären‹ und lasse mein Gepäck hier. Geben Sie mir Nachricht, wenn etwas Außergewöhnliches passiert. Ich lasse auch einen Beamten hier zurück.«

»Um Bellamy zu bewachen?«

»Nein, nur so – um im allgemeinen aufzupassen.«

»Aha, dann soll er also Miss Howett bewachen«, bemerkte Spike taktlos wie immer.

Auf dem Weg zur Stadt war Jim mit ernsten Gedanken beschäftigt. Daß Gefahr im Verzug war, wußte er genau – und die größte Gefahr drohte Valerie Howett. Coldharbour Smith kam ihm in den Sinn. Er nahm sich vor, in London als erstes dem ›Goldenen Osten‹ einen Besuch abzustatten.

31

Der ›Goldene Osten‹ war zweifellos ein ziemlich undurchsichtiger Klub, in dem sich seltsame Dinge ereigneten. Besitzer der Lokalität war Coldharbour Smith. Unter seiner Leitung wurden fortwährend sämtliche Vorschriften der Polizei über das Klubwesen übertreten, so daß man den Klub jederzeit hätte schließen können. Anderseits war der ›Goldene Osten‹ gerade deshalb in den Augen des Polizeipräsidiums eine sehr nützliche Einrichtung und stellte als Sammelplatz lichtscheuer Elemente eine wahre Fundgrube dar.

Coldharbour Smith war nicht nur sehr großzügig, sondern auch überzeugt davon, daß seine Geschenke an gewisse Polizeibeamte ihm jede nur denkbare Rücksicht verschafften.

Das Etablissement nahm das ganze Haus ein, die verschiedenen Räume verteilten sich auf mehrere Stockwerke. Im Erdgeschoß lagen die Büros, in den Obergeschossen die Gesellschaftsräume, Bar, Tanzsaal und eine fensterlose Halle, in der nachts hoch und heftig gespielt wurde. Eine Jazzband spielte laut und wild, und die ganze Halbwelt Londons schien sich hier zu amüsieren.

Pochende Schlagzeugrhythmen dröhnten Jim Featherstone entgegen, als er das Haus betrat und die teppichbelegte Treppe hinaufstieg. Der Portier drückte sofort auf eine Alarmklingel, und als Jim den Tanzsaal erreichte, schien dort eine allgemeine Ruhepause eingetreten zu sein. Coldharbour Smith, der an der Bar stand, hatte das Zauberwort ›Polizei‹ in den Saal weiter gegeben.

»Sehr erfreut, Sie zu sehen, Captain.« Coldharbour kam Featherstone entgegen und reichte ihm seine von Brillantringen glitzernde Hand.

»Heute abend ist es aber sehr ruhig hier, Smith!«

»Oh, bei uns gibt es doch kaum je viel Lärm –.«

Jim ließ den Blick über die versammelte Gesellschaft gleiten. »Eine Reihe interessanter Leute ist hier – die Hälfte davon habe ich gelegentlich schon in Scotland Yard begrüßen können. – Schmuggeln Sie noch Whisky, Smith? Und wie läuft der Kokshandel? Das kleine Hinterzimmerchen für Opiumraucher haben

Sie auch noch in Betrieb, wie ich sehe. Ich fürchte, Sie werden den Staat noch mal eine Menge Geld kosten, wenn Sie Ihren verlängerten Urlaub in einem unserer komfortablen Zuchthäuser verbringen.«

»Aber Captain, was sind das für unpassende Scherze?«

»Schon gut, Smith! Kann ich Sie einmal allein sprechen?«

Sichtlich unlustig ging Smith voran in einen Raum hinter der Bar. Dort setzten sie sich in bequeme Klubsessel, zwischen sich ein Rauchtischchen. Jim schlug die Beine übereinander und musterte Smith.

»Sie haben letzthin Mr. Bellamy in seiner Burg besucht?«

»Ja, das stimmt. Ich hatte eine geschäftliche Angelegenheit mit Mr. Bellamy zu regeln und war zweimal dort. – Woher wissen Sie das?« erkundigte er sich harmlos.

»Der Alte telefonierte heute mit Ihnen. Er verständigte Sie, daß ich eine Haussuchung bei ihm gemacht habe. Leugnen Sie nicht, meine Leute haben die Leitung ein wenig angezapft.«

Das war reiner Bluff, aber Jim vermutete, daß man im ›Goldenen Osten‹ auf seinen Besuch vorbereitet worden war. Sicher hatte Bellamy Smith gewarnt.

»Was haben Sie eigentlich mit Mr. Bellamy zu tun?«

»Er ist ein guter Freund von mir«, beteuerte Coldharbour. »Dieses Lokal ist zum Teil mit seinem Geld finanziert worden.«

»Sagen Sie, Smith, wo wohnten Sie, bevor Sie hierherzogen?«

»Ganz in der Nachbarschaft – in Camden Town.«

»In welchem Teil von Camden Town?«

»In der Little Bethell Street.«

Jim sprang auf.

»Dann kennen Sie Mrs. Held!« rief er spontan.

»Nie von der Dame gehört!« beteuerte Smith laut. »Was soll das alles heißen, Captain?«

»Sie kannten Mrs. Held ganz genau, und Sie waren daran beteiligt, sie verschwinden zu lassen! Passen Sie auf, Smith, wenn Sie mir alles erzählen, werde ich dafür sorgen, daß Sie straflos ausgehen. Wenn Sie es nicht tun ...« Featherstone schlug mit der Faust auf den Tisch. »Dann lasse ich den ›Goldenen Osten‹ innerhalb einer Woche schließen.«

Zu seinem größten Erstaunen grinste Smith nur.

»Macht mir gar nichts aus, Captain. Den Laden hier habe ich verkauft, die Hälfte des Kaufpreises steckt schon in meiner Tasche. Wenn Sie das Lokal schließen wollen – bitte sehr!« Er sprach sogar die Wahrheit, das war unverkennbar. »Was sagen Sie jetzt, Captain? Vielleicht trinken Sie darauf einen Schluck?«

Drei Dinge entgingen Jim Featherstone nicht – erstens der schnelle Wink, den Smith dem Barmann gab, zweitens die Aufdringlichkeit, mit der er ihm etwas zu trinken anbot, und drittens bemerkte er, daß der Barmann das Zeichen, das er von Smith erhalten hatte, weitersignalisierte.

In der Ecke stand auf einem Tischchen ein Telefon.

»Sie haben doch nichts dagegen, wenn ich schnell einen Freund anrufe?« sagte Featherstone unvermittelt, ging ohne auf Antwort zu warten zum Apparat und wählte eine Nummer. Er kümmerte sich gar nicht um Smith, der nervös versuchte, ihn zurückzuhalten. Jim ahnte dunkel, was sich vorbereitete. Glücklicherweise bekam er sofort Verbindung.

»Wer ist dort? – Der Sergeant vom Dienst in Limehouse? Captain Featherstone – ja, am Apparat ... Ich bin im ›Goldenen Osten‹ – jawohl – schicken Sie sofort vier Leute, die mich draußen am Eingang des Klubs erwarten sollen. Besten Dank.«

Er legte auf und drehte sich um. Die Bestürzung Smiths bestätigte ihm, daß er sich nicht getäuscht hatte.

»Sie haben wohl eine kleine Überraschung für mich vorbereitet, Smith, wie?«

Mit ein paar Schritten war er beim Ausgang, drückte den Griff herunter – die Tür war verschlossen.

»Wahrscheinlich hat der Barmann die Tür aus Versehen von außen zugeschlossen –«, stotterte Smith. »Kommen Sie – da bitte, hier kommen Sie auch zum Ausgang.«

Er öffnete eine Tür, die auf eine steile Treppe führte.

»Sie werden aber doch die Güte haben, mich hinunterzubegleiten?« fragte Jim übertrieben höflich.

Smith ging voran die Treppe hinunter und öffnete die Haustür. »Gute Nacht, Captain!« sagte er laut.

»Gute Nacht – schlafen Sie gut«, antwortete Jim und tat so,

als ob er an Smith vorbeigehen wollte, packte ihn aber gleichzeitig mit einem harten Polizeigriff am Kragen und beförderte ihn, bevor er einen Muck von sich geben konnte, auf die Straße hinaus. Der Wirt des ›Goldenen Ostens‹ taumelte über den Gehsteig – im gleichen Moment huschte ein Schatten auf ihn zu und schlug ihm zweimal mit einem Stock über den Schädel. Smith stürzte geräuschvoll zu Boden.

Jim verfolgte den Flüchtenden, holte ihn rasch ein, stellte ihm ein Bein und riß den Stürzenden wieder in die Höhe.

»Ich wehre mich gar nicht –«, wimmerte der Mann und ließ seinen Stock aufs Pflaster fallen. »Ich wußte ja nicht, daß Coldharbour Smith herauskommt – ich sollte doch – einen andern ...«

»Na, Coldharbour wird seinen Auftrag jetzt sehr bedauern«, meinte Jim und zog den Burschen zur Haustür zurück.

Dort saß Smith auf dem Pflaster und betastete seinen schmerzenden und blutenden Schädel. Die beiden fingen sofort an, sich zu beschimpfen, und Jim hörte belustigt und interessiert zu.

»Wenn Sie behaupten wollen, ich hätte Ihnen den Auftrag gegeben, diesem Gentleman, einem meiner besten Freunde, aufzulauern, dann lügen Sie ganz unverschämt!« brüllte Smith. »Wenn ich Sie in die Finger bekomme ...«

»Halten Sie den Mund, Smith!« fuhr ihn Featherstone an.

»Hören Sie bloß nicht auf den Burschen, Captain!« ereiferte sich Smith. »Er ist verrückt – saß schon einmal in einer Irrenanstalt ...«

In diesem Augenblick erschienen die vier Polizisten, nach denen Jim telefoniert hatte.

»Bringen Sie diesen Mann zur Wache! Bewaffneter Überfall und Körperverletzung –.« Jim drehte sich zu Coldharbour Smith um. »Sie werde ich mir noch ganz besonders vornehmen!«

Nachdem Featherstone gegangen war, stieg Smith die Treppe hinauf und zog sich in den Raum hinter der Bar zurück. Dort saß er lange allein, nur mit seinen Gedanken beschäftigt, herum. Schließlich erhob er sich, riß die Tür auf und rief dem Barmann zu:

»Schicken Sie mir den südamerikanischen Kapitän herüber – und bringen Sie Wein und Zigarren!«

32

Auf ein dringendes Telegramm hin verließ John Wood sein Kinderheim und fuhr nach London. Nach seiner Ankunft meldete er sich bei Scotland Yard. Featherstone traf zum erstenmal mit diesem Mann zusammen, obwohl er sich dunkel erinnerte, ihn damals im Carlton Hotel gesehen zu haben, als er mit den Howetts speiste.

»Es tut mir leid, daß Sie meinetwegen eine so lange und ungemütliche Reise machen mußten, Mr. Wood. Selbstverständlich werden Ihnen alle Auslagen ersetzt.«

»Ich nehme an, Spike Holland hat Ihnen von mir und meinen Kinderheimen erzählt. Wahrscheinlich berichtete er Ihnen auch, was ich im Gespräch mit ihm über Abel Bellamy andeutete? Nun, das ist mir nicht weiter unangenehm, ich mußte damit rechnen, daß er es früher oder später tun würde.«

»Ja – das Kind, für dessen Ermordung Bellamy Ihrer Meinung nach verantwortlich ist. Ich wollte Sie fragen ...«

»Der Fall, den Sie meinen, gehört eigentlich vor ein amerikanisches Gericht. Ich glaube kaum, daß Sie in dieser Sache etwas unternehmen könnten, selbst wenn ich Ihnen alle Beweise liefern würde, wozu ich gar nicht in der Lage bin. Bellamy versuchte mehrmals, seine Feinde dadurch zu treffen, daß er etwas gegen ihre Kinder unternahm. In dem Fall, nach dem Sie fragen, handelte es sich um ein Baby. Was den Ausschlag für Bellamys Handlungsweise gab, kann ich nur vermuten. Kurz und gut, eines Tages verschwand das Kind, der Vater war außer sich, und die Mutter brach vollständig zusammen. Ich habe Grund zu der Annahme, daß zwischen Abel Bellamy und der Mutter eine engere Verbindung bestand. Wenn dem so war, wußte der Vater jedenfalls nichts davon. An dem betreffenden Tag war das Kindermädchen mit dem Kind spazierengegangen, und als es zurückkam, erzählte es eine unzusammenhängende Geschichte in der Art, es hätte einen Augenblick lang mit einem Bekannten gesprochen, und währenddem wäre das Kind aus dem Wagen verschwunden. – Vierzehn Tage später ereignete sich ein schreckliches Eisenbahnunglück in River Bend, bei dem viele Menschen ums Leben kamen. Die meisten verbrannten. Unter den Trümmern fand man auch einen kleinen Kinderschuh. Zufällig erkannte ihn der Vater später als den Schuh, den sein Kind am Tage der Entführung getragen hatte. Es besteht kein Zweifel, daß das Kind bei dem Unglück umgekommen ist.«

»Wann hat sich das zugetragen?« fragte Jim.

Wood nannte das Datum des Unglücktages. Jim schüttelte enttäuscht den Kopf. »Ich hatte gehofft, Ihnen mitteilen zu können, daß das Kind noch am Leben sei, aber ich sehe, die Daten stimmen nicht überein. Können Sie mir nicht ein wenig mehr erzählen, Mr. Wood? Wissen Sie den Namen des Vaters?«

»Ich kann Ihnen leider nicht mehr sagen«, erwiderte Wood. »Ich trage in diesem Fall selbst eine gewisse Verantwortung.«

Jim blätterte in seinem Notizbuch. Lächelnd sah er auf.

»Vielleicht können Sie mir über etwas anderes Auskunft geben – Sie waren doch mit dem jungen Bellamy, dem Neffen des Alten, befreundet?«

»Er wurde bei einem Aufklärungsflug abgeschossen.«

»Sprach er zuweilen über seinen Onkel – beklagte er sich über ihn?«

»Ich habe nie etwas dergleichen gehört.«

»Wissen Sie bestimmt, daß er der Neffe des alten Bellamy war?«

Wood zögerte einen Augenblick, bevor er antwortete.

»Ja, das weiß ich.«

»Haben Sie schon einmal daran gedacht, Mr. Wood«, fragte Jim bedächtig, »daß der junge Bellamy noch am Leben sein könnte und sich aus irgendeinem Grunde nicht zu erkennen gibt?«

»Diese Möglichkeit besteht. Im Krieg haben sich noch viel seltsamere Dinge zugetragen –.«

»Hm – Sie waren sein bester Freund, Sie würden doch wissen, wenn er noch am Leben wäre?«

»Bestimmt. Vergessen Sie nicht, daß ich sein Erbe bin und sein Nachlaß in meine Hände kam.«

Bevor John Wood sich verabschiedete, stellte er eine Frage, die ihm anscheinend am Herzen lag.

»Sie sagten vorhin, daß die Daten nicht übereinstimmten,

Captain. Haben Sie vielleicht die Geschichte eines anderen Opfers von Bellamy in Erfahrung gebracht? Und könnten Sie mir sagen, um wen es sich handelt?«

Jim lächelte bedauernd.

»Tut mir leid, daß ich jetzt Ihrem Beispiel folgen muß – ich kann Ihnen darüber nichts sagen.«

John Wood fuhr am selben Nachmittag nach Belgien zurück. Vorher wollte er noch Spike aufsuchen, traf ihn aber zu seinem Leidwesen nicht an.

Mr. Syme unterhielt sich mit dem Besucher und war beeindruckt von diesem ernsten, ungewöhnlichen Mann.

»Holland ist noch in Garre, aber ich habe veranlaßt, daß er morgen zurückkommt. Der Geist erscheint ja doch nicht mehr und ist vermutlich inzwischen eines seligen Todes gestorben. Ich hoffe es wenigstens!«

33

Julius Savini hatte seit einiger Zeit das Gefühl, daß seine Position in Garre Castle nur noch an einem Faden hing. Er wollte seinen Abgang so gewinnbringend wie möglich gestalten und hatte entsprechende Vorkehrungen getroffen.

Bellamy bewahrte nur wenig Geld im Hause auf, und sein Konto bei der Bankfiliale in Garre war ziemlich klein. Größere Beträge mußte Julius stets in London holen, aber sie waren auch wieder nicht so hoch, daß für Bellamy ein Risiko damit verbunden gewesen wäre.

Julius wußte, daß er das Land sofort verlassen mußte, wenn er sich an Bellamys Eigentum vergriff. Er hatte sich die Sache genau überlegt und die Höhe der Summe berechnet, die ihm für die Zukunft ein angenehmes Leben ermöglichen würde. Aber der ausgerechnete Betrag überstieg natürlich bei weitem die Höhe des Schecks, den der argwöhnische Bellamy ihm zum Einkassieren anvertraute.

Julius verwaltete das Scheckbuch und füllte auch die Schecks aus. Als er sich zu seinem großen Beutezug entschlossen hatte, führte er einen Plan aus, der den Vorzug größter Einfachheit besaß. Eines Morgens legte er Bellamy eine Reihe von Schecks zur Unterschrift vor. Es handelte sich durchwegs um kleinere Summen, die Rechnungen von Kaufleuten im Dorf betrafen. Ein Scheck über einen verschwindend kleinen Betrag war für den Zeitungsagenten in Garre bestimmt.

»Warum bezahlen Sie solche Kleinigkeiten nicht bar?« brummte Bellamy, als er seinen Namen daruntersetzte.

Tatsächlich zahlte Julius am Nachmittag den Betrag in bar aus und legte den Scheck in seine Brieftasche. Datum, Summe und Name des Empfängers waren mit einer chemisch speziell zusammengesetzten Tinte geschrieben, deren Farbstoff nach einigen Stunden vollständig verschwand. Als Julius das Papier später genau untersuchte, war außer Bellamys Unterschrift nichts darauf zu erkennen.

Am gleichen Nachmittag fuhr er in die Stadt zu seiner Frau.

»Besorge dir«, sagte er, »einen Überseepaß und eine Schiffskarte nach Brasilien. Wir müssen getrennt auf verschiedenen Schiffen fahren. Ich werde zuerst nach Paris fliegen, von dort weiter nach Lissabon, wo ein Freund mir eine Passage belegen kann. Einen portugiesischen Paß habe ich zum Glück.«

»Was soll denn aus der Wohnung werden?« fragte sie. »Ich könnte doch die Möbel verkaufen, sie sind vier- bis fünfhundert Pfund wert.«

Die Summe machte Eindruck auf ihn.

»Gut, ich reise vorerst allein, das ist vielleicht auch besser. Du kannst in einigen Monaten nachkommen. Sieh zu, daß dich die Polizei nicht erwischt. Ich sende dir Nachrichten an die alte Adresse.«

Die alte Adresse war El Moro's, wo täglich solche Briefe eintrafen und unter allerhand Vorsichtsmaßregeln abgeholt wurden.

In Garre Castle verschwand Julius gleich in seinem Zimmer. Im Haus war schon alles ruhig. Er zog den Scheck aus der Brieftasche und setzte als Summe hunderttausend Dollar ein.

»Sie müssen morgen in der Stadt Geld holen«, sagte Bellamy am nächsten Morgen.

Julius hatte mit diesem Auftrag gerechnet, ihn aber bereits für diesen Tag erwartet.

»Kann ich nicht heute schon gehen?« fragte er, weil ihm einfiel, daß er den Scheck mit dem heutigen Datum versehen hatte. »Ich habe nicht besonders viel zu tun.«

»Sie gehen morgen früh –«, antwortete Abel scharf. »Füllen Sie einen Scheck über fünftausend Dollar aus.«

Etwas später legte Julius den gewünschten Scheck zusammen mit einem Brief an den Direktor der Bank vor.

»Was wollen Sie damit?« fragte Abel mißtrauisch.

»Als ich das letztemal fünftausend Dollar abhob«, erwiderte Julius, »sagte Mr. Sturges, daß es ihm lieber wäre, wenn er zum Scheck noch einen Begleitbrief bekäme.«

»Der müßte Sie doch jetzt allmählich kennen«, murrte Abel, als er den Brief unterschrieb, der den Bankdirektor informierte.

Das ging eigentlich sehr einfach, dachte Julius nachher. Der Plan funktionierte bis jetzt so gut, daß er fast ein wenig nervös wurde. Es konnte noch so allerhand passieren.

Am Nachmittag ließ Bellamy seinen Wagen kommen und fuhr weg. Julius vermutete, daß er Coldharbour Smith aufsuchen wollte. Dies kam ihm sehr gelegen, denn es gab noch viel zu räumen, nichts Verdächtiges durfte zurückbleiben.

Er ordnete seine Papiere und verbrannte ein paar Briefe. Danach verließ er sein Zimmer und trat in den langen Korridor hinaus. Draußen blieb er stehen und überlegte, ob er nicht etwas vergessen hätte.

Vorn im Gang, nahe bei der Treppe, befand sich die kleine Tür, die zu jener Wendeltreppe führte, über die damals der grüne Bogenschütze entkommen sein mußte, als er das blutbefleckte Taschentuch verloren hatte. Jetzt stand diese Tür nur angelehnt.

Julius starrte in Gedanken geradeaus, aber auf einmal fuhr er erschrocken zusammen. Die Tür begann zu knarren und öffnete sich langsam. Obwohl es heller Tag war, dachte er sofort an den grünen Bogenschützen.

Wie angewurzelt blieb er stehen. Ruckweise ging die Tür auf, immer weiter – und dann erschien ein Mann im Türrahmen. Er war ohne Hut und trug eine große Hornbrille. Nur einen Augenblick lang stand er dort; als er Savini entdeckte, sprang er sofort zurück und schlug die Tür mit einem lauten Knall zu. Julius bewegte sich noch immer nicht. Mit offenem Mund schaute er auf die geschlossene Tür. Er hatte den Mann erkannt – es war Mr. Howett gewesen!

Endlich kam Bewegung in Julius. Er ging in sein Zimmer zurück und verbrannte als erstes den gefälschten Scheck. Jetzt sah er einen ergiebigeren und weniger gefährlichen Weg vor sich. Howett war ein reicher Mann, und Howett würde zahlen! Natürlich hatte Howett damals das Taschentuch verloren. Daß es seiner Tochter gehörte, besagte gar nichts, er konnte es einfach irrtümlich eingesteckt haben.

In angenehme Träume versunken schlenderte Savini durch den Park. Möglich, daß er da für den Rest seines Lebens eine Einnahmequelle gefunden hatte! Er sah nach Lady's Manor hinüber, als ob er schon der Besitzer sei. Den Mann, der vom Pförtnerhaus her auf ihn zukam, erblickte er erst im letzten Moment, als er ihm bereits gegenüberstand.

»Donnerwetter, was haben Sie hier schon wieder zu suchen, Mr. Featherstone?« fragte er erschrocken.

»Oh, ich will nur ein wenig die Gelegenheit ausnützen, solange der Alte nicht zu Hause ist.«

»Ich kann Sie aber nicht in die Burg hineinlassen, Captain«, antwortete Julius aufgeregt. »Ich riskiere sonst meine Stellung!«

»Tatsächlich, Savini? Wenn ein Mann wie Sie anfängt, bei Schiffsagenturen Erkundigungen einzuziehen, liegt die Vermutung nahe, daß er bereits hinausgeworfen worden ist oder aber von sich aus verschwinden will. Lassen Sie sich gleich das eine sagen – Bellamy mag sein, wie er will, meine Pflicht ist es, ihn vor Beraubung und Diebstahl zu schützen! Ich warne Sie – jeder Ihrer Schritte wird überwacht.«

Julius erblaßte und trat unruhig von einem Fuß auf den andern. Was wäre aus seiner Flucht geworden!

»Aber Captain, was halten Sie von mir?« Er setzte die unschuldigste Miene der Welt auf. »Geradezu beleidigend, wie mißtrauisch die Polizei ist –.«

Jim lachte belustigt.

»Sie sind ein Märtyrer, Savini! Doch Spaß beiseite – Sie können mir einen großen Dienst erweisen. Ich suche etwas im Garten, in die schloßherrlichen Räume will ich gar nicht eindringen.«

»Was suchen Sie denn?«

»Ich habe neulich abends einige Eisenstäbe in den Boden geschlagen und alle bis auf einen wiedergefunden. Es war in der Nacht, als die Hunde den grünen Bogenschützen verfolgten.«

»Eisenstäbe?« wiederholte Julius ungläubig.

»Ich kann Ihnen jetzt nicht alles erklären, helfen Sie mir lieber suchen. Kommen Sie, da – beim Gartenbeet an der Mauer muß es sein. Das hier ist doch die Rückwand von Bellamys Bibliothek?«

»Als gewesener Hausmeister müßten Sie jetzt eigentlich das Schloß in- und auswendig kennen«, meinte Savini ironisch. »Mein Gott, wenn der Alte geahnt hätte, daß ich Sie kenne, wäre ich sofort geflogen!«

»Haben Sie schon einen neuen Hausmeister?«

»Das bin ich selbst«, murrte Julius. »Der Alte behandelt mich schlimmer als einen gewöhnlichen Dienstboten.«

Der Stab war bald gefunden. Jim zog ihn aus dem Boden.

»Was ist es überhaupt?« fragte Julius.

Featherstone streifte vorsichtig die Erde von der Glasoberfläche ab.

»Es ist ein Thermometer. Ich kann Ihnen jetzt schon sagen, daß es ungefähr sechs Grad zeigen wird.« Er stieß einen leisen Pfiff aus. »Zwanzig Grad?« murmelte er, mehr zu sich selbst. »Zwanzig Grad – das hat etwas zu bedeuten, Savini. Die Erde ist hier 14 Grad wärmer als an jeder anderen Stelle rings um die Burg. Das also wäre der Grund für die hohe Gasrechnung.«

»Was soll das bloß bedeuten?« fragte Julius. »Sie glauben doch nicht etwa, daß er den Boden hier heizt?«

»Doch, genau das vermute ich.«

Featherstone prüfte noch einmal den Stand des Thermometers. Es war inzwischen auf fünfzehn Grad zurückgegangen.

»Ich wüßte nicht, wozu Ihre Untersuchung gut sein könnte«, sagte Julius gereizt. »Was soll ich dem Alten sagen, wenn er zurückkommt?«

»Nichts. Seien Sie ebenso diskret wie neulich, als ich die Ehre hatte, mit Ihnen unter dem gleichen Dach zu schlafen.«

Featherstone wandte sich zum Gehen, da bog Bellamys Wagen ins Tor ein.

»Ich freue mich, Sie wiederzusehen, Captain Featherstone«, rief Abel und stieg aus. »Was ich hier in England am meisten schätze, ist die Art und Weise, wie sich ungebetene Gäste in fremde Grundstücke einschleichen! Was haben Sie da?«

»Ich habe mir erlaubt, die Bodentemperatur um Ihre Burg herum zu messen, und falls Sie das Resultat interessiert, an den meisten Stellen beträgt sie sechs Grad, nur dort drüben, bei Ihrer Bibliothek, sind es zwanzig Grad.«

In Bellamys Gesicht rührte sich nichts.

»Na, und? Vielleicht haben Sie einen Vulkan entdeckt!« Er lachte schallend über seinen eigenen Witz.

»Ich finde es, wenn Sie erlauben, trotzdem sehr bemerkenswert.«

»Ich möchte nicht gern einem so klugen Menschen widersprechen, Captain, aber wenn Sie im Pförtnerhaus nachsehen, werden Sie feststellen, daß ich seinerzeit eine Warmwasserleitung zur Burg hinauf legen ließ. Sicher haben Sie das Heißwasserrohr erwischt ...«

Bellamys Erklärung erwies sich als durchaus stichhaltig, als Featherstone im Pförtnerhaus diesen Punkt nachprüfte.

Spike Holland gegenüber gestand er seinen Mißerfolg ein.

»Es ist ein Fremder im Dorf angekommen«, teilte ihm Spike mit, »der sich in der Nähe von Lady's Manor herumschleicht. Ich sah gestern abend ...«

»Ich weiß«, lachte Jim, »es ist nämlich einer meiner Beamten. Leider muß dieser Posten heute schon wieder zurückgezogen werden. Wir haben nicht genug Leute. Ehrlich gesagt, Holland, ich möchte Sie bitten, mir jetzt zu helfen. Miss Howett ist in ernster Gefahr – welcher Art, weiß ich leider auch noch nicht. Wenn Sie bereit sind, weiter hierzubleiben, werde ich Ihren Redakteur aufsuchen und ihm klarmachen, daß Ihre Anwesenheit hier wichtig ist. Ich brauche ihm nur zu sagen, daß es in der Gegend bestimmt noch eine Sensation gibt.«

»Und was soll ich tun?«

»Am Tag möglichst viel schlafen und nachts Lady's Manor beobachten!«

»Wollen Sie den grünen Bogenschützen erwischen?«

»Nein, um den brauchen wir uns nicht zu sorgen. Jedenfalls steht fest, daß Miss Howett von ihm keine Gefahr droht. Coldharbour Smith ist viel gefährlicher!«

34

Um acht Uhr abends klopfte ein Dienstmädchen schüchtern an die Bibliothekstür, lauschte und schob, als sie das brummige ›Herein‹ vernahm, einen Serviertisch mit einer Mahlzeit, die für zwei Männer gereicht hätte, in den Raum.

Als sie wieder hinausgegangen war, stand Abel Bellamy auf und verschloß die Tür. Dann verteilte er das Essen auf verschiedene Schüsseln und Teller, ohne sich jedoch an den Tisch zu setzen. Nachdem er das besorgt hatte, zog er den Schreibtisch mitsamt dem Teppich, auf dem er stand, zur Seite, so daß der Parkettboden an dieser Stelle freilag. Mit einer Messerklinge fuhr er in eine Ritze zwischen den Quadraten des Parketts und hob ein Holzplättchen heraus. Er faßte nach einer Holzkante und zog eine Falltür hoch, die sehr geschickt und genau in den Fußboden eingepaßt war. Zum Vorschein kam eine Steinplatte mit einem Metallschloß, in das Bellamy einen Schlüssel steckte und herumdrehte. Er setzte einen Fuß auf die Steinplatte, drückte sie etwas nieder, worauf er sie, durch einen unsichtbaren Mechanismus, halb zur Seite drehen konnte. Steinstufen führten in die Tiefe.

Bellamy ging zum Tisch zurück, stellte ein paar Schüsseln auf ein Tablett und verschwand damit nach unten. Die Treppe mündete in einen schmalen Gang, der direkt auf eine Tür zuführte. Bellamy schloß auf und stieß den Riegel zurück. Er mußte sich bücken, der Gang war hier ein Stück weit viel niedriger, bildete einen tunnelartigen Durchgang und führte durch die Fundamentmauern der Burg hindurch. Der Raum, den er nun betrat, lag außerhalb der Burgmauern.

Die unterirdische Wohnung bestand aus drei Räumen, einem großen und zwei kleinen, und war luxuriös eingerichtet. Im Wohnzimmer bedeckten schöne Teppiche den Boden, echte Gobelins hingen an den Wänden, es gab eine Couch, weiche Kissen, bequeme Sessel, jedes Möbelstück war geschmackvoll und auserlesen, von der Decke hing ein elektrischer Kronleuchter.

Das Zimmer war leer. Er trat in den nächsten Raum, die Küche, in der ein Gasherd und der Gasofen für die Beheizung standen. Neben der Küche lag ein schmales Badezimmer.

»Elaine!« rief er laut.

Eine Frau kam langsam aus dem Badezimmer. Sie trug ein langes, dunkles Kleid.

»Dein Essen –«, sagte Bellamy, »ich hab' dich nicht vergessen. Hast du dir schon mal überlegt, was passiert, wenn ich dich vergessen würde? Nimm nur an, ich wäre krank. Du müßtest glattweg verhungern, Elaine!«

So oft schon hatte sie derartige Reden gehört und achtete nicht mehr darauf. Schweigend setzte sie sich an den Tisch und aß mechanisch einige Bissen. Die Jahre der Gefangenschaft hatten ihr Gesicht blaß und durchsichtig gemacht.

Bellamy lehnte mit verschränkten Armen an einem Pfeiler und beobachtete sie.

»Ich habe heute Valerie gesehen, hörst du, Elaine. Bestimmt hätte sie dir liebevolle Grüße geschickt, wenn sie wüßte ...«

Zum erstenmal sah die Frau auf.

»Ich glaube dir nicht mehr, du hast zu oft erzählt, du hättest Valerie gesehen. Du lügst nur. Alles, was du mir je gesagt hast, waren Lügen.«

»Kennst du Coldharbour Smith?«

Sie gab keine Antwort.

»Wie du willst. Du wirst bald Gelegenheit haben, deine Erinnerung aufzufrischen! Neuerdings treibt sich ein Polizeispitzel in der Gegend herum. Ein schlauer Bursche! Hat die Erdtemperatur rund um die Burg gemessen und tatsächlich deine Küche herausgefunden! Seine Vermutungen waren ganz richtig, aber ich habe ihn trotzdem an der Nase herumgeführt.«

Sie sagte nichts, aber er war an ihr Schweigen gewöhnt und ärgerte sich nicht mehr darüber.

»Valerie ist hübsch geworden. Sieht aus wie du in deiner Jugend, dieselben Augen, dasselbe Haar und – der gleiche Eigensinn.«

Sie stand seufzend auf.

»Ich weiß, daß Valerie tot ist.«

»Du bist eben verrückt – bist es immer gewesen, sonst hättest du damals die Gelegenheit, mich zu heiraten, benutzt!«

Er packte das Tablett, ging zur Tür und schlug sie krachend hinter sich zu. Oben stellte er die Schüsseln auf den Serviertisch, schloß die Falltür, tilgte alle Spuren und rückte den Schreibtisch wieder an den alten Platz.

Etwas später klingelte er nach seinem Sekretär.

»Sie gehen morgen in die Stadt, Savini, aber bleiben Sie nicht zu lange. Wie ich höre, sind Sie verheiratet?«

»Jawohl, Mr. Bellamy.«

Savini wunderte sich, woher er es wußte. Featherstone konnte es ihm nicht gesagt haben. Da fiel ihm Coldharbour Smith ein, mit dem sein Schwager Jerry sicher in Verbindung stand. Und tatsächlich sagte jetzt Bellamy, während er in einer Zeitschrift blätterte, scheinbar gleichgültig:

»Smith hätte eine gute Aufgabe für Ihre Frau. Ich vermute, Sie haben nichts dagegen, wenn sie sich etwas Geld verdient? Auf ehrliche Weise –.«

Julius sah ihn erstaunt an. Eine gänzlich unerwartete Entwicklung – er war gespannt, was der Alte vorhatte. Er kannte Bellamy und merkte, wie interessiert er an der Sache war.

»Gehen Sie zu Ihrer Frau, wenn Sie morgen in der Stadt sind, reden Sie ihr gut zu, daß sie Smith unterstützen soll, falls er sich an sie wendet. Sie wird gut bezahlt.«

Julius zog sich zurück, als der Alte Anstalten machte, die Hunde zu holen. Bellamy hatte neue Anweisungen gegeben, wie die Tiere gefüttert werden mußten. Die letzte Mahlzeit erhielten sie schon früh am Nachmittag, denn, so überlegte sich Abel, ein hungriger Hund würde besonders wachsam sein. Morgens gab er ihnen selbst zu fressen. Gewöhnlich lagen sie schon vor seiner Schlafzimmertür, wenn er aufstand.

Wenige Minuten später kam Bellamy mit den Hunden, die nervös in die Halle stürmten, zurück. Er stieg zu seinem Schlafzimmer hinauf und schloß beide Türen.

In der Burg war alles ruhig. Es mochte schon nach Mitternacht sein, als Julius leise Schritte auf dem Korridor und unterdrücktes Knurren hörte.

Auch Bellamy waren die Geräusche nicht entgangen. Er stand auf und schaute sich draußen um. Die Hunde liefen ruhelos im Gang auf und ab. Als sie ihn erblickten, begannen sie zu bellen.

»Wollt ihr wohl ruhig sein!« fuhr er sie wütend an und schloß sich wieder ein. Wenige Minuten später schlief er ein.

Es schlug zwei Uhr, als die Tür, hinter der die Wendeltreppe lag, sich langsam und leise öffnete – so geräuschlos, daß der Hund, der zehn Meter davon entfernt lag, nicht einmal den Kopf hob. Ebenso leise schloß sich die Tür wieder, aber auf dem Boden stand jetzt eine große Schüssel mit Milch.

Der Hund, der unten in der Halle auf und ab lief, witterte sie. Als er die Milch zu schlabbern begann, lockte er auch die beiden andern herbei. In einer Minute war die Schüssel leer.

Gleich darauf liefen die Hunde seltsam taumelnd auseinander und streckten sich irgendwo auf dem Boden bewegungslos aus. Fünf Minuten später schlüpfte eine grüne Gestalt in den Korridor. Vor Bellamys Tür hielt sie an.

Im schwachen Mondschein, der durch die schmalen Fenster fiel, sah die Gestalt furchterregend aus. Das Gesicht war geisterhaft blaß, eine Hand hielt den langen grünen Bogen, der Köcher mit den grünen Pfeilen hing an der Seite. Lange wartete die Gestalt, dann bückte sie sich und steckte ein langes, dünnes Instrument ins Schlüsselloch. Geräuschlos ging die Tür auf –.

Viertel nach vier wachte Bellamy auf. Schlaftrunken erhob er sich und sah nach der Tür. Sie war verschlossen. Auch die Schlüsselkette unter seinem Kopfkissen lag am richtigen Platz. Er legte sich wieder hin, konnte aber nicht mehr einschlafen. Lange lag er wach und dachte nach.

35

Auch Valerie schlief nicht. Unruhig wälzte sie sich hin und her. Ihre Gedanken beschäftigten sich hauptsächlich mit Jim Featherstone. Sie mußte sich eingestehen, daß sie ihn sehr gern hatte.

Schließlich schlüpfte sie aus dem Bett, um das Fenster zu öffnen. Es war mondhell draußen. Auf der Straße sah sie einen Mann, der langsam auf und ab ging. Das glühende Ende seiner Zigarre war leicht zu erkennen. Valerie mußte lächeln. Sie wußte, daß es Spike Holland war, der es übernommen hatte, sie zu beschützen.

Da sie schon einmal auf war, beschloß sie, schnell in die Küche zu gehen und sich etwas Milch zu wärmen. Als sie, ohne das Licht anzudrehen, leise ihre Zimmertür öffnete, hörte sie von unten tuschelnde Stimmen. Ängstlich schlich sie zum Geländer und spähte in die Halle hinunter. Zu sehen war nichts, aber aus einem der unteren Zimmer hörte man deutlich flüstern. Geräuschlos huschte sie zum Schlafzimmer ihres Vaters, knipste das Licht an – sein Bett war leer!

Zuerst erschrak sie, aber dann beruhigte sie sich. Es konnte ja nur ihr Vater sein, der unten mit jemandem sprach. Vielleicht war eines der Dienstmädchen krank geworden.

Sie ging zur Treppe zurück und hörte wieder das Flüstern, diesmal auch ein leises Weinen. Schnell lief sie die Treppe hinunter und wollte die Tür zum Wohnzimmer öffnen. Sie war verschlossen.

»Wer ist draußen?« hörte sie die Stimme ihres Vaters.

Erleichtert rief sie:

»Ich bin es, Valerie. Was ist denn los, Vater?«

»Ich spreche mit einem Freund – bitte geh ins Bett, Kind! Ich möchte nicht, daß die Angestellten aufwachen. Später komme ich dann zu dir –.« Mr. Howett sprach sehr zögernd.

Widerstrebend ging sie hinauf in ihr Zimmer. Was konnte dies bedeuten – ein Besuch um diese Zeit? Verwirrt überlegte sie hin und her.

Ihre Schlafzimmertür stand noch angelehnt. Nach einer Weile wurde unten die Wohnzimmertür aufgeschlossen, jemand trat auf den Flur. Kurz entschlossen schlich sie zur Treppe. Fast wäre sie in Ohnmacht gefallen. Mitten in der Halle stand der grüne Bogenschütze!

Nur einen Augenblick lang schaute sie auf die unheimliche Gestalt, dann floh sie zurück in ihr Zimmer und schloß die Tür. Es war unglaublich. Sie konnte es nicht fassen. Ihr Vater! Und wer mochte sein nächtlicher Besucher sein?

Von draußen vernahm sie das Geräusch eines Motors, aber sie ging nicht zum Fenster. Ihre Gedanken wirbelten durcheinander.

Am nächsten Morgen kam Valerie zeitig zum Frühstück herunter. Ihr Kopf schmerzte heftig. Gespannt wartete sie auf eine Erklärung ihres Vaters.

»Hat dich dein Besuch lange aufgehalten, Vater?« fragte sie, als ob nichts geschehen wäre.

Er sah blaß und angegriffen aus und schien überhaupt nicht geschlafen zu haben. Ohne ihr in die Augen zu sehen, erwiderte er leise:

»Es tut mir leid, daß du aufgewacht bist. Bitte sei mir nicht böse, wenn ich nicht weiter über die Sache spreche.«

»War es ein wichtiger Besuch?«

»Ja, sehr wichtig.« Er erhob sich. »Ich muß heute gleich zur Stadt fahren, ich erwarte einen Herrn aus Philadelphia. Es wird vielleicht spät werden, bis ich zurückkomme.«

Valerie spürte, daß dies nur ein Vorwand für seine Fahrt nach London war. Eigentlich kam es ihr ganz gelegen, daß er fortfuhr, weil sie auf eigene Faust Nachforschungen anstellen, die Dienstboten ausfragen und das Wohnzimmer untersuchen wollte.

Mr. Howett brach bald danach auf. Spike sah ihn vorbeifahren und kam eilig ins Haus.

»Ist etwas passiert, Miss Howett?« fragte er besorgt.

»Merkwürdig, daß Sie diese Frage stellen – Sie sind doch der Schutzengel des Hauses!«

Er erzählte ihr umständlich, daß er ein paarmal bei der Hecke eingeschlafen sei.

»Ich war schlecht für eine Nachtwache vorbereitet. Tagsüber

ist ständig irgend etwas los, und bis es mir einfällt, daß ich ein wenig schlafen sollte, ist es schon Abend. Ja – in der Burg hat sich wieder einiges getan.«

»Was war denn los?«

»Der grüne Bogenschütze ist letzte Nacht wieder erschienen, und als Bellamy heute früh aufwachte, lagen die Hunde schlafend auf dem Gang.«

»Sind sie betäubt worden?«

»Ja. Ich habe eben mit Julius gesprochen. Er sagt, daß der Alte von jetzt an die Hunde bei sich im Schlafzimmer einsperren will. Bellamy ist außer sich vor Wut, hat sämtliche Hausangestellten verhört und ihnen mit der Polizei gedroht. – Ihr Vater ist heute ungewöhnlich früh weggefahren, Miss Howett?«

»Ja, er hat eine Verabredung in London. Sagen Sie, Mr. Holland, haben Sie heute gegen früh ein Auto hier vorbeikommen sehen?«

»Ja«, bestätigte er sofort. »Ich glaube, es war ein Zweisitzer. Ich wunderte mich, woher er in solcher Frühe wohl käme. Warum fragen Sie danach?«

»Ich schaute zufällig aus dem Fenster«, log sie, »und sah ihn gerade noch vorbeischießen. Konnten Sie erkennen, wer am Steuer saß?«

»Die Scheinwerfer blendeten mich, aber wenn ich mich nicht täuschte, war es eine Frau.«

»Saß sonst noch jemand im Wagen?«

»Das kann ich nicht beschwören. Aber warum interessieren Sie sich so sehr für dieses Auto? Hat sich doch etwas ereignet?«

»Nein, nein«, erwiderte sie hastig. »Ich war nur neugierig, was der Wagen um diese Zeit hier zu suchen hatte.«

36

Julius machte sich an diesem Morgen früh auf den Weg. Aber noch bevor er bei seiner Frau eintraf, bekam Fay Clayton einen anderen Besuch, über den sie nicht sonderlich erfreut war. Coldharbour Smith stand vor der Tür.

»Mein Mann ist nicht hier«, sagte sie abweisend.

»Weiß ich. Wäre aber nett, wenn Sie mich trotzdem hereinließen. Ich habe einen Vorschlag für Sie, und Sie können eine Menge Geld verdienen.«

»Meinetwegen«, sagte sie kurz. »Aber nicht für lange ...«

»Natürlich – außerdem wird Julius bald hier eintreffen.«

»Woher wissen Sie das?«

»Bellamy hat ihn in die Stadt geschickt und ihm aufgetragen, auch seine Frau zu besuchen.«

»Weiß er denn, daß wir verheiratet sind?«

»Natürlich. Ein Mann wie Bellamy weiß alles. Um zum Geschäft zu kommen – Sie können vierhundert Pfund verdienen und brauchen praktisch nichts dafür zu tun.«

Sie sah ihn fest an.

»Keinen Penny würden Sie mir ohne Gegenleistung geben! Schießen Sie los – was ist es? Etwas Unerlaubtes tue ich nicht, merken Sie sich das!«

»Oh, wie anständig Sie sind! Aber die Aufgabe ist vollkommen einwandfrei. Tadellos, verstehen Sie? Sie kennen doch dieses Mädchen – Miss Howett? – Eben. Die Sache ist die – ich möchte Featherstone einen kleinen Streich spielen. Nach allem, was man hört, ist er in sie verliebt und streicht dauernd um ihr Haus herum. Sie wissen ja, er ist ein gewandter Kerl und denkt, er könnte alle in die Tasche stecken.«

»Was soll das für ein Streich sein?« unterbrach ihn Fay.

»Hören Sie gut zu. Nehmen wir einmal an, Sie gingen hin und besuchten das Mädchen. Natürlich würden Sie in einem eleganten Wagen vorfahren – Geld spielt bei der Sache keine Rolle. Empfangen wird Miss Howett Sie bestimmt, denn Sie sind ihr ja bekannt. Eine Bedingung müssen Sie allerdings beachten – Sie dürfen Julius kein Wort sagen.«

»Ich habe keine Geheimnisse vor meinem Mann.«

»Schon möglich – aber diese Sache dürfen Sie ihm unter keinen Umständen erzählen, verstanden?«

»Sagen Sie mir doch endlich, um was es sich handelt.«

»Sie sollen Miss Howett besuchen und sich ein wenig mit ihr unterhalten.« Smith sprach jetzt sehr hastig, denn er fürchtete, daß Julius jeden Augenblick kommen könnte. »Das Mädchen sucht nach jemandem, nach einer Frau. Tatsächlich hat sie einen kleinen Spleen, eine fixe Idee, sie bildet sich ein, ihre Mutter sei in Garre Castle versteckt. In Wirklichkeit ist ihre Mutter schon lange tot. Ihre Aufgabe ist es nun, Miss Howett zu besuchen und ihr zu sagen, daß Sie Mrs. Held gesehen haben – merken Sie sich diesen Namen genau! Sie müssen sagen, daß Sie Mrs. Held im ›Goldenen Osten‹ getroffen haben. Erzählen Sie ihr, daß sie dort gefangengehalten wird, und daß Sie nur durch Zufall mit ihr sprechen konnten. Weiter sagen Sie ihr, daß Sie einen Geheimgang in den ›Goldenen Osten‹ kennen – wenn sie es wünscht, erklären Sie sich bereit, sie nachts dorthin zu führen. Sollte sie zuerst Featherstone fragen wollen, dann machen Sie sie darauf aufmerksam, daß es ein Dutzend Wege gibt, um Mrs. Held aus dem Klub fortzuschaffen, sobald ein Polizeiaufgebot anrückt. Die einzige Möglichkeit, Mrs. Held zu sehen, besteht also darin, daß sie sich Ihrer Führung anvertraut. – Haben Sie sich alles gemerkt?«

»Was haben Sie mit Miss Howett vor?«

»Oh, gar nichts. Sie sollen sie nur bis zum Klub bringen, und vielleicht arrangieren wir noch ein kleines Abendessen . . .«

Fay schüttelte den Kopf.

»Ich mache nicht mit«, sagte sie entschieden. »Das Ganze ist doch nur irgendein niederträchtiger Trick. Ich kenne Ihre Methoden, Smith!«

Smith lehnte sich zurück und schaute sie düster an.

»Sie können Ihrem Mann ruhig erzählen, daß Sie etwas für mich erledigen. Um was es sich handelt, brauchen Sie ihm deswegen ja nicht zu sagen.«

»Anscheinend habe ich mich nicht deutlich genug ausgedrückt! Ich wiederhole, daß ich mit der Sache nichts zu tun haben will – selbst dann nicht, wenn mein Mann es mir erlauben würde.«

Smith hörte, daß draußen die Wohnungstür geöffnet wurde. Gleich darauf kam Savini ins Zimmer. Er war durchaus nicht erfreut, Coldharbour Smith vorzufinden.

»Ich sprach eben mit Ihrer Frau, Savini – vielleicht können Sie sie zur Vernunft bringen. Sie soll eine Kleinigkeit für mich besorgen und kann eine Menge Geld dabei verdienen – vierhundert Pfund!«

»Bellamy redete auch schon davon«, sagte Savini, »allerdings waren es bei ihm noch fünfhundert Pfund! – Du wirst die Sache doch übernehmen, Fay, wie?«

Sie schüttelte den Kopf.

»Nicht für fünf Millionen!«

Julius kannte diesen Ton und wußte, daß sie dann durch nichts umzustimmen war.

»Na, besprechen Sie die Sache miteinander«, sagte Smith und erhob sich. »Ich höre noch von Ihnen, Fay!« Mit einem lässigen Gruß ging er aus dem Zimmer und warf draußen die Haustür zu.

»Um was geht es eigentlich?« fragte Julius.

»Das Ganze ist eine niederträchtige Geschichte, Julius –«, erwiderte sie, »ich bin nicht kleinlich, aber da mache ich nicht mit.«

Er biß sich auf die Lippen.

»Ich will dich nicht drängen«, sagte er zu ihrem Erstaunen. »Ich wußte ja nicht, daß es eine so schlimme Sache ist.«

Julius Savini war im Grunde skrupellos, ein Abenteurer, Dieb und Schwindler. Nur – er liebte seine Frau und wollte ihr ein möglichst gefahrloses Leben garantieren. Fay selbst hatte seit frühester Kindheit mit Verbrechern zu tun gehabt, auf eine Schwindelei mehr oder weniger kam es ihr nicht an, aber sie hatte Grundsätze und schätzte ein solides, anständiges Leben.

»Ich muß wieder gehen«, sagte Julius. »Der Alte ist in scheußlicher Stimmung. Kein Wunder – letzte Nacht kam der grüne Bogenschütze wieder zu Besuch.«

»Wie? Der grüne Bogenschütze?«

»Ja. Keine Ahnung, was er eigentlich dauernd will. Völlig verrückt – wenn Bellamy ihn erwischt . . .«

Kaum war Julius gegangen, klingelte das Telefon. Es war Smith.

»Na, wie steht's, haben Sie mit ihm gesprochen?«

»Ja«, antwortete sie. »Und es bleibt bei dem, was ich gesagt habe.«

»Das werden Sie noch bereuen, Fay . . .« begann er wütend.

Sie legte den Hörer auf.

Dann dachte sie ernsthaft nach. Eigentlich war es gegen ihre Überzeugung, sich in die Pläne anderer einzumischen. Doch diesmal hatte sie ein derart unangenehmes Gefühl, daß sie wirklich daran dachte, Valerie vor der Gefahr, die ihr drohte, zu warnen.

Nach einigem Überlegen entschied sie sich dafür, Spike Holland anzurufen. Julius hatte ihr erzählt, daß er im ›Blauen Bären‹ logierte. Als sie anrief, wurde ihr mitgeteilt, Holland sei gerade ausgegangen. Unschlüssig dachte sie daran, Miss Howett einen Brief zu schreiben, damit sie selbst Maßnahmen zu ihrem Schutz treffen konnte.

37

Bellamy wartete im Park auf Savinis Rückkehr. Als er den Wagen kommen sah, stoppte er ihn.

»Haben Sie mit Ihrer Frau gesprochen? Übernimmt sie den Auftrag, den ihr Smith vorgeschlagen hat?«

»Nein«, antwortete Savini reserviert. »Sie will nicht.«

Sie wissen, was das für Sie bedeutet? Ich werfe Sie hinaus!«

»Das würde mir sehr leid tun, Sir.«

»Geben Sie mir das Geld! Hat Ihnen Ihre Frau erzählt, was Mr. Smith von ihr wollte?«

»Nein.«

Julius zählte die Scheine, die er von der Bank geholt hatte, dem Alten in die Hand.

Das Abendessen ließ sich Bellamy früh servieren. Er aß etwas und ließ sich Zeit damit. Erst dann stellte er einige Schüsseln auf dem Tablett zusammen.

Langsam öffnete er die Falltür und starrte eine Weile ins Dunkel hinab. Er nahm das Tablett und stieg die Treppe hinunter. Nach der ersten Tür und dem schmalen Mauertunnel rief er laut den Namen der Gefangenen und stieß die Tür zum unterirdischen Wohnzimmer auf.

»Hier ist dein Essen! Vielleicht antwortest du gefälligst, wenn ich dich rufe!« brüllte er.

Nur das Echo seiner Stimme hallte zurück.

»Elaine!«

Beunruhigt sah er sich um. Hatte sie etwa seinen Rat, den er ihr schon oft gegeben hatte, befolgt und sich umgebracht?

Er rannte in die Küche – sie war leer, ebenso das Badezimmer. Wie ein Wahnsinniger lief er zurück, warf das Sofa um, schaute auf den Gang hinaus.

»Elaine!« schrie er wild.

Sie war nicht mehr da!

Verwirrt setzte er sich auf einen Stuhl und dachte nach. Elaine war fort – aber wie konnte sie entflohen sein? Es gab nur den einen Weg, den durch die Bibliothek. Alles hier unten war massives Mauerwerk.

Der grüne Bogenschütze – immer wieder kehrten seine Gedanken zu ihm zurück. Aber auch er konnte nicht durch Wände gehen! Und für das Schloß an der Falltür gab es nur den einen Schlüssel –.

Bellamy stieg wieder nach oben und untersuchte die Steinplatte, das Schloß, den Mechanismus. Kein Kratzer, nichts. Es war fast neun Uhr, als er die Bibliothek verließ. Savini starrte ihn entsetzt an – so hatte er den Alten noch nie gesehen. Die Augen lagen tief in den Höhlen, das Gesicht hatte eine krankhafte, graue Farbe.

»Sagen Sie Sen, daß er zu mir kommen soll!«

Sen war der Chauffeur, ein Chinese, der schon achtzehn Jahre in Bellamys Dienst stand. Er war sehr klug und verstand vier Sprachen, ohne allerdings selbst ein Wort sprechen zu können, denn er war stumm. In seiner freien Zeit beschäftigte er sich mit irgendwelchen literarischen Arbeiten und Übersetzungen. Welches Gehalt er bekam, wußte außer ihm nur Bellamy, und wozu er es verwendete, ahnte nicht einmal sein Herr.

Sen verehrte Bellamy vorbehaltlos, und wahrscheinlich war er sein einziger Vertrauter. Vom Haushalt wurde der Chinese völlig ferngehalten. Er wohnte in einer kleinen Wohnung über der Garage.

Savini richtete Bellamys Auftrag aus. Sen kam sofort. Der Alte erwartete ihn in der Bibliothek.

»Sen, hör gut zu – bring den zweiten Wagen nach Newbury Junction, warte dort in der dunklen Straße, die zur Bahnstation führt und ändere das Nummernschild. Nach einiger Zeit kommt ein Mann und wird dir sagen, wohin du ihn fahren sollst. In der Nacht kommst du wieder nach Garre zurück.«

Sen neigte zustimmend den Kopf und ging hinaus.

38

Jim Featherstone war nicht in bester Laune. Er kam von einem Treffen ehemaliger Kriegskameraden. Die patriotischen Reden hatte er über sich ergehen lassen, war aber gegen elf Uhr, nach Schluß des offiziellen Teils, aufgebrochen und nach Scotland Yard gefahren, um die eingelaufenen Berichte durchzusehen.

In seinem Büro überflog er die Nachrichten der Polizeistationen und die Protokolle der Verhaftungen, als ihm der Beamte vom Nachtdienst einen Besuch meldete.

»Eine Dame möchte Sie sprechen, Captain.«

»Wer ist es?« fragte Jim und dachte sofort an Valerie.

»Eine Miss Clayton. Sie sagt, es sei sehr dringend.«

»Fay? Führen Sie die Dame bitte herein.«

Sie trat ein und blieb bewundernd bei der Tür stehen.

»Kein Mensch würde glauben, daß Sie Polizeibeamter sind, Featherstone! Im Frack sehen Sie viel sympathischer aus.«

»Wollen Sie nicht Platz nehmen? Was führt Sie zu mir, Fay, um diese Zeit?«

Sie überlegte einen Moment und sagte dann unvermittelt:

»Seien Sie vorsichtig, daß dem Mädchen nichts passiert!«

»Welchem Mädchen? Miss Howett?«

»Ja. Coldharbour Smith war heute morgen bei mir. Er sagte, daß er einen Spaß mit Miss Howett vorhabe und dazu meine Hilfe brauche. Ich sollte ihr mitteilen, daß sich die von ihr gesuchte Dame im ›Goldenen Osten‹ aufhalte. Das würde Miss Howetts Interesse wecken, rechnete er sich aus, und daraufhin hätte ich mit ihr in den Klub fahren müssen. Coldharbour Smith bot mir dafür fünfhundert Pfund, das machte mich stutzig.«

»Wann sollte dieser Plan ausgeführt werden?« fragte Jim aufgeregt.

»Ich weiß nicht. Ein bestimmter Tag war nicht vorgesehen, wahrscheinlich aber noch in dieser Woche.«

Er war aufgestanden und lief unruhig hin und her.

»Ich danke Ihnen für Ihr Vertrauen, Fay. Es war sehr anständig von Ihnen, daß Sie dieses Angebot ablehnten.«

Fay errötete ein wenig.

»Eigentlich ist es ja ein Verrat. Bisher wäre es mir nie eingefallen, so etwas zu tun.«

»Es wird Ihr eigener Vorteil sein.« Er schaute auf die Uhr, es war eben halb zwölf. »Ich will versuchen, Spike Holland anzurufen. Können Sie so lange warten?«

Er bekam sofort Verbindung mit dem ›Blauen Bären‹, und zu seiner Verwunderung kam auch Spike gleich an den Apparat.

»Sie sind wohl beim Whisky – ich dachte, Sie wären auf Ihrem Posten, Holland?«

»Nicht nötig, Captain. Miss Howett ist doch heute abend weggefahren.«

»Mit wem ist sie denn weggefahren?«

»Ich dachte, Sie wüßten –? Mit einem Beamten von Scotland Yard. Sie müßte längst dort sein.«

»Ach . . .« Jim legte auf.

»Was ist los?« fragte Fay.

»Miss Howett ist heute abend mit einem Mann weggefahren, der behauptete, ein Detektiv von Scotland Yard zu sein.«

Eine Zeitlang überlegte er wirr und kopflos, ohne zu wissen, was tun. Dann klingelte er dem Beamten vom Nachtdienst und befahl: »Rufen Sie sofort Abteilung K an. Alle Mannschaften, einschließlich der Reserven, sollen sich bereitmachen. Wir umstellen den ›Goldenen Osten‹. Verstanden?«

»Jawohl, Sir.« Der Beamte salutierte und stürzte hinaus.

Featherstone öffnete seine Schreibtischschublade und nahm eine schwere, langläufige Browningpistole heraus. Klickend ließ er einen Patronenrahmen ins Magazin schnappen. Er zog seinen Mantel an, steckte die Pistole in die äußere Tasche und verabschiedete sich kurz von Fay. Als er auf den Hof hinunter kam, standen schon zwei Polizeiwagen bereit. Die Mannschaften hatten sich davor versammelt, und er erklärte ihnen kurz den Zweck des Unternehmens.

»Offiziell geht es uns um verbotene Glücksspiele. Den Durchsuchungsbefehl habe ich in der Tasche. Vermutlich werden wir in dem Haus eine Dame finden, die dort gefangengehalten wird. Sollte dies der Fall sein, bin ich jedem von euch dankbar, der mich davon abhält, Coldharbour Smith über den Haufen zu schießen.«

Die Wagen sausten das Themseufer entlang, quer durch die verlassene City, zu den hellerleuchteten Straßen von Whitechapel. Nach wenigen Minuten hielten sie vor dem ›Goldenen Osten‹. Jim sprang aus dem Wagen, die Kriminalbeamten umstellten das Gebäude. Jim rannte am Portier vorbei die Treppe hinauf. Oben spielte die Jazzkapelle, ein Dutzend Paare tanzten auf dem spiegelglatten Parkett. Er drängte sich an ihnen vorbei zur Bar. Der Barmixer lehnte am Schanktisch.

»Wo ist Smith?« schrie Jim.

»Er ist heute abend nicht hier, Captain.«

Jim drehte sich um und gab dem Kapellmeister ein Zeichen. Die Musik hörte sofort auf.

In der Zwischenzeit waren noch einige Beamte nachgekommen. Zwei von ihnen folgten Featherstone hinter die Bar.

»Die Tür ist geschlossen, Coldharbour hat den Schlüssel«, sagte der Barmixer ängstlich.

Jim warf sich mit seinem ganzen Gewicht gegen die Türfüllung, das Schloßscharnier sprang krachend ab, die Tür flog auf.

Im Zimmer brannte Licht. Auf dem Tisch stand eine halbleere Flasche Sekt, daneben ein Glas.

Ohne sich aufzuhalten, lief Jim durch den gegenüberliegenden Ausgang ins Treppenhaus. Weiter oben, auf dem nächsten Absatz, schimmerte Licht aus einer Türritze. Kurzerhand stieß er die Tür auf. Im gleichen Moment ging das Licht aus.

»Keiner rührt sich!« befahl er scharf. »Ich schieße bei der geringsten Bewegung!«

Einer der nachkommenden Detektive leuchtete mit der Taschenlampe in das Zimmer. Man sah eine Reihe bestürzter Leute um einen grünen Tisch sitzen, auf dem Spielkarten unordentlich durcheinander lagen. Jim fand den Schalter und machte Licht.

»Sie sind alle verhaftet!« rief er. »Was spielen Sie hier?«

»Nur Bridge –«, antwortete jemand.

»Erzählen Sie das dem Richter, der Sie morgen früh verhört!«

Featherstone ging zurück, um sich mit dem Barmixer zu befassen. Der Mann sah ihn unsicher an – wie er sagte, hatte er das Lokal vor einer Woche von Coldharbour gekauft, was ihm Featherstone sogar glaubte.

»Also hören Sie zu – Sie haben eine einmalige Chance. Wenn Sie mir jetzt wahrheitsgemäß antworten, will ich dafür sorgen, daß Sie die Lizenz, den Laden weiterzuführen, nicht verlieren. Los – wann war Coldharbour Smith hier?«

»Vor ungefähr einer halben Stunde.«

»War jemand bei ihm?«

»Eine Dame.«

»Wo sind sie hingegangen?«

»Keine Ahnung, Captain. Ich schwöre Ihnen, daß ich es nicht weiß. Er wollte nach Amerika oder sonstwohin, mehr kann ich Ihnen nicht sagen.«

»Überlegen Sie es sich genau – wie könnte er fortgekommen sein?«

»Ich weiß nicht ... Er hat sich hier mit einem Schiffskapitän getroffen.«

»Wer war das?«

»Ich glaube, er heißt Fernandez. Er ist Mitbesitzer eines kleinen Frachtdampfers, der ›Contessa‹, die unten im Pool liegt. Wenigstens heute nachmittag lag sie noch dort.«

Jim ging zum Telefon und stellte eine Nummer ein.

»Ja – Polizeiinspektor der Themse-Abteilung? – Captain Featherstone am Apparat. Die ›Contessa‹ soll angehalten werden, liegt im Pool, ein Frachtdampfer ... Ach, Sie kennen ihn?« Er wartete einen Augenblick, bis der Inspektor ihn mit der Uferstation verbunden hatte. »Jawohl – Captain Featherstone – halten Sie die ›Contessa‹ auf! – Wie? Sie ist noch da ... Gut!«

Das Polizeiauto brachte ihn zur Station der Wasserpolizei ans Themseufer. Er sprang in das bereitstehende Motorboot.

»Es gibt keinerlei Anzeichen, daß das Schiff abfahren will«, sagte der Inspektor, der ihn begleitete.

»Ist heute irgendein anderes Schiff ausgelaufen?«

»Ja, heute früh, die ›Messina‹, auch ein Frachtdampfer, er fuhr nach Südamerika.«

Die ›Contessa‹ lag in der Mitte des Themsearms vor Anker. Das Motorboot legte langsam an. Zuerst gingen die Flußpolizisten an Bord. Jim kletterte hinter ihnen her.

Offensichtlich hatte man keine Wache aufgestellt, das ganze Deck war leer. Die Polizisten drangen ins Schiffsinnere, der Kapitän wurde aus dem Schlaf gerüttelt und in den Salon gebracht. Er war ziemlich betrunken und hatte angeblich niemand gesehen. Im Verlauf des Verhörs wurde er ein wenig nüchterner und sagte aus, daß seine Mannschaft und die Offiziere vermutlich ebenfalls betrunken seien.

»Das kann unmöglich das richtige Schiff sein«, sagte Jim, als sie wieder an Deck kamen. »Die Leute sind tatsächlich alle besoffen, und es ist ja niemand an Bord, der den Dampfer den Fluß hinabsteuern könnte.«

Da die Durchsuchung auch sonst keine Anzeichen für eine baldige Abreise ergeben hatte, kletterten sie die Strickleiter hinunter zu ihrem Motorboot zurück.

Valerie Howett hörte das Geräusch des anspringenden Motors und gab jede Hoffnung auf.

39

Es war am späteren Abend gewesen, als jemand Valerie Howett zu sprechen wünschte. Sie ging sofort ins Wohnzimmer hinunter. Der Mann, der sie dort erwartete, erhob sich bei ihrem Eintritt rasch.

»Ich bin Sergeant Brown, Miss Howett. Captain Featherstone hat mich hergeschickt, um Sie nach Scotland Yard zu bringen. Wir glauben, daß Mrs. Held gefunden worden ist.«

Valerie schaute ihn an. »Wirklich? Aber das ist doch nicht möglich! Sind Sie auch ganz sicher?«

»Ja. Man hat sie im ›Goldenen Osten‹ entdeckt. Das ist ein Klub, der von einem gewissen Coldharbour Smith geführt wird. Allem Anschein nach wurde sie dort schon seit zwei Jahren gefangengehalten.«

»Warten Sie!« rief sie, eilte in ihr Zimmer und zog sich hastig um. Ihre Hände zitterten vor Aufregung.

Der Mann, der sich Sergeant Brown nannte, wartete in der Halle.

»Captain Featherstone dachte, es wäre bequemer für Sie, wenn ich Sie gleich mit unserem Wagen ...«

»Das ist sehr liebenswürdig«, erwiderte sie dankbar.

Sie schrieb schnell ein paar Zeilen für Mr. Howett und stieg ein. Den Chauffeur konnte sie nicht erkennen.

Als sie bei der Toreinfahrt von Garre Castle vorbeikamen, mußten sie anhalten, um einen dorfwärts auf der Landstraße fahrenden Lastwagen vorüberzulassen. Julius Savini stand zufällig vor dem Pförtnerhaus und schaute erst gleichgültig auf den Wagen, der dicht vor ihm hielt. Aber dann erkannte er nicht nur den Wagen, sondern auch seine Insassen – Miss Howett und ihren Begleiter. Er selbst stand im Dunkeln und konnte nicht gesehen werden. Den Entschluß, den Julius von einer Sekunde zur andern faßte, konnte er sich nachher selbst nicht erklären. Auf jeden Fall lief er hinter dem eben anfahrenden Auto her und schwang sich hinten auf den Gepäckträger. Zum Glück war der Wagen eine altmodische Limousine und der Gepäckträger ein unförmiges Gestell, auf dem sowohl ein Überseekoffer als auch ein Mensch leicht Platz fanden. Seine ganz Kraft anspannend, klammerte sich Julius an den Stäben fest. Leise vor sich hinfluchend, verwünschte er schon seine Voreiligkeit.

Das Auto sauste durch die hellerleuchteten Straßen der Londoner Vorstädte. Verwundert drehten sich die Passanten nach dem Mann auf dem Gepäckträger um.

Valerie sprach während der Fahrt kein Wort. Unentwegt malte sie sich die Begegnung mit ihrer Mutter aus und dachte mit keinem Gedanken, daß etwas nicht in Ordnung sein könnte. Der Name Captain Featherstone und der Sergeant an ihrer Seite beruhigten sie völlig.

Vor dem hinteren Eingang des ›Goldenen Ostens‹ hielt der Wagen an, und ihr Begleiter führte sie über eine dunkle Treppe hinauf in ein kleines Zimmer. Dort saß ein Mann, in dem sie sogleich Coldharbour Smith vermutete.

Mr. Smith erhob sich lächelnd, begrüßte sie und erwähnte, der Captain habe eine Nachricht für sie hinterlassen. Er unterbrach sich und sagte nicht, um was für eine Nachricht es sich handle, sondern bot ihr ein Glas Sekt an. Er öffnete auch sofort die Flasche – zur Erfrischung, wie er meinte. Ungeduldig lehnte sie ab.

»Also, Miss –«, begann Coldharbour endlich, »Captain Featherstone hat Ihre Mutter gefunden – ja, Ihre Mutter . . .«

»Meine Mutter!« rief Valerie aufgeregt. Dieses Wort zerstreute alle Bedenken wieder, die ihr in dieser seltsamen Umgebung und vor allem, weil sie Jim hier nicht vorfand, langsam doch gekommen waren.

»Ja, sie wurde gefunden, gerade als der alte Bellamy sie nach Südamerika schicken wollte. Sie ist sehr krank, Miss.« Smith schüttelte bedauernd den Kopf. »Der Captain sagte nun, Sie möchten sofort nachkommen. Ihre Mutter liegt auf der ›Contessa‹, einem Südamerika-Dampfer, der Sergeant wird Sie hinbringen.«

»Auf ein Schiff? Aber das geht doch nicht . . .« stammelte sie.

»Die ›Contessa‹ ankert in der Themse. Machen Sie sich so schnell wie möglich auf den Weg, Mr. Featherstone sagte, es wäre sehr eilig!«

Hätte Valerie ruhig überlegt, wäre ihr die ganze Sache jetzt bestimmt doch verdächtig vorgekommen, aber in dem Zustand, in dem sie sich befand, konnte sie keinen klaren Gedanken fassen. Die Aussicht, daß sie jetzt gleich ihre Mutter sehen sollte, verwirrte sie völlig.

Der Wagen fuhr durch enge Straßen, wandte sich einmal scharf nach links und hielt zwischen hohen Häusern. Ein schmaler Durchgang führte zum Fluß. In der Nähe spielten ein paar schmutzige Kinder.

»Dort unten wartet das Boot auf Sie, Miss Howett.«

Ohne zu zögern ging sie mit ihrem Begleiter zum Kai. Im

Motorboot warteten einige Männer. Einer erhob sich und stellte sich als ›Sergeant Cross von der Strompolizei‹ vor.

»Captain Featherstone erwartet Sie an Deck, Miss.«

Sie stieg ein – und plötzlich bekam sie furchtbare Angst. Alles kam ihr so unheimlich vor, das Motorboot stieß sofort ab, und die Männer betrachteten sie mit Blicken, aus denen sie nicht klug wurde. Immer wieder tröstete sie sich mit dem Gedanken, daß sie ja gleich Jim sehen würde.

Kurz darauf erreichten sie das Schiff, und sie mußte an einer senkrecht herabhängenden Strickleiter in die Höhe klettern.

»Kommen Sie, ich zeige Ihnen den Weg.«

Sie folgte ihrem Begleiter über das schmutzige Deck. Er öffnete eine Tür und ließ sie in eine Kabine treten, die von einer nackten Birne schlecht erleuchtet wurde. Dann warf er die Tür zu und ließ sie allein. Ängstlich sah sich Valerie um – ihre Befürchtungen wurden zur Gewißheit.

Nach einiger Zeit erklangen draußen Schritte. Die Tür wurde aufgestoßen, ein Mann kam herein, schloß die Tür hinter sich ab und lehnte sich mit dem Rücken dagegen.

»Mr. Smith – Sie! Wo ist Captain Featherstone? Was hat dies alles zu bedeuten?«

»Was das zu bedeuten hat, werden Sie schon noch erfahren. Vorerst bleiben Sie einmal hier und verhalten sich ganz ruhig.«

Valerie schwankte und klammerte sich an den nächsten Stuhl. Krampfhaft versuchte sie, ihre Gedanken zu ordnen.

Es wurde an die Tür geklopft, eine erregte Stimme rief nach Smith. Er ging hinaus, kam aber gleich darauf zurück.

»Kommen Sie mit!« rief er, und als sie nicht gleich gehorchte, brüllte er: »Kommen Sie her!«

Er packte ihren Arm, zerrte sie die Treppe hinauf und lief mit ihr über das Deck. Der Mann, der sich vorher als Sergeant ausgegeben hatte, hob vorn am Bug eine kleine Falltür auf und schlüpfte als erster hinein.

»Machen Sie, daß Sie hineinkommen«, zischte Coldharbour Smith Valerie zu.

Halbtot kletterte sie die Leiter hinunter. Ein scharfer Geruch von rostigem Eisen schlug ihr entgegen. Es war ein ganz enges

Gelaß, sie trat auf Ketten, man konnte nicht aufrecht stehen, aber trotzdem folgte Smith nach und zog die Tür über sich zu.

»Ich dachte nicht, daß sie so schnell kommen könnten«, flüsterte er. »Aber der Kapitän ist ja völlig betrunken und hat noch nicht einmal Dampf aufmachen lassen, da werden sie kaum vermuten, daß ihnen ein Streich gespielt wird.«

»Wer hat die Sache verraten?« fragte der andere.

»Wahrscheinlich Barnett – sie werden zuerst im Klub aufgekreuzt sein. Featherstone ist ein verdammt umsichtiger Kerl.«

Der kleine Raum lief nach vorn spitz zu, wo durch zwei ovale Öffnungen die Ankerketten hindurchliefen.

Valerie hörte jetzt deutlich das Geräusch eines näher kommenden Motorbootes. Man spürte das leichte Anstoßen, als es am Dampfer anlegte. Valerie erkannte Jims Stimme und wollte schreien, aber Smith hielt ihr den Mund zu.

»Wenn Sie einen Ton von sich geben, erwürge ich Sie!«

Schritte dröhnten auf dem Deck, dann wurde es still.

»Sie sind nach unten gegangen«, flüsterte der zweite Mann.

Es schien eine Ewigkeit zu dauern, bis Featherstones Leute das Schiff durchsucht hatten und zurückkamen. Man hörte jetzt wieder ihre Stimmen.

»Das ist der Kasten für die Ankerketten – wenn Sie wollen, schaue ich nach.«

»Nicht nötig. Sie sind überhaupt nicht an Bord. Barnett ist bestochen worden, um uns auf eine falsche Fährte zu locken.«

Eine Weile wurde oben noch beraten, dann kletterten die Beamten ins Motorboot zurück. Man hörte, wie es sich langsam entfernte. Das Geräusch wurde immer schwächer.

»Sie sind fort«, sagte Coldharbour aufatmend.

Im gleichen Augenblick brach Valerie ohnmächtig zusammen. Sie brachten sie an Deck und trugen sie schnell in die Kabine.

Niemand bemerkte, wie am hinteren Teil des Dampfers ein kleines Boot anlegte und ein Mann vorsichtig an Deck kletterte. Er war völlig beschmutzt, und sein sonst so tadellos gebürstetes Haar sah wirr und zerzaust aus. An seinen Händen lief Blut hinunter. Es war Julius Savini, der nun vorsichtig der Reling entlangschlich.

40

»Dafür müssen Sie Strafporto zahlen«, sagte der Postbote zu Fay, die im Morgenrock an die Tür gekommen war, nachdem sein lautes Klopfen sie aufgeweckt hatte.

»Ich nehme keine unfrankierten Briefe an«, sagte sie böse.

»Es ist kein Brief –«, antwortete der Postbote verschmitzt und warf einen Blick auf das abgerissene Stück Papier in seiner Hand.

»Von wem kommt es?«

»Hier unten steht – Julius ...«

Fay riß ihm den Zettel aus der Hand und gab ihm das Geld. Es dauerte mindestens fünf Minuten, bis sie die Botschaft entziffert hatte. Das Stück Papier stammte offenbar aus einem Notizbuch. Auf der einen Seite stand ihre Adresse. Alles war mit Bleistift hingekritzelt und schwer leserlich.

›Lacy hat Miss H. weggebracht, sah sie im Dorf, sprang auf den Wagen und fuhr mit zum G. Osten. Smith, L. und Miss H. kamen wieder heraus und fuhren im Boot zu einem Schiff. Ich folge. Featherstone benachrichtigen!‹

Fay überlegte kurz und lief dann zum Telefon. Da Featherstone nicht gleich gefunden werden konnte, hinterließ sie eine Nachricht für ihn. Zehn Minuten später war er bei ihr in der Wohnung. Er sah übermüdet aus, war unrasiert und beschmutzt. Fay las ihm die Nachricht ohne weitere Erklärung vor.

»Das hat Julius fein gemacht! Wir hatten bereits gestern nacht unten an der Flußmündung ein Schiff angehalten, aber sie waren nicht an Bord. Wäre auch nicht gut möglich gewesen, wenn das Schiff, von dem Julius redet, nachts noch im Fluß lag. Da Ebbe war, hätten sie nämlich vor vier Uhr früh überhaupt nicht ausfahren können.«

Fay hatte inzwischen Kaffee gebraut und servierte Jim eine Tasse, die er dankbar annahm. Er setzte die Tasse gerade wieder ab, als das Telefon klingelte.

Fay ging an den Apparat. Es war Abel Bellamy, der sich meldete.

»Wo ist Ihr Mann?« fragte er.

»Er ist nicht hier – ist er denn nicht in Garre?«

»Würde ich dann nach ihm fragen? Er ist gestern abend ausgegangen und nicht zurückgekommen ... Na, Sie können ihm sagen, daß er seine Sachen und seinen Lohn abholen soll. Er ist entlassen!«

»Oh, vielleicht steckt er mit Lacy zusammen?« fragte Fay mit ihrer liebenswürdigsten Stimme. »Lacy ist doch nach Garre gefahren, um Miss Howett zu Coldharbour Smith zu bringen. Die Polizei weiß das übrigens schon längst!«

Ein langes Schweigen folgte auf der anderen Seite, und sie dachte schon, er hätte aufgelegt. Aber dann antwortete er doch.

»Blödsinn – ich weiß nichts von Lacy, und noch viel weniger etwas von Miss Howett! Was reden Sie da eigentlich für Unsinn?« Nach einer nochmaligen Pause fragte er: »Was wird die Polizei unternehmen?«

Sie hielt die Sprechmuschel zu und wiederholte Jim flüsternd die Frage.

»Sagen Sie ihm, daß alle Schiffe auf dem Fluß angehalten werden.«

»Ist jemand bei Ihnen in der Wohnung?« fragte Bellamy argwöhnisch. »Los, reden Sie!«

Jim nickte.

»Nur Captain Featherstone ist hier!«

Fay hörte Bellamy fluchen und wütend auflegen.

»Bleibt die Frage, wo Julius ist«, meinte Jim. »Jedenfalls scheint er die Fährte aufgenommen zu haben – ich hätte mir nie im Traum einfallen lassen, daß ich einmal meine Hoffnung auf ihn setzen würde!«

»Sie kennen eben Julius nicht –«, sagte Fay gekränkt.

Jim kannte Mr. Savini nur zu gut, aber er sah ein, daß dies nicht der Moment war, darüber zu streiten. Er fuhr in sein Büro zurück, wo ihn Mr. Howett aufgeregt erwartete.

»Tun Sie alles, um Valerie zu finden!«

»Keine Sorge, Mr. Howett, an mir wird es nicht liegen – Sie waren nicht in Lady's Manor, als Miss Howett weggebracht wurde?«

»Nein, ich war in London. Aber ich hätte sie ja doch nicht

zurückhalten können! Haben Sie schon irgendwelche Anhaltspunkte?«

»Ja, ich glaube.« Jim klingelte seiner Sekretärin. »Gehen Sie ins Archiv, suchen Sie die Akten von Lacy – Henry Francis Lacy, wenn ich mich recht erinnere. Er wurde vor drei Jahren wegen Einbruchs verurteilt. Geben Sie eine Personalbeschreibung sofort an alle Polizeistationen. Er soll dringend festgenommen werden. Wahrscheinlich treibt er sich irgendwo in der Nähe des ›Goldenen Ostens‹ herum.«

»Was halten Sie von Mr. Savinis Verschwinden?« fragte Howett.

»Julius ist ein merkwürdiger Mensch. Manchmal hält er sich ganz ordentlich, meistens gerade dann, wenn niemand es von ihm erwartet.«

Jim ruhte sich etwas aus und machte sich dann sofort wieder an die Arbeit. Mit der Themsepolizei fuhr er die Strecke von London Bridge bis Greenwich ab und durchsuchte jedes Schiff, das dort vor Anker lag. Auch an der ›Contessa‹ kamen sie vorüber, aus deren Schornstein jetzt gelber Rauch aufstieg.

»Hat wohl keinen Zweck, sie noch einmal zu durchsuchen?« fragte Jim.

»Ich glaube nicht«, antwortete der Inspektor. »Bestimmt hätte man Miss Howett nicht auf ein Schiff gebracht, das noch nicht einmal abfahrbereit ist. Barnett hat eben gelogen.«

Wenig später suchte Jim den Barmann im ›Goldenen Osten‹ nochmals auf. Aber so sehr er auch in ihn drang, Barnett blieb verzweifelt bei seiner Aussage. Was er vorbrachte, wirkte so aufrichtig, daß Jim ihm glaubte. Er konnte nur vermuten, daß die Unterhaltung, die Barnett belauscht hatte, nicht endgültig gewesen war, und daß die Pläne in letzter Minute noch geändert wurden.

Jim verließ eben den ›Goldenen Osten‹, als Spike Holland mit neuen Nachrichten auftauchte. Er hatte inzwischen Erkundigungen nach dem Wagen eingezogen, der Miss Howett und den angeblichen Polizeisergeanten hierherbrachte.

»Das Auto wurde an drei Stellen beobachtet, auch von einem Polizisten, der sich die Wagennummer notierte. Die Leute sagen übereinstimmend, daß sich hinten am Gepäckträger der Mann festklammerte – vermutlich Julius.«

»Wenn wir ihn nur finden könnten!« seufzte Jim.

»Der alte Bellamy ist in die Stadt gefahren – schon heute morgen«, erzählte Spike weiter. »Der Pförtner hat mir diese Auskunft gegeben. Er sagte, Bellamy werde in den nächsten Tagen nicht zurückkehren. Immerhin seltsam! Übrigens, Captain, mir ist etwas Neues über den grünen Bogenschützen eingefallen . . .«

Jim Featherstone winkte ärgerlich ab. Im Augenblick war er nicht in der Stimmung, über dieses Thema zu diskutieren. Doch Spike redete unentwegt weiter.

Nein, im Ernst, mir ist eingefallen, daß dieser Bogenschütze doch irgendwo gelernt haben muß, so sicher mit Pfeil und Bogen umzugehen. Was halten Sie davon, wenn wir einmal die Mitgliederlisten der Sportvereine durchgehen würden, die sich mit Bogenschießen abgeben?«

»Hm, nicht schlecht«, murmelte Jim. Das war aber auch alles. Er hatte es eilig, seine Suche nach Valerie fortzusetzen, und verabschiedete sich gleich darauf von Spike.

Der größte Klub, der sich mit Bogenschießen befaßte, hatte seinen Sitz in der Nähe von Regent's Park. Spike kannte dort den zweiten Sekretär und flunkerte ihm etwas vor.

»Natürlich kann ich Ihnen die Mitgliederlisten der letzten dreißig Jahre zeigen«, sagte der Mann bereitwillig.

Wenn es darauf ankam, konnte Spike sehr gründlich sein. Den ganzen Nachmittag verbrachte er in diesem Klub, studierte Listen und Akten und las schließlich einen Bericht über ein lange zurückliegendes Wettschießen. Da – er stockte und stolperte buchstäblich über einen Namen. Er nahm den Bericht und rief den Sekretär.

»Hier, dieser Name ist mir bekannt«, sagte er. »Ist es ein Mitglied von Ihnen?«

»Nein, Mr. Holland«, antwortete der Sekretär. »Das war damals ein offener Wettbewerb, das heißt, es konnten sich auch Nichtmitglieder und Gäste daran beteiligen. Übrigens waren die Leistungen dieses Herrn ganz ausgezeichnet. Wie Sie sehen, hat er zehnmal hintereinander ins Zentrum getroffen. Kennen Sie ihn?«

»Ich glaube schon.«

Spike war atemlos vor Aufregung. Endlich hatte er den grünen Bogenschützen entdeckt!

41

Julius war Valerie bis zum Kai gefolgt und hatte beobachtet, wie sie mit einem Motorboot zur ›Contessa‹ gebracht wurde. Eigentlich wollte er jetzt Featherstone anrufen und ihm das Weitere überlassen, aber seltsamerweise hielt ihn das Abenteuer schon so gefangen, daß er die Verfolgung gern auf eigene Faust weitergeführt hätte. Außerdem dachte er an die Belohnung, die ihm sicher wäre, denn Mr. Howett würde bestimmt nicht kleinlich sein.

In der Nähe sah er einen Jungen, der eben mit einem kleinen Ruderboot vom Ufer abstoßen wollte. Julius brachte fünf Shilling zum Vorschein und befand sich zehn Minuten später, nachdem er den Jungen mit einem Zettel für Fay entlassen hatte, auf Deck des Schiffes.

Savini versteckte sich und überlegte, was er jetzt tun sollte. Coldharbour Smith war an Bord, er hatte gesehen, wie er sich mit einem zweiten Motorboot übersetzen ließ. Vorsichtig schlich Julius auf dem Bootsdeck nach vorn, auf einen Lichtschimmer zu, der, wie er beim Näherkommen feststellte, aus einem flachen Bodenfenster kam. Es war eine in den Boden eingelassene Deckluke aus undurchsichtigem, gerilltem Glas. Behutsam hob er den Rahmen ganz wenig hoch – und hätte ihn in der Aufregung beinahe wieder fallen lassen, denn das erste, was er sah, war Valerie Howett! Sie saß, mit schneeweißem Gesicht, auf einem Stuhl. Ihr gegenüber an der Wand lehnte Coldharbour Smith. Mit dem Ohr am Spalt konnte Savini gut verstehen, was gesprochen wurde.

»Wenn Sie Geld haben wollen«, sagte Valerie gerade, »kann ich Ihnen geben, was Sie verlangen.«

»Und eine halbe Stunde, nachdem Sie frei wären, hätten Sie

mich angezeigt!« rief Smith verächtlich. »Sie verstehen die Sachlage anscheinend immer noch nicht, Miss Howett . . .«

Savini blinzelte durch den Spalt und sah, wie Smith seinen Hut aufsetzte – daß er ihn in Gegenwart einer Dame überhaupt abgenommen hatte, wollte etwas heißen und passierte nicht oft. Dann ging er hinaus, knallte die Tür ins Schloß und schob den Riegel vor.

Julius wartete eine Weile und öffnete dann das Deckfenster so weit es ging. Mit den Füßen voran zwängte er sich durch die Öffnung, hing einen Augenblick an den Händen und stand dann auf dem Tisch. Valerie war erschrocken aufgesprungen.

»Mr. – Mr. Savini . . .« stammelte sie.

»Ruhig – nicht sprechen!« zischte Julius.

Er sprang auf den Boden und ging zur Tür. Es war nichts zu hören, doch konnte Coldharbour Smith jeden Augenblick zurückkommen. Schnell knipste er das Licht aus und tastete sich an den Tisch zurück.

»Ich bin hinten auf dem Wagen mitgefahren und Ihnen bis hierher gefolgt«, flüsterte er hastig. »Vielleicht kann ich Sie befreien . . .«

Er verstummte. Oben auf Deck war ein schwerer, schlürfender Schritt zu vernehmen. Der Strahl einer Lampe fiel schräg in die Kajüte, jemand bückte sich – der hochgestellte Fensterrahmen fiel krachend zu, und gleichzeitig wurde der Riegel, der die Bodenluke sicherte, vorgeschoben. Jede Möglichkeit, auf diesem Weg zu entkommen, war damit abgeschnitten.

»Hm – das ist schlecht«, murmelte Julius. »Jetzt bleibt nichts übrig als zu warten, bis Coldharbour wieder kommt. Legen Sie sich inzwischen ruhig etwas hin, versuchen Sie ein wenig zu schlafen, Miss Howett. Wahrscheinlich wird es einige Zeit dauern.«

Er sah sich nach einer Waffe um und brach, in Ermangelung von etwas Besserem, schließlich ein wackliges Stuhlbein ab, mit dem er sich in den Winkel hinter der Türe setzte.

Valerie hatte sich nach einigem Sträuben doch in die kleine Koje gelegt und fiel bald in einen tiefen Erschöpfungsschlaf. Auch Julius war entsetzlich müde, alle Glieder taten ihm weh, nur mit Mühe konnte er sich eine Weile wachhalten, bis ihn dann doch ein unruhiger Schlummer überkam.

Es war schon Morgen, Julius reckte sich eben gähnend, als das Deckfenster aufgerissen wurde. Das grinsende Gesicht von Coldharbour Smith erschien in der Öffnung.

»Guten Morgen, Darling – gut geschla ...« Er entdeckte plötzlich Julius und verschwand blitzartig.

Savini umklammerte sein Stuhlbein, er bekam es jetzt doch mit der Angst zu tun und hätte viel darum gegeben, wenn in diesem Augenblick die Polizei erschienen wäre.

Zu weiteren Überlegungen blieb keine Zeit, schon drehte sich der Schlüssel im Schloß, Julius duckte sich, um Coldharbour anzuspringen – aber als die Tür aufgestoßen wurde, sah er sich nur der bedrohlich auf ihn gerichteten Mündung einer Pistole gegenüber. Er ließ sein Stuhlbein sinken.

»Sieh einer an, Julius ist hier!« sagte Smith und trat ganz in die Kajüte. »Wer hat Sie denn hierhergeschickt?«

Um eine Ausrede war Julius noch nie verlegen gewesen, und sie kam auch jetzt prompt, mit größter Selbstverständlichkeit: »Natürlich Mr. Bellamy – er schickte mich an Bord, um Ihnen zu sagen, daß Miss Howett sofort nach Garre Castle zurückgebracht werden soll.«

Smith grinste.

»Der Teufel soll mich holen, wenn ich das glaube! Angenommen, Sie hätten einen Auftrag, warum erscheinen Sie dann nicht bei mir? Und wozu demolieren Sie das Schiffsmobiliar?« Er zeigte auf das Stuhlbein. »Ich werde mit Bellamy telefonieren. Vermutlich hat Sie ein ganz anderer hergeschickt – Mr. Featherstone, wie?«

Smith stieß einen schrillen Pfiff aus, worauf ein Matrose erschien, dem er tuschelnd einen Befehl gab. Nach einer Weile kam der Matrose mit einem Paar rostiger Handschellen zurück.

»Genau wie bei der Polizei! Los, komm schon ...«

Die Eisen schnappten ein, Smith packte Savini am Kragen und stieß ihn vor sich her bis zu der kleinen Falltür am Bug, wo die Ankerketten aufbewahrt wurden.

»Hinunter mit dir – setz dich hin!« Smith band Julius, der

keinen Widerstand leistete, die Füße zusammen. »Was ich mit dir mache, überlege ich mir, wenn wir auf hoher See sind!« Er warf die Falltür zu und legte den Riegel vor.

Julius verzog hämisch das Gesicht. Die Handschellen waren viel zu weit für ihn. Noch bevor Coldharbours Schritte ganz verhallt waren, hatte er seine Fesseln abgestreift.

42

In den frühen Abendstunden stand ein Geheimpolizist, die Hände in den Hosentaschen, anscheinend gelangweilt auf der Commercial Road. Als er ein bekanntes Gesicht in der Menge entdeckte, schob er sich mit zielbewußter Nachlässigkeit in den vorüberflutenden Menschenstrom hinein.

»Na, Lacy, wie geht's?«

Darauf verhaftete er seinen Mann ordnungsgemäß.

Zehn Minuten später saß Lacy in einer Zelle von Scotland Yard. Vor ihm stand Featherstone.

»Beihilfe zur Entführung – das bringt Ihnen einige Jährchen Zuchthaus ein. Vorbestraft und rückfällig sind Sie auch! Ich kann die Sache so arrangieren, daß Sie mit einem Jahr Gefängnis davonkommen. Bedingung – Sie erzählen mir, wohin Miss Howett gebracht wurde. Fünf Minuten Zeit zum Überlegen. Dieses Angebot ist einmalig, merken Sie sich das!«

Jim zündete sich eine Zigarette an. Er hatte leichtes Spiel. Lacy rutschte unruhig auf seiner Pritsche hin und her. Tatsächlich überlegte er nicht lange. Er schielte von unten herauf in Featherstones Gesicht, und als der Captain eine ungeduldige Bewegung zur Tür hin machte, begann er zu reden.

»Warten Sie, Captain!« rief er. »Ich will Ihnen alles sagen – sie ist an Bord der ›Contessa‹.«

»Keine Lügen, Lacy! Dort ist sie nicht.«

»Ich schwöre es Ihnen, Captain – wir waren an Bord, als Sie gestern abend das Schiff durchsuchten. In der Kammer für die Ankerketten hatten wir uns versteckt, sie wollte schreien, aber Smith hielt ihr den Mund zu. Ich kann es Ihnen beweisen, denn ich hörte Ihre Stimme. Als Sie in die Nähe kamen, sagten Sie, Miss Howett könne nicht an Bord sein.«

»Wann waren Sie zuletzt auf der ›Contessa‹?«

»Gestern abend riß ich aus, ich wollte nichts mehr mit der Sache zu tun haben.«

»Und Miss Howett war zu dieser Zeit noch auf dem Schiff?«

»Ja.«

»In welchem Teil des Schiffes wird sie versteckt?«

»Coldharbour Smith hat sie in eine Kabine gesperrt. Alles ist vorbereitet. Smith ist der Eigentümer des Schiffes, der Kapitän samt der Mannschaft sind von ihm gekauft. Ich hörte, wie Smith sagte, daß das Schiff noch ein oder zwei Tage vor Anker liegen müsse, bis etwas Gras über die Geschichte gewachsen sei.«

»Gut, Lacy – wenn Ihre Aussage stimmt, werde ich mich für Sie verwenden. In einigen Stunden sprechen wir uns wieder . . .«

Kaum hatte Featherstone draußen die Zellentür geschlossen, begann er zu laufen. Alles mußte jetzt sehr schnell gehen.

43

Für Valerie Howett schlichen die Stunden mit quälender Langsamkeit dahin. Meistens saß sie am Tisch und starrte auf die Tür. Das Ganze kam ihr immer noch wie ein böser Traum vor, aus dem sie jeden Moment erwachen mußte.

Zu essen hatte sie reichlich erhalten. Um die Mittagszeit war Coldharbour Smith aufgetaucht und hatte versucht, sich mit ihr zu unterhalten. Daß sie ihm die Antworten schuldig blieb, schreckte ihn keineswegs ab, und mit Bangen dachte sie daran, wie er sich erst auf hoher See benehmen würde.

Eine einzige Frage stellte sie ihm.

»Wo ist meine Mutter?«

»Der Alte sagt, sie sei entkommen . . .«

»Entkommen?« Valerie sprang auf.

»Nur Ruhe, Miss. Ich halte es für viel wahrscheinlicher, daß sie gestorben ist. Schließlich war sie acht Jahre lang in einem unterirdischen Gefängnis eingesperrt.«

»Und – wo war sie diese ganze Zeit? In Garre?«

»Selbstverständlich war sie dort!« antwortete er kaltblütig. »Sie wissen ja gar nicht, wie schlau der alte Bellamy ist.«

Valerie dachte angestrengt nach. Also hatte sie mit ihren Vermutungen völlig recht gehabt! Schon lange ahnte sie, wie alles gekommen war. Es mußte so gewesen sein, daß Bellamy in ihre Mutter verliebt gewesen war, sie sich aber geweigert hatte, ihn zu heiraten. Valerie konnte sich leicht vorstellen, was es für einen Mann wie ihn bedeutete, wenn ihm Widerstand entgegengesetzt wurde. Die Frau, die er liebte, heiratete einen anderen – diesen Schlag hatte er nie überwunden. Dementsprechend war seine Rache gewesen. Und als ihm klarwurde, daß Valerie Howett das Kind war, das er vor dreiundzwanzig Jahren geraubt hatte, da wollte seine Rachsucht auch vor ihr nicht haltmachen. Wenn ihre Mutter nicht tot war ... Möglichkeiten, Vermutungen schwirrten durch ihren Kopf, sie konnte keinen klaren Gedanken fassen.

Den Nachmittag und Abend verbrachte Valerie in dumpfem Brüten. Ab und zu zuckte sie erschrocken zusammen, wenn es auf Deck besonders laut polterte. Anscheinend wurde das Schiff fahrbereit gemacht.

Gegen Abend steckte Coldharbour Smith noch einmal den Kopf in die Kabine, er war sehr beschäftigt und überzeugte sich nur, daß sie keinesfalls entkommen konnte. Danach ging er zu dem Gelaß mit den Ankerketten, schob den Riegel zurück und riß die Falltür hoch.

»Savini! – He, antworten Sie!« brüllte er.

Er griff nach seiner Taschenlampe und leuchtete fluchend den dunklen Raum ab. Nichts, niemand – es gab keine Möglichkeit, sich in der winzigen Kammer zu verstecken. Verdutzt richtete sich Smith auf. Savini war verschwunden!

Ein Matrose kam über das Deck auf ihn zu, und er rief ihn an.

»Sie hatten Befehl, dem Mann hier das Essen zu bringen – haben Sie die offene Tür unbeaufsichtigt gelassen?«

»Nein – ja, nur einen Moment, er wollte Wasser haben, ich ging schnell weg, um eine Kanne zu holen, einige Augenblicke war die Tür offen. Die Wasserkanne stellte ich dann auf den

Boden, gesehen habe ich ihn nicht, ich hatte keine Lampe dabei. Wahrscheinlich lag er wie gewöhnlich in seiner Ecke.«

Smith leuchtete nochmals die Kammer ab. Die Handschellen und der Strick lagen auf dem Boden. Jetzt galt es, keine Zeit zu verlieren! Smith suchte in größter Eile den Kapitän auf, der auf der Brücke beschäftigt war.

»Wie lange dauert es, bis du abfahren kannst?«

»Zwei Stunden«, sagte der kleine Spanier. »Aber schau dir bloß einmal diesen teuflischen Nebel an!«

»Das ist jetzt ganz egal. Kannst du nicht gleich losmachen?«

»Ausgeschlossen. Wir haben noch nicht genügend Dampf, und wenn der Nebel dichter wird . . .«

»Wir müssen auf alle Fälle losfahren«, unterbrach Smith den Kapitän. »Du kennst ja den Fluß. Also – so schnell wie möglich hier heraus!«

Nervös lief Smith auf dem Deck hin und her. Der Nebel über der Themse wurde immer dichter und verschluckte jedes Licht ringsum. Als er ein leises glucksendes Geräusch hörte und sich über die Reling beugte, erkannte er die verschwommenen Umrisse eines Ruderbootes, das sich langsam dem Schiff näherte. Es saß nur ein Mann darin, wahrscheinlich ein Matrose, der von Land zurückkam.

Coldharbour ging in den Aufenthaltsraum, der direkt neben Valeries Kabine lag, setzte sich in einen Sessel und überlegte. Wenn es Julius gelungen war, an Land zu entkommen . . . Vielleicht befand er sich aber doch noch an Bord und hielt sich irgendwo versteckt. Smith legte seinen Revolver vor sich auf den Tisch und lauschte angestrengt nach oben.

Nichts. Auch aus Valeries Kabine drang kein Laut. Einige Minuten vergingen. Er hörte, wie der Kapitän Befehl gab, den Anker zu lichten. Plötzlich kam von oben ein leises, ungewohntes Geräusch, als ob jemand ohne feste Schuhe über das Deck schleichen würde.

Smith schaute auf. Einen Augenblick lang starrte er entsetzt auf die Erscheinung. Dann fuhr seine Hand nach dem Revolver . . .

44

Das Motorboot, das durch den Nebel stieß, hielt direkt auf die ›Contessa‹ zu. Vorsichtshalber ließ Jim den Motor abstellen, und das Boot glitt fast lautlos an die Seite des Dampfers. Ein paar Sekunden danach waren Jim und die Leute von der Flußpolizei an Bord. Kein Mensch war zu sehen.

»Verhaften Sie zuerst den Kapitän«, flüsterte Jim.

Ein Beamter kletterte die Leiter zur Kommandobrücke hinauf.

Jim durchsuchte einige Kabinen, ohne auf jemanden zu stoßen. In einer Kabine brannte Licht, auf dem Bett lag Valeries Pelz. Sie selbst war nicht da.

Er stieß die Tür zum angrenzenden Aufenthaltsraum auf und leuchtete mit seiner Lampe hinein. Sofort wich er einen Schritt zurück und hob den Revolver. Am Tisch saß ein Mann.

»Hände hoch!« rief er und trat näher.

Im Schein der Taschenlampe erkannte er Coldharbour Smith. Er saß zurückgelehnt im Sessel, seine rechte Hand lag auf der Tischplatte, als wollte sie nach dem Revolver greifen. Seine Augen starrten nach dem offenen Deckfenster.

Er war tot. Aus seiner Brust ragte ein grüner Pfeil. Dieser hatte ihn anscheinend direkt ins Herz getroffen.

Jim gab Auftrag, den Inspektor der Flußpolizei zu verständigen, und ließ sich den Kapitän vorführen, der jede Fassung verlor.

»Ich wußte ja, daß eine Dame an Bord war, aber wie konnte ich ahnen, wie sollte ich wissen, daß etwas nicht in Ordnung ...«

»Wo ist sie jetzt?«

Ein großes Polizeiboot legte am Schiff an, und gleich darauf wimmelte es an Deck von uniformierten Beamten. Jeder Winkel wurde durchsucht, doch Valerie war nirgends zu finden. Man entdeckte eine ins Wasser hinunterhängende Strickleiter. Außerdem stellte der Kapitän fest, daß das kleine Beiboot fehlte, das an der Ankerkette vertäut gewesen war.

Daß Valerie nicht allein geflüchtet sein konnte, war Jim klar. Hatte Savini sie begleitet? Oder – vielleicht war sie mit dem grünen Bogenschützen geflohen?

»Ich kann mir nicht vorstellen«, sagte der Inspektor zu Jim, »daß der Mörder so rasch wieder an Land gefunden hat. Wer den Fluß nicht ganz genau kennt, kann sich in einer so nebligen Nacht kaum zurechtfinden.«

Featherstone stieg mit dem Inspektor und ein paar Männern der Flußpolizei ins Motorboot. Systematisch suchten sie die weitere Umgebung des Schiffes ab. Von Zeit zu Zeit ließ Jim den Motor abstellen, und sie lauschten, ob sie nicht das Geräusch von Ruderschlägen hören könnten. Doch erst nahe beim Nordufer hatten sie damit Erfolg.

»Hier ist ein Boot in der Nähe – hören Sie?« flüsterte der Inspektor und streckte gespannt den Kopf vor.

Auch Jim hörte jetzt das unregelmäßige Klatschen von Rudern, die ins Wasser tauchten. Langsam fuhren sie auf die Stelle zu, von wo das Geräusch kam. Schon tauchten am Ufer die Umrisse eines großen Warenspeichers aus dem Nebel auf, da sah Jim auch das Boot. Ein Mann saß darin und ruderte. Er steuerte auf eine der hier zahlreichen Anlegestellen zu.

Das Motorboot nahm mit rauschender Bugwelle die Verfolgung auf und erreichte das Ufer, gerade als der Mann ausstieg.

»Stopp!« rief Jim und sprang mit einem Satz auf den schmalen Landungssteg.

Der Mann drehte sich um und starrte ihn an.

»Sie – Mr. Featherstone?«

Jim war aufs äußerste verblüfft. Es war Mr. Howetts Stimme.

»Mr. Howett – was, um Himmels willen, machen Sie hier?«

»Nun, ich hörte, daß Sie an Bord der ›Contessa‹ gehen wollten und folgte Ihnen«, erklärte Howett ruhig. »Dieses Boot mietete ich von einem Mann, der gerade vom Fluß her damit kam – es muß etwas weiter oben am Kai gewesen sein.«

Diese Erklärung klang so merkwürdig, daß Jim sie sofort als Ausrede angesehen hätte, wenn sie von einem anderen vorgebracht worden wäre. Er war sprachlos.

»So reden Sie doch – haben Sie Valerie gefunden?«

»Es tut mir leid – nein. Sie war nicht an Bord. Smith ist tot.«

»Tot? Und Valerie ist nicht an Bord? Mein Gott – wie kam Smith um?«

»Er wurde vom grünen Bogenschützen getötet.«

Mr. Howett antwortete nicht.

»Valerie ist entweder entkommen, oder man hat sie im letzten Augenblick vom Schiff entführt«, fuhr Jim fort. »Ich fahre jetzt zu Scotland Yard zurück – wollen Sie mich begleiten, Mr. Howett?«

»Smith ist tot? Wirklich tot?«

»Sie können sich darauf verlassen – mausetot.«

Jim setzte Mr. Howett unterwegs im Hotel ab und fuhr nach Scotland Yard, wo ihn keine neuen Nachrichten erwarteten. In seinem Büro schrieb er noch einen kurzen Bericht.

45

Als Jim nach Hause aufbrechen wollte, wurde ihm Fay Clayton gemeldet. Sie sah übermüdet aus und hatte gerötete Augen.

»Haben Sie Julius nicht gefunden?« fragte sie.

Jim schüttelte den Kopf und erzählte kurz, was sich auf der ›Contessa‹ zugetragen hatte.

»Smith hatte ihn auf dem Dampfer gefangengesetzt. Allem Anschein nach ist er aber entkommen. Ich hoffe nur, daß er in Sicherheit ist. Sagen Sie, Fay, ist Julius eigentlich ein guter Schwimmer?«

»Er schwimmt ausgezeichnet«, meinte sie fast stolz. »Aber warum fragen Sie?«

»Nun, weil ich annehme, daß er über Bord gesprungen ist.«

Sie wurde wieder unsicher.

»Er ist sicher ertrunken. Warum lassen Sie nicht nach ihm suchen, Captain?«

»Beruhigen Sie sich, er ist bestimmt in Sicherheit. Gehen Sie jetzt nach Hause, Fay, sobald ich etwas erfahre, bekommen Sie Nachricht.«

Die Autobusse und Untergrundbahnen hatten um diese Zeit den Betrieb schon eingestellt, und da sie auch kein Taxi auftreiben konnte, ging sie zu Fuß nach Hause. Es war schon zwei Uhr, als sie müde und erschöpft den Häuserblock erreichte, in dem ihre Wohnung lag. Vor der Tür hielt ein Auto. Sie erinnerte sich, daß der Wagen vor ein paar Minuten an ihr vorbeigefahren war.

Vor dem Hauseingang stand ein Mann. Es war Abel Bellamy.

»Ich möchte einen Freund besuchen, der hier wohnt«, brummte er, als sie hinzukam. »Die Haustür ist geschlossen . . .«

»Was fällt Ihnen ein, Mr. Bellamy –«, fuhr sie ihn böse an, »nachdem Sie meinen Mann hinausgeworfen haben, wundert es mich, was Sie um diese Zeit hier zu suchen haben!«

Bellamy musterte sie ärgerlich.

»Ach, Sie sind also seine Frau – Mrs. Savini? Ich bin gekommen, um Ihrem Mann etwas mitzuteilen.«

»Das können Sie auch mir sagen. Aber bitte, schnell, ich bin müde.«

»Ich habe entdeckt, daß dreitausend Dollar aus meinem Geldschrank verschwunden sind, und wollte ihm nur sagen, daß ich ihn verhaften lassen werde!«

»Kommen Sie herein! Sie können mir die Geschichte drinnen genau erzählen.« Sie ging die Treppe hinauf voran bis zur Wohnung und schloß auf. »Hier . . .« Sie drehte im Wohnzimmer das Licht an. »So, nun reden Sie – was soll das mit dem gestohlenen Geld? Ich bin überzeugt, daß Julius nichts damit zu tun hat.«

»Vielleicht werde ich auch von einer Anzeige absehen, aber ich muß sofort mit ihm sprechen.«

»Er ist nicht hier.«

»Sehen Sie lieber erst einmal in der Wohnung nach!«

Sie zögerte.

»Suchen Sie ihn nur«, wiederholte er höhnisch.

Sie verließ das Zimmer, öffnete die nächste Tür, machte Licht und blieb überrascht stehen. Auf dem Sofa lag Julius, schmutzig, unrasiert, und schien fest zu schlafen.

Einen Augenblick war sie fassungslos, dann sprang sie mit einem Schrei auf ihn zu und umarmte ihn. Julius erwachte langsam und blinzelte.

»Fay, du bist hoffentlich nicht böse – ich habe ihr gesagt, daß sie in dein Zimmer gehen könne.«

Fay lief in ihr Schlafzimmer. Auf dem Bett lag Valerie Howett und schlief.

Als Fay zu Julius zurückkam, saß er auf einem Stuhl und stützte den Kopf in die Hände.

»Bellamy ist hier in der Wohnung.«

Er schaute sie verwirrt an.

»Bellamy – hier? Was will er?«

»Er will mit dir reden. Wie lange bist du schon hier, Julius?«

»Ich habe keine Ahnung, aber schon eine ganze Weile.«

»Du brauchst nicht mit Bellamy zu sprechen, Julius. Soll ich ihn fortschicken?«

»Nein – ich werde zu ihm gehen.« Er gähnte und folgte Fay ins Wohnzimmer.

»Wo ist das Mädchen?« fuhr ihn Bellamy sogleich an.

»Was für ein Mädchen?«

»Sie sind ihr auf die ›Contessa‹ gefolgt!«

»Ich habe keine Ahnung, wo sie jetzt ist.«

»Lügen Sie nicht! Ich weiß ganz genau, daß Sie sie hierhergebracht haben. Weiß Smith eigentlich, daß Sie getürmt sind?«

»Smith ist tot«, warf Fay ein.

Julius starrte sie an.

»Tot?« fragte er zweifelnd.

»Ja, er wurde vom grünen Bogenschützen erschossen!«

Bellamy blickte verstört von einem zum andern.

Sie sind wohl verrückt, was?« rief er. »Der grüne Bogenschütze! Soll Smith erledigt haben?«

Fay erzählte, was sie von Featherstone erfahren hatte.

Bellamy gewann rasch seine Fassung zurück.

»Savini, ich möchte Ihnen ein Angebot machen«, begann er vielversprechend. »Sie können fünfzigtausend Dollar verdienen, und ich biete Ihrer Frau dasselbe, wenn Sie mir das Mädchen noch heute nacht nach Garre bringen. Wir können meinen Wagen benützen, er steht vor der Tür.«

»Das werde ich auf keinen Fall tun, Mr. Bellamy!« sagte Julius energisch.

Abel Bellamy dachte einen Augenblick nach. Er schlug seinen Mantelkragen hoch.

»Lassen wir es gut sein, Julius. Sie können am Montag wieder nach Garre zurückkommen. Ich werde Ihr Gehalt erhöhen.«

Julius wollte ablehnen, da fiel ihm sein früherer Plan ein. Nach kurzem Zögern erklärte er sich zur Überraschung seiner Frau bereit, die alte Stelle wieder anzutreten.

Fay verschloß hinter Bellamy die Haustür. Bevor sie zu Julius zurückkehrte, telefonierte sie mit Featherstone. Bald darauf fuhr sein Wagen vor. Fay führte ihn ins Wohnzimmer. Julius war im Schlafrock und sah noch ziemlich erschöpft aus.

»Wie sind Sie vom Schiff entkommen?« fragte ihn Jim.

»Das war nicht so einfach. Die Handschellen konnte ich zwar leicht abstreifen, aber dann mußte ich warten, bis mir einer der Kerle etwas zu essen brachte. Es war dunkel. Ich schickte ihn nach Wasser. Unterdessen kroch ich an Deck und sprang in den Fluß. Der Nebel war günstig für mich, ich tauchte sofort unter und konnte nicht mehr gesehen werden. Das Wasser war aber so kalt, daß ich bald die Hoffnung aufgab, schwimmend ans Ufer zu kommen. Deshalb drehte ich wieder um und schwamm das Schiff von der andern Seite her an. Da war ein kleines Boot an der Ankerkette befestigt, und zum Glück hing ein Tau halb ins Wasser hinunter. Ich kletterte in die Höhe. Auf Deck war kein Mensch zu sehen, und ich schlich mich rasch bis zur Kabine von Miss Howett. Ich brauchte nur den Schlüssel umzudrehen, um hineinzukommen. In wenigen Sekunden hatte ich ihr alles erklärt, sie folgte mir, die Kabinentür verschlossen wir wieder von außen, lösten das Boot. Ich ruderte mit aller Kraft, und schließlich gelang es mir, im dichten Nebel das Ufer zu finden. Halberfroren stiegen wir in ein Taxi, das uns hierherbrachte.

»Großartig haben Sie alles gemacht, Julius!« lobte Jim. »Wir sprechen später noch darüber. Legen Sie sich erst einmal hin und ruhen Sie sich tüchtig aus. Ich werde mich jetzt um Miss Howett kümmern und sie nach Hause bringen.«

Nachdem die beiden das Haus verlassen hatten, erinnerte Fay ihren Mann daran, daß er Featherstone nichts vom Besuch des alten Bellamy gesagt habe.

»Ich glaube nicht, daß es klug gewesen wäre, es ihm mitzuteilen«, meinte Julius. »Ich habe jetzt eine gute Idee, wie man aus gewissen Leuten hübsche Summen herausholen kann. Bellamy wird es noch leid tun, daß er mich wieder angestellt hat.«

46

Am nächsten Tag saßen fünf Menschen in vergnügter Runde im Carlton Hotel beisammen. Nur Mr. Howett wirkte etwas nachdenklich, er beteiligte sich auch kaum an der Unterhaltung.

Mitten im Gespräch erhob sich Jim und begrüßte John Wood, der zusammen mit Spike gerade an ihrem Tisch vorüberging. Nach einiger Zeit kam Spike Holland allein zurück und setzte sich zu ihnen.

»Wie steht es eigentlich, Captain Featherstone – ich dachte, Sie wollten mich prompt mit Nachrichten versorgen? Dabei muß ich mir alles mühsam aus anderen Zeitungen zusammensuchen.«

»Tut mir leid. Nach dem Essen mache ich meine Unterlassungssünde gut, keine Angst! Wie ich sehe, haben Sie Mr. Wood begleitet?«

»Ja, er kam gestern hier an. Er möchte in England ein Kinderheim gründen und hat sich ausgerechnet Garre Castle dafür ausgesucht. Was halten Sie von der Idee? Wood sagte mir, daß er mit Bellamy verhandeln will – obwohl er ihn nicht ausstehen kann.«

»Kennen Sie Mr. Wood eigentlich genauer?« fragte jetzt Mr. Howett, der auf das Gespräch aufmerksam geworden war.

»Nicht gerade ... Übrigens, Mr. Howett – waren Sie vor fünfzehn Jahren schon einmal in London?«

»Ja, kann sein.«

»Ich stellte neulich Nachforschungen bei einem Bogenschützenklub an, weil ich unserem Gespenst auf die Spur kommen wollte. Dabei stieß ich auf Ihren Namen – L. B. Howett. Sie haben damals bei einem Preisschießen ganz ausgezeichnet abgeschnitten.«

»Stimmt, ich erinnere mich daran«, erwiderte Howett kurz. »Vor vielen Jahren habe ich mich sehr für diesen Sport interessiert.«

»Das wußte ich gar nicht«, rief Valerie erstaunt.

»Ich beschäftige mich ja auch schon lange nicht mehr damit.« Mr. Howett schnitt ein anderes Thema an.

Julius, der auch dabei war, hatte aufgeregt zugehört.

Valerie, die fand, daß Mr. Wood sehr interessant aussehe, ließ sich nachher von Jim Näheres über ihn erzählen.

»Er war ein Freund von Bellamys Neffen, der ihm sein Vermögen hinterlassen hat, als er starb. Übrigens erzählte mir Wood die Geschichte von einem geraubten Kind und einem Eisenbahnunglück. Zuerst dachte ich, es handle sich um Sie, aber das kann ja nicht stimmen – Sie waren doch kaum ein Jahr alt, als Sie zu den Howetts kamen.«

Als alle aufbrachen, war Jim überrascht, daß Mr. Howett nach Lady's Manor zurückkehren wollte. Er hatte angenommen, der Ort wäre ihm gründlich verleidet worden – und mit Schrekken hatte er sogar daran gedacht, daß Mr. Howett mit Valerie nach Amerika zurückfahren könnte.

Jim begleitete die beiden zum Wagen. Die Leichenschau von Coldharbour Smith war auf Mittwoch festgesetzt, und obgleich er Valerie gern die Zeugenaussage erspart hätte, waren doch gerade ihre Angaben dringend erforderlich.

Nachdem das Auto abgefahren war, ging Jim durch die Hotelhalle zurück. Dort unterhielten sich noch Spike Holland und Mr. Wood miteinander. Er wollte sie nicht stören und grüßte nur von weitem hinüber.

Es war Sonntag, und eigentlich hätte Jim nicht in sein Büro im Yard zu gehen brauchen, aber er tat es trotzdem, als er an die Arbeit dachte, die durch die Ereignisse der letzten Tage liegengeblieben war. Man sagte ihm, daß Inspektor Fair von der Flußpolizei ihn sprechen wolle. Jim suchte ihn sogleich auf.

»Tut mir leid, daß ich Sie stören muß, Captain. Sie erinnern sich, letzte Nacht trafen wir Ihren Bekannten in dem Ruderboot – hieß er nicht Howett?«

»Ja, natürlich.«

Inspektor Fair hob zwei Gegenstände vom Boden auf und legte sie vor Jim auf den Schreibtisch. Der eine war ein kurzer, starker Stahlbogen, der andere ein langer, grüner Pfeil.

»Mann – wo haben Sie das gefunden?« entfuhr es Jim.

»In Mr. Howetts Boot«, antwortete Inspektor Fair.

Lange schaute Jim auf den belastenden Fund und suchte nach einer Erklärung.

»Wenn ich mich recht besinne, hat Howett das Boot von einem Mann übernommen, der gerade ans Ufer zurückkam.«

»Hm!« machte Inspektor Fair. »Die Geschichte klang ja etwas sonderbar. Aber es ist Ihr Fall, Featherstone, ich möchte Ihnen nicht in die Quere kommen. Nur, vielleicht darf ich Ihnen einen Rat geben – ich würde Mr. Howett nicht von jedem Verdacht freisprechen, mit Smiths Tod in Verbindung zu stehen.«

»Mr. Howett –? Nein, das halte ich für ausgeschlossen!«

»Was wollen Sie tun? Mr. Howett wird wohl zur Leichenschau kommen müssen, denn er hat sich zum mindesten verdächtig gemacht.«

Jim war in einer schwierigen Lage. Er wollte alles tun, um die Verbindung der Howetts mit dieser unangenehmen Geschichte möglichst zu beschränken. Wer war der Mann, von dem Mr. Howett das Boot übernommen hatte? Er mußte ihn unbedingt danach fragen.

Unter Smiths Papieren fand er eine große Geldsumme in amerikanischen Banknoten. Die Leichenschau mußte vom Standpunkt der Polizei aus sehr vorsichtig behandelt werden. Alle Zeitungen waren voll von diesem geheimnisvollen Verbrechen und versuchten, eine Verbindung mit der Ermordung Creagers herzustellen.

Drei Tage später fand die Leichenschau statt. Mr. Howett war nicht geladen worden. Da Lacy, der seine Aussage machen sollte, nicht erschienen war, wurde ein Haftbefehl gegen ihn erlassen. Er konnte jedoch nirgends aufgefunden werden. Spike Holland war gekommen und folgte der Verhandlung mit großem Interesse. Aber es fiel kein Wort von Garre Castle, und der grüne Bogenschütze wurde überhaupt nicht erwähnt. Der Spruch der Geschworenen lautete kurz:

»Es wurde festgestellt, daß Henry Arthur Smith an Bord des Dampfers ›Contessa‹ getötet wurde, und zwar an einer Stelle, die in die Zuständigkeit des Gerichts von Rotherhithe im Bezirk London fällt. Der Tod trat ein, weil Smith von einer oder mehreren unbekannten Personen mit einem spitzen Gegenstand durchbohrt wurde. Wir erheben die Anklage des vorsätzlichen Mordes gegen Unbekannt.«

Es wurde nicht einmal gesagt, daß der spitze Gegenstand ein Pfeil gewesen war. Niemand sprach über Valerie Howett, die ihre Aussage mit so leiser Stimme gemacht hatte, daß man sie auf den Bänken der Reporter nicht verstehen konnte.

»Ein idealer Spruch der Geschworenen, wahrhaftig –«, sagte Jim erleichtert, als alles vorüber war.

Er nahm die Einladung Mr. Howetts, am Wochenende nach Lady's Manor zu kommen, an.

47

Das erste, was Savini feststellte, als er nach Garre Castle zurückkehrte, war, daß Bellamy die Hunde weggegeben hatte.

»Es waren schlechte Hunde«, erklärte der Alte kurz. »Ich konnte sie nicht mehr brauchen. Übrigens, Savini, ich habe mir etwas überlegt – einen Hausmeister will ich nicht mehr einstellen, anderseits brauche ich trotzdem jemand, der die Dienstboten beaufsichtigt. Sie könnten dafür Ihre Frau hierherbringen.«

»Ich glaube nicht, daß sie dazu große Lust hat«, versuchte Julius abzulehnen.

»Fragen Sie sie erst einmal«, meinte Bellamy.

Julius schrieb Fay, und zu seiner großen Überraschung kam sie auf seinen Brief hin sofort mit ihrem ganzen Gepäck nach Garre Castle.

»Ich habe keine Lust mehr, dauernd allein herumzusitzen«, sagte sie, »und außerdem möchte ich schon lange einmal einen richtigen Geist sehen!«

Julius nahm sie mit in die Bibliothek, um sie Bellamy vorzustellen. Der Alte schien durchaus nicht überrascht zu sein, daß sie so schnell gekommen war. Für seine Verhältnisse war er sehr höflich, sogar liebenswürdig, und übergab ihr die Schlüssel der Burg. Abschließend bemerkte er:

»Ich habe einen Wächter angestellt, der nur in der Nacht Dienst tut. Machen Sie sich also keine Gedanken, wenn Sie nachts Geräusche hören. Tagsüber schläft er, und Sie werden ihn gar nicht zu sehen bekommen.«

Fay versuchte, als sie mit Julius wieder allein war, von ihm mehr über diesen Wächter zu erfahren.

»Keine Ahnung, wer er ist«, antwortete Julius. »Der Alte hat mir genau das gleiche gesagt wie dir. Vermutlich ist es irgendein Kerl, den er angestellt hat, um den grünen Bogenschützen unschädlich zu machen.«

Am Abend las Julius den Zeitungsbericht über die Leichenschau. Plötzlich schlug er mit der Hand auf den Tisch.

»Jetzt weiß ich, wer dieser geheimnisvolle Wächter ist – es kann kein anderer als Lacy sein!«

Fay, die mit angezogenen Knien auf der Couch kauerte, gab ihm recht.

»Wenn ich nur wüßte, warum er so darauf versessen war, mich hier zu haben –?«

»Weiß der Himmel ...« brummte Julius unzufrieden.

Fay verbrachte die erste Nacht in Garre Castle nicht besonders gut. Um drei Uhr wachte sie auf und konnte nicht wieder einschlafen. Einmal hörte sie auf dem Gang vor der Tür ein Schlürfen, das sich in der Stille der Nacht unheimlich anhörte. Sie stand auf, schlüpfte in ihren Morgenrock, ging zum Fenster und schaute in die dunkle, regnerische Nacht hinaus. Schaudernd und fröstelnd wollte sie wieder ins Bett kriechen, als sie ein seltsames Geräusch vernahm – ein schwaches, regelmäßiges Klopfen, das von igrendwoher aus den unteren Räumen kam.

Tapp – tapp – tapp ... Eine Pause, und wieder: Tapp – tapp – tapp ...

Sie stieß Julius an, bis er aufwachte.

»Hör! Was ist das?« fragte sie flüsternd.

Er fuhr im Bett hoch und lauschte.

»Ich weiß nicht ...«

»Was für Räume sind unter uns?«

»Das alte Speisezimmer – und die Treppe, die in die Verliese hinunterführt.«

Sie schauderte.

»Julius, ich habe Angst ...«

Er beruhigte sie, obwohl ihm selbst nicht wohl zumute war.

»Wahrscheinlich ist es irgendein Geräusch in der Wasserleitung. Jedenfalls behauptet das Bellamy immer. Es klingt allerdings mehr danach, als ob jemand mit einem Hammer auf Eisen schlage. Ich will einmal nachsehen ...«

Er zog seinen alten Bademantel an, ging zum Schreibtisch und zog die Schublade auf.

»Warum nimmst du die Pistole mit?« fragte sie erschrocken.

»Ich bin selbst ziemlich nervös geworden.«

»Ich bleibe nicht allein hier«, sagte sie bestimmt und lief rasch auf ihn zu.

Julius hatte nichts dagegen einzuwenden, daß sie mitkam.

Als sie leise auf den Gang hinaustraten, sahen sie, daß die Tür zu Bellamys Schlafzimmer weit offenstand.

»Er ist noch nicht zu Bett gegangen«, flüsterte Julius. »Die Tür stand genauso offen, als ich heraufkam.«

In der Halle unten brannte Licht. Langsam schlichen sie die Treppe hinunter. Das Hämmern kam wie vermutet aus dem unbewohnten Teil, wo das Speisezimmer lag. Julius tastete sich die langen, dunklen Gänge entlang. Neben dem Speisezimmer befand sich der sogenannte kleine Wachraum. Julius spähte hinein – von der Kerkertreppe herauf schimmerte Licht. Vorsichtig stieg er eine Stufe hinunter, Fay dicht hinter ihm. Die Hammerschläge waren jetzt laut und deutlich zu hören.

Julius war so aufgeregt, daß seine Hand, die die Pistole umklammerte, zu zittern begann. Er setzte den Fuß auf die zweite Stufe, aber da brach das Klopfen ab, und von unten hallten Schritte herauf.

Savini sprang zurück, packte seine Frau am Ärmel und lief mit ihr davon. Erst auf dem oberen Absatz der großen Treppe machten sie halt. Von hier hatte man einen guten Überblick über die Halle. Sie kauerten sich hinter das Treppengeländer – die Schritte kamen vom Gang her näher, ein Schatten fiel im Lichtschein einer Laterne auf den Fußboden der Halle, dann bog der nächtliche Arbeiter um die Ecke. Es war Abel Bellamy.

Er trug keinen Rock, sein Hemd war vorne offen. In der Hand trug er einen schweren Hammer. Julius und Fay warteten keine Sekunde länger, sie eilten sofort in ihr Zimmer und verschlossen leise die Tür.

»Was hat er nur gemacht?« flüsterte Fay zitternd.

»Er wird ein Wasserrohr verlegt haben«, sagte Julius, nur um sie zu beruhigen. Er hätte sich nicht träumen lassen, wie nahe er damit der Wahrheit kam.

Am nächsten Morgen stand Julius sehr früh auf. Er machte einen Rundgang und suchte auch den Wachraum auf, wo ihn eine Überraschung erwartete. Oben am Treppenzugang, durch den man zu den Verliesen gelangte, war eine Gittertür angebracht worden. Bellamy mußte sie in der vergangenen Nacht noch montiert haben.

Als Julius später den Alten traf, erwähnte er seine Entdeckung.

»Warum interessiert Sie das überhaupt?«

»Ich hätte meiner Frau gern die Kerker gezeigt«, log Julius.

»Wenn Ihre Frau sie sich ansehen will, werde ich sie ihr eines Tages selbst zeigen«, erwiderte er gar nicht so unfreundlich, wie Savini eigentlich erwartet hatte.

In der nächsten Nacht hörten sie wieder heftiges Klopfen und Hämmern, einmal sogar eine Explosion. Fay war jetzt aufs äußerste beunruhigt, die ganze Sache kam ihr immer unheimlicher vor.

»Mir reicht es jetzt, Julius«, sagte sie energisch. »Ich glaube, wir sind dem Alten auf den Leim gegangen. Warum hat er dich zurückgerufen, warum wollte er uns beide hier haben? Sobald es hell wird, gehen wir!«

Julius stimmte ihr sofort zu, er fühlte sich genauso unbehaglich.

Bellamy war in der Bibliothek, als die beiden am Morgen zu ihm kamen.

»Sie wollen wohl ausgehen?« fragte er, als er ihre Kleidung sah.

»Nein, wir möchten um unsere Entlassung bitten«, erklärte Fay kurz.

Bellamy schaute erstaunt von einem zum andern.

»Sie wollen auch fort, Savini?«

»Ja, ich ...«

»Ach was, Sie sind wohl nicht ganz bei Verstand! Na ja, eigentlich hätten Sie nicht einmal Anspruch auf Ihren Lohn, nachdem

Sie lange genug hier herumgeschnüffelt und hinter meinem Rükken spioniert haben. Aber hier – nehmen Sie Ihr Geld!« Er klaubte einige Banknoten hervor und warf sie auf den Tisch. Ein wenig versöhnlicher, beinahe vertraulich, fuhr er fort: »Ich bin in einer schwierigen Lage. Dieser verdammte Spürhund Featherstone hat offenbar einiges über die Frau herausgebracht, die ich gefangenhalte. Wahrscheinlich wissen Sie das auch und wollen deshalb weglaufen?«

Bellamy bückte sich, legte ohne weitere Erklärungen die Falltür frei und stieg die Treppe hinunter. Fay und Julius schauten ihm verblüfft zu.

»Kommen Sie ruhig mit!« rief er hinauf. »Sehen Sie sich die Geschichte einmal an ...«

Fay nickte Julius energisch zu. Ihre Neugier ließ sie jede Vorsicht vergessen. Zögernd stieg Julius in die Öffnung im Boden ein, und Fay folgte ihm. Unten erwartete sie Bellamy. Er ging auf die Tür am Ende des sich verengenden Ganges zu.

»Es kommt jetzt ohnehin nicht mehr darauf an – von mir aus können Sie ...« Er stieß die Tür auf. »Hier wohnt die Dame!«

Neugierig traten Julius und Fay näher und blieben auf der Schwelle zu der unterirdischen Behausung stehen.

In diesem Augenblick gab Bellamy beiden einen Stoß in den Rücken, daß sie in den Gang hineintaumelten, schlug krachend die Tür ins Schloß und schob den Riegel vor. Dann schaute er höhnisch durch die kleine, vergitterte Öffnung, die in der Tür angebracht war.

»So, was sagt ihr jetzt? Hätte euch so gepaßt, einfach nach Hause zu laufen! Ihr meint wohl, ich würde zusehen, wie ihr jedem, der sich dafür interessiert, nette kleine Geschichten erzählt, was? Hier bleibt ihr – und zwar, bis ihr krepiert!«

Starr vor Schrecken, riß sich Julius zusammen – er hatte nur eine Chance. Langsam drehte er sich so, daß der Alte seine rechte Seite nicht sehen konnte, schob vorsichtig die Hand in die Hüfttasche, riß mit einem Ruck die Pistole, die er jetzt ständig bei sich trug, heraus und knallte eine Reihe von Schüssen gegen die Öffnung.

Er hatte Pech. Ein Geschoß sauste dicht an Bellamys Schädel

vorbei, ein anderes prallte am Eisengestänge ab – und da hatte sich Bellamy schon blitzschnell geduckt und war zurückgesprungen. Er schob den eisernen Schieber vor das Gitter und stieg, ohne sich um das Poltern und Schreien zu kümmern, hinauf in die Bibliothek.

Im Lauf des Vormittags machte er einen Gang durch den Park. Als er zum Pförtnerhaus kam, sah er auf der Straße Spike Holland vorbeispazieren.

»He, Holland! Immer noch auf Gespensterurlaub?«

»Guten Morgen, Mr. Bellamy – gibt's was Neues?«

»Ich habe einen guten Sekretär verloren.«

»Savini?«

»Ja, er hat mich samt seiner sauberen Frau verlassen, nachdem ich die beiden heute nacht beim Aufbrechen meines Geldschranks überraschte. Ich dachte, das wäre endlich mal eine Geschichte für Ihre Zeitung – von Gespenstern allein können Sie ja nicht leben.«

»Interessante Neuigkeit –«, sagte Spike ohne Begeisterung.

»Ach, ich habe die ganze Burg satt. Ich werde alle Angestellten hinauswerfen und nur den Pförtner und Verwalter behalten.«

»Und was wird aus dem grünen Bogenschützen?« fragte Spike.

»Der? Das ist doch mein neuer Verwalter. Wußten Sie wohl nicht, wie? Nächstens einmal will ich Ihnen die ganze Geschichte erzählen. Er hat es verstanden, alle Leute an der Nase herumzuführen. Haben Sie ihn noch nie zu Gesicht bekommen?«

»Nein«, erwiderte Spike. »Sein Rücken würde mich viel mehr interessieren.«

Bellamy sah ihn erstaunt an.

»Was soll das heißen?«

»Ich möchte die Narbe sehen, die von Creagers Peitsche stammt.«

Spikes Bemerkung machte einen unerwarteten Eindruck auf Bellamy. Sein Gesicht wurde totenblaß, seine Hand krampfte sich um einen Torpfosten. Dann drehte er sich rasch um, ließ Spike einfach stehen und lief zur Burg hinauf. Krachend warf er die Tür der Bibliothek hinter sich zu und ließ sich in einen Sessel fallen.

Der Mann, den Creager ausgepeitscht hatte!

48

Am Nachmittag erhielt Featherstone einen Anruf von Spike Holland.

»Savini und seine Frau haben die Burg angeblich verlassen, und der Alte will seine ganze übrige Dienerschaft hinauswerfen«, teilte ihm der Reporter mit.

»Moment mal, Holland, eines nach dem andern – wieso seine Frau? Fay? Sie wollen doch nicht sagen, daß sie auch ...«

»Doch, natürlich, letzten Dienstag kam sie an, Bellamy hatte sie bestellt, sie sollte Julius zur Seite stehen, ein Haushofmeisterpaar sozusagen, was weiß ich ... Jedenfalls sind sie jetzt verschwunden. Die beiden müssen aber noch im Schloß sein, denn seit heute früh lag ich in der Nähe vom Tor auf der Lauer, weil Savini mir etwas Wichtiges mitteilen wollte. Und um zehn Uhr erzählte mir dann Bellamy die Geschichte, daß er Julius und Fay fristlos hinausgeworfen habe. Savini glaubt übrigens, wie er mir andeutete, daß Lacy irgendwo in der Burg steckt, bat mich aber, nicht darüber zu sprechen.«

»Was vermuten Sie?« fragte Jim.

»Daß Bellamy lügt. Die Savinis sind auf alle Fälle noch dort, entweder unterstützen sie den Alten bei seinen dunklen Machenschaften oder aber er hat sie gefangengesetzt.«

Jim beauftragte den Polizeibeamten von Garre, Erkundigungen einzuziehen. Bald danach meldete der Polizist, daß alle Dienstboten, mit Ausnahme des Pförtners und des Chauffeurs Sen, am Nachmittag weggegangen seien. Bellamy hatte allen ihren Lohn gezahlt. Über die Savinis hatte er nichts weiter erfahren, als daß sie ebenfalls die Burg verlassen hätten.

Als Jim Featherstone am späten Nachmittag durch Garre fuhr, sah er Spike Holland über die Hauptstraße gehen und hielt an. Fast gleichzeitig stieg in nächster Nähe John Wood aus einem Omnibus. Er begrüßte die beiden und bemerkte leichthin:

»Ich bin hergekommen, weil ich Garre Castle kaufen möchte.«

Jim mußte lachen.

»Ich wußte gar nicht, daß Sie diese Absicht haben! Bellamy wird Ihnen, fürchte ich, wenig Hoffnungen machen.«

Jim traf Valerie im Garten von Lady's Manor. Sie beklagte sich bei ihm darüber, daß Mr. Howett, der an sich schon sehr schweigsam war, nun vollends verstummt sei.

Sie gingen vor dem Haus auf und ab.

»Jim, ich muß Ihnen heute etwas mitteilen. Es ist wegen meines – meines Vaters. Bitte denken Sie jetzt nicht daran, daß Sie Polizeibeamter sind, hören Sie mich einfach nur an – ich möchte ...«

»Sagen Sie ruhig, was Sie bedrückt, Valerie!«

Zögernd begann sie von der merkwürdigen Nacht zu sprechen, in der sie den grünen Bogenschützen gesehen hatte.

Jim war erstaunt, aber nicht im mindesten beunruhigt.

»Das ist aber noch nicht alles –.« Sie erzählte ihm zum erstenmal von dem grünen Pfeil, den sie in der Küche gefunden hatte.

Auf seine Bitte hin gingen sie ins Wohnzimmer, und sie zeigte ihm den Pfeil. Er nahm ihn in die Hand.

»Hm – dieser Pfeil ist länger als die drei, die ich bis jetzt gesehen habe. Creager und Smith wurden durch Pfeile getötet, die mindestens fünfzehn Zentimeter kürzer waren.«

Er befühlte die nadelscharfe Spitze und untersuchte sie durch sein Vergrößerungsglas.

»Handgeschmiedet«, stellte er fest.

In diesem Moment öffnete sich die Tür, und Mr. Howett trat ein.

»Guten Tag, Captain ...« begann er und stockte. »Was ist das?« fragte er mit gepreßter Stimme.

»Oh – nur ein Pfeil«, stotterte Valerie.

Mr. Howett ging auf Featherstone zu, nahm ihm den Pfeil aus der Hand, drehte sich, ohne ein weiteres Wort zu sagen, um und verließ das Zimmer.

Valerie und Jim sahen sich an.

49

Bellamy saß vor seinem Schreibtisch und brütete finster vor sich hin. Er versuchte, sich über seine Lage klarzuwerden. Am wütendsten machte ihn, daß er nicht die leiseste Ahnung hatte, wie und wohin die alte Frau entkommen war. Er wußte nur, daß ihm ein Feind gegenüberstand, den er nicht zu fassen vermochte. Beinahe war er soweit, an Gespenster oder an den grünen Bogenschützen zu glauben!

Mit einem Fluch raffte er sich zusammen – er wollte seinen Plan durchführen! Mochten sie die dicken Mauern bestürmen, die Eichentore berennen. Er würde Garre Castle wieder zu einer Festung wie in alten Zeiten machen ...

Nach einer Weile stand er auf, schloß den Geldschrank auf, nahm ein Paket Banknoten heraus und ging ins Nebenzimmer, wo der Chauffeur Sen wartete.

»Hier hast du Geld, Sen.« Er sprach langsam und deutlich, damit ihm der Chinese die Worte vom Mund ablesen konnte. »Kann sein, daß mir etwas zustößt – und du hast mir immer treu gedient. In ein paar Tagen werde ich dich nach London schicken, du brauchst dann nicht mehr zurückzukommen.«

Sen sah seinen Herrn stumm an. Sein Gesichtsausdruck blieb unergründlich. Er nahm die Banknoten, machte eine tiefe Verbeugung und verließ das Zimmer.

Es ging zu Ende – Bellamy wußte es. Ein sicheres Gefühl sagte ihm, daß das Spiel bald zu Ende ging. Wenn ihm nur diese Frau nicht entkommen wäre! Was man mit Geld erreichen konnte, hatte er versucht, um sie wieder in seine Hände zu bekommen. Sie war wie vom Erdboden verschlungen.

Bewegungslos starrte er vor sich hin. Schließlich holte er Lacy, der schon die ganze Zeit in einem abgelegenen Zimmer der Burg gehaust hatte, zu sich in die Bibliothek.

Lacy lümmelte sich Bellamy gegenüber in einen Sessel.

»Wie soll das nun eigentlich weitergehen?« fragte er dreist. »Soll ich vielleicht ewig hier auf der Burg bleiben? Wann ist eigentlich Julius fortgegangen?«

»Heute morgen.«

Lacy zündete sich gemächlich eine Zigarette an. Anscheinend ließ er sich verschiedenes durch den Kopf gehen.

»Glauben Sie nicht, daß Julius Sie anzeigen wird? Wäre doch verdammt unangenehm – übrigens könnte schließlich auch ich Sie hereinlegen ...«

»Wegen Julius mache ich mir nicht die geringsten Sorgen und Ihretwegen erst recht nicht.«

Das Telefon klingelte, Bellamy nahm ab. Es war der Pförtner.

»Ein Herr ist am Tor und wünscht Sie zu sprechen«, meldete er.

»Sagen Sie ihm, daß ich niemand empfange. Wer ist es denn?«

»Er sagt, daß er sich erkundigen wolle, ob die Burg verkauft wird.«

»Die ist doch nicht zu verkaufen, Sie Idiot! Wie heißt der Mensch?«

»Mr. John Wood. Er sagt, daß er extra von Belgien hierhergekommen sei, um mit Ihnen zu sprechen.«

Bellamys Gesicht veränderte sich.

»Sagen Sie ihm, er möchte heraufkommen.« Er legte auf und sah sich um. »Sie können verschwinden, Lacy! Ich bekomme gleich Besuch.«

Lacy erhob sich widerwillig.

»Die ganze Sache gefällt mir nicht«, maulte er.

Bellamy gab keine Antwort, er sah ihn nur kalt, abwägend an.

Lacy ging hinaus. Er fühlte sich auf einmal sehr unbehaglich.

Nach wenigen Minuten öffnete Sen die Tür und führte Mr. Wood herein. Bellamy stand an den Kamin gelehnt und musterte ihn.

»Mr. Wood?«

»Ja – ich habe gehört, daß Sie die Burg verlassen und verkaufen wollen.«

»Nehmen Sie doch Platz.«

»Ich ziehe es vor, zu stehen, wenn Sie nichts dagegen haben.«

»Wer hat Ihnen erzählt, daß ich die Burg verkaufen will?« begann Bellamy. »Ich denke gar nicht daran – jetzt nicht und auch in Zukunft nicht. Wozu wollten Sie überhaupt Garre Castle kaufen?«

»Ich habe die Absicht, hier in England ein Kinderheim zu gründen«, erwiderte Wood und sah Bellamy ernst an. »Und ich dachte, daß gerade diese Burg, wenn sie entsprechend eingerichtet wird, ein sehr geeigneter Platz dafür wäre. Die Burganlage ist weitläufig, es sind große Räume vorhanden, und außerdem ...«

»Sie brauchen gar nicht weiterzureden – ich verkaufe auf gar keinen Fall!«

John Wood verbeugte sich achselzuckend und wollte gehen, als Bellamy ihn noch einmal anredete.

»Ihr Name kommt mir so bekannt vor, Mr. Wood – waren Sie nicht mit einem Verwandten von mir befreundet?«

»Wenn Sie Ihren Neffen meinen, ja. Wir waren in der gleichen Fliegerstaffel.«

»Sind Sie sicher, daß er gefallen ist?«

»Sein Name stand in den Gefallenenlisten, und er hat mir sein kleines Vermögen vermacht.«

»Es könnte aber doch möglich sein, daß er noch am Leben ist? Man hört häufig von Leuten, die im Krieg als tot gemeldet wurden und später überraschend zurückkehrten.«

»Die amerikanischen Armeebehörden waren sehr gewissenhaft, und die Todesmeldungen wurden genau überprüft.«

Bellamy dachte nach.

»Hat mein Neffe je etwas über seine Vergangenheit mitgeteilt?«

»Nein, er sprach nie darüber.«

»Hm!« Bellamy schien beruhigt zu sein.

Er begleitete Mr. Wood zur Tür und schaute ihm nach, als er den Fahrweg hinunterging. Als er in die Bibliothek zurückkam, war Sen damit beschäftigt, ein Tablett auf den Tisch zu stellen. Er reichte seinem Herrn einen Zettel.

›Keine Milch‹ stand darauf.

»Ist keine mehr im Vorratsraum?«

Sen schüttelte den Kopf.

»Es muß doch kondensierte Milch dasein«, brummte Bellamy ärgerlich. »Ich werde selbst nachsehen.«

Bei dieser Gelegenheit machte er eine wichtige Entdeckung.

Als es dunkel wurde, schickte er Lacy mit Auto und Chauffeur in die Stadt, um Einkäufe zu machen.

50

Julius Savini ergab sich mit philosophischer Ruhe in die Lage, in der er sich mit Fay zusammen befand. Seit zwei Tagen saßen sie nun schon in der unterirdischen Kerkerwohnung, und Bellamy hatte sich nicht mehr blicken lassen. Verhungern konnten sie nicht, solange der Vorrat an Lebensmittelkonserven reichte. Die Wasserleitung war intakt, und bis jetzt war auch das Gas nicht abgestellt worden.

An einer Mauerstelle oben unter der Decke gab es eine ziemlich große, quadratische Öffnung, die durch die dicke Burgmauer hindurchging, so etwas wie ein Luftschacht, der auf der andern Seite durch ein Gitter abgeschlossen war. Als Julius in das Mauerloch hineinkroch und durch das Gitter schaute, sah er, daß dieser Durchgang zu den Kerkern führte, die Bellamy damals den Polizeibeamten gezeigt hatte.

»Kannst du das Gitter nicht bewegen?« fragte Fay.

»Die Stäbe sind zu dick, und das Gitter ist einzementiert. Aber selbst wenn wir durchkämen, könnten wir doch nie die Gittertür oben an der Treppe öffnen. Ich habe eine große Dummheit gemacht, als ich dem Alten meine Pistole zeigte. Jetzt nützt sie uns gar nichts mehr. Wir müssen sehen, möglichst lange mit den vorhandenen Lebensmitteln auszukommen.«

Am nächsten Morgen fand Fay in einer Schreibtischschublade ein dickes Heft mit rotem Umschlag. Die Seiten waren mit einer feinen Handschrift eng beschrieben. Es schien ein Tagebuch zu sein.

Sie rief Julius herbei, der gerade die Wände nach möglichen Geheimgängen abklopfte.

»Das ist das Tagebuch der Frau«, sagte sie leise. »Wenn wir wieder hinauskommen könnten, wäre es sicher einige Tausende wert.«

Er nahm ihr das Heft aus der Hand und begann darin zu lesen. Nach einer Stunde gab er es Fay zurück.

»Eine seltsame und unheimliche Geschichte – schade, daß sie uns hier nicht viel nützen kann.«

Während des Tages lasen sie abwechselnd darin und versorgten ihren Fund sorgsam wieder im Schreibtisch, bevor sie zu Bett gingen.

Gegen Morgen wachte Fay auf – sie berührte Julius an der Schulter und legte ihm eine Hand auf den Mund.

»Mach keinen Lärm«, flüsterte sie.

»Was ist los?« fragte er ebenso leise.

»Draußen ist jemand.«

Julius zog seine Pistole unter dem Kopfkissen hervor, stand auf und tastete sich zur Zimmertür. Alles lag im Dunkeln, obwohl er am Abend die Lampen hatte brennen lassen. Als er die Tür ein wenig öffnete und hinauslauschte, hörte er, wie die äußere Gangtüre, durch die Bellamy sie gestoßen hatte, leise einschnappte.

»Es war Bellamy«, sagte er, als er zurückkam. »Wenn ich doch bloß früher aufgewacht wäre!«

»Weshalb er wohl gekommen ist?« wunderte sich Fay. »Wie spät ist es eigentlich, Julius?«

»Gleich fünf Uhr. Ich habe keine Lust mehr zum Schlafen. Vielleicht machst du eine Tasse Tee, Fay.«

Bald kam Fay mit den Tassen zurück und stellte sie auf den Tisch. Sie setzten sich nebeneinander aufs Bett und tranken, dann ging Fay zum Schreibtisch hinüber.

»Wir könnten jetzt noch ein wenig im Tagebuch weiterlesen.«

Sie zog die Schublade auf und stieß einen leisen Schrei aus.

»Was hast du?«

»Das Tagebuch ist verschwunden, Julius!« rief sie erschrocken.

»Bist du ganz sicher?«

Sie durchwühlten zusammen alle Fächer des Schreibtisches, aber das Heft war nicht mehr zu finden.

»Deshalb ist Bellamy hiergewesen – wahrscheinlich hat er sich daran erinnert«, meinte Fay.

Julius fluchte.

»Es war eine unverzeihliche Dummheit von mir, es wieder an die alte Stelle zurückzulegen. Ich hätte mir denken können, daß der Alte danach sucht.«

Es war neun Uhr morgens, als draußen vor dem Gitterloch in der Tür der eiserne Schieber zurückgestoßen wurde.

»Legen Sie sofort Ihre Pistole weg, Savini, andernfalls werde ich mich nicht mit Ihnen unterhalten!« rief Bellamy.

Savini zögerte, legte dann aber die Waffe auf den Tisch.

»So – jetzt kommen Sie näher, es passiert Ihnen nichts.«

»Was wollen Sie eigentlich, Mr. Bellamy? Ich verstehe überhaupt nicht, warum Sie uns hier gefangenhalten.«

»Ich möchte Ihnen nur mitteilen, daß man Sie vermißt. Heute morgen war ein Polizist hier, der sich erkundigte. Anscheinend hat man in Ihrer Wohnung Papiere gefunden, die darauf hinweisen, daß Sie ins Ausland gehen wollten. Deshalb werden die Nachforschungen nach Ihnen vermutlich bald aufhören. Sehen Sie also zu, daß Ihnen die Vorräte noch eine Weile reichen. Dies wird Ihr Gefängnis bleiben – mich bekommen Sie nicht mehr zu sehen.«

»Sie schleichen sich wohl nur in der Nacht herein, wie?«

»Was soll das heißen?«

»Letzte Nacht waren Sie jedenfalls hier und haben sich das Tagebuch geholt.«

»Was sagen Sie da?«

»Tun Sie doch nicht so – hier drinnen waren Sie! An das Tagebuch hatten Sie wohl nicht mehr gedacht?«

»Was für ein Tagebuch, zum Teufel?«

»Machen Sie uns nichts vor – Sie waren heute nacht in diesem Zimmer, und Sie haben gefunden, was Sie wollten. Wenn ich Idiot das Heft nur nicht so ordentlich zurückgelegt hätte!«

»Ich verstehe kein Wort«, knurrte Bellamy. »Hat sie etwa Aufzeichnungen hier zurückgelassen? Verdammt, das hätte ich mir eigentlich denken können! Wo ist das Tagebuch?«

»Das müssen Sie selbst am besten wissen!«

Bellamy geriet in helle Wut. »Ich sagte Ihnen doch schon, daß ich nichts davon weiß – ich habe es nie gesehen. Was stand denn – nein, ich will's gar nicht wissen!«

Er stieß den Schieber vor die Gitteröffnung und lief, außer sich, die Steintreppe hinauf.

»Wie konntest du nur so blöd sein und ihm von dem Tagebuch erzählen, nachdem du doch merken mußtest, daß er gar nichts davon wußte!« ärgerte sich Fay.

Savini zuckte resigniert die Schultern.

»So oder so – es kommt aufs gleiche hinaus. Er hält uns hier fest, Fay, Liebling . . . Ich habe jetzt gar keine Angst mehr.«

Tatsächlich war Julius so ruhig und sicher, wie ihn Fay bisher noch nie erlebt hatte.

»Könnten wir nicht doch noch irgendwie herauskommen, Julius?« fragte sie leise.

Eine lange Pause entstand. Nach einer Weile sagte Savini:

»Weißt du – es kann nur der grüne Bogenschütze gewesen sein, der hier war. Nur er kann durch verschlossene Türen gehen. – Ich möchte nur wissen, warum Bellamy diese vielen Gewehre angeschafft hat.«

»Was meinst du?«

»Im Turm der Burgkapelle steht eine Kiste – ich habe sie zufällig entdeckt und untersucht. Sie enthält ein Dutzend Mausergewehre und zwei große Kästen mit Munition.«

»Was will er damit anfangen, um Himmels willen?«

Julius konnte sich auch keinen Reim darauf machen.

51

Spike Holland war in einer verzwickten Situation. Die Leute hatten allmählich das Interesse am grünen Bogenschützen verloren, und Mr. Syme, der Chefredakteur, verlangte seine unverzügliche Rückkehr in die Stadt. Morgen werde ich wohl fahren müssen, dachte Spike, denn es fiel ihm absolut keine Ausrede mehr ein.

An diesem Tag machte er noch einen Streifzug durch die Umgebung von Garre. Er marschierte die Adderley Road entlang, durchquerte das Mönchsfeld und kam zum Klosterwald. Hier in der Nähe sollte es angeblich noch ein Geisterhaus geben, wie ein Bauer im Dorfgasthaus erzählt hatte.

Der kleine Wald schien Privateigentum zu sein, er war eingezäunt, doch offenbar kümmerte sich niemand um den Besitz, denn der Zaun war an vielen Stellen morsch und zerfallen.

Von der Straße aus konnte man das Haus nicht sehen. Spike

entdeckte es nach einiger Zeit am Ende eines kleinen Wegs, der von der Hauptstraße abzweigte.

Vor kurzem mußte hier ein größeres Auto entlanggefahren sein, man sah deutlich frische Radspuren im aufgeweichten Boden. Das hölzerne Häuschen hatte nur ein Stockwerk und war ganz von Efeu überwachsen. In der Nähe lag hinter Bäumen versteckt eine Scheune. Aus dem Kamin stieg kein Rauch auf, und der ganze Ort machte einen verlassenen Eindruck.

Spike ging zur Tür und klopfte. Als niemand öffnete, machte er sich daran, das Gebäude näher zu untersuchen. Auf der Rückseite fand er zwei Fenster, deren Läden offen waren. Zu seinem Erstaunen ließ sich einer der Fensterflügel nach innen drücken.

Lange konnte sich Spike nicht entschließen, in das Haus einzudringen, aber dann siegte doch seine Neugier, und er kletterte rasch über die Fensterbank ins Zimmer. Er fand nur zwei möblierte Räume vor – ein Schlafzimmer und noch eine kleine Kammer, in der lediglich ein Tisch, ein Stuhl und ein Schrank standen. An einem Haken an der Wand hing ein schwerer, pelzgefütterter Ledermantel, und auf dem Tisch lagen alte Lederhandschuhe.

Auf dem Nachttischchen im Schlafzimmer sah Spike eine Flasche Kognak und zwei Medizinfläschchen stehen, daneben lag in einem Etui eine Morphiumspritze. Er untersuchte alles eingehend. Die Bettücher, die weichen Kamelhaardecken und die Spritze schienen ganz neu zu sein. Ein Frauenkleid aus grauem, brüchigem Stoff, mit kunstgerecht geflickten Ellbogen, war über das Bett ausgebreitet. Neben dem Nachtkästchen standen noch nicht getragene Damenschuhe, die aus einem sehr teuren Geschäft des Westends stammten.

Spike überzeugte sich noch einmal, daß tatsächlich kein Mensch im Hause war, dann kletterte er wieder aus dem Fenster und zog es hinter sich zu, so gut es ging.

Der Schuppen, zu dem die Reifenspuren führten, war nicht verschlossen. Ein Auto stand nicht darin, nur ein Benzinkanister.

Mit seinen Gedanken beschäftigt stapfte Spike ins Dorf zurück. Ein sehr naheliegender Schluß beschäftigte ihn. Doch – was half es? Er seufzte. Selbst diese Entdeckung würde Mr. Syme nicht veranlassen, ihn noch länger in Garre zu lassen.

52

In den frühen Morgenstunden schlich Bellamy die Treppe zur Gefängniswohnung der Savinis hinunter, öffnete geräuschlos beide Türen und stand im Zimmer, bevor Julius erwachte und nach seiner Pistole greifen konnte.

»Hände hoch!« rief er. »Her mit Ihrem Revolver!«

Julius, der in den Kleidern auf der Couch lag, richtete sich schlaftrunken auf. Bellamy nahm ihm seine Waffe ab.

Savini versuchte noch einmal, ihn zum Reden und Verhandeln zu bringen, aber der Alte gab ihm überhaupt keine Antwort. Entmutigt hörten sie, wie er die Tür hinter sich schloß und oben die Falltür mit lautem Knall zuschlug.

Den ganzen Nachmittag vernahmen Julius und Fay sein Klopfen und Hämmern aus den angrenzenden Kerkerverliesen. Es war ein ohrenbetäubendes Poltern und Klirren von Stein und Stahl. Auf ihr Rufen und Schreien gab er ihnen keine Antwort. Er schien sie jetzt endgültig abgeschrieben zu haben.

Zum erstenmal kam wirkliche Verzweiflung über Savini. Er hatte keine Waffe mehr, Fay und er waren völlig hilflos. Sie saßen dicht nebeneinander, bis der Lärm nebenan in den Kerkern aufhörte. Dann hielt es Julius nicht mehr aus, er mußte etwas unternehmen, irgend etwas. In seinem abwechslungsreichen Leben hatte er schließlich allerhand gelernt. Ein Schloß zu öffnen war früher einmal eine Kleinigkeit für ihn gewesen. Sollte es ihm wirklich nicht mehr gelingen?

Ihre Zimmertür war nicht verschlossen, nur die äußere, draußen im Gang, gleich vor der Tunnelverengung durch die Burgmauer. Selbstverständlich hatte er das Schloß an dieser Tür schon eingehend untersucht, seine Bemühungen aber wieder aufgegeben. Jetzt machte er sich, mit der Ausdauer der Verzweiflung, von neuem daran.

Das Schloß war verhältnismäßig primitiv konstruiert, aber er wußte, daß außen noch ein Riegel vorgeschoben war. Zuerst mußte er geeignetes Werkzeug suchen. In der Küche fand er einige lange Nägel und einen verbogenen Schraubenzieher, die Bellamy einmal vergessen haben mußte. Julius besann sich auf seine Kenntnisse und begann einen der Nägel zurechtzubiegen. Die Flamme des Gasherdes leistete ihm dabei gute Dienste. Nach stundenlanger Arbeit hatte er etwas zustande gebracht, das einem Dietrich sehr ähnlich sah. Julius ging ans Werk. Fay stand neben ihm und verfolgte jede seiner Bewegungen.

Eine weitere Stunde verging. Immer wieder besserte er aus, gab seinem Dietrich eine andere Biegung und versuchte ihn am Schloß. Es war schon spät abends, und seine Finger bluteten, als das Schloß knirschend nachgab und sich halb drehte. Die zweite Umdrehung gelang innerhalb zehn Minuten – das Schloß war offen! Aufatmend standen sich Julius und Fay gegenüber und sahen sich an.

Jetzt kam noch der Riegel. Mit aller Kraft stemmten sich beide gegen die Tür. Sie gab nur wenig nach, doch immerhin so viel, daß Julius den Schraubenzieher in den Türspalt schieben konnte. Nach mehreren Versuchen traf er auf Eisen, und während Fay sich gegen die Tür stemmte, gelang es ihm, den Riegel millimeterweise zurückzuschieben.

Es war eine Stunde nach Mitternacht, als sie die Tür endlich offen hatten. Erschöpft ruhten sie sich erst einmal aus. Erst gegen drei Uhr schlichen sie wieder hinaus und den ganzen Gang entlang, stiegen die Treppe hinauf und untersuchten die Falltür.

Schon nach wenigen Minuten gab es Julius auf. Die Tür war aus Stahl und das Schloß ein Sicherheitsschloß, das mit primitiven Instrumenten auf keinen Fall zu öffnen war.

»Völlig hoffnungslos«, sagte Julius. »Wir können uns höchstens hier verstecken und versuchen, den Alten von hinten niederzuschlagen, wenn er wieder herunterkommt.«

Fay sah ihn zweifelnd an. Sie wußten beide, wie stark Bellamy war, und wie wenig Aussicht sie in ihrem erschöpften Zustand hatten, mit ihm fertig zu werden.

Sie standen noch unschlüssig auf der Treppe, da hörten sie über sich Fußtritte, jemand nannte langsam eine Nummer, dann schwaches Telefonklingeln, und wieder die Stimme:

»Ist dort Captain Featherstone –? Können Sie sofort nach Garre Castle kommen? Mr. Bellamy ist heute nacht gestorben. Er hat ein Schriftstück für Sie hinterlassen ...«

»Hast du etwas verstanden, Julius?« fragte Fay ängstlich, denn seine Hand umklammerte heftig ihren Arm. Er stand etwas höher als sie und drehte sich heftig nach ihr um.

»Bellamy ist tot!«

»Bellamy? Wer hat das gesagt?«

»Ich hörte, wie Lacy mit Featherstone telefonierte und ihm sagte, daß Bellamy ein Schriftstück für ihn hinterlassen habe.«

Fay sah Julius ungläubig an.

»Merkst du nicht, daß etwas an der Sache faul ist? Lacy würde doch nicht Featherstone hierherrufen – der ist froh, wenn er nichts mit ihm zu tun hat. Ich fürchte, das Ganze ist wieder eine von Bellamys schlau gelegten Fallen, und ich will nur hoffen, daß Featherstone nicht auf den Leim geht. Aber seit er sich so viel mit Miss Howett beschäftigt, ist er etwas wirr im Kopf.«

Sie gingen in ihre Gefängniswohnung zurück und setzten sich müde auf die Couch.

»Ich glaube, wir bekommen bald Gesellschaft«, murmelte Fay.

53

Jim Featherstone kleidete sich hastig an. Schon eine Viertelstunde nach dem Anruf sauste er durch die einsame Gegend von Chelson.

Bellamy tot! Er konnte es nicht fassen. Etwas Ungewöhnliches mußte sich in Garre Castle zugetragen haben, sonst hätte Lacy, den er an der Stimme erkannt hatte und gegen den ein Haftbefehl lief, nicht angerufen.

Um halb fünf Uhr morgens hielt er vor dem Burgtor. Es stand weit offen – er wurde also erwartet. Offen stand auch das Portal zur Halle, ebenso die Tür zur Bibliothek. Er ging ohne zu zögern hinein und sah sich suchend um – in diesem Moment schlug die Tür hinter ihm knallend zu. Jim fuhr herum und griff nach seiner Pistole – aber es war zu spät. Bellamy stand ihm gegenüber und zielte mit einem schweren Revolver auf ihn.

»Sehr erfreut, Sie hier zu sehen, Captain Featherstone«, begrüßte er ihn sarkastisch. »Sie wollten zu meiner Beerdigung kommen? Keine Sorge, wir werden bald ein Begräbnis haben – aber nicht das meine! Los, gehen Sie vor mir her, und keine verdächtige Bewegung!«

»Gehen Sie jetzt nicht zu weit, Bellamy?« fragte Jim, während er, vom Alten dirigiert, den Gang entlangschritt, der zum Wachzimmer führte, wo der Zugang zu den alten Kerkern war.

»Schon möglich – aber Sie sehen, daß es mir darauf nicht mehr ankommt!«

Bellamy schloß die Gittertür oben an der Kerkertreppe auf und befahl dem Captain, hinunterzusteigen. Er selbst ging dicht hinter seinem Gefangenen und zog ihm am Fuß der Treppe mit einem schnellen Griff die Pistole aus der Tasche. Gleich danach begann er, die Treppe rückwärts wieder hinaufzusteigen.

»Hier bleiben Sie, Featherstone! Haben Sie schon mal in alten Geschichtsbüchern gelesen? Keine dumme Sache. Wissen Sie, daß es alte Könige gab, die, wenn sie starben, eine Schar Söldner mit ins Jenseits nahmen? Denken Sie darüber nach – ich glaube, diese Burg ist der richtige Rahmen für das Ende des alten Bellamy!«

Jim sah stumm zu, wie er sich Stufe für Stufe zurückzog. Das Gitter oben fiel krachend zu. Er war allein.

Als erstes untersuchte er seine Taschen. Er besaß keine Waffe mehr, nur sein Taschenmesser. Sein Gefängnis lag in völliger Dunkelheit. Er tastete sich vorwärts, erreichte eine Wand – und zuckte zusammen. Dicht bei ihm flüsterte es:

»Wer ist dort?«

»Featherstone – sind Sie das, Savini?«

»Ja, Fay ist auch hier.«

»Wo sind Sie denn?«

»In Bellamys Luxuszelle«, antwortete jetzt Fay. »Warten Sie, ich mache gleich Licht.«

Im nächsten Augenblick fiel genug Licht durch die vergitterte Öffnung in der Mauer, daß Jim alle Ecken seines Kerkers unterscheiden konnte. Hinter dem Gitter aber sah er dicht aneinandergedrängt die Gesichter von Fay und Julius.

»Wir hatten das Licht ausgemacht, solange Bellamy hier war«, sagte Julius leise. »Wir müssen vorsichtig sein, es ist möglich, daß er oben an der Treppe lauscht.«

»Das glaube ich nicht«, meinte Jim. »Ich hörte, wie er den Gang entlang nach vorn ging. Wie sieht es eigentlich bei Ihnen drüben aus?«

»Wir sind in der Wohnung, in der Bellamy die Frau gefangenhielt, nach der Sie immer gesucht haben«, antwortete Fay.

»Ist sie nicht mehr da?«

»Nein. Haben Sie kein Messer bei sich, Captain?«

»Doch – aber es ist leider ziemlich klein.«

»Vielleicht läßt sich der Mörtel abkratzen«, flüsterte Fay. »Das Gitter muß erst kürzlich einzementiert worden sein, wahrscheinlich ist auch diese Öffnung neu, denn auf unserer Seite lagen noch Mauergeröll und Staub am Boden.«

»Erst kürzlich, sagen Sie . . .« Ganz richtig, Featherstone wußte genau, daß dieses viereckige Mauerloch noch nicht existiert hatte, als er vor ein paar Tagen die Kerkerverliese untersuchte, ebensowenig wie die Gittertür oben im Wachraum. Dies hier war vermutlich nur ein kleines, kaum sichtbares Luftloch unter der Decke gewesen, das Bellamy nun erweitert hatte.

Jim kratzte mit seinem Messer am Zementmörtel, aber es glitt sofort an der steinharten Oberfläche ab.

»Es ist ganz nutzlos – für dieses Eisengitter müßte man ein Brecheisen haben. Sagen Sie, Julius, haben Sie Ihre Tür schon genau untersucht?«

Julius erklärte dem Captain, wie es ihm mit Hilfe des primitiven Dietrichs gelungen war, das Schloß an der Vordertür zu öffnen.

»Ich verstehe immer noch nicht«, unterbrach ihn Fay, »wozu Bellamy dieses Loch in die Wand gemacht hat. Bestimmt nicht, damit wir uns besser unterhalten können!«

Featherstone machte sich an eine genaue Untersuchung seines Kerkers. Zu seinem Erstaunen entdeckte er die Mündung eines dicken Leitungsrohrs, das über die Treppe direkt in den Keller hineinragte. Jetzt begann Jim zu ahnen, was Bellamy mit dem Mauerdurchbruch und mit dem Gitter bezweckt hatte.

Während sich unten bei den Gefangenen all dies abspielte, trat Bellamy mit Sen, der in der Halle auf ihn gewartet hatte, vor das Hauptportal.

»Nimm dieses Auto, Sen! Fahre damit zum Fluß – bei der kleinen Brücke ist die Böschung ziemlich steil, und du kannst den Wagen dort leicht ins Wasser sausen lassen.« Er sah auf die Uhr, es ging gegen fünf. »Noch zwei Stunden bis Tagesanbruch«, murmelte er zufrieden und ging hinein.

54

Mr. Howett und Valerie saßen beim Frühstück, als Spike Holland mit seiner Neuigkeit hereinplatzte.

»Ist Featherstone heute nacht hiergewesen?« fragte er hastig.

»Nein. Warum fragen Sie?«

»Ich habe eben mit seinem Assistenten telefoniert. Er sagte, daß der Captain vergangene Nacht nach Garre Castle gerufen worden sei. In seiner Wohnung war er heute morgen nicht, und sein Auto – es wurde im Fluß, nicht weit von hier, entdeckt.«

Valerie Howett war totenblaß geworden. Spike sah sie besorgt an, unschlüssig, ob er weiterreden sollte.

»Ob er zur Burg gegangen ist, weiß natürlich niemand. Jackson wird bald mit einem Durchsuchungsbefehl hier sein. Bestimmt gibt es für Bellamy einige Unannehmlichkeiten.«

Mr. Howett hatte vorgehabt, in die Stadt zu fahren, aber auf diese Nachricht hin entschloß er sich, zu bleiben. Nur mit Mühe gelang es Valerie, ihn zu überreden, trotzdem zu gehen, denn sie wollte allein sein.

Als die Polizeiautos eintrafen, wartete sie schon vor dem Burgtor. Der Vorgesetzte Featherstones leitete die Unternehmung höchstpersönlich. Er fragte Spike nach allen möglichen Einzelheiten aus. Darauf ging er entschlossen auf das Tor zu und klingelte. Niemand meldete sich, auch nicht, als er Sturm läutete.

»Aufbrechen!« befahl er.

Die Polizeimannschaft besorgte dies im Nu mit einigen Brecheisen. Der Weg zur Burg war frei. Der Trupp zog den Parkweg hinauf. Bald war die Stelle erreicht, wo man die Bäume und die Burg mit ihren gittergeschützten Luken sehen konnte.

In diesem Moment krachte der erste Schuß. Der Beamte, neben dem Spike ging, strauchelte und sank in die Knie. Stöhnend fiel er auf die Seite.

»Schnell aus der Schußlinie – in Deckung!« schrie der Chefinspektor, und seine Leute verteilten sich hastig.

Bellamy war also tatsächlich zum Äußersten entschlossen.

Eine kleine Menschenmenge, die sich vor dem offenen Tor angesammelt hatte, wurde zurückgetrieben. Valerie, die sich schon im Park befand, hatte den Schuß gehört und suchte Spike Holland.

»Nehmen Sie sich in acht, Miss!« warnte sie ein Polizist. »Der Platz hier liegt im Schußbereich. Aus einer der Schießscharten wird gefeuert.«

Gleichzeitig pfiff eine Kugel über sie hinweg und zerschlug das Glas der Weglaterne. Der Polizist riß sie zur Seite.

»Das ist noch einmal gutgegangen, Miss!«

Spike lief, das Gesicht rot vor Aufregung, auf sie zu.

»Bellamy verteidigt die Burg!« rief er begeistert. »Ich habe es Syme ja schon immer gesagt, daß sich die Geschichte noch richtig entwickelt.«

Schüsse knallten von der Burg. In unregelmäßigen Abständen beantwortete die Polizeimannschaft das Feuer aus ihren Pistolen.

»Glauben Sie, daß Captain Featherstone in der Burg ist?« fragte Valerie besorgt.

»Vermutlich. Übrigens kommen wir auf diese Weise nie hinein – der Alte hat vom Turm aus eine fast uneinnehmbare Position. So lächerlich es klingt, aber wir brauchen wahrscheinlich eine Kompanie Soldaten. Ich glaube, der Chefinspektor wird gleich deswegen nach Reading telefonieren.«

Später stellte sich heraus, daß man an zuständiger Stelle vorerst noch abgeneigt war, wegen eines einzigen Mannes gleich eine ganze Kompanie Soldaten zu entsenden. Möglicherweise befürchtete man auch diplomatische Verwicklungen, da Bellamy amerikanischer Bürger war.

Spike war tatsächlich in heller Aufregung; er rannte zum Telefon, um Mr. Syme die neuesten Nachrichten durchzugeben.

Der Chefinspektor versuchte schließlich auf gut Glück, mit Bellamy telefonisch zu verhandeln. Die Verbindung kam auch ohne weiteres zustande.

»Machen Sie keinen Unsinn, Mr. Bellamy!« rief er eindringlich. »Ergeben Sie sich, es bleibt Ihnen ja doch nichts anderes übrig.«

»Fällt mir nicht ein – Sie werden noch einiges erleben, bis Sie mich haben!« schrie Bellamy zurück.

Valerie kam noch ein paarmal zum Parktor. Die Polizeikräfte waren inzwischen verstärkt und mit Gewehren ausgerüstet worden. In großer Sorge kehrte sie am Nachmittag nach Hause zurück. Die Dienstboten waren alle weggegangen, um sich das ungewöhnliche Schauspiel anzusehen. Nach kurzem Zögern holte Valerie eine Leiter, die sie an der Gartenmauer anlegte. Von der Mauer aus war es ihr möglich, das ganze Gelände um die Burg zu überblicken. Kaum war sie oben, schlug ein Geschoß dicht neben ihr in die Mauer. Schnell stieg sie die Leiter wieder hinab.

Sie war völlig verwirrt. Das Ganze war so phantastisch, so außerhalb jeder Wirklichkeit, daß es ihr wie ein böser Traum vorkam. Am meisten beunruhigte sie der Gedanke an Jim. Sie ging ins Haus zurück. Bei jedem peitschenden Knall, der von draußen hereindrang, zuckte sie zusammen. In einem dichten Ring um die Burg lagen hinter jedem Gebüsch Schützen, die die Kolben ihrer Gewehre gegen die Schultern preßten.

Nervös lief sie im Zimmer hin und her. Sie war ganz allein im Haus. Nun tat es ihr doch leid, daß ihr Vater nicht hiergeblieben war. Manchmal flaute das Feuergefecht draußen ab, doch gleich gellte es von neuem auf. Unbegreiflich – in einem friedlichen englischen Dorf tobte ein Kampf!

Sie trat vom Fenster zurück, setzte sich und wollte ein wenig zu lesen versuchen, als sie im Gang Schritte hörte. Sie hoffte, eines der Mädchen wäre zurückgekehrt, und lief in die Küche, um etwas Gesellschaft zu haben.

Es begann schon zu dunkeln, und in der Küche war es dämmrig. Sie schaute sich um, niemand war da. Die Tür zum Keller stand offen, von dort hatte sie ein schwaches Geräusch zu hören geglaubt.

»Ist jemand hier?« rief sie hinunter und knipste das Licht an.

Sie stieg ein paar Stufen die Kellertreppe hinunter – und schrie plötzlich schrill auf. Jemand umfaßte sie von hinten, auf ihrer Brust kreuzten sich zwei grüne Arme.

Nach all den Aufregungen war dieser Schreck zuviel – sie wurde ohnmächtig. Als sie wieder zu sich kam, trug sie jemand einen langen finsteren Tunnel entlang. Die Luft war dumpf und modrig. Sie begann sich zu erinnern – der grüne Bogenschütze ...

»Vater – bist du es?« flüsterte sie, ohne darauf eine Antwort zu bekommen.

Eine kaum verständliche Stimme fragte sie, ob sie gehen könne. Als sie ja sagte, wurde sie an der Hand genommen und weitergezogen. Dann ging es drei Treppenstufen hinauf.

»Vorsicht – die Decke ist hier sehr niedrig!«

Sie folgte gebückt. Noch einmal kamen zwei Stufen, dann fiel ein schwacher Schimmer des letzten Tageslichts durch ein kleines Fenster. Der Raum, in den sie durch eine niedrige Öffnung zusammengekauert hineinkriechen mußten, war anscheinend eine Speisekammer. Regale mit Konserven und Nahrungsmitteln standen an den Wänden.

»Wo sind wir?« Sie getraute sich kaum, ihren gespenstischen Entführer anzusehen. Sein Gesicht leuchtete unheimlich weiß im Dämmerlicht.

»Sie sind in Garre Castle, Miss Howett!« antwortete die fremde, kalte Stimme.

Valerie riß ihre Hand aus der Umklammerung los und wollte zurück in den unterirdischen Gang flüchten. Schon nach zwei Schritten hatte der Maskierte sie wieder gepackt. Sie wehrte sich verzweifelt, mit den Fäusten hämmerte sie ihm ins Gesicht. Er wich den Schlägen aus, warf heftig den Kopf zur Seite – in diesem Moment löste sich seine Maske. Valerie schrie auf.

»Sie – der grüne Bogenschütze!«

Es war Lacy. Er stieß sie wortlos in einen Flur hinaus, zerrte sie die Wendeltreppe hoch und über den oberen Korridor die Haupttreppe hinab in die Halle. Die Tür zur Bibliothek stand offen. Bellamy erwartete sie bereits, während Sen oben im Turm an der Schießscharte auf Posten stand und seinen Herrn vertrat.

»Auf Sie habe ich nur noch gewartet, mein liebes Kind«, begann er höhnisch. »Sie sind mein letzter Gast. Für die beiden Schüsse möchte ich mich übrigens entschuldigen. Mein Chauffeur, der Dummkopf, hat sie abgegeben. Sie waren keineswegs vorgesehen, im Gegenteil – ich wollte Sie selbstverständlich unversehrt hier haben.«

Von draußen drang gedämpft das Krachen der Schüsse herein. Bellamy rückte den Schreibtisch zur Seite, hob die Falltür hoch. Mit dem Gewehrlauf wies er auf die Öffnung.

»Da hinunter! Sie werden einige Bekannte finden. Diesmal entkommen Sie mir nicht, Valerie Howett!«

Widerstandslos, ohne das geringste überlegen zu können, kletterte sie die steile Treppe hinunter, und der Alte schlug die Falltür zu.

Atemlos hatte Lacy die Szene verfolgt.

»Wen haben Sie da unten eingesperrt?« stieß er hervor.

»Savini samt Frau – tja, und Featherstone ist auch drunten.«

Lacy erschrak. In seiner schlechtsitzenden grünen Maskerade bot er einen grotesken Anblick. Er hatte sie auf Bellamys Befehl selbst angefertigt, um grüner Bogenschütze spielen zu können. Beinahe wäre er dabei von John Wood erwischt worden. Der Schreck darüber saß ihm jetzt noch in den Gliedern.

»Diese Geschichte hier wird mir zu riskant. Wir sitzen in der Falle, jeden Moment kann die Polizei hereinplatzen. Geben Sie mir mein Geld, Mr. Bellamy, ich verschwinde lieber rechtzeitig.«

»Auf welchem Weg wollen Sie denn die Burg verlassen?«

»Über Lady's Manor natürlich – nur muß ich mich erst umziehen.«

Bellamy schloß seinen Geldschrank auf und nahm ein Bündel Banknoten heraus.

»Hier haben Sie Ihr Geld! – Gut, Sie können nachher gehen, aber im Moment brauche ich Sie noch. Erst müssen wir da unten zum Rechten sehen – Miss Howett ist noch im Gang, wir werden sie in die unterirdische Wohnung hineinlassen, und dann will ich die Savinis heraufholen – ich habe mich entschlossen, die beiden laufenzulassen. Bei alldem werden Sie mir jetzt behilflich sein, weil ich den verrückten Captain in Schach halten muß. Kommen Sie!«

Bellamy hob die Falltür und machte eine einladende Geste.

Lacy runzelte die Stirn und überlegte einen Augenblick.

»Sie kommen bestimmt mit?«

»Selbstverständlich ...«

Lacy stieg die ersten Stufen hinab, Bellamy trat hinter ihn auf den obersten Absatz und gab ihm einen heftigen Stoß, der ihn vollends hinunterbeförderte. Gleich darauf schlug die Falltür mit dumpfem Knall zu.

55

Aus dem Kamin des kleinen Hauses im Klosterwald stieg Rauch auf. Im alten Küchenherd brannte ein Feuer. Daneben stand ein Mann. Er hielt eine Gabel in der Hand und wendete ab und zu das Kotelett, das in der Pfanne brutzelte. Zwischendurch zog er mehrmals ein Telegramm aus der Rocktasche und las es immer wieder. Über den Inhalt schien er sich zu freuen, denn er lächelte jedesmal.

Er aß im Stehen und ging dabei ständig auf und ab durch die beiden Zimmer, die Spike so genau durchsucht hatte. Einige Male blieb er stehen und horchte. Aus der Ferne drang in immer kürzeren Abständen ein dumpfes Knallen. Er trat durch die Hintertür in den verwilderten Garten hinaus, um die Richtung festzustellen, aus der das beunruhigende Geräusch kam. Rasch drehte er sich um, rannte ins Haus zurück und zog sich den Mantel an. So schnell er konnte, lief er den Waldweg hinunter zur Hauptstraße. Dort rief er einen Bauern an, der ihm entgegenkam, und fragte, was im Dorf los sei. Der Bauer grinste.

»Auf Garre Castle gibt's eine mächtige Schießerei. Der alte Bellamy wird von Polizeimannschaften angegriffen und verteidigt seine Burg.«

Der Mann vom Waldhaus lief noch rascher und kam bald darauf ins Dorf. Er konnte jetzt deutlich die einzelnen Schüsse unterscheiden und folgte den Dorfbewohnern, die sich neugierig zum Schauplatz des ungewöhnlichen Kampfes drängten. Er blieb nur einen Augenblick beim Tor zur Burg stehen und schlug den Weg nach Lady's Manor ein.

Die Haustür stand weit offen. Obwohl er mehrmals klopfte, meldete sich niemand. Er blickte sich rasch um und trat in die Vorhalle. Niemand schien im Haus zu sein. Im Wohnzimmer fand er auf dem Schreibtisch ein aufgeschlagenes Buch. Leise ging er in die Küche, fand aber auch dort niemand.

Es war schon dunkel. Vor dem Haus hörte er Stimmen. Die Tür zum Keller war nicht verschlossen. Er nahm eine Taschenlampe aus seiner Manteltasche und stieg die Treppe hinab. Unten schloß er eine der Kellertüren auf, trat ein und öffnete den großen schwarzen Koffer, der in der Ecke stand. Er nahm einen kurzen, grünen Bogen und zwei Pfeile heraus. Nach einigen weiteren Vorbereitungen knipste er das Licht aus und wartete. Bald darauf ging oben die Tür, und ein Mädchen kam die Kellertreppe herunter, um einen Eimer Kohlen zu holen. Dabei unterhielt es sich mit jemand, der oben in der Küche arbeitete.

»Wo bleibt nur Miss Valerie?«

»Keine Ahnung – ich habe sie schon gesucht, aber sie ist weder in ihrem Zimmer noch im Garten.«

Der Mann, im Dunkeln gegen die Tür gelehnt, lauschte angestrengt und wartete regungslos, bis das Dienstmädchen wieder hinauf in die Küche ging. Von dort oben waren jetzt mehrere erregte Stimmen zu hören. Vorsichtig schlich der Bogenschütze ein paar Treppenstufen hinauf und lauschte. Was er hörte, veranlaßte ihn, schleunigst wieder nach unten zu verschwinden.

Als wenige Minuten danach Mr. Howett die Tür zu dem Kellerabteil aufstieß, war der kleine Raum leer.

Kurz zuvor war Mr. Howett aus London zurückgekehrt und vor dem Burgtor auf Spike gestoßen. Das Gewehrfeuer hatte nachgelassen, nur hin und wieder fiel noch ein Schuß. Der Polizeioffizier, mit dem sich Spike Holland unterhielt, teilte ihm gerade die Ansicht seiner vorgesetzten Dienststelle mit.

»Vor morgen früh werden wir nichts unternehmen. Wenn Bellamy es sich bis dahin nicht anders überlegt, müssen wir versuchen, die Burg mit Gewalt zu nehmen, koste es, was es wolle. Für das Hauptportal genügt schließlich eine Ladung Dynamit. Aber unser Angriff kann zugleich auch zum kritischen Augenblick werden für die Leute, die Bellamy gefangenhält.«

Mr. Howett hatte dem Polizeioffizier nervös zugehört.

»Ich weiß einen Weg in die Burg und will ihn der Polizei zeigen«, platzte er heraus. »Wollen Sie mitkommen?«

Spike starrte ihn überrascht an.

»Ja«, versicherte Mr. Howett, »ich kenne den unterirdischen Weg – ich habe ihn kürzlich entdeckt.«

Er sah sehr alt aus, sein Gesicht war blaß, seine Stimme zitterte. Spike fragte kein Wort weiter und folgte ihm. Ein Polizeiauto fuhr hinter ihnen her.

In Lady's Manor führte Mr. Howett den Reporter und die Polizisten durch die Küche in den Keller. Stumm zeigte er auf die mittlere der drei Kellertüren, nahm einen Schlüssel aus der Tasche, schloß auf und ging hinein. Nichts als ein riesiger Koffer stand an der hinteren Wand des Kellergelasses. Mr. Howett zog ihn zur Seite, und sie standen vor einer dunklen Öffnung in der Mauer. Ein paar Stufen hinab – dann ein schmaler Gang, geradeaus. Doch kamen sie nicht weit, ein dumpfes Krachen dröhnte ihnen entgegen, dem eine Reihe kleinerer Detonationen folgte. Der Luftdruck der Explosionen warf sie zurück und sie waren für einige Minuten fast betäubt. Mr. Howett raffte sich als erster wieder auf, knipste seine Taschenlampe an und stürzte vorwärts. Spike folgte ihm. Schon nach zehn Metern mußten sie haltmachen. Eine dichte Staubwolke wälzte sich ihnen entgegen. Als sie sich hustend und keuchend trotzdem einen Weg bahnen wollten, stießen sie auf Gesteinstrümmer.

Bellamy war ihnen zuvorgekommen. Er hatte die einzige Verbindung zwischen Burg und Außenwelt zerstört. Mr. Howett war völlig niedergeschlagen.

Spike rannte zurück zum Burgeingang. Dort erfuhr er, daß inzwischen von London neue Befehle eingetroffen waren, und daß man den Angriff auf ein Uhr nachts festgesetzt hatte.

56

Valerie hatte sich nur langsam durch den dunklen Gang bis zu der Tür getastet, die von Julius gewaltsam geöffnet worden war. Sie zuckte erschrocken zusammen, als sie plötzlich leise angerufen wurde.

»Sind Sie etwa Mrs. Savini?« fragte sie ängstlich zurück.

Fay umarmte Valerie und zog sie vollends in den Gang und ins Kerkerapartment hinein.

»Ist Captain Featherstone hier?« fragte Valerie.

»Ja, Sie können ihn sprechen, aber er ist in einem andern Raum.«

Valerie hatte keinen Blick für Julius, der sie zum Eisengitter führte und Featherstone herbeirief.

»Jim, Jim!« schluchzte sie.

»Sie – Valerie?« Er starrte sie entsetzt an. »Ach, mein Gott!«

»Wir werden bestimmt bald befreit«, sagte sie. »Die Polizei ist verstärkt worden, und Mr. Holland meinte, daß die Burg bis heute abend eingenommen werden könnte.«

»Wie hat Bellamy es angestellt, Sie hierherzulocken?«

»Der grüne Bogenschütze hat mich hergebracht.«

»Der grüne Bogenschütze? Das ist doch ganz unmöglich!«

»Doch, es war Lacy.«

Jim sah sie zweifelnd an.

»Es kann unmöglich Lacy gewesen sein. Sind Sie ganz sicher?«

»Ja, ich habe sein Gesicht gesehen.«

»Wie hat der Kerl Sie denn herbringen können? Das ganze Gelände ist doch sicher von der Polizei abgesperrt.«

»Wir gingen durch einen unterirdischen Gang, der offenbar Lady's Manor mit der Burg verbindet.«

»Also doch! So etwas habe ich immer schon vermutet. Lady's Manor ist ja das Haus, das irgendeiner der früheren Besitzer ursprünglich für seine Geliebte bauen ließ. Bestimmt ist auch der grüne Bogenschütze auf diesem Weg immer in die Burg eingedrungen.«

Julius, der in den Gang hinausgegangen war, kam in diesem Moment hereingestürzt.

»Der Alte hat eben Lacy die Treppe hinuntergeworfen! Er trägt das Kostüm des grünen Bogenschützen . . .«

»Lacy ist hier?« flüsterte Valerie ängstlich. »Jim, können Sie nicht zu uns herüberkommen?«

»Vielleicht gelingt es mir noch – zwei Eisenstäbe konnte ich schon aus dem Zement herausschlagen. Ich habe bei mir drüben in einer Ecke einen Hammer gefunden, der ganz nützlich ist. Bellamy hat wohl gestern hier unten damit gearbeitet.«

Energisch fing er wieder an zu klopfen.

»Ist Lacy verwundet?« erkundigte sich Valerie bei Julius.

»Nein, er ist schon wieder zu sich gekommen. Er ist nur auf den Kopf gefallen – das ist sein massivster Körperteil. Ich habe ihn durchsucht und fand unter seinem Kostüm versteckt eine Pistole.« Julius zeigte stolz seinen Fund vor. »Sonst hatte er nichts bei sich«, versicherte er eifrig, »obwohl er jetzt dauernd davon faselt, Bellamy habe ihm ein Paket Banknoten gegeben. Wahrscheinlich bildet er sich das nur ein.« Unbewußt klopfte er bei diesen Worten auf seine Rocktasche, die sich verdächtig bauschte.

Lacy humpelte fluchend, aber doch eher kleinlaut ins Zimmer. Er jammerte nach seinem Geld, traute sich jedoch angesichts der Pistole, die ihm Julius wie zufällig dauernd vor die Nase hielt, nicht viel zu sagen. Zudem las ihm jetzt Fay wegen der Entführung die Leviten.

»Sie gemeiner Kerl – Miss Howett aus ihrem Haus wegzuholen! Wenn Featherstone Sie erwischt . . .«

»Ist er hier?« fragte Lacy furchtsam.

»Er wird bald hier sein!«

Julius und Jim lösten sich den ganzen Abend bei der Arbeit am Eisengitter ab. Kurz vor neun konnten sie mit vereinten Kräften die letzten Stäbe herausbrechen. Jim zwängte sich durch die Öffnung. Er legte kurz und aufmunternd einen Arm um Valeries Schulter, dann begann er sich sogleich mit Savini zu beraten. Ihre Gesichter wurden immer ernster. Es war klar, daß sie nur noch ein Wunder retten konnte.

»Vor allen Dingen müssen wir versuchen, ob wir nicht irgendwie Bellamy in die Hände bekommen können. Das ist eigentlich unsere einzige Chance. Immerhin haben wir die Pistole. Geben Sie das Ding her, Julius!« Featherstone nahm die Waffe und prüfte das Magazin. »Acht Schuß«, stellte er befriedigt fest.

Julius war mit allen Anordnungen einverstanden, und Featherstone traf seine Dispositionen.

»Sie Lacy –«, befahl er als erstes, »kriechen durch das Loch hier nach drüben und lassen die Gittertür nicht aus den Augen. Sobald Sie Schritte hören, benachrichtigen Sie mich – aber leise.«

Lacy wagte nichts dagegen einzuwenden und gehorchte. Eigentlich war es ihm ganz angenehm, nicht in allzu naher Tuchfühlung mit der Polizei zu sein. Während die anderen drüben warteten und Featherstone noch einmal die Falltür zur Bibliothek prüfte, saß er auf seinem Posten und gab sich seinen Gedanken hin.

Lacy war fast schon eingenickt, als er aufschreckte und leise Schritte hörte, die sich der Gittertür näherten. Eine Taschenlampe blitzte auf, und nun erkannte er die Gestalt des Alten.

»Mr. Bellamy –!« flüsterte Lacy.

»Hallo – wie sind Sie denn hierhergekommen?« fragte Bellamy verblüfft.

»Um Himmels willen, seien Sie ruhig!« zischte Lacy aufgeregt. »Featherstone hat mich hier auf Posten gestellt – sie haben eine Pistole und wollen Sie erschießen! Lassen Sie mich heraus, ich erzähle Ihnen ...«

Bellamy hatte am Schloß zu hantieren begonnen – ein scharfer Knall, die Kugel pfiff dicht an seinem Kopf vorbei. Featherstone, der Lacy nicht traute, hatte auf der Lauer gelegen, bereit, selbst einzugreifen. Unglücklicherweise blendete ihn das Licht der Taschenlampe. Er hatte nicht getroffen. Bevor er zum zweitenmal abdrücken konnte, war Bellamy mit der Schnelligkeit, die ihn in kritischen Situationen auszeichnete, verschwunden.

»Zum Teufel mit Ihnen, Featherstone – zum Teufel mit euch allen!« rief er aus dem Hintergrund.

Eine dumpfe Detonation erdröhnte – dann eine Minute lang tödliche Stille. Sie wurde unterbrochen von einem Plätschern, das gleich darauf zu einem Brausen anschwoll. Im nächsten Augenblick wälzte sich ein ganzer Wasserfall über die Stufen nach unten, so daß in kürzester Zeit der Fußboden bedeckt war.

Lacy wurde buchstäblich die Treppe hinabgeschwemmt. Er kroch als erster durch das Loch in der Mauer. Jim blieb nichts anderes übrig, als ihm zu folgen. Das Wasser stand ihm schon bis zu den Knien.

Drüben versuchte er zusammen mit Julius die Öffnung zu verstopfen. Jetzt war eingetreten, was sie befürchtet hatten – Bellamy hatte den Stutzen des Hauptwasserrohrs, der über der Treppe in den Kellerraum hineinragte, mit einer vermutlich innerhalb des Rohres angebrachten Sprengladung weggesprengt. Gleichzeitig mußte er das im Wachraum befindliche Ventil der Leitung geöffnet haben. Das Wasser strömte mit solcher Gewalt, daß es tatsächlich bereits durch die Öffnung in der Wand hereinsickerte. Sie stopften hastig Bettzeug und Decken in das Loch und stemmten die Couch dagegen.

»Ich glaube nicht, daß es viel nützen wird«, murmelte Jim und trat einen Schritt zurück. Er wußte, daß die Barrikade dem Druck des ansteigenden Wassers drüben nicht standhalten würde. Das Wasser lief bereits in kleinen Rinnsalen die Wand hinab.

»Es wird am besten sein, wenn wir hinausgehen und uns auf die Treppe unter der Bibliothek stellen«, sagte er. »Zuoberst stehen Valerie und Fay, dann kommen Julius und Lacy, und ich stelle mich eine Stufe darunter. Auf diese Weise haben wir alle den Kopf ungefähr in gleicher Höhe. Die Gangtüren schließen wir, es wird nicht viel nützen, hält aber auf.«

Er hatte kaum ausgesprochen, als die Barrikade nachgab und einstürzte. Rauschend flutete das Wasser herein. Das Licht ging aus – sie flüchteten in den Gang hinaus.

57

Bellamy ließ Sen mit den Gewehren an der Schießscharte zurück und ging nach unten. Er war noch auf der Treppe zur Halle, als hintereinander zwei Explosionen krachten, die die Mauern erschütterten. Klirrend zersprang eine Fensterscheibe. Bellamy wußte, daß jetzt das äußere Portal zerstört worden war, nun mußten die Angreifer noch das innere Tor überwinden. Es war völlig mit Stahl beschlagen und würde mehr Widerstand bieten.

Jedenfalls kam jede Hilfe für seine Feinde, die er wie Ratten in der Falle ersäufte, zu spät. Seinem eigenen Verhängnis sah er mit Fassung entgegen – er war bereit, zur Hölle zu fahren. Nur vergewissern mußte er sich noch, daß alle seine Pläne gelungen waren, dann wollte er Schluß machen.

Vor der Falltür in der Bibliothek blieb er stehen, bückte sich ein wenig und lauschte. Dann fuhr er herum – die Tür zur Halle war aufgegangen.

»Keine Bewegung!« sagte eine kalte Stimme. »Sie kennen mich, Abel Bellamy!«

Das Licht des Kronleuchter fiel auf die statuenhaft unbewegliche Gestalt, den gespannten grünen Bogen, den auf Bellamys Herz gerichteten grünen Pfeil.

»Bewegen Sie sich nicht! Bevor Sie sterben, möchte ich Ihnen einiges sagen.«

»Der grüne Bogenschütze –«, stammelte Bellamy. »Sie – sind – der grüne Bogenschütze?«

»Ich habe Ihre Helfershelfer umgebracht – nun sind Sie an der Reihe!«

Noch einmal fand Bellamy zu seiner alten Kaltblütigkeit zurück. Die Pistole lag schußbereit auf dem Schreibtisch – mit zwei Schritten könnte er sie erreichen. Er mußte Zeit gewinnen.

»Etwas wird Sie interessieren, Mr. Bogenschütze! Alle sind hier!« rief er triumphierend und deutete auf die Falltür. »Ich habe sie ersäuft wie die Ratten – alle! In der Hölle sind sie – Featherstone, Valerie Howett – und Sie, Sie verdammter ...«

Mit einem Satz war er beim Schreibtisch. Er hörte noch die dumpfe Detonation, als die zweite Tür gesprengt wurde.

58

Die fünf Menschen unten im Gang erwarteten das Ende. Unaufhörlich strömte das Wasser unter der Tür, durch Ritzen und Spalten herein. Die zweite Gangtür mit dem aufgebrochenen Schloß und beschädigten Riegel hatte nicht standgehalten.

Das Wasser bedeckte bereits Jims Füße. Er stieg eine Stufe höher, auf die zweitoberste zu den beiden andern Männern, und legte den Arm um Valerie.

Lacy war stumm vor Furcht. Nur ab und zu fiel ein Wort.

»Featherstone!« sagte Julius.

Jim antwortete nicht.

»Sagen Sie, verlieren Banknoten ihren Wert, wenn sie naß geworden sind?«

In gewisser Weise war Julius unverwüstlich.

Unvermittelt begann Lacy zu brüllen.

»Ich will nicht sterben! Nein – nicht sterben! Ihre Schuld ist es, daß ich hier bin, Featherstone! Doch Sie sollen nicht davonkommen . . .«

Er versuchte, den Captain von der Treppe zu stoßen. Ein kurzes Handgemenge entstand. Jim packte Lacy am Kragen und drückte ihm den Kopf eine Zeitlang unter Wasser. Jammernd, prustend klammerte er sich schließlich an Savini an.

Das Wasser ging jetzt allen bis zur Brust. Es stieg so schnell, daß ihnen höchstens noch zehn Minuten blieben. Valerie und Jim standen dicht beieinander. Es gab nichts mehr zu sagen und zu tun.

»Was war das?« flüsterte Julius.

Einem dumpfen Donner war eine schwere Erschütterung gefolgt, die den Verputz an der Decke löste, so daß ganze Stücke klatschend ins Wasser fielen. Die Explosion mußte ganz in der Nähe stattgefunden haben.

Sollte die Polizei doch noch rechtzeitig –? Es ging jetzt nur noch um Minuten.

Dann, über den Köpfen der Gefangenen, ein scharfes Geräusch – mit einem Ruck öffnete sich die Falltür, greller Lichtschein fiel ein, spiegelte sich hart im Wasser, blendete.

In wilder Hast, behindert durch die wasserschweren Kleider, drängten sie nach oben. Die Tür war nur zur Hälfte geöffnet worden.

»Sind Sie alle wohlbehalten?« fragte eine Stimme.

»Ja– machen Sie doch ganz auf!«

Sie sahen eine Hand – dann hob sich die Falltür ganz und klappte nach hinten.

Valerie und Fay waren die ersten, die oben ankamen. Zitternd und triefend standen sie herum. Julius und Lacy folgten, hinter ihnen stieg Featherstone heraus.

Das erste, was er sah, war ein Polizist mit einem Gewehr in der Hand. Er stand beim Eingang und starrte auf einen reglosen Körper neben dem Schreibtisch – Bellamy. Zwei Pfeile staken so dicht nebeneinander in seiner Brust, daß sie sich fast berührten.

Sonst war niemand im Zimmer. Der Mann, der die Falltür geöffnet und sie gerettet hatte, war verschwunden.

Mr. Howett kam herein, er riß Valerie in die Arme und ging sofort mit ihr nach Hause. Jim überließ sie der Obhut ihres Vaters.

Das Wasser war inzwischen bis zur Höhe des Fußbodens gestiegen. Savini eilte in den Waschraum, um den Wasserhahn abzustellen.

Sen war ebenfalls tot. Wie man dem Captain berichtete, hatte er sich bis zuletzt zur Wehr gesetzt.

Featherstone war damit beschäftigt, Bellamys Kleidung zu durchsuchen, als Holland in die Bibliothek kam. Nach einer enthusiastischen Begrüßung fragte Spike:

»Ist der Alte wirklich ganz tot?«

»Ganz – ich beinahe! Aber statt hier ein Interview zu veranstalten, könnten Sie sich nützlich machen – holen Sie einen Krankenwagen und bringen Sie den da weg!« Er zeigte auf Lacy, der stöhnend in einem Sessel lag.

Julius war nicht in die Bibliothek zurückgekommen, und als Spike Holland wieder erschien, fragte ihn Jim:

»Haben Sie Savini und seine Frau gesehen?«

»Ja, ich habe sie in mein Zimmer im Gasthof geschickt. Savini ließ mich kaum ausreden und fragte sofort, ob bei mir geheizt sei, und ob Wasser Banknoten schaden könnte. Einen anderen Kummer scheint er nicht zu haben.«

Jim grinste unwillkürlich.

»Wenn der grüne Bogenschütze Bellamy getötet hat, dann möchte ich bloß wissen, wohin er schon wieder verschwunden ist –«, bohrte Spike nach einer Weile.

»Ich weiß jedenfalls jetzt endgültig, wer der grüne Bogenschütze ist, Holland!« erklärte Jim.

»Glauben Sie vielleicht, ich wüßte es nicht? Es ist Mr. Howett!«

»Wenn Sie das Mr. Syme mitteilen, dann druckt Ihre Zeitung eine noch größere Lüge, als sie es ohnehin schon tut. Der grüne Bogenschütze ist . . .« Er sprach nicht weiter.

»Featherstone, los – wer ist es?« drängte Spike. »Es wäre gerade noch Zeit für die Morgenausgabe!«

Jim ging zur Tür, drehte sich noch einmal um.

»Von mir werden Sie es nie erfahren.«

59

Im ›Blauen Bären‹ fand Jim seinen Diener vor, der hier vertrauensvoll auf die Befreiung seines Herrn gewartet hatte. Er war so klug gewesen, frische Kleider mitzubringen. Sobald sich Featherstone umgezogen und rasiert hatte, ging er nach Lady's Manor hinüber.

Im Wohnzimmer fand er Valerie. John Wood war bei ihr. Sie kam mit ausgestreckten Händen auf ihn zu.

»Ich habe eine große Überraschung für dich, Jim«, rief sie. »Ich kann es noch gar nicht begreifen – meine Mutter ist hier! Als ich zurückkam, war sie schon da. So lange habe ich nach ihr gesucht, und jetzt ist sie auf einmal bei mir.«

Die Tür ging auf, und Mr. Howett kam mit einer schlanken, älteren Frau herein. Die Ähnlichkeit mit der Tochter war unverkennbar.

»Mutter – dies ist Jim . . .« Das Wort ›Mutter‹ klang noch ziemlich gehemmt.

Mrs. Held drückte Jim die Hand.

»Ich bin Ihnen großen Dank schuldig, Captain Featherstone, und ich hoffe, daß auch Sie belohnt werden.« Sie sah zu John Wood hinüber und lächelte. »Ich will Ihnen nun auch meinen Sohn vorstellen, Captain.«

»Ihren Sohn?«

»Ja – dies ist John Wilfried Bellamy«, sagte sie stolz.

Wenn Featherstone sich inzwischen auch so manches zusammengereimt hatte, so traf ihn diese Mitteilung doch sehr überraschend.

Als er einige Stunden später in den ›Blauen Bären‹ zurückkam, sah er Spike Holland mitten unter Berufskollegen sitzen und große Reden führen.

»Wo ist Julius?« fragte ihn Jim.

»Er sitzt in meinem Zimmer vor dem Kamin und trocknet Zehnpfundnoten. Fay hat sich gerade von der Wirtin ein Bügeleisen geborgt und glättet die Scheine.«

Tatsächlich traf Jim die beiden bei dieser Beschäftigung an. Savini vor allem war mit hingebungsvollem Eifer am Werk.

»Kommen Sie nur herein, Featherstone, wir sind gerade fertig«, rief er und sah befriedigt auf den letzten getrockneten Geldschein. »Die Dinger hat mir der alte Bellamy gegeben, als er uns entließ. Gott hab' ihn selig. Für treue Dienste, versteht sich!«

»Wieviel ist es denn, Fay?« fragte Jim interessiert.

»Ungefähr zehntausend Pfund. Auf jeden Fall genug für eine Geflügelfarm. Wir wollen nämlich aufs Land ziehen. Wo ist übrigens Lacy?«

»Er liegt im Hospital. Sergeant Jackson fand, als er seine Taschen durchsuchte, eine große Summe bei ihm.«

»Teufel – wieviel?« fuhr es Julius heraus.

»Etwa zweitausend.«

»Oh . . . Ich vermute, daß er sie gut versteckt hatte?« fragte Julius betont gleichgültig.

»Das stimmt.«

»Ich sagte dir ja, Julius . . .« begann Fay. Ihr Mann räusperte sich, doch sie fuhr fort: »Ich sagte dir ja, daß du ihm nur die Pistole nehmen und ihm das Geld lassen solltest. Sie sehen, Featherstone, was für ein ehrlicher Kerl Julius ist!«

»Ehrlich bis zur Selbstlosigkeit!« grinste Jim. Er tätschelte Fay die Wangen. »Sie haben kein schlechtes Herz, Fay – ich wünsche Ihnen und Ihrem Mann alles Gute!«

Sie brachte nichts heraus. Aber als Jim gegangen war, wandte sie sich ein wenig unsicher an ihren Mann.

»Na, Julius? Er ist doch eigentlich wirklich ein netter Kerl.«

»Viel zu gut für einen Polizeibeamten!«

60

Für den nächsten Tag hatte sich Jim mit Mr. Howett verabredet. Da Valerie mit ihrer Mutter in die Stadt gefahren war, traf er ihn allein in Lady's Manor an.

»Am besten, ich erzähle Ihnen die ganze Geschichte von Anfang an, Captain! Sicher ist Ihnen noch manches unklar. – Abel Bellamy hatte einen sechs Jahre jüngeren Bruder, Michael Bellamy. Die Eltern waren anfangs sehr arm und konnten Abel nur sehr dürftig ausbilden lassen. Als dann aber Michael heranwuchs, hatten sie genügend Geld, um ihn auf teure Colleges zu schicken. Von Anfang an wurde dadurch eine Kluft zwischen den beiden Brüdern geschaffen. Abel vergaß seinem Bruder nie, daß er eine bessere Erziehung genossen hatte. Er beneidete ihn, und als er es nach dem Tod der Eltern zu einem Vermögen gebracht hatte, legte er es darauf an, seinen jüngeren Bruder zu ruinieren. Die Geschichte spitzte sich gefährlich zu, als Abel sich in eine Frau verliebte, die ausgerechnet Michael bevorzugte. Die Frau hieß Held – Elaine Held – und stammte aus guter Familie. Unvorsichtigerweise zeigte sie Abel, wie sehr sie ihn und sein grobes Benehmen verabscheute. Sie heiratete Michael, ohne sich im geringsten um die Drohungen Abels zu kümmern. Das junge Paar bekam einen Sohn, und eine Zeitlang schien sich Abel nicht um sie zu kümmern. Nach der Geburt eines zweiten Kindes aber traf er Elaine zufällig in New York wieder. Sein ganzer Haß und seine Verbitterung erwachten von neuem. Er machte ihr verschiedene

Anträge, die sie so entschieden zurückwies, daß er die Aussichtslosigkeit seiner Bemühungen endgültig einsehen mußte. Er schwor noch einmal Rache, und tatsächlich war sein Charakter so herrisch eigensinnig, daß er es nicht bei dem Schwur bewenden ließ. Einen Monat später wurde ihr zweites Kind gestohlen. Abel besuchte die verzweifelten Eltern, als ob nichts geschehen wäre, und bot ihnen sogar seine Unterstützung an. Elaine gegenüber machte er Andeutungen, daß sie ihr Kind wiedererhalten würde, wenn sie sich von ihrem Mann scheiden ließe und ihn heiratete. Sie wagte nicht, Michael etwas davon zu sagen, weil sie das jähzornige Temperament der Brüder zu gut kannte. Michael beauftragte Detektive, seine Tochter zu suchen. Bellamy machte sich jedoch geschickt das Eisenbahnunglück in River Bend zunutze. Er ließ einen Schuh des Mädchens auf die Unglücksstätte schmuggeln, den der Vater später als Schuh seines Kindes erkannte. Falsche Zeugen sagten außerdem aus, daß sie eine Frau mit einem Kind im Zug gesehen hätten. Michael ließ keine weiteren Nachforschungen anstellen.«

»Aber das Unglück ist doch vor zwanzig Jahren passiert«, wandte Featherstone ein, »Valerie dagegen kam schon vor dreiundzwanzig Jahren zu Ihnen!«

»Ja, dieser Irrtum läßt sich leicht erklären. Es ereigneten sich dort nämlich zwei Unglücksfälle – der erste vor dreiundzwanzig Jahren, der zweite drei Jahre später an fast derselben Stelle. Sie dürfen nicht vergessen, daß John wenig Anhaltspunkte für seine Nachforschungen besaß. Lediglich von seiner Mutter erfuhr er die Geschichte vom Raub seiner kleinen Schwester, und er machte sich über die genaue Jahreszahl des River-Bend-Unglücks auch gar keine Gedanken. – Als Michael Bellamy bald nach diesem Schicksalsschlag starb, zweifelte Abel nicht daran, daß Elaine ihn nun heiraten würde. Er verfolgte sie aufs neue mit seinen Anträgen, wurde aber wiederum auf eine Weise zurückgewiesen, die ihn den ganzen Haß, den er auf Michael gehabt hatte, auf Elaine übertragen ließ. Um Bellamy zu entgehen, zog Elaine nach England. Sie besaß nur geringe Mittel und bezog eine kleine Wohnung nahe bei der Schule, die ihr Sohn besuchte. Den nächsten Schlag bereitete Bellamy schlau und tückisch vor. Durch einen Mittelsmann, der sich als Mäzen aufspielte, ließ er Elaines Sohn die Bezahlung seines Studiums und freie Unterkunft anbieten. Elaine argwöhnte nichts, und der Junge zog in ein Haus im Westend, in dem reiche junge Leute logierten. Er war noch nicht lange dort, da behauptete eine Dame in dem Haus plötzlich, daß ihre Diamantbrosche gestohlen worden sei. Die Polizei wurde gerufen, und sie fand das Schmuckstück in der Tasche des jungen Bellamy. Der Junge konnte seine Unschuld beteuern soviel er wollte, es half ihm nicht das geringste. Er wurde wegen Diebstahls zu sechs Monaten Gefängnis verurteilt. Um diese Zeit kaufte Bellamy Garre Castle. Die Ausstrahlung dieser düsteren, alten Burg mußte ihn auf den verschrobenen Gedanken gebracht haben, daß er hier alle Leute gefangensetzen könnte, die er haßte. Er setzte Elaine weiterhin mit immer neuen Drohungen zu, und er deutete ihr auch an, daß er das Unglück ihres Sohnes verursacht habe. Dann heckte Bellamy seinen teuflischsten Plan aus. Teilweise dürfte er allerdings auch von Creager stammen, der ein äußerst minderwertiges Subjekt war. Dieser Creager war Wärter in dem Gefängnis, in dem der junge Bellamy saß. Eines Morgens hörte man einen Schrei aus seiner Zelle, und Creager taumelte mit blutigem Kopf heraus. Er schwor bei der folgenden Verhandlung, daß der junge Bellamy ihn mit einem Spaten, den er irgendwie in die Zelle geschmuggelt hätte, habe erschlagen wollen. Sie wissen, daß in englischen Gefängnissen für Leute, die ihre Wärter anfallen, eine ganz bestimmte Strafe existiert – die Peitsche. John wurde zu fünfundzwanzig Schlägen verurteilt. Man kann die Narben noch heute sehen. Selbstverständlich hatte Bellamy die ganze Sache inszeniert. – Nach seiner Entlassung änderte der junge Bellamy seinen Namen in John Wood. Er war damals völlig verzweifelt, denn seine Mutter war verschwunden und ließ sich trotz aller Nachforschungen nicht mehr finden. John riß sich zusammen und hatte von da an ein ganz bestimmtes Ziel vor Augen. In seinem Beruf war er sehr erfolgreich. Als technischer Ingenieur erwarb er ein Vermögen durch den Verkauf verschiedener Patente. Er hörte nicht auf, nach Elaine Held zu suchen. Bei Kriegsausbruch meldete er sich freiwillig. Damals mußte er seinen richtigen Namen angeben, weil er seine Geburtsurkunde vorzulegen hatte. Bei einem Erkundungsflug über Deutschland stürzte sein Flugzeug ab. Er wurde als gefallen gemeldet, doch nach Kriegsende kehrte er aus deutscher Gefangenschaft nach England zurück. Seinen Besitz hatte er testamentarisch seinem ›Freund‹ John Wood überschrieben. Die Behörden stellten keine weiteren Nachforschungen an, und er kam ohne weiteres in den Besitz des Erbes, das er sich selbst vermacht hatte.«

Jim Featherstone wartete auf eine Fortsetzung der Erzählung, aber Mr. Howett schwieg beharrlich.

»Nun wissen Sie alles Captain«, sagte er nach einer Weile.

Jim wiegte bedächtig den Kopf.

»Im Klosterwald liegt ein Haus – es ist genau zehn Kilometer vom Addley-Flugplatz entfernt. Von da aus besteht dauernd eine Verbindung mit Belgien, Sommer und Winter.«

»Das stimmt«, murmelte Mr. Howett.

»Meinen Informationen nach«, fuhr Jim fort, »war Mr. Wood ein häufiger Fluggast dieser Linie. Er kam gewöhnlich spät am Nachmittag an und flog früh am Morgen wieder ab. Wenn man ihm telegrafierte, wie es verschiedentlich nach dem Mord an Creager geschah, war er immer in Belgien.«

»Leicht möglich«, gab Mr. Howett zu.

»Es ist auch eine merkwürdige Tatsache, daß John Wood-Bellamy ausgezeichnet mit Pfeil und Bogen umgehen kann – allerdings können Sie das ja auch. Ich habe nachgeforscht und erfahren, daß sich Wood in der Nähe seines Hauses in Belgien schon seit Jahren täglich einige Stunden im Bogenschießen übt. Immerhin etwas sonderbar, wie?«

Mr. Howett sah Featherstone scharf an.

»Sagen Sie mir klipp und klar – wer ist der grüne Bogenschütze, Captain?«

»Sie wissen es so gut wie ich.« Jim vermied es, Mr. Howett anzusehen. »Es ist der gleiche, der Elaine Held aus ihrem Gefängnis unter der Burg befreite. Er holte sie mitten in der Nacht heraus und brachte sie nach Lady's Manor. Sie überraschten ihn dabei und bedrohten ihn mit der Pistole, bis Sie die Wahrheit erfuhren. Danach halfen Sie ihm sogar zur Flucht.«

»Glauben Sie, was Sie wollen«, antwortete Howett achselzukkend. »Den unterirdischen Gang habe ich wirklich nur zufällig entdeckt. Ich bin dann einmal auch in Garre Castle eingedrungen – Julius Savini erwischte mich damals.«

»Auch Abel Bellamy muß den Gang zufällig gefunden haben. Lacy hat mir dies heute morgen erzählt. Nun, alles ist jetzt soweit klar. Elaine Held wurde auf dem Umweg über Lady's Manor in das Haus im Klosterwald gebracht. Der grüne Bogenschütze ist der Mann, dessen Boot Sie in der Nacht, als Smith getötet wurde, benutzten. Er stand im Carlton Hotel nahe genug bei Spike Holland, um die Unterhaltung mit Creager, den er erkannte, zu verstehen. Creager dagegen erkannte ihn ebensowenig wie später Bellamy. Er hörte, wie Creager zu Holland sagte, daß er eine gute Geschichte für ihn wüßte, und befürchtete, daß durch den Skandal, den Creager heraufbeschwören könnte, seine eigenen Pläne durchkreuzt würden. – Ja – der grüne Bogenschütze ist auch der Mann, der Valerie bei ihrem nächtlichen Ausflug vor Bellamys Hunden rettete. Er holte das Tagebuch von Mrs. Held aus dem Gefängnis – und vor allem rettete er uns vor dem nicht gerade angenehmen Tod, den uns der Alte zugedacht hatte. Der grüne Bogenschütze ist – John Wood.«

»Was wollen Sie tun? Werden Sie ihn anzeigen?« fragte Mr. Howett.

»Ich sehe keine Veranlassung mehr dazu. Meinen Dienst als Polizeibeamter habe ich aufgegeben – warum also sollte ich meinen zukünftigen Schwager anklagen?«

Mr. Howett streckte ihm die Hand hin.

»Ich weiß, Jim, daß Sie Vermögen haben und sich wohl auch selbst viel besser zu helfen wissen, sonst würde ich Ihnen die beste Stellung anbieten, die ich zu vergeben habe.«

»Ich möchte Ihr Schwiegersohn werden«, sagte Jim.

»Ich wüßte nicht, was mir lieber wäre«, antwortete Mr. Howett herzlich. »Ich hoffe nur, daß mir Elaine Held auf meinen Heiratsantrag eine ebenso günstige Antwort gibt.«

EDGAR WALLACE

DAS GASTHAUS AN DER THEMSE

Roman

Aus dem Englischen
von Gregor Müller

Kapitel
1

Im Takt der Ruderschläge glitt an einem nebligen Morgen ein Boot den Strom hinab. Von den Ufern blitzten vereinzelte Lichter im dämmrigen Morgen auf.

Langsam erwachte das Leben auf dem Fluß — das Puff-Puff der kleinen Dampfer, das Klappern und Kreischen der Kräne, das Gerassel der Ankerketten.

Die beiden Männer im Ruderboot hatten eine lange Reihe von Frachtkähnen hinter sich gelassen und wandten sich dem nördlichen Ufer zu, als ein flitzender Schatten auf der dunklen Fläche vor ihnen aufkreuzte. Einer der Ruderer senkte die Riemen.

»Verdammt, Wade!« fluchte er heiser.

Gleich darauf hallten die Worte zu ihnen herüber:

»Hallo, mein Lieber! So früh schon unterwegs?«

Die Barkasse der Strompolizei steuerte geschickt neben das Ruderboot.

»Ich bin's bloß, Mr. Wade! Ich will den Kahn nach Dorlins bringen — muß repariert werden«, antwortete der zweite Ruderer mit piepsiger Stimme und andauernd schnüffelnd.

»Ach, da haben wir ja Mr. Offer!« Die Stimme in der Polizeibarkasse drückte ehrliche Überraschung aus. »Schnüffel-Offer, mein Herzblatt, was treibst du denn hier mitten in der Nacht? Um diese Zeit sollten junge Leute, vor allem solche mit schwacher Gesundheit, hübsch in ihren Betten liegen! Komm, laß dich mal ansehen!«

Der starke Scheinwerfer des Polizeibootes durchleuchtete das Innere des kleinen Kahnes mit unerbittlicher Schärfe.

»In dem Kistchen — was ist denn da drin?« erklang von neuem die verhaßte Stimme Polizeiinspektor Wades. »Whisky — was? Und weiß Gott, da steht noch eins . . .«

»Eben aus dem Fluß gefischt —«, beteuerte Schnüffel-Offer flehend, »Harry und ich haben's eben rausgezogen.«

»Ach was, fischen tut ihr auch? Kann mir denken, wie ihr gefischt habt! Macht euer Boot fest und kommt rüber — aber ein bißchen schnell bitte!«

Die beiden Flußpiraten folgten schweigend dem Befehl.

Erst als sie sich der Flußwache näherten, begann der eine von ihnen: »Sie glauben wohl, wunder wie klug Sie sind, weil Sie uns erwischt haben? Sie brauchen sich nichts darauf einzubilden, Mr. Wade! Was ist denn mit all den vielen Mördern und Räubern in London, die nie gefaßt werden? Ihr bringt weiter nichts zustande, als ein paar harmlose Flußdiebe zu fangen. Aber sonst? Denken Sie bloß an die Frau mit der durchgeschnittenen Kehle, die geheimnisvolle Bande mit den Gummihandschuhen — na ja, und so weiter . . .«

»Halt's Maul!« brummte sein Begleiter.

»Immer so weiter, Schnüffel!« sagte Wade aufmunternd. »Ich bin gar nicht empfindlich. Willst der Flußpolizei was am Zeug flicken, wie? Was weißt denn du über die Gummibrüder, Kleiner?«

»Halt doch das Maul, Schnüffel!« warnte der zweite noch einmal, und Offer hielt es für ratsam, nicht weiter auf die Sticheleien des Inspektors einzugehen.

»Was wolltet ihr denn mit dem Whisky anfangen? Unsereiner möchte schließlich auch mal was dazulernen. Also, raus mit der Sprache, Schnüffel — ich schweige wie das Grab!«

Keine Antwort.

»Komm, Kleiner, sag's doch deinem Vater!« Man konnte das unterdrückte Lachen aus Wades Stimme heraushören. »Wollt ihr den armen Matrosen im ›Mecca‹ eine Extrafreude bereiten? Sehr anerkennenswert! Die armen Teufel, die ständig den Tücken der wogenden See ausgeliefert sind, hätten es wirklich verdient! Oder war der Whisky vielleicht für den armen, alten Golly bestimmt —?«

»Das Gesetz verbietet Ihnen, solche Fragen zu stellen, Mr. Wade, und Sie wissen das ganz genau! Wenn ich mich beschweren wollte, würden Sie Ihren Posten verlieren. Verleumden tun Sie die Leute, mehr können Sie auch nicht!«

Die Barkasse machte an einem Ponton fest, und aus der Dunkelheit schallte eine Frage herüber.

»Nur zwei armselige Fische, Sergeant!« rief Wade zurück. »Legt sie aufs Eis!«

Am gleichen Tag machte Wade einen Besuch bei Mrs. Annabel Oaks im Mecca-Klub.

Die Quengeleien einer löblichen Polizeibehörde hatten diese ehrwürdige Dame gezwungen, ihren Klub als gewöhnliches Logierhaus eintragen zu lassen. Das war schon aus dem Grunde recht unvorteilhaft, weil nun der Klub, als Gasthaus, jederzeit polizeilicher Kontrolle unterworfen war. Bei Tag und Nacht konnte irgendein Polizeiinspektor, dem es gerade einfiel, eine Durchsuchung vornehmen. Dieser unangenehme und manchmal folgenschwere Fall war schon öfter eingetreten.

»Nette Verhältnisse heutzutage, was?« beklagte sich dann Mrs. Oaks bei ihren Gästen. »Ein Marineklub — und jeder plattfüßige Laubfrosch kann hier die Nase reinstecken, wie es ihm paßt!«

Man sollte meinen, daß derartige Unannehmlichkeiten die Kunden fernhalten würden. Aber der Mecca-Klub lag für die Offiziere der Frachtdampfer und Segelschiffe zu günstig, und die Büros verschiedener Schiffahrtslinien befanden sich in der Nähe. Die Verpflegung war einfach, doch sehr preiswert.

›Mutter Oaks‹ konnte wirklich sehr entgegenkommend sein, namentlich, wenn es sich um Leute handelte, die ihr gefielen. Und ihr gefielen vor allem die Besucher, die keinen Krach machten, sich nicht um Dinge kümmerten, die sie nichts angingen, und die auch tüchtig etwas vertrugen.

Wie der Klub zum Namen ›Mecca‹ gekommen war, ließ sich nicht mehr genau feststellen. Aber nie hatten dort, wie Mutter Oaks energisch behauptete, Farbige Aufnahme gefunden, und hätte wirklich einmal einer versucht, hereinzukommen, wäre er von ihr selbst oder von Golly wieder hinausbefördert worden.

Golly sah eigentlich gar nicht so aus, als ob er in der Lage wäre, jemand hinauszuwerfen. Ein sanfter, kleiner Mann mit rötlichem Schnurrbart — früher war er Schiffssteward gewesen. Hatte er getrunken, verstieg sich seine Phantasie bis zum Zahlmeister, und einmal — da war er allerdings völlig betrunken — wollte er sogar Kapitän eines Postdampfers gewesen sein. Mit Vorliebe sang er in Falsettstimme sentimentale Balladen. Er suchte und fand überraschende Ähnlichkeiten zwischen sich und bekannten Filmdarstellern, und manchmal sah er sich selbst große Rollen spielen. Wenn Golly beim Holzhacken war — und eigenartigerweise schien er dauernd damit beschäftigt —, sang er Bruchstücke aus Opern.

Daß die lange, dürre Mrs. Oaks ›Mutter‹ genannt wurde, war noch weniger zu begreifen. Ihr graues Haar lag in regelmäßigen Flechten um ein Gesicht, das durch seine harten Züge ziemlich abstoßend wirkte. Die meisten Gäste nannten sie nur ›die alte Hexe‹, allerdings hinter ihrem Rücken.

Ein halb verfallener Kai führte zum Mecca-Klub. Das Haus bestand teils aus Stein, teils aus Holzkonstruktion. Die am besten erhaltenen Räume lagen in einer ehemaligen Brauerei, die anderen in einem aus Planken notdürftig errichteten Anbau. Die Aussicht war herrlich, der weite Fluß stets voll von Schiffen.

Lila Smith stand oft am Fenster des großen Speisezimmers und blickte sehnsüchtig auf die langsam vorbeigleitenden Dampfer. Die Aalfischer, die Heringsfischer, die Orangentransporte aus Spanien und Italien zogen an ihrem Fenster vorbei. Lila kannte sie alle, die großen Schlepper, konnte sie selbst nachts am Heulen ihrer Sirenen unterscheiden. Die Gäste des Mecca, die von langer Seereise zurückkehrten, sahen mit Erstauen, daß Lila Smith nicht mehr das Kind war, das sie in Erinnerung hatten.

Der tiefe Ton einer Sirene lockte die kleine Gestalt mit dem verschossenen schwarzen Kleid, dem hübschen runden Gesicht und den großen Augen jedesmal ans Fenster. Gedankenvoll starrte sie dann hinaus.

»Der Neue in Nummer sieben will Tee, Lila — steh nicht herum, halt hier nicht Maulaffen feil, nimm deine Gedanken zusammen!« maulte ›Mutter‹, wenn sie ins Zimmer kam und das Mädchen dabei ertappte.

»Ja, Tante«, antwortete Lila und eilte in die Küche. Die schnarrende, keifende Stimme erschreckte sie, hatte sie immer erschreckt. Oft wünschte sie sich ein anderes Leben, an das sie sich ahnungsvoll erinnerte. Bäume tauchten in ihren Träumen auf, große, grüne Rasenflächen, Leute, die sie freundlich behandelten. Fast immer träumte sie von diesen Dingen, wenn sie am Fenster stand und auf den Strom blickte, auf dem die Schiffe vorüberglitten. Und der Wachtraum hielt sie noch gefangen, wenn sie den Tee anrichtete und das unordentliche Stubenmädchen nach Nummer sieben schickte.

Als sie an diesem Morgen aus dem Fenster blickte, entdeckte sie die große, barhäuptige Erscheinung mit dem gebräunten Gesicht.

»Guten Tag, Prinzeßchen!«

Sie lächelte ihm ängstlich zu. »Guten Morgen, Mr. Wade!«

Sie sagte es fast atemlos. Er war der einzige Mensch, dessen Kommen sie immer in eigenartiger Weise berührte. Obgleich sie seinen schändlichen Beruf kannte, empfand sie keine Angst vor ihm. ›Mutter‹ sagte zwar immer, daß Polizisten Hochstapler seien, die nur nicht den Mut hätten, Diebe zu sein.

Der Mann dort unten bedeutete ihr viel, wenn ihr auch die Gründe dafür ziemlich unklar blieben. Anfänglich hatte sie ihn als alten Mann gesehen, so alt wie Golly — und dann kam ein Tag, an dem sie sich selbst älter fühlte und fand, daß er so etwas wie ein Altersgenosse sei.

Niemals stellte er peinliche Fragen, nie versuchte er, von ihr irgend etwas über die Vorgänge im ›Mecca‹ herauszubekommen. Auch das Kreuzverhör, das ›Mutter‹ nach jedem solchen Zusammentreffen mit ihr anstellte, ergab nichts Beunruhigendes für den Oaksschen Haushalt.

»Warum nennt man Sie Greifer, Mr. Wade?« hatte sie ihn einmal gefragt.

»Warum, Prinzeßchen? Weil ich ›greife‹«, hatte er geantwortet. »Greifen ist nun mal meine Schwäche, und ich habe so viel zu tun, daß ich jedem Strolch ein Dorn im Auge bin.«

Lila wußte nie, ob er sich über sie lustig machte oder es ernst meinte.

Er kam näher und sah sie schweigend an.

»Na, haben Sie wieder geträumt?«

»Bitte«, sagte sie verwirrt, »vergessen Sie, daß ich davon gesprochen habe.« Sie blickte schnell und ängstlich nach der Tür. »Es war töricht von mir, es stimmt auch gar nicht, Mr. Wade, ich wollte mich nur — wollte nur . . .«

»Sie können ja gar nicht lügen«, unterbrach er sie. »Sie versuchen es jetzt, aber es geht nicht. Als Sie mir sagten: ›Glauben Sie ja nicht, daß es mir schlecht geht — manchmal habe ich so wunderbare Vorstellungen und Träume‹, da haben Sie wirklich die Wahrheit gesagt. Aber wir wollen nicht mehr darüber sprechen. Wie geht's Ihnen denn in letzter Zeit?«

Aber sie trat rasch zurück. Sie hatte die schweren Schritte Mutter Oaks' gehört, die wütend hereinstürzte.

»Hallo, Mr. Wade, haben Sie nichts Besseres zu tun, als mit meinem Mädchen zu schwatzen?« Ihre Stimme überschlug sich fast. John Wade war für sie der verhaßteste Mensch. Mit einer Handbewegung schickte sie Lila hinaus und schlug die Tür hinter ihr zu. »Sie brauchen nicht hierherzukommen, um Kinder auszuhorchen. Wenn Sie ein Mann sein wollen, kommen Sie doch offen und ehrlich vorn durch die Haustür.«

»Sie haben ja nicht mal eine richtige Haustür«, antwortete Wade vorwurfsvoll. »Und warum so ärgerlich, mein Kindchen? Ich bin in der Absicht gekommen, mit Golly zu ...«

»Er ist draußen — und nennen Sie mich nicht ›Kindchen‹!« zischte sie.

Der Inspektor zuckte die Achseln. Es war eine Gewohnheit von ihm, die Leute mit verniedlichenden Anreden zu bedenken, und meist brachte er sie damit in Wut oder irritierte sie.

»Werde mal sehen, ob ich ihn finde.«

Er hatte Golly bereits gesehen, genauso wie Golly, der beim Holzhacken war, ihn bemerkt hatte. Er legte, als er Wades Frage vernahm, die Axt weg und richtete sich mit schmerzvoller Miene auf.

»Whisky? Was soll denn ich mit Whisky zu tun haben —? Natürlich kenne ich den Schnüffel — ein ganz gewöhnlicher Uferstrolch, der überhaupt nicht in den Klub hier rein darf, ein runtergekommener Kerl mit üblen Freunden. Wie sagt doch die Heilige Schrift? Wie den Vogel an seinem Gefieder, so erkennt man den Menschen an seiner Gesellschaft ...«

»Das glaube ich nun gerade nicht. Haben Sie mal etwas von den — Gummibrüdern gehört?«

Mr. Oaks hob abwehrend-verwundert die Hände.

»Ich weiß nicht mehr von den Gummibrüdern als das, was

in den Zeitungen steht. Wozu haben wir eigentlich die Polizei? Wozu bezahlen wir Steuern, ernähren die Blauen —?«

»Und wie!« Wade blinzelte, doch Golly ließ sich nicht beirren.

»Gummibrüder — so was! Einbrecher und Bankräuber! Ob ich die kenne? Bin ich ein Geldschrank? Habe ich vielleicht ein Konto auf der Bank? Wälze ich mich in Millionen?«

»Darüber kann ich Ihnen leider keine Auskunft geben«, murmelte Wade und kam wieder auf den gestohlenen Whisky zu sprechen.

Golly schloß die Augen und begann einen Vortrag zu halten über die Vorzüge der Abstinenz im allgemeinen und der Mecca-Gäste im besonderen.

Wade starrte ihn an und hörte eine Zeitlang aufmerksam zu. Dann nickte er kurz und ging zur Polizeibarkasse zurück, die am Kai lag.

Kapitel 2

Drei Nächte später.

Der Steuermann des Polizeibootes bemerkte gewohnheitsmäßig, daß es kalt, recht kalt für diese Jahreszeit sei. John Wade, der diese Bemerkung schon oft gehört hatte, nickte nur.

»Ich habe oft gedacht, Sir . . .«, begann Sergeant Toller wieder, als das Boot unter der Blackfriars-Brücke durch und auf das Embankment zu flog.

»Bezweifle ich sehr«, meinte Wade. »Bezweifle ich außerordentlich, Toller! Vielleicht, wenn Sie außer Dienst sind . . .«

»Ich habe oft gedacht«, fuhr der Sergeant unbekümmert fort, »daß das Leben beinah so wie ein Fluß . . .«

»Wenn Sie sentimental gestimmt sind, beherrschen Sie sich bitte solange, bis wir angelegt haben. Ich bin absolut nicht in sentimentaler Stimmung heute abend.«

»Wird schon noch kommen, wenn Sie erst mal das richtige

Mädchen getroffen haben. Junggesellen wissen überhaupt nichts von Gefühlen. Sehen Sie mal, Kinder zum Beispiel . . .«

Aber Wade hörte gar nicht zu. Er war kaum fünfunddreißig, also keineswegs alt, für einen Inspektor der Themsepolizei sogar sehr jung, aber er sprach gern von sich selbst als von einem alten Mann.

Die Barkasse fuhr nahe am Ufer entlang. Es war nebelfrei, Sterne standen am Himmel. Wade hatte den Abend mit dem Durchsuchen übelriechender Frachtkähne verbracht. Im ganzen war es überhaupt ein unangenehmer Tag gewesen — am Morgen die Stunden auf dem Polizeigericht, wo ein Schlepperkapitän sich wegen Mißhandlung seiner Mannschaft verantworten mußte; am Nachmittag hatte er einen Ertrunkenen aus dem Fluß geholt. Und nun, zum Schluß, als Krönung, der Befehl, sich bei Scotland Yard zu melden!

Über den Grund hierfür war er sich nicht im unklaren — die Bande der Gummibrüder! Er hatte Rapporte, die in seinen Zuständigkeitsbereich fielen, gelesen, und er hatte selbst Recherchen geleitet. Seit Wochen beschäftigten ihn die Untaten dieser liebenswürdigen Herren. Neulich hatte er sogar eine eigene Ansicht zum Ausdruck gebracht. Das war vielleicht ein Fehler gewesen — es ist in den meisten Fällen verkehrt, eine Theorie aufstellen zu wollen. Er hatte es aber getan und mußte nun dafür einstehen.

Man nannte diese Gangster ›Gummileute‹ oder ›Gummibrüder‹, weil man keinen anderen Namen gefunden hatte, der für sie paßte. Sie waren übrigens in ihren Plänen und Aktionen so elastisch wie Gummi, aber der Name kam erst auf, als man die Untersuchungsergebnisse verschiedener Bankeinbrüche miteinander verglich. Die Mitglieder der Bande trugen Gummimasken, Gummihandschuhe, Schuhe mit Gummisohlen, waren mit langen Brownings ausgerüstet und trugen am Gürtel flaschenförmige Zylinder — Gasbomben, wie die Sachverständigen feststellten, wahrscheinlich ihre Hauptwaffe.

Man hatte sie in der Nacht gesehen, als sie das Juweliergeschäft von Colley & More in der Bond Street ausräumten. Einige Nächte später brachen sie den Tresor der Northern &

Southern Bank auf und schossen den Wächter nieder. Er starb, bevor die Polizei an dem Tatort erschien. Seine verkrampfte Hand hielt noch ein Stück der Gummigasmaske, die er einem von der Bande heruntergerissen haben mußte.

Als der Sergeant näher ans Flußufer heransteuerte, sah Wade vor dem Geländer des Embankments, direkt auf der Kaimauer, einen Schatten stehen. Die Barkasse war noch etwa fünfzehn Meter davon entfernt. Der Schatten wurde größer. Einen Augenblick später war er verschwunden. Sie hörten das Aufklatschen eines Körpers im Wasser.

Das Boot zitterte in allen Fugen, als die Maschine auf rückwärts gestellt wurde.

»Rechts von Ihnen, Sir, Sie können ihn direkt fassen.«

Wade beugte sich weit über den Bootsrand hinaus, der Steuermann warf sich auf die andere Seite, um das Gleichgewicht zu halten. Erst war nichts auf dem Wasser zu sehen, dann erschien direkt neben der Bordwand ein Arm. Wade packte ihn und zog ein wimmerndes Etwas ins Boot — eine Frau.

»Müssen Sie sich ausgerechnet das Leben nehmen, wenn ich auf dem Weg zu einer wichtigen Konferenz bin?« murrte er ärgerlich. »Geben Sie mal ein Licht her, Sergeant!«

Eine Lampe flammte auf. Wade blickte in ein Paar wilde, unheimliche Augen — eine grauhaarige Frau mit verhärmtem, magerem Gesicht.

»Nicht nehmen ... Sie dürfen es mir nicht ... Ich muß es behalten!«

Krampfhaft drückte sie etwas an die Brust. Es sah aus wie ein Stück durchweichtes Papier.

»Ich will Ihnen gar nichts wegnehmen«, beruhigte sie Wade.

Der Sergeant nahm eine Feldflasche, deren Hals er gegen ihre aufeinandergepreßten Zähne stieß. Sie wehrte sich heftig und hustete halb erstickt.

»Nicht ... Das will ich nicht — ich will zu meinem Kind. Der Oberst sagt ...«

»Macht nichts, was der Oberst sagt«, unterbrach sie Wade. »Schlucken Sie das Zeug — es wird Sie schon nicht umbringen!«

Er legte eine Decke über die durchnäßte, schlotternde Frau. Bei dieser Gelegenheit konnte er sehen, was sie in der Hand hielt. Es war die Fotografie eines Kindes. Er richtete den Strahl der Laterne nur kurz darauf. Aus den großen, ernsthaften Augen des Kindes sprach etwas ganz Besonderes, Ungewöhnliches — und dann erkannte er es plötzlich. Verblüfft stammelte er:

»Allmächtiger! Wer ist das?« Die Ähnlichkeit — sie war ins Auge springend, kein Zweifel, es war Lila Smith! Das Gesicht eines kleinen Kindes — aber es war Lila Smith. »Wer ist das?« wiederholte er.

»Sie sollen es nicht nehmen! Sie sind ein schlechter Mensch — Sie dürfen es nicht ...« Ihre Stimme wurde schwächer, die Hand mit dem Bild sank schlaff auf die Brust.

»So schnell wie möglich anlegen, Toller, ich glaube, sie ist tot.«

Als er versuchte, ihr die Fotografie aus der Hand zu ziehen, löste sich die Pappe in eine unkenntliche Masse auf.

Er zerbrach sich nicht weiter den Kopf, wer die unbekannte Frau sein könnte. Derartige Vorfälle waren häufig. Nicht immer kamen die Polizeiboote rechtzeitig. Manche Nacht mußte der Strom stundenlang mit Netzen abgesucht werden. Merkwürdige Dinge fischten sie vom Grund der alten Themse herauf. Einmal kam das Rad eines römischen Streitwagens an die Oberfläche; ein andermal die Überreste dessen, was einst ein Mann gewesen war, an Händen und Füßen gefesselt — Mord, ungesühnter Mord. Die lebend Geretteten kamen vor das Polizeigericht, waren reuig und gelobten Besserung. Die Toten nahmen dem Totenschauer kostbare Zeit weg und füllten unbekannte, ungepflegte Gräber.

Lila Smith! Er vergewisserte sich, ob die Fotografie nicht doch noch zu retten sei. Vergeblich. Die Barkasse legte an und wurde festgemacht. Ein Polizist verschwand im Dunkeln und kehrte bald darauf mit einer Bahre zurück. Die Frau wurde daraufgelegt und nach dem nahegelegenen Westminster-Hospital gebracht.

Wade war noch in Gedanken versunken, als er das Büro des Polizeichefs betrat, wo die ›großen Vier‹ bereits berieten.

»Es tut mir leid, daß ich mich verspätet habe, Sir«, entschuldigte er sich. »Eine Frau hat es sich in den Kopf gesetzt, ausgerechnet vor meiner Nase Selbstmord zu begehen. Das hat mich aufgehalten.«

Der Chef lehnte sich in den Stuhl zurück und gähnte. Seit sechs Uhr früh war er ununterbrochen an der Arbeit. Er langte nach einem Aktenumschlag und nahm einen Bogen heraus.

»Wir haben Ihren Rapport über die Gummibrüder hier. Was wollen Sie mit der Geschichte sagen? Sie erklären, daß zur Zeit der verschiedenen Überfälle ein Rennboot auf dem Fluß gesehen wurde. Wer hat es genau beschreiben können?«

»Niemand, Sir, es ist nur aus Entfernung beobachtet worden. Meiner Meinung nach ist das Boot schwarz, fährt ohne Lichter und zweifellos mit großer Geschwindigkeit. Die erste Meldung über dieses geheimnisvolle Boot erhielten wir, als sich Schiffer über die enorme Dünung beschwerten, die es verursachte. Man hat es natürlich auch gehört, aber es scheint mit Schalldämpfern ausgerüstet zu sein — bei einem Motorboot mehr als ungewöhnlich.«

»Fährt ohne Licht?«

»Ja, Sir, ohne Licht. Wirklich gesehen haben das Boot nur zwei Personen — Donovan, ein Flußdieb, den ich vor zwei Monaten wegen Diebstahls verhaftete, und noch ein anderer. Donovan erzählte mir, er sei mit einem Begleiter nachts in einem kleinen Boot über den Fluß gefahren — ganz harmlos, wie er behauptet, doch hatte er es zweifellos auf einen Frachtkahn abgesehen —, als sie von einem plötzlich auftauchenden Motorboot um ein Haar überrannt worden wären, wenn es nicht im letzten Moment gedreht hätte. Eine nähere Beschreibung konnte er aber nicht geben, er erwähnte nur, daß es sehr kurz sei und überhaupt nicht wie ein Motorboot aussehe. Ich habe das Erscheinen dieses merkwürdigen Schiffes zeitlich mit den verschiedenen Raubüberfällen verglichen und herausgefunden, daß sie immer zusammenfallen.«

»Wo ist es gesehen worden?« fragte der Chef. Er machte immer ein wenig den Eindruck, als ob er schliefe. Trotzdem war seine schlagfertige Überlegenheit im ganzen Präsidium sehr gefürchtet.

»Im Westen bis zur Chelsea Bridge«, antwortete Wade. »Dort wurde es auch von dem anderen Mann beobachtet — auch ein Flußdieb, eigentlich mehr ein Hehler. Er hat eine Art Laden in Hammersmith, den wir vor kurzem durchsuchten. Sein Name ist Gridleson. Wahrscheinlich ärgert er sich, daß die Stadtdiebe ihre Tätigkeit mehr und mehr auf den Fluß verlegen, was verstärkte Überwachung durch die Polizei und größere Gefahr für seine eigenen ›Ratten‹ bedeutet.«

Jennings, einer der ›großen Vier‹, schüttelte den Kopf.

»Warum sollten die Gummibrüder auf den Fluß gehen? Das leuchtet mir nicht ein. Hundert verschiedene Wege führen aus London heraus, und der Fluß ist gerade der langsamste.«

Der Leiter der Auslandsabteilung im Präsidium, ein Fünfziger mit dem Aussehen eines Wissenschaftlers, meinte:

»Es handelt sich hier unbedingt um eine internationale Bande. New York hatte mit einer Organisation zu tun, die in gleicher Weise ausgerüstet war, und der Einbruch in die Bank von Marseille unterscheidet sich in keiner Weise von dem in unserer Northern & Southern Bank. Möglich, daß es nach der letzten großen Sache ruhig wird, wenn der Boden in London zu heiß geworden sein sollte ...«

Das schrille Läuten des Telefons unterbrach ihn. Der Chef nahm den Hörer ab.

»Wann?« fragte er nach einer Weile. Wieder eine Pause. Dann: »Ich komme sofort.« — Seinen Besuchern erklärte er kurz: »Ein Revierpolizist hat beobachtet, wie die Lampen im Büro der Frisby Bank ausgingen. Er blickte durchs Fenster und glaubte einen Schatten zu sehen, der sich im Zimmer bewegte. Er war vernünftig genug, sofort den Inspektor seines Reviers anzurufen. Notieren Sie sich nachher den Namen des Mannes zur Beförderung, Lane!«

Zwei der Herren hatten bereits das Zimmer verlassen. Als Wade in den Hof des Präsidiums kam, standen drei große Autos bereit, die sich mit Kriminalbeamten füllten.

Die Frisby Bank befand sich am unteren Ende der St. Giles Street. Das kleine, moderne Eckhaus war mit einem danebenliegenden älteren Gebäude durch einen Brückengang verbunden und lag direkt im Blickfeld des dort postierten Polizisten, der sofort Alarm gegeben hatte.

Als sie in der St. Giles Street ankamen, war das Grundstück der Bank von der Polizei bereits abgeriegelt worden. Das Büro des Direktors, wo sich der große Kassenschrank befand, ging auf die Querstraße hinaus. Über dem Schrank brannten, für den an der Straßenecke postierten Polizisten sichtbar, Tag und Nacht zwei Lampen.

Der betreffende Beamte, der die Meldung erstattet hatte, war ebenfalls auf dem Platz und wiederholte seinen Bericht.

»Ich stand an der Straßenecke und wartete auf Ablösung. ›Big Ben‹ schlug gerade zwölf, als ich sah, wie die Lampen ausgingen. Ich lief über die Straße, versuchte die Tür zur Bank zu öffnen, eilte dann in die Querstraße und leuchtete mit der Taschenlampe in den Kassenraum und die Büros. Im Raum mit dem großen Geldschrank sah ich gerade noch einen Schatten verschwinden.«

Trotz der späten Stunde hatte sich inzwischen eine große Menschenmenge angesammelt. Der Verkehr war umgeleitet und die Neugierigen zurückgedrängt worden. Der Direktor, den man angerufen hatte, erschien mit den Schlüsseln zur Bank. Auf dem Areal mußte sich, wie er versicherte, ein Nachtwächter befinden. Daß sich der Mann nirgends zeigte, ließ das Schlimmste befürchten.

Kriminalbeamte hatten sich in die nächstliegenden Häuser verteilt und auch auf den Dächern Aufstellung genommen. Ein Hof mit zwei großen Toren trennte das kleine moderne Bankgebäude von dem danebenliegenden alten Haus im Stil George III., was die Übersicht erschwerte. Der Direktor erwähnte, daß die Geldtransporte jeweils in diesen Hof hineinfuhren, und daß er selbst und einige seiner Angestellten tagsüber ihre Autos darin parkten.

Während der Direktor diese Erklärungen abgab, versuchte er mit zitternden Händen, die Tür aufzuschließen. Begreiflicherweise war er sehr nervös, obschon natürlich niemand von ihm verlangte, die Bank als erster zu betreten. Endlich sprang die Tür auf.

»Wollen Sie die Durchsuchung leiten, Mr. Wade? Ich glaube, das ist das beste ... Einen Revolver für Mr. Wade!«

Ein Browning wurde ihm in die Hand gedrückt. Er betrat die Vorhalle. Die Tür zum Büro des Direktors war verschlossen — von innen. Doch das Überfallkommando hatte alle nötigen Werkzeuge bei sich. Wenige Minuten später gab die Tür nach. Das Büro war leer, aber eine zweite, gegenüberliegende Tür stand halb offen. Mit einer raschen Bewegung wand sich John Wade ins Direktorzimmer hinein und blieb einen Moment stehen.

Ein Schuß fiel. Die Kugel pfiff über ihn hinweg, schlug in die Wand und überschüttete ihn mit Kalkstaub. Mit ein paar Sätzen war er bei der gegenüberliegenden, halb offenstehenden Tür und ging hinter ihr in Deckung. Ein zweiter Schuß war ihm bedrohlich nahe gekommen. Er schob die Hand um die Türkante herum und feuerte zehn Schüsse nach allen Richtungen ab. Ob auf sein Feuer geantwortet wurde, konnte er nicht hören.

Flüsternd verlangte Wade von dem hinter ihm stehenden Beamten einen anderen Revolver, während er gleichzeitig seine nutzlos gewordene Waffe zurückgab. Jetzt hörte er eilige Schritte und schoß noch zweimal, aber das Feuer wurde nicht erwidert. Eine Tür schlug zu.

Auch als er seine Taschenlampe vorschob, fiel kein Schuß mehr.

Vielleicht stellte man ihm eine Falle, aber er mußte das Risiko auf sich nehmen. Im nächsten Augenblick stand er im angrenzenden Zimmer. Blitzschnell fuhr seine Lampe von links nach rechts — ein kleines Büro, das etwas tiefer als das des Direktors lag, an den Wänden Stahlregale, auf denen eine Menge Kassetten standen. An der freien Wand befand sich eine eisengepanzerte Tür, vermutlich der Ausgang zum Hof, der für die Geldtransporte benützt wurde. Von dort her hörte Wade das gedämpfte Summen eines Motors. Er probierte den Mechanismus der Tür. Sie gab ein wenig nach, aber er hatte das Gefühl, als ob sich auf der anderen Seite jemand dagegenstemmte. Mit aller Kraft warf er sich gegen die Tür, sie flog auf, und er sah gerade noch, wie ein Auto auf die Hofdurchfahrt zuschoß.

Dann: Rat-tat-tat-tat! Das Knattern eines Maschinengewehrs. Das große schwarze Auto jagte auf die Straße hinaus, lange Feuerstrahlen zuckten aus den Wagenfenstern, unaufhörlich belferten die Revolver und das Maschinengewehr. Die Polizei, völlig überrumpelt, fiel zurück, die Menge hinter der Absperrung stob in wilder Flucht auseinander, der lange Wagen brauste davon.

Kapitel 3

Erst am nächsten Morgen erinnerte sich Wade der Selbstmordkandidatin und ihrer Fotografie. Da er dienstlich in Scotland Yard zu tun hatte, benutzte er die Gelegenheit, um im nahegelegenen Krankenhaus nach ihr zu fragen. Zu seinem größten Erstaunen erfuhr er, daß die alte Frau das Hospital bereits verlassen hatte. Es war versäumt worden, Anklage gegen sie wegen versuchten Selbstmords zu erheben, so daß niemand sie daran hindern konnte, als sie verlangte, entlassen zu werden. Der Beamte, der sie eingeliefert hatte, war der Meinung gewesen, sie sei versehentlich ins Wasser gefallen.

»Hat sie ihren Namen angegeben?« fragte Wade den Arzt.

»Anna — ein Familienname war nicht aus ihr herauszubekommen. Meiner Meinung nach ist sie geistig nicht ganz normal, aber doch nicht so, daß man etwas unternehmen müßte.«

In Scotland Yard folgte eine Konferenz der anderen. Fast alle Zeitungen beschäftigten sich mit dem neuen Fall der Gummibrüder. Peinliche Fragen wurden im Parlament gestellt, Anträge auf Schaffung von Kommissionen eingebracht, die die Methoden der Kriminalbehörde untersuchen sollten.

Die Bank hatte keinen großen Verlust erlitten, wohl vor allem deshalb, weil die Gangster gestört worden waren. Aber der Raub, der kurz danach erfolgte, war bedeutend ernsthafter — Einbruch in die Werkstatt der Juweliervereinigung. Modern gesicherte Anlagen waren aufgebrochen und Schmucksachen im Wert zwischen achtzig- und hunderttausend Pfund gestohlen worden. Die erste Meldung, die der

Polizei unmittelbar nach der Tat zuging, stammte vermutlich von einem der Gangster selbst und besagte, daß der Nachtwächter dringend der Hilfe bedürfe. Ein Auto des Überfallkommandos raste zur Werkstatt. Man fand den Wächter bewußtlos auf dem Boden liegen. Über die Vorgänge konnte er nichts berichten, er hatte niemand gesehen und brauchbare Spuren gab es nicht.

John Wade konnte den Bericht über dieses neue Verbrechen gewissermaßen als Unbeteiligter lesen, da er ja der Flußpolizei angehörte und nur durch Zufall beim Raubüberfall auf die Frisby Bank dazugestoßen war. Zwar liefen dauernd auf dem Dienstweg Anfragen in seiner Abteilung ein, auf die er jedoch keine Antworten zu geben vermochte. Trotzdem wurde er zu den endlosen Besprechungen im Hauptquartier hinzugezogen, so daß er seine eigenen Angelegenheiten vernachlässigen mußte.

Manchmal dachte er noch an die geheimnisvolle Anna, vor allem an den Vorfall mit der Fotografie. Es verging aber mehr als eine Woche, bis er endlich Zeit fand, im Mecca-Klub vorzusprechen. Als er über den baufälligen Kai kletterte und auf das Haus zuging, ertönten aus dem Holzschuppen Axtschläge und Gollys Tenor, der eine seiner sentimentalen Balladen zum besten gab. Im Vorzimmer war niemand, und Wade setzte sich auf einen der wackeligen Stühle, in der Erwartung, jeden Augenblick Mutter Oaks' unzufriedenes Gesicht auftauchen zu sehen.

»Hallo, Lady Jane!«

Lila war so schnell und geräuschlos hereingekommen, daß Wade sie einen Augenblick lang wie eine Erscheinung anstarrte.

»Mrs. Oaks ist nicht zu Hause«, sagte sie. »Bitte, bleiben Sie nicht so lange hier, Mr. Wade, Tante hat es nicht gern, wenn Sie hierherkommen, und ich glaube, Sie tun Golly wirklich unrecht. Er würde nicht im Traum daran denken, gestohlene Waren zu kaufen und . . .«

Wade lachte spöttisch.

»Soso! ›Wenn du Wade siehst, sage ihm, daß dein Onkel ein guter, braver Bürger ist!‹ Nicht wahr?«

An ihrem Erröten erkannte er, daß er den Nagel auf den

Kopf getroffen hatte.

Plötzlich fragte er:

»Wer ist Anna?«

Ihr Kopf fuhr herum.

»Anna? Ich weiß nicht — ich habe Ihnen schon einmal gesagt, daß ich nicht weiß, wer sie ist.«

»Nein, das haben Sie nicht gesagt.«

Wade hatte ein vorzügliches Gedächtnis und wußte ganz genau, daß der Name Anna nie zwischen ihnen gefallen war.

Sie blickte an ihm vorbei auf einen kleinen Schlepper, der sich mühsam einen Weg flußabwärts bahnte.

»Ich habe oft darüber nachgedacht, wer Anna eigentlich war — ich kenne doch niemand, der so heißt. Und doch ist mir der Name vertraut. Ist das nicht merkwürdig?«

»Also auch ein Traum?« neckte er sie.

»Nein, nein, kein Traum,« erwiderte sie hastig. »Es war dumm von mir — ich hätte nie mit Ihnen darüber reden sollen. Wirklich nicht . . .« Sie studierte krampfhaft, wie sie das Thema wechseln könnte. »Haben Sie eigentlich wirklich so viel zu tun, Mr. Wade? Sie tun doch weiter nichts, als den Fluß auf und ab zu fahren — ich sehe Sie so oft. Was hat eigentlich die Themsepolizei zu tun?«

»Den Fluß hinauf- und hinabzufahren.«

»Nein, bitte im Ernst! Die Leute sagen immer, daß es auf dem Fluß Diebe gibt, aber gesehen habe ich noch keinen. Im ›Mecca‹ ist noch nie etwas gestohlen worden, vielleicht, weil es hier nichts Wertvolles gibt.«

Er lachte vergnügt, und sie blickte von neuem auf den Strom hinaus.

Die seltenen Besuche, die er im ›Mecca‹ machte, bekamen für sie etwas Quälendes, weil sie stets in Sorge war, ›Mutter‹ würde unerwartet auftauchen. Darum wünschte sie den Inspektor eigentlich immer rasch wieder fort. Und gerade diesmal, wo keine unmittelbare Gefahr bestand, verabschiedete er sich sehr schnell. Enttäuscht sah sie ihm nach. Wenige Minuten später war sie jedoch froh, daß er gegangen war, denn draußen hörte sie Mrs. Oaks' Stimme.

Sie war in der Stadt gewesen und kam in Begleitung eines Mannes zurück, den Lila Smith wie keinen anderen verabscheute. Mr. Raggit Lane kam selten ins ›Mecca‹. Er war ein großer, hagerer Mann mit schmalem, asketischem Gesicht. Ein nervöses Zucken im Mundwinkel erweckte den Eindruck eines ständigen, höhnischen Lächelns. Er kleidete sich betont gut, doch nicht geschmacklos. Krawattennadeln, dicke Ringe oder goldene Uhrketten waren bei ihm nicht zu finden. Lilas Abneigung hatte eigentlich das aufdringliche Parfüm hervorgerufen, das er benutzte. ›Mutter‹ hingegen fand nichts daran auszusetzen. Mr. Lanes Hände wirkten gepflegt, sein glänzendes, schwarzes Haar war tadellos gebürstet. Nur ein einziger, kleiner Siegelring glänzte an seinem Finger — der einzige Schmuck, den er trug.

Über seinen Beruf hatte ›Mutter‹ sich immer recht unklar geäußert. Lila nahm an, daß er mit der Schiffahrt zu tun habe, weil er einmal einen gestickten Schal aus China mitgebracht hatte, den er ihr mit herablassenden Worten überreichte.

Kaum hatte Mrs. Oaks mit ihrem Besucher das Haus betreten, als Lila ins Wohnzimmer gerufen wurde. Das Wohnzimmer war das Heiligtum im Haus, zu dem nur bevorzugte Personen zugelassen wurden. Es war ein großer Raum mit zwei hohen Fenstern, Milchglasscheiben, gut tapezierten Wänden und Parkettfußboden. Lila kam sofort und trocknete sich beim Eintreten die Hände an der Schürze ab. Raggit Lane musterte sie lange.

»Nanu!« sagte er bewundernd. Er hatte sie ein Jahr lang nicht gesehen. »Hübsch bist du geworden — komm her, laß dich mal ansehen!«

Er ergriff sie bei den Schultern und drehte sie dem Licht zu. Zornig riß sie sich los.

»Rühren Sie mich nicht an! Wie können Sie sich unterstehen, mich anzufassen!«

Ihre Stimme hatte einen neuen, scharfen Ton. Mrs. Oaks starrte sie verdutzt an.

»Aber Lila ...« begann sie.

»Das Mädchen hat ganz recht. — Es tut mit leid, Lila, ich vergaß, daß Sie erwachsen sind.«

Aber Lila hörte nicht hin, sie hatte sich umgedreht und verließ hastig das Zimmer. Es war ihre erste Äußerung eines entschiedenen, eigenen Willens gewesen, und Mutter Oaks verschlug diese ›Frechheit‹ die Sprache.

»Was ist bloß mit ihr los?« rief sie schrill. »So habe ich sie noch nie gesehen. Wenn sie anfangen will, in dieser Art aufzumucken, werde ich ihr was beibringen!«

Raggit Lane kicherte und zündete sich eine Zigarette an. »Sie ist eben kein Kind mehr, das ist alles — lohnt sich gar nicht, sich darüber aufzuregen. Erst wollte ich Ihnen gar nicht glauben, als Sie mir erzählten, wie hübsch sie geworden sei.« Er blies eine Rauchwolke zur Decke empor. »Ja — und als ich das letztemal in London war, gab es Gründe, nicht hierherzukommen.«

»Wo sind Sie jetzt gewesen?«

«Am Schwarzen Meer — Konstanza.«

»Wie geht's dem Alten?« fragte sie weiter.

»Wie? Dem Alten?« Offenbar war er mit seinen Gedanken ganz woanders. »Dem geht's ganz gut. Ich möchte nicht, daß er erfährt, daß ich heute hier gewesen bin.«

»Sie können sich auf mich verlassen, Mr. Lane«, sagte sie mit verständnisvollem Lächeln. »Er soll ja überhaupt nicht dahinterkommen, daß Sie je hier gewesen sind. Ich sehe ihn übrigens nur einmal im Jahr und nie länger als höchstens eine Stunde.«

Mr. Lanes Brauen zogen sich finster zusammen.

»Er wird immer empfindlicher und ist schwer zu behandeln. Selbstverständlich könnte ich sagen, daß ich zufällig hier vorbeigekommen bin. Es ist schließlich ein Marineklub. Aber diese Entschuldigung möchte ich nur gebrauchen, wenn es wirklich nötig ist. — Wo ist Golly?«

Mrs. Oaks horchte nach draußen. »Er hackt Holz.«

Sie schwiegen lange.

»Wer ist eigentlich diese Lila?«

Diese Frage konnte Mrs. Oaks selbst nicht mit Sicherheit beantworten.

»Was mir bei ihr am meisten Sorge macht«, antwortete sie ausweichend, »ist dieser Kerl, der Wade. Er treibt sich ständig hier in der Nähe herum. Nur weiß ich nicht, ob er hinter dem Mädchen her ist oder sonst was vorhat. Man kann nie wissen, was so ein Greifer für Absichten hat.«

»Inspektor Wade?« Mr. Lane strich sich übers Kinn. »Ein geschickter Mann, nicht wahr?«

Mrs. Oaks verzog verächtlich das Gesicht.

»Wenn man Sie reden hört, sind alle furchtbar geschickt! Nein, und außerdem habe ich gehört, daß sie ihn neulich beinah gekriegt hätten, ich meine die Gummibrüder. Hätten sie es doch getan!«

Lane lachte leise.

»Die Gummibrüder scheinen recht fleißig zu sein. Wer steckt eigentlich dahinter?«

»Von denen weiß ich gar nichts«, erklärte sie entschieden. »Ich kümmere mich nur um meine eigenen Angelegenheiten. Es macht schon Mühe genug, sich selbst durchs Leben zu schlagen. Warum sollte man sich den Kopf über andere Leute zerbrechen? Und die Hälfte von allem ist ja doch von den Zeitungsschreibern zusammengelogenes Zeug.«

»Na, und nun zum Geschäft, Mutter Oaks!«

»Ich muß erst sehen, was das Mädchen macht.«

Sie erhob sich und verließ das Zimmer. Kurz darauf kam sie zurück, verschloß die Tür, ging zum Kamin und schlug den Teppich ein Stück weit übereinander. Mit einem Haken hob sie eines der Parkettvierecke heraus. Der Hohlraum darunter mußte um einiges größer sein als die Öffnung, denn nach und nach kamen ein halbes Dutzend kleiner Säckchen zum Vorschein. Mr. Lane legte sie auf den Tisch vor dem Fenster und schnürte sie auf.

»Nicht viel wert«, sagte er und schob eine Reihe von Gegenständen beiseite — billige Ohrringe, Broschen und Ketten aus minderwertigem Gold.

In einem andern Säckchen fanden sich einige gute Stücke, ein zehnkarätiger Smaragd, ein Ring mit einem quadratischen Diamanten, eine Halskette, ein Anhänger und fünf ziemlich große Perlen, die er sich besonders interessiert besah.

»Wahrscheinlich riß die Schnur, als sie den Besitzer wechselten?«

Sie schüttelte abwehrend den Kopf und preßte ihre dünnen Lippen zusammen.

»Ich frage nie. Ich weiß nicht, woher sie kommen. Wenn

mir ein Gelegenheitskauf angeboten wird, greife ich zu. Ich sage mir immer: Wer viel fragt, bekommt viele Antworten. Und meistens sind es Lügen.«

Er untersuchte eine der Perlen mit der Lupe.

»Die werfen Sie besser ins Feuer.« Er hielt ihr die Perle hin. »Sie ist gezeichnet und würde überall erkannt werden. Das ist das Risiko nicht wert.«

Gehorsam warf sie das Kleinod, das sechs- bis siebenhundert Pfund wert sein mochte, ins Kaminfeuer. Nie widersprach sie einem Rat Mr. Lanes, denn sie wußte, daß er fast immer recht hatte.

Er traf seine Auswahl, steckte die auserwählten Schmuckstücke in die Tasche und gab ihr den Rest zurück.

»Das Gold ist nicht viel wert — lohnt sich kaum, es einzuschmelzen. Ich würde das Zeug ins Wasser werfen.«

Mrs. Oaks seufzte.

»So eine Verschwendung —«, klagte sie, »aber Sie müssen es ja wissen . . .« Sie fuhr hoch.

Ein scharfes Klopfen an der Tür.

»Wer ist da?«

»Ich möchte mal ein paar Worte mit Ihnen sprechen, Mrs. Oaks!«

Es war John Wades Stimme.

Kein Muskel bewegte sich in ihrem starren Gesicht.

»Wer sind Sie überhaupt?«

»Inspektor Wade.«

»Einen Augenblick.«

Schnell raffte sie die Säckchen zusammen, warf sie in den Hohlraum, setzte das Parkettstück ein und zog den Teppich darüber. Raggit Lane hatte inzwischen den großen Garderobenschrank in der Ecke geöffnet. Er stieg hinein und zog die Tür hinter sich zu.

Mrs. Oaks warf noch einen Blick auf das lodernde Kaminfeuer, stocherte mit dem Feuerhaken nach einem rotglühenden Kügelchen, das einmal eine kostbare Perle gewesen war, und schloß die Wohnzimmertür auf.

»Kommen Sie rein, Wade!«

Der Inspektor trat ein und blickte prüfend um sich.

»Tut mir leid, daß ich Ihre Gebetsversammlung stören

mußte.«

»Ich habe meine Strümpfe gewechselt, wenn Sie es durchaus wissen müssen«, gab sie bissig zurück.

»Aber Lady Godiva, wie könnte ich je so etwas Intimes wissen wollen!« Er schnupperte. »Sie haben wohl heimlich ein paar Züge geraucht? Pfui — wie kann man nur so leichtsinnig sein, in Ihrem Alter!«

Mrs. Oaks unterdrückte eine wütende Antwort.

»Was wollen Sie eigentlich?«

Wade blickte bewundernd im Zimmer umher.

»Ein reizender Wohnraum. Der Salon Euer Gnaden? Und ägyptische Zigaretten rauchen Sie auch? Das ist schlecht fürs Herz, Kindchen.«

»Was wollen Sie?«

Zu ihrer Bestürzung bemerkte sie, wie seine Augen am Garderobenschrank hängenblieben.

»Ich wollte Sie etwas fragen, aber ich glaube, ich bin gerade im unpassenden Augenblick gekommen. War eigentlich eine ziemlich unwichtige Frage, hat gar nichts mit meinem Beruf zu tun — aber ich will nicht länger stören.«

Er wandte sich zur Tür. Bevor er sie öffnete, sah er mit einem strahlenden Lächeln zu ihr zurück.

»Ich fürchte, Ihr Herzjunge wird ersticken, wenn Sie ihn nicht bald rauslassen!«

Behutsam schloß er die Tür hinter sich. Sie eilte ihm bis zur Haustür nach. Aber den schlimmsten Spott hatte er sich bis zuletzt aufgespart. Er beugte sich vor und flüsterte ihr ins Ohr:

»Keine Sorge, ich werde Golly nichts erzählen!«

Bevor sie ihre Wut entladen konnte, war er verschwunden.

»Kommen Sie heraus, Mr. Lane!« rief sie erregt, als sie ins Zimmer zurückkehrte. »Es war bloß dieser verdammte Blaue von der Flußpolizei.«

Mr. Lane tauchte aus dem Schrank auf und strich sich das zerzauste Haar glatt. Er schien mehr besorgt als ärgerlich zu sein.

»Er wußte, daß ich . . . Weiß er, wer ich bin?«

»Keine Ahnung«, zischte sie. »Aber eines schönen Morgens, und es wird gar nicht mehr so lange dauern, wird man den Kerl mit eingeschlagenem Kopf aus dem Fluß fischen. An dem Tag will ich, seit fünfundzwanzig Jahren zum erstenmal, wieder in die Kirche gehen.«

»Wade — hm . . .« Lane sah nachdenklich vor sich hin und begann auf einmal seine Taschen zu leeren.

»Packen Sie alles wieder weg, ich nehme es ein andermal mit.«

»Aber es ist ja — keine Gefahr mehr . . .« stotterte Mrs. Oaks.

Raggit Lane lächelte.

»Es hat keinen Zweck, sich unnötig Gefahren auszusetzen, schicken Sie es mir . . . Sie wissen ja, wohin — ich werde es schon richtig bekommen.«

Er brachte seine Krawatte in Ordnung, holte Hut und Mantel aus dem Schrank und machte sich auf den Weg. Langsam ging er zur nahegelegenen Hauptstraße, wo ein Taxi auf ihn wartete. Einigemal blickte er zurück, konnte aber nichts Verdächtiges entdecken. Als der Wagen schon durch die belebten Straßen der inneren Stadt fuhr, konnte er sich immer noch nicht des beunruhigenden Gefühls erwehren, daß man ihm folgte.

Kapitel 4

Am gleichen Nachmittag hatte John Wade in Scotland Yard zu tun.

»Ist Ihnen ein Kavalier bekannt, dunkle Gesichtsfarbe, der wie ein Blumenladen riecht und wie ein Herzog angezogen ist?« fragte er Inspektor Elk, der eine enorme Erfahrung besaß und beruflich über den weitaus größten ›Bekanntenkreis‹ verfügte.

»Das paßt auf viele«, antwortete Elk. »Ich kann den Wahnsinn mit Parfüms überhaupt nicht begreifen. Da habe ich zum Beispiel einen Schwager . . .«

Doch Wade unterbrach ihn energisch, um nicht in den Sog von Elks familiären Enthüllungen zu geraten. Er zog rasch ein Blatt Papier aus der Tasche, und da er ein leidliches Zeichentalent besaß, warf er in wenigen Strichen ein ziemlich treffendes Bild von Mr. Raggit Lane hin.

Elk betrachtete die Zeichnung und kratzte sich hinter dem Ohr. »Kenne ich nicht. Wie heißt er denn?«

»Das wollte ich eben von Ihnen erfahren. Ich habe ihn heute zum erstenmal gesehen — ich hatte im ›Mecca‹ zu tun und sah ihn mit der alten Oaks in einem Taxi ankommen. Sie war so freundlich zu ihm, daß ich mir sagte, an dem Kerl könne nichts Gutes sein.«

Mr. Elk schloß seufzend die Augen.

»Ein Freund von Mutter Oaks zu sein ist doch noch kein Verbrechen! — Haben Sie vielleicht eine Zigarette bei sich? Ihr jungen Leute raucht zuviel — sehen Sie mal, da ist mein Schwager . . .«

»Der war es bestimmt nicht!« rief Wade und riß aus.

Der Rest des Tages stand zu seiner freien Verfügung, und er verbrachte ihn auf seine eigene Weise. Er liebte seinen Beruf und dachte im Grunde dauernd nur an Dinge, die mit seiner Tätigkeit zusammenhingen. Seine liebste Beschäftigung an freien Tagen war es, durchs Westend zu schlendern, die vorbeiströmenden Menschen zu beobachten, ihre Gesichter, Bewegungen, Eigenarten, und auf ihre Unterhaltungen zu hören. Er sammelte diese Beobachtungen wie ein anderer Briefmarken.

Gegen Abend begann es zu regnen, es wurde kalt und unbehaglich, und er suchte früher als üblich ein kleines Restaurant in Soho auf, wo er öfters speiste. Er liebte es, lange beim Essen zu sitzen, über die Vorfälle des Tages nachzudenken und die Gäste zu studieren. An diesem Abend war das Lokal noch wenig besucht. Gelangweilt beendete er die Mahlzeit und stand schon um acht Uhr wieder auf der Straße.

Der Regen hatte aufgehört. Ziellos bummelte er durch die Shaftesbury Avenue, um sich langsam auf den Heimweg nach Wapping zu machen, wo er ein kleines Häuschen besaß.

An der Ecke Leicester Square gab es ein mondänes Restaurant, das seit neuestem bei Feinschmeckern hoch im Kurs stand. Vor dem Eingang hielt gerade eine große Limousine. John Wade blieb stehen, nicht aus Neugierde, sondern weil er die Gäste, denen der Portier aus dem Wagen half, vorbeigehen lassen wollte.

Ein großer, breitschultriger Mann stieg zuerst aus. Er hatte kein einziges Haar auf seinem riesigen Schädel, sein Gesicht war mit tausend Runzeln durchfurcht.

»Komm, mein Schatz!« rief er ungeduldig mit einer tiefen, dröhnenden Stimme.

Der alte Herr streckte seine Hand in den Wagen und half seiner Begleiterin beim Aussteigen. Sie war ganz in Weiß — der Mantel aus Silberbrokat mit Hermelinverbrämung, die Gestalt schlank, jugendlich, von den blonden Locken bis zu den zierlichen Füßen in Silberschuhen die verkörperte Anmut. Als sie die Stufen zum Restaurant hinaufging, drehte sie den Kopf einen Moment zur Seite, und John Wade sah ihr Gesicht. Sie hatte ihn nicht bemerkt. Betroffen starrte er ihr nach. Es war Lila Smith!

Die beiden verschwanden im Eingang. Wade folgte ihnen, nachdem er sich gefaßt hatte, und suchte den Portier auf.

»War das nicht Oberst Martin, der da eben hineinging?« fragte er.

Der Portier sah ihn mißtrauisch an. Es kam nicht selten vor, daß irgend jemand auf diese Weise die Identität eines Besuchers herausbringen wollte.

»Nein, Sir.«

»Merkwürdig, ich hätte darauf schwören mögen, daß er's war«, sagte Wade und wollte ins Restaurant hineingehen, aber der Portier stellte sich ihm in den Weg.

»Das hier ist nicht das öffentliche Restaurant. Hier sind nur die Privatzimmer und Festsäle. Der Eingang zum Restaurant ist um die Ecke.«

»Na, schön. Dann beantworten Sie mir jetzt gefälligst meine Fragen. Ich bin Polizeiinspektor Wade.«

»Ich erkenne Sie jetzt, Mr. Wade, ich habe Ihr Gesicht in den Zeitungen gesehen. Sie werden aber verstehen, daß ich nicht Fragen beantworten kann . . .«

»Schon gut. Wer war der Herr, der eben hineinging?«

»Ich habe keine Ahnung, Sir. Er und die junge Dame essen einmal im Jahr hier, nicht öfter. Das letztemal, als ich sie sah, war sie noch fast ein Kind. Ich glaube, er muß ihr Vater sein. Der Oberkellner erzählte mir, der Herr sei Offizier in der indischen Armee und komme nur einmal im Jahr nach London.«

»Er kommt als immer mit der jungen Dame hierher?«

»Ich habe sie nur zusammen gesehen.«

»Ist sie immer so elegant gekleidet?«

»Ja, Sir, immer. Eine feine junge Dame — kommt wohl aus einem vornehmen Pensionat.«

Wade überlegte.

»Welches Zimmer haben die beiden?«

»Nummer achtzehn ... Warten Sie, ich kann Ihnen den Namen verschaffen, Sir, er muß ja im Bestellbuch stehen.« Nach einigen Minuten war er zurück. »Brown — Mr. Brown. Ein reicher Mann, sagt der Ober. Stimmt etwas mit ihm nicht?« fragte er besorgt.

Es kam gelegentlich vor, daß Leute bei Lydbrake speisten, mit denen nicht alles stimmte.

»Möchte ich nicht behaupten«, erwiderte Wade. »Aber sagen Sie, gibt es keine Möglichkeit, daß man sie mal einen Augenblick beobachten könnte? Ich will aber nicht erst den Oberkellner ins Vertrauen ziehen und wünsche überhaupt nicht, daß darüber geredet wird.«

»Ja — Nummer neunzehn ist frei. Da können Sie reingehen, Mr. Wade. Dem Ober sage ich, falls er fragt, daß Sie ein paar Zeilen schreiben wollen. Nur um eines muß ich Sie bitten, Sir — ich habe keine Ahnung, was Sie vorhaben, verstehen Sie? Sonst verliere ich bestimmt meinen Posten.«

Während John Wade den Mann beruhigte, erschien eine schwankende Gestalt im Abendanzug unter der hellen Bogenlampe des Eingangs — ein dicker junger Mann mit rundem, rotem Gesicht und rötlichem Schnurrbart.

»He, Sie — Sie ... Verdammt hübsches Kind! Reizende Puppe! Wer — war das, Bennet?«

»Ich kenne die Herrschaften nicht, Mylord.«

Der junge Mann mit dem aufgedunsenen Gesicht und den Riesenhänden war schwer betrunken. Wade streifte ihn mit einem Blick und stieg rasch die teppichbelegte Treppe zum ersten Stock hinauf. Als er oben ankam, betrat gerade ein Kellner Nummer achtzehn, der aber keine Notiz von ihm nahm. Wade öffnete die Tür von Nummer neunzehn, trat ein und schloß hinter sich ab. Es war ein elegant möblierter Raum mit einer Verbindungstür zu Nummer achtzehn. Aus dem Nebenzimmer war kein Laut zu hören. Mit größter Vorsicht öffnete er die Tür. Dahinter lag noch eine zweite. Jetzt vernahm er Gemurmel, die tiefe Stimme des Mannes und die weich schwingende Lilas.

Das also hatte sie mit ihren ›Träumen‹ gemeint! Einmal im Jahr, ein modernes Aschenbrödel, schüttelte sie ihre alten, schäbigen Kleider ab, schlüpfte in eleganten, köstlichen Festtagsstaat, verbrachte ein paar Stunden mit diesem alten Mann in einer fremden Welt.

Und diese Verwandlung mußte einiges an Zeit und Vorbereitungen gekostet haben. Nur ein Friseur konnte den blonden Locken Lilas diese kunstvolle Natürlichkeit verleihen — all dies in größter Heimlichkeit unter ›Mutters‹ Aufsicht. Lila hatte bestimmt nicht gewußt, daß sie an diesem Abend ausgehen würde — darauf konnte er schwören. Sonst wäre sie heute morgen aufgeregter gewesen.

Wieder versuchte er, etwas von dem Gespräch im Nebenzimmer zu hören, legte das Ohr an die Türfüllung, ans Schlüsselloch — vergeblich. Er drehte das Licht aus und sah nun, daß unten zwischen Schwelle und Türkante ein Zwischenraum, ein kleiner Spalt war. Er legte sich lang vor die Türe hin, und endlich drangen einige Worte zu ihm.

Der alte Herr sagte etwas über Erziehung und Frankreich, einmal fiel der Name Konstantinopel, und er schien dem Mädchen diese Stadt zu beschreiben. Im allgemeinen plätscherte das Gespräch träge dahin. Wenn sich die Tür vom Korridor her öffnete und der Kellner eintrat, schwiegen sie. Nichts wurde erwähnt, was auf ihre gegenseitigen Beziehungen hätte hindeuten können, und Lila sprach ihren Begleiter ständig mit ›Mr. Brown‹ an. Schließlich glaubte Wade zu verstehen, wie er die Rechnung verlangte.

Als die große Limousine vor dem Restaurant vorfuhr und die beiden herauskamen, saß Wade bereits wartend in einem Taxi auf der anderen Straßenseite. ›Mr. Brown‹ blieb nur einen Augenblick stehen, um dem Portier ein Trinkgeld in die Hand zu drücken, dann fuhr der Wagen schnell davon.

Wades Taxi verfolgte die Limousine durch die jetzt leeren

Straßen der City, an Aldgate vorbei, die Mile End Road hinunter. Kurz vor Wapping bog das Auto in eine Nebenstraße ein, hielt an und fuhr gleich weiter. Wade hatte an der Ecke ebenfalls anhalten lassen, er sprang hinaus und sah gerade noch, wie Lila in ein Haus verschwand. Langsam und vorsichtig ging er darauf zu.

Ein kleines, zweistöckiges Gebäude; alle Fenster dunkel. Wade näherte sich schon dem Vorgarten, als ein zweites Taxi in die Straße einbog. Er überquerte eilig die Straße und versteckte sich in der gegenüberliegenden Toreinfahrt, von wo er das Haus beobachten konnte. Das Taxi hielt vor der Gartentür.

Kaum fünf Minuten später öffnete sich die Haustür. Lila kam in Begleitung einer Frau heraus. Sie trug einen schwarzen Regenmantel. Vermutlich hatte sie wieder ihre Aschenbrödelkleidung angezogen. Auch wenn nicht die kreischende Stimme, die dem Taxifahrer Anweisungen gab, gewesen wäre, hätte Wade ohne Schwierigkeit Mutter Oaks an der Figur erkannt. Er wartete, bis der Wagen verschwunden war, ging über die Straße, durch den Vorgarten, zur Haustür. Er drückte auf den Klingelknopf, hörte das Läuten im Innern des Hauses. Niemand öffnete. Alle Fenster an der Vorderfront waren fest verschlossen, dagegen fand er das Küchenfenster nur angelehnt.

Wade wußte genau, daß er kein Recht hatte, in dieses Haus einzudringen. Im Augenblick störte ihn dieser Gedanke aber nicht im geringsten. Die Küche schien monatelang nicht benützt worden zu sein. Er leuchtete den Gang ab. Von dem dicken Teppich wirbelten, als er darüber ging, Staubwolken auf. An den Wänden hingen billige Radierungen.

Eine Tür führte in ein Hinterzimmer mit einem Eisenbett und verstaubter Steppdecke. In den vorderen Zimmern waren die Jalousien herabgelassen. Alle Möbel befanden sich im Zustand größter Vernachlässigung. Offensichtlich waren diese Räume seit langer Zeit nicht betreten worden.

Langsam stieg er die Treppe hinauf in den ersten Stock und kam auf einen geräumigen Vorplatz mit drei Türen. Die eine führte in ein Badezimmer, aus dem ihm der Duft eines zarten Parfüms entgegenschlug. Der Fußboden war sauber, verschiedene noch feuchte Handtücher hingen über einer Stuhllehne. Der große Spiegel war blankgeputzt. Auf dem Tischchen davor lagen eine vergessene Puderquaste, ein Lippenstift, eine Tüte mit Badesalz. Die Seife im Behälter war von bester Qualität. Hier also hatte Aschenbrödel seine Verwandlung vollzogen.

Im vorderen, ebenfalls blitzsauberen Zimmer lagen auf dem Bett das Kleid, das Lila getragen hatte, und die Silberschuhe. Die Seidenstrümpfe entdeckte er nirgends; die mußte sie anbehalten haben, als sie wegfuhr.

Er durchsuchte das Zimmer genau. Die Fenster waren mit dickem Filz überzogen, so daß nicht der geringste Lichtschein durchdringen konnte. Nahe beim Bett, das in einem Alkoven stand, befand sich ein tiefer Wandschrank, der verschlossen war. Außer einem Tisch, zwei Stühlen, einem Spiegel gab es keine anderen Möbelstücke hier.

Das dritte Zimmer war genauso verwahrlost wie die Räume im Erdgeschoß. Wade ging langsam die Treppe hinunter. Das Haus war ihm ein Rätsel. Konnte man annehmen, daß Brown oder Mutter Oaks oder irgendwer sonst dieses Haus ein ganzes Jahr lang leerstehen ließ, nur um einen Ort zu haben, an dem Lila ihre Toilette wechseln konnte?

Als er unten an der Treppe ankam, hörte er, wie sich ein Schlüssel in der Haustür drehte. Geräuschlos schlüpfte er in die Küche und wartete. Die Haustür ging auf, schloß sich wieder. Flüsternde Stimmen — die Besucher verzogen sich ins Hinterzimmer. Wade sah einen gelben Lichtschimmer auf der Schwelle. Ein eigenartiger Geruch, wie Sandelholz und Moschus, drang zu ihm. Noch bevor er das unverständliche Kauderwelsch hörte, wußte er, daß es sich um Chinesen handelte. Er schlich näher und konnte zwei Männerstimmen unterscheiden, die eine sprach in drohendem, die andere in flehendem Ton.

Da ging von neuem die Haustür, ein dritter Mann kam herein. Wade hatte sich wieder in die Küche zurückgezogen. Das Gesicht des Neuen konnte er nicht sehen, doch war es bestimmt ein Europäer. Die beiden Chinesen kamen in den Gang hinaus. Wenig später verließen alle drei das Haus und schlossen hinter sich ab.

Sie waren kaum hundert Schritte weit gekommen, als Wade schon ihre Fährte aufnahm. Sie schritten rasch aus, bis sie zu einem der großen Speicher am Flußufer kamen. Dort blieben sie eine Weile stehen, sprachen lebhaft miteinander, bis sich einer von ihnen auf den Steinstufen, die zum Fluß hinunterführten, niederließ. Er schien auf etwas zu warten, denn die beiden anderen gingen weiter und waren bald im Dunkel der nächsten Querstraße verschwunden.

John Wade war im Zwiespalt. Hatten sie gemerkt, daß er ihnen folgte, und Verdacht geschöpft? War der Mann zurückgeblieben, um ihn aufzuhalten? Langsam schlich er näher. Es war einer der Chinesen — regungslos saß er gegen die Mauer gelehnt. Kurz zuvor hatte es leicht geregnet, die feuchten Steinplatten glänzten im ungewissen Schein der schaukelnden Straßenlaternen, schienen aber dort, wo der Chinese saß, stärker, dunkler zu schimmern — rötlich . . . In drei kleinen Rinnsalen lief Blut die Stufen hinab.

John Wades Signalpfeife schrillte durch die Nacht. Ein Schutzmann kam angeeilt. Er hatte niemand gesehen. Wenige Minuten später durchsuchten ein Dutzend Beamte die Nachbarschaft, aber von den beiden Männern wurde keine Spur gefunden.

Kapitel 5

Spät in der Nacht erstattete Inspektor Wade persönlich im Präsidium Bericht.

»In seiner Bluse fanden wir sechs Unzen Platin. Es waren meistenteils Fassungen, ich nehme an, sie stammen von einem Einbruch. Über die Person ließ sich nichts feststellen. Fingerabdrücke sind genommen worden. Ich habe einen maßgebenden Mann aus der Chinesenkolonie vernommen, der ihn aber nicht erkannt hat.«

Mitternacht war vorüber, als John Wade im ›Mecca‹, diesmal in Begleitung, erschien. Golly saß in Hemdsärmeln auf einem Tisch im Gastzimmer und rauchte eine kurze, schmierige Tonpfeife.

»Mutter schläft wohl schon?« fragte Wade.

»Sie war heute abend aus.«

»Weiß ich sehr gut — darum will ich ja mit ihr sprechen.«

Golly sprang mit einem gehässigen Blick vom Tisch und führte ihn in Mutter Oaks' Zimmer.

»Was soll das bedeuten?« fragte sie scharf.

»Was das bedeuten soll? Vorläufig — Mord.«

Angst und Erstaunen zeigten sich in ihrem Gesicht.

»Mord?« wiederholte sie ungläubig.

»Ein Chinese ist heute abend von einem oder zwei Männern ermordet worden. Sie verließen kurz vor dem Mord ein kleines Haus in der Langras Road — das gleiche Haus, in dem Sie sich heute abend mit Lila ebenfalls aufgehalten haben.«

Ihre Überraschung war echt, aber doch nicht so groß, wie er erwartet hätte.

»Das stimmt schon, ich war heute abend in dem Haus in der Langras Road. Es gehört meiner Schwägerin; seit Jahren versuchen wir schon, es zu vermieten.«

»Sie haben Lila hingebracht?«

»Habe ich das Gegenteil behauptet? Ich habe sie hingebracht, damit sie sich umziehen konnte. Sie hatte eine Verabredung — mit ihrem Vater. Sie wollen wohl wissen, wer das ist? Aber damit werden Sie kein Glück haben, Sie . . .«

Wade zog drohend die Brauen zusammen.

»Etwas höflicher, Mrs. Oaks, wenn ich bitten darf! Wenn Sie mit dem Mord in Verbindung gebracht zu werden wünschen, können Sie ruhig unverschämt werden. Ich drohe Ihnen nicht, aber wenn ich von Ihnen nicht erfahre, was ich hören muß, nehme ich Sie mit zur Wache. Ist Ihnen das klar?«

Ihre Augen blitzten ihn wütend an, aber ihre Stimme klang sanft und unverbindlich.

»Entschuldigen Sie, Mr. Wade, aber Sie begreifen doch, daß ich etwas aufgeregt bin.«

»Wußten Sie, daß in dem Haus Chinesen ein und aus gehen?«

»Woher sollte ich das wissen? Ich gehe nur alle zwei, drei Monate hin, um sauberzumachen — ich und Lila.«

»Wer ist Lilas Vater?«

»Ich werde mich hüten, einen Skandal heraufzubeschwören. Sie verstehen doch gewiß, was ich meine? Der Herr ist nämlich verheiratet.«

»Weiß Lila das?«

»Nein, sie hat keine Ahnung, sie glaubt, daß er ein Freund ihrer Familie war und sich für sie interessiert. Er zahlt ihren Unterhalt, und wenn er in London ist, schickt er mir das Geld, damit ich ihr die nötigen Kleider besorgen kann, wenn er mit ihr essen geht.«

»Ist er Engländer?«

»Amerikaner.« Die Antwort kam etwas zu schnell. »Er lebt in Long Island oder New York oder da in der Nähe — ein reicher Amerikaner. — Chinesen, sagen Sie? Mr. Wade, ich kann einen Eid darauf leisten, daß ich nie Chinesen in dem Haus gesehen habe. Wenn heute wirklich Chinesen dort waren, dann hatte ich bestimmt keine Ahnung davon. Das können Sie mir glauben — vor den Gelben habe ich überhaupt Angst. Sie werden doch das arme Kind nicht auch noch aufregen und in ein Kreuzverhör nehmen? Sie ist gerade erst zu Bett gegangen.«

»Wieviel Schlüssel existieren für das Haus?«

»Ich habe nur einen.«

»Und der ist ständig in Ihrem Besitz?«

»Ja. — Was für einen Zweck könnte es haben, mit dem Mädchen zu sprechen?« Sie schien mehr als bereit zu sein, ihm alle gewünschten Informationen zu geben, wenn er bloß gerade darauf nicht bestand.

»Hat Mr. Brown einen Schlüssel zum Haus?«

Sie fuhr zusammen, als sie den Namen hörte.

»Soviel ich weiß, hat er keinen Schlüssel — ich wüßte auch nicht, warum er einen haben sollte. Ich sprach nie mit ihm über das Haus in Langras Road.«

»Zeigen Sie mir mal die Schlüssel, die Sie haben.«

Sie suchte in der Handtasche, die auf dem Tisch lag, und zog einen Ring heraus, an dem ein Schlüssel hing.

Wade sah sie durchdringend an.

»Und der Schlüssel zum Wandschrank?«

Er sah die Bestürzung in ihren Augen.

»Wandschrank? Was für ein Wandschrank?«

»In dem Schlafzimmer, in dem Lila sich umgezogen hat, ist ein eingebauter Schrank.«

»Davon weiß ich nichts. Ich habe nur diesen einen Schlüssel.«

»Dann, befürchte ich, werden wir den Wandschrank aufbrechen müssen.«

»Befürchte ich auch«, sagte sie kühl. Sie hatte sich wieder völlig in der Gewalt. Aber plötzlich stieß sie hervor: »Was willst du hier?«

Wade blickte zur Tür. Dort stand Lila, in einen alten Kimono gehüllt. Das immer noch elegant frisierte Haar stand in merkwürdigem Gegensatz zu ihrem Aufzug. Verwirrt sah sie von Mutter Oaks zum Inspektor.

»Ich — ich dachte ... Du sagtest doch, ich sollte mir noch Milch holen.«

»Mach, daß du rauskommst!« fuhr sie Mrs. Oaks an und wartete unter der Tür, bis sie oben war.

»Geben Sie mir den richtigen Namen und die Adresse von Lilas Vater!« bohrte Wade weiter.

»Das kann ich nicht. Ich weiß es nicht, ich habe es Ihnen schon gesagt. Sie wissen genausoviel wie ich. Ich habe keine Ahnung, wo er wohnt. Gewöhnlich bekomme ich ein Telegramm von ihm, wenn er Lila sehen will.«

»Und Sie sagen, daß er das Haus in Langras Road nicht kennt? Wo trifft er sich mit ihr?«

»Ein Mietwagen kommt hierher, ich begleite sie bis zum St.-Pauls-Friedhof, wenn Sie es genau wissen wollen, steige dort aus, und er fährt mit ihr weiter.«

»Aber hat er sie nicht in die Langras Road zurückgebracht? Sie verwickeln sich in Widersprüche, Mrs. Oaks!«

In einem Punkt blieb sie dennoch fest: Der geheimnisvolle Mr. Brown hatte das Haus in der Langras Road nie betreten.

John fuhr von neuem dorthin und durchsuchte das Haus von oben bis unten. Eine Notwendigkeit, seine Anwesenheit zu verheimlichen, lag jetzt nicht mehr vor.

Auf eine Überraschung stieß er in dem Zimmer, in dem Lila sich umgekleidet hatte. Der Wandschrank war offen und — leer. Jemand mußte das Haus betreten haben, nachdem er es verlassen hatte. Auf dem Fußboden sah er Spuren nasser Sohlen, und einer der Stühle fühlte sich noch feucht an. In der Nähe von Wapping hatte es stark geregnet. Ein heftiger Schauer war gleich nach der Entdeckung des Mords niedergegangen. Der Europäer hatte einen langen Regenmantel getragen, der zweite Chinese dagegen nur eine Bluse.

Bei dem Toten hatte man außer dem Platin noch einen Streifen Papier mit chinesischen Schriftzeichen gefunden, die aber erst entziffert werden konnten, als man einen Kaufmann von der chinesischen Kolonie zuzog.

Später auf der Wache brachte der Sergeant die Übersetzung.

»Nichts Besonderes«, meinte er dazu, »es ist nur eine Anweisung, wie man schnellstens zur Polizeiwache kommt.«

John Wade las die wenigen Zeilen.

»Möchte wissen, was das bedeuten soll!«

»Vielleicht verpfeifen?«

»Sieht beinah so aus.«

Er ging an seinen Schreibtisch, auf dem die verbogenen Platinfassungen lagen, die man bei dem toten Chinesen gefunden hatte. Darunter befand sich auch ein abgenutzter goldener Siegelring. Das Wappen war nur noch mit Mühe zu erkennen — ein Tempel, vor dem eine Gestallt in klassischem Gewand kniete. Mit der Lupe ließen sich im Innern des Ringes die Worte ›Lil ihrem Harry‹ entziffern.

Das kleine Büro hatte zwei Türen, eine zur danebenliegenden Wachstube, und eine, die direkt auf den Hof der Polizeiwache hinausführte. Der Schreibtisch stand vor dem vergitterten Fenster. Beide, der Inspektor und der Sergeant, beugten sich über den Schreibtisch, als sie einen kalten Luftzug verspürten. Wade wandte den Kopf. Was er sah, ließ ihn mit einem Ruck herumfahren.

»Keine Bewegung!« Gedämpft klang die Stimme unter der Gummimaske hervor. »Ein einziger Laut — und ihr könnt in der Hölle weiterreden!«

Zwei Männer standen im Zimmer, der eine vor der Tür zum Hof, der andere dicht hinter ihnen. Sie trugen grobe, schwarze Monteuranzüge, Schuhe mit dicken Gummisohlen und enganliegende rote Gummihandschuhe. Zwei schwerkalibrige Revolver richteten sich auf die beiden Beamten.

Der Mann an der Tür kam langsam auf sie zu.

»Hände hoch! Zurück an die Wand! Eine Bewegung — und . . .« Bedeutungsvoll schwenkte er die Waffe.

Wade und der Sergeant gehorchten.

Mit zwei Schritten stand der andere Maskierte vor dem Schreibtisch, musterte kurz die darauf liegenden Gegenstände und nahm einen an sich.

John Wade war kein Narr. Er war unbewaffnet, sein Revolver lag im Schubfach des Schreibtischs, und er zweifelte nicht im geringsten, daß die kleinste Bewegung nicht nur seinen eigenen, sondern auch den Tod des Sergeanten verursachen würde.

Die beiden Gestalten zogen sich, rückwärts gehend, rasch und geräuschlos zurück. In wenigen Sekunden waren sie durch die Hoftür, die sie hinter sich schlossen, verschwunden.

Wade stürzte zum Schreibtisch, riß den Revolver heraus, rannte, den direkteren Weg nehmend, durch die Wachstube auf die Straße. Vor sich sah er die zwei fliehenden Gestalten, bemerkte aber nicht das langsam fahrende Auto, in das sie überraschend hineinsprangen, worauf der Wagen mit enormer Geschwindigkeit die menschenleere Straße hinunterjagte. Der Inspektor eilte in die Wache zurück, wo der Sergeant schon Alarm gegeben hatte.

»Wir holen sie doch nicht mehr ein«, entschied Wade. »Sofort sämtliche Reviere benachrichtigen!«

Mit einem Blick sah er, was die Banditen gesucht und — gefunden hatten. Der Siegelring war verschwunden. Jetzt glaubte er auch den Anlaß zur Ermordung des Chinesen zu erkennen — da er seine Kumpane verraten wollte, hatte er die Fassung als Beweismaterial an sich genommen, und mit dem Ring hätte möglicherweise die Identität eines führenden Mitglieds der Bande bewiesen werden können. Die Gummibrüder würden sich dem Risiko eines Überfalls auf die Polizeiwache nie ausgesetzt haben, wenn der Ring nicht von größter Bedeutung für sie gewesen wäre.

Am nächsten Morgen führte die Polizei eine großangelegte Razzia durch. Jeder irgendwie verdächtige Chinese wurde verhaftet und verhört. Lokale, die die Polizei sonst aus taktischen Gründen unbehelligt ließ, wurden durchsucht. Die ganze lange Hafenfront, die chinesischen Logierhäuser und Versammlungslokale wurden durchgesiebt — ohne den geringsten Erfolg.

Mutter Oaks war zweimal ins Präsidium geladen und dort verhört worden, ohne daß irgendeine Aufklärung von ihr zu erhalten gewesen wäre. Vor einiger Zeit hatte das Ministerium eine Verordnung herausgegeben, die den Polizeibeamten äußerste Zurückhaltung bei Verhaftungen und Verhören empfahl. Wade war allerdings davon überzeugt, daß selbst die Schrecken der spanischen Inquisition Mutter Oaks nicht zum Reden gebracht hätten.

Nach ihrem zweiten Besuch in Scotland Yard begleitete sie Inspektor Wade die Treppe hinunter.

»Mein Herzblatt«, stichelte er in seiner gewohnten Weise, »machen Sie doch keine Dummheiten! Warum schütten Sie denn nicht Ihrem lieben, guten, alten Papa Ihr Herz aus?«

Sie kochte vor Wut, aber die Unfähigkeit der Polizei, ihr etwas nachzuweisen, hatte sie nur noch selbstbewußter gemacht.

»Weiter wollen Sie nichts von mir?«

Golly erwartete sie vor dem Präsidium und kam schüchtern auf sie zu.

»Meine arme, verfolgte Frau . . .« begann er herzuleiern.

»Du hältst den Mund!« fuhr sie ihn an. »Haben Sie mir noch etwas zu sagen, Mr. Wade?«

»Nichts, meine Süße — erst, wenn ich mal die Gummibrüder in den Fingern habe . . .«

»Die Gummibrüder!« unterbrach sie ihn höhnisch. »Sie — und die Gummibrüder fassen! Sogar vor der Polizeiwache machen die nicht halt, holen sich ihren Ring . . .« Sie hatte zuviel gesagt, ihre Lippen preßten sich aufeinander, aber es war zu spät.

»Woher wissen Sie das, Mrs. Oaks?« fragte er bedrohlich ruhig. »Wer hat Ihnen die Geschichte von dem Ring erzählt?«

Sie schwieg, und als er hartnäckig wartete, antwortete sie schließlich:

»Es ist ja schon in ganz London bekannt.«

Sie dachte erst, daß sie nun von neuem verhört würde, doch zu ihrer Überraschung und Erleichterung verabschiedete er sich gleich darauf.

»Viel Glück und — schöne Grüße an Ihren Freund im Garderobenschrank!«

Er blinzelte ihr verschmitzt zu. Sie hätte ihn auf der Stelle umbringen können.

Der Zufall wollte es, daß Wade dem ›Freund im Garderobenschrank‹ begegnete, bevor noch vierundzwanzig Stunden vergangen waren.

Der Vorfall in Haymarket ereignete sich am gleichen Tag gegen zehn Uhr abends. Um diese Zeit ist das Westend ziemlich verlassen. Alle Welt ist im Theater, die verlassenen Autos stehen in langen Reihen in den dunklen Seitenstraßen, und der Verkehr auf dem Piccadilly ist so schwach, daß kein Polizist zur Regelung nötig ist. Später, wenn die Theater sich leeren, herrscht dagegen kurze Zeit ein Chaos. Doch um zehn Uhr abends ist es noch ein Paradies für zaghafte Fahrer.

Zwei Männer schlenderten gemächlich Haymarket hinunter und bogen in den St.-James-Square ein. Sie schienen die Frau an der Straßenecke nicht zu bemerken, aber ein Polizist, der hinter ihnen ging, sah, wie die Frau plötzlich einen der Herren am Ärmel packte.

»Ich kenne dich!« schrie sie.

Obschon die Gegend fast unbelebt wirkte, bildete sich im Nu eine kleine Menschenansammlung.

»Nein, ich kenne die Frau nicht«, erklärte der größere der beiden Herren dem Polizisten. »Sie stürzte sich auf mich — aber lassen Sie sie laufen, ich glaube, sie ist betrunken.«

»Ich bin nüchtern, das weißt du ganz genau, Starcy! So heißt du nämlich — Starcy!«

Verzweifelt wehrte sie sich gegen den Polizisten, der sie zurückriß.

»Sie werden wohl doch Anzeige erstatten müssen, Sir.«

Der Angegriffene wäre gerne seiner Wege gegangen, aber das war jetzt nicht mehr möglich.

»Anzeige erstatte ich nicht. Hier ist meine Karte! Ich heiße nicht Starcy. Die Frau habe ich noch nie gesehen.«

Er flüsterte dem Polizisten etwas zu, der den Kopf schüttelte.

»Tut mir leid, Sir, geht nicht!«

Ein dicker Herr mit rotem Gesicht drängte sich durch die Leute. Er war angetrunken. Der Polizist schien ihn zu kennen.

»Guten Abend, Mylord.«

»Was ist hier los? Kleine Prügelei?«

»Nichts Besonderes, Lord Siniford — ein kleiner Streit. An Ihrer Stelle, Sir, würde ich mich da heraushalten.«

Die hagere Frauengestalt mit dem verhärmten Gesicht beugte sich vor und starrte Lord Siniford ins Gesicht.

»Tommy!« rief sie atemlos. »Gut, daß du da bist! Du erinnerst dich doch an Anna, nicht wahr —? Hab' dir immer Kuchen gegeben, weißt du noch, Tommy?«

Der Lord schaute sie entgeistert an.

»Mein Gott —! Es ist Anna . . .«

Die Frau riß sich energisch aus dem Griff des Polizisten los, packte Lord Siniford am Arm und sprach leise auf ihn ein.

»Wie . . . Was sagst du da? — Was hast du gesagt?«

Der Polizist zog die Frau zurück und bahnte sich, sie vor sich herschiebend, einen Weg durch die Menge. Sprachlos starrte ihnen Lord Siniford nach, doch plötzlich lief er ihnen, ohne sich um die Umstehenden zu kümmern, mit einem Fluch nach. Sein Gesicht war sehr blaß geworden, er atmete erregt und schien plötzlich ganz nüchtern zu sein.

Kapitel 6

Inspektor Wade war an diesem Abend kaum eingeschlafen, als das Telefon läutete und Inspektor Elks melancholische Stimme sich meldete.

»Erinnern Sie sich noch an die Frau, die Sie aus dem Fluß gezogen haben? Die Selbstmörderin, die . . .«

»Anna —?« fragte Wade noch halb im Schlaf.

»Anna, ja — heute abend ist sie verhaftet worden, weil sie

Kapitän Aikness belästigte. Aikness, falls Sie es nicht wissen sollten, ist der Kapitän des Schiffes ›Siegel von Troja‹.«

»Furchtbar aufregend —«, murmelte Wade, »und Ihrer Ansicht nach genügt das, um mich aus dem ersten Schlaf zu reißen?«

»Geduld, Geduld, mein Lieber. Lord Siniford hat für sie Bürgschaft geleistet — ein Trunkenbold aus der St. James Street. Haben Sie vielleicht dafür Interesse?«

»Ganz enorm.«

»Als die Frau auf der Wache untersucht wurde, fand man an ihrer Hand den bewußten goldenen Siegelring. Sie wollte oder konnte nicht sagen, wo sie ihn her hatte. Schließlich bekam sie hysterische Anfälle, und wir mußten den Polizeiarzt holen.«

John Wade war jetzt wach geworden.

»Lord Siniford —? Bürgschaft geleistet, sagen Sie? Ja, ich habe schon von ihm gehört. Kennt er sie denn — ich meine Anna?«

»Es scheint so — jedenfalls kannte sie ihn, nannte ihn Tommy. Ich hätte Sie ja nicht angerufen, wenn nicht der Ring gewesen wäre.«

»Warum hat man Sinifords Bürgschaft angenommen und sie entlassen?«

»Weil man den Ring erst erkannte, als sie schon weg war. Zufällig fiel dem Sergeanten der Bericht über den Ring ein. Man hat sofort versucht, die Frau in Lord Sinifords Wohnung zu verhaften, aber beide waren verschwunden.«

Wade kannte Lord Siniford nur vom Hörensagen. Er galt als reicher Müßiggänger. Ob er wirklich reich war, wußte niemand. Er lebte in einer teuren Wohnung in der St. James Street und war Mitglied von zwei Klubs, die über die Verhältnisse ihrer Mitglieder nicht zu genaue Erkundigungen einzogen.

Siniford entstammte einer heruntergekommenen Adelsfamilie, die weder Geld noch Grundstücke besaß. Er war mit einer Amerikanerin verheiratet gewesen. Die Ehe wurde geschieden. Von Zeit zu Zeit war sein Name in den Aufsichtsratslisten verschiedener nicht mehr ganz sicherer Aktiengesellschaften aufgetaucht. Die unzähligen Pfändungen und

Arreste, die gegen ihn liefen, hatten ihn zu einem regelmäßigen Besucher des Zivilgerichts werden lassen. Zeitweise war er sogar gezwungen gewesen, seine Nächte auf den Bänken des Themse-Embankments zu verbringen. Dann war er eines Tages plötzlich zu Geld gekommen, niemand wußte wie und woher. Seine Schulden wurden bezahlt, und man nahm allgemein an, daß er wahrscheinlich über kein großes Vermögen verfügte, aber doch ein bedeutendes Einkommen haben müsse. Er wurde in sämtlichen Bars, gelegentlich auch auf den Rennplätzen gesehen.

Als Inspektor Wade die Wohnung in der St. James Street aufsuchte, wollte der Diener keine Auskünfte geben.

»Polizei —? Ach so, Sie sind von der Polizei . . . Es war schon einer hier. Seine Lordschaft kommt und geht sehr unregelmäßig.«

»Besitzt er ein Auto?«

»Ja.«

»Wo hat er seine Garage?«

»Garage? — Ja, natürlich hat er eine, aber ich weiß nicht, wo.«

»Dann überlegen Sie gefälligst mal gründlich!« fuhr ihn Wade an, worauf das Gedächtnis des Dieners tadellos zu funktionieren begann.

John Wade machte sich sogleich auf den Weg zu einer Garage in der Dean Street. Dort erfuhr er, daß der Wagen kurz vor Mitternacht abgeholt worden sei. Als Wade die Garage verlassen wollte, sah er einen kleinen Wagen vor dem Eingang halten. Er erkannte sofort den Betrunkenen von jenem Abend wieder, als Lila Smith mit ihrem geheimnisvollen Begleiter bei Lydbrake speiste. Es war Lord Siniford. Wade ging auf ihn zu.

»Ich bin Polizeiinspektor Wade . . .«

Lord Siniford blinzelte ihn aus kurzsichtigen Augen an.

»Ach — ich kenne Sie ja, wir sind uns neulich begegnet. Der Portier bei Lydbrake erzählte mir, wer Sie sind. Was wünschen Sie?«

»Ich möchte mit der Frau sprechen, für die Sie Bürgschaft geleistet haben.«

»Ach — wirklich?« Er lächelte ironisch. »Da müssen Sie sie

eben suchen.«

»Die Frau hat Sie ›Tommy‹ genannt. Kennen Sie sie?«

»Stellen Sie doch nicht so törichte Fragen, mein Lieber!« Siniford schien diesmal völlig nüchtern zu sein.

»Ich will wissen, ob Sie sie kennen!«

»Keine Spur.«

»Dann erklären Sie mir, warum Sie die Bürgschaft geleistet und warum Sie dem Polizeisergeanten erzählt haben, daß Sie sie seit Jahren kennen!«

»Na — also . . . Ich kenne sie. Sie ist langjährige Dienerin in unserer Familie gewesen, heißt — Anna Smith.«

»Wo haben Sie die Frau hingebracht?«

»Sie bat mich, sie in der Nähe ihrer Wohnung in Camberwell abzusetzen.«

»Brauchen Sie zwei Stunden, um von hier nach Camberwell und zurück zu fahren?«

»Ich verweigere jede Aussage«, erklärte der Lord erregt. »Ich habe sie einfach nach Camberwell gebracht — das muß Ihnen genügen.«

»Die Frau hat auf der Polizei ausgesagt, daß sie in Holloway wohnt. Das ist ziemlich weit weg von Camberwell. Lord Siniford, ich glaube, Sie täten besser daran, wenn Sie mir mitteilten, was Sie über diese Frau wissen. Ich habe besonderen Grund, danach zu fragen. In ihrem Besitz wurde ein Ring gefunden, der gestern nacht aus einer Polizeiwache gestohlen worden ist.«

»Ein Ring?« wiederholte Siniford verblüfft. »Ich weiß nichts von einem Ring. Sie hat mir nichts erzählt . . . Mehr kann ich Ihnen über die Frau nicht sagen. Sie wohnt irgendwo in der Gegend von Camberwell — wenigstens habe ich sie dort hingebracht. Sie soll morgen früh auf dem Polizeigericht erscheinen. Tut sie das nicht, kostet mich der Spaß zehn Pfund.«

»Nehmen wir einmal an, Sie haben die Frau irgendwo hingebracht, wo wir sie nicht finden und nicht verhören können . . .«

»Sie sind verdammt unverschämt!« fuhr Siniford auf. »Ich habe der Frau einen Gefallen tun wollen — hm, christliche Nächstenliebe für eine alte Dienerin unserer Familie, verflucht noch mal! Kann ein anständiger Mensch denn etwas anderes tun? Und jetzt kommen Sie daher und wollen mir erzählen, daß ich eine gewöhnliche Diebin, die Ringe stiehlt, decken will! — Ich werde mich morgen früh beim Polizeipräsidenten beschweren!«

»Darf ich Ihnen gleich seine Telefonnummer geben?« fragte Wade höflich.

Mehr war aus Siniford nicht herauszubekommen, und es blieb abzuwarten, ob Anna Smith am nächsten Morgen zur Verhandlung erscheinen würde.

John Wade war im Gerichtssaal, als ihr Name aufgerufen wurde. Ein Rechtsanwalt, wahrscheinlich im letzten Augenblick von Lord Siniford beauftragt, erhob sich und teilte dem Richter mit, daß es ihm leider nicht gelungen sei, die Frau zu finden.

»Jedenfalls hat er sie aus London herausgebracht«, sagte Wade zu einem Kollegen. »Wissen Sie etwas über Siniford?«

»Nichts weiter, als daß er einer der vielen Tagediebe im Westend ist.«

»Hat er ein Haus auf dem Lande?«

Der Kollege lachte.

»Ha, Landhaus! Bestimmt nicht. Aber da fällt mir ein — früher brachte er sich ständig in Unannehmlichkeiten mit seiner Marotte, kleine möblierte Villen zu mieten und dann, ohne zu zahlen, zu verschwinden. Ich weiß, daß er manchmal zwei, drei Häuser in einem Jahr mietete, ohne einen einzigen Penny zu zahlen. Seit er Geld hat, wird er es damit wohl nicht mehr so halten, aber vielleicht schwärmt er noch immer für den Fluß, es waren nämlich stets und ausschließlich Flußvillen . . . Ich will mich mal erkundigen.«

Aber alle Nachforschungen in dieser Richtung verliefen erfolglos.

Nicht erschienen zur Verhandlung war auch der Kapitän des Schiffes ›Siegel von Troja‹, der ja formell als Kläger zu gelten hatte. Da sein Schiff vor Anker lag, unterlag der Fall der Strompolizei, also Inspektor Wade. Oft genug hatte er den 5000-Tonnen-Frachter gesehen, der sich von allen anderen Schiffen durch seine Größe und seine zwei Schornsteine unterschied. Gegenwärtig lag er in der Mitte des Stromes und nahm von kleinen Dampfern Ladung, schwere Kisten und Ballen, an Bord.

Gegen drei Uhr nachmittags legte die Polizeibarkasse am Fallreep des Schiffes an, und Wade ging an Deck. Ein dunkelhäutiger Schiffsoffizier, vermutlich Südamerikaner, empfing ihn.

»Kapitän Aikness ist an Land — ich bin zweiter Offizier.«

Wade legitimierte sich und wurde in einen kleinen, aber überraschend luxuriösen Salon geführt — Wände in Mahagoni, bequeme Lederklubsessel, an der Schmalwand ein Kamin.

»Offiziersmesse«, erklärte sein Führer. »Wollen Sie nicht Platz nehmen, Mr. Wade? Wie ich hörte, hat Kapitän Aikness gestern abend eine kleine Unannehmlichkeit gehabt. Eine alte Frau hat ihn belästigt, nicht wahr? Kapitän Aikness meinte, sie wäre nicht ganz normal. Hoffentlich ist sie nicht ins Gefängnis gekommen?«

»Sie konnte nicht verurteilt werden, weil sie nicht zur Verhandlung gekommen ist. Sie ist verschwunden.«

Der Offizier zog die Brauen hoch.

»Wirklich? — Das ist eigentlich ganz gut so. Kapitän Aikness war besorgt deswegen. Ich werde es ihm mitteilen, sobald er zurückkommt.«

Warten wäre zwecklos gewesen, und so verabschiedete sich Wade höflich und stieg in seine Barkasse.

»Fahren Sie um den Bug herum!« befahl der Steuermann.

Das Boot umfuhr die ›Siegel von Troja‹. Wade hatte dabei keine andere Absicht, als die Barkasse in ruhiges Wasser zu bringen und zwei Frachtkähne zu vermeiden, die an dieser Seite des Schiffes anlegen wollten. Er blickte gedankenlos an der Bordwand hinauf. Auf der anderen Schiffsseite, schon gegen das Heck zu, befanden sich drei große Bullaugen. Die Fenster standen offen, und aus einem wehten kurze, blaue Vorhänge heraus.

Das Motorboot hatte gerade das mittlere der drei Bullaugen erreicht, als in der Öffnung das Gesicht eines Mannes auftauchte. Nur für eine Sekunde — ein braunes, faltiges Gesicht, ein glänzend kahler Schädel. Beinah im gleichen Augenblick, und dennoch nicht schnell genug, zuckte der Mann vom Fenster zurück.

John Wade hatte den geheimnisvollen Mr. Brown erkannt, der einmal im Jahr mit Lila Smith in einem der vornehmsten Restaurants von London speiste. Kein Zweifel, daß es jener Mann, und ebensowenig, daß es Kapitän Aikness war.

Wade wollte schon Befehl geben, zurückzufahren, besann sich aber eines Besseren. Man würde ihm nur nochmals die gleiche Lüge auftischen, daß nämlich Kapitän Aikness nicht an Bord sei. Er hatte kein Recht, das Schiff zu durchsuchen, und es lag kein Grund vor, einen solchen Durchsuchungsbefehl zu beantragen.

»Fahren Sie eine halbe Meile stromabwärts«, befahl er seinem Steuermann. »Dann wenden Sie und passieren so nahe wie möglich die ›Siegel von Troja‹.«

Die Ladekähne hatten bereits am Schiff festgemacht, als die Barkasse sich wieder auf gleicher Höhe mit ihm befand. Ein Offizier stand auf der Brücke und leitete die Lademanöver auf dem Achterdeck. Ein paar Männer, allem Anschein nach Stauer, arbeiteten an der Ladeluke. Der dunkelhäutige Offizier war nicht zu sehen.

Die Barkasse fuhr langsam stromaufwärts am Frachter vorbei. Wade beobachtete mit dem Feldstecher die Bullaugen. Er glaubte ein Gesicht auftauchen und verschwinden zu sehen, aber es konnte auch Einbildung sein. Dann legte er das Glas weg und stand auf.

»Zurück nach Favy Stairs!«

Die Barkasse legte sich auf die Seite, als sie herumschwang. Ploff!

Etwas schlug gegen das Dach des kleinen Kabinenaufbaus, zersplitterte das Glas und riß ein Stück des Rahmens weg.

»Allmächtiger!« rief der erschrockene Steuermann.

»Immer vorwärts — kümmern Sie sich um nichts!«

»Was ist denn, Mr. Wade, sind Sie verletzt?«

Wade war in die Knie gesunken.

»Was soll es schon sein? Vielleicht eine verrückte Möwe, alter Junge, fragen Sie nicht so dämlich! Was mich betrifft — ich bin tot. Warten Sie, bis die Totenschau stattfindet, dann können Sie wieder reden!«

Der Schuß war vom Schiff gekommen, keine Frage. Diese

Unverfrorenheit — bei hellem Tageslicht! Der Lärm der Kräne würde den Knall übertönt haben, auch wenn kein Schalldämpfer verwendet worden wäre. Trotzdem — eine unglaubliche Unverfrorenheit!

Das Motorboot machte am schwimmenden Landungsplatz fest.

»Helfen Sie mir an Land — ich werde mich auf Sie stützen«, sagte Wade zu seinem Steuermann.

Es war ein malerischer Anblick, als man den ›Verwundeten‹ aufhob und über die Landungsbrücke trug. Wade wußte sehr gut, daß die Kugel kaum um Zollbreite an seinem Kopf vorbeigegangen war. Allein das plötzliche Umlegen der Barkasse hatte ihm das Leben gerettet.

Eine halbe Stunde später trafen drei der Chefs von Scotland Yard ein und untersuchten den im Boot angerichteten Schaden.

»Vielleicht eine der Flußratten, Wade? Es gibt mehr als ein Dutzend Plätze, von denen aus man bequem schießen kann — und weiß Gott, Sie sind nicht allzu beliebt!«

»Ratten laufen nicht mit Gewehren herum — wären schwierig zu verstecken«, meinte Wade.

Der Chef stimmte zu.

»Aber wenn Sie das Schiff durchsuchen, finden Sie nichts. Die rechnen sogar damit und haben sicher ein paar Dutzend Alibis, die nur darauf warten, gehört zu werden! Was schlagen Sie vor?«

»Schicken Sie ein Polizeiboot den Fluß hinunter und lassen Sie nachforschen, ob man einen Schuß gehört oder etwas Verdächtiges gesehen hat. Bei jedem Frachtkahn, jeder Werft soll angefragt und auch die ›Siegel von Troja‹ nicht ausgelassen werden. Vielleicht wäre es gut, im Verlauf des Gesprächs zu erwähnen, daß ich schwer verwundet sei. Ein paar Bandagen, eine Tragbahre und ein Sanitätsauto wären gleichfalls zu empfehlen.«

»Der Junge hat recht«, sagte Inspektor Elk. »Ich werde ihn selbst nach Hause bringen und ein wenig Krankenschwester bei ihm spielen.«

Bald danach sahen jene Bewohner von Wapping, die John Wade alles andere als Sympathie entgegenbrachten, mit Genugtuung, wie ein Sanitätsauto vor dem Häuschen vorfuhr, eine Tragbahre vorsichtig herausgehoben und durch den Vorgarten getragen wurde.

»Jetzt hat er sein Teil weg!« kommentierte einer der Zuschauer. »Er wollte es ja nicht anders haben!«

An diesem Abend arbeitete man bis lange in die Nacht hinein auf der ›Siegel von Troja‹. Große Bogenlampen beleuchteten das Schiff. Schwere Kisten schwebten langsam zur Ladeluke hinauf.

Ein Stauer kletterte an einem Drahtseil in die Höhe und betrat das Deck. Niemand beachtete ihn. Selbst der dunkelhäutige Brasilianer, der die Arbeit von der Brücke aus leitete, bemerkte ihn nicht. Der Stauer hielt sich im Schatten versteckt und hörte den schwatzenden Arbeitern zu.

»Flußspitzel kamen her, wollten wissen, wer geschossen hat. Hast du schießen gehört, Harry?«

»Blödsinn! Die Blauen behaupten immer, daß irgend etwas auf dem Fluß passiert ist. Alles Mache — weiter nichts.«

»Sie sind auf jedem Schiff im Hafen gewesen. Einer sagte, Wade sei erledigt!«

Der Lauscher warf einen Blick nach dem Gang, der ins Innere des Schiffes führte. Ein grobschlächtig aussehender Bootsmann hielt davor Wache. Der Gang auf der Steuerbordseite war verschlossen, so daß es keine Möglichkeit gab, zur Treppe zu gelangen, ohne vom Offizier auf der Brücke gesehen zu werden.

Der wachestehende Bootsmann verfolgte interessiert die Ladearbeiten. Ein- oder zweimal trat er an die Luke, um einen raschen Blick nach unten zu werfen, aber dann nahm eine große Kiste, die neben der Luke an die Schiffswand ballerte und bedenklich zu schwanken begann, seine Aufmerksamkeit längere Zeit in Anspruch. Der Zugang zum inneren Gang blieb solange unbewacht. Der versteckte Stauer — es war John Wade — schlüpfte hinein.

Er mußte an der Küche vorbei, aber der Koch drehte ihm den Rücken zu. Eine Treppe führte nach unten. Gewöhnlich befinden sich auf Frachtern die Kabinen der Schiffsoffiziere auf dem Bootsdeck. Auf diesem Schiff lagen sie in der Mitte unten. Alle waren verschlossen, ausgenommen eine einzige, in der Licht brannte. Die Kabine war mit zwei Schränken, zwei Lehnstühlen und einem Schlafsofa ausgerüstet. Auf einem schmalen Schreibtisch stand die Fotografie einer Frau in mittleren Jahren.

Am Ende des Ganges versuchte Wade noch zwei Türen. Sie waren verschlossen, ebenso die Offiziersmesse. Es war unmöglich, die Kabine auszumachen, in deren Fenster er Mr. Browns Gesicht gesehen hatte.

Er hörte Schritte und konnte sich gerade noch in einer Nische verbergen, als eine Tür aufging und ein Mann herauskam. Die Offiziersmesse war hell erleuchtet und sein Gesicht deutlich zu sehen. Er trug die Uniform eines Schiffsoffiziers. Wade erkannte ihn sofort. Es war jener geheimnisvolle Besucher, den er bei Mutter Oaks überrascht hatte — Mr. Raggit Lane.

Lane starrte den dunklen Gang entlang.

»Niemand —«, rief er über die Schulter zurück.

Drinnen erklang eine dröhnende Stimme:

»Ich habe gesehen, wie der Drücker sich bewegte. Sehen Sie doch mal richtig nach, es kann ja auch einer von der Mannschaft gewesen sein, der etwas wollte!«

Jeder Irrtum ausgeschlossen — diese Stimme gehörte dem Alten, Lilas Begleiter bei Lydbrake.

Lane murmelte etwas vor sich hin, zog sich zurück und schloß die Tür. Trotzdem verstand Wade deutlich die Worte:

»Der Teufel soll Sie holen — nachsehen sollen Sie!«

Wade eilte so schnell als möglich die Treppe hinauf bis zum obersten Deck, das von den Scheinwerfern nur halb beleuchtet wurde. An der Reling stand ein Mann, der über das Wasser blickte. Wade versteckte sich mittschiffs zwischen zwei Wassertanks. Der Mann an der Reling rief einen Namen, ein anderer erschien, der nach wenigen Worten die Treppe hinabstieg und bald danach in Begleitung von Raggit Lane zurückkehrte.

Offenbar war jemand zum Schiff gekommen, die Wache hatte Lane verständigt, der jetzt das Fallreep hinunterstieg, vermutlich um mit dem Besucher zu verhandeln. Dann kam Raggit Lane eilig wieder hinauf, verschwand, kehrte jedoch bald zurück und rief über die Reling:

»Bitte, kommen Sie herauf, Sir! Der Kapitän ist hier.«

Es war hell genug, um das Gesicht des Besuchers unterscheiden zu können, der keuchend das Deck betrat. Siniford schien nicht gerade eine sportliche Konstitution zu besitzen.

»Tut mir leid, mein Lieber, daß ich Sie noch so spät stören muß«, sagte er atemlos, »aber die Angelegenheit ist außerordentlich wichtig —ich muß unbedingt den Kapitän sprechen. Ich habe meinen Diener und ein paar Leute unten im Boot. Nebenbei gesagt, sie haben Auftrag, falls ich nicht bald zurückkomme, Meldung an Land zu geben.«

»Darüber brauchen Sie sich keine Gedanken zu machen, Lord Siniford. Wir hätten Sie selbst an Land gebracht, aber wenn Sie es vorziehen, in Ihrem eigenen Boot zurückzufahren . . .«

Wade konnte die weitere Unterhaltung nicht mehr verstehen. Es überraschte ihn, daß Lord Siniford der Meinung zu sein schien, sich hier in Gefahr zu befinden. In einem günstigen Augenblick gab er sein Versteck zwischen den Wasserbehältern, von denen einer heißes Wasser enthielt, auf und schlüpfte die Treppe hinab.

Was wollte Siniford hier? Stand die dringende Angelegenheit in Verbindung mit Anna und ihrem Angriff auf Kapitän Aikness?

Wade schlich sich wieder bis zur Offiziersmesse und lauschte. Erst sprach Aikness, dann hörte er die schrille Stimme Lord Sinifords. Verstehen konnte er nichts. Er gab es auf und drehte sich um — mitten im Gang stand Raggit Lane, die Hände tief in den Taschen, und betrachtete ihn mit ironischem Lächeln.

»Suchen Sie etwas?«

»Nein, Sir — ich wollte nur ein Glas Wasser trinken.«

»Sie kommen wohl von einem der Frachtkähne?«

Wade wußte genau, daß Lane ihn erkannt hatte und nur Komödie spielte; die eine Hand in der Tasche — er konnte sogar die Mündung des Revolvers erkennen, der auf ihn gerichtet war. Aber er ließ sich nicht anmerken, daß er sich bedroht fühlte. Er holte eine Tabakschachtel aus der Tasche, tat, als wollte er ein Stück Priem nehmen, schien es sich aber anders zu überlegen und warf die Schachtel durchs Bullauge ins Wasser.

»Ich glaube, wir haben uns allerhand zu sagen . . .« begann Lane, unterbrach sich aber, als vom Wasser her ein heller, grüner Lichtschein heraufdrang, der an der weißen Decke des Ganges hängenblieb.

»Wollte meinen Leuten nur mitteilen, daß ich hier bin«, erklärte Wade freundlich. »Ich habe drei Polizeiboote mitgebracht und vereinbart, daß ich Signal geben werde, wenn die Sache hier ungemütlich werden sollte.«

»Es wird doch keine Unannehmlichkeiten geben?« fragte Lane.

»Jetzt nicht mehr — Sie haben ja Ihre Hand nicht mehr in der Tasche. In ein paar Augenblicken werde ich Sie allerdings ersuchen, mir den Revolver auszuhändigen, und wenn Sie mir da Schwierigkeiten machen, befürchte ich, werden Sie wohl nicht mit der ›Siegel von Troja‹ abreisen.«

Raggit Lane lächelte gezwungen.

»Ihr von der Flußpolizei seid doch schrecklich nervös . . .«

»Sparen Sie sich die Worte. Sie wissen doch, daß sich meine Leute auch hier nach dem Kunstschützen erkundigten, der auf nur hundertfünfzig Meter an mir vorbeischoß?« Wade sah, wie Lanes Brauen zuckten. »Das kränkt Sie wohl in Ihrer Eigenliebe, wie?«

Schwere Schritte polterten die Treppe hinunter.

»Hallo, Inspektor —?«

»Alles in Ordnung, Sergeant! Schicken Sie einen Mann hierher. — Und jetzt bitte ich um Ihre Waffe, Mr. Raggit Lane!«

Widerstrebend zog Lane den Revolver aus der Tasche. Im gleichen Augenblick öffnete sich die Tür des Salons, und die Riesenfigur von Kapitän Aikness erschien.

»Was ist das für ein Radau?« rief er wütend.

»Kapitän Aikness, wenn ich nicht irre? Ich habe gerade Ihrem Offizier den Revolver abgenommen.«

»Ein Schiffsoffizier ist berechtigt, Schußwaffen zu tragen — das wissen Sie wohl nicht, Mr. . . . Wie heißen Sie überhaupt?«

»Inspektor Wade, Kapitän. Ihnen völlig unbekannt, wie ich annehme?«

»Habe den Namen nie gehört.«

»Dann ist Mutter Oaks tatsächlich sehr verschwiegen! — Haben Sie einen Waffenschein, Mr. Lane?«

»Nicht nötig!« fuhr der Kapitän auf.

»Sehr nötig im Hafen von London, falls die Waffe herumgetragen wird. Ich werde das Ding behalten.«

An der Treppe drehte sich Wade noch einmal um.

»Vielleicht zieht es Lord Siniford vor, mit mir an Land zu gehen?«

»Danke bestens, aber Lord Siniford hat sich entschlossen, die Nacht an Bord zu verbringen. Wenn Sie es nicht glauben wollen, können Sie ihn selbst fragen — aber ich möchte gerne wissen, warum Sie Ihre Nase in meine Angelegenheiten stecken!«

»Nun, machen wir ihm auf jeden Fall mal den Vorschlag«, meinte Wade.

Als er in den Salon kam, saß Lord Siniford in einem der großen Klubsessel und rauchte behaglich eine Zigarre. Er erkannte Wade in seiner Arbeitsmontur nicht gleich. Dann sprang er auf.

»Was wollen Sie?« stieß er hervor. »Warum kommen Sie hierher? Ich kann Ihnen keine Auskunft geben.«

»Gehen Sie heute abend noch an Land?«

»Ich bleibe an Bord, Kapitän Aikness war so liebenswürdig, mir eine Kabine zur Verfügung zu stellen.«

»Zufrieden?« fragte Aikness höhnisch.

»Vollständig.«

Vor dem Salon blieb Wade stehen und sagte zum Kapitän:

»Wir haben Ihren Siegelring gefunden. Sie können ihn abholen, sobald es Ihnen paßt.«

»Siegelring? Habe keine Ahnung, wovon Sie reden. Ich habe keinen Ring verloren.«

»Ich dachte mir nur, daß die Frau, als sie Ihre Hand festhielt, Ihnen den Ring unabsichtlich abgestreift hätte. Es ist ein Ring mit einem Wappenbild — stellt einen Tempel und die Figur der Aphrodite dar. Hat das keine Bedeutung für Sie?«

»Ganz und gar keine.«

John Wade nickte langsam.

»Für mich schon. Es ist nämlich das alte Siegel von Troja. Merkwürdiger Zufall, nicht? Ich habe keine Ahnung, wie das neue Siegel von Troja aussieht — vielleicht ein Mann mit Gummimaske, Revolver in der Hand, einen Strick um den Hals?«

Das Gesicht des Kapitäns zeigte nichts. Er versuchte den Blick des Inspektors auszuhalten, aber plötzlich drehte er sich um, verschwand im Salon und schlug die Tür hinter sich zu.

Kapitel 7

Als John Wade auf die Wache der Flußpolizei zurückkehrte, erwarteten ihn dort Inspektor Elk und einer der Chefs von Scotland Yard.

»Ich weiß wirklich nicht —«, meinte der Chef, als Wade seinen Bericht vorgetragen hatte, »bei einer Durchsuchung würde höchstwahrscheinlich gar nichts herauskommen, und irgendeine Verbindung mit den Gummibrüdern können wir nicht nachweisen. Das Schiff ist in Rio eingetragen und fährt unter brasilianischer Flagge. Ich habe mir alle erreichbaren Daten über die ›Siegel von Troja‹ zusammenstellen lassen — sehen Sie sich den Rapport selbst einmal an, Inspektor.«

Der Fahndungsdienst hatte recht genaue Angaben über die ›Siegel von Troja‹ zusammengetragen. Als ziemlich neues Schiff wurde sie vor zehn Jahren von einem Brasilianer namens Dumarez erworben. Lloyds Register bot genaue Angaben über die verschiedenen Fahrten des Schiffes, die aber, vom polizeilichen Standpunkt aus, wenig zufriedenstellend waren. Die ›Siegel von Troja‹ war wohl das eine oder andere Mal in London, einmal auch in New York gewesen, als die Gummibrüder von sich reden machten, andererseits aber hatte sie sich oft auch Tausende von Meilen vom Tatort entfernt befunden.

Inspektor Wade machte dennoch eine Entdeckung — innerhalb zweier Monate nach jedem Verbrechen tauchte sie mit absoluter Regelmäßigkeit in Marseille auf!

»Aber die Unterhaltskosten für ein solches Schiff sind ja ganz enorm«, warf der Chef ein. »Man läßt doch einen Fünftausend-Tonnen-Frachter nicht zum Vergnügen . . .«

»Das Schiff deckt seinen Unterhalt allein schon durch die Frachten«, widersprach Wade. »Außerdem beläuft sich die von den Gummibrüdern in den letzten zehn Jahren erbeutete Summe auf eineinhalb Millionen, und zweifellos ist das nur ein Teil davon. Wir haben längst nicht alles kontrollieren können.«

Mitten in der Nacht fand noch eine Konferenz der obersten Chefs statt. Es wurde beschlossen, die ›Siegel von Troja‹ in Ruhe zu lassen.

Aber die ganze Nacht hindurch hielten Beobacher zu Wasser und zu Land das Schiff unter Kontrolle. Als Lord Siniford gegen sieben Uhr morgens an Land kam, folgte man ihm bis zu seiner Wohnung in der St. James Street, die er an diesem Tag nicht mehr verließ.

Um drei Uhr nachmittags wurden die Anker auf der ›Siegel von Troja‹ gelichtet, und langsam fuhr das Schiff die Themse hinunter. Gegen Abend kam es in Gravesend an. Ein Beamter der Gesundheitspolizei stieg mit seinen Begleitern an Bord. Wie er außerordentlich höflich auseinandersetzte, habe er Befehl erhalten, die Einrichtungen des Schiffes zu inspizieren. Als er mit seinen Leuten wieder in die Barkasse stieg, rief ihm Kapitän Aikness grimmig nach:

»Ich fürchte, Sie werden Scotland Yard nicht viel zu berichten haben!«

Der ›Sanitätsbeamte‹ lächelte gezwungen.

»Auf jeden Fall«, erklärte Inspektor Elk, als er von dem Mißerfolg hörte, »werden wir endlich ein bißchen Ruhe vor den Gummibrüdern haben!«

Er sollte damit nicht recht behalten. Um zehn Uhr am gleichen Abend bemerkte ein Polizist, daß aus dem Oberfenster eines leeren Ladens in der Oxford Street Rauch herausdrang. In wenigen Minuten war die Feuerwehr an Ort und Stelle. Die Flammen verbreiteten sich mit solcher Geschwindigkeit, daß Großfeuer-Alarm gegeben und die Oxford Street abgesperrt werden mußte.

Die beiden Detektive, die ausdrücklich Weisung hatten,

das Grundstück der benachbarten Northland Bank zu bewachen, hielten sich an der Vorderfront auf, um einen guten Überblick über das Feuer zu haben. In der Northland Bank lagen ständig beachtliche Summen in Bargeld. Ein bewaffneter Nachtwächter patrouillierte im Hause. Aber auch ihn lockte der Feuerschein an. Er stand an einem Fenster, als sich eine Schlinge um seinen Hals legte und ihm für längere Zeit alles Interesse an Feuerbrünsten nahm.

Hätten sich die beiden Detektive nur einmal umgeschaut, müßten sie den Überfall auf den Wächter bemerkt haben. Als das Feuer eingedämmt war und aufhörte, ein anziehendes Schauspiel zu sein, entdeckten sie, daß die Hintertür der Bank erbrochen worden war. Sie stürzten ins Gebäude, fanden den Nachtwächter halbtot, den großen Tresor weit offen — der Kassenbestand war verschwunden.

Ein einziger Mann hatte den Einbruch beobachtet — ein alter Straßenhändler, der nachts in Höfen und unter Toreinfahrten schlief. In seinem Leben hatte er zuviel Aufregendes erlebt, als daß ein Feuer ihn noch hätte anlocken können. Er wurde durch ein Auto aufgeweckt, das am hinteren Bankeingang vorfuhr. Drei Personen stiegen aus und verschwanden im Innern der Bank. Der Zeuge wußte nicht einmal, daß es ein Bankgebäude war, und hätte die Eindringlinge auch nicht beschreiben können, wenn nicht einen Augenblick lang die ganze Umgebung durch das Zusammenbrechen eines brennenden Pfeilers in Glut gehüllt worden wäre. In diesem roten Schein sah er drei unheimliche Gestalten in Schwarz, mit Gummimasken und merkwürdigen, um die Hüfte baumelnden Zylindern. Zuerst hielt er sie für Feuerwehrleute, die eine besondere Art von Rauchmasken trugen. Als er dann aber von dem Bankraub hörte, teilte er seine Beobachtungen einem Polizisten mit und war überrascht, daß man seiner Erzählung Glauben schenkte.

Als John Wade am nächsten Morgen in die Barkasse stieg, wurde ihm ein vertraulicher Rapport über die Vorfälle ausgehändigt, aus dem er aber nicht mehr erfahren konnte, als er schon aus den Zeitungen wußte. Er absolvierte seine tägliche Rundfahrt und sparte den wichtigsten Besuch bis zuletzt auf. Das ›Mecca‹ war nicht so leicht zu erreichen. Es gab wohl noch die halbverfallene Landungstreppe, aber meistens zog er es vor, an der danebenliegenden Frasers Werft an Land zu gehen.

Der Werftkomplex mit seinen großen Hallen hatte bis vor ungefähr zwei Monaten leergestanden und war dann kurzerhand in eine Garage umgewandelt worden. Es war nicht ohne weiteres einzusehen, warum die Werft nicht rentabel war. Hier konnten die Lastkähne auch bei Ebbe anlegen. Entweder mußte an dieser Stelle früher einmal gebaggert worden sein, ober es bestand ein natürlicher Kanal, denn während an allen anderen Werften in der Umgebung die Kähne auf dem Schlamm festsaßen, schwammen an Frasers Kai die Kiele stolz auf dem Wasser. Allerdings war die Wasserfront sehr kurz, nur wenige Kähne konnten anlegen und entladen werden. Andere Werften mit langer Front lagen ganz in der Nähe, und so waren Frasers Einkünfte verhältnismäßig gering gewesen.

Wade machte das Boot an der Treppe fest, ging den Kai entlang, kletterte über einen Drahtzaun und stand vor dem ›Mecca‹. Das bewußte Fenster stand offen, aber der Gästeraum war leer. Keine Spur von Golly — kein Ton von Mutter Oaks' kreischender Stimme. Er wartete eine Weile. Ein neues Dienstmädchen kam ins Zimmer, das bei seinem Anblick beinahe einen Teller fallen ließ.

»Ist Lila zu Hause?« fragte er.

Das Mädchen sah ihn mißtrauisch an.

»Miss Lila ist oben.«

Miss Lila? Seltsam. Niemand hatte je diese Anrede gebraucht.

»Sagen Sie ihr bitte, sie möchte einen Augenblick herunterkommen. Wo ist Mrs. Oaks?«

»Ich weiß nicht — ich soll überhaupt mit niemand sprechen. Mrs. Oaks sagte mir, ich sollte nicht . . . Sind Sie vielleicht Mr. Wade?«

»Ja, warum?«

Das Mädchen zögerte einen Augenblick.

»Warten Sie bitte —«

Sie ging hinaus.

John Wade wartete, und als Lila herunterkam, betrachtete

er sie erstaunt. Sie war anders als sonst und sehr geschmackvoll gekleidet — kein Aschenbrödel mehr.

»Hallo, Lila . . .« Dann sah er, daß sie geweint hatte.

Sie kam auf ihn zu. Er spürte ihre kleine, kühle Hand.

»Bleiben Sie nicht hier, bitte —«, sagte sie leise. »Mrs. Oaks ist ausgegangen. Es geht mir ganz gut, ich soll in ein Pensionat, um Französisch zu lernen.« Sie sprach schnell und mechanisch, als ob sie eine Lektion wiederholte.

»Wohin denn?«

»Ich weiß nicht — ich glaube nach Frankreich. Ich mußte Mrs. Oaks versprechen, mich nicht mit Ihnen zu unterhalten. Aber ich konnte nicht anders. Ich habe das Mädchen gebeten, mich zu verständigen, wenn Sie kommen. Sie haben mich neulich am Abend gesehen?«

»Ja . . .«

»Damit hängen meine ›Träume‹ zusammen. Es war dumm von mir, soviel Aufhebens davon zu machen — es liegt mir gar nichts daran. Ich habe sogar Angst vor diesem Ausgehen. Ich weiß selbst nicht warum.«

Nach jedem Satz lauschte sie ängstlich ins Haus hinein.

»Lila, was bedeutet dies alles? Wer ist Kapitän Brown?«

»Ich weiß es nicht. Er ist immer sehr nett, aber ich habe Angst vor ihm. Glauben Sie mir? Es war schön, diese prachtvollen Sachen zu tragen, aber das letztemal, ich weiß nicht — ich hatte Angst.«

»Wer ist er?«

Sie holte tief Atem.

»Mrs. Oaks sagt, er sei ein Verwandter von mir, und ich glaube, das ist auch so.«

»Ist es möglich, Sie irgendwo zu sprechen? Allein!«

»Nein, nein!« Entsetzt wies sie den Vorschlag zurück. »Sie dürfen nicht . . .«

»Können Sie einmal zu mir kommen? Gehen Sie nie allein aus?«

»Ich glaube nicht, daß das möglich ist — ich möchte Sie auch nicht wiedersehen.«

Sie sah blaß und abgespannt aus.

»Wissen Sie, wo ich wohne?«

»Ja.« Sie sah ihm fest in die Augen. »Sie wohnen in einem

kleinen, alleinstehenden Häuschen. Über das flache Küchendach kann man ins Haus kommen, und im Garten befindet sich ein alter Ziehbrunnen.«

Er schaute ihr verblüfft nach, als sie sich abrupt umwandte und aus dem Zimmer lief. Leise vor sich hinpfeifend, ging er über den Kai zurück. So war es also. Das flache Küchendach und das darüberliegende Fenster waren tatsächlich die einzigen ungeschützten Punkte in seinem Haus. Bis jetzt hatte er geglaubt, daß niemand etwas von dem Ziehbrunnen wußte. Schon zu Lebzeiten seines Vaters, von dem er das Häuschen geerbt hatte, war der Brunnen mit Eichenplanken und Erde zugedeckt worden. Er verstand sehr gut, warum sie ihm dies gesagt hatte — sie mußte es von jemandem gehört haben, dem daran gelegen war, sein Haus und Grundstück kennenzulernen.

John Wade fuhr eine halbe Meile den Strom hinauf und kehrte dann wieder zum ›Mecca‹ zurück. Vor der Tür saßen ein paar Seeleute, die er fragte, ob Mrs. Oaks zu Hause sei.

»Ja, Mr. Wade, sie ist gerade gekommen. Warten Sie, ich will ihr gleich Bescheid sagen.«

Er hatte einen kühlen Empfang erwartet, doch ›Mutter‹ war diesmal in bester Laune, lächelte ihm zu und bat ihn hinein.

»Bitte, nehmen Sie Platz, Mr. Wade. Sehen Sie sich nicht um — es ist nicht aufgeräumt worden.«

Ihre Augen sahen müde aus, sie konnte nicht viel geschlafen haben.

»Spät zu Bett gegangen, Mrs. Oaks?«

Ihr liebenswürdiges Lächeln verschwand für einen Augenblick.

»Sie sind ein richtiger Detektiv, Mr. Wade! Nein, spät nicht, aber ich hatte starke Kopfschmerzen.«

»Und Gesellschaft auch —? Zigarren gehören doch sonst nicht zu Ihren Lastern!«

Ein Häufchen Zigarrenasche lag im Kamin. Noch eine andere Beobachtung hatte er gemacht — ein kaum wahrzunehmender Parfümgeruch schwebte im Zimmer.

»Ein paar Herren sind gekommen und haben geraucht«, erwiderte sie gelassen. »Merkwürdig, daß Sie das bemerkt haben!«

»Wie geht's Lila?«

»Sie soll nach dem Norden Englands — in eine Schule. Ihr Vater will das so. Er ist doch ein netter Mensch, finden Sie nicht auch, Mr. Wade? Es ist eigentlich ein Jammer, daß er in seinem Alter immer noch zur See fahren muß.«

»Wann erwarten Sie Kapitän Aikness zurück?«

Sie schien nicht überrascht, daß er den Namen kannte.

»Nicht vor drei Monaten, vielleicht bleibt er auch ein Jahr weg. Übrigens, Mr. Wade, wir haben das Haus in Langras vermietet.«

Ohne auf ihren Versuch, das Thema zu wechseln, einzugehen, fragte er:

»Wo ist Lila?«

»Oben — hat etwas Kopfschmerzen. Ich habe ihr geraten, im Bett zu bleiben.«

»Also in eine Schule im Norden Englands geht sie? Ist sie nicht ein bißchen alt dafür? — Da fällt mir ein — ist eigentlich Mr. Raggit Lane mit Kapitän Aikness zusammen?«

»Ja, er ist doch Seemann. Golly ist übrigens auch mitgegangen. Er war früher schon Steward, und sie hatten gerade einen nötig. Viel helfen kann er hier doch nicht, so habe ich ihn ziehen lassen.«

»Eins müssen Sie mir noch sagen, Mrs. Oaks — weiß Kapitän Aikness, daß Lane hier aus und ein geht?«

Ein Schuß ins Ungewisse, der aber sein Ziel fand. Diese unerwartete Frage schien sie aus der Fassung zu bringen. Zwei-, dreimal öffnete sie vergeblich den Mund und bot das Bild gänzlicher Verwirrung.

»Aber — Mr. Wade . . . Woher soll ich das wissen?« stotterte sie. »Ich kümmere mich nie um die Angelegenheiten anderer Leute. Mr. Lane kommt ja auch nicht oft hierher, und ich behandle ihn als guten Freund.«

Er blickte in das flackernde Kaminfeuer; er spürte, wie sie sich immer unbehaglicher fühlte.

»Sie dürfen nicht bis in den Morgen hinein aufbleiben, Mrs. Oaks! Sehr schlecht für Ihre Gesundheit.«

»Ja wissen Sie, es ist merkwürdig, wie schnell die Zeit vergeht, wenn man schwatzt. Er — hm, ich meine, einer der

Herren hat uns eine Menge Geschichten erzählt.«

»Kennen Sie Lord Siniford näher?« fragte er Mrs. Oaks aufs Geratewohl.

Keine Antwort. »Er ist wohl so eine Art Hausfreund geworden?«

»Ich habe Ihnen alles gesagt, was ich weiß«, antwortete sie verdrossen.

Als er sah, daß nichts weiter aus ihr herauszuholen war, machte er sich auf den Weg zu seiner Barkasse. Stoff zum Nachdenken hatte er genug. In erster Linie beschäftigte ihn die geheimnisvolle Warnung, die ihm Lila Smith gegeben hatte — die Erwähnung des Ziehbrunnens und der Möglichkeit, in sein Haus einzudringen. Aber welche Rolle spielte Lord Siniford? Was verband ihn mit dem ›Mecca‹, warum hatte er hier die halbe Nacht verbracht, Geschichten erzählt, verhandelt — und mit wem? Über einen Besucher jedenfalls bestand kein Zweifel — Raggit Lane. Das Parfüm, das dieser Stutzer im Übermaß gebrauchte, konnte Wade ein für allemal unterscheiden.

Aber Lane sollte an Bord der ›Siegel von Troja‹ auf hoher See sein! Tatsächlich aber war er, als die Bank in der Oxford Street beraubt wurde, in London! Wade pfiff vor sich hin.

In der Stadt kaufte er eine Alarmvorrichtung, fuhr nach Hause und untersuchte sein kleines Grundstück. Das flache Küchendach konnte tatsächlich mit Leichtigkeit erreicht werden, und der Riegel des darüberliegenden Fensters war von einfachster Konstruktion.

Im Präsidium wurde er sofort zum Polizeichef gerufen.

»Wir haben Sie abordnen lassen, Wade. Inspektor Elk wird Ihre täglichen Patrouillen und Arbeiten übernehmen. Wir möchten, daß Sie sich ausschließlich den Nachforschungen nach den Gummibrüdern widmen. Sie können den Fall in der Ihnen gemäßen Weise weiterführen.«

John Wade nickte zufrieden.

»Dann werde ich als erstes versuchen, Anna zu finden.«

»Anna? Ach ja, die Frau, die damals nicht zur Verhandlung erschien. Die Bürgschaft Sinifords ist natürlich verfallen. Wir haben übrigens sein Landhaus eruiert. Ein kleines Häuschen zwischen Bourneend und Maidenhead am Flußufer. Er hat es vor ungefähr zwei Jahren gemietet, und die Miete ist sogar bezahlt.«

»Hat er eine Haushälterin?«

»Nein, hat er nicht. In der Nähe wohnt ein Ehepaar, das ihn versorgte — er hat den Garten in Ordnung gehalten, sie das Haus. Aber beide sind letzte Woche entlassen worden.«

Wade sprach beim Vermieter, einem Agenten, vor und bekam ohne Schwierigkeiten die Schlüssel für Reach Cottage ausgehändigt. Ein niedriger Bungalow, kaum fünfzig Meter vom Fluß entfernt, mitten in einem vernachlässigten Garten. Auf dem schmalen Zufahrtsweg waren deutlich Radspuren sichtbar, die von einem großen, breiten Auto herrühren mußten. Das Gitter bei der Einfahrt war auf der einen Seite eingedrückt — etwa in Schutzblechhöhe.

Wade kannte Sinifords Auto — ein kleiner Zweisitzer. Die Spuren hier aber stammten von einem schweren Wagen, der wahrscheinlich ohne Beleuchtung vorgefahren war und das Gitter gerammt hatte.

Die Räume im Haus fand er in Ordnung, nur in einer kleinen Kammer fielen ihm zwei Pappkartons auf, die den Namen eines Modegeschäftes in Maidenhead trugen. Er notierte sich die Adresse und suchte den Inhaber des Geschäftes auf.

Ein Kleid, Hut, Schuhe und Strümpfe waren vor einer Woche in den Bungalow geschickt worden. Lord Siniford hatte die Bestellung schriftlich aufgegeben und Geld beigefügt, eine begreifliche Maßregel, da sein Ruf als säumiger Zahler noch nicht vergessen war.

John Wade konnte auch feststellen, wann der schwere Wagen das Bungalowareal verlassen hatte. Es war in der Nacht des Bankeinbruchs in der Oxford Street gewesen. Der Polizei in Berkshire war eine schwere Limousine mit schwachen Lichtern gemeldet worden, die Richtung Bourneend in die Hauptchaussee einbog. Das eine Schutzblech war verbogen, was mit dem eingedrückten Gitter bei der Einfahrt zum Bungalow übereinstimmte. Der Wagen war nicht aufgehalten worden, weil man nur Befehl erhalten hatte, auf die von London kommenden Autos zu achten.

Mehr zu berichten wußte jedoch ein Bahnwärter aus der

Umgebung. Das Auto hatte vor dem Bahnübergang einige Augenblicke warten müssen. Neben dem Chauffeur saß ein Mann in einem schwarzen Mantel, der vor sich hinsang.

»Singen konnte man es ja nicht gerade nennen — so eine komische Stimme, wie eine Frau. Es gibt ein besonderes Wort dafür, aber ich komme nicht drauf.«

»Sie meinen Falsett?«

»Stimmt, Sir. Jemand im Wagen brüllte ihn an, er solle den Mund halten.«

»War der Mann mit der komischen Stimme groß oder klein?«

»Eher klein, der Fahrer daneben ragte jedenfalls gut einen Kopf über ihn hinaus.«

»Hm!« sagte Wade und fuhr nach London zurück.

Was hatte Siniford mit all diesen Dingen zu tun? Noch einmal legte er sich diese Frage vor. Ja, wenn sich der Lord noch immer in der bedrängten finanziellen Lage befunden hätte wie vor einigen Jahren, dann wäre die Erklärung einfach gewesen. Damals konnte jeder, der Geld besaß, Lord Siniford für fünf Pfund kaufen. Jetzt aber hatte er doch angeblich ein reichliches Einkommen? Wade nahm sich vor, Erkundigungen über die Quelle dieser Einkünfte einzuziehen. Es war immerhin möglich, daß Siniford Kapitän Aikness schon länger kannte, und daß in dieser Richtung interessante Entdeckungen gemacht werden konnten. Wades Gedanken kehrten zu dem Sänger in dem Auto zurück, das Anna auf Umwegen nach London zurückgebracht hatte.

Gegen Abend schlenderte er durch das wenig freundliche Viertel, in dem er wohnte, und kam auch durch einen jener Märkte, denen bestimmte Straßen Londons ihren eigenartigen Charakter verdanken. Einige Stände verkauften nur Gartenprodukte. Vor einer dieser Buden stand ein Mann, der Stiefmütterchen aussuchte, die der Verkäufer in eine schmale Kiste legte. Der Käufer — der Kleidung nach ein Arbeiter — las die Pflänzchen mit großer Sorgfalt aus, ohne zu ahnen, daß hinter ihm ein Polizeibeamter stand, der ihn interessiert beobachtete. Der Kauf war beendet — nur gelbe Stiefmütterchen. Der Arbeiter nahm seinen Kasten auf die Schulter und ging auf eine Seitenstraße zu. Er hatte seine große, neue

Mütze tief über die Ohren gezogen. Das Gesicht war glattrasiert, ein weiches Kinn, auf der Nase saß eine stahlgefaßte Brille.

Er ließ seinen Kasten vor Schreck beinahe fallen, als ihm Inspektor Wade auf die Schulter klopfte.

»Nanu!« rief er »Was ist los?«

Er mochte sich vorgenommen haben, grob und rauh zu sprechen, aber da ihm das nötige Stimmaterial fehlte, klang seine Stimme nur heiser und schrill.

»Hallo, mein Lieber!« begrüßte ihn Wade lachend. »Die Seeluft hat Ihnen gutgetan — Ihr scheußlicher Schnurrbart ist wie weggeblasen, und braun sind Sie geworden!«

»Was wollen Sie eigentlich? Kann man nicht mal mehr ein paar Blumen kaufen und ungestört nach Hause nehmen . . .?«

»Keine Aufregung, Golly! Sie sind ein braver Mann, freuen sich an den lieben, kleinen Blumen, die ihre Gesichtchen der Sonne zukehren — recht haben Sie!«

»Sie müssen sich wirklich irren. Sie verwechseln mich wohl mit einem anderen? Die Polizei irrt sich ja oft.«

»Jetzt haben Sie einen Fehler gemacht Golly! Woher wollen Sie, wenn Sie's nicht sind, wissen, daß ich von der Polizei bin? Erzählen Sie mir jetzt alles schön der Reihe nach — von Ihrer Seereise. Wie haben Sie das bloß angestellt? Die ›Siegel von Troja‹ muß jetzt mindestens tausend Meilen weit weg sein. Wie geht es Kapitän Aikness?«

Wade hörte, wie Golly seufzte, und wußte, daß jetzt so was wie die Wahrheit zum Vorschein kommen würde.

»Es hat keinen Zweck, Ihnen etwas vorzuschwindeln, Mr. Wade, Sie haben Augen wie ein Luchs. Ich bin's wirklich, da ist nichts dran zu ändern. Die Sache ist nämlich die — ich bin weggerannt!«

»Sie sind vom Schiff desertiert? Aber Golly, das wird ja bestraft!«

»Ach wo, ich bin von meiner Alten weggelaufen. Wissen Sie, ich bin nämlich gar nicht auf See gewesen — und unter uns gesagt, Mr. Wade, es ist furchtbar schwierig, mit dieser Frau zu leben. Ich konnte es nicht länger aushalten, und so habe ich Mut gefaßt und ihr gesagt, daß ich weggehen will.

Natürlich hat sie es mir nicht geglaubt, aber als ich dann wirklich weg war, wollte sie keinen Skandal haben und hat allen Leuten erzählt, daß ich wieder zur See gegangen sei.«

»Woher wissen Sie denn, daß sie das erzählt hat?«

»Habe ich gehört —«, antwortete Golly schnell. »Ich habe jetzt ein kleines Zimmer und eine ganz gute Stelle gefunden — in einem Teeimporthaus.«

»Tee umschaufeln und Kaffee ausgraben, wie?« spottete Wade und musterte Gollys Arbeitskluft. »Daß Sie ein Lügner sind, Golly, habe ich immer gewußt, daß Sie aber so schnell schwindeln können, hätte ich nicht für möglich gehalten. Ich habe mich in Ihnen getäuscht. Sie haben eine, wie soll ich sagen — schlagfertige Intelligenz. Leute wie Sie haben in jeder Hand ein Alibi. Wo wohnen Sie jetzt?«

»Eigentlich nirgends — augenblicklich in einem kleinen Logierhaus.«

»Und mit den Blumen wollen Sie Ihr bescheidenes Heim dekorieren. Nein, mein Herzblatt, die Geschichte zieht bei mir nicht! Ich weiß genau, was Sie treiben — Sie fahren in Autos spazieren und singen dabei hübsche Lieder. Singen können Sie zwar nicht, aber Sie versuchen es wenigstens. Also — Sie fahren spazieren und begleiten schwachsinnige Damen nach London!«

Golly sah ihn mit offenem Mund an.

»Der Teufel soll mich holen, wenn ich weiß, wovon Sie reden. Ich habe meine regelmäßige Arbeit, und wenn Sie zu meiner Frau gehen, kann Sie Ihnen erzählen . . .«

»Aber sie weiß doch gar nicht, wo Sie sind! Sind Sie nicht vor ihr ausgerissen? Sie wollen doch um Gottes willen nicht, daß Mutter Oaks erfährt, daß Sie Ihren Schnurrbart abrasiert haben und in dieser Maskerade herumlaufen!«

Golly sah den Inspektor herausfordernd an. Es war nicht anzunehmen, daß er sich nochmals verplappern würde.

»Wenn ich etwas verbrochen habe, können Sie mich ja mit auf die Wache nehmen! Tun Sie es doch, wenn Sie soviel Mut haben! Was habe ich getan? Nichts! Ist es ein Verbrechen, wenn ich vor meiner Alten ausreiße? Ist es ein Verbrechen, wenn ich mir den Schnurrbart abrasiere? Ist es ein Verbrechen, wenn ich mir ein paar Blumen für meinen kleinen Garten kaufe?«

Wade klopfte ihm freundlich auf die Schulter.

»Heraus damit, Golly! Erzählen Sie mal Ihrem alten Papa, was Ihr Herz bedrückt, und ich werde Sie gern trösten. Sie sind nach Cookham gefahren, um eine Dame zurückzuholen. Wo ist sie hingebracht worden?«

»Ich verstehe wirklich nicht, wovon Sie reden. Ich habe Alibis und kann eidesstattliche Erklärungen . . .«

Wade änderte seine Taktik. »Dann kommen Sie mit!« sagte er grob.

Er ergriff ihn am Arm und ging mit ihm die Straße hinunter, obgleich er weder die Absicht noch einen Grund hatte, ihn zu verhaften. Golly wußte das sehr gut, denn als Wade anfing, ihm von neuem zuzureden, lachte er verächtlich.

»Mir können Sie keine Angst machen, Mr. Wade! Ich weiß genau, wie weit Sie gehen dürfen.«

»Sie wollen also nicht vernünftig sein? Und ich meinte es doch so gut mit Ihnen!«

»Hab' ich nicht nötig — schon gar nicht von einem Greifer!«

»Aber Golly, ›Greifer‹ ist ein sehr gewöhnlicher Ausdruck. Sie wollen mir also Ihre Liebesgeschichte nicht anvertrauen? Von der Frau, mit der Sie durchgebrannt sind —?«

»Ich bin mit keiner Frau durchgebrannt!« fauchte Golly gereizt. »Sie verrennen sich in eine Sackgasse, wie man so sagt. Es ist eine große Gemeinheit von Ihnen, mich nicht in Ruhe zu lassen.«

»Bleiben wir vorerst dabei, Golly«, sagte Wade abschließend.

Golly war für ihn auf einmal ein ganz anderer Mensch geworden. Immer hatte er ihn als den unterdrückten Mann einer Frau gesehen, die geschickter und weitaus gefährlicher war als er. Er hatte ihn als komische, beinah bedauernswerte Figur betrachtet, nie aber als Faktor in all den Unternehmungen, für die das Gasthaus an der Themse Ausgangspunkt zu sein schien.

Von der Straßenecke aus beobachtete er, wie die kleine Gestalt in einer Seitenstraße verschwand. Er winkte einen patrouillierenden Polizisten herbei und gab ihm eine Beschreibung Gollys.

»Sehen Sie zu, daß Sie ihn finden und herausbekommen, wo er wohnt. Wahrscheinlich in einem Gasthaus.«

John Wade nahm zu Hause ein kleines Abendessen ein und besprach die Angelegenheit mit Henry, einem Expolizisten, der ihm ab und zu Haus- und Gartenarbeiten erledigte und der Golly ebenfalls recht gut kannte.

»Merkwürdig«, meinte Henry. »Golly pflanzt Stiefmütterchen? Der hat doch noch nie gegärtnert!«

Nach dem Essen machte sich Wade nochmals auf den Weg zum ›Mecca‹. Die Frage, ob er mit seinem Besuch vielleicht Zwietracht zwischen Mann und Frau säen könnte, störte ihn nicht weiter. Seiner Meinung nach waren die Neuigkeiten, die er Mrs. Oaks mitteilen wollte, für sie überhaupt keine Neuigkeiten.

Das Tor war schon geschlossen. Mrs. Oaks öffnete selbst. Es fiel ihm auf, daß die Lampe in der Vorhalle jetzt so aufgehängt war, daß jeder Ankömmling grell beleuchtet wurde, während die Halle selbst ziemlich düster blieb.

Mutter Oaks fixierte ihn mit einer gewissen Unruhe, fragte aber nichts, sondern ging voran ins Wohnzimmer. Lila saß dort mit einem Buch in der Hand — bleicher als sonst, wie ihm schien.

»Mach, daß du hinauskommst, Lila! Ich habe mit Mr. Wade zu sprechen.«

Das Mädchen sah ihn groß an. Er las in ihrem Blick eine dringende Warnung, die nicht mißzuverstehen war. Sie öffnete die Lippen, sagte aber nichts und wäre gegangen, wenn er sie nicht aufgehalten hätte.

»Guten Abend, Lila! Studieren Sie Klassiker, oder bereiten Sie sich für das Pensionat vor?«

Bevor sie antworten konnte, hatte Mrs. Oaks sie hinausgeschoben und die Tür geschlossen.

»Also«, begann sie trotzig, »was wollen Sie schon wieder hier, Mr. Wade?«

»Ich möchte über Golly mit Ihnen sprechen. Haben Sie nicht ein Funktelegramm von ihm erhalten?«

Sie preßte die Lippen zusammen und antwortete nicht.

»Wo läuft denn sein Schiff zuerst an?«

»Passen Sie mal auf, Mr. Wade — Sie haben Golly heute abend gesehen. Er hat mich nämlich angerufen. Es hat gar keinen Zweck, auf den Busch zu klopfen. Wie Sie denken können, möchte ich natürlich nicht, daß alle Welt erfährt, daß der erbärmliche Wicht ausgerissen ist. Er hatte wenigstens noch soviel Anstand, anzurufen und mir mitzuteilen, daß Sie ihn erkannt haben. Ich kann auch nicht mehr über ihn sagen, als Sie selbst schon wissen. Ich habe mit Golly ein für allemal Schluß gemacht.«

»Das ist aber traurig«, sagte Wade mit spöttischem Bedauern.

»Sie brauchen deshalb noch lange nicht unverschämt zu werden. Meine eigenen Sorgen gehen Sie überhaupt nichts an, aber wenn Sie es durchaus wissen wollen, Golly und ich passen nicht mehr zusammen, und dann ist er für meinen Geschmack auch viel zu gut Freund mit den Flußratten. Er bringt den Klub in schlechten Ruf, weil er ihnen alles mögliche abkauft, und ich will damit nichts mehr zu tun haben.«

Sie kehrte eine derart sanfte und rechtschaffene ›Mutter‹ heraus, daß es den Eindruck auf John Wade verfehlte.

»Seine Adresse hat er wohl nicht hinterlassen?«

»Ich habe Ihnen schon gesagt«, fuhr sie ihn an, »daß ich nicht das geringste Interesse mehr an ihm habe! Und die Adresse, die werden Sie auch selbst herausbekommen, denn Sie haben bestimmt ein paar Ihrer Spitzel auf ihn gehetzt.«

Seine Augen wanderten im Zimmer umher, aber er konnte nichts Ungewöhnliches entdecken.

»Wie geht es seiner Lordschaft?« fragte er beiläufig.

»Wen meinen Sie damit —? Ach ja — der neulich abends hier war? Ich habe ihn nicht mehr gesehen.«

»Und Anna — wo steckt Anna?«

»Ich kenne überhaupt keine Anna, ausgenommen ein früheres Dienstmädchen — hübsche Person . . .«

»Jetzt haben Sie eine großartige Gelegenheit verpaßt, Mrs. Oaks! Sie hätten mir sagen sollen, Anna wäre die, mit der Ihr Don Juan von Mann durchgebrannt ist!«

Er erhob sich und streckte sich.

»Ich bin recht müde. Ich war nämlich schon heute früh in Maidenhead, um die Frau zu finden, mit der Golly spazierengefahren ist — Autonummer XP 1102.«

Einen Augenblick sah er Betroffenheit in ihrem Gesicht.

Er kannte die Nummer des Autos absolut nicht, setzte aber das gleiche auch bei ihr voraus.

»Ich weiß nichts von Autos«, sagte sie.

»Eine große Limousine, Golly saß neben dem Fahrer und ist natürlich erkannt worden. Wenn Anna etwas zustößt — wenn sie beispielsweise in ein oder zwei Tagen aus dem Fluß gefischt werden sollte, würde das außerordentlich unangenehme Folgen für Ihren Mann haben. Vielleicht interessiert es Sie aber auch nicht mehr, ob er gehenkt wird oder nicht?«

Trotz ihrer erstaunlichen Selbstbeherrschung zuckte sie zusammen.

»Niemand wird ihr was tun . . .«

Er ging auf sie zu und sah sie fest an.

»Mrs. Oaks, Sie spielen ein recht gefährliches Spiel und stecken bereits tiefer in der Sache, als Sie glauben. Sie wissen ganz genau, daß Golly nach Maidenhead fuhr, um die Frau zu holen. Sie wissen, daß er sie im ›Mecca‹ oder sonstwo in London untergebracht hat. Sie wissen, daß sie gegen ihren Willen festgehalten wird, und wissen auch, warum. Ich wiederhole noch einmal — wird ihre Leiche, gleichgültig wann, in der Themse gefunden, dann werden Sie und Ihr Mann große Schwierigkeiten haben, Ihre Teilnahme am — Mord zu leugnen.« Er legte großen Nachdruck auf das Wort ›Mord‹. »Es wird Ihnen außerdem sehr schwerfallen, den Beweis zu liefern, daß Sie mit den Gummibrüdern nicht unter einer Decke stecken — und die haben schon verschiedene Morde auf ihrem Konto.«

Sie schluckte einigemal.

»Aber wenn Sie wissen, wo das Auto steht . . .«

»Das weiß ich nicht, weiß nicht mal die Nummer, es war nur ein Bluff, hinter den Sie schon noch gekommen wären, denn ich bin überzeugt, Sie kennen das Auto. Daß aber Ihr Mann in dem Wagen gesehen wurde, ist keine Erfindung, und Sie können versichert sein, daß ich ihn bei der ersten sich bietenden Gelegenheit verhaften werde.«

Einen Augenblick lang tat sie verzweifelt, aber dann fragte sie mit ihrer alten Unverfrorenheit:

»Ist das alles, was Sie mir zu sagen haben, Mr. Wade?«
»Alles. Und bemühen Sie sich nicht, ich finde den Weg allein!«
Ihre Blicke folgten ihm, bis die Tür hinter ihm zufiel.
Wade war schon im Freien vor dem Tor, als er etwas neben sich zur Erde fallen hörte. Mit der Taschenlampe leuchtete er den Boden ab, bis er einen kleinen Schlüssel fand, an den ein zusammengefaltetes Papier gebunden war.
Er hatte gerade noch Zeit, seinen Fund in die Tasche zu stecken, als sich die Haustür öffnete und der Weg hell erleuchtet wurde. Mrs. Oaks stand im Eingang und rief ihm zu:
»Mr. Wade, einen Augenblick noch, bitte!«
Er ging die paar Schritte zurück und fand sie in höchst versöhnlicher Stimmung.
»Bitte, zeigen Sie doch Golly nicht an! Was ich Ihnen erzählt habe, ist die reine Wahrheit, und ich möchte nicht, daß über mich geklatscht wird. Ich will heute nacht noch versuchen, ihn zu finden, und ihm zureden, Sie morgen früh aufzusuchen. Wenn er wirklich etwas über das Auto weiß, wird er es Ihnen bestimmt erzählen. Wenn Sie wollen, bringe ich ihn auch hierher, und Sie können hier mit ihm sprechen.«
»Ich will's mir überlegen.«
Die Versuchung, sogleich seinen Fund zu untersuchen, war groß, doch Wade zweifelte nicht daran, daß er beobachtet wurde, daß man ihm vielleicht sogar folgte, also mußte er damit bis zu Hause warten.
Dort angelangt, versuchte er vergeblich, die Haustür aufzuschließen, weil von innen ein Schlüssel steckte. Henry, sein gelegentlicher Helfer, besaß einen zweiten Schlüssel. Da aber Henry ein etwas schlafsüchtiger alter Herr war, legte er sich manchmal nach getaner Arbeit im Wohnzimmer aufs Sofa und machte ein Nickerchen.
Auf sein wiederholtes Läuten bekam Wade keine Antwort. Er ging ums Haus herum und fand zu seiner Überraschung den Küchenausgang zum Garten offen. Nach wenigen Schritten stieß er an ein massives Hindernis, schaltete die Taschenlampe ein und erblickte zwei Kästen voll Stiefmütterchen.
»Donnerwetter!« stieß er hervor.

Zwei Kisten mit gelben Stiefmütterchen, daneben zwei Spaten und eine Brechstange. Mitten in der Küche lag ein Holzdeckel, bestehend aus exakt zusammengepaßten und verschraubten Planken.

Seltsam? Sollte Henry —? Aber er hätte einen Eid darauf schwören können, daß er die Kisten mit den Stiefmütterchen auf Gollys Schultern gesehen hatte.

»Wird ja immer merkwürdiger . . .«

Im Wohnzimmer lag Henry auf dem Sofa. Es dauerte eine Weile, bis er ihn wach bekam.

»Entschuldigen Sie, Mr. Wade, ich habe gestern nacht so wenig geschlafen.« Es war die übliche Entschuldigung.

»Was ist denn das für ein Zeug in der Küche?«

»Zeug?« Henry wurde langsam munter. »Ich weiß nicht, was Sie meinen.«

Er folgte Wade in die Küche und betrachtete mit offenem Mund die Blumen und das übrige.

»Muß ein Irrtum sein. Die Sachen sind aus Versehen hier abgeliefert worden. Merkwürdig, daß ich nichts gehört habe . . .«

»Daß Sie nichts gehört haben, ist das einzige, was nicht merkwürdig ist«, meinte Wade trocken.

Im Wohnzimmer schnitt er den Faden auf, der um Papier und Schlüssel gewickelt war. Nur ein paar eilig hingekritzelte Sätze standen auf dem dünnen weißen Papier:

›Bitte, nehmen Sie sich in acht. Passen Sie auf den Ventilationsschacht in Ihrem Zimmer auf. Darüber haben sie gesprochen. Ich mache mir große Sorge.‹

Keine Unterschrift. Auch die Handschrift war ihm unbekannt, doch konnte er sich denken, von wem die Warnung kam. Luftschacht? Er sah sich in seinem Zimmer, das er wie seine eigene Tasche zu kennen glaubte, hilflos um. Dann fiel ihm etwas ein. Er zog das Bett in die Mitte des Zimmers. In der Wand, dicht über dem Fußboden, befand sich ein kleines Lüftungsgitter. Sein Vater hatte, als er das Häuschen bauen ließ, diese Ventilationsanlage anbringen lassen. Die Nachbarschaft hatte auch ihm keine besondere Liebe entgegengebracht, und so mochte er es für ratsam gehalten haben, nachts die Fenster geschlossen zu halten. Schon er war Beamter der städtischen Polizei gewesen.

Wade bückte sich und versuchte, durchs Gitter in den Schacht zu blicken, der nicht größer war, als daß zur Not eine Katze hätte durchschlüpfen können. Dann ging er in den Garten hinaus und leuchtete die Hauswand ab. Das äußere Gitter war entfernt worden, es lag unten an der Mauer, von Kalkstücken und Mauerstaub bedeckt. Er kehrte ins Haus zurück und hob den Hörer ab, bekam aber keine Antwort.

»Meldet sich niemand, Sir?« fragte Henry besorgt. »Komisch, ich habe heute abend noch mit einem Freund gesprochen.«

»Ich glaube, man hat die Drähte durchgeschnitten.«

»Durchgeschnitten? — Wen wollten Sie anrufen, Sir? Die Polizeiwache? Ich will schnell mal hinlaufen und . . .«

»Wenn Sie das versuchen, ist es möglicherweise das letztemal, daß Sie überhaupt irgendwohin laufen, Henry!«

Wade nahm einen Revolver aus dem Schreibtischfach, leerte das Magazin, untersuchte jede Patrone und lud von neuem.

»Ich glaube, das wäre alles. Schließen Sie die Türen ab, löschen Sie das Licht in der Küche und gehen Sie im oberen Zimmer auf Posten!«

Es war kurz vor eins, als das letzte Licht im Haus erlosch. Eine Stunde völliger Stille folgte. John Wade saß auf dem Bettrand. Zu rauchen wagte er nicht. Henry kauerte, Todesängste ausstehend und hellwach, in dem kleinen Zimmer über dem Küchendach.

Es schlug drei Viertel zwei, als sich das erste ungewöhnliche Geräusch hören ließ. Es klang, als ob etwas an der Außenmauer des Hauses kratzte, so leise, daß es im Schlaf nicht hätte gehört werden können. Dann: S-s-s-s-s!

Das Geräusch kam aus dem Luftschacht und war lauter, als Wade erwartet hatte. Mit einigen Handgriffen zog er sich die Gasmaske über den Kopf und konnte nun das Zischen nicht mehr hören.

Minuten vergingen, und als er sich zum drittenmal zum Ventilationsschacht hinunterbeugte, sah er, daß er nicht mehr durch irgendeinen Gegenstand verstopft zu sein schien. Leise ging er zur Tür, öffnete und schloß sie hinter sich und suchte seinen Gefährten auf. Henry hörte ihn nicht kommen und fuhr hoch, als er ihm auf die Schulter tippte. Bewegungslos warteten beide. Bald sahen sie einen Schatten auf dem Küchendach erscheinen — dann einen zweiten, einen dritten. Jetzt standen drei Männer vor dem Fenster — Chinesen. Der eine berührte die Scheibe in der Nähe des Riegels und schien einen großen Kreis zu zeichnen. Im nächsten Augenblick fiel ein rundes Stück Glas heraus, eine Hand tauchte hinein, der Riegel wurde hochgezogen und das Fenster war offen. Die drei Männer stiegen einer nach dem andern ins Zimmer und ließen die Jalousien herunter. In diesem Moment schaltete John Wade das Licht ein. Der eine Chinese starrte ihn durch die Gasmaske an, dann gingen seine Hände in die Höhe. Der zweite sprang zum Fenster, aber Henry packte ihn am Hals und schleuderte ihn zu Boden. Der dritte ergab sich mit philosophischer Ruhe in sein Schicksal und hob ebenfalls die Hände.

Mit Handschellen wurden die drei Gefangenen aneinandergefesselt und die Treppe hinabgeschoben. Wade überließ Henry die Bewachung der Chinesen und begab sich in sein Zimmer, wo er leise alle Fenster öffnete. Wer immer auch draußen lauern mochte, würde dies erwartet haben. Geräuschlos öffnete er die Haustür und trat in den Vorgarten hinaus. Ein Mann kam auf ihn zu.

»Alles in Ordnung?« fragte er flüsternd. Dann erkannte er seinen Irrtum und wandte sich zur Flucht, aber Wade sprang mit einem Satz über den niedrigen Zaun und packte ihn am Kragen. Ein Faustschlag traf den Arm des Mannes, sein Revolver fiel zu Boden und entlud sich.

Es war zwecklos, dem Fliehenden zu folgen — Wade drehte sich um, gerade noch zur rechten Zeit. Eine dunkle, untersetzte Gestalt stand wenige Schritte vor ihm und schleuderte ein Messer. Er bückte sich, das Messer fiel klirrend aufs Pflaster, er zog den Revolver und feuerte, und nun flohen dunkle Gestalten nach allen Richtungen. Es gab hier in der Gegend unzählige und verzweigte Gassen und Gäßchen, zwei führten direkt zu den Speichern am Flußufer.

Wade hörte den schrillen Pfiff eines Polizisten, dann einen zweiten, und gleich darauf lief ein Schutzmann auf ihn zu. Türen und Fenster gingen auf. Es schien beinahe, als ob die ganze Straße ein derartiges Ereignis erwartet hätte, denn unmittelbar darauf wimmelte es von halbbekleideten Menschen.

Das Giftgas, das man durch den Luftschacht in sein Zimmer geleitet hatte, strömte in den Hausgang, und Wade mußte erst seine Maske wieder aufsetzen, als er die Haustür öffnete. Die drei Gefangenen im Wohnzimmer boten in ihren Gasmasken einen furchterregenden Anblick. Beim Eintreffen der polizeilichen Verstärkung wurden sie auf die Straße geführt. Die Beamten drängten die Neugierigen zurück.

Der Stahlzylinder, der das Gas enthalten hatte, wurde bald gefunden. Die wichtigste Entdeckung jedoch machte man im Garten beim alten Ziehbrunnen. Der Deckel, jahrelang unter Erde und Blumen verborgen, war entfernt und die Erde in den Brunnenschacht geworfen worden.

»Sie und ich, Henry«, sagte Wade beim Kaffee, den sein Faktotum zubereitet hatte, »sollten jetzt eigentlich von Rechts wegen auf dem Grund des Brunnens liegen, und niemand würde ahnen, was aus uns geworden ist. Diese Herren haben sogar ein fingiertes Telegramm von Dover aus ans Präsidium geschickt, damit meine Abwesenheit nicht sofort auffällt.«

»Das Tollste an allem sind aber doch die Blumen!« meinte Henry. »Wenn Sie den Kerl kriegen, der die Blumen kaufte, haben Sie . . .«

»Richtig«, unterbrach ihn Wade und machte sich auf den Weg, um Golly zu fassen.

Kapitel 8

Der Morgen graute eben, und wenig Leute waren auf den Straßen, die zum ›Mecca‹ führten. Als John Wade kurz vor dem Klub um die Ecke bog, hörte er von der Treppe, die zum Fluß hinabführte, seinen Namen rufen.

»Mr. Wade! Gehen Sie nicht weiter, Mr. Wade — man lauert Ihnen auf!«

Er drehte sich herum und eilte zu den Stufen hinunter. Lila stand vor ihm. »Nanu, was machen Sie . . .«

Er spürte einen plötzlichen Schmerz im Bein und knickte halb zusammen. Lilas Arm zog ihn mit einer heftigen Bewegung zum Treppenabsatz hinunter.

»Man wußte, daß Sie kommen — allein kommen«, flüsterte sie atemlos.

Sie war nur notdürftig bekleidet, barfuß, und hatte einen alten Herrenmantel übergezogen.

Langsam ging er mit ihr bis zum Wasser hinunter. Der Fluß lag in einem leichten Nebel, durch den die Lichter der verankerten Schiffe undeutlich schimmerten.

Wade fühlte sich eigenartig schwach, und als ihn Lila in das kleine Boot schob, taumelte er und wäre beinah ins Wasser gefallen. Sie ergriff die Ruder und trieb das Boot mit kräftigen Schlägen in den Fluß hinaus.

»Warum sind Sie gekommen? Warum sind Sie nur gekommen?« jammerte sie keuchend.

Er blickte zurück und sah zwei helle Lichtstrahlen aufblitzen. Fast ohne Geräusch, nur mit einem dumpfen ›Ploffploff‹ flog etwas gegen die Bootskante und prallte dann pfeifend ins Wasser. Gleich darauf tauchte im Nebel eine Polizeibarkasse auf. Wade rief sie an. Wieder fiel ein Schuß vom Ufer. Er sah, wie die Kugel ins Wasser schlug.

Jetzt lagen sie neben dem Polizeiboot. John Wade wußte, daß er verwundet war, noch bevor man ihn hinüberschob. Das eine Hosenbein war blutdurchtränkt. Lila war einer Ohnmacht nahe. Die Barkasse jagte der nächsten Polizeistation zu, wo man dem Mädchen heißen Kaffee und Branntwein einflößte. Sie zitterte heftig, trotz der schweren Dekken, die man über sie legte. Ihr Gesicht war kreideweiß, als John Wade, den man verbunden hatte, sie aufsuchte. Auf alle seine Bitten, ihm zu erklären, was vorgefallen sei, schüttelte sie nur den Kopf.

»Ich weiß nichts, weiß wirklich nichts, es kommt mir alles vor wie ein furchtbarer Traum — ich kann, ich darf Ihnen nicht mehr sagen. Ich hatte solche Angst um Sie, daß ich hinauslief, um Sie zu . . .«

»Man hatte also einen kleinen Hinterhalt für mich vorbereitet? Mrs. Oaks ist natürlich im Bilde?«

»Ich kann nichts sagen.«

Sie begann leise zu weinen.

Auch als sie sich völlig beruhigt hatte, weigerte sie sich, irgendeine Aussage zu machen.

Elk wurde beauftragt, Mrs. Oaks zu verhören, die aber etwas Derartiges erwartet haben mußte und schon auf die nächste Polizeiwache gegangen war, um sich nach der verschwundenen Lila zu erkundigen.

»Wenn uns Ihre Lila nichts erzählt«, meinte Elk, als er vom Klub zurückkam, »wird es ziemlich schwierig für uns sein, gegen das ›Mecca‹ vorzugehen. Die Gäste haben überhaupt nichts gehört und bemerkt, einer will sogar beschwören, daß Mrs. Oaks ihr Zimmer bis heute früh nicht verlassen habe — woher er das wissen will, ist mir allerdings ein Rätsel. Jedenfalls hat es unter diesen Umständen keinen Zweck, etwas zu unternehmen.«

Man brachte Lila in der Familie eines Sergeanten der Kriminalpolizei unter. Dort besuchte sie Mrs. Oaks, nachdem sie eine peinliche Stunde lang das Kreuzverhör Inspektor Elks durchgestanden hatte.

Sie ärgerte sich mehr, als sie sich anmerken ließ, daß sie John Wade neben Lilas Bett antraf. In Wapping lief inzwischen bereits das Gerücht um, daß der Inspektor diesmal einen ernstlichen Denkzettel von den Gummibrüdern erhalten habe. Als erstes erkundigte sich darum Mrs. Oaks heuchlerisch nach Wades Befinden.

»Nur eine kleine, harmlose Fleischwunde, mein barmherziges Schwesterchen! Sieht viel ernsthafter aus, als es in Wirklichkeit ist. Bestellen Sie doch bitte allen meinen Freunden, daß ich in ein oder zwei Tagen wieder auf den Beinen zu stehen hoffe!«

Jetzt erst erinnerte sich ›Mutter‹ ihrer Tantenpflichten und machte ihrem Groll in Vorwürfen Luft.

»Wie bist du nur auf den Gedanken gekommen, mitten in der Nacht wegzulaufen, Lila?« rief sie mit ihrer schrillen Stimme. »Was du mir für einen Schrecken eingejagt hast — und der Skandal in der Nachbarschaft!«

»Lila muß Schlafwandlerin sein —«, warf Wade ein, »eine peinliche Krankheit, wie Sie ja wissen. Vielleicht ist Golly auch Schlafwandler?«

Aber sie überhörte seinen Spott.

»Du kannst jetzt gleich mit mir nach Hause fahren. Ich habe unten ein Taxi . . .«

»Und ich ein ärztliches Zeugnis«, fiel ihr John Wade ins Wort. »Sie muß mindestens noch drei Tage im Bett bleiben und darf weder im Taxi noch im Krankenwagen weggebracht werden — nicht einmal von einem Ihrer chinesischen Spezialisten!«

›Mutter‹ zitterte vor Ärger, aber ihre außerordentliche Selbstbeherrschung ließ sie auch jetzt nicht im Stich.

»Drei Tage soll sie also noch hierbleiben?« fragte sie nachdenklich. »Da ist eben nichts zu machen. Aber ich begreife trotzdem nicht, warum sie überhaupt weggelaufen ist — es muß tatsächlich im Schlaf passiert sein.«

Schließlich machte sich Mrs. Oaks auf den Weg, nachdem sie sich vergewissert hatte, daß sie das Mädchen nicht allein sprechen konnte.

Die Frau des Polizeibeamten brachte der Patientin eine Tasse Fleischbrühe, und als sie wieder allein waren, fragte Wade:

»Geht es jetzt besser?«

»Ja —« Sie lächelte. »Ich bin sicher, Sie wollen wieder mit Ihren Fragen anfangen?«

Er zog einen Stuhl zum Bett heran.

»Damit verdiene ich ja schließlich mein Brot!«

»Sie wollen wissen, warum ich ins Freie lief, um Sie zu warnen, wie ich dazu kam, Ihnen den Zettel zuzuwerfen, als Sie gestern abend das ›Mecca‹ verließen — und Sie wollen noch eine Menge anderer Sachen wissen, aber ich werde keine derartigen Fragen beantworten.«

Kein verheißungsvoller Anfang! Er wartete.

»Ich kann Ihnen nichts erzählen, ohne allen möglichen Leuten Unannehmlichkeiten zu bereiten. Mrs. Oaks — ich mag sie nicht besonders, Golly noch viel weniger. Obwohl ich es gar nicht wollte, lauschte ich — viel gehört habe ich nicht, nur, daß es in Ihrem Haus einen vergitterten Luftschacht gibt und . . .«

Er stand auf, setzte sich auf den Bettrand und nahm ihre Hand. Sie machte keinen Versuch, sie zurückzuziehen.

»Sehen Sie, Lila — ich bin da eigentlich in einem Zwiespalt. Vor allen Dingen — ich habe Sie sehr gern.«

Das Blut stieg ihr ins Gesicht. Sie sah ihn schnell an.

»Und weil ich Sie sehr gern habe, stehen Sie bei all meinen Überlegungen an erster Stelle — erst dann kommt meine Pflicht als Polizeibeamter. Sie haben etwas gehört, daß Sie veranlaßte, mir entgegenzulaufen. Sie nahmen an, daß man mich töten wollte. War es Gollys Stimme, die Sie gehört haben?«

Sie blickte ihn überrascht an.

»Golly —? Ist er nicht auf See? Stimmt das nicht?«

»Man weiß nie, was Golly alles vorhat«, antwortete er ausweichend. »Sie haben also seine Stimme nicht erkannt? Und von Anna haben Sie auch nichts gehört?« Er beobachtete sie bei dieser Frage, aber über Anna schien sie nichts zu wissen. »Anna ist die Frau, die ich überall suche. Ich nahm an, daß man sie im ›Mecca‹ versteckt hält. — Kennen Sie Lord Siniford?«

»O ja, ich habe ihn kennengelernt. Ist es nicht merkwürdig, daß Mrs. Oaks mit einem richtigen Lord bekannt ist? Er war sehr nett, aber . . .«

»Aber was?«

»Er war — sehr höflich und liebenswürdig.«

»Wann haben Sie ihn zum letztenmal gesehen?«

»Vor ein paar Tagen, genau kann ich es nicht mehr sagen. Aber er war gestern nacht . . .« Sie brach ab und biß sich auf die Lippe.

»Also gestern nacht war er auch da?«

»Ich kann und darf nichts sagen. Ich habe so große Angst. Irgend etwas Entsetzliches wird passieren, ich weiß nicht, worum es sich handelt — es geht wieder gegen Sie ...« Sie schwieg einen Augenblick. »Wer ist Anna —? Eines Nachts kam eine Frau ins ›Mecca‹, sie schrie und weinte — ich habe es gehört und mich gefragt, wer sie sein könnte. Es kommen doch sonst keine Frauen in den Klub.«

John Wade fuhr im Taxi zurück. Vor der Polizeiwache stieß er auf Inspektor Elk, der ihn über den Stand der Dinge orientierte.

»Jeder verfügbare Mann ist in die Nachbarschaft des ›Mecca‹ beordert worden. Die Gelben müssen aus einem anderen Viertel gekommen sein. Im ganzen Hafen liegt kein Schiff mit chinesischer Besatzung.«

»Wo, zum Teufel, sind sie dann hergekommen? Wenn die ›Siegel von Troja‹ noch hier wäre, würde ich nicht fragen, aber die ist schon lange weg.«

»Das Schiff — ja. Aber die Besatzung auch? Ist Kapitän Aikness weg, ist Raggit Lane ...«

»Der ist hier — er hat ja gestern die kleine Unterhaltung angeführt.«

Wade hatte mit dem städtischen Architekten des Distrikts telefoniert, und während er noch mit Elk sprach, wurde ihm ein großer Briefumschlag übergeben. Er riß ihn auf und fand darin den Grundriß eines Gebäudes und verschiedene kleine Skizzen. »Was ist das?« fragte Elk neugierig.

Wade studierte den Plan genau und pfiff vor sich hin.

»Sehen Sie sich das an! Es ist der Plan des alten Gebäudes — so sah es früher aus, wo heute das ›Mecca‹ steht.« Wade zeigte mit dem Finger auf den Plan. »Hier ist die Brauerei — ein Teil davon existiert noch — und hier sind die Keller.«

»Keller?« Elk beugte sich näher über den Plan.

»Die Keller breiten sich unter dem ganzen Gebäude aus, da unten gibt es Platz genug für ein halbes Regiment Chinesen. Bis heute wußte ich nur von einem Keller, Golly brachte dort sein Holz unter. Ich war einmal unten — ein enges Loch. — Hat man übrigens Golly gefunden?«

»Keine Spur. Ist es nicht merkwürdig, daß sich Mutter Oaks nicht einmal nach ihrem Gatten erkundigt hat?«

Kapitel 9

John Wade zweifelte nicht daran, daß sich unter dem ›Mecca‹ ausgedehnte Keller befanden, aber es erschien ihm wenig ratsam, sofort eine Razzia im Klub vornehmen zu lassen. Es war klüger, sich das ›Mecca‹ für die Nacht aufzuheben und inzwischen ein anderes Problem zu klären, das ihn ohnehin schon seit Tagen beschäftigte. Es galt, die Quelle von Sinifords Einkünften zu entdecken. Daß der Lord eine Verbindung zu den Gummibrüdern unterhielt, stand außer Zweifel — doch wie lange dies schon der Fall war, mußte noch herausgefunden werden.

Sich an die Bank zu wenden, mit der Lord Siniford arbeitete, hatte wenig Sinn. Aber der Beamte, der den Lord seit zwei Tagen beschattete, hatte am Vormittag beobachtet, wie Siniford einen Scheck, den er einem versiegelten Umschlag entnahm, am Bankschalter einlöste, wobei er eine Unvorsichtigkeit beging — er zerknüllte den Umschlag und warf ihn in den Papierkorb. Der Detektiv fischte ihn sich nachher heraus und schickte ihn sofort an Inspektor Wade.

Ein Absender war auf dem Kuvert nicht angegeben, aber die Siegel auf der Rückseite waren teilweise noch gut erhalten. Vier Buchstaben ließen sich deutlich unterscheiden: L. K. Z. & B.

Vier Inhabernamen als Firmenbezeichnung finden sich selten und meistens bei Rechtsanwälten. Handelte es sich aber wirklich um eine Anwaltspraxis, dann konnte sie leicht ausfindig gemacht werden, denn Z als Anfangsbuchstabe eines Namens kam nicht häufig vor. In wenigen Sekunden fand Wade in der Anwaltsliste, was er suchte — die Firma Latter, Knight, Zeeland & Bruder in Lincoln's Fields. Am gleichen Nachmittag suchte er einen befreundeten Anwalt auf, um von ihm etwas über den Ruf der Firma zu erfahren.

»Hervorragende Anwälte«, wurde ihm mitgeteilt. »Latter und Knight sind schon lange tot, Zeeland hat sich kürzlich zur Ruhe gesetzt und Bruder ist jetzt Alleininhaber. Verschwiegen wie das Grab, aber im großen und ganzen ein feiner Mann mit gesundem Menschenverstand. Wenn Sie ihm offen sagen, worum es sich handelt, wird er Ihnen sicher entgegenkommen.«

Wade hatte Glück und traf Mr. Bruder noch im Büro an. Der Anwalt, ein großer, hagerer Mann mit fast kahlem Kopf, warf durch seine dicken Brillengläser einen Blick auf die Visitenkarte.

»Nehmen Sie Platz, Mr. Wade. Polizeibeamte sehe ich nicht oft in meinem Büro, und falls Sie dienstlich kommen, wird es sich bestimmt nicht um einen meiner Klienten handeln . . .«

»Gehört Lord Siniford zu Ihren Klienten?« fragte Wade ohne Umschweife.

»Nein. Er ist . . . Nein, mein Klient ist er auf keinen Fall. Aber schießen Sie los, Mr. Wade — worum handelt es sich?«

John Wade wußte, wie gefährlich der Boden war, den er jetzt betrat, daß jedes Wort ihm die größten dienstlichen Unannehmlichkeiten bereiten konnte.

»Ich will meine Karten aufdecken, Mr. Bruder. Sie werden sicher von den Gummibrüdern gehört und gelesen haben — kurz, ich bin mit dem Fall beauftragt. Natürlich muß ich jede noch so unbedeutende Spur verfolgen. Nun, ich habe herausgefunden, daß Lord Siniford mit Leuten befreundet ist, die ganz bestimmt mit dieser Verbrecherorganisation in Verbindung stehen. Hinzu kommt, daß er vor wenigen Jahren noch ein völlig mittelloser Mann war. Das änderte sich plötzlich, beinah über Nacht, und jetzt bezieht er ein beträchtliches Einkommen, das ihm durch Ihr Büro zugestellt wird. Letzteres weiß ich allerdings nicht positiv, vermute es nur. Soviel aber steht fest, irgendwoher bekommt er Geld, viel Geld, und ich muß herausfinden, woher es stammt.«

Der Anwalt neigte zustimmend den Kopf.

»Das Einkommen, das Sie erwähnen, ist völlig einwandfrei. Es stimmt, er bezieht es durch uns. Wie aber schon erwähnt, sind wir nicht seine Vertreter, wir führen nur die Aufträge einer dritten Person aus.«

Wade machte ein so enttäuschtes Gesicht, daß Mr. Bruder unwillkürlich lächeln mußte.

»Es tut mir leid, wenn ich Ihnen eine Theorie über den Haufen geworden habe.«

»Nein, das stimmt nicht ganz. Es war eigentlich keine Theorie. Selbstverständlich, wenn es sich um ererbtes Geld handelt . . .«

»Man kann es nicht gerade eine Erbschaft nennen —« Mr. Bruder schien sich jedes Wort genau zu überlegen. »Es besteht eine gewisse Stiftung, von der er vorläufig ein Einkommen bezieht. In einem Jahr etwa wird das ganze Geld in seine Hände kommen.« Nach einem Blick auf Wades verständnisloses Gesicht ergänzte er: »Ich fürchte, das kommt Ihnen alles sehr geheimnisvoll vor. Aber es liegt kein Grund vor, warum ich Ihnen nicht mitteilen sollte, was Sie selbst mit Leichtigkeit in Somersethouse herausfinden könnten, wo ja Abschriften sämtlicher Testamente aufbewahrt werden. Einer unserer Klienten, ein Verwandter von Lord Siniford, starb vor fünf Jahren und hinterließ ein großes Vermögen — ein außerordentlich großes Vermögen, das unter normalen Umständen an — hm, jemand anders gegangen wäre. Ich glaube, mehr darf ich Ihnen nicht erzählen, nur noch das eine — das Vermögen sollte einer Person zufallen, die inzwischen verstorben ist, aber das Geld darf nicht zur Auszahlung gelangen, bis der nicht mehr existierende Haupterbe das einundzwanzigste Lebensjahr erreicht haben würde.«

»Können Sie mir den Namen des Erblassers mitteilen, in dessen Auftrag Sie handeln?«

Mr. Bruder wartete einige Augenblicke mit der Antwort.

»Sehen Sie, ich habe ja schon gesagt, daß Sie alle Einzelheiten im Somersethouse finden können. Ich kann Ihnen nur sagen, daß Lord Siniford sein Einkommen von der Pattisonstiftung bezieht, welche die Hinterlassenschaft der verstorbenen Lady Pattison, einer Großtante Lord Sinifords, verwaltet.« Er stand auf und blickte stirnrunzelnd vor sich hin. »Eigentlich sehe ich nicht ein, warum ich Ihnen nicht gleich noch einige weitere Mitteilungen machen sollte. Kürzlich hatte ich mit Lord Siniford eine peinliche Szene. Er war bei mir und wünschte Informationen zu erhalten, die mir zu weitgehend erschienen, und wir gerieten etwas scharf aneinander. Darauf schrieb ich ihm und gab ihm den Rat, sich einen Anwalt zu nehmen, da ich es vorziehen würde, mit diesem statt mit ihm selbst zu verhandeln. Sie sehen also, daß unsere Beziehungen nicht gerade freundschaftlicher Art sind.«

»Ist es sehr indiskret, wenn ich Sie nach dem Grund Ihrer — Meinungsverschiedenheit frage?«

Wieder dachte Mr. Bruder kurze Zeit nach.

»Lord Siniford verlangte die Aushändigung verschiedener Kassetten mit Dokumenten, die jedoch Eigentum der Stiftung sind und es solange bleiben werden, bis die ganze Hinterlassenschaft definitiv an den Erben übergangen ist. Ich wies also sein Ansinnen zurück, und er wurde ausfallend. Meiner Ansicht nach war er nicht ganz nüchtern. Das ist nun wirklich alles, was ich Ihnen mitteilen kann.« Er begleitete den Inspektor hinaus und verabschiedete sich höflich.

War dies nun die Lösung des Rätsels, von der sich Wade soviel versprochen hatte? Eine klare Erbschaftsangelegenheit! Wenn aber Siniford wirklich eine so große Anwartschaft besaß und schon jetzt ein beträchtliches Einkommen daraus bezog, warum in aller Welt ließ er sich dann mit den Gummibrüdern ein, warum verbrachte er eine Nacht auf der ›Siegel von Troja‹ und eine andere Nacht im ›Mecca‹?

Wade ging gerade durch die Bedford Row, als er einen plötzlichen Entschluß faßte, ein Taxi heranwinkte und in die St. James Street fuhr. Der Portier teilte ihm mit, daß Seine Lordschaft gerade nach Hause gekommen sei.

»Wen darf ich Seiner Lordschaft melden?«

»Wade.«

Auf dem Tischchen im Entree lagen verschiedene flache Schachteln mit dem Aufdruck eines bekannten Modegeschäfts. Während der Portier telefonierte, hob Wade vorsichtig einen Deckel und sah ein Damenkleid. Obenauf lag ein Zettel mit folgenden Zeilen:

›Eine Schneiderin wird Mittwochabend vorbeikommen, um der jungen Dame die Kleider anzuprobieren.‹

Wer war die junge Dame, der anprobiert werden sollte?

»Seine Lordschaft läßt bitten!« sagte der Portier.

Die Fenster des großen, hellen Raumes, in den der Inspektor geführt wurde, gingen nach der St. James Street. Der

Lord stand mit dem Rücken an den Kamin gelehnt und sah ihm mißtrauisch entgegen. Wade wandte einen der ältesten Tricks seines Berufes an — langsam und umständlich legte er seinen Hut auf einen Stuhl, bedächtig zog er seine Handschuhe aus und setzte sich, alles, ohne ein Wort zu sagen. Diese Taktik hatte schon oft Menschen aus der Fassung gebracht und ihre vorbereiteten Erklärungen über den Haufen geworfen.

»Was wünschen Sie?« fragte Siniford ungeduldig. »Ich habe nur ein paar Minuten Zeit.«

»Kennen Sie Kapitän Aikness schon lange?«

»Aikness? Ja — er war ein Freund meines Vaters.«

»Ihres Vaters? Dann können Sie also in jeder Beziehung für ihn einstehen?«

»Einstehen? Ich kann mich für niemand verbürgen. Ich kenne — ich meine, mein Vater kannte Kapitän Aikness sehr gut. Es war weiter nichts als ein Höflichkeitsbesuch, als ich ihn neulich auf seinem Schiff besuchte. Er ist übrigens ein sehr netter Mensch!«

»Und Miss Lila Smith finden Sie auch sehr nett?«

Siniford zuckte bei der Erwähnung dieses Namens ein wenig zusammen.

»Gott ja — aber lieber Himmel, sagen Sie mir doch nur, worauf Sie eigentlich hinauswollen, Inspektor! Sie kommen hierher, fangen an, mich ins Kreuzverhör zu nehmen . . .«

»Sie haben wohl großes Interesse an Lila Smith?«

»Die Kleine ist sehr nett —« Siniford zuckte die Schultern. »Aber ich habe nicht mehr Interesse für sie als für irgendein anderes junges Mädchen.«

»Aber doch soviel, daß Sie ihr neue Kleider kaufen?«

Sinifords rotes Gesicht wurde erst weiß und dann purpurrot.

»Was, zum Teufel, soll das bedeuten? Lassen Sie mich beobachten? Nehmen Sie sich verdammt in acht, Inspektor, daß Sie nicht Ihren Posten verlieren! Mit mir können Sie sich solche Scherze nicht erlauben — vergessen Sie das nicht! Ich kann kaufen, was ich will und für wen es mir beliebt. Wenn Sie aber schon so verflixt neugierig sind, gut — die Kleider sind nicht für Miss Smith, ganz im Gegenteil, für . . .«

»Für Anna?«

»Anna? Ich glaube, wir haben uns darüber schon einmal sehr ausführlich unterhalten!«

»Ja, durchaus — nur, inzwischen sind wir einen Schritt weitergekommen. Anna hat in Ihrem Haus in Maidenhead gewohnt und ist eines Nachts in einem geschlossenen Wagen nach London gebracht worden. Es war die Nacht, in der die Bank in der Oxford Street ausgeraubt wurde. Wenn ich mich recht erinnere, haben Sie schon in Maidenhead allerhand Kleider gekauft, Lord Siniford!« Wade ging dicht auf ihn zu. »Ich habe schon Golly gewarnt — jetzt möchte ich auch Sie warnen. Wird die Frau aus der Themse gefischt, und sollte sie etwa gar eines der Kleider anhaben, die Sie gekauft haben, dann werden Sie mit dem Gericht eine außerordentlich peinliche Auseinandersetzung haben.«

Siniford war kein guter Schauspieler, er gab sich geschlagen, sein Gesicht zuckte nervös. Er machte auch keinen Versuch, seine Bekanntschaft mit Golly abzuleugnen. Aber offensichtlich war die Warnung, die dieser erhalten hatte, an ihn nicht weitergegeben worden.

»Ich weiß ungefähr, was Sie denken«, fuhr Wade fort. »Sie sagen sich, daß der Frau nichts passieren kann, und doch weisen Sie diese Möglichkeit nicht ganz von der Hand. Wie dem auch sein mag, wenn die Frau gefunden wird, tot oder lebendig — Sie kommen in jedem Fall in eine unangenehme Situation.«

»Was sollen diese verrückten Anschuldigungen? Ich weiß wirklich nicht . . .«

»Hat Anna auch etwas von der Pattisonstiftung zu erwarten?«

»Pattisonstiftung?« wiederholte Siniford schrill. »Was wissen Sie von . . .«

»Alles«, antwortete Wade und griff nach Hut und Handschuhen. Das Entsetzen, das seine Frage hervorgerufen hatte, überraschte ihn.

Auf der Fahrt nach Scotland Yard machte er sich Vorwürfe, vielleicht in bezug auf Lila zu indiskret gewesen zu sein. Daß die Kleider für sie bestimmt waren, erschien ihm zweifelsfrei. Es konnte natürlich eine sehr einfache Erklärung für diese Einkäufe geben, wenn man berücksichtigte, daß Lord Siniford im Ruf stand, jungen Damen gegenüber sehr großzügig zu sein. Daß er sich aber gerade für Lila Smith interessierte, beunruhigte John Wade trotzdem. Immerhin war sie vielleicht der Anziehungspunkt, der Siniford so häufig ins ›Mecca‹ führte. Möglicherweise brachte die kommende Nacht eine Antwort auf alle diese Fragen, obgleich Wade kaum daran glauben wollte, daß die Razzia im Klub irgendeinen Erfolg haben würde.

In seinem Büro erwartete ihn Inspektor Elk, völlig eingehüllt in eine Rauchwolke. Elk rauchte mit Vorliebe anderer Leute Zigarren und haßte frische Luft. Er schob das Blatt Papier, auf dem er geschrieben hatte, zurück.

»Alles in bester Ordnung für unseren kleinen Besuch heute abend! Drei Barkassen liegen auf dem Strom und warten auf das Signal vom Kai. Fünfunddreißig ausgesuchte Beamte umzingeln das Haus, bereit einzugreifen. ›Gefährlicher Verbrecher ist in der Nähe des Klubs gesehen worden!‹ So lautet die offizielle Begründung. Oder sollen wir einen ›Mörder‹ daraus machen? — Nein, geht nicht, sonst lassen uns die Zeitungen nicht mehr in Ruhe. Bleiben wir bei ›gefährlich‹, das paßt eigentlich auf jeden. Wir brauchen auch keinen Haussuchungsbefehl. Alles wird nett und höflich mit freundlicher Einwilligung des Hausbesitzers durchgeführt!«

»Hört sich gut an«, sagte Wade. »Haben Sie etwas von Golly gehört?«

»Nichts, gar nichts. Der mit Recht so bekannte Boden muß sich aufgetan und ihn verschlungen haben.«

»Und die Chinesen?«

»Auch nichts herauszubekommen — sämtliche Chinesen auf dieser Seite von Tilbury sind verhört worden, alle konnten nachweisen, daß sie nichts mit dem Überfall zu tun hatten. Der Chef hat übrigens angeordnet, daß Sie die Razzia heute abend leiten.«

Jede Polizeiwache in London hatte eine Beschreibung Gollys erhalten. Alle Gasthöfe und Pensionen waren kontrolliert worden. Die Hauptschwierigkeit bestand darin, daß Golly außerhalb des ›Mecca‹ kaum bekannt war, weil er Bars und andere Marineklubs sehr selten aufsuchte.

»Er ist bestimmt im ›Mecca‹«, versicherte Elk. »Ich könnte darauf wetten, wenn ich so was überhaupt tun würde. Ich mache mir nichts aus Wetten, aber ich habe einen guten Tip für das Lambeth-Rennen morgen nachmittag. Sie können mich morgen noch mal daran erinnern. Ich weiß, daß durch Wetten schon mehr Familien ins Unglück ...«

Wade schnitt den moralischen Exkurs seines Kollegen energisch ab. »Ein andermal, Elk! — Erinnern Sie sich an den Einbruch in die St. James Bank, noch vor der Frisby Bank, als die Gummibrüder auf einem Motorboot entwischten?«

»Entwischten? Sie haben das Boot einfach übersehen!«

»Ja, leider — weil es auf der Landseite der ›Siegel von Troja‹ lag und wahrscheinlich an Bord geholt wurde, als ich nach Greenwich fuhr. Vermutlich ist es jetzt noch — oder jetzt wieder — auf der ›Siegel von Troja‹, falls sie es inzwischen nicht auf dem Ozean versenkt haben. Ich habe nach Südamerika telegrafiert, daß das Schiff sofort nach Anlegen durchsucht wird.«

Elk stopfte seine alte, übelriechende Pfeife.

»Daß die ›Siegel von Troja‹ das schönste Hehlernest ist, dürfte unterdessen klargeworden sein. Aber des eigentlichen Rätsels Lösung liegt nicht auf dem Schiff, sondern bei der kleinen Lila Smith —«

»Die kleine Lila Smith, wie Sie sich ausdrücken«, fuhr Wade gereizt auf, »kommt nur soweit in Frage, als ...«

Elk seufzte tief.

»Wenn es doch nur ein Mittel gäbe, das gut aussehende junge Kriminalbeamte davor bewahrte, sich zu verlieben! Aber ich wollte Ihnen ja zeigen, was mir der Fahndungsdienst zugeschickt hat.« Er zog ein Blatt Papier aus der Tasche, das aufgeklebte Zeitungsausschnitte und Notizen enthielt und den Stempel der Kriminalpolizei trug. »Da — sehen Sie, zum Beispiel: ›Der Juwelier George Seeper, seiner Betrügereien und Verurteilung wegen noch in lebhafter Erinnerung, ist in Buenos Aires erkannt worden. Er hat eine gute Stellung bei einer Dampfschiffahrtsgesellschaft und soll auf diese Weise schon ein paarmal nach England gelangt sein ...‹ — Oder hier ein Inserat: ›Tüchtiger Juwelier für Südamerika gesucht. Beste Gelegenheit, eine neue Existenz aufzubauen. . . ‹ Ich habe die Daten geprüft. Die ›Siegel von Troja‹ lag in London, als die Anzeige erschien, und war in Buenos Aires, als Mr. Seeper ebendort erkannt wurde. Was glauben Sie, wieviel Angebote auf die Annonce eingingen? Und wie der viele Bewerber alte Zuchthäusler waren?«

»Das scheint mir ziemlich gefährlich für diese Herren zu sein!« Wade strich sich übers Kinn. »Wenn Aikness wirklich der Chef der Bande ist, wird er sich doch nicht jedem beliebigen Verbrecher in die Hände liefern.«

»Ein Kerl, der Polizisten über den Haufen schießt, wird auch mit solchen Brüdern fertig. Wir haben verschiedene Informationen, besonders über Seeper, eingezogen. Er hat Verwandte in Peebles, denen er ein einzigesmal schrieb und erwähnte, daß man ihm eine gute Stelle angeboten habe. Seither haben sie nichts mehr von ihm gehört. Er soll ein- oder zweimal in England gewesen sein? Schön, aber kein Mensch hat ihn gesehen. Einzig seine alte Mutter bekommt regelmäßig Geld von ihm. Der arme Kerl hat jetzt wirklich ›lebenslänglich‹ erwischt! Und ich wette mit Ihnen, was Sie wollen, daß jedes Schmuckstück, das an Bord kommt, in kürzester Frist eingeschmolzen ist.«

Kapitel 10

Als sich John Wade in der Registratur die Akten vorlegen ließ, mußte er sich Elks Meinung anschließen. Nicht weniger als vierzehn große Juwelendiebstähle — der Wert der Beute ging in die Hunderttausende — waren vorgekommen, die den Gummibrüdern zugeschrieben wurden.

Gegen Abend regnete es heftig. Wades Beinwunde schmerzte an diesem Tag besonders, was möglicherweise mit dem Wetter zusammenhing, wenn auch der Polizeiarzt die körperliche Anstrengung dafür verantwortlich machte. Jedenfalls zog Wade es vor, alle seine Anordnungen telefonisch zu treffen. Erst nach eingetretener Dunkelheit begab er sich zur Polizeilandungsbrücke, wo die drei Barkassen bereitstanden. Die Mannschaft war verstärkt und bewaffnet worden. Im Bug des größten Bootes befand sich ein ungewöhnliches Ausrüstungsstück, mit dessen Zuteilung Scotland Yard im allgemeinen äußerst zurückhaltend war, nämlich ein kleines Maschinengewehr. John Wade hatte seine ganze Überredungskunst aufbieten müssen, bis es ihm endlich bewilligt wurde. Das kleine MG kam wohlverpackt — es war nicht nötig, daß ganz Wapping sich darüber wundern sollte — an und wurde auf dem Boot montiert.

Die letzten Einzelheiten wurden festgelegt, und um neun Uhr bestieg Wade die schnellste der Barkassen. Die Mannschaften, die auf dem Land operieren sollten, waren in drei geschlossenen Lastwagen untergebracht. Da täglich derartige Wagen am ›Mecca‹ vorbeifuhren, würden sie kaum Verdacht erregen. Überdies lag ein reguläres Patrouillenboot in der Flußmitte.

Kurz vor dem Aufbruch brachte ein alter Beamter der Flußpolizei noch eine Meldung.

»Wir werden heute nacht sehr hohe Flut haben, die Nachricht ist gerade von Gravesend durchgekommen. Die Uferanwohner sind schon gewarnt worden.«

Die Nacht war ungewöhnlich klar, und die drei Boote fuhren in Kiellinie über den Fluß nach der Surreyseite. Als sie sich Wapping näherten, stoppten sie ab. Wade sah auf das Leuchtzifferblatt seiner Armbanduhr — noch fünf Minuten bis zu vereinbarten Zeit. Von seinem Platz aus konnte er die oberen Fenster des ›Mecca‹ sehen; zwei waren erleuchtet, das dritte — Mutter Oaks' Zimmer — lag im Dunkel.

»Da fährt etwas von der Werft ab!« flüsterte der Sergeant.

Der Beamte mußte ungewöhnlich scharfe Augen haben, denn es dauerte einige Zeit, bis Wade selbst einen Schatten nahe bei der Werft entdeckte, der der Strommitte zuglitt. Es war ein Boot von ganz ungewöhnlicher Länge, und obgleich es kaum fünfzig Meter entfernt war, konnte er kein Motorengeräusch hören. Nur ein leises Summen war zu vernehmen, das nun deutlicher wurde. Ein elektrisch betriebenes Boot mit sehr starken Motoren, sagte er sich, als er seine Barkasse herumdrehen ließ, um es zu erwarten, und jetzt wurde er sich über dessen außerordentliche Schnelligkeit klar. Bevor er wußte, was vorging, war der Bug des fliegenden Bootes vor ihm — er sah noch die weit ausgebreitete Kiellinie und brüllte eine Warnung.

Es war bestimmt kein Zufall. Der scharfgeschnittene Bug krachte seitlich ins Heck der Barkasse. Hätte sich Wade nicht krampfhaft an der Bordwand festgehalten, wäre er beim Zusammenprall ins Wasser geschleudert worden. Im gleichen Augenblick hörten die Maschinen seines Bootes zu arbeiten auf, und es legte sich schwer nach einer Seite. All dies hatte kaum eine Sekunde gedauert. Das schwarze Boot flog vorbei, er konnte gerade noch einen Blick auf den Kopf des Mannes am Steuer werfen.

Aikness!

»Wir sinken!« schrie eine Stimme.

Der Vorgang war von den beiden anderen Barkassen beobachtet worden. Die nächste schoß heran, und bevor noch das gerammte Boot vollständig versank, wurden die Gekenterten an Bord gezogen.

Von dem schwarzen Boot war keine Spur mehr zu sehen. Die Mannschaft war mit der Bergung der Kollegen so in Anspruch genommen, daß nachher keiner etwas Brauchbares aussagen konnte. Signallampen flackerten auf, aufgeregt blinkten die Antworten nach allen Seiten des Stromes weiter.

»Achtung, das Signal vom Land, Sir!« rief eine Stimme.

Ein grünes Licht winkte vom Kai des ›Mecca‹ herüber. Vom Land aus war der Klub jetzt umzingelt. Die beiden Boote legten an. Die Flut war sehr hoch, das Wasser stand bis an den Rand des Kais.

Als Wade an Land sprang, lief ihm ein Mann, völlig kopflos, direkt in die Arme. Er wehrte sich verzweifelt, und Wade dachte schon, es wäre Golly, bis einer der Beamten die armselige Gestalt mit der Taschenlampe beleuchtete.

»Nanu, Schnüffel, bist wohl in ganz feiner Gesellschaft heute abend?«

»Was soll ich nun schon wieder ausgefressen haben, Mr. Wade?« jammerte Schnüffel-Offer. »Selbstverständlich reiße ich aus, wenn ich Blaue sehe — die machen einen doch nur schlecht!«

»Festnehmen!« befahl Wade und lief auf das Haus zu.

Obwohl die Verhaftung Schnüffels einigen Lärm verursacht hatte, blieb es im ›Mecca‹ völlig ruhig. In den dunklen Straßen rund um den Klub waren undeutlich die Gestalten der Polizeibeamten in Zivil zu erkennen. Elk stand mit seinem Sergeanten vor dem Eingang und sprach mit Mrs. Oaks, deren Gesicht ungewöhnlich blaß aussah. Beachtenswert war, daß sie nicht wie gewöhnlich aufbegehrte. Sie warf Wade nur einen schnellen Blick zu.

»Das einzige, worum ich Sie bitte, Mr. Elk«, sagte sie ruhig, »ist, daß keiner meiner Mieter, wenn irgend möglich, etwas über die Razzia erfährt. Sie können mir das Geschäft nicht ruinieren, ich habe so schon genug Ärger! Was wollen Sie sehen? Kommen Sie herein, Sie können in jedes Zimmer einen Blick werfen, brauchen aber deswegen kein Aufhebens zu machen.«

»Vor allem interessieren uns die Keller, Mrs. Oaks«, mischte sich Wade ein.

Sie blickte ihn an, wandte sich aber dann wieder an Elk.

»Wer kommandiert eigentlich hier? Das möchte ich gerne wissen.« Das Zittern ihrer Stimme verriet ihren aufsteigenden Ärger. »Ich muß wissen, wer hier verantwortlich ist, denn ich lasse mir solche Behandlung natürlich nicht ohne weiteres gefallen.«

»Verantwortlich bin ich«, erklärte Wade. »Wollen Sie mir nun die Kellerschlüssel geben?«

Sie stand steif und starr da, hatte die Hände vor dem Bauch gefaltet und machte keinerlei Anstalten, der Aufforderung nachzukommen.

»Es gibt keinen Keller«, antwortete sie dann. »Wir haben nur einen Holzkeller, und der ist nie verschlossen, denn wir halten nicht jeden armen Teufel für einen Dieb!«

»Wirklich? Na ja, fast genau dasselbe hat uns Golly heute abend auch schon erzählt —.«

»So —?« fragte sie gedehnt, die Falle, die er ihr stellte, sofort durchschauend. »Dann hat Golly zum erstenmal in seinem Leben nicht geschwindelt.«

Offenbar wußte sie, daß Golly sich in Sicherheit befand. Wade hätte darauf geschworen, daß er sich im Augenblick im Haus oder doch in der nächsten Umgebung befand.

»Wer war heute abend hier?« fragte er schroff. »Nein, nicht Ihre Mieter, die interessieren mich nicht. Sie haben wohl keinen blassen Schimmer, wen ich meinen könnte? Wann kam Aikness und mit wem?«

Sie tat entgeistert.

»Aikness —? Der Kapitän? — Nein, den habe ich seit Wochen nicht gesehen.«

»Heute abend war er hier! Mrs. Oaks, es hat keinen Sinn, daß Sie noch weiter die Unschuldige spielen — er war hier. Natürlich, an und für sich ist es Ihre Sache, wenn Sie ihn bewirten . . .«

»Ich kümmere mich nicht um die Angelegenheiten anderer Leute, und jedenfalls habe ich Kapitän Aikness nicht gesehen.« Sie holte im Wohnzimmer einen Schlüsselbund, »Da — einen Kellerschlüssel habe ich nicht. Soll ich mitkommen?«

»Nicht nötig.«

Wade ging mit Elk und einigen Sergeanten zur Werft. Beim Schein ihrer Taschenlampen stiegen sie die Stufen zu Gollys Holzkeller hinab. Unten, vor der eigentlichen Kellertür, gab es einen kleinen, gepflasterten Vorplatz, wo Golly sonst seiner Lieblingsbeschäftigung, Holz zu hacken, frönte. Die Kellertür war alt und schwer und hatte in der Mitte eine viereckige, vergitterte Öffnung. Gewöhnlich lassen sich diese alten Türen mit ihren verrosteten Scharnieren nur mühsam öffnen, aber diese hier ging leicht und geräuschlos auf. Eine Berührung mit den Fingerspitzen würde genügt haben, und eine nähere Untersuchung zeigte, daß die Scharniere tadellos geölt waren. Das eigentliche Schloß hingegen war alt und verrostet und schien seit Jahren nicht mehr gebraucht worden zu sein.

Im Keller selbst hing eine elektrische Lampe an der Decke. Der Schalter war bald gefunden, aber etwas Auffallendes gab es hier nicht zu sehen. An drei Wänden waren Holzstapel aufgeschichtet, altes Schiffsbauholz, in gleiche Längen geschnitten, darüber eine Menge Bündel Brennholz. In der Ecke neben dem Eingang stand ein großer, runder Aschenkübel, und als Elk neugierig den Deckel hob, fand er darin nichts anderes als feinen weißen Scheuersand, wie er im Haushalt verwendet wird. Der Eimer war bis weit über die

Hälfte gefüllt.

Die Sergeanten räumten einen Teil des aufgestapelten Holzes beiseite. Die dahinterliegenden Wände, die aus alten, grün angelaufenen Ziegelsteinen bestanden, wurden untersucht und beklopft. Der Boden war mit schweren Steinplatten gepflastert. Nirgends ließ sich eine Falltür erkennen.

»Warum Sand?« ließ sich Elk plötzlich vernehmen. »Weil er schwer ist!«Er versuchte, den großen Eisenbehälter wegzuziehen, aber seine Anstrengungen waren vergeblich. »Weil er sehr schwer ist!« wiederholte er. »Aber doch nicht so schwer, daß das Ding nicht wegzubringen wäre! Helfen Sie mal, Wade!«

Beide rissen mit aller Kraft an dem Behälter, ohne ihn jedoch bewegen zu können. Wade zog sein Jacket aus und fuhr mit dem bloßen Arm in den Sand hinein, bis er den Boden spürte. Zuerst fand er nichts, dann aber berührten seine tastenden Finger einen kleinen Metallhebel genau in der Mitte, der sich aber nicht bewegen ließ. Er tastete nach rechts und links, fand einen zweiten hebelartigen Griff, der, als er daran zog, nachgab. Ein metallisches Knirschen wie von Eisen gegen Eisen wurde plötzlich hörbar.

»Was ist los?« rief Elk.

»Helfen Sie mir den Eimer wegschieben — ich denke, jetzt wird es gehen!«

Doch der Behälter drehte sich nur, allerdings so leicht und schnell, daß die beiden dabei beinah ihren Halt verloren. Er drehte sich, fast geräuschlos jetzt, auf einer unsichtbaren Scheibe, vermutlich einer Eisenplatte, um seine eigene Achse. Sie fanden nicht Zeit, den gut geölten Mechanismus näher zu untersuchen, denn während sich der Eimer noch drehte, tat sich verblüffend in der hinteren Kellerwand ein schmaler Durchgang auf.

»Donnerwetter!« stieß Elk hervor.

Die Lampe vor sich haltend, zwängte er sich durch den Spalt.

»Hier gibt's auch einen Schalter«, rief er zurück. »Alles da — elektrisches Licht, jeder Komfort der Neuzeit!«

Der Schalter knackte, ein hellerleuchteter Raum lag vor ihnen. Es war ein sehr geräumiges Gewölbe und hatte etwa die

Ausmaße des darüberliegenden ›Mecca‹-Areals. Wände und Decken bestanden aus alten Ziegelsteinen, die alle den grünlichen Schein zeigten, den Überschwemmungen hinterlassen. Trotzdem machte der Keller einen völlig trockenen Eindruck. An einigen Stellen waren die Steine morsch und dem Einsturz nahe. Neben dem Eingang ragte aus dem Winkel zwischen Wand und Boden ein langer Hebel hervor. Elk rief den im Vorkeller wartenden Beamten einige Befehle zu und zog an dem Hebel. Sofort schloß sich der Eingangsspalt mit leisem Knirschen.

»Der Verschluß —«, bemerkte Elk, »durch den wahrscheinlich der Hebel im Sandkübel wieder zurückgestellt wird.«

Wade hatte sich inzwischen den Raum flüchtig angesehen. Zwei Tische, ein Dutzend Stühle — doch nichts wies darauf hin, daß sich kürzlich hier jemand aufgehalten hatte. Nur unter einem der Stühle lag zusammengeknülltes Papier, ein Stück aus einer chinesischen Zeitung. In einer Ecke fand er ein Fläschchen Tusche, ferner einen Pinsel, wie ihn Chinesen zum Schreiben benutzen.

Eine angelehnte Tür führte in eine kleine Zelle, die ein Bett und einen Tisch enthielt. Am Türhaken hing ein wenig getragener Frauenmantel. Im Futter eingenäht war die Wade wohlbekannte Firmenadresse des Modegeschäftes in Maidenhead. Hier in dieser Zelle also war Anna versteckt gewesen. Das Bett war in Unordnung und wohl bis vor kurzem benutzt worden. Auf dem Tisch stand ein halb mit Wasser gefülltes Glas, daneben ein Fläschchen mit weißen Tabletten. Das Wasser sah noch frisch und klar aus, und die illustrierten Zeitungen auf dem Bett waren neuesten Datums. Unter dem Kopfkissen lag ein Damentaschentuch. Den wichtigsten Fund machten sie, als sie die Matratze aufhoben. Darunter kam ein chinesischer Dolch zum Vorschein, dessen Griff mit einem geschnitzten Drachen verziert war.

»Diese ›echt‹ chinesischen Messer werden in Birmingham angefertigt und zu Hunderttausenden verkauft«, sagte Elk. »Was halten sie davon?«

»Annas letztes Verteidigungsmittel —«, antwortete Wade. »Sie hatte noch Verstand genug, um zu wissen, daß sie sich in

Gefahr befand, und hat sich das Messer irgendwie verschafft. Daß sie es zurückließ, beweist, wie schnell und unerwartet sie von hier fortgeschafft wurde.«

Er nahm das Fläschchen mit den Tabletten auf und roch daran.

»Mr. Raggit Lane ist hier gewesen. Wahrscheinlich hatte er den Arzt zu spielen. Der Mann sollte endlich mal sein Parfüm wechseln.«

Weiter fand sich nichts. Der Keller war gut ventiliert, so gut, daß man ihn als zugiges Loch bezeichnen konnte.

»Es muß hier etliche Luftlöcher geben. Kapitän Aikness, unser Freund Lane, oder wer immer hier den Zeremonienmeister spielt, muß ein begeisterter Liebhaber von Frischluft sein! Offenbar steht das Wasser hier manchmal bis zur Decke hinauf. Sehen Sie nur die grünen Flecken! — Wir wollen gehen.«

Sie kehrten um. Elk zog an dem Hebel, der sich aber verklemmt haben mußte, denn er rührte sich nicht, auch als Wade mithalf.

»Wen haben Sie draußen gelassen?« fragte Wade heftig.

»Martin und Scance. Wahrscheinlich haben sie am Hebel herumgespielt und . . .«

In diesem Augenblick erloschen die Lampen im Keller. Wade zog die Taschenlampe heraus und leuchtete die Wand ab.

»Versuchen Sie mal die Tür!«

Aber so sehr sie sich anstrengten, sie rührte sich nicht.

Elk klopfte an die Wand, um die Aufmerksamkeit der beiden Beamten draußen zu erregen, bekam aber keine Antwort.

»Ein Zufall?« fragte Wade nach einer Weile.

Er hörte, wie Elk kicherte. Ein Schauer lief ihm über den Rücken, denn Elk kicherte nur, wenn er sich in großer Gefahr befand.

»Nichts zu machen«, sagte Elk näselnd. »Halt dein Licht mal so, daß sich keiner der Brüder hinter dich schleichen und dir eins versetzen kann! Ich will erst einmal den Schalter untersuchen.«

Wade behielt das entgegengesetzte Ende des Kellers im Blick und ließ den Lichtstrahl suchend umherstreifen.

»Das wissen wir nun also«, konstatierte Elk, nachdem er den Schalter verschiedene Male versucht hatte. »Der Hauptschalter ist woanders. Ich möchte wissen, was den beiden Leuten draußen zugestoßen ist. — Wissen Sie . . . Die grünen Wände . . . Ich weiß jetzt, warum sie alle ausgerückt sind. Nicht, weil wir gekommen sind, sondern . . .«

Merkwürdige Geräusche — ein Durcheinander von Quieken und Pfeifen. Wade sah im Schein seiner Lampe zwei kleine braune Körper über den Boden huschen. Vom Licht geblendet, hielten sie einen Augenblick an. Aus den zweien waren jetzt schon sechs geworden. Etwas strich an seinen Beinen entlang.

»Ich bin zwar ein großer Tierfreund, aber Ratten kann ich nicht ausstehen!« Elks Stimme klang etwas erregt. »Wenn es Ihnen nichts ausmacht, wollen wir lieber auf den Tisch steigen!«

Sie kletterten auf den Tisch, während es am Boden von quiekenden, pfeifenden Ratten wimmelte, die vergeblich einen Ausgang suchten und an den Wänden in die Höhe sprangen. Die Tiere benahmen sich sinnlos vor Angst, erschreckt von einer drohenden Gefahr. Ihre schwarzen Perlenaugen glitzerten im Strahl der Taschenlampe. Einige hatten schon die Tischplatte erreicht. Elk stieß sie, als sie über seine Füße liefen, mit einem Schrei des Ekels weg.

»Haben Sie gemerkt, daß die Luftschächte nicht mehr arbeiten?«

Auch Wade war es aufgefallen. Die Luft war schwer und schwül geworden. Das Atmen wurde zur Anstrengung. Auf einmal spürten sie einen kühleren Luftzug und hörten gleichzeitig vom Kellerende her ein gurgelndes Geräusch. Das Schreien und Quieken der Ratten wurde schriller.

»Wasser! Erinnern Sie sich, was uns der alte Flußpolizist prophezeit hat? Außergewöhnlich hohe Flut heute abend! Sie wird für uns ein bißchen zu hoch sein, fürchte ich. Sehen Sie, wie das Viehzeug schwimmt!«

Schon schwammen auch die Stühle im Wasser, und jeder hing voller Ratten, die sich mit Zähnen und Krallen festklammerten. In unglaublich kurzer Zeit stieg das Wasser über den Tisch und über ihre Füße. Elk griff nach einem der herumschwimmenden Stühle und schüttelte das wild quietschende Rudel ab.

»Wie denken Sie über die Eisenstange?«

Über ihnen ragte ein verrosteter Eisenträger aus der Decke, der von einer Wand zur anderen lief. Mit Hilfe des Stuhls konnten sie das Eisen erreichen und sich daran festhalten. Im nächsten Augenblick aber schwammen Tisch und Stuhl unter ihnen weg, und sie hingen bis an die Hüften in dem schnell steigenden Wasser. Die Taschenlampe war Wade aus der Hand gefallen, er konnte sie durch das Wasser heraufschimmern sehen — sie war wasserdicht, aber ihr Schein war so matt, daß alles dunkel blieb. Wade spürte, wie die Krallen der kleinen Körper sich an seinem Rock emporarbeiteten. Er schüttelte die Schulter und versuchte, sich von dem widerlichen Gekrabbel zu befreien.

»Der Strom muß furchtbar gestiegen sein! Aber daß er so hoch kommen kann —?«

Er überlegte — selbst wenn man annahm, daß das Wasser die Werft überschwemmt hatte, dürfte es doch wohl kaum weiter als bis zur halben Höhe des Kellers steigen.

»Die städtische Polizei wird zwei vorzügliche Beamte verlieren«, sate Elk mit Fassung. »Was glauben Sie, John, wer Ihr Nachfolger wird? Vielleicht Stanford, dieser Kerl — ich weiß nicht, ich konnte ihn nie ausstehen. Eigentlich tut's mir leid, daß die Sache jetzt schon zu Ende sein soll.«

»Halten Sie den Mund!« fuhr ihn Wade an.

Das Wasser ging ihm bis zum Hals, jetzt berührte es schon sein Kinn. Er achtete nicht mehr auf seine vierbeinigen Leidensgefährten, die auf seiner Schulter saßen, ihm ins Ohr pfiffen. Das Wasser stieg übers Kinn, erreichte die Lippen. Er bog den Kopf noch weiter nach hinten und drückte das Gesicht flach gegen die Decke.

Lila Smith jedenfalls war in Sicherheit! Er hätte gern noch das Rätsel um die Pattisonstiftung aufgeklärt — und natürlich auch Aikness hätte er gern eins ausgewischt...

Er spürte eine mächtige Erschütterung, konnte aber nichts hören, da seine Ohren schon voll Wasser waren. Das ganze Gebäude schien zu erzittern, und plötzlich, schneller als es gekommen war, fiel das Wasser zurück, erst bis zu den Schultern, dann bis zu den Hüften.

»Was war das?« stöhnte Elk halb erstickt.

Es konnte nur eine einzige Erklärung geben — unter dem ungeheuren Druck mußte eine der Wände nachgegeben haben, und das Wasser ergoß sich jetzt in eine andere Höhlung.

»Wir müssen versuchen, das Loch zu finden.

Wade schwamm die Wand entlang, bis seine Beine plötzlich gewaltsam nach vorn gerissen wurden. Mit einer Hand stemmte er sich gegen die Wand und fühlte mit der anderen nach unten. Hier war die Bresche. Ein Teil der Wand, ungefähr vier Fuß hoch und vier Fuß breit, hatte dem Wasserdruck nicht standgehalten. Aber wohin floß das Wasser?

Als der Sog nachließ, schwamm Wade zurück, tauchte unter und nahm die Taschenlampe auf, die noch immer brannte.

»Da drüben muß noch ein Keller sein — einer von uns muß hinüber und nachsehen, wohin er führt.«

»Dieser eine sind aber Sie!« knurrte Elk.

Wade vergegenwärtigte sich die Lage des ›Mecca‹. Nach dieser Seite hin grenzte ein altes Lagerhaus an das Klub-Areal. Es gehörte einer Lebensmittelfirma und verfügte über einen ausgedehnten Keller mit einer Kühlanlage. Er war einmal mit einem Flußdieb, der sich aus den Vorräten bedient hatte, unten gewesen.

Wade zog sich mit einer Hand durch die Bresche, die andere hielt die Taschenlampe. Seine Füße erreichten auch auf der anderen Seite den Boden nicht. Er leuchtete nach oben. Die Decke bestand aus alten Planken und wurde von dicken Holzpfeilern getragen. Um ihn herum schwammen zahlreiche Kisten. Wie er vermutet hatte, handelte es sich um den Keller der Lebensmittelfirma. Jetzt ging es nur noch darum, den Ausgang zu finden. Er kletterte durch die Bresche zurück, um Elk zu orientieren.

»Hier jedenfalls ist der ›Mecca‹-Keller zu Ende, und das Wasser ist in den tiefer gelegenen Keller des Lagerhauses eingedrungen — aber dort muß es einen Ausgang geben!«

Sie arbeiteten sich durch die Öffnung in den Lebensmittelkeller hinüber, den sie, mühsam den Kisten ausweichend, durchschwimmen mußten. Auf der gegenüberliegenden Seite befand sich nämlich eine Steintreppe, die zu einer in halber Kellerhöhe befindlichen Tür hinaufführte, die glücklicherweise vom Wasser nicht erreicht wurde. Zu ihrer großen Überraschung war diese Tür unverschlossen. Über eine weitere Treppe kamen sie in den Speicherraum, der in Straßenhöhe lag. Sie waren gerade dabei, einen Ausgang zu suchen, als eine Stimme sie scharf anrief. Es war der Nachtwächter, der einen gefährlich aussehenden Schäferhund bei sich hatte.

»So — von der Polizei seid ihr? Kommt, laßt euch mal ansehen!«

Es dauerte einige Zeit, bis ihn die beiden Inspektoren überzeugen konnten. Darauf erklärte er ihnen bereitwillig, warum er die Kellertür nicht verschlossen hatte.

»Ich wußte, daß eine Hochflut kommen würde, und hab' eben die Feuerwehr angerufen. Die Tür habe ich aufgeschlossen, damit man den Keller auspumpen kann. Aber, du lieber Gott, es wird noch Stunden dauern, bis das Wasser zurückgeht. Wie ich gehört habe, steht auch das ›Mecca‹ unter Wasser — ein paar Leute, die im Holzkeller waren, sind beinah ertrunken. Das Wasser kam auch zu schnell. Doch was haben die Leute schon nachts im Keller zu suchen?«

Der Wächter führte sie durch einen kleinen Nebenausgang auf die überschwemmte Straße. Sie kamen gerade noch zurecht, um eine Rettungsabteilung davon abzuhalten, eine Mauer des ›Mecca‹-Kellers einzureißen, um die beiden ›Eingeschlossenen‹ zu retten.

Eine Barkasse brachte die durchnäßten Inspektoren zur Polizeiwache zurück.

Als sie nach einem heißen Bad ihre Kleider wechselten, meinte Elk:

»Nein, Angst habe ich nicht — ich hatte sie. Außerdem habe ich einen tadellosen Anzug ruiniert. Wer wird ihn mir ersetzen? In jeder Tasche steckte eine Ratte, und beide waren tot. Es ist das erstemal, daß eine Ratte in meiner Tasche ertrunken ist — man könnte mal ein Gedicht darüber machen. Was mich anfangs am meisten ärgerte, war der Gedanke, daß diese verdammten Gummibrüder uns doch erwischt haben. Jetzt denke ich aber, daß es wohl nur ein unglücklicher Zufall war.«

»Meinen Sie? Wer aber hat die Ventilatoren geschlossen? Wer das Licht ausgeschaltet? Der Hauptschalter wird irgendwo im Hause sein. Ich werde der Sache noch genau nachgehen. Und wie erklären Sie sich, daß die Tür auf einmal nicht mehr funktionierte, kurz bevor die Flut über die Ufer ging? ›Unglücklicher Zufall‹ nennen Sie das? Daß wir so heil davongekommen sind, haben wir bestimmt nicht den Gummibrüdern zu verdanken!«

Kapitel 11

Der Fluß fiel langsam. In der Zwischenzeit waren die Mannschaften, die an der Razzia teilgenommen hatten, die meisten bis auf die Haut druchnäßt, durch andere, aus den Reserven zugezogene Leute abgelöst worden. Drei Feuerwehrwagen standen in der Straße und pumpten den Keller des Lagerhauses leer. Auch der Holzkeller des Klubs lag schon, verwüstet zwar, aber trocken da.

Wade betätigte den Mechanismus der Geheimtür — der Hebel funktionierte wieder — und betrachtete mit gemischten Gefühlen den Ort seiner Gefangenschaft. Von einem Beamten erfuhr er, daß vor vier Jahren bei einer starken Flut der Keller schon einmal bis zur Decke überschwemmt worden war.

Einer der Luftschächte, die die starke Zugluft verursacht hatten, und die alle mit Eisenklappen ausgerüstet waren, befand sich in der separaten Zelle oberhalb des Bettes, das Anna benutzt hatte, bevor sie in größter Eile weggebracht wurde — vermutlich auf dem elektrischen Motorboot, das die Barkasse gerammt hatte.

Warum das elektrische Licht eine ganze Weile vor der großen Flut versagt hatte, war vorerst nicht festzustellen.

Wie man dem Inspektor berichtete, befand sich Mrs. Oaks in ihrem Zimmer und war ›furchtbar erregt‹ über das entstandene Chaos. Diese Erregung war begreiflich, denn das Wasser war in sämtliche unteren Räume gedrungen und hatte dort großen Schaden angerichtet. Schlamm bedeckte auch den Fußboden des Wohnzimmers, und der kleine Teppich, sonst vor dem Kamin, schwamm ganz woanders auf dem Morast.

Daß Wade das Geheimfach entdeckte, war ein Zufall. Er sah durch den Schlamm hindurch Luftbläschen regelmäßig aufsteigen, die ein kleines Viereck bildeten. Mit der Spitze seines Wasserstiefels schabte er den Morast beiseite und entdeckte das lose eingelegte Parkettstück. Nach einigen Bemühungen konnte er es herausheben.

›Mutters‹ Privatversteck! dachte er und griff hinein. Außer einer viereckigen Eisenkassette enthielt der kleine Hohlraum nichts. Sie war nicht verschlossen. Neugierig hob er den Dekkel. Einen sensationellen Fund machte er nicht und war ein wenig enttäuscht, denn nur ein dünnes Notizbüchlein lag darin. Es enthielt vier sauber mit Mädchennamen beschriebene Seiten, und zwar in alphabetischer Reihenfolge:

Ada	.....	Rita
Bertha	.....	Sara
Clara	.....	Moira
Dora	.....	Pamela
Emma	.....	Ursula
Freda	.....	Ada
Gloria	.....	Bertha
Hilda	.....	Clara
Ina	.....	Dora
Jenny	.....	Emma
Kitty	.....	Freda
Lena	.....	Gloria
Moira	....	Hilda
Nita	.....	Jenny
Olivia	.....	Ina
Pamela	.....	Nita
Rita	.....	Olivia
Sara	.....	Kitty
Theresa	.....	Theresa
Ursula	.....	Zena
Vera	.....	Yolanda
Wenda	.....	Vera
Yolanda	.....	Lena
Zena	.....	Wenda

Auf der fünften Seite standen, flüchtig hingekritzelt, nochmals vier der Mädchennamen. Wade studierte sie eine Weile, legte das Heft in die Kassette zurück und machte sich auf, um Mrs. Oaks aufzusuchen.

Er fand sie in einem Zustand, der an Hysterie grenzte. Die Aufregungen der Nacht waren auch für die eisernen Nerven dieser Frau zuviel gewesen. Jammernd und weinend, dann wieder trotzig, stammelte sie zusammenhanglose Worte und stieß Drohungen aus.

Wade zeigte ihr die Kassette.

»Ich habe Ihnen etwas gerettet, Mrs. Oaks! Wenigstens dankbar könnten Sie mir dafür sein.«

Als sie die Kassette in seinen Händen sah, schrak sie zusammen.

»Es ist nichts drin — nur ein paar Privatpapiere«, rief sie schrill und wollte ihm das Kästchen aus der Hand reißen.

»Nichts als ein Kodebuch! Eine Anzahl Mädchennamen, die wieder andere Mädchennamen bedeuten. Ein etwas umständliches Verfahren, nicht wahr? Jeder Name ist gleichbedeutend mit einem Buchstaben im Alphabet. Auf der fünften Seite haben Sie vier Namen aufgeschrieben, und was ergeben die Anfangsbuchstaben von hinten nach vorn gelesen? — ›Gefahr‹! Stimmt es nicht?«

Sie antwortete nicht.

»An wen haben Sie in der letzten Zeit telegrafiert?«

Jetzt hatte sie sich wieder gefaßt.

»Ich weiß überhaupt nicht, wovon Sie reden. Es ist weiter nichts als eine Liste von Mädchennamen für eine Freundin, die ihr Baby taufen lassen will.«

»An wen haben Sie telegrafiert?« beharrte er. »Heraus damit, Mrs. Oaks, ich bekomme von der Hauptpost ohne weiteres alle Ihre Telegramme.«

»Versuchen Sie es doch!«

Auch ohne diese schnippische Bemerkung hatte er vermutet, daß sie ihre Telegramme unter anderem Namen abgehen ließ.

»Na schön, wenn Ihnen das lieber ist —«

»Weiter wollen Sie nichts von mir wissen? Dann würde ich

mich freuen, wenn Sie so schnell wie möglich verschwinden! Ich habe schon genug mit der Flut zu tun und weiß wirklich nicht, was schlimmer ist — Überschwemmung oder Blaue!«

»Die Blauen sind bestimmt schlimmer, denn die Wasser der Gerechtigkeit versanden nie! Nur noch eine Frage — wann wurde Anna aus dem Keller weggeholt?«

Sie hob mit schlecht gespielter Überraschung die Augenbrauen.

»Wovon reden Sie nun wieder? Anna? Ach ja, Sie meinen die Person, von der Sie neulich schon angefangen haben. Ich habe sie nie gesehen.«

»Sie war aber im Keller, und zwar in dem abgeteilten kleinen Raum. Ich habe ihren Mantel gefunden — wir wissen, daß er vor ein paar Tagen in Maidenhead gekauft wurde, und wir wissen auch, von wem. Ich habe Sie schon einmal gewarnt, daß Sie aus dieser Sache nicht herauskommen werden.«

»Wenn Sie hier gewesen ist, müßte ich doch etwas davon wissen! Wir haben die Keller vermietet — das heißt, Golly hat sie vermietet, an ein paar Leute, die ihre Sachen dort unterbringen wollten. Ich bin nie im Keller gewesen, weiß nicht mal, wie man hineinkommt. Golly kennt sich unten aus, er hat sich allein damit abgegeben. Die Miete war ein Pfund pro Woche, ich weiß es, weil mir Golly das Geld gegeben hat.« Ihre Blicke brannten auf der kleinen Kassette in Wades Hand.

»Das gehört mir — ich möchte es wiederhaben.«

»Sie wissen ja, wo Sie es abholen können.«

Mit diesen Worten ließ er sie stehen.

Er deponierte Kassette und Inhalt im Geldschrank der Polizeiwache und machte sich auf den Weg nach Hause. Diesmal wurde er von zwei bewaffneten Beamten begleitet. Vor dem Haus stand ein Polizist auf Posten. Es war zwar kaum anzunehmen, daß die Gummibrüder noch einmal seine kleine Festung angreifen würden, wenigstens nicht sogleich, aber er hatte doch das Gefühl, daß die Dinge jetzt rasch einer Krise zutrieben.

Auch Wapping war von der Flut nicht ganz verschont geblieben. Das Wasser hatte die kleinen Hintergärten überschwemmt und war bis vor die Haustür gelaufen.

Im Haus roch es noch immer etwas nach dem Giftgas. Schon nach drei Stunden wurde Wade wieder geweckt, weil er in einer ernsthaften, durch die Überschwemmung ausgelösten Sache gebraucht wurde. Ein großer Lastkahn hatte sich von seinem Ankergrund losgerissen, einen im Hafen liegenden Dampfer gerammt und war dann nach dem Surreyufer abgetrieben worden, wo er festgemacht werden konnte. Aber in unglaublich kurzer Zeit hatten Flußdiebe alles geraubt, was nicht niet- und nagelfest war.

Abgespannt fuhr er mit der Barkasse von Kahn zu Kahn, fand bekannte und unbekannte Besatzungen, doch in den meisten Fällen klang auf seinen Anruf eine vertraute Stimme von Deck:

»Alles in Ordnung!«

Gegen Ende seiner Patrouillenfahrt kam er zu zwei langen Frachtkähnen, die dem ›Mecca‹ gegenüber lagen. Es dämmerte schon. An Bord befand sich ein Wächter, er stand in der Nähe des Steuerhauses und rauchte Pfeife. Vielleicht, daß der Mann Auskunft über das unbekannte schwarze Boot geben konnte. Wade rief ihn an.

»Alles in Ordnung!« klang es zurück.

»Ich komme an Bord!«

Die Barkasse legte an, Wade ergriff die Hand, die ihm der Wächter hinhielt, und sprang an Bord. Es war die linke Hand gewesen, die ihm hinaufgeholfen hatte, die rechte blieb in der Tasche — ein Umstand, der Wade im Augenblick nicht weiter auffiel. Manche Wächter waren invalid, hatten eine Hand eingebüßt. Dieser hier wußte mehr zu berichten, als Wade erwartet hätte. Nicht nur hatte er das schwarze Boot über den Fluß kreuzen sehen, sondern auch den Zusammenstoß beobachtet.

»Nein, es kam nicht von der Werft beim ›Mecca‹«, behauptete er bestimmt. »Ich sah es schon die ganze Zeit von Middlesex herankommen, bis es dann auf die andere Seite ging. Erst dachte ich, es wäre ein Polizeiboot auf Patrouille am andern Ufer. Aber überrascht war ich doch, wie schnell es fahren konnte, denn die Strömung im Fluß war sehr stark.

Ich hätte mich auch schon nach dem Boot erkundigt, aber seit gestern nacht habe ich ja niemand mehr gesehen.«

Wade kannte den Wächter nicht und stellte ihm jedoch einige Fragen.

»Ich bin von Grays. Eigentlich komme ich nicht oft so weit herauf. Wir haben eine Ladung Maschinen von Belgien — elektrische Maschinen für Oxford, glaube ich —, und man hat mich gleich bis zum Bestimmungsort angeheuert.«

»Haben Sie Ihre Hand verletzt?«

Der Mann lachte und zog die Hand aus der Tasche.

»Ein bißchen. Die Flut stieß die Kähne einmal gegeneinander, da hat's mich hingehauen. Also — das schwarze Boot... Es ist komisch, was man auf dem Fluß manchmal so zu sehen bekommt! Ich habe hier auf dem Kahn einen erwischt, der auf den Namen ›Schnüffel‹ hört, wie man mir erzählte...«

»Wer hat Ihnen das erzählt? Ich denke, Sie haben niemand gesehen?«

»Keinen Menschen — nur die Strompolizei. Die waren ja die ganze Nacht unterwegs. Habe nie im Leben soviel Strompolizei auf einmal gesehen! Stimmt's etwa nicht?«

Wade registrierte den leichten Hohn sehr wohl, aber er wußte auch, daß die Flußpolizei bei den Wächtern auf den Schiffen genauso unbeliebt war wie bei den Dieben selbst.

»Was wollte der Schnüffel‹ denn hier?«

»Ich habe keine Ahnung, was ein Langfinger auf einem Frachtkahn suchen könnte!«

Als die Barkasse im leichten Morgennebel, der über dem Wasser lag, verschwand, nahm der Wächter zwei kleine, schwarze Zylinder auf, die neben der Bordwand versteckt gelegen hatten. Sie waren schwer. Vorsichtig schob er sie unter ein Stück Segeltuch und ging langsam zur Luke, die in die Kajüte hinabführte. Eine Stimme rief ihn leise von unten an.

»Wade!« antwortete er. »Ich dachte erst, er wolle nach unten, das Boot durchsuchen. Ich hätte ihm eine Kugel durch den Schädel gejagt und die Barkasse mit 'ner Bombe erledigt — wäre ganz reibungslos gegangen!«

Er grinste vor sich hin, als er das zustimmende Brummen von unten vernahm. Kapitän Aikness brummte immer in dieser Weise, wenn er mit jemandem zufrieden war.

Kapitel

12

Es war schon gegen acht Uhr morgens, als John Wade todmüde ins Bett sank. Erst die Stimmen spielender Kinder auf der Straße — ein sicheres Kennzeichen des späten Nachmittags — weckten ihn wieder auf. Er badete und war gerade beim Anziehen, als Elk kam.

»Nichts Neues! Man hat in Aylesbury einen Mann verhaftet, den man für Golly hielt. Natürlich war er es nicht.«

Elk machte ein so wichtiges Gesicht, daß Wade vermutete, auf den nichtssagenden Bericht würde noch etwas Aufregendes folgen.

»Ich komme gerade von der jungen Dame Lila Smith. Sie ist tipp-topp. Der Arzt meint, es liege kein Grund vor, warum sie nicht nach Hause gehen könnte. Auch Seine Lordschaft hat heute morgen vorgesprochen!«

»Siniford?«

»Mit Blumen —« Elk machte eine ausholende Gebärde, um die Größe des Blumenstraußes zu bezeichnen.

Wade verzog das Gesicht. Über die Aufmerksamkeiten, die Siniford dem Mädchen erwies, war er ohnehin nicht erbaut, aber diese neue Betriebsamkeit des Lords beunruhigte ihn überhaupt — bestand nicht ein ganz bestimmter Zusammenhang zwischen den Gummibrüdern, Lord Siniford und Lila Smith?

»Ich will sie gleich mal besuchen«, sagte er und machte sich auf den Weg zu ihr.

Ihre Wangen zeigten eine ungewöhnlich rosige Farbe, die Augen waren lebhafter als sonst, in ihrer Stimme lag ein selbstbewußter Ton, der völlig neu war. Ihr ganzes Wesen schien sich verändert zu haben.

Zuerst dachte er besorgt, sie wäre kränker, als der Arzt annahm, und hätte Fieber. Daß sie während der letzten vierundzwanzig Stunden sehr viel Ordnung und Klarheit in das Chaos ihrer Gefühle gebracht hatte, konnte er nicht ahnen.

Die allgemeine, äußere Veränderung, die im Lauf der Zeit mit ihr vorgegangen, und die auch Raggit Lane bei seinem Besuch im ›Mecca‹ aufgefallen war, hatte sie selbst gar nicht bewußt empfunden — bis sie in der vergangenen Nacht, unter leisem Lachen, herausfand, daß viele Probleme, die sie geängstigt hatten, nun gar keine mehr für sie waren. Sie konnte jetzt, ohne verlegen zu werden, John Wades Blick begegnen und empfand sogar ein Gefühl der Überlegenheit ihm gegenüber. Sie hatte seinen Besuch erwartet und besondere Sorgfalt auf ihr Äußeres verwendet — viel mehr, als sie je für die Abendstunden mit Kapitän Aikness aufgewandt hatte.

Als ihn die Frau des Sergeanten, bei der Lila untergebracht war, ins Wohnzimmer führte, saß sie vor dem Kaminfeuer, ein Buch auf dem Schoß und eine Brille auf der Nase.

»Aber Lila, ich wußte gar nicht, daß Sie eine Brille tragen!« Er schüttelte ihr die Hand.

Sie deutete auf einen Stuhl, und diese unerwartete Geste verblüffte ihn sehr.

»Ich brauche die Brille nur zum Lesen.« Sie legte das Buch weg und nahm die Brille ab. »Ich habe sie mir gestern besorgen lassen.«

Die ruhige Betrachtung, der sie ihn unterzog, machte ihn verlegen. Bisher war immer er es gewesen, der sie als Kind behandelt hatte. Nun wurde zum erstenmal er unsicher und errötete

»Das muß ja eine große Überschwemmung gewesen sein! Meine Wirtin hat mir davon erzählt. War es sehr schlimm? Arme Mrs. Oaks! Die letzte Überschwemmung hatten wir vor einigen Jahren — vollgelaufene Keller, und das Wasser stand in den Zimmern. Es war schrecklich. Warum sind Sie nicht heute morgen zu mir gekommen?«

Diese Frage, die beinah nach einem Befehl klang, brachte ihn noch mehr aus dem Konzept.

»Ich — ich habe geschlafen«, stotterte er. »Die ganze Nacht über aufgewesen — Sie wissen doch, die Überschwemmung, das ganze Drum und Dran ...«

»Das habe ich mir gedacht.«

Eine peinliche Pause — das heißt, nur für ihn peinlich. Sie freute sich über seine Verwirrung, fand Vergnügen an ihrer neuentdeckten Überlegenheit.

»Wie geht's Ihrem Bein? Ist es schon gut? Alles kommt mir jetzt wie ein böser Traum vor. Es war schrecklich! — Warum haben diese Leute eigentlich so einen Haß auf Sie?«

»Wer?«

»Ach, Mrs. Oaks und — und ... Beinahe alle. Warum?« Als er nicht gleich antwortete, fragte sie weiter: »Sind sie alle denn so schlecht? Auch Mrs Oaks? Weshalb sind sie so schlecht? — Bitte, erklären Sie es mir, John — Sie haben doch nichts dagegen, wenn ich John zu Ihnen sage? — Sie heißen eigentlich Jack, nicht wahr?«

Hier war wirklich eine ganz neue Lila Smith, die nicht verwirrt wurde, deren große Augen keinen Augenblick von ihm wichen.

»Jack, ja. Ganz wie Sie wollen, meine — liebe Lila. Ja, es ist eine recht schlimme Gesellschaft. Wie schlecht sie tatsächlich sind, weiß ich noch nicht, kann es mir aber denken. Passen Sie auf, Lila — haben Sie je von der Pattison-Stiftung sprechen hören?«

»Stiftung?« wiederholte sie eifrig. »Ja, aber wie sagten Sie — Pattison? Den Namen habe ich nie gehört, aber einmal sprachen sie von einer Stiftung. Der Lord — wie heißt er doch?«

»Siniford.«

»Er hat einmal davon gesprochen. Golly — Mr. Oaks war dabei und ›Mutter‹ und noch ein Mann. Ich glaube, es war Lane. Er parfümiert sich so schrecklich. Ich habe gehorcht. Es ist gemein, zu horchen, ich weiß, aber es handelte sich doch um Sie — ich mußte doch wissen, was . . .«

»Was?«

»Ach, ich weiß nicht, ich mußte es eben wissen. Die Stiftung — es hing irgendwie mit einer Bank zusammen. Ich glaube — Medway Bank. Ich hörte jedenfalls, wie Lane sagte — Medway Bank. Er hat es sich wohl aufgeschrieben. Sie muß in der City sein, in einer alten Straße mit dem merkwürdigen Namen . . .«

»Lothbury?«

»Das kann sein, ja, und die Stiftung hat irgendwie etwas mit der Bank zu tun. Ich hörte auch, wie Lane von den ›Graveuren‹ sprach. Hat das irgendeine Bedeutung für Sie?«

»Im Augenblick gar keine.«

»Bin ich nicht schon ein guter Detektiv?« fragte sie lachend und legte ihre Hand auf seine. »Ich werde schon noch richtig dahinterkommen?«

Er hielt ihre Hand fest und sagte mit merkwürdig belegter Stimme:

»Sicher — wenn Sie einen Detektiv heiraten?«

Sacht entzog sie ihm ihre Hand, nicht aus Ängstlichkeit — nie hatte er sie so beherrscht gesehen, und sie schien wirklich über der Situation zu stehen.

»Ich mache mir um so viele Dinge Sorgen — das ›Mecca‹, die Leute, die dort hinkommen. Hätte ich Ihnen das alles nicht erzählen dürfen? Man kann doch nicht zwei Herren dienen! Gerade, weil ich das versucht habe, ist schon soviel passiert. — Was will eigentlich der Mann von mir?« Sie zeigte auf den großen Blumenstrauß, der in einer hohen Vase auf dem Tischchen stand.

»Siniford? Ich habe keine Ahnung.«

»Er möchte mich heiraten«, sagte sie bedeutungsvoll. »Ist das nicht verrückt? Aber er will es wirklich — ich würde dann Lady Siniford auf Siniford sein. Wo liegt das überhaupt? Im Fahrplan ist nichts zu finden.« Wie vor den Kopf geschlagen starrte er sie an, nicht so sehr des Antrags als ihrer Kaltblütigkeit wegen, mit der sie darüber sprach. »Selbstverständlich heirate ich ihn nicht. Er ist ein schrecklicher Mann — er trinkt. Man merkt es schon, wenn man nur in seine Nähe kommt.«

»Nicht so schnell, Lila! Er will Sie also heiraten, und Mrs. Oaks ist damit einverstanden? Wirklich? Und werden Sie ihn bestimmt nicht heiraten?«

»Natürlich nicht. Ich heirate niemand, der ... Hm — auf jeden Fall muß er nett sein.«

»Ungefähr so nett wie ich?«

»Wie Sie —«, antwortete sie lächelnd.

Eine Stunde später verließ John Wade das Haus — auch er ein gänzlich verwandelter Mensch. Das Leben, alle Menschen und Dinge hatten eine neue Bedeutung für ihn bekommen. Hinterher wußte er nicht, wie er eigentlich nach Hause gekommen war.

Vor der Haustür erwartete ihn Elk und kam ihm entgegen.

»Ein Mann namens Puder oder Wuder oder so ähnlich hat

angerufen — möchte sie sprechen. Ein Anwalt . . .«

»Bruder?«

»Also gut — Bruder, wenn Ihnen das lieber ist. Er sagte, es wäre außerordentlich wichtig, er wartete in seinem Büro, bis sie kommen.«

Der Anruf Mr. Bruders war vor einer halben Stunde erfolgt, und Wade machte sich sofort auf den Weg. Es schlug sieben Uhr, als er vor der Praxis aus dem Taxi stieg.

»Ich wollte Sie noch einmal in der Angelegenheit der Pattison-Stiftung sprechen«, begann der Anwalt, »aber ganz besonders auch wegen Lord Siniford. Ich befinde mich da in einer gewissen Schwierigkeit, Mr. Wade. Ich möchte Ihnen einige Mitteilungen machen. Falls diese Mitteilungen Sie veranlassen, eine Untersuchung einzuleiten, ist die Sache für mich erledigt. Einen Auftrag, Untersuchungen anzustellen, darf ich Ihnen allerdings nicht geben.«

»Mit anderen Worten, Sie wollen, sagen wir mal, mit der Sache nichts zu tun haben?«

»Richtig. Aber wenn ich mich auch nicht berechtigt fühle, die Hilfe der Polizei anzurufen, so liegt für mich doch kein Grund vor, Untersuchungen, die ohne mein Zutun vielleicht schon im Gange sind, nicht zu unterstützen.« Mit den Händen auf dem Rücken ging Mr. Bruder im Zimmer auf und ab. »Lady Pattison — wahrscheinlich werden Sie das wissen — war die Frau des Lord John Pattison, des dritten Sohnes des Herzogs von Soham. Der gegenwärtige Herzog von Soham ist ein sehr armer Mann. Aber die Mutter Lord Johns und auch Lady Pattison waren sehr vermögend. Sie hatten einen Sohn — er heiratete, doch zwei Jahre nach der Eheschließung kamen die beiden jungen Leute bei einem Autounglück ums Leben und hinterließen ein einziges Kind, eine Tochter.«

»Eine Tochter?«

»Auch das Kind starb — es war ebenfalls ein entsetzliches Unglück. Das Haus Lady Pattisons am Belgrave Square brannte nieder, und die Kleine konnte nicht gerettet werden. Der alten Dame brach das Herz, ich glaube, auch ihr Geisteszustand war nach dem Unglück nie wieder ganz zufriedenstellend. Natürlich«, fügte Mr. Bruder schnell hinzu, »besteht nicht der geringste Grund für die Annahme, daß sie bei der Abfassung ihres Testaments nicht bei klarem Verstand gewesen wäre. Sie hatte allerdings die fixe Idee, daß Delila Pattison, ihre Enkelin, noch lebte, und aus diesem Grunde wurde die Aushändigung des großen Vermögens auf einen Tag festgesetzt, der mit dem einundzwanzigsten Geburtstag ihrer Enkelin übereinstimmen würde.«

»Lord Siniford ist also der nächste Erbe? Und es besteht kein Zweifel, daß das Kind ums Leben kam?« fragte Wade.

»Nicht der geringste. Das Kind befand sich allein im Haus, als das Feuer ausbrach, die Dienstboten waren ausgegangen. Das ganze Gebäude wurde zerstört. Die Kleine war damals drei Jahre alt, das Kindermädchen hatte sie einen Augenblick allein gelassen, um, wie man annahm, einen Freund an der Straßenecke zu treffen. Die entsetzlichen Folgen dieser Nachlässigkeit bewirkten einen solchen Schock beim Kindermädchen, daß es den Verstand verlor. Doch gerade die sinnlosen Reden und verworrenen Bemerkungen des Mädchens veranlaßten Lady Pattison, das Testament in dem Sinne aufzusetzen, wie ich es Ihnen eben dargelegt habe.«

»Wie hieß das Kindermädchen?«

Der Anwalt dachte nach.

»Atkins, glaube ich.«

»Und der Vorname?«

Mister Bruder rieb sein hageres Kinn und zog die Braunen zusammen.

»Warten sie mal — ein ganz geläufiger Name, ich komme bloß jetzt nicht drauf. Mary —? Nein, Alice . . .«

»Anna?« schlug Wade fragend vor.

»Aber natürlich . . . Anna! Wie kann man so was vergessen! Nun, und dann . . .«

Aber John Wade hörte nur noch mit halbem Ohr hin. Delila Pattison war noch am Leben — als Lila Smith! Aus ›Delila‹ war ›Lila‹ geworden.

Endlich faßte er sich und unterbrach Mr. Bruder, der noch immer über Anna sprach.

»Warum wollten Sie mich eigentlich sprechen? Was ist seit meinem Besuch vorgefallen?«

Mr. Bruder hatte sich wieder hinter seinen Schreibtisch

gesetzt.

»Gestern nacht ist hier eingebrochen worden. Die Kassette mit den Akten der Pattison-Stiftung wurde geöffnet und durchsucht.« Er stand auf und holte von einem Regal, in dem Kassette neben Kassette stand, eine herunter, die mit den Buchstaben P.S. & G. gekennzeichnet war. »Pattison-Stiftung und Güter«, erläuterte er, als er den Kasten auf den Tisch stellte. »Bitte , sehen Sie mal! Man ist durchs Fenster eingedrungen. Ein Stück der Glasscheibe wurde herausgeschnitten und der Riegel zurückgeschoben. Merkwürdigerweise ist es mir erst heute nachmittag aufgefallen, als ich in der Kassette etwas nachsehen wollte.«

»Was ist gestohlen worden?« fragte Wade, nachdem er das erbrochene Schloß untersucht hatte.

»Nichts. Es befinden sich auch nur Mietverträge und Dokumente ähnlicher Art darin, die für Unbeteiligte wertlos sind. Die wichtigen Urkunden liegen auf der Bank.«

Wade sah sich das Fenster an. Das Loch in der Scheibe war fast kreisrund — unbedingt fachmännische Arbeit.

»Nein, verschwunden ist nichts«, wiederholte Mr. Bruder. »Wir bewahren nämlich gesondert eine genaue Liste sämtlicher Papiere auf.«

»War Lord Siniford gestern hier?«

»Nein, vorgestern. Ich habe Ihnen erzählt, daß er sich nicht sehr liebenswürdig benommen hat. Er wollte den Inhalt der Pattison-Kassette sehen, obgleich ich ihm versicherte, daß sich in meinem Büro nichts befindet, das für ihn von Interesse sein könnte.«

»Aber der Inhalt der anderen Kassette auf der Bank — ist der für ihn von Wichtigkeit?«

»Das ist möglich. In der anderen Kassette befinden sich verschiedene Gegenstände, die der alten Lady Pattison und ihrer Enkelin gehörten, auch verschiedene persönliche Dinge, wie zum Beispiel eine Fotografie des kleinen Mädchens . . .«

John Wade hörte einen unterdrückten Ausruf hinter sich und fuhr herum.

Auf der Schwelle stand Lord Siniford. Sein Gesicht war blaß, seine runden Augen traten beinah aus den Höhlen. Mit offenem Mund stand er da — ein lächerlich wirkendes Bild des Entsetzens.

Weder Anwalt noch Inspektor brachten in der ersten Verwirrung über die unerwartete Erscheinung ein Wort hervor.

»Nanu, Lord Siniford, wollen Sie Mr. Bruder sprechen?« fragte Wade.

»Nein, nein!« Die Stimme überschlug sich fast. »Ganz und gar nicht! Tut mir leid, wenn ich gestört habe — komme später mal wieder —.«

Die Tür schlug zu. Die beiden Männer starrten einander an.

»Komischer Kauz. Möchte wissen, was ihn so erschreckt hat!« meinte Wade.

»Der Teufel soll mich holen, wenn ich es weiß«, antwortete Mr. Bruder, nicht ganz so fein, wie er sich sonst auszudrücken pflegte. »So was — ich bin geradezu erschrocken!«

»Aber doch nicht so wie er.« Wade sah nach der Uhr, da er Elk gegen acht treffen wollte. »Ich nehme an, daß Sie keine Anzeige wegen des Einbruchs erstatten wollen? Wenn Sie das nämlich tun, übernimmt der Inspektor des Distrikts den Fall. Einen vertraulichen Bericht muß ich allerdings einreichen. Wann kann ich die andere Kassette sehen?«

»Morgen vormittag um elf Uhr; ich werde sie von der Bank holen lassen.« Mr. Bruder blickte zur Tür und fragte nervös: »Sie meinen doch nicht, Mr. Wade, daß ich in Gefahr schwebe? Glauben Sie, daß vielleicht — hm, die Gummibrüder, wie man sie nennt, etwas damit zu tun haben?«

»Wie kommen Sie darauf?« fragte Wade scharf.

Ohne zu antworten, zog der Anwalt ein Schubfach seines Schreibtisches auf und nahm einen Handschuh heraus — einen linken Handschuh aus dünnem Gummi.

»Hier . . .«

»Wann und wo haben Sie ihn gefunden?«

»Ich habe ihn erst bemerkt, als einer meiner Angestellten mich darauf aufmerksam machte. Der Handschuh lag unter meinem Tisch — er muß ausgezogen worden sein, als die Papiere untersucht wurden.«

»Nein, gerade dabei würde er anbehalten worden sein«, widersprach Wade lächelnd. »Aber Ihr mysteriöser Besucher hat ihn ausgezogen, um zu schreiben. Er benützte einen Füllfederhalter und schrieb sich den Inhalt der Kassette auf. Wahrscheinlich hat ein Kollege ihm die Titel diktiert. Haben Sie darauf geachtet, ob das Löschpapier ihrer Schreibunterlage heute morgen erneuert war?«

»Nein, aber warten Sie mal —.« Mr. Bruder nahm die Löschblätter, etwa ein halbes Dutzend, aus der Schreibunterlage und sah sie durch. »Ja — hier ist mein Datumsstempel. Ich probiere ihn immer erst auf dem Löschblatt aus. Sehen Sie, es ist von gestern.«

Wade untersuchte den Bogen lange und zeigte dann auf ein lange Reihe von Schriftzeichen, die quer über das Löschpapier verlief.

»Ist das Ihre Handschrift?« Als der Anwalt den Kopf schüttelte, entzifferte er die Schrift mit Hilfe eines Spiegels. »Da — nicht schlecht geraten! Es ist eine Liste der Dokumente in der Kassette.«

Nach kurzer Prüfung stimmte Mr. Bruder dieser Meinung zu.

»Heute abend können sie nichts mehr unternehmen«, erklärte Wade. »Geben Sie mir bitte Ihre Privatadresse und Telefonnummer für den Fall, daß ich Sie später nochmals anrufen oder aufsuchen muß. Ganz bestimmt aber komme ich morgen um halb elf vorbei und wäre Ihnen dankbar, wenn Sie bis dahin die andere Kassette beschaffen könnten.« An der Tür drehte er sich noch einmal um. » Es besteht also absolut kein Zweifel, daß Delila Pattison tot ist?«

»Nein.«

»Wann wäre Delilas einundzwanzigster Geburtstag?«

»Am einundzwanzigsten dieses Monats.«

»Und dann fällt das Vermögen sofort in Lord Sinifords Hände?«

«Nein, dies alles wird einige Zeit in Anspruch nehmen. Erst müssen noch verschiedene gesetzliche Formalitäten erfüllt sein, aber offiziell ist er vom Einundzwanzigsten an als rechtmäßiger Erbe anzusehen.«

Kapitel 13

Wade fuhr direkt nach Scotland Yard und erzählte Elk, was er beim Rechtsanwalt erfahren hatte. Als er aber seine persönliche Meinung darüber äußerte, schnitt sein Kollege ein Gesicht.

»Romantische Theorien kann ich nicht ausstehen. Langgesuchte Erbin — lächerlich! Die gehört doch schon zum ständigen Inventar des Kintopps. Verrückte Großmutter — na, und so weiter!«

»Sie war nicht verrückt. Lady Pattison . . .«

»Die Frau mit den Smaragden! Jetzt fällt mir auch der Brand ein.«

»Smaragden?«

»Sie hatte Hunderte davon«, versicherte Elk. »Das ganze Haus, die Einrichtung, muß mehr nach Museum ausgesehen haben. Es brannte bis auf die Fundamente nieder. Die alte Dame war so außer sich über den Tod der Enkelin, daß sie uns überhaupt keine brauchbaren Erklärungen mehr geben konnte.« Er trommelte auf die Tischplatte und blickte ins Leere. »Die Frau mit den Smaragden —«, murmelte er. »Klar! Könnte durchaus ein Fall aus der Anfangszeit der Gummibrüder sein! Denn zweifellos waren sie schon in Aktion, lange bevor wir sie als einheitliche Bande erkannten. Nach dem Brand konnten wir damals nur feststellen, daß die gesamte Dienerschaft mit Theaterbilletts aus dem Hause gelockt und das Kindermädchen von einem Mann angerufen wurde, der sie an der Straßenecke sprechen wollte. Es sah damals schon so aus, als ob die ganze Sache bis ins kleinste vorbereitet worden wäre.«

»Die Leiche des Kindes wurde nicht gefunden?« fragte Wade.

»Wissen Sie, nach einem solchen Brand kann man überhaupt nichts mehr finden, jedenfalls nichts, was an ein menschliches Wesen erinnern würde. Das Feuer war so gewaltig, daß sogar die Eisenträger schmolzen. — Verschwundene Erbin?« Elks Stimme klang jetzt nicht mehr ironisch. Er sprang auf. »Wir wollen es riskieren, für Idioten gehalten zu werden! Sie täten gut daran, ein paar Leute vor Tappitts Haus zu beordern, die darüber wachen, daß niemand das Mädchen besucht — niemand, außer mir. Ich will heute abend noch hinfahren und sehen, ob sie sich an irgend etwas aus ihrer frühesten Kindheit erinnern kann.«

»Könnte ich das nicht vielleicht selbst . . .« versuchte Wade einzuwenden.

»Nichts können Sie! Sie sind in sie — ver . . .verschossen! Das bedeutet, daß Sie Ihre Urteilsfähigkeit und jeden polizeilichen Instinkt, wenigstens was diesen Fall betrifft, eingebüßt haben.«

Sie gingen an der Polizeiwache vorbei und nahmen Sergeant Tappitt mit, in dessen Haus Lila untergebracht war und der gerade seinen Dienst beendet hatte. Er war über Elks Vorschlag, sein Haus von zwei Beamten bewachen zu lassen, nicht sehr erbaut.

»Meine Frau wird das nicht gerne sehen. Gott, es besteht doch auch gar keine Gefahr. Ja, wenn es ein alleinstehendes Haus wie das Ihre wäre, Mr. Wade, könnte ich es noch verstehen, aber es ist ein Mietshaus, ständig gehen Leute ein und aus — na, schön, kommen Sie mit, überzeugen Sie meine Frau selbst!«

Die Wohnung des Sergeanten, nicht weit von Wades Haus entfernt, lag im ersten Stock. Alles war dunkel, als Tappitt aufschloß.

»Meine alte Dame fängt an, sparsam zu werden«, entschuldigte er sich und schaltete das Licht ein. Von der Diele führte ein schmaler Gang zur Küche, wo um diese Zeit gewöhnlich Tappitts Abendessen bereitstand; doch auch die Küche war dunkel. »Merkwürdig«, murmelte er beunruhigt.

Er machte auch hier Licht. Der Tisch war für drei Personen gedeckt. Auf dem Herd stand eine Tasse, halb voll Tee.

Wade klopfte an eine der Türen auf dem Gang, die, wie er wußte, zu Lilas Zimmer gehörte. Keine Antwort. Er klopfte noch einmal und öffnete.

»Lila!«

Nichts. Er drehte den Schalter. Das Zimmer war leer, das Bett aufgeschlagen, der Mantel, der hinter der Tür gehangen hatte, verschwunden.

»Meine Frau muß ausgegangen sein.« Tappitts Stimme klang höchst aufgeregt. »Ich will mal in ihrem Zimmer nachsehen —«

Die Tür war verschlossen. Der Sergeant rief den Namen seiner Frau und hämmerte mit der Faust auf die Füllung.

»Der Schlüssel steckt ja von außen«, sagte plötzlich Wade.

Im nächsten Moment flog die Tür auf, Tappitt stürzte hinein, das Licht flammte auf, er stieß einen erschreckten Ausruf aus.

Die Frau lag, wie es schien, in tiefem Schlaf auf dem Bett, etwas zur Seite gekehrt, still wie eine Tote.

»Mary!— Um Gottes willen, sie ist . . .«

»Keine Sorge«, beruhigte ihn Wade, »sie atmet.«

Er drehte sie behutsam auf den Rücken und zog ihr ein Lid hoch. Im grellen Lichtschein blinzelte sie.

»Machen Sie das Fenster auf und holen Sie etwas Wasser!«

Sie kam überraschend schnell zu sich. Fünf Minuten später saß sie auf dem Bettrand und blickte, noch halb betäubt, verwundert von einem zum anderen.

»Was ist passiert? Ich muß geschlafen haben. Wie geht es Lila? — Warum bin ich eigentlich eingeschlafen?«

Sie folgte den Männern in die Küche. Man gab ihr eine Tasse frischen Tee.

»Gießen Sie die andere Tasse nicht aus!« rief Wade heftig, als der Sergeant Anstalten macht, die Tasse mit dem alten Tee auszuschütten. »Die brauchen wir noch zur Untersuchung.«

»Glauben Sie, daß man sie betäubt hat?« fragte Tappitt.

Seine Frau, die sich zusehends erholte, folgte den Gesprächen mit wachsender Unruhe.

»Lila — ist Lila nicht da? Ich war doch erst vor ein paar Minuten bei ihr. Wie spät ist es eigentlich?«

Als man ihr sagte, daß es schon nach halb neun sei, starrte sie die Männer ungläubig an.

»Aber das ist ganz unmöglich! Ich war um fünf Uhr in der High Street und kaufte ein Paar Hausschuhe für sie. Vorher hatte ich Mrs. Elford nebenan gebeten, auf sie aufzupassen. Dann kam ich zurück, machte mir eine Tasse Tee . . .« Sie brach ab und überlegte.

»Und dann — erinnern Sie sich an nichts weiter?« fragte Wade.

»Nein — eigentlich nicht.«

Die Nachbarin, Mrs. Elford, konnte mehr zur Lösung des Rätsels beitragen. Sie war etwa zehn Minuten nach Mrs. Tappitts Weggang in die Wohnung hinübergegangen, als ein Mann läutete und einen Brief für Lila abgab. Beschreiben konnte sie ihn nicht mehr genau, aber sie hatte den Eindruck gehabt, daß es sich um einen Seemann handelte. Da der Bote auf Antwort wartete, ließ sie ihn an der offenen Tür stehen und ging in Lilas Zimmer.

»Natürlich —«, fiel Wade ein, »und in diesem Augenblick schlüpfte ein zweiter Mann in die Wohnung und versteckte sich in der Küche. Da — die Speisekammer eignet sich vorzüglich dazu! — Sie brühten also den Tee auf, Mrs. Tappitt? Erinnern Sie sich noch, als Sie die Tasse vollgegossen hatten, verließen Sie dann einen Augenblick die Küche?«

»Ja — ich ging auf einen Sprung hinaus, um Lila zu fragen, ob ihr die Hausschuhe paßten.«

»Und Sie kamen zurück und tranken Ihren Tee —? Und das ist das letzte, an was Sie sich erinnern können? — Man hat Ihnen ein kräftiges Schlafmittel gegeben, das sie sofort betäubte, und Sie in Ihr Schlafzimmer gebracht.«

Die Durchsuchung von Lilas Zimmer ergab nichts von Bedeutung, nur ihre Ausgehschuhe lagen vergessen hinter einem Lehnstuhl.

»In der Eile haben sie die Schuhe nicht finden können«, sagte Elk. »Wie sehen denn die Hausschuhe aus, Mrs. Tappitt?«

»Sie waren aus rotem Leder — hübsch, aber ziemlich teuer. Als ich ins Zimmer kam, hatte sie sie gerade angezogen.«

Die beiden Inspektoren machten sich eiligst daran, in der Nachbarschaft Erkundigungen einzuziehen, und fanden auch bald zwei Zeugen, die ein Taxi hatten vorfahren sehen. Vier Personen, erzählten sie, wären aus dem Haus gekommen, zwei Männer und zwei Frauen, in den Wagen gestiegen und davongefahren. Beim Betreten des Hauses hatte sie dagegen niemand beobachtet. Vermutlich waren sie einzeln hineingegangen.

Sonst war nichts Auffälliges bemerkt worden, und es fanden sich auch keine weiteren Spuren. Nichts deutete auf Gewaltanwendung hin. Offenbar war das Mädchen freiwillig gefolgt.

»Die zweite Frau war natürlich Mutter Oaks«, sagte Wade. »Lila wäre mit keiner anderen aus freien Stücken mitgegangen.«

»Gut, versuchen wir es mal im ›Mecca‹«, schlug Elk vor.

Mrs. Oaks zeigt keine Überraschung über den Besuch.

»Was wollen Sie schon wieder?« keifte sie los. »Ich bin den ganzen Abend nicht weggewesen und habe keinen Menschen gesehen.«

»Ich will das Haus durchsuchen«, sagte Wade.

»Haben Sie einen Haussuchungsbefehl?«

»Der alte gilt noch«, mischte sich Elk ein.

»Hier werden Sie Lila nicht finden . . .«

Wade ging auf sie los.

»Wie kommen Sie auf Lila?« schrie er sie an. »Woher wissen Sie, daß sie nicht mehr dort ist, wo ich sie untergebracht hatte?«

»Das habe ich ja gar nicht behauptet«, antwortete sie verwirrt und wich einen Schritt zurück.

»Sie sind heute abend in Begleitung von zwei Männern in Sergeant Tappitts Wohnung gewesen und haben das Mädchen veranlaßt, mitzugehen!«

Der maßlose Haß auf ihren ewigen Widersacher machte sie unfähig, ihren augenblicklichen Sieg zu verschweigen, und sie ließ alle ihre Vorsicht und Zurückhaltung fallen.

»Und wenn ich es getan hätte? Das Mädchen ist mir anvertraut worden. Sie haben kein Recht, über Lila zu verfügen. Es ist kein Verbrechen, wenn ich meine eigene Nichte aus einer Gesellschaft entferne, die mir nicht paßt — das wissen Sie ganz genau!«

»So, Sie haben es also getan? Sie leugnen es nicht?«

»Jawohl, ich habe es getan«, bestätigte sie trotzig. »Suchen Sie sie doch! Sie ist in guter Obhut. Ich gebe zu, daß ich und ein paar Bekannte . . .«

Sie beendete den Satz nicht. Verwirrung und Angst traten

in ihr Gesicht. Zu spät erkannte sie, wie völlig sie sich mit ihrem Geständnis in seine Gewalt begab.

Wade rief einen Beamten herein, der vor dem Eingang zum Klub wartete.

»Nehmen Sie diese Frau fest! Ich komme nachher auf die Wache, um die Gründe der Verhaftung festzulegen.«

»Verhaftung? Was — was habe ich getan?« kreischte Mrs. Oaks. »Sie haben nichts, gar nichts, was Sie gegen mich vorbringen könnten!«

»Sie haben«, antwortete Wade, »in Gemeinschaft mit zwei unbekannten Personen Mrs. Mary Tappitt ein gefährliches Betäubungsmittel eingegeben. Dieses kleine Detail der Entführung haben Sie wohl vergessen?«

Unter Aufsicht des Polizisten suchte ›Mutter‹ die nötigsten Toilettenartikel für ihren Aufenthalt in der Zelle zusammen, während Wade und Elk das Haus durchsuchten. Lilas Zimmer war nicht benutzt worden.

»Es ist kaum anzunehmen, daß sie hierherkamen«, meinte Elk. »Warum sollten sie auch? Die haben doch mindestens ein Dutzend Schlupflöcher.«

»Mrs. Oaks jedenfalls ist gekommen!« hielt ihm Wade gereizt entgegen. »Wir wollen einmal auf der Werft nachsehen.«

An der halbverfallenen Werft lag jedoch kein Boot. Auch die beiden Frachtkähne, die in der Nähe gelegen hatten, waren verschwunden. Als sie umkehrten, fiel der Schein der Taschenlampe auf etwas Rotes. Elk ging darauf zu.

»Nicht anfassen!« rief Wade warnend hinter ihm.

Es war ein roter Hausschuh, und er lag ganz außen an der Kante des Kais.

»Wie ist der hierhergekommen?« fragte Elk. »Sie muß direkt am Wasser gestanden haben.«

»Oder der Schuh ist absichtlich von einem Boot nach oben geworfen worden. Sehen Sie doch — kein Schmutz an den Absätzen und an der Sohle. Das Boot legte hier an, weil Mrs. Oaks hier aussteigen mußte, und fuhr gleich weiter. Lila hat den Augenblick der Landung benutzt, um den Schuh nach oben zu werfen — sie nahm an, daß wir ihn finden würden.«

»Auf der Wache wollen wir versuchen, ob wir die alte

Hexe nicht zum Reden bringen können.« Elk zeigte auf einen Haufen Ziegelsteine. Maurer mußten an der Arbeit gewesen sein, denn Baumaterial aller Art lag herum. »Die scheinen es verdammt eilig mit dem Ausbessern zu haben! In dem Rattenloch unten wird doch wohl niemand stecken?«

Widerwillig folgte Wade die Stufen zum Holzkeller hinunter, der auch diesmal nicht abgeschlossen war. Elk leuchtete in den Sandbehälter hinein.

»Neuer Sand — alles wieder in Ordnung!«

Er griff durch den Sand hindurch nach dem Hebel und zog daran. Der Geheimgang zum Kellergewölbe öffnete sich. Das Innere war erleuchtet. Wade ging hinein. Am anderen Ende bewegte sich etwas. Durch die Tür zur Zelle, in der Anna untergebracht gewesen war, verschwand eine Gestalt.

»Halt! Herauskommen!« schrie er.

Keine Antwort. Er rief noch einmal, mit einigen Schritten war er bei der Kammer, hörte ein Kratzen und Scharren, sprang hinein und sah gerade noch zwei Füße in dem engen Luftschacht über dem Bett verschwinden. Ohne einen Augenblick zu verlieren, sprang er durch den Keller an Elk vorbei, die Stufen hinauf, zur Werft. Er kannte den Verlauf des Luftschachtes und hoffte, den Fliehenden an der Mündung fassen zu können. Aber so schnell er auch zur Stelle war, sein Wild war noch schneller. Jemand schoß an ihm vorbei, zum Werftsteg, sprang ins Wasser und schwamm mit kräftigen Stößen der Flußmitte zu. Atemlos kam Wade zurück und traf Elk oben an der Kellertreppe.

»Golly, oder ich müßte mich sehr irren. Merkwürdiger Kerl!«

»Können wir ihn nicht auffischen?« fragte Elk.

»Nicht ein einziges Boot in der Nähe — nichts zu machen! Aber das Mädchen muß gefunden werden, heute nacht noch. Wenn Mrs. Oaks nicht mit der Sprache herausrückt, werden wir Siniford soweit bekommen.«

Kapitel 14

Auf der Fahrt in die Stadt besprachen sie noch einmal die Konsequenzen aus den letzten Ereignissen.

Lila war in die Hände der Gummibrüder gefallen — doch im Grunde war sie schon immer in den Händen der Bande gewesen.

Merkwürdigerweise beunruhigte sich Elk mehr als Wade.

»Hoffentlich ist dem Mädchen nichts passiert. Hören Sie mal, John — angenommen, die Gummibrüder . . .«

»Halten Sie um Gottes willen den Mund!« fuhr ihn Wade an. »Morgen, so gegen halb elf, hoffe ich Siniford zu haben. Nein — um Lila mache ich mir keine großen Sorgen. Der Plan ist ja deutlich zu erkennen. Siniford will sie heiraten, und aus irgendwelchen Gründen unterstützt ihn Aikness dabei. Lila ist Delila Pattison, was besagt, daß niemand ihr etwas antun wird. Was aber nach der Heirat passiert, ist eine andere Frage. Übrigens muß die Ehe rechtsgültig geschlossen sein — Siniford wird sich in dieser Hinsicht keinem Risiko aussetzen.«

»Was denken Sie eigentlich in der zweiten Kassette zu finden? Und wo wird sie übrigens aufbewahrt?«

»Bei der Bank des Anwalts.«

»Bei welcher?«

Wade hatte vergessen, danach zu fragen.

»Es fällt mir nämlich gerade ein«, sagte Elk, »daß die junge Dame Ihnen erzählte, sie hätte ein Gespräch über eine Bank und über ›Graveure‹ belauscht. Über eine Bank — sagte sie nicht — in Lothbury?«

»Halten Sie bei der ersten Telefonzelle!« rief Wade dem Chauffeur zu. »Ich will sofort Bruder anrufen. Oh, ich war ein Esel, daß ich bei Lilas Erzählung nicht gleich daran dachte.«

Mr. Bruder wohnte am Portman Square. Er kam selbst an den Apparat.

»Ja, die Bank hat hier in Lothbury eine Filiale.«

»Sagen Sie, Mr. Bruder, wissen Sie vielleicht, ob in der Nähe der Bank eine Graveurfirma ist?«

»Warum? Ja, eine Graveurfirma ist dort, und zwar im Obergeschoß der Bank. Die Sache verhält sich so — der Graveur, ein älterer Herr, übrigens ein Klient von mir, ist der Besitzer des Grundstücks und vermietete das Haus nur unter der Bedingung, daß ihm das Obergeschoß für seine Firma belassen würde. Er hat natürlich einen eigenen Geschäftseingang.«

»Besten Dank, Mr. Bruder, mehr wollte ich für den Augenblick nicht wissen.«

Die beiden Inspektoren befanden sich in einer heiklen Situation. Das Gebiet der City nimmt im Verwaltungsbezirk eine ganz besondere Stellung ein. Es hat einen eigenen Kriminaldienst und eigene Beamte. Wade war sich nicht im klaren, ob er die Citybehörden um Mitarbeit angehen sollte.

»Wollen Sie nicht wenigstens das Präsidium verständigen?« fragte Elk. »Ich weiß nicht, es gehört in den Citybezirk, und ich möchte nicht von Old Jewry eins auf den Kopf bekommen.«

Old Jewry ist der Sitz der Citypolizei, über die Scotland Yard keine Befugnisse hat.

»Wir können uns doch wenigstens mal die Bank ansehen.«

Lothbury war wie ausgestorben. Als sie in die Straße einbogen, sahen sie einen Polizisten um die nächste Ecke verschwinden. Die Bank befand sich im letzten Haus der Straße, einem neueren, schmalen Gebäude. Vor dem Bankeingang stand ein großer Mann, der sie kritisch musterte.

»Sind Sie nicht Inspektor Wade?« fragte er. »Mein Name ist Cardlin, Detektivsergeant der Citypolizei.«

»Stimmt hier etwas nicht?«

Der Sergeant strich über seinen kurzen, schwarzen Bart.

»Das will ich eben herausbekommen. Ich möchte aber nicht einen Haufen Polizisten hier haben, bevor ich meiner Sache sicher bin. Sergeant Topham hat mir versprochen, hierherzukommen. Sobald er da ist, versuche ich mit Wilson, dem Bankdirektor, zu telefonieren, der in der Nähe von Holborn wohnt.«

»Kann ja auch ich machen —«, schlug Wade vor. »Bei der Börse ist eine Telefonzelle. Weswegen sind Sie eigentlich hier, Sergeant?«

Der Bärtige dachte nach, bevor er antwortete. Er schien überhaupt zu den Leuten zu gehören, die sich jedes Wort zuerst genau überlegen.

»Das läßt sich eben nicht genau sagen. Ich glaube nur, ein Licht da oben beim Graveur gesehen zu haben, bin nach Old Jewry gelaufen und habe mir die Doppelschlüssel für den Nebeneingang geholt. Ich bin noch nicht oben gewesen. Als ich zurückkam, war kein Licht mehr zu sehen.«

Er nannte eine Telefonnummer. Wenig später sprach Wade mit dem Bankdirektor.

»Ich komme gleich mit den Schlüsseln. Es ist doch nicht eingebrochen worden?«

»Das müssen wir eben aufklären.«

Cardlin und Elk standen noch vor dem Bankgebäude, als Wade zurückkam.

»Der Direktor ist in fünf Minuten hier. Wo liegt die Werkstatt des Graveurs?«

Cardlin zeigte zu den Fenstern im obersten Stock.

»Wenn Sie schon hinaufgehen wollen, warte ich hier auf den Direktor. Falls jemand im Hause ist, bleibt ihm nur dieser eine Ausgang, und ich habe meinen Revolver bei mir.«

Wade schloß die Seitentür auf und ging mit Elk hinein. Ein schmaler Gang führte zum Fahrstuhl, um den sich eine enge Wendeltreppe nach oben schlängelte.

»Was meinen Sie, Fahrstuhl oder Treppe?«

Wade entschied sich für die Treppe, zog die Schuhe aus und stieg, von Elk gefolgt, geräuschlos hinauf. Sie waren beide bewaffnet, erreichten aber das Obergeschoß, ohne etwas Besonderes zu bemerken.

Auf der Glasscheibe der Eingangstür stand der Name des Graveurs. Sie schlossen auf und kamen in einen großen Arbeitsraum, der sich, nur unterbrochen von einer abgetrennten Bürokabine, über die ganze Front des Gebäudes hinzog.

»Niemand —«, sagte Elk. »Moment, was steht dort?«

Im hinteren Teil des Raumes ragte, an einen Arbeitstisch gelehnt, eine Eisenstange in die Höhe. Als sie um den Tisch herumgingen, fanden sie die Lösung des Rätsels. In den Zementfußboden war ein großes Loch gebrochen worden, und daneben lagen ein Brecheisen, ein Wagenheber und ein

Eisenbolzen. Ein recht primitives Verfahren — Wade erinnerte sich, etwas Ähnliches in einem Kriminalmuseum gesehen zu haben. An einem Fuß des im Boden verankerten Tisches war eine Strickleiter angebunden, die durch das Loch hindurchgezogen worden war.

Wade zwängte sich durch die Öffnung und kletterte in den unteren Raum hinab. Es war ein großes Büro mit vielen Schreibtischen. Auch hier gab es eine Wendeltreppe, die ins nächsttiefere Stockwerk führte. Wade hörte, daß sich dort unten eine Tür öffnete, und zog seinen Revolver heraus. Es war aber nur der Bankdirektor, der mit Cardlin hereinkam.

»Ich verstehe nicht, warum man es gerade auf uns abgesehen hat. Wir haben nie viel Geld hier, weil wir ja ganz nahe bei der Zentrale sind.«

»Haben Sie eine Stahlkammer mit Depots?« fragte Wade.

»O ja, wir haben eine ganze Anzahl Kassetten im Depot. Aber die Tür ist nicht zu sprengen. Da — sehen Sie, niemand hat sich daran vergriffen.«

Er zeigte auf eine große Stahltür, die in seinem eigenen Büro in die Wand eingelassen war. Das Schloß schien intakt, aber eine oberflächliche Prüfung ergab, daß eine Öffnung mindestens versucht worden war. Der Lack war zerkratzt, und unter dem Schreibtisch lag eine Ledermappe mit feinstem Einbrecherwerkzeug und Sauerstoffgerät.

Der Direktor zog seinen Schlüsselbund aus der Tasche. Er schien sehr stolz auf diese Stahlkammer zu sein, die erst kürzlich eingebaut worden war, und erzählte, daß eine bekannte Firma in Wolverhampton sie aus Chromstahl hergestellt habe.

»Sind Sie sicher, daß man auf keinem anderen Weg in die Kammer hinein kann?« fragte der bärtige Cardlin.

Der Direktor lachte.

»Falls nicht jemand die Fähigkeit besitzt, sich durch Eisenbetonwände durchzubeißen, gibt es keinen anderen Zugang!«

Er drehte die verschiedenen Kombinationsschlösser, man hörte ein leichtes Knacken und die schwere Türe schwang leicht und geräuschlos auf. Der Direktor schaltete das Licht ein und ging die sechs Stufen, die in die kleine Kammer hinabführten, voraus.

»Hier sind die Depots.« Er wies auf eine Reihe schwarzer Kassetten und dann auf ein Gitter, das den hinteren Teil des kleinen Raumes abtrennte. »Und hier bewahren wir unsere Bücher und Kassettenbestände auf.«

»Welche Kassette gehört der Pattison-Stiftung?« Merkwürdigerweise war es Cardlin, der diese Frage stellte.

Der Direktor zeigte auf eine Kassette, die etwas kleiner als die übrigen war. Cardlin holte sie vom Regal und zwängte — zur Verblüffung der drei anderen — ein kleines Brecheisen unter den Deckel. Ein scharfes Knacken — der Deckel flog auf. Cardlin zog zwei Bündel Dokumente heraus und steckte sie in die Tasche. Ruhig wandte er sich um und ging auf die Stufen zu.

Jetzt erst erholte sich John Wade von seinem Schock.

»Nanu, was soll das bedeuten, Cardlin?«

Er machte zwei Schritte und blieb dann regungslos stehen. Cardlin hatte sich umgewandt. In seiner Hand lag ein schwerkalibriger Revolver.

»Keine Bewegung, Jungens! Ich möchte nicht gern schießen, damit mir nicht einer von euren Blauen dazwischenkommt. Wäre peinlich für euch — vielleicht auch für mich . . .«

Dem Jargon nach zu urteilen, mußte der Kerl Amerikaner sein, und Wade hatte den Eindruck, die Stimme schon einmal gehört zu haben.

Der angebliche Cardlin stieg rückwärts die Stufen hinauf. Langsam zog er sich hinter der halb offenstehenden Stahltür zurück.

»Um Gottes willen —«, schrie der Bankdirektor entsetzt, »er will uns hier einschließen. Wir werden ersticken!«

In diesem Augenblick riß Wade seinen Revolver heraus und feuerte. Ein Schmerzensschrei — die Waffe des Gangsters fiel zu Boden. Die schwere Tür bewegte sich, doch bevor sie zuschnappen konnte, war Wade mit zwei Sätzen oben und stemmte sich dazwischen. Der falsche Detektiv war inzwischen aus dem Direktionsbüro geflüchtet und hatte die Tür hinter sich verschlossen.

»Die Alarmglocke!« rief der Direktor.

Er eilte zu seinem Pult und zog an einem kleinen Hebel. Sofort gellte eine Sirene durch die stille Straße.

Ein Citypolizist befreite die drei Gefangenen. Er erzählte Ihnen, daß ein Auto an ihm vorbeigerast sei, gerade als er in die Straße einbog.

Wenige Minuten später wimmelte es von Polizisten. Selbst der Polizeihauptmann des Bezirks erschien auf der Bildfläche.

»Nein, wir haben nie einen Cardlin bei uns gehabt!«

»Wir sind zwar die Hereingefallenen —«, philosophierte Elk auf der Rückfahrt, »aber genau dasselbe würde auch passiert sein, wenn wir nicht gekommen wären. Bestimmt rechnete er nicht mit unserem Dazukommen, aber immerhin hat er sich rasch in die neue Sachlage eingefunden.«

Ihr erster Besuch galt Mr. Bruder, der den Verlust der Papiere bedauerte, ihn aber nicht als sehr ernsthaft betrachtete.

»Soweit ich mich erinnere, enthält die Kassette nichts, dem ich als Anwalt besonderen Wert beimessen würde. Es waren wohl mehr Papiere rein privater Art.«

»Was war überhaupt in der Kassette?«

»Geburts- und Heiratsurkunden, Briefe, die Lady Pattison von ihrem Sohn erhielt, einige Fotografien der Tochter Delila und dergleichen mehr. Ja — eine Aussage des Kindermädchens Anna über das Feuer war noch dabei. Das dürfte wohl alles gewesen sein. Lady Pattison legte großen Wert darauf, daß diese Papiere nicht mit den geschäftlichen Dokumenten zusammen aufbewahrt wurden. Darum übergab ich die Kassette ja auch der Lothbury Bank.«

»Wer wußte, daß die Kassette bei der Bank lag?« fragte Wade.

»Niemand. Ich habe es nicht einmal Lord Siniford gesagt.«

»Doch, das taten Sie! Als Sie mir von der Kassette erzählten, war Siniford im Nebenzimmer. Erinnern Sie sich — er kam plötzlich herein, sah aus wie ein Gespenst und verschwand wieder?«

»Die hatten es natürlich längst gewußt!« bemerkte Elk. »Hatte nicht vorher schon das Mädchen zugehört, als über Lothbury und den ›Graveur‹ gesprochen wurde? Es kann ja sein, daß Siniford die Adresse zum erstenmal in Ihrem Büro hörte. Vielleicht aber fürchtete er sich einfach davor, daß Sie, John, die Dokumente zu Gesicht bekämen?«

Vom Büro des Anwalts aus rief Wade Lord Siniford an, erhielt aber keine Antwort. Daraufhin telefonierte er mit dem Portier des Hauses, der ihm mitteilte, daß der Lord nach Hause gekommen, aber sofort wieder weggegangen sei.

»War er allein?«

»Nein, Sir, er kam in Begleitung eines kleinen Herrn, den ich nicht kenne, und sie gingen auch zusammen wieder fort.«

Wade fuhr in die St. James Street zu Sinifords Wohnung, aber der Portier konnte ihm nicht viel mehr berichten.

»War der Begleiter Lord Sinifords vielleicht ein Chinese?«

»Nein, Sir. Er sah eigentlich ziemlich gewöhnlich aus, ich erinnere mich, ihn früher schon einmal hier gesehen zu haben. Seine Lordschaft hatte keinen Whisky mehr, und ich besorgte eine neue Flasche. Ich glaube, der Herr muß Seemann oder so was sein, denn er erzählte, wie kalt es in der Nacht auf dem Fluß war. Jedenfalls sagte er das gerade, als ich ins Zimmer kam.«

»Weiter nichts? Sagte er nichts weiter, als daß es auf dem Fluß kalt war?«

»Wörtlich sagte er: ›Der Fluß war nie so kalt wie heute nacht.‹ Als ich hereinkam, brach er ab.«

Also Golly war der Besucher! Und er war früher schon einmal in der Wohnung gewesen!

So müde Wade auch war, er mußte doch noch auf die Wache in Wapping, um die Anzeige gegen Mrs. Oaks aufzusetzen. Er fand die Dame in ungewöhnlich sanfter Stimmung.

»Ich weiß wirklich nicht, Mr. Wade, warum Sie mir derart zusetzen«, jammerte sie. »Ich war immer höflich mit Ihnen und habe Ihnen nie etwas zuleide getan. Die Anzeige gegen mich ist lächerlich — Eingabe von Betäubungsmitteln! Na, und Lila — seit gestern habe ich sie nicht gesehen. Sie macht mir täglich mehr Mühe.« Sie sah den Inspektor vielsagend an. »Lila ist ein hübsches Mädchen und bekommt mal eine nette, kleine Mitgift. Meine arme, liebe Schwester hat mir beinah tausend Pfund hinterlassen. Lila ist ja noch ein wenig jung, aber sie wird ihrem Mann sicher einmal eine brave Frau ...«

»Mit ›Mann‹ meinem Sie wohl mich?« fuhr sie Wade an. »Soll das ein Köder sein? Beruhigen Sie sich, ich beiße nicht an. Was Ihre arme, liebe Schwester betrifft, falls Sie überhaupt je eine gehabt haben, so bin ich sicher, daß sie weder arm noch lieb war. So was zieht bei mir nicht: Lila Smith ist Delila Pattison.«

›Mutter‹ zuckte zusammen und wurde blaß.

»Ich — weiß nicht . . .« stotterte sie. »Was meinen Sie, Mr. Wade? Es ist mir ganz unverständlich.«

Wade nickte dem Sergeanten zu und diktierte seine Anzeige.

»Sie werden doch Bürgschaft annehmen, nicht wahr, Mr. Wade?« Mrs. Oaks weinte fast. »Sie können doch nicht eine anständige Frau in meinem Alter die ganze Nacht in eine schmutzige Zelle sperren!«

»Die Zellen auf der Wache hier sind tadellos sauber. — Bürgschaft, Mrs. Oaks? Wer würde denn Bürgschaft für Sie leisten? Ja, meine Liebe, wenn Ihr Mann für sie bürgt — er muß aber persönlich kommen —, will ich Sie entlassen. Sie können nach ihm schicken lassen.«

Darauf war sie nicht vorbereitet.

»Aber ich weiß doch nicht, wo Golly ist — das ist Ihnen bekannt. Ich habe ihn nicht gesehen, seit . . .«

»Ihre Hauptbeschäftigung ist, Leute nicht zu sehen!« schnitt ihr Wade das Wort ab. »Heute abend hätten Sie ihn sehen können — unten im Keller, den Sie ebenfalls noch nie gesehen haben! Ich sah zwar nur noch seine Schuhsohlen. Er schwamm Richtung London Bridge davon. Hoffentlich leidet er nicht an Rheumatismus?«

Sie hatte sich wieder gefaßt, und ihr Gesicht trug die alte Maske, die er so gut kannte. Ein böser Blick streifte ihn, sie öffnete ihre Lippen, sagte aber nichts. Brüsk wandte sie sich ab und folgte der Wärterin in den Gang hinaus.

Wade kam völlig erschöpft nach Hause und schlief schon, noch bevor er richtig im Bett lag. Fünf Stunden später wachte er auf und sah die hagere Gestalt Inspektor Elks neben seinem Bett.

»Ich — schlafe nie! Ich finde, es ist eine furchtbare Zeitverschwendung.«

»Was wollen Sie nun schon wieder?« murrte Wade und streckte sich gähnend. »Haben Sie einen waschechten Verweis vom Präsidium mitgebracht?«

Elk setzte sich auf den Bettrand und steckte einen Zigarrenstummel in Brand.

»Nein, der kommt noch, keine Sorge! Ich dachte nur, es würde Sie interessieren, daß man gegen Morgen einen Mann auffischte — am Middlesexufer.«

»Wer war es?«

Elk stieß eine Rauchwolke aus.

»Lord Siniford!«

Wade fuhr hoch.

»Siniford —? Ertrunken?«

Elk schüttelte den Kopf.

»Erstochen — saubere Arbeit. Muß auf der Stelle tot gewesen sein!«

Kapitel 15

Auf dem Tisch der Polizeiwache lag alles, was man in den Taschen des Toten gefunden hatte — ein goldenes Zigarettenetui, eine Uhr mit Kette und eine kleine goldene Dose, die eine vom Wasser ziemlich aufgelöste Masse enthielt. Eine chemische Untersuchung war noch nicht gemacht worden, aber Wade wußte genau, daß es Kokain war. Ferner — ein silbernes Taschenmesser, ein Platinring, Schlüssel und ein ›Mittel zur Verhütung von Seekrankheit‹. Papiere fanden sie keine, weder Brieftasche noch Geld.

Siniford war von hinten erstochen worden. Die Wunde war nicht ohne weiteres ersichtlich. Der mit großer Kraft geführte Messerstich hatte die Wirbelsäule am Nacken durchschnitten.

»Ich habe schon ein- oder zweimal ähnliches gesehen«, sagte Elk. »Merkwürdige Kerls, diese Chinesen! Und was halten Sie davon?« Er deutete auf die ausgebreiteten Gegenstände.

»Weiter nichts, als daß er nicht seefest war und trotzdem

die Absicht hatte, eine Seereise zu unternehmen. Um sechs Uhr morgens wurde er gefunden. Der Mord wurde also in den sechs Stunden nach Mitternacht begangen, und zwar in der Nähe von Westminster.« Am Türhaken hing die schwere, dicke Weste, die Siniford getragen hatte. »Hier ist noch ein Beweis, daß er eine Seereise vorhatte. Die Weste ist mit Kork gefüttert. Solche Westen werden häufig von ängstlichen Passagieren getragen, weil sie eine Art Rettungsgürtel sind. Die Mörder rechneten nicht damit, daß ihn die Weste an der Oberfläche des Wassers halten würde. Seine Uhr ist siebzehn Minuten nach eins stehengeblieben, kurz bevor die Ebbe einsetzte, und der Körper wurde gefunden, gerade als die Flut begann.«

Elk grinste.

»Sie werden noch ein richtiger Sherlock Holmes, Johnny! — Was ist das?« Er nahm einen schmalen Ring auf. »Ein bißchen klein für seinen Finger, nicht wahr?«

»War auch nicht für ihn bestimmt — es ist ja ein Trauring.«

Elk legte den Ring wieder auf den Tisch, warf einen Blick auf die besorgte Miene seines Kollegen und klopfte ihm freundschaftlich auf die Schulter.

»Werden Sie bloß nicht nervös, John!«

»Ja, tatsächlich, ich werde nervös. Meine ganze Theorie ist über den Haufen geworfen. Ich nahm an, der Plan wäre, Lila mit dem Lord zu verheiraten, und hoffte, daß sie wenigstens im Augenblick sicher wäre. Aber jetzt . . .« Er machte eine verzweifelte Handbewegung.

Kurz darauf kam ein Anruf vom Präsidium. Man erwartete die beiden Inspektoren sofort in Scotland Yard.

Der Polizeichef schob eine Depesche über den Tisch.

»Hier! — Das Ende der ›Siegel von Troja‹!« verkündete er. »Auf Veranlassung der Admiralität hat einer unserer Kreuzer das Schiff in der Nähe der brasilianischen Küste aufgebracht. Dies ist der Bericht.«

›Auf Veranlassung Ihres X. F. 43 G 9AI 95 142 hielt ich ›Siegel von Troja‹, Breite 3, Länge 47, an und durchsuchte das Schiff. Ladung: landwirtschaftliche Maschinen und Automobile. Ladungspapiere in Ordnung. Kapitän Silvini, Erster Offizier Thomas Treat. Weder Kapitän Aikness noch Erster Offizier Raggit Lane an Bord. In Kabine 75, 76, 79, viertes Deck, wurden drei Mann gefunden, zwei Engländer, ein Amerikaner. Erklärten, seit sechs Jahren auf dem Schiff gefangengehalten und gezwungen worden zu sein, gestohlene Schmucksachen einzuschmelzen. Alle drei machten unabhängig voneinander die Aussage, daß das Schiff als Hehlernest zu gelten habe. In der Salonkabine hinter der Wandtäfelung eine kleine Stahlkammer entdeckt, die 1250 Karat geschliffene Diamanten, 750 Karat Smaragde, viele davon sehr groß, 17 kleine Platinbarren und 55 Feingoldbarren enthielt. In einem nicht in Betrieb befindlichen Kühlraum eine Anzahl leicht verkäuflicher Staatspapiere im Wert von 83 000 Pfund und, soweit bisher ermittelt, 184 000 Pfund in Banknoten und gemünztem Geld gefunden. Einer der gefangengehaltenen Goldarbeiter gab an, daß dies die Beute aus sechs Einbrüchen wäre. Wir fahren nach ... (Hier folgten zwei in Kode abgefaßte Zeilen, die nicht entschlüsselt werden konnten.) Die amtlich bestätigten Aussagen der Gefangenen gehen Ihnen zu. ›Siegel von Troja‹ setzt Reise unter Kommando unserer Offiziere fort.‹

»Eine traurige Nachricht für Kapitän Aikness«, meinte Elk, »von Mr. Raggit Lane gar nicht zu reden.«

»Nicht halb so schlimm«, erwiderte Wade. »Meiner Meinung nach wußte Aikness, daß das Spiel verloren war. Er ließ aber das Schiff abfahren und nahm in Kauf, daß es aufgehalten würde. Der Verlust wird ihn nicht sehr berühren, denn sicher hat er irgendwo in Südamerika Geld liegen. Nein, den Verlust kann er verschmerzen — natürlich in der Annahme, daß er selbst glatt dabei wegkommt.«

»Hm ja — Aikness. Aber was hat eigentlich Golly mit der ganzen Sache zu tun? Armer Teufel — ich glaube, er hat sich zu sehr mit ihnen eingelassen. Er ist doch weiter nichts als ein Werkzeug für die Brüder.«

»Aber ein zweischneidiges, meiner Meinung nach!«

John Wade mußte an diesem Morgen zur Verhandlung ins Polizeigericht und stieß dort auf eine ungewöhnliche Menge

Neugieriger, meistens Freunde und Nachbarn von Mrs. Oaks. Es gab wohl keinen Flußdieb von Tilbury bis Barking Creek, der Mrs. Oaks nicht kannte oder nicht hin und wieder ihr Gast gewesen war.

Die ›grauen Ratten‹ und die ›schwarzen Ratten‹, die Rotherhithe-Bande und die Wapping-Gesellschaft — alle kannten sie die halb zerfallene Werft, wo in der Dunkelheit der Nacht so manches eilige Geschäft abgeschlossen wurde. In dem Gewölbe hinter dem Holzkeller hatten einmal Seidenballen im Wert von zwanzigtausend Pfund gelegen, die zwischen Sonnenuntergang und Morgengrauen von einem ausländischen Dampfer verschwunden waren. Der Kapitän, der Zahlmeister, alle waren daran beteiligt, aber auch Mutter Oaks hatte ihren Teil eingeheimst.

Wade kannte die meisten dieser Leute, die mit den Händen in der Tasche und der Zigarette im Mundwinkel vor dem Gericht herumlungerten. Manch gehässiger Blick traf ihn, als er vorbeiging. Auch der ›Schnüffel‹ war da, und Wade blieb vor ihm stehen.

»Dich hatte ich doch neulich abends festgenommen, Schnüffel?«

Der Flußdieb grinste.

»Ja, Sir, aber wegen der Überschwemmung hat man versäumt, Anzeige gegen mich zu erstatten.«

»Was machtest du bei Mutter Oaks? Eine kleine Sparkasse angelegt?«

»Ich habe da nur einen rein persönlichen und privaten Besuch gemacht«, antwortete Schnüffel-Offer wichtig. »Ein Herr, der einer Dame einen Besuch abstattet — ist das vielleicht strafbar?«

»Sicher, wenn du der Herr bist!« Wade lachte.

Auch den Schnüffel schien es zu belustigen.

»Das paßt zu Ihnen, Mr. Wade. Aber sehen Sie, ich habe mit all diesen krummen Sachen nichts mehr zu tun. Man hat mir eine regelmäßige Arbeit angeboten. Ein Mann wie ich, der den Fluß stromaufwärts und stromabwärts kennt — ich möchte wetten, hier ist kein einziger, der den Fluß bis Gloucester hinaufgefahren ist —, braucht seine Zeit nicht im ›Mecca‹ zu verlieren! Tja, was werden Sie denn nun mit Mrs.

Oaks machen? Das ist ja schlimmer als Tierquälerei. Nie hat es eine unschuldigere Frau gegeben als Mutter Oaks — sie ist ‘ne wirkliche Dame!« Er zupfte Wade, der weitergehen wollte, am Ärmel. »Heißer Boden für Sie, Mr. Wade, wie?« flüsterte er. »Ich an Ihrer Stelle würde hier nicht so ungezwungen herumlaufen!«

»Alles Freunde von Mrs. Oaks, was?«

Die Warnung war berechtigt, aber überflüssig. Wade hatte ohnedies eine Reihe fremder Gesichter entdeckt, von Leuten, die nie zu seinen ›Kunden‹ gehörten. Hagere, brutal aussehende Kerle, die ihn mit ausdruckslosen Augen anstarrten und, ohne ein Wort zu sagen, einander zublinzelten, wenn er vorbeiging.

Er traf Mrs. Oaks im Wartezimmer, das neben dem Eingang lag. Sie schien wenig geschlafen zu haben, machte aber einen ruhigen Eindruck.

»Ich hoffe, Sie machen heute Schluß mit dieser sinnlosen Angelegenheit. Es ist nicht einzusehen, was Sie gegen mich vorbringen, und noch weniger, wie Sie es beweisen könnten. Ich habe die besten Anwälte, die man für Geld bekommen kann. Sie werden sich nur lächerlich machen vor Gericht, Mr. Wade. Wenn Sie die Anzeige zurückziehen, will ich kein Wort mehr darüber verlieren und Ihnen auch nichts nachtragen.«

»Nichts zu machen. Der Fall ist schon an die Staatsanwaltschaft weitergeleitet worden. Ich werde Vertagung beantragen.«

Zwei rote Flecken erschienen auf Ihren Wangen, und ihre Augen funkelten.

»Schön, Sie werden ja sehen, was dabei herauskommt! Ich habe nämlich Freunde, Mr. Wade — Lord Siniford wird . . .«

»Lord Siniford wird gar nichts — er ist tot.«

Wade beobachtete, wie ihr das Blut ins Gesicht stieg. Gleich darauf wurde sie leichenblaß. Ihr Gesicht erschien grau und zusammengeschrumpft. »Tot?« murmelte sie. »Wann — starb er?«

»Letzte Nacht. Ermordet — die Leiche wurde aus dem Fluß gefischt.«

Eine Weile stand sie starr und steif vor ihm. Dann knickten

ihre Knie ein, sie schwankte nach vorn. Er fing sie auf und half ihr auf einen Stuhl. Sie war nicht ohnmächtig geworden, ihre Augen brannten, die Stimme krächzte.

»Jetzt haben sie ihn umgebracht —! Der Lord sollte sie doch heiraten — warum hat er das zugelassen?«

»Weil er sie selbst heiraten will«, antwortete er in einer plötzlichen Eingebung.

Sie hob die Hand, als ob sie einen Schlag abwehren müßte.

»Nein, nein!« jammerte sie. »Das kann er nicht tun — wird er nie tun.«

»Mrs. Oaks, Sie sind bloß ein kleines Rad in der ganzen Maschinerie, das ist mir längst klar. Ich will Sie gar nicht aufs Glatteis führen, ich rede ganz offen. Was liegt uns schon an Ihnen? Warum geben Sie nicht alles zu? Ergreifen Sie die Chance, die sich Ihnen bietet, und werden Sie Kronzeugin. Aikness bedeutet für Sie Geld, das wissen wir. Außerdem wissen wir alles über die ›Siegel von Troja‹ und über Lila Smith.«

Sie blickte ihn mit stumpfen Augen an.

»Ich weiß nicht . . . Ich habe nichts gegen die Vertagung — ich verlange auch nicht mehr, gegen Bürgschaft freigelassen zu werden. Vielleicht lasse ich Sie morgen oder übermorgen rufen.«

Sie betrat den Gerichtssaal, eine bedauernswerte Erscheinung. Ihr Anwalt, mit dem sie nur wenige Worte wechselte, verhandelte mit dem hervorragenden Verteidiger, der ihre Vertretung übernommen hatte. Sie ließ keine Haftentlassung beantragen. Offenbar zog sie vor, im Hollowaygefängnis zu bleiben.

Kapitel 16

Das Geheimnis um die ›Siegel von Troja‹ war nun gelüftet. Von brasilianischer Seite war telegrafisch eine Protestnote eingelaufen, und die britische Regierung veröffentlichte in den Nachmittagszeitungen eine Erklärung. Gleichzeitig mit dem Bericht über das tragische Ende Lord Sinifords erschien die romantische Geschichte des Räuberschiffs mit seinen Schätzen und eine Liste der den Gummibrüdern zugeschriebenen Verbrechen.

In späteren Ausgaben wurde auch die Strafsache gegen Mrs. Oaks erwähnt und Gollys Bild gebracht, jedoch nicht im Zusammenhang mit den anderen Fällen. Der Name Lila Smith wurde nicht genannt.

Im Präsidium war es ein Tag der Beratungen. John Wade mußte vor den ›großen Vier‹ erscheinen und hoffte darauf, daß sie den Vorfall mit der Bank nicht ungünstig beurteilten. Seine Hoffnung erwies sich als berechtigt.

»Gerissene Kerls!« begann der große Chef. »Versuchten, die Stahlkammer zu öffnen, und kamen, als dies nicht gelang, auf den genialen Einfall, nach dem Bankdirektor zu schikken. Daß Sie, Wade, zufällig dazukamen, war ein besonders glücklicher Umstand und legalisierte das Unternehmen geradezu. Dieser Cardlin, wie er sich nannte, hat übrigens auf der Citywache einen Ausweis von Scotland Yard vorgewiesen. — Nein, Inspektor, wir können Ihnen keinen Vorwurf machen — aber Aikness und Oaks müssen jetzt her!«

»Ich kannte Oaks vor zwanzig Jahren«, bemerkte einer der ›Vier‹. »Er war damals der gewitzteste Hehler im East End von London und muß ein Vermögen gemacht haben. Ein geschickter kleiner Teufel — spricht vier oder fünf Sprachen.«

»Oaks?« fragte Wade ungläubig. »Ich habe ihn immer für völlig ungebildet gehalten.«

»Bestimmt nicht. Sein Englisch ist zwar furchtbar, aber Französisch und Deutsch spricht er wie ein Gebildeter. Ja, einen schwachen Punkt hat er natürlich — er bildet sich ein, eine wunderbare Stimme zu haben, und hat vermutlich Unsummen hinausgeschmissen, um sie ausbilden zu lassen.«

Eine ganz neue Seite Gollys? John Wade sah sich veranlaßt, nochmals ins ›Mecca‹ zu gehen und sich die Umgebung des kleinen Mannes genauer anzusehen. Er kannte Gollys Zimmer, er hatte es schon früher einmal oberflächlich durchsucht.

Es war ein großes, unmittelbar über dem Keller gelegenes Zimmer, ziemlich dunkel, da nur ein einziges, schmales Fenster Licht und Luft hereinließ. Die Ausstattung bestand aus einem eisernen Bett, einem gutgefüllten Bücherschrank, einer alten Petroleumlampe, einem abgenutzten Sofa und einem kleinen Pult. Kurioserweise waren sämtliche Bücher in Packpapierumschläge gehüllt und die Buchtitel daher nicht ersichtlich. Der erste Band war ein Neues Testament, zu Wades Überraschung in Griechisch. Die vielen Bleistiftnotizen in einige, historischen und strategischen Werken deuteten darauf hin, daß diese Bände eifrig gelesen worden waren. Die meisten Werke behandelten Musikgeschichte, Musikwissenschaft und Gesang. Der Rest bestand aus Reisebeschreibungen und philosophischen Abhandlungen in deutscher, französischer, spanischer und italienischer Sprache, einer lateinischen Ausgabe von Cäsars Schriften und einer ungarischen Grammatik. Das Pult in der Ecke war voller Tintenflecken. Golly schien ein nachlässiger, aber eifriger Schreiber zu sein.

Die Schubfächer des Pultes brachten eine weitere Überraschung. Der erstaunliche Golly befaßte sich auch mit Astrologie — Skizzen, Karten, Horoskope, begonnene und vollständige, füllten mehrere Fächer. Wade sah mit Interesse auch seinen eigenen Namen auf einem der Blätter.

Über Gollys finanzielle Lage fanden sich keine Hinweise, kein Bankbuch, nichts, was über sein Vermögen Aufschluß gegeben hätte. Auch eine gründliche Untersuchung des Fußbodens und der Wände ergab nichts. Aber schließlich kam doch noch etwas Bemerkenswertes zum Vorschein. Ein kleines Büchlein mit Goldschnitt, das auf der ersten Seite die Widmung trug: ›G. H. Oaks gewidmet von seinem Chef William Deans‹.

Wade interessierte sich weniger für das Büchlein mit dem obskuren Titel ›Christis alte Orgel‹, als für ein altes Rechnungsformular, das als Buchzeichen verwendet worden war. ›Deans & Abbit, Fabrik medizinischer Instrumente‹ lautete die Firmenbezeichnung, und darunter stand: ›Deans Patent-Gummihandschuhe für alle medizinischen Zwecke‹.

Der Rest des Tages brachte keinen Fortschritt. Die Polizei von vier Grafschaften suchte mühsam nach Lila Smith, ohne daß sich der geringste Anhaltspunkt ergeben hätte. Am Abend besuchte John Wade Mrs. Oaks im Hollowaygefängnis, fand sie verdrossen und wortkarg, bis schließlich ein Wutausbruch die weitere Unterhaltung unmöglich machte.

Im Laufe des nächsten Tages stieß er dauernd auf Leute,

die ihm schon bei der Verhandlung gegen Mrs. Oaks aufgefallen waren. Er hatte ein hervorragendes Personengedächtnis und irrte sich nicht. Er befand sich in größerer Gefahr, als er ursprünglich angenommen hatte. Die Gestalten tauchten in der Nähe seines Hauses auf, und er begegnete ihnen auf dem Weg ins Büro. Bei einer Patrouille auf dem Fluß entdeckte er drei von ihnen in einem Boot. Sie blickten nicht einmal auf, als die Polizeibarkasse vorbeifuhr, und das allein war schon verdächtig. Auf dem Rückweg traf er noch einmal mit ihnen zusammen — sie fuhren stromaufwärts, er hinab. Offenkundig versuchten sie, nahe an sein Boot heranzukommen. Glücklicherweise befand sich eine zweite Polizeibarkasse in der Nähe, die auf sein Signal hin herankam. Kaum hatte einer der Ruderer das Manöver bemerkt, nahm er etwas vom Boden des Bootes auf und ließ es ins Wasser fallen. Eine Minute später lag die Barkasse neben dem Boot.

»Was haben Sie da über Bord geworfen?« fragte Wade.

Der betreffende Ruderer blickte ihn verächtlich an.

»Grundköder. Wir fischen. Ist das vielleicht verboten?«

»Fischen mit Handgranaten ist verboten — und wenn das, was Sie ins Wasser warfen, nicht eine gewesen ist, will ich Brown heißen.«

Er schleppte das Boot hinter sich her zur nächsten Polizeiwache. Die drei waren darauf nicht vorbereitet, und die zweite Barkasse, die neben ihnen herlief, paßte gar nicht in ihr Konzept. Als sie an Land stiegen, wollte einer der Männer — unbemerkt, wie er hoffte — etwas ins Wasser fallen lassen, aber es schlug auf dem Landungssteg auf. Ein Beamter sprang hinzu und hob einen Browning auf. Im Lauf steckte eine Patrone, neun weitere lagen im Magazin.

»Haben Sie einen Waffenschein?«

»Das nicht, aber 'nen Trauschein!«

Der Kerl grinste. Er war klein, mit Hakennase, sah aus wie ein Italiener, behauptete aber, amerikanischer Bürger zu sein. Sein Paß war in Ordnung — Wohnsitz Chicago, seit drei Wochen in England. Auch die beiden anderen kamen aus den Vereinigten Staaten. Die Eintragungen in ihren Pässen ergaben, daß sie mit dem gleichen Schiff und am gleichen Tag angekommen waren. Einer von ihnen, der Steuermann, hatte ebenfalls einen Revolver bei sich.

«Das ist doch hier nicht verboten?« fragte er, als ihm die Waffe abgenommen wurde.

Wer hatte diese Leute nach England gebracht? Ihr Vorleben konnte man sich leicht ausmalen. Scotland Yard funkte nach Chicago, und zwei Stunden später lief die Antwort ein:

›Drei bekannte Verbrecher. Vorsicht. Tragen stets Schußwaffen bei sich. Riccini und Orlvitch zweimal wegen Mordes verurteilt.‹

»In drei anrüchigen Vierteln Londons sind zahlreiche Fremde — hauptsächlich Russen und Finnen — aufgetaucht«, berichtete Elk, nachdem er die Depesche gelesen hatte. »Alle im Laufe der letzten Woche. Wir haben neulich ein paar festgenommen, und was die Rigaer Polizei über sie zu berichten weiß, läßt ebenfalls nichts zu wünschen übrig.

»Hat man etwas über Golly Oaks erfahren? Ich meine, über sein Vorleben?« fragte Wade.

»Er ist nur einmal im Jahre 1915 wegen Diebstahls verurteilt worden — hatte Gummiplatten gestohlen.«

»Gummiplatten? Merkwürdig.«

»Dann gab es einmal ein Anklage wegen Hehlerei, die aber nicht bewiesen werden konnte. Er hatte in Wapping eine Bande zusammengebracht — lauter junge Leute, die sich meistens mit der Brick Lane Bande in den Haaren lagen —, aber er ist uns nie zwischen die Finger gekommen. Später ging er nach Birmingham und organisierte Golddiebstähle. Birmingham ist ja voll von Juwelieren. Die Diebstähle waren ziemlich einfach. Das gestohlene Gold wurde durch irgendeine gleichschwere Legierung ersetzt, so daß man mit drei oder vier Pfund reinem Gold abmarschieren konnte, und das Eichamt merkte nicht gleich etwas. Nun gut — merkwürdig ist eigentlich nur, daß sich Golly quasi als ehrbarer Bürger zur Ruhe gesetzt und Holz gehackt hat, ein mickriger kleiner Kerl, der sich von seiner Frau tyrannisieren ließ und dem niemand zugetraut hätte, daß er auch nur eine Bande Kaninchendiebe zusammenbringen könnte.«

»Was Golly betrifft, müssen wir eben umlernen«, erwiderte Wade.

Kapitel 17

Lila Smith befand sich allein in einer luxuriösen Kabine, in der man sie nach der Entführung aus Tappitts Haus untergebracht hatte. Auf was für einem Schiff sie war, wußte sie nicht, denn man hatte ihr die Augen verbunden, kurz bevor Mrs. Oaks an der ›Mecca‹-Werft an Land gelassen wurde. Wirklich Angst empfand sie nicht, mehr eine ängstliche Neugier.

Der einzige Mensch, den sie zu Gesicht bekam, war ein Chinese, der ihr die Mahlzeiten brachte. Trotz der ständigen künstlichen Beleuchtung gaben ihr die Kabine und der elegante Waschraum mit Bad ein Gefühl der Behaglichkeit. Die meiste Zeit glitt das Schiff langsam dahin. Über sich an Deck hörte sie ein Hin und Her von Tritten, ab und zu vernahm sie Geräusche, die wie entfernter Donner klangen. Das Schiff mußte immer noch auf dem Fluß sein, denn sie konnte das Heulen der Sirenen und das Schlagen entfernter Turmuhren hören.

Auch andere Laute drangen zu ihr. In der Nacht weckte sie der durchdringende Schrei einer Frauenstimme. Es muß Einbildung oder ein Traum gewesen sein, sagte sie sich und schlief für den Rest der Nacht fest und ruhig. Sie wachte erst auf, als der chinesische Diener das Frühstück brachte.

Zuerst war es ihr merkwürdig und beunruhigend vorgekommen, von einem Mann bedient zu werden, aber jetzt hatte sie sich an ihn gewöhnt. Sie konnte ihre Kabinentür abschließen, das beruhigte sie. Allerdings war die Tür auch von außen verriegelt, so daß sie keine Möglichkeit hatte, an Deck zu gehen. Sie nahm an, auch Mrs. Oaks wäre an Bord. An eines jedoch glaubte sie fest und unerschütterlich — daß John Wade sie finden würde.

Eines Tages, sie saß beim Frühstück, kam Golly. Das war ein Ereignis und eine Abwechslung. Die altmodische Brille, der rötliche Schnurrbart, die schäbige Kleidung, der hohe Hut, der wie eine schlechtsitzende Krone aussah — seine ganze, harmlos vertraute Erscheinung belustigte sie.

»Oh — Mr. Oaks!« rief sie und erhob sich.

»Bitte, bleib sitzen, meine Liebe, ich möchte ganz gern eine Tasse Tee mit dir trinken, wenn du eine für mich übrig hast.« Erst jetzt bemerkte sie, daß zwei Tassen auf dem Tablett standen. »Was für ein Leben! Schon Sokrates sagte . . .« Sie verstand kein Wort von dem, was er vor sich hin brummelte. »Na, wie fühlst du dich, Lila?«

»Danke, ganz gut, Mr. Oaks, aber wo fahren wir eigentlich hin?«

Er blickte über die Schulter nach der Tür und flüsterte:

»Wer soll das wissen? Niemand kann sagen, wo er am nächsten Tag ist. Ich dachte zum Beispiel, ich würde heute im ›Mecca‹ sein.«

»Ist Mrs. Oaks an Bord?«

»Sie konnte noch nicht kommen. Sie hat sehr viel zu tun — eine tüchtige Frau, Lila!« Seine kleinen Augen beobachteten sie. »Was für eine tüchtige Frau!« Er beugte sich über den Tisch und tätschelte ihr die Hand. »Du bist hier gut aufgehoben, mach dir keine Sorgen, Kind! Jetzt gibt es für dich nichts als Luxus und Freude, Diamanten, Autos — alles, was das Herz begehrt.«

»Wieso denn, Mr. Oaks?«

»Nur Geduld, Kleine!« Er schaute sie verschmitzt an und zeigte auf ein Bild. »Das hier ist ein Tintoretto, einer aus der späten Zeit. Er muß schon ziemlich alt gewesen sein, als er das Bild malte. In ganz England gibt es nichts Besseres.«

»Ich wußte gar nicht, Mr. Oaks, daß Sie . . . .« begann sie zögernd.

»Du meinst, ob ich was davon verstehe? Ein wenig verstehe ich mich schon darauf. Meine Leidenschaft ist zwar immer die Musik gewesen. Es heißt, ich hätte eine Stimme wie Caruso.« Er sagte das völlig ernsthaft, und sie hütete sich, zu lächeln. »Kennst du die Arie aus ›Faust‹?«

»Nein, Mr. Oaks.«

»›Onkel Golly‹ heißt es — warum sagst du die ganze Zeit ›Mr. Oaks‹? Du hast sie also wirklich nie gehört?«

Sie schüttelte den Kopf, und er setzte sich an das sehr kleine Klavier, das die eine Kabinenwand ausfüllte. Sie fand, daß er ausgezeichnet spielte. Aber dann setzte er zu seiner Arie an. Er hatte ein ungewöhnliches Falsett. Bisher hatte sie ihn immer nur aus Entfernung singen gehört, so aber, in der Nähe, in dem engen Raum, klang die Stimme entsetzlich, unerträglich. Endlich, mit dem letzten Ton, drehte er sich herum und strahlte sie an.

»Na? Was sagst du jetzt?«

»Wunderbar!« stieß sie hastig hervor. »Ich wußte gar nicht, daß Sie so gut . . .«

Zu ihrer Erleichterung schloß er das Klavier, steckte die Hände in die Taschen und kam auf sie zu.

»Wenige Menschen wissen es — ganz wenige.«

War er nicht ganz normal? Hielt es sich wirklich für einen begnadeten Sänger?

»Ich weiß, mein Gesang ist nicht moderner Stil — ich gebe das zu. Leute ohne Musikverständnis und ohne Geschmack können nicht ermessen, was alles darin steckt.«

Sie beeilte sich, auf ein anderes Thema zu kommen, und erkundigte sich nach dem Namen des Schiffes, auf dem sie führen.

»Ritikiki —«, antwortete er. »Es war früher mal ein indisches Schiff. Der Kapitän hat es für eine Kleinigkeit gekauft.«

»Wo sind wir jetzt, Mr. Oaks?«

»Onkel Golly!« verbesserte er vorwurfsvoll. »Wo wir jetzt sind?« Er blickte auf die Uhr. »In der Nähe von Gravesend, vielleicht auch nicht ganz so weit. Wir warten auf den Lotsen.«

»Lotsen? Was haben wir vor?« fragte sie bestürzt. » Wo fahren wir hin, Mr. Oaks — Onkel Golly?«

»Das kann niemand genau wissen.«

»Warum bin ich hier eingeschlossen?«

»Nur zu deinem eigenen Besten, Lila. Es sind zu viele Leute hinter dir her. Zum Beispiel dieser Wade — was für ein Schuft! Einer der gerissensten Betrüger in Wapping. Lebt nur vom Schwindel — die Gummibrüder haben ihm schon Tausende von Pfunden in die Tasche geschoben.«

Mr. Oaks sprach derart überzeugend, daß sie seine Worte einen Moment ernsthaft in Erwägung zog.

»Aber Mr. Wade würde so etwas doch nicht tun«, sagte sie dann empört.

»So, meinst du? Man kann nie wissen, wozu so ein Mensch fähig ist. Was verdient er denn? Lumpige fünf Pfund pro Woche. Glaubst du, daß er damit leben kann? Nein, meine Kleine, er bekommt Geld von Leuten, die sein Schweigen bezahlen — Besitzer von Spielhöllen und Häusern, von deren Existenz du keine Ahnung hast. Er war hinter deinem Geld her.«

»Meinem Geld?«

Er mußte wirklich verrückt sein.

Mr. Oaks hüstelte.

»Ach, ich meine das nur so allgemein.« Er stand auf und wischte sich die Lippen mit einem Taschentuch ab. »Es gibt ein paar Bücher hier — da, schau, in dem Kasten, vielleicht interessieren sie dich. Es ist ein Jammer, daß du keine fremden Sprachen kennst. Vertreibe dir die Zeit, so gut du kannst. Ich werde dir mal den Kapitän schicken.«

»Den Kapitän? Meinen Sie Mr. —,?«

»Aikness heißt er. Tut nichts zur Sache, wie du ihn früher genannt hast. Es ist der Herr, der dich manchmal abends zum Essen ausgeführt hat.« Er sah sie prüfend durch die halbgeschlossenen Augenlieder an. »Netter Mensch, nicht wahr? Kein Jüngling mehr — na ja, achtundfünfzig. So alt ist er nämlich. Wenn er dir erzählt, er sei jünger, schwindelt er.«

Er winkte ihr freundlich zu und verließ die Kabine.

Das Schiff lag ruhig und schien sich kaum zu bewegen. Lila begab sich an diesem Abend früh zu Bett und wachte gegen vier Uhr morgens durch ein ungewöhnliches Geräusch auf. Eine Kuh brüllte. Sie erinnerte sich, daß auf vielen Schiffen Kühe mitgeführt wurden. Dann kam ein tieferer Ton — eine zweite Kuh brüllte, bald darauf krähte ein Hahn, und sie hörte eine Kirchturmuhr, die leise vier Uhr schlug. Dies alles stimmte nicht mit Gollys Behauptung überein, daß sie sich in der Nähe der Themsemündung befänden.

Kapitän Aikness suchte sie kurz vor zwölf Uhr mittags auf. Er trug nicht seine Kapitänsuniform, sondern einen leichten Flanellanzug. Er war so groß, daß er sich bücken mußte, als er die Kabine betrat, und zum erstenmal sah sie ihn sich etwas genauer an. Sein Gesicht war braungebrannt, schwarze Haare wucherten auf seinen riesigen Handrücken. Der allgemeine Eindruck war ziemlich abschreckend.

»Du langweilst dich wohl, Kleinchen, wie?« Er klopfte ihr auf die Schulter, daß sie zusammenzuckte. »Aber in ein oder zwei Tagen bist du wieder an Land. Ein Auto steht schon bereit, um dich nach Westengland zu bringen. Für die nächste Zeit ist es wirklich besser, wenn du dich nicht blicken läßt.«

Er fragte sie auch, ob Oaks am Morgen bei ihr gewesen sei, und schien befriedigt, als sie verneinte.

Das Benehmen des Kapitäns ihr gegenüber war, genau wie das von Golly, völlig verändert. Bei den früheren Zusammenkünften war er kurz und befehlend gewesen, und sie hatte mit einer Art ängstlicher Verehrung zu ihm aufgeblickt. Heute aber wirkte er merkwürdig nervös, machte verschiedene Ansätze, wenn er sprechen wollte, räusperte sich, stammelte einige Worte und verfiel wieder in Schweigen. Unvermittelt fragte er:

»Für wie alt hältst du mich, Lila?«

»Achtundfünfzig«, antwortete sie prompt.

Aber die Antwort gefiel ihm nicht.

»Ich bin zweiundfünfzig — Oaks hat wieder geschwatzt. Er besteht darauf, daß ich achtundfünfzig sein soll. Am dritten Juli werde ich zweiundfünfzig — verhältnismäßig noch ganz jung, wenn man bedenkt, daß ich noch mindestens zwanzig schöne Lebensjahre vor mir habe. Wenn du je heiratest, Kleine, nimm einen Mann, der älter ist als du. Einen Mann, der sich im Leben auskennt!« Er ging zur Tür, öffnete sie und blickte hinaus, dann kam er wieder zu ihr zurück. »Einen Mann, der dich behütet und beschützt, auf den du dich verlassen kannst!« Er sah sie schweigend an; unter seinem starren Blick fühlte sie Angst in sich aufsteigen. »Es gibt eine Masse Leute, die eine Million gut gebrauchen könnten. Verliere deinen Kopf nicht, wenn dir irgend jemand Vorschläge macht, und denke daran, daß ich immer in der Nähe bin. Wenn du hier weg willst, ist das leicht zu bewerkstelligen. Ich würde alles für dich tun — mit oder ohne Million.«

»Was meinen Sie mit der Million, Kapitän Aikness?«

Er räusperte sich verlegen.

»Ich dachte, Golly hätte schon mit dir gesprochen. Er hat es aber wohl nicht getan, wie?«

Sie lächelte.

Er schien sich nicht sehr wohl in seiner Haut zu fühlen. Für sie bedeutete seine Verlegenheit einen kleinen Triumph. Es war jenes neue Gefühl, das sie jetzt manchmal empfand und das sie so sehr genoß, wenn sie auch hinter der ungewohnten Ergebenheit nur neue Gefahren witterte.

»Du brauchst Golly nicht zu erzählen, was ich gesagt habe. Es ist ein guter Kerl und großzügig, aber in manchen Sachen ist er außerordentlich empfindlich.«

»Golly großzügig? Womit denn?« Sie dachte daran, wie oft er auf Mutter Oaks gewartet hatte, um ein paar Pennies von ihr zu erbetteln. »Kennen Sie ihn schon lange — Onkel Golly?»

»Ja, ich kenne ihn schon lange — beinahe zu lange«, antwortete er gedehnt. Er nahm seinen Hut. An der Tür drehte er sich nochmals um. »Heute oder morgen wäre es sehr einfach. Später wird die Sache aber vielleicht etwas schwieriger werden. Du brauchst mir nur zu sagen, wenn du gehen willst, aber — kein Wort zu Golly!«

Er schloß rasch die Tür hinter sich und stieg an Deck des einfachen, großen Frachtkahns. Die roten Segel waren aufgezogen. Vom Mast flatterte eine Fahne im Wind. ›Betsy and Jane‹, so hieß der Kahn, war am Ufer festgemacht. Dahinter lag ein zweites Schiff. Auf der ›Betsy and Jane‹ saß ein kleiner Mann, in eine Zeitung vertieft, der einen gestreiften Pullover, schmierige Hosen und eine tief über den Kopf gezogene Schirmmütze trug. Selbst seine besten Bekannten würden in dieser Gestalt kaum Mr. Golly Oaks vom ›Mecca‹ erkannt haben. Er blickte über seine Brille hinweg, als er Aikness kommen sah.

»Fein siehst du aus, das muß man zugeben«, stichelte Golly. »Wenn jemand vorbeikommt und dich sieht, denkt er sicher, wir sind ein Hausboot oder ein feiner Familienausflug! Ich möchte wetten, du bist bei Lila gewesen?«

»Stimmt, ich komme gerade von ihr.« Aikness setzte sich auf eine Luke und stopfte bedächtig seine Pfeife.

»Eine regelrechte Hausbootgesellschaft — und jeden Augenblick können ein paar Blaue hier vorbeikommen! Acht Tage hat es gedauert, bis du ein bißchen Backenbart angesetzt hattest — und was tust du? Du rasierst ihn weg, weil du nicht willst, daß ein nettes junges Mädchen dich für achtundfünfzig hält!«

»Ich bin zweiundfünfzig.«

Gollys Lippen verzogen sich.

»Zehn bist du — und jetzt mach, daß du hinunterkommst! Zieh deine alte Kluft an. Dann will ich dir erzählen, was mit der ›Siegel von Troja‹ passiert ist — es steht in allen Morgenzeitungen.«

Aikness sprang auf.

»Ist sie angehalten worden?«

Golly nickte vergnügt.

»Angehalten — und alles gefunden. Gold, Platin, Diamanten und Gott weiß, was noch alles! Und dich werden sie auch noch finden, Bill Aikness. Geh runter und zieh dich um!«

Aikness kletterte in eine offene Luke hinein und brummte: »Sonst noch was?«

»Ja. Bring mir mal ein Stück schwarzen Flor mit herauf. Ich will mir eine Trauerfahne um den Hals hängen.«

Aikness sah ihn an. »Du meinst doch nicht — ›Mutter‹?«

»Sicher. Alle Dinge haben mal ein Ende, und diese Sache hätte schon längst beendigt sein müssen.«

Kapitel 18

John Wade hatte beantragt, die Verhandlung gegen Mrs. Oaks um drei Tage zu verschieben, weil er hoffte, den Ankläger mit weiterem Beweismaterial versehen zu können.

»Die bisherigen Beweise sind spärlich«, äußerte ein Beamter der Staatsanwaltschaft, »ich bezweifle, daß Sie eine Verurteilung durchsetzen werden. Es ist nicht bewiesen, daß Mrs. Oaks der Frau des Polizeisergeanten das Betäubungsmittel eingegeben hat. Sie ist lediglich der Beihilfe verdächtig. Wenn Sie glauben, noch andere Beweisgründe finden zu können, werden wir eine zusätzliche Vertagung beantragen.«

Mr. Oaks wurde zur zweiten Verhandlung von Holloway nach dem Polizeigericht geholt und in eine Zelle eingewiesen. Es ist nichts Außergewöhnliches, wenn bei derartigen Gelegenheiten Freunde oder Angehörige dem Gefangenen Lebensmittel senden. Gegen halb neun Uhr erschien eine Kellnerin aus einem nahegelegenen Restaurant mit einem reichlichen Frühstück für Mrs. Oaks. Eine Wärterin brachte es ihr in die Zelle.

John Wade befand sich um diese Zeit schon im Gebäude. Er stand mit zwei Gerichtsfunktionären vor dem Eingang zum Zellentrakt, als die Oberwärterin herausstürzte und den Aufsichtsbeamten um einen Arzt ersuchte; erst dann entdeckte sie den Inspektor und rief ihm zu:

»Die Frau in Nummer neun — Ihr Fall, Mr. Wade —, sie ist ohnmächtig geworden. Ich hätte nichts gemerkt, wenn das Tablett nicht zu Boden gefallen wäre.«

Wade eilte hinter der Wärterin her. Die Zellentür stand offen. Ein Wärter bemühte sich gerade, den schlaffen Körper auf die Pritsche zu legen. Die Lippen waren farblos, das Gesicht aschgrau, die Hände eiskalt. Kein Puls. Der Arzt, der gleich darauf hinzukam, stellte den Tod fest. Prüfend zog er die Luft durch die Nase.

»Blausäure! Hat wohl Selbstmord begangen.«

Aber so genau man auch ihre Kleider und die ganze Zelle untersuchte, man fand kein Fläschchen, nichts, worin sich das Gift befunden haben könnte. Glücklicherweise hatten, als das Tablett hinunterfiel, die Milch- und Teekanne auf dem Tisch gestanden.

»Heben Sie beides für die Analyse auf!« ordnete Wade an. Die Kellnerin und das Lokal, von dem das Frühstück für Mrs. Oaks geliefert worden war, wurden bald gefunden. Das Mädchen wußte wenig zu berichten. Man hatte sie beauftragt, das Tablett ins Polizeigefängnis zu tragen, das nur fünfzig Schritte entfernt war. Den Tee und auch die Milch hatte sie aus den großen Anrichtekannen genommen.

»Sind Sie unterwegs jemand begegnet?« fragte Wade.

Erst konnte sie sich auf nichts besinnen, aber dann fiel ihr ein, daß zwei Männer — Ausländer, wie sie meinte — sie aufgehalten und nach der Highstreet gefragt hatten. Da sie beide Hände brauchte, um das Tablett gerade zu halten, hatte sie nur mit einer heftigen Kopfbewegung die Richtung angedeutet.

»Recht einfache Sache also«, äußerte Wade danach zu Inspektor Elk. »Einer von beiden lenkte die Aufmerksamkeit des Mädchens auf sich, während der andere das Gift in den Tee oder die Milch schüttete. Ich glaube, es war die Milch.«

»Haben Sie eine Beschreibung der Männer erhalten können?«

»Das einzige, was sie mir erzählen konnte, war, daß sie wie Ausländer aussahen. Die ganze Stadt scheint überhaupt voll von Ausländern zu sein! Daß Mrs. Oaks vergiftet wurde, steht außer Zweifel. Man fürchtete, sie würde reden, und sie war ja auch nahe daran.«

Die Suche nach den beiden Fremden blieb während Stunden ergebnislos, aber dann fand sich ein Milchmann, der sie in der Nähe des Gerichts gesehen hatte. Es war ihm aufgefallen, daß der rechte Gummiabsatz des einen halb losgelöst war und bei jedem Schritt klaffend auf den Lederabsatz zurückschlug. Eine magere Spur, aber wenig später prüften zwölftausend Londoner Polizisten die Absätze der Passanten. Am Nachmittag gegen drei Uhr sahen sich zwei Männer, die die Brixton Road entlangschlenderten, plötzlich von Polizisten umringt, die sie auf die nächste Wache brachten. Beide waren Ausländer. Wade fuhr nach Brixton, um sie zu verhören.

Die Verhafteten, zwei Männer mit scharfen Zügen, dünnen Lippen und vollkommen gelassenem Wesen, hatten französisch klingende Namen angegeben, waren aber zweifellos Amerikaner, wenn auch vielleicht französischer Abstammung. Als Wade sie französisch ansprach, konnten sie ihm kaum antworten. Sie zeigten keinerlei Bestürzung, als man sie aneinanderfesselte und in einem Taxi nach Scotland Yard brachte.

In dem Gasthaus, das sie als Domizil angaben, kannte man sie nicht. Tatsächlich aber hatten sie bei ihrer Ankunft in London dort nach einem Zimmer gefragt. Einer der Portiers erinnerte sich an die beiden, er hatte sie abweisen müssen, ihnen aber drei Hotels genannt, in denen sie möglicherweise unterkommen könnten. In einem dieser Hotels kam man auf ihre Spur.

Im Schrank fand Wade einen Koffer und darin drei kleine Kristallfläschchen, eines leer, die anderen mit einer beinahe farblosen Flüssigkeit gefüllt, die einen leicht bläulichen Schimmer hatte. Im doppelten Boden des Koffers lag eine interessante Waffe — ein noch nie benutztes Repetiergewehr mit außerordentlich kurzem Lauf und langem Kolben. Die Patronen steckten noch in ihrer Verpackung.

»Na, was halten Sie vom ›dritten Grad‹ der Amerikaner?« fragte Wade, als er Elk die Beute zeigte. »Wir würden alles herausbekommen!«

»Wollen Sie in die Zeitung kommen? Nein, mein Lieber, geht nicht. Aber wir werden sehen, daß uns der Chef erlaubt, die Kerls zur Woolwichpolizei zu bringen — auf dem Flußweg. Sie dürfen nicht wissen, wohin sie gebracht werden. Wir wecken sie unverhofft um zwei Uhr morgens, fesseln ihnen Hände und Füße und bringen sie nach Woolwich.«

»Was hat das für einen Zweck!«

»Suggestion, mein Lieber, weiter nichts. Ich weiß eine Menge über Psychologie — nur nicht, wie das Zeug geschrieben wird!«

Das Kreuzverhör in Scotland Yard brachte kein Resultat. Die Verhafteten schwiegen größtenteils, verstanden Fragen, die sie verstehen wollten, und mißverstanden, was ihnen nicht gefiel. Das Auffinden der Waffe und der Fläschchen war für sie ein Rätsel. Ihrer Meinung nach, die sie deutlich zum Ausdruck brachten, wären diese Gegenstände von der Polizei in ihr Zimmer geschmuggelt worden, um Grund zu einer Anklage gegen sie zu finden.

Wade setzte dem Chef Elks Plan auseinander, doch der zeigte wenig Begeisterung dafür. Er und kein anderer, so meinte er, würde für alle dienstlichen Unregelmäßigkeiten verantwortlich gemacht. Endlich stimmte er aber doch zu. Die Gefangenen sollten per Schiff nach Woolwich gebracht werden.

Gegen zwei Uhr morgens, als sie, ohne die geringste Ahnung, was ihnen bevorstand, fest schliefen, wurden sie unsanft geweckt. Zwei Männer mit tief ins Gesicht gezogenen Hüten und hochgeschlagenen Mantelkragen standen in ihrer Zelle. Verstört zogen sie sich an, wurden gefesselt und in den dunklen Hof geführt. Von dort ging es im Laufschritt zur Landungsbrücke, wo eine Polizeibarkasse wartete.

Das Boot wurde von zwei Mann Besatzung bedient, die ebenfalls, wie die Gefesselten beunruhigt bemerkten, ihre Gesichter verbargen. Wenige Sekunden später fuhr das Boot mit der zurückgehenden Flut schnell den Fluß hinab.

Sie hatten eben London Bridge passiert, als Elk die Beine der beiden mit Lederriemen fesselte.

»Nanu, was soll das bedeuten?« fragte der eine mit klappernden Zähnen. »Spazierfahrt?«

»Maul halten!« zischte ihn Elk an.

Eine Viertelstunde verging, kein Wort wurde gesprochen, keiner kümmerte sich um die Gefangenen, doch die Ungewißheit, wohin man sie in der Dunkelheit brachte, die Angst, was man mit ihnen vorhatte, brachen Ihren Widerstand. Zitternd trafen sie am frühen Morgen in Woolwich ein, wo sie ein Geständnis ablegten.

Als in London die Frühaufsteher ihre erste Mahlzeit zu sich nahmen, saßen zwei abgespannt aussehende Detektive im Büro ihres Vorgesetzten und orientierten ihn über die Geständnisse.

»Aber wir wissen immer noch nicht, wer der Mann ist, für den sie arbeiten«, wandte der Chef ein. »Man hat sie nach England kommen lassen, ihnen eine große Summe in die Hand gedrückt und außerdem einen reichlichen Wochenlohn zugesagt, der ihnen übrigens durch die Post zugestellt werden sollte, und weiter wissen sie von nichts, als daß sie sich auf telegrafische Nachricht hin zur Verfügung halten müßten.«

»Eigentlich gibt er doch den Mord an Mrs. Oaks zu«, gab Wade zu bedenken.

»Er gibt zu, daß er etwas in die Milch geschüttet hat, schwört aber, daß das seiner Meinung nach nur ein Betäubungsmittel war, das Mrs. Oaks über den Umweg der Krankenstation zur Flucht verhelfen sollte. Die Burschen hatten weiter nichts zu tun, als die erhaltenen Befehle auszuführen. Die Fläschchen wurden ihnen, wie sie behaupten, zugesandt, und es dürfte schwierig sein, ihnen nachzuweisen, daß sie über den Inhalt Bescheid wußten. Der eine hat zugegeben, schon die Frau des Sergeanten Tappitt betäubt zu haben. Er wäre daher der Meinung gewesen, daß es sich auch diesmal um das gleiche Schlafmittel handelte. Das einzige, was er von seinem Auftraggeber weiß, ist, daß er groß und dunkel ist.«

»Und hübsch dazu«, murmelte Elk, enthielt sich aber eines weiteren Kommentars, als die kühlen Augen des Chefs ihn streiften.

»Die müssen etwas vorhaben — etwas Großes! Nichts von dem Mädchen gehört?«

»Nichts, Sir.«

»Merkwürdig. Sie, Wade, waren der Meinung, daß man das Mädchen auf einem stromaufwärts fahrenden Frachtkahn untergebracht habe. Die Polizei hat alle derartigen Fahrzeuge durchsucht, aber nichts gefunden.«

»Schon möglich. Wie weit stromaufwärts haben Sie denn gesucht?«

»Bis Maidenhead, und die Buckinghamshire- und Berkshirepolizei gehen noch weiter hinauf. Warum machen Sie sich nicht einmal selbst auf die Suche, Wade, wenn Sie glauben, die beiden Frachtschiffe, die vor dem ›Mecca‹ lagen, wiederzuerkennen? Schlafen Sie sich tüchtig aus, übergeben Sie den Fall Oaks dem Distriktinspektor, nehmen Sie sich ein Motorboot in Henley oder Oxford, oder wo sie wollen, und sehen Sie zu, ob Sie die alten Kähne finden können.« Der Chef sah ihn forschend an. »Also, machen Sie es, wie Sie es für gut halten!«

Kapitel 19

Am Nachmittag traf die Meldung ein, Golly sei in der Nähe von Notting Hill gesehen worden. Scotland Yard maß ihr schon deshalb einige Wichtigkeit bei, weil es sich bereits um die dritte derartige Mitteilung in dieser Woche handelte. Jedesmal war ein Mann, auf den die Beschreibung Gollys paßte, in jener Gegend gesehen worden.

In Notting Hill wohnte ein dicker Italiener, Mr. Ricordini, der an verschiedenen Straßenecken des Quartiers Eiswagen unterhielt. Er verfügte über eine erstaunliche Kenntnis der Londoner Unterwelt. Woher er sein Wissen bezog, war nicht ganz eindeutig. Jedenfalls legte er Wert darauf, mit der Polizei auf gutem Fuß zu stehen, und versorgte sie hin und wieder mit einem ›Tip‹. Elk und Wade fuhren zu ihm.

»Golly Oaks? Den kenn' ich. Habe ihn aber lange nicht gesehen. In letzter Zeit treiben sich viele Ausländer hier herum, meistens Amerikaner, auch einige Polen und sogar Chinesen.«

»Warum gerade hier?« fragte Elk.

»Keine Ahnung. Sie kommen nach Einbruch der Dunkelheit, in der Regel paarweise, und es sieht aus, als ob sie sich mit der Gegend vertraut machen wollten.«

Inzwischen hatte der Distriktinspektor die beiden Männer, die Golly gesehen haben wollten, auf die Wache kommen lassen. Es waren ehemalige — oder jedenfalls seit langen nicht mehr erwischte — ›Flußratten‹, und einer von ihnen hatte schon früher als Spitzel für die Polizei gearbeitet.

»Es war bestimmt Mr. Oaks, Sir«, beteuerte er. »Ich habe ihn vor dem Arbroathgebäude gesehen.«

»Wo soll denn das sein?«

Elk, mit der Gegend besser vertraut, erklärte Wade kurz, daß es sich beim Arbroathhaus um einen immensen Häuserblock von beispielloser Häßlichkeit handle, der während des Krieges als Munitionsfabrik eingerichtet worden sei. Irgendein gottverlassener Spekulant habe dann den Kasten gekauft und in Wohnungen umbauen lassen, die jetzt leerstünden.

»Ich erkannte ihn und drehte mich um. Dann sagte ich: ›Guten Tag, Mr. Oaks!‹«

»Was erwiderte er?« fragte Wade.

»Gar nichts. Er schlug den Mantelkragen hoch und ging seiner Wege. Erst dachte ich, ich hätte mich geirrt, aber jetzt bin ich meiner Sache ganz sicher, denn Jimmy hier ist ihm zehn Minuten später ebenfalls begegnet.«

«Das stimmt, Sir«, bestätigte Jimmy mit heiserem Baß. »Er muß es gewesen sein. Er ging gerade um die Ecke, als ich ihn sah — seine Brille und alles. Ich kenne ihn sehr gut, ich habe mal in Wapping gearbeitet, und Oaks kaufte dort Schiffsbauholz auf.«

»Haben Sie mit ihm gesprochen?«

»Nein, Sir, aber er war es sicher. Und vor ein paar Nächten hat der alte Sorby ihn auch gesehen und es einem Blauen — ich meine, einem Schutzmann erzählt.«

Die Kriminalpolizei von Notting Hill konnte nichts Genaueres berichten. Sie hatte die ganze Nachbarschaft des Arbroathhauses durchsucht, aber von Golly keine Spur entdeckt.

»Vielleicht wohnt er in dem Haus?«

»Das ist kaum anzunehmen«, meinte der Distriktinspektor. »Das ganze Gebäude ist abgeschlossen, ich glaube, das Gericht hat die Verwaltung übernommen.«

Gegenüber dem Arbroathhaus lag ein Mietsgebäude. Dort trafen sie einen alten Portier, einen pensionierten Soldaten, dem Elk eine kurze, treffende Beschreibung des gesuchten Golly gab.

»Komisch —« sagte der Alte, »ich habe einen Mann gesehen, der ungefähr so aussah — gestern abend, als ich draußen auf und ab ging und meine Pfeife rauchte. Er trug einen langen, braunen Mantel und eine Mütze, die ein wenig zu groß für ihn war.

›Guten Abend‹, sagte ich und er antwortete: ›Bon soir‹, aber Franzose war er bestimmt nicht, möchte ich wetten.«

»Trug er eine Brille?«

»Ja. Er rauchte eine Zigarette und sang vor sich hin — na, prächtig war's ja nicht.«

»Das klingt nach Golly«, brummte Wade.

Sie kehrten ins Präsidium zurück. Auf der Rückfahrt fragte Elk: »Haben Sie je von Meisterverbrechern gehört, John?«

»In Romanen — ja.«

»Ich rieche hier wirklich einen.«

»Aikness oder Golly?«

»Golly?« wunderte sich Elk.

»Ja, Golly«, betonte Wade. » Nein, ich bin nicht verrückt, ich fange an, Respekt vor dem Kerl zu bekommen. Er ist ein ganz gerissener Hund. Nie werde ich die Stiefmütterchen vergessen, die er auf mein Grab pflanzen wollte. Bei allem besitzt er nämlich eine Portion Humor, und ein Verbrecher, der das hat, ist gefährlicher als irgendein sturer Revolverprotz.«

Im Büro überflog Elk die Zeitung.

»Eine glänzende Idee, Johnny! Die Admiralität sandte einen Torpedojäger nach Greenwich, der bei einer Zen ... Zen-te-nar-feier — verdammte Fremdwörter! Auch so ein Wort, bei dem man im Polizeiexamen hereinfällt!«

»Und die Idee?« erkundigte sich Wade ungerührt.

Elk faltete die Zeitung zusammen und legte sie auf den Tisch.

»Warum nicht einen Torpedojäger dauernd an der Flußmündung stationieren? Früher oder später muß die Bande ja doch versuchen, auszureißen. Die ›Siegel von Troja‹ haben sie verloren, aber wissen wir, ob sie nicht noch ein anderes Schiff haben? Die Kerls haben Millionen zusammengebracht, Golly oder Aikness, wer immer es auch ist, haben genug Geld und können Schiffe kaufen, soviel sie wollen.«

Kapitel 20

Golly las an diesem Abend genau die gleiche Notiz in der Zeitung und kam auf den gleichen Gedanken wie Elk. Den Kopf in die Hände gestützt, saß er lange unbeweglich. Langsam entwickelte sich ein Plan in ihm, der ihn so erregte und berauschte, daß er darüber sogar Raggit Lane vergaß, den er mit einem ganz bestimmten Auftrag weggeschickt hatte.

Daß Lane diesen Auftrag nicht so, wie befohlen, ausführen konnte, war die Schuld eines Ziegelsteins, der von einem Lastwagen gefallen war. Der Stein lag mitten auf der Fahrbahn, und das Rad eines Taxi fuhr genau im kritischen Augenblick über ihn hinweg.

John Wade stand vor einem hellerleuchteten Schaufenster am Strand, als die große Spiegelscheibe in tausend Splitter zersprang. Er hatte keinen Schuß gehört.

Der Mann ist wirklich ein Sonntagskind! dachte Raggit Lane und drückte sich tiefer in die Polster des Wagens zurück, in dem er seit drei Stunden dem Inspektor Schritt für Schritt gefolgt war. Er schraubte den Schalldämpfer von der

Mündung des langläufigen Revolvers.

Eine schrille Polizeipfeife gab Alarm, der sofort von verschiedenen Punkten aus weitergegeben wurde. Der Polizist am Trafalgar Square hob die Hand und hielt den gesamten Verkehr an. Raggit Lane benutzte die Ansammlung der Wagen, um aus seinem auszusteigen.

»Tut mir leid, Chef«, sagte der Chauffeur. »Wir müssen über einen Stein oder etwas Ähnliches gefahren sein.«

»Ist nicht zu ändern, Harry — ich habe den Revolver im Kasten unterm Sitz versteckt.«

Einen Augenblick später war Lane in der Menge verschwunden.

Gerade noch mit heiler Haut davongekommen! sagte er sich, als er die Pall Mall erreichte. Diese neue Methode, einfach den Verkehr aufzuhalten, konnte noch mal ins Auge gehen!

Lane war froh, das kleine Abenteuer hinter sich zu haben, auf das er nur mit Widerwillen eingegangen war. Revolverarbeit auf offener Straße war keine angenehme Sache und nie sein Fall gewesen. Seine Hauptaufgabe bestand darin, Flucht- und Verbindungswege zu schaffen. Bankeinbrüche und Geldschrankknacken überließ er den Fachleuten.

Lane hatte die Geschichte überhaupt satt. Er war reich genug, um sich vom Geschäft zurückzuziehen, wann es ihm paßte. Nächstens würde die gemeinsame Kasse noch eine große Summe zur Verteilung ausspeien, und die war des Mitnehmens sicher wert. In Südamerika wußte er ein hübsches Haus mit großer Veranda — eine kleine Segeljacht würde ihn über die blaue See tragen, und vielleicht eine Frau ...

Lila Smith — keine schlechte Idee, aber der Alte wollte sie für sich haben, vermutete er. Warum hätte er sonst Siniford aus dem Weg geräumt? Ein tolles Stück! Das Risiko — ein Mitglied des Oberhauses, ein Mann mit den besten Verbindungen, der Erbe eines Riesenvermögens ... Lane pfiff leise vor sich hin. Der Chef riskierte allerhand! Merkwürdig, wie gleichgültig er die Nachricht vom Verlust der ›Siegel von Troja‹ aufgenommen hatte. Mit dem Schiff waren Hunderttausende von Pfund in die Binsen gegangen, und wenn der Alte in der Lage war, einen solchen Verlust mit Gleichmut hinzunehmen, dann mußte der verbleibende Rest der Beute außerordentlich groß sein.

Eine Hand schob sich sacht unter seinen rechten Arm, und als er sich umdrehte, faßte eine zweite seinen linken Arm — Überrumpelt starrte Lane in John Wades Gesicht.

»Kommen Sie mit, Lane! Einen Auflauf wollen wir beide doch vermeiden, wie?«

Ein Taxi, das langsam am Randstein entlangfuhr, hielt an. Wade riß die Tür auf und zog seinen Gefangenen hinein. Der zweite Beamte folgte.

»Ich glaube nicht, daß Sie einen Revolver bei sich haben«, sagte Wade. »Nebenbei bemerkt, wir haben Ihren Freund mit dem Taxi auch gefaßt und das Arsenal unter dem Sitz gefunden.«

»Ich habe keine Ahnung . . .«

»Das geht fast allen so. Ich habe bis jetzt noch nie einen Mann verhaftet, der irgendeine Ahnung gehabt hätte! Sie sind beobachtet worden, wie Sie aus dem Taxi ausstiegen, und man folgte Ihnen bis zum Haymarket. Ihre tüchtigen Soldaten werden heute abend vergeblich auf ein Wort des Obersten warten.«

»Ich verstehe kein Wort, Sie könnten ebensogut Griechisch reden.«

Auf der Polizeiwache im Cannon Row wurde Lane durchsucht, aber man fand nichts bei ihm, nicht einmal eine leere Patronenhülse.

»Es wird Ihnen etwas schwerfallen, Ihre Klage zu begründen!« bemerkte Raggit Lane triumphierend.

Wortlos packte Wade seinen Arm.

»Sehen Sie mal seine Hand an, Sergeant — Pulverschwärze am Daumen! Diese alten Schießeisen haben einen gehörigen Rückschlag. Wo hatten Sie eigentlich Ihre Gummihandschuhe, Lane? In die Wäsche gegeben?«

Lane lächelte.

»Sie wollen mir partout was anhängen — das hier am Daumen kommt von meiner alten Füllfeder.«

Wade machte den Gefangenen noch darauf aufmerksam, daß jede seiner Aussagen gegen ihn selbst verwendet werden könne. Dann wurde Lane, den dies alles kalt zu lassen schien, in die Zelle geführt. Wade suchte ihn dort nochmals auf.

»In Ihrem eigenen Interesse, Lane, rate ich Ihnen, sich keine Mahlzeiten von draußen kommen zu lassen!«

»Halten Sie mich für einen Idioten?«

Elk, der während des Verhörs dazugekommen war, meinte nachher:

»Er hat die ganze Sache sehr ruhig aufgenommen, eigentlich ein bißchen zu ruhig. Wissen Sie, für meinen Geschmack gibt es viel zuviel von diesen Gummibrüdern in London.«

Am anderen Morgen begründete Wade die Anzeige vor dem Polizeigericht, und als die unvermeidliche Vertagung bewilligt wurde, fuhr er nach Oxford. Irgendwo auf dem Fluß war Lila Smith!

Ein Motorboot und zwei Detektive erwarteten ihn. Ohne Verzug begannen die drei ihre Suche flußaufwärts. Es war eine mühselige Arbeit. Zwischen Henley und Hurley hielten sie vier Schleppzüge an, und jeder einzelne Kahn mußte durchsucht werden. Nie hatte Wade so viele neue und kräftige Flüche gehört wie an diesem Tag — die Themseschiffer sind in dieser Beziehung nicht zu übertreffen.

Endlich fanden sie einen Schiffer, etwas höflicher als die anderen, der ihnen Auskunft geben konnte.

»Zwei große Frachtkähne liegen in der Nähe von Marlow. Sie haben, ich weiß nicht wie lange, gebraucht, um den Fluß hinaufzukommen. Ich bin schon zweimal an ihnen vorbeigefahren. Es sind die ›Betsy and Jane‹ und die ›Bertha Brown‹, sie liegen am rechten Ufer. Ich glaube aber, da ist alles in Ordnung — die Boote verkehren schon lange auf dem Fluß? Ungefähr vor vierzehn Tagen lagen sie im Hafen.«

Es war schon spät am Abend, als sie hinter der Schleuse von Hurley die beschriebenen Kähne fanden. Sie lagen dicht am Ufer im Schatten einiger Bäume, die sich über das Wasser neigten. Auf beiden Schiffen war Licht. John Wade beschloß, die Untersuchungen erst am folgenden Morgen vorzunehmen.

Ein leichter Nebel lag auf dem Wasser und auf den Wiesen zu beiden Seiten des Stromes, als er am Ufer anlegte und an Land ging. Es war einigermaßen schwierig, an eines der Schiffe heranzukommen, da dichtes Gestrüpp diese Uferpartie einsäumte. Bald aber fand er einen schmalen Fußweg, der ihn direkt vor die Laufplanke führte, die den ersten Kahn mit dem Land verband. Auf dem Deck stand ein Mann, der sich in einem Einer wusch. Er trocknete sich gerade das Gesicht ab, als Wade über die Laufplanke kam.

»Kapitän Janes«, stellte er sich vor, nachdem er den Ausweis gesehen hatte. » Von der Polizei? So — es ist jetzt das drittemal, daß wir die Polizei an Bord haben.«

»Sind Sie der Besitzer?« fragte Wade. Etwas in der Haltung und Stimme kam ihm bekannt vor.

»Bin ich.«

»Sind sie befördert worden. Das letztemal, als wir uns trafen, waren Sie noch Wächter.«

Einen Moment schien der Mann verdattert, dann kicherte er.

»Nein, tatsächlich, Sie sind der Herr, der schon einmal an Bord war! Ja, Sir, ich bin der Wächter, aber ich schneide gern mal ein bißchen auf. Der Kapitän ist an Land gegangen und besorgt Frühstück.«

Inzwischen war er in seinen Rock geschlüpft und steckte schnell die Hand in die Tasche. Ums Handgelenk trug er einen Verband.

»Was haben Sie da drin? Einen Revolver?«

»Ich nicht, Sir. Was sollte ich mit einem Schießeisen?«

»Haben Sie die Hand verletzt?«

»Neulich ist mir ein Lukendeckel draufgefallen. — Was wünschen Sie, Sir? Wollen Sie den Laderaum durchsuchen?«

»Ja.«

Der Wächter ging zur offenen Kabinentreppe und rief hinunter. Ein nachlässig gekleideter Mann tauchte auf.

»Hilf mir mal die Luken aufmachen.«

Die beiden großen Luken wurden geöffnet, und eine Anzahl Kisten, die das Signum einer bekannten österreichischen Maschinenfabrik trugen, wurden sichtbar.

»Nicht gerade schwer geladen —«, bemerkte Wade. »Machen Sie auch die hinteren Luken auf!«

»Nicht schwer geladen —? Wir sitzen fest. Wir müssen froh sein, überhaupt wegzukommen, wenn wir von der Schleuse nicht mehr Wasser bekommen.«

Wade wartete, bis die Luken wieder geschlossen waren, zog dann den Revolver aus der Tasche und sah den Wächter an.

»Wollen Sie nicht ein Stückchen mit mir nach Marlow kommen?«

»Warum?«

»Vielleicht treffen wir den Kapitän unterwegs.«

»Ich kann das Schiff nicht allein . . .«

Wade ging rückwärts auf die Laufplanke zu, ohne den Wächter aus den Augen zu lassen. Langsam hob er seine Alarmpfeife an die Lippen.

»Ich komme ja schon — die verfluchte Polizei kann einen aber auch nie in Ruhe lassen!«

Der Wächter folgte an Land, wo ihn die zwei wartenden Oxforddetektive in Empfang nahmen und zu ihrem Boot führten. John Wade wußte, daß ihm viel feindliche Blicke folgten. Er beobachtete noch lange das Gestrüpp, das teilweise den zweiten Kahn verbarg. Kein Lebenszeichen regte sich, kein Laut war zu hören. Der Wächter stieg an Bord der Polizeibarkasse, ohne Widerstand zu leisten.

»Ich verhafte Sie wegen Bankraubs«, erklärte Wade auf der Polizeiwache in Marlow, »und außerdem, weil Sie sich als Sergeant der Citypolizei ausgegeben haben!«

Cardlin — unter diesem Namen wurde die Anzeige aufgesetzt — machte keine Aussage, verteidigte sich nicht, beteuerte nicht einmal seine Unschuld. Als man ihn in einer Zelle untergebracht hatte, gab Wade dem zuständigen Inspektor einige Ratschläge.

»Alarmieren Sie Ihre Reserven. In einigen Stunden lasse ich den Mann wegbringen. Niemand soll die Wache betreten, der hier nichts zu suchen hat.« Dann rief er den Oberinspektor in Scotland Yard an.

»Ich glaube, ich habe endlich den richtigen Kahn gefunden. Er steckt voller Kisten — alles Attrappen —, die den Zugang zu einer darunterliegenden Kabine verstellen. Ich brauche ungefähr fünfzig Mann, Sir — alle bewaffnet. Der zweite Kahn ist sicher voll von Chinesen.«

Den Oxforder Begleitern gab er den Auftrag, die Schiffe unter Beobachtung zu halten — eine schwierige Aufgabe, da der Nebel sich inzwischen mehr und mehr verdichtet hatte. Die Wiesen ringsum und die Zufahrtsstraße lagen unter einem dichten Schleier, und mit den augenblicklich verfügbaren Kräften konnte das Gelände unmöglich besetzt werden.

Die Ankunft der Polizeiverstärkung verzögerte sich. Auch über London hatte sich ein schwerer Nebel gelegt. Mit einer Stunde Verspätung rückte die Mannschaft langsam in Great Marlow an. Inzwischen war auch Berkshire alarmiert worden, aber die Polizeireserven auf dem Land sind nicht so leicht zusammenzubringen.

Die ersten Abteilungen hatten ihre Stellungen in der Nähe des Landeplatzes eingenommen und arbeiteten sich durch das dichte Gestrüpp hindurch, als ihnen durchdringender Brandgeruch entgegenschlug, der vom zweiten Kahn zu kommen schien.

Starker Rauch quoll aus der Kabine im Vorderschiff und aus dem Laderaum. Offenbar befand sich niemand mehr an Bord. Das Schiff stand in Flammen, ein Durchsuchen war nicht mehr möglich.

Auch der erste Kahn brannte schon, als Wade an Bord sprang, aber die Flammen konnten noch gelöscht werden. Einige Habseligkeiten lagen herum. Die Besatzung mußte fluchtartig verschwunden sein. Von einer der vorderen Kabinen aus führte eine schmale Tür in einen behaglich eingerichteten Schlafraum. Auch wenn er nicht die roten Hausschuhe unter dem Bett gefunden hätte, würde Wade gewußt haben, daß dies Lilas Gefängnis war.

Als er wieder an Deck kam, sah er Elk am Ufer stehen.

»Die Bande hatte eine halbes Dutzend Autos in der Scheune da drüben untergestellt«, berichtete Elk. »Sie müssen sich schon in alle Richtungen zerstreut haben, lange bevor wir auf der Bildfläche erschienen.«

Kapitel 21

Lila war um sieben Uhr morgens aufgestanden und versuchte, sich mit einem der Bücher, die ihr Golly gezeigt hatte, die Zeit zu vertreiben, als sie über sich Geräusche hörte. Sie konnte nicht ahnen, daß sich in diesem Augenblick John Wade die Ladeluken öffnen ließ. Gespannt lauschte sie, hörte verschiedene Stimmen, konnte aber keine unterscheiden. Wenig später kam Golly in die Kabine, legte die Finger an die Lippen und schloß vorsichtig die Tür.

»Was ist los?« fragte sie.

»Nichts Besonderes, Kleines«, flüsterte er und ging wieder hinaus, kam aber schon nach zwei Minuten zurück. Jetzt war er in Hut und Mantel und winkte ihr. »Ich muß dich sofort von hier wegbringen. Die Sache wird gefährlich für dich. Komm schnell!«

Sie wollte nach ihrem Mantel greifen, aber er hielt sie zurück.

»Laß ihn!« rief er ungeduldig und streckte eine Hand durch den Türspalt. Von draußen reichte ihm jemand einen dunklen Herrenregenmantel herein. »Zieh den hier an!«

Die Ärmel waren viel zu lang. Golly bückte sich und half ihr, sie umzuschlagen.

»Probier mal die Mütze —.«

»Nein, die kann ich nicht aufsetzen . . .«

»Setz sie auf, Liebling, versuch's mal!«

Die Mütze paßte sogar ganz gut. Bevor sie sich aber im Spiegel betrachten konnte, faßte er sie beim Arm und zog sie in die anstoßende Kabine. Hier fand sie Aikness und zwei andere Männer, die sie nicht kannte.

Golly nahm Aikness beiseite, zeigte mit dem Daumen auf eine schmale Tür in der Ecke und fragte leise:

»Und was machen wir mit ihr? Ich möchte nicht, daß das Mädchen sie sieht. Nimm sie im zweiten Wagen mit.«

Golly nahm Lila bei der Hand und führte sie die Treppe hinauf an Deck. Erstaunt blickte sie sich um. Trotz des Nebels konnte sie Bäume und einen schmalen Streifen Wiese sehen. Sie atmete tief und blieb stehen.

»Herrlich, die frische Luft . . .«

»Ja, davon gibt's 'ne ganze Menge«, drängte Golly und schob sie vor sich her über die Laufplanke.

Es war ein wunderbares Gefühl, wieder einmal Gras unter den Füßen zu spüren. Sie kam gar nicht dazu, sich zu überlegen, warum Golly sie belogen hatte, oder warum aus der ›Ritikiki‹ auf einmal ein ganz gewöhnlicher Frachtkahn geworden war. Sie kamen auf eine harte Straße, bogen links ab, und bald tauchte aus dem Nebel der Giebel einer großen Scheune auf. Ein Auto stand auf der Straße, daneben wartete ein Mann. Er öffnete die Wagentür, nahm einen schweren Chauffeurmantel heraus, zog ihn an und schwang sich auf den Führersitz.

Es war eine prächtige Limousine. Auf dem Wagenschlag prangte ein Wappen. Lila hatte kaum Platz genommen, als das Auto anfuhr. In knapp zehn Minuten erreichten sie die Hauptstraße und bogen links ein. Golly — er war der einzige Begleiter — ergriff das Sprachrohr.

»Winsor, Staines, Hampton, Esher und dann Nebenstraßen«, sagte er schnell und legte sich in den weichgepolsterten Sitz zurück. »An alles muß man denken, Lila, kann sich auf niemand verlassen!« Nach einer Weile murmelte er: »Du weißt es noch gar nicht wegen ›Mutter‹ —.«

»Mrs. Oaks?«

Sein kleines Gesicht zeigte den Ausdruck tiefen Kummers.

»Tot.«

»Mrs. Oaks — tot? Das kann doch nicht wahr sein?«

»Sie ist dahingegangen. Wie heißt es doch bei Shakespeare so richtig . . .«

»War es ein Unglücksfall?«

»Selbstmord. — In manchen Dingen war sie wirklich hervorragend. Leider verstand sie nichts von Kunst und war oft schlechter Laune.«

»Ich kann das nicht begreifen. Mrs. Oaks — Selbstmord? Warum dann?«

»Um endlich mal Ruhe zu haben.« Golly zog eine Schachtel billiger Zigaretten hervor und steckte sich eine an. Versonnen blickte er dem Rauch nach, der sich an der Wagendecke verteilte. »Sie hat sich vergiftet.«

Sie bogen in eine Nebenstraße ein. Niemand begegnete ihnen.

»Wo fahren wir jetzt hin?« fragte Lila.

»Nach London. Ich habe da ein Haus gemietet. Arbroathhaus — hast den Namen wohl nie gehört? Weitläufiger Komplex, ganz nett, warmes Wasser, Bad. Ich hätte ja gleich dorhin ziehen können, aber wer konnte wissen, daß die Blauen die Kähne doch noch finden würden? Es hat Monate gedauert, bis sie eingerichtet waren. In Holland sind sie umgebaut worden. Zweitausendsechshundert Pfund hat mich jeder Kahn gekostet — hübsch viel Geld für so ein Schiff. Aber es ist immer meine Stärke gewesen, vorzubauen. Ich wußte, daß früher oder später die ›Siegel von Troja‹ draufgehen würde.«

»Wo ist denn jetzt die ›Siegel von Troja‹? Warum flüchten wir? Haben wir etwas verbrochen?«

»Geheimdienst —«, sagte er und blinzelte sie von der Seite an. »Wir arbeiten für eine fremde Regierung. Natürlich ist das England nicht angenehm.«

Jezt bogen sie wieder in die Hauptstraße ein, ließen Windsor seitlich liegen und trafen erst in der Gegend von Runnymede wieder auf die Themse. Bald ließen sie auch Staines hinter sich und fuhren die Great West Road hinunter.

Ein Schrecken stand Golly noch bevor. Auf der West Road standen etliche Polizisten, die gerade zwei Wagen anhielten. Sein Auto ließ man jedoch ungehindert passieren. Der herrschaftliche Chauffeur und das Wappen auf den Wagenschlägen ersparten ihm eine Erfahrung, die äußerst ungemütlich hätte ausgehen können. Der Revolvergriff in seiner Tasche war in den kritischen Sekunden unangenehm feucht geworden.

Sie fuhren in den früheren Fabrikhof des Arbroathhauses hinein. Golly brachte Lila im Fahrstuhl nach dem obersten Stock und führte sie in eine kleine, nett möblierte Wohnung, die, weil schon lange nicht mehr benutzt, etwas muffig roch.

»Achttausend Pfund haben Umbau und Einrichtung gekostet.«

»Hatten Sie denn soviel Geld, Mr. Oaks?«

»Ein Freund hat es mir geborgt. Siehst du, wenn das Haus

schon zu Anfang nach meinen Angaben gebaut worden wäre, hätte es nicht besser für meine Zwecke passen können. Man kann kommen und gehen, wie man will, niemand kümmert sich darum, wer du bist oder was du machst. Du könntest zehn Jahre hier wohnen, ohne daß jemand eine Ahnung davon hat.«

Lila gab es auf, sich über irgend etwas zu wundern. Obwohl die Fahrt nicht lange gedauert hatte, war sie müde und wollte allein sein, um nach den letzten Ereignissen mit sich ins reine zu kommen.

»Du kannst hier tun, was du willst, nur die Vorhänge müssen immer zugezogen bleiben.«

Die Fenster ihrer Wohnung gingen auf einen schmalen Innenhof, ohne jede Aussicht. Als Golly gegangen war, schlüpfte sie hinter den Vorhang, öffnete das Fenster und blickte in den Hof hinunter. Ein Auto nach dem anderen fuhr in den Hof ein und verschwand durch eine Einfahrt in der Tiefgarage.

Golly hatte, als er wegging, die Tür verriegelt. Eine halbe Stunde später kam der kleine chinesische Diener mit seinem unvermeidlichen Grinsen und brachte ihr die Mahlzeit. Er deckte den Tisch, als auch Golly wieder eintrat.

»Hast du jemand schreien hören?« fragte er beunruhigt.

»Nein.«

»Wir haben nämlich eine Frau hier, die nicht ganz richtig im Kopf ist — weißt du, etwas übergeschnappt.«

»Wohnt sie hier?«

»Nein, sie wohnt nicht hier. Sie war auch mit auf dem Kahn, hat uns aber dort gar keine Umstände gemacht.«

»Wer ist sie denn?«

»Eine Frau — sie ist früher Dienstmädchen gewesen. Sie war ganz ruhig, bis sie Aikness zu Gesicht bekam.«

»Ist er auch hier?«

»Wir sind alle hier«, fuhr er sie zornig an, wurde aber sofort wieder ruhig. »Seit zwanzig Jahren hat sie nämlich heute Aikness zum erstenmal wiedergesehen — sie hatte früher mal etwas für ihn übrig. Was sie ihm alles an den Kopf geworfen hat — Mörder und was weiß ich noch. Ich habe ihm den guten Rat gegeben, ihr aus dem Weg zu gehen. Wahnsinnige kommen manchmal auf merkwürdige Ideen. Er hat ihr mal den Kopf verdreht, es sind wenigstens zwanzig Jahre her, er ist nämlich ein alter Schürzenjäger, alle waren ihm recht ... Sie heißt Anna.«

Er beobachtete sie genau, als er den Namen aussprach.

»Kann ich nicht etwas für sie tun?« fragte sie.

Golly kratzte sich an der Nase, nahm die Brille ab, putzte sie und setzte sie wieder auf.

»Darüber habe ich gerade nachgedacht. Ich sehe eigentlich nicht ein, warum sie dich nicht sehen sollte — sie hat es sich in den Kopf gesetzt, daß sie dich als Kind gekannt hat. Anna — der Name kommt dir gar nicht bekannt vor?« Als sie den Kopf schüttelte, schlug er vor: »Wenn ich sie heute abend hierherbrächte, würde dir das was ausmachen? Vielleicht könntest du sie beruhigen. Oder wenn ich sie jetzt gleich herbrächte ... Sie ist wieder ganz normal und tut keinem Menschen was.«

»Davor habe ich keine Angst. Im Gegenteil, ich freue mich, wenn ich Gesellschaft bekomme.«

»Kann ich verstehen«, murmelte Oaks, der plötzlich viel Einfühlung an den Tag legte. »Also, wenn es dir nichts ausmacht? Aber iß erst — vielleicht verdirbt sie dir sonst den Appetit.«

Sie lachte und machte sich an ihre Mahlzeit. Golly sah ihr eine Weile zu und stand dann auf.

»Ich werde sie jetzt holen. Sie sieht nicht gerade sehr einnehmend aus. Vielleicht bekommt sie auch mal einen ihrer Anfälle, aber — wie sagte doch Euripides ...«

Lila verstand kein Wort von dem, was er in einer ihr unverständlichen Sprache hersagte.

Nach einer Viertelstunde kam Golly zurück. Sichtlich besorgt stand er einen Moment unter der Tür und trat dann zur Seite, um der Frau hinter ihm Platz zu machen.

»Kommen Sie bitte rein. Ich habe Ihnen versprochen, daß Sie sie sehen sollen. Hier ist sie!«

Eine große, hagere Frau mit bleichen Wangen und dunklen, brennenden Augen trat ins Zimmer. Fast eine Minute lang starrte sie das Mädchen an.

»Ist das Delila?« fragte sie mit tiefer, angenehmer Stimme

und ging auf sie zu.
»Das ist sie.« Mr. Oaks blinzelte Lila zu.
»Delila, mein Liebling —«, flüsterte Anna, »du bist doch Delila? Du kennst mich doch, meine Kleine?«
»Ich heiße Lila.«
Annas Augen leuchteten auf.
»Natürlich — Lila! So hast du ja selbst immer gesagt.«
Sie schloß das erschrockene Mädchen in ihre Arme. Lila wagte nicht, sich zu widersetzen. Ängstlich lauschte sie dem Gestammel an ihrem Ohr.
»Lila, kennst du mich nicht — ich bin doch Anna!«
Eine schwache Erinnerung blitzte in Lilas Gedächtnis auf, die schnell wieder verging und sie noch verwirrter machte. Langsam entzog sie sich der Umarmung.
»Wollen Sie sich nicht setzen?«
Aber Anna hielt sie fest. Tränen standen in ihren Augen.
»Erinnerst du dich nicht an das Haus, an die schreckliche Nacht mit dem Feuer, Lila? Und an die Herrin — sie ist tot . . .«
Lila versuchte vergeblich, Erinnerungen wachzurufen. Flehend blickte sie zu Mr. Oaks.
»Es stimmt schon, Kleine — sie hat dich gekannt, sie war dein Kindermädchen.«
»Das ist wahr. Gott segne Sie, Mr. Oaks! Ich war ihr Kindermädchen, und alle haben sie gesagt, sie sei tot, in dem schrecklichen Feuer umgekommen. Und dann haben sie mir verbrannte Kleiderreste gezeigt, aber ich habe immer gesagt, daß du noch lebst — ich habe der Herrin gesagt, du seist noch am Leben. Ich wußte es — ich war ganz sicher! Ich wartete und wartete, so furchtbar lang, bis mir der Kopf weh tat und sie mich in das große Haus brachten, aus dem sie mich nicht mehr fortließen. Und nachher die Männer — all die schrecklichen Chinesen!« Sie zitterte bei der Erinnerung am ganzen Körper. »Ich kann doch bei dir bleiben, Lila? Ich muß bei dir bleiben. Ich will auf dich aufpassen, wie früher — deine Kleider in Ordnung halten, mein Liebling. Ich glaube, ich darf dich nicht mehr Liebling nennen, du bist kein Baby mehr . . . Und dann muß ich es sofort der Herrin mitteilen.«
»Die ist tot«, brummte Mr. Oaks.

»Ja, sie ist tot, aber . . .«

»Ich will die beiden Damen jetzt allein lassen«, sagte Golly, ging hinaus und verschloß die Tür.

Kapitel 22

Er stieg die teppichlose Treppe hinunter und betrat ein einfach möbliertes Eßzimmer. Aikness, eine Zigarre im Mund, saß vor einem Glas Whisky.

»Alles in Ordnung«, sagte Oaks.

Kapitän Aikness stand auf, blickte in den Spiegel und betupfte mit dem Taschentuch eine Kratzwunde auf der Wange.

»Darauf war ich nicht vorbereitet.«

»Sie war nicht vorbereitet — auf dich! Ich habe dir immer gesagt, daß Verrückte manchmal ein ausgezeichnetes Gedächtnis haben.«

»Und verändert hat sie sich! Früher war sie mal ein ganz hübsches Mädchen.«

Oaks knurrte vor sich hin und mischte sich einen Whisky Soda.

»Früher mußt du auch mal ganz gut ausgesehen haben, Aikness? Sonst hätte man dich ja nicht so gut gebrauchen können, um Kindermädchen den Kopf zu verdrehen. Wir haben jetzt keinen mehr, der sich dazu eignet.«

»Sie war wirklich hübsch«, sinnierte der Kapitän weiter, »und das gescheiteste Frauenzimmer unter allen Dienstboten, die ich je getroffen habe. — Was hast du nun mit Lane vor?«

Golly zündete sich eine Zigarette an.

»Ihn herauszuholen.«

»Denkst du, daß er uns verpfeifen wird?«

»Der verpfeift uns nicht.« Oaks starrte in sein Glas. »Aber ich kenne solche, die es tun würden.«

Der Kapitän lächelte gezwungen.

»Ich nicht Golly! Ich stecke viel zu tief mit drin.«

Ein langes, peinliches Schweigen, das schließlich der Kapitän unterbrach:

»Auch Lila wird uns noch Schwierigkeiten machen.«

»So — meinst du? Keine Rede davon. Sie wird heiraten und Familie haben. Aber ein Seemann kommt nicht in Frage.« Golly beugte sich über den Tisch. »Ich habe dir soviel als möglich deinen Willen gelassen, Kapitän, denn ich lasse gern jeden nach seiner Fasson selig werden. Ich habe nichts dagegen gehabt, daß du bei der Kleinen Papa gespielt, sie mitgenommen, in feine Kleider gesteckt hast — doch dabei bleibt es. Irgendeinen Papa wird sie nicht heiraten, und mit den eineinhalb Millionen wirst du dir keinen Palast in Rio bauen.« Einige Augenblicke starrten sich die beiden an, Aikness mit unverhohlenem Haß, Golly kühl und drohend. »Wie die Geschichte hier zu Ende geht, weiß ich noch nicht. Nur eines weiß ich — sang- und klanglos räume ich London nicht. Den Herren von der Polizei werde ich noch einen Denkzettel geben, den sie so bald nicht vergessen sollen.«

An diesem Abend herrschte im Arbroathhaus rege Geschäftigkeit. Gegen zehn Uhr trafen Männer ein, allein, zu zweien und mehreren, und wurden in den verschiedenen Räumen untergebracht. Fahrpläne des Kontinents wurden studiert, Schiffslisten eingesehen, hauptsächlich von Linien, die nach Italien und Südfrankreich fuhren.

Gollys Zimmer im Arbroathhaus war sehr geräumig und wäre auch luftig gewesen, wenn man die schweren Vorhänge zurückgezogen und die Fenster geöffnet hätte. Die Ausstattung war sehr dürftig — ein Bett, ein Tisch, ein Stuhl und in der Mitte des Zimmers ein lächerlich kleines Stückchen Teppich. Auf dem Tisch lagen Pläne, Karten, Nachschlagewerke, Fahrpläne und persönliche Aufzeichnungen.

Drei Hefte mit Bankeintragungen trug Golly stets bei sich. Nachts legte er sie unters Kopfkissen. In einem davon führte er nur sein Guthaben bei einer bedeutenden brasilianischen Bank nach — es war derart groß, daß er auch ohne Delila Pattisons Vermögen den Rest seines Lebens in verschwenderischem Luxus hätte verbringen können.

Er hatte seine Bankhefte eben unter das Kopfkissen geschoben und war im Begriff, zu Bett zu gehen, als an der Tür geklopft wurde. Er schloß auf, Aikness kam herein, noch nervöser, als er ohnehin schon den ganzen Nachmittag gewesen war, was dem sonst eher gleichmütigen Kapitän gar nicht ähnlich sah.

»Ich muß dir etwas sagen, Golly . . .«

»Ich weiß schon — Angst.« Golly suchte in seiner Tasche nach einer Zigarette. »Den ganzen Nachmittag rennst du herum!«

»An Land fühle ich mich nicht wohl. Ich bin Seemann und komme mir hier wie ein Fisch auf dem Trockenen vor. Kannst du mich nicht nach Holland schicken und das neue Schiff kaufen lassen? Der Preis ist sechzigtausend, aber sie schlagen sicher auch für weniger ein. Das Schiff ist in Holland eingetragen, würde unter holländischer Flagge mit holländischer Besatzung fahren. Es macht gut seine neun Knoten.«

»Und Torpedojäger machen fünfunddreißig«, warf Golly ein. »Ich habe keine Lust, sechzigtausend Pfund zu zahlen, nur damit du erleben kannst, wie ich seekrank werde.«

»Wo sind eigentlich die Gelben untergebracht?« fragte Aikness gereizt. »Ich erfahre überhaupt nichts mehr.«

»Gut versteckt — in der Nähe von Blackwall auf einem Frachtkahn. Vorläufig wird wohl keiner mehr Frachtkähne untersuchen.«

»Ich wußte gar nicht, daß du einen gekauft hast.«

»Du weißt noch vieles nicht, was ich mache. Mein Kopf arbeitet im Schlaf besser als deiner, wenn du wach bist. Voraussicht — ist mein Motto!

»Was hast du also vor? Wir können doch hier nicht sitzenbleiben, bis uns die Polizei findet. Könnte ich nicht nach Genua fahren —?

»Dein größter Fehler ist deine verrückte Reiselust. Du bleibst hier, Kapitän! Ich habe eine Idee, einen Plan . . . Gesetzt den Fall, du hast irgendein Schiff — was kannst du gegen einen Torpedojäger ausrichten, der fünfunddreißig Knoten läuft? Du könntest acht Tage früher abfahren und würdest doch gefaßt werden. Ich aber fahre mit der größten Beute weg, die je gemacht wurde!«

Golly hatte sich in Erregung gesprochen. Gestikulierend lief er im Zimmer auf und ab. Sein blasses Gesicht, die zitternde Stimme verrieten die ungeheure Aufregung, in die ihn sein eigener Plan versetzte.

»Wenn sie uns aber fassen — die ganze Bande? Was dann?«

Golly machte eine bezeichnende Handbewegung um den Hals.

»Einen Strick! Aber soweit lassen wir es nicht kommen. Wir müssen sie eben zwingen — eine kleine Erpressung . . . «

»Zwingen? Wie denn?«

»Die Regierung! Wir werden ihnen mal zeigen, wozu wir fähig sind — und dann werden wir ihnen etwas anbieten, aber unseren Preis dafür verlangen! — In der Bond Street gibt's zwei große Juweliergeschäfte — hundertfünfzigtausend springen da wenigstens heraus, die holen wir uns erst mal, als Entschädigung für das, was sie uns mit der ›Siegel von Troja‹ abgenommen haben. Dann fällt der zweite Schlag — und gleich darauf der Knockout. Man wird nicht wagen, auch nur an einen einzigen meiner Leute Hand zu legen, im Gegenteil, sie werden uns den Weg nach Brasilien oder Argentinien oder irgendeinem anderen hübschen Fleckchen Erde ebnen und froh sein, wenn wir uns da ruhig verhalten.— Du glaubst, ich sei verrückt?« fragte er, als Aikness ihn mit immer größer werdenden Augen anglotzte. »Aber du kennst mich noch lange nicht. Es ist jedesmal das gleiche mit dir. Schon die Sache in der St. James Street ging über deinen Horizont, und als ich dir voraussagte, daß uns der Bankdirektor selbst in Lothbury die Stahlkammern aufschließen würde, hieltest du mich für übergeschnappt.«

»Wie willst du denn eine Erpressung gegen die Regierung durchführen?« fragte Aikness höflich, aber kleinlaut.

Er hätte lieber das Thema gewechselt. Eine unbehagliche Situation. Wenn Golly etwas von seinen Gedanken und halbgereiften Plänen erriet, war er ein gelieferter Mann. Die Hände des Kapitäns waren sauber, insofern wenigstens, als er nie Blut vergossen und nur indirekt an den Unternehmungen teilgenommen hatte. Es war nur noch eine Frage der Zeit, wann er seinen Herrn der Polizei in die Hände spielen würde.

»Die Zeit muß genau berechnet werden.« Golly kicherte, während Aikness zusammenschrak und allen Ernstes in Betracht zog, daß der kleine Teufel seine Gedanken gelesen hatte. »Das ist das Geheimnis unserer Erfolge — genaueste Zeitberechnung! Aber warte ab!« Er zog eine billige Uhr aus der Tasche. »Möchte wissen, was die Frauensleute machen.«

»Schlafen sie in einem Zimmer?« erkundigte sich Aikness, froh, diese an die Nerven gehende Unterhaltung abbrechen zu können.

»Ich habe noch ein Bett für Anna aufstellen lassen. Sie ist auch nicht verrückter als du oder ich und spricht ganz vernünftig.«

Golly nahm einen Bogen Papier, machte eine Skizze und schrieb Straßennamen und Bezirke dazu.

»Dies hier wäre der beste Platz — einsam und ganz in der Nähe des Flusses. Liegt beinahe in Greenwich, und kein Mensch merkt, daß du da ein Auto untergestellt hast. Auf jeden Fall kannst du von dort aus ganz deutlich ein Lichtsignal sehen.« Golly sah Aikness versonnen an. »Die Frage ist nur, wann da draußen der nächste große Tanz stattfindet.«

»Was — was soll stattfinden?« fragte Aikness irritiert.

»Irgendwas — ein Tanz oder eine Gesellschaft wird doch sicher in Greenwich abgehalten werden. Ich muß bloß noch herausfinden, wann.« Golly kritzelte rasch einige Zeilen auf die Rückseite des Papierbogens, machte Berechnungen, schlug etwas in einem kleinen Buch nach. »Wenn es auf Freitag fällt, werden wir ganze Arbeit leisten.« Er klatschte sich mit der Hand aufs Knie. »Und es wird der Freitag sein! — Was hast du eigentlich im Krieg gemacht, Kapitän?«

»Du weißt ja, was ich gemacht habe« brummte Aikness. »Ich habe zwei Jahre in der Marine gedient. Du selbst hast mich ja dazu veranlaßt.«

»Du wärst auch zu sehr aufgefallen, wenn du's nicht getan hättest. Jennit und Mortimer waren mit dir zusammen, nicht? Die beiden passen jetzt auf die Gelben auf. Gute Seeleute — die könnten doch auch mit einem Geschütz umgehen?«

»Wo hinaus willst du eigentlich? Was soll das alles bedeuten — deine Rederei vom Tanz, von Jennit, Mortimer und Kanonen?«

Golly lächelte nur.

»Ich muß mal sehen, was die Mädels machen!« sagte er, komplimentierte Aikness in den Gang hinaus und verschwand nach oben.

Lila hörte ihn kommen und gab Anna ein Zeichen. Sichtlich in bester Laune trat er ein.

»Na, unterhaltet ihr euch gut?« Er blickte nach den Spielkarten auf dem Tisch. »Ich muß euch mal bei Gelegenheit ein paar Spiele beibringen.«

»Wie lange bleiben wir hier, Mr. Oaks?« fragte Lila.

Golly zuckte die Schultern.

»Vielleicht ein paar Tage, dann fahren wir aufs Land.«

»Mr. Oaks, können Sie mir sagen, was mit Lord Siniford passiert ist?« fragte Anna unvermittelt.

Sie sprach ganz vernünftig, was ihm ein wenig unbequem war. Vielleicht wußte sie mehr oder hatte mehr gesehen und gehört, als ihm lieb war. So manchmal hatte man recht unbekümmert in ihrer Gegenwart geredet, sie für geistesgestört gehalten oder jedenfalls nicht ernst genommen. Wenn John Wade damals nicht eine so überaus ernste Warnung ausgesprochen hätte, würde sie vielleicht überhaupt nicht mehr am Leben sein.

»Lord Siniford —«, begann Golly feierlich, »hat das Zeitliche gesegnet . . .«

»Wie — ist er auch tot?«

»Es steht uns allen bevor. Er wurde vom Blitz erschlagen.« Golly liebte poetische Erfindungen. »De mortuis nil nisi bene.«

Ein langes Schweigen trat ein.

»Das tut mir sehr leid«, flüsterte Lila.

»Er ist ermordet worden«, erklärte Anna mit tiefer Stimme. »Ich habe es in der Zeitung gelesen.«

»Man darf nicht alles glauben, was in der Zeitung steht. Sensationen — um jeden Preis! Mag dem sein, wie es will, Siniford ist jedenfalls nicht mehr.«

Golly sah Anna forschend an. Möglich, daß sie ihm noch große Schwierigkeiten bereiten würde. In Gedanken strich er die komfortablen Räume, die er ihr in seinem südamerikanischen Palast zugedacht hatte. Ihre Haltung ihm gegenüber ärgerte ihn, und ihr Gedächtnis war für seinen Geschmack viel zu gut.

»Schlaf gut, Kleine — ich schaue morgen früh mal wieder rein! — Gute Nacht, Miss . . .« Sein kalter Blick ließ Annas Herz stocken. »Seien Sie vernünftig!«

Kapitel 23

Lila hatte herausgefunden, daß es auch innen an der Wohnungstür einen Riegel gab, und wenn sie ihn vorschob, konnte niemand hereinkommen, wenigstens nicht ohne Gewaltanwendung.

»Ich weiß wirklich nicht —«, sagte sie zu Anna, »aber ich kann nicht glauben, daß er so schlecht ist. Ich habe nicht einmal Angst vor ihm. Vielleicht ist er genauso abhängig von anderen wie wir.«

»Nein, nein, was ich dir erzählt habe, ist die reine Wahrheit. Es gibt viele Dinge, an die ich mich nur undeutlich erinnern kann, aber alles, was ich in den letzten Tagen gehört habe, hat sich mir fest eingeprägt. Ich bin auch nicht mehr so verwirrt, Lila. Als ich in den Spiegel guckte, war ich über mein Aussehen entsetzt — als ob aus einem jungen Mädchen auf einmal eine alte Frau geworden wäre. All die Jahre, seit ich dich verlor, sind wie ein kurzer Augenblick für mich. Es gibt ein Gesangbuchlied, die Herrin hat es oft gesungen: ›Tausend Jahre sind bei dir, o Gott‹ — ich muß die ganze Zeit hindurch krank gewesen sein, ich kann mich fast an nichts mehr erinnern.«

»Denken Sie nicht mehr daran.« Lila nahm Annas Hand. »Was können wir denn nun machen?«

»Du glaubst mir immer noch nicht recht, Liebling — die ganze Geschichte, daß du reich und Lady Pattison bist, das Feuer und alles andere?«

»Doch, ich glaube Ihnen. Es kommt mir natürlich alles so merkwürdig vor, aber ich glaube es wirklich. Nur das mit Mr. Oaks — daß er der Anführer der Gummibrüder sein soll . . .«

»Er ist es, er ist es!« rief Anna heftig. »Du kennst ihn ja nur als den kleinen, dummen Kerl, der glaubt, singen zu können, aber ich habe große, kräftige Männer vor ihm kriechen sehen. Der Kapitän ist in seiner Gegenwart ganz klein. Eines Nachts haben sie von einer Heirat gesprochen. Damals wußte ich noch nicht, daß es sich um dich handelte.«

»Um mich?«

»Deinen Namen haben sie nicht erwähnt. Sie saßen in der Kajüte des Frachtkahns und ließen mich aus meinem Verschlag heraus. Der Kapitän verspottete mich, Golly nicht. Der schaute mich nur an, so wie ein Schlächter ein Schaf anschaut, das er erstechen will.«

»Hören Sie auf«, rief Lila, »das ist ja furchtbar!«

Anna schloß sie in die Arme.

»Ich muß doch noch nicht ganz normal sein, wenn ich dich so erschrecken kann. Ich will jetzt vernünftig sein — Golly hat es mir ja auch geraten! Wollen wir nicht versuchen, ob wir die Tapete herunterbekommen können?«

»Ja. Ich habe den Riegel vorgeschoben — niemand kann herein.«

Es war Lila gewesen, die im Nebenzimmer unter einem zerrissenen Stück Tapete Bruchstücke einer gedruckten Bekanntmachung entdeckt hatte. Die beiden Frauen wußten nicht, daß das Gebäude früher eine Munitionsfabrik gewesen war. Damals hingen an den Wänden aller Arbeitsräume Plakate mit Rettungsvorschriften für die Arbeiter. Später wurden diese Bekanntmachungen einfach mit Tapeten überklebt. Ursprünglich war ein Fabriksaal so groß wie jetzt die ganze Wohnung gewesen; beim Umbau wurden dann Trennwände eingesetzt und die Fläche in Wohnzimmer, Nebenzimmer und Bad unterteilt.

Anna befeuchtete einen Lappen und betupfte damit die beschädigte Tapete im Nebenzimmer, bis sie Stück für Stück abziehen konnte und der Text darunter sichtbar wurde:

Bei Feuergefahr Löschgeräte am Hydranten anschließen. Alle Angestellten, soweit sie nicht zur Feuerwehr gehören, ruhig und in Ordnung nach unten gehen.

Falls Feuer in einem der unteren Stockwerke oder im Keller ausbricht, die Feuerleiter herabziehen, worauf sich die darüberliegende Falltür in der Decke automatisch öffnet.

An der dem Wind zugekehrten Seite des Daches aufhalten. Strickleitern herunterlassen, die sich in regelmäßigen Abständen nahe der Dachkante befinden.

Ruhig bleiben — jede Panik vermeiden!‹

»Falltür in der Decke?« murmelte Lila und betrachtete die völlig glatte, verputzte Zimmerdecke.

Sie gingen ins Wohnzimmer, ins Bad. Von einer ausziehbaren Feuerleiter war ebenfalls nirgends eine Spur. Einzig die Badezimmerdecke zeigte schwache Risse im Verputz.

Anna holte einen Stuhl, kletterte darauf und klopfte die Decke ab. An einigen Stellen klang es hohler als an anderen, die Risse verbreiterten sich. Verputz rieselte herab.

»Hier!« flüsterte sie aufgeregt, als ein rasch sich vergrößerndes Loch entstand.

Draußen näherten sich Schritte.

Anna stieg vom Stuhl. Der Fußboden des Badezimmers war mit herabgefallenem Verputz bedeckt. Golly brauchte nur einen Blick hineinzuwerfen oder die Bekanntmachung zu lesen, um zu wissen, was sie beabsichtigten.

»Bleib im Bad, schieb den Riegel vor und komm auf keinen Fall heraus!« zischte Anna leise.

Sie wartete, bis Lila die Tür geschlossen hatte, und ließ dann Golly herein.

»Was treibt ihr hier?« Er sah sie argwöhnisch an. »Wo ist Lila?«

»Sie badet, und ich suche Handtücher.«

Die Antwort schien ihn zu befriedigen.

»Badet? — Na, das trifft sich ja ganz gut, ich habe ein paar Worte mit Ihnen zu reden.«

Er sah nach der Tür, hinter der Lila stand.

»Sie kommt doch nicht gleich heraus?«

»Nein, nicht gleich.«

»Sagen Sie mal, Miss, sind Sie je in Südamerika gewesen?«

»Nein.«

»Feine Gegend — ich bin schon dagewesen —, Blumen, schön warm im Winter, man hat weiter nichts zu tun, als zu leben! Genug Geld, Bücher, Autos, gut essen und trinken —

wie gefällt Ihnen so was?«

»Es muß wundervoll sein.«

»Das alles wird Ihnen mal blühen — das heißt, wenn Sie vernünftig sind. Machen Sie mir keine Umstände, helfen Sie mir dabei . . .« Er zeigte mit dem Daumen nach dem Badezimmer. »Machen Sie mir kein Theater mehr, dann bekommen Sie all die Dinge, die ich erwähnt habe, und noch einiges mehr. Haben Sie mich verstanden? Nehmen wir aber an, Sie sind nicht vernünftig, machen mir Schwierigkeiten, erzählen dies oder jenes über mich . . .Was, denken Sie, blüht Ihnen dann?«

Sie antwortete nicht.

»Sie werden es sich schon denken können, ich möchte darauf wetten! Eines Tages wird man Sie aus dem Fluß fischen. ›Unbekannte Tote‹ — das ist alles, was in der Zeitung über sie stehen wird, und damit ist die Geschichte auch schon zu Ende.«

»Zu Ende —«, wiederholte sie langsam.

»Ich brauche einer gescheiten Frau nicht mehr zu sagen.« Golly klopfte ihr väterlich auf die Schulter. »Wir verstehen uns schon. Grüßen Sie Lila, und wenn Sie nichts Besseres zu tun haben, erzählen Sie ihr ein paar nette Dinge über mich: Brauchen Sie Geld?«

»Ich kann es hier ja doch nicht gebrauchen.«

»Ihr Kopf ist schon wieder in Ordnung.« Er blinzelte ihr zu und ging hinaus.

Sie wartete eine Weile, schob von neuem den Riegel vor die Wohnungstür und ging zu Lila.

In einer Schublade fand sie ein Messer, stieg wieder auf den Stuhl und begann die Decke zu bearbeiten. Wie ein Hagelschauer fiel der Putz auf sie nieder. Dünne Latten kamen zum Vorschein. Anna riß sie herunter und leuchtete mit einem Streichholz vorsichtig in die Öffnung.

»Das ist die Falltür!«

Aber noch mehr Mörtel und Gips mußten weggeschlagen werden, bis die Falltür freilag, und auch dann gelang es den beiden nur unter größter Mühe, sie mit einem Besenstiel aufzustoßen.

Endlich, es ging schon gegen drei Uhr morgens, gelang es

Anna, sich keuchend und entkräftet aufs Dach zu ziehen. Sie streckte die Hand hinunter, um Lila heraufzuhelfen.

Sofort machten sie sich auf die Suche nach den Strickleitern. Vergeblich. Wahrscheinlich waren sie entfernt worden. Verzweifelt suchten sie nach einem Ausweg. In einer Stunde würde die Sonne aufgehen. Wenn ein Polizist in der Nähe gewesen wäre, hätten sie sich bemerkbar machen können. Aber weit und breit war niemand zu sehen. Es blieb ihnen nichts anderes übrig, als in die Wohnung zurückzuklettern. Sie mußten sich der Gefahr aussetzen, daß ihr Ausbruchsversuch entdeckt wurde. Es gelang ihnen nicht, die Falltür wieder zu schließen. Falls jemand vom Haus das Dach betreten sollte, war eine Entdeckung unvermeidlich.

Schon früh am Morgen, noch vor dem Frühstück, erschien Golly. Er war nicht so aufgeräumt wie sonst. Offensichtlich war etwas vorgefallen, das ihm nicht behagte.

»Wir fahren heute abend weg, so gegen neun Uhr. Leider kann ich nicht gleich mit euch wegfahren, aber Aikness und ein paar Freunde von mir begleiten euch. Ihr braucht euch nicht zu fürchten. Macht mir keine Schwierigkeiten, verstanden?«

»Wohin bringen Sie uns?«

Er gab keine Antwort darauf.

»Auch Sie, Miss — es ist nur zu Ihrem Vorteil, wenn Sie sich ruhig verhalten. Sie sind doch in Ordnung? Keinen Anfall oder so was gehabt? Sie haben der Kleinen wohl alles von ihrer Großmutter erzählt, nehme ich an? Na, früher oder später hätte sie es ja sowieso erfahren müssen.« Er wandte sich zur Tür, drehte sich aber nochmals um, als ob ihm ein plötzlicher Gedanke käme. »Übrigens, einer der Jungens hat heute nacht Johnny Wade drangekriegt — direkt durchs Herz geschossen.« Golly beobachtete Lila genau, sah ihr Gesicht blaß werden, ihre entsetzten Augen. »Pech, was? War ein guter Kerl, als Beamter hat er ja nicht viel getaugt, aber immerhin . . .

In seinem Ton und Blick war etwas Unechtes, Forciertes, das sie die Lüge erkennen ließ. Sonst wäre sie zusammengebrochen.

»War doch ein Freund von dir, Lila, nicht? Du lieber Himmel — wieder so ein Verlust für die Polizei! In der Blüte seines Lebens dahingerafft!« Er schüttelte den Kopf, aber seine Augen lagen forschend auf ihrem Gesicht.

Jetzt war sie vollends überzeugt, daß er log. Erleichtert atmete sie auf. Golly sah nur, wie die Farbe langsam in ihre Wangen zurückkehrte.

»Du bist mächtig erschrocken, wie, Lila? So was ist ja auch ein Schock. Stell dir nur vor, was ich durchgemacht habe, als ich die Nachricht von ›Mutters‹ Tod erhielt!« Er überlegte einen Augenblick. »Heute habe ich nicht viel Zeit für euch — also seid vernünftig!«

Erst jetzt brachte sie heraus, was sie schon vor seinem Kommen zu fragen sich vorgenommen hatte. Würde es gelingen, ihn hinters Licht zu führen?

»Könnte ich vielleicht etwas Benzin bekommen?«

»Wozu?« fragte er mißtrauisch.

»Ich habe Flecken in meinem Kleid, die möchte ich gern rausmachen.«

»Nett, Kleine, daß du so ordentlich bist, aber ich weiß nicht, ob wir so was hier haben. Geht Benzol nicht auch?«

Sie nickte, wagte nicht zu antworten, weil ihre Stimme sie verraten hätte.

»Um Gottes willen«, entsetzte sich Anna, als er gegangen war, »wozu das Benzin? Ich verstehe das nicht. Wenn er nun doch noch auf die Idee kommt, einen Blick ins Nebenzimmer oder ins Bad zu werfen?«

Aber Lila wollte keine Erklärung geben, und Anna riet ihr, wenigstens das Kleid auf dem Tisch im Wohnzimmer bereitzulegen und eine Schüssel daneben zu stellen.

Bald darauf kam Golly mit einer Literflasche Benzol zurück.

»Benzin haben wir keines — ist in der nächsten Umgebung auch nicht zu beschaffen.« Er zog schnuppernd die Nase hoch. »Stinkt scheußlich. Ich wußte gar nicht, daß das zum Reinigen gebraucht wird — merkwürdig. Soll ich das Zeug ins Badezimmer stellen?«

Er schien wieder bester Laune zu sein.

»Nein, danke, ich brauche es hier«, antwortete Lila, starr vor Schreck.

Golly ging hinunter. Im ganzen Gebäude herrschte an diesem Tag emsige Geschäftigkeit — Besprechungen, Instruktionen, Telefonate. Ein unverdächtig aussehender Mann wurde in die City geschickt, um auf verschiedenen Postämtern Telegramme aufzugeben. Aikness wurde immer nervöser, seit er ein paar Einzelheiten des Planes erfahren hatte.

»Ich habe den Jungens einen richtigen Kehraus versprochen, und sie sollen ihn haben«, versicherte ihm Golly. »Aber du brauchst ja nicht mitzumachen. Du bringst die Frauen nach Greenwich . . .« Er breitete eine Karte auf dem Tisch aus und zeigte auf einen Punkt. »Bis hierhin — dort wartet ein zweites Auto und bringt euch zu mir.«

»Glaubst du, daß alles glatt ablaufen wird?«

»Halt den Mund, hör lieber zu! Um neun Uhr elf brechen wir Kinshner auf.« Er meinte den großen Juwelier in der Bond Street. »Am anderen Ende der Straße ist das Westend-Diamant-Syndikat. Den Geldschrank bei Kinshner müssen wir aufsprengen, was kein Problem ist. Altes Modell, im nächsten Jahr wollten sie einen neuen anschaffen — wird auch Zeit. Ich verlange gar nicht, daß du bei der Geschichte dabei bist, es gibt natürlich eine Schießerei, und das gefällt dir nicht. Wir holen bei jedem mindestens hundertfünfzigtausend heute nacht . . .«

»Aber du sagtest doch Freitag — warum also heute nacht?«

»Ich dachte, der Ball wäre am Freitag, aber er ist schon heute. Kann dir ja egal sein. Wenn ich gesagt hätte, Montag in acht Tagen — was ginge es dich an? — Versuch bloß nicht, Dummheiten zu machen, Aikness! Zwei Leute gehen mit dir, einer vorn beim Chauffeur, einer hinten bei den Frauen. Beim ersten Anzeichen von Verrat jagen sie dir eine Kugel in den Schädel — das ist doch klar?«

»Deutlich genug —«, murmelte Aikness.

Sein eigener, so gut vorbereiteter Plan fiel zusammen.

Kapitel

24

Ein hastig mit Bleistift geschriebener Zettel wurde Elk übergeben:

›Für heute abend muß etwas geplant sein. Im Westend, glaube ich. Ricordini.‹

Eine solche Warnung, die von Ricordini kam, durfte nicht unbeachtet bleiben. Er vermied es sonst, sich direkt mit der Polizei in Verbindung zu setzen. Elk erstattete seinem Vorgesetzten telefonisch Bericht.

»Warnen sie den Bezirksinspektor. Wo ist Wade?«

»In Brixton, um Lane zu verhören.«

Kaum hatte Elk aufgehängt, als das Telefon läutete. Es war Wade.

»Lane will Kronzeuge werden und hat mir schon eine Menge mitgeteilt. Erinnern Sie sich an das Arbroathhaus? Es ist höchstwahrscheinlich das Hauptquartier der Bande. Lane kennt zwar den Namen nicht, gibt aber an, daß sich der Unterschlupf in der Nähe von Nottingdale befindet, und seine Beschreibung paßt auf das Haus.«

»Kommen Sie sofort hierher«, rief Elk, »für heute abend steht etwas bevor!«

Als John Wade eintraf, waren im Westend schon unzählige Kriminalbeamte zusammengezogen worden. Es hatte zunächst den Anschein, als wäre ihre Anwesenheit überflüssig, bis plötzlich gegen zehn Uhr eine dumpfe Explosion die Bond Street erschütterte. Gleich darauf erfolgte eine zweite Explosion. Von allen Seiten schrillten Polizeipfeifen. Ein Auto des Überfallkommandos raste in voller Fahrt in einen die Fahrbahn wechselnden Lastwagen hinein. Der Chauffeur des Lastwagens entkam.

Während fast sämtliche Polizeibeamten zum Ort des Unfalls und der Explosion eilten, fuhr ein großer Privatwagen vor Kinshner vor. Die Tür des Geschäftes öffnete sich, vier Männer kamen heraus. Ein Polizist wollte sie stellen — da fiel der erste Schuß in dieser denkwürdigen Schlacht, die noch jahrelang eine peinliche Erinnerung für Scotland Yard bleiben sollte.

Der Polizist brach mit zerschmettertem Schulterblatt zusammen, zwei Kriminalisten sprangen auf den Wagen, der schon in Fahrt war, und bezahlten ihre Verwegenheit mit dem Leben. Knatterndes Maschinengewehrfeuer schreckte das ganze Westend auf. Das verfolgte Auto raste über Piccadilly, wand sich geschickt zwischen zwei Fahrzeugen hindurch, bog in die St. James Street ein und verschwand im Park, noch ehe der erste Polizeiwagen Pall Mall verlassen hatte.

Der zweite Gangstertrupp jedoch kam nicht so leicht davon. An der Hintertür des Westend-Diamant-Syndikats liefen sie direkt einer Polizeiformation in die Arme. Schüsse fielen, einer der Verbrecher stürzte zu Boden. Die andern drei schossen sich ihren Weg durch die Verfolger hindurch frei, sprangen in ein wartendes Auto und flohen die Oxford Street hinunter. Aus dem hinteren Fenster ihres Wagens übersäten sie die Straße mit Maschinengewehrgeschossen.

Der Führer eines Autobusses hatte die Geistesgegenwart, ihnen seinen großen Wagen quer in den Weg zu stellen, aber sie manövrierten sich halsbrecherisch um ihn herum und schossen auf den Führer, ohne ihn jedoch zu treffen. Doch die Verfolger waren ihnen auf den Fersen. Trotz der herumschwirrenden Kugeln holte ein Auto des Überfallkommandos langsam auf, bis ein Treffer den linken Vorderreifen zerriß und der Wagen gegen einen Laternenpfahl prallte.

Sämtliche umliegenden Polizeiposten waren benachrichtigt und Reserven ausgeschickt worden. Mit Unterstützung von Privatwagen wurde die Jagd forgesetzt. John Wade hörte die ersten Schüsse, als er in Begleitung Elks Piccadilly entlangkam. Er sah gerade noch das verfolgte Auto über die Straße hinwegschießen und um die Ecke verschwinden.

»Das ist das verwegenste Stück, das sie sich bis jetzt geleistet haben!« rief ihnen ein atemloser Polizist in der Bond Street zu. »Sind bei einem Juwelier eingebrochen und haben es nicht einmal für nötig gehalten, sich zu verstecken. Einer von uns sah sie sogar bei der Arbeit am Panzerschrank und hat telefonisch Verstärkung angefordert — hätte auch besser seine Alarmpfeife gebraucht, der dumme Kerl!«

Elk und Wade machten sich gar nicht erst die Mühe, die erbrochenen Geschäfte zu besichtigen. Sie fuhren nach Scotland Yard zurück, wo sie die Chefs bereits in Beratung fanden. Wade erstattete Rapport über Lanes Aussagen.

»Vielleicht haben sie sich wieder dorthin zurückgezogen«, meinte der Oberinspektor, der ebenfalls erschienen war. »Auf alle Fälle kann es nichts schaden, wenn wir das ganze Gebäude ausräumen. Nehmen Sie Gewehre mit!«

Zwanzig Minuten vor elf erreichte der Polizeiwagen die Straße, in der das Arbroathhaus lag, und gleichzeitig hörten sie die schrille Sirene der Feuerwehr. Spritzen und Begleitwagen bogen kurz vor ihnen in die Straße ein.

Sie hielten einen vorbeieilenden Polizisten an.

»Was ist los? Wo brennt es?«

»Das Arbroathhaus steht in Flammen! Es ist ein ganzer Häuserblock . . .«

Wade sah den roten Schein am Nachthimmel. Sollte ein lang zurückliegendes Ereignis heute seine Wiederholung finden?

»Zwei Frauen sind noch im Haus —«, rief der Polizist, »ein junges Mädchen und eine ältere Frau. Ich sah, wie sie winkten, und habe sofort die Feuerwehr alarmiert.«

John starrte ihn an.

Lila . . .

Kapitel 25

Lila kletterte durch die Falltür aufs Dach, während Anna im Badezimmer wartete. Langsam, behutsam ging sie bis zum Rand des flachen Daches und blickte auf die Straße hinab. Es vergingen etwa zehn Minuten, dann fuhr ein Auto aus der Hofeinfahrt auf die Straße hinaus; gleich darauf folgte ein zweites.

Lila eilte zur Dachluke zurück, berichtete hastig von ihren Beobachtungen und nahm die Gegenstände in Empfang, die Anna inzwischen bereitgestellt hatte — ein paar leichte

Stühle, einen hölzernen Handtuchständer und eine Bettdecke.

»Nimm hier die Flasche — sei vorsichtig damit!« rief Anna. »Und hilf mir jetzt hinauf. Mach schnell, es ist jemand an der Tür. Es hat geklopft — wird wohl Aikness sein.«

Es klopfte lauter und dringender. Anna zog sich, von Lila unterstützt, aufs Dach. Mit vereinten Kräften hoben die beiden Frauen die Falltür hoch, ließen sie krachend zufallen. »Wir brauchen uns bloß draufzustellen, dann kriegen Aikness und seine Kumpane sie nicht auf.«

Lila schichtete die Stühle und den Ständer in einer gut sichtbaren Ecke des Daches auf und breitete die Decke darüber. Auf der Straße bewegten sich einige Passanten, und nicht weit entfernt glaubte sie einen Polizisten zu erkennen. Anna öffnete die Flasche und goß den Inhalt auf die Decke. Zwei, drei Streichhölzer verlöschten in dem starken Wind. Doch dann schoß eine hohe Flamme empor, die die Dächer der umliegenden Häuser taghell beleuchtete. Eine Polizeipfeife schrillte, Leute liefen auf das Gebäude zu. Im Feuerschein war Anna deutlich sichtbar, sie winkte erregt nach unten. Lila hörte ein Geräusch hinter sich, drehte sich um und sah, wie die Falltür sich langsam hob. Mit einem Schrei sprang sie darauf, das schwere Brett klappte krachend wieder zu. Von unten hörte sie das Geräusch eines Falles und Flüche.

Anna stand im Feuerschein nahe beim Dachrand. Endlich vernahm sie, worauf sie schon eine Weile ungeduldig wartete — das Läuten der herannahenden Feuerwehr. In diesem Augenblick schoß unten aus der Hofeinfahrt ein drittes Auto heraus, fuhr rücksichtslos in die auseinanderstiebende Menge hinein und verschwand um die Ecke.

»Sie sind fort —«, rief Anna heiser, »Gott sei Dank, sie sind fort!«

Aus allen Richtungen trafen Feuerwehrwagen ein. Ein Leiterende tauchte über dem Dachrand auf, gleich darauf sprang ein Feuerwehrmann aufs Dach, hinter ihm ein Zivilist. Erschöpft nach all der Anspannung fiel Lila in John Wades Arme.

Kapitel 26

Im Erholungsheim in Greenwich fand ein Ball statt. Alle Offiziere und Soldaten des Torpedojägers ›Meridian‹ waren an Land gegangen, ausgenommen der Diensthabende mit einer reduzierten Wachmannschaft, so daß sich nur wenige Mann der Besatzung an Bord befanden.

Die Wache rief das Boot an, das sich dem Schiff näherte.

»Ein wichtiger Brief für den Kommandanten!«

Der Soldat lief fort, um den Offizier zu rufen. Dann beugten sich beide über die Reling. Die Wache griff nach dem Brief.

Zwei gedämpfte Explosionen erfolgten. Offizier und Soldat brachen zusammen. Im gleichen Augenblick sprangen zwanzig kleine schlitzäugige Männer an Deck des Torpedojägers.

Die paar Mann Besatzung leisteten verzweifelten Widerstand, wurden aber überwältigt.

Die Zeitungen bezeichneten später den Vorfall als eine ›unglaubliche Tatsache‹, doch in Wirklichkeit war es recht einfach gewesen. Ein Steuermann auf einem in der Nähe liegenden Schiff hatte Geräusche gehört, die wie Schüsse klangen, und sich gewundert, daß die Marine sogar in der Nacht Schießübungen abhielt.

Nur ein einziger Matrose entkam. Er war ins Wasser gesprungen und schwamm an Land. Neben dem Kriegsschiff legte nun ein schwarzes Motorboot an. Golly und der Rest seiner Bande stiegen an Bord. Der Wagen, der am vereinbarten Ort Aikness aufnehmen sollte, war bereits durch Lichtsignale verständigt worden, aber es vergingen noch zehn, fünfzehn Minuten, bis der Kapitän eintraf. Er brachte die beiden Wachen mit, die ihm Golly beigegeben hatte, aber die Frauen fehlten. Aikness war in einer derartigen Verfassung, daß von seinem Gestammel überhaupt nur das Wort ›Feuer‹ zu verstehen war.

»Darüber reden wir später«, sagte Golly, blaß vor Wut. »Mach, daß du auf die Brücke kommst!«

Die Taue waren gelöst, die ›Meridian‹, die im Lauf der

Nacht auf Fahrt gehen sollte, stand schon unter Dampf. An die Möglichkeit, daß noch nicht genügend Druck in den Kesseln sein könnte, hatte Golly nicht gedacht, aber Aikness machte ihn darauf aufmerksam, und sofort wurden die Chinesen vor die Feuer geschickt. Ein Steuermann übernahm das Ruder, langsam kam das Torpedoboot in Fahrt.

In der Offiziersmesse sprach Golly mit seinem Kapitän.

»Was hast du also zu erzählen?« fuhr er ihn wütend an.

Aikness berichtete ihm von den Vorfällen.

»Durch eine Falltür aufs Dach geklettert?« Golly biß sich auf die Lippen. »Ich wäre nie auf den Gedanken gekommen, daß eine vorhanden sein könnte.«

»In dem kleinen Zimmer klebte unter der zerschlissenen Tapete eine Feuerwarnung an der Wand. Die müssen sie entdeckt und freigelegt haben. Die Falltür war darin erwähnt.«

»Dann haben sie das Feuer angelegt — darum wollten die Frauenzimmer das Benzin haben! Na, ich komme zurück und hole sie mir!«

Oaks Lippen verzogen sich zu einem bösen Grinsen.

»Aber — die werden uns bald auf den Fersen sein . . .« begann Aikness stockend.

»So —? Werden Sie das? Habe ich dir nicht lang und breit erklärt, daß sie das gar nicht können? Ich halte den fahrplanmäßigen Dampfer der P.-&-O.-Linie auf, lege mich längsseits daneben. Heute nachmittag ist einer von London abgefahren. Und falls man mir ein paar Kreuzer nachschickt, versenke ich das Schiff mit allen Passagieren! Hast du es nun begriffen? Ich sprenge die ganze Gesellschaft in die Luft. In Friedenszeiten haben sie ja keine Kanonen an Bord.«

Das also war Gollys Plan! War die Erpressung, die er beabsichtigte, und die ihm die Freiheit sichern sollte.

Der Torpedojäger schoß nun in voller Fahrt dahin, entging mit knapper Not Zusammenstößen und erreichte kurz vor Morgengrauen die offene See.

»Dort fährt er ja!«

Golly stand neben dem Kapitän auf der Brücke, ein Nachtglas vor den Augen. »Wir fangen ihn ein. Ein Mann von mir ist an Bord. Signalisiere!«

Die Signallampe flackerte auf. Vom Heck des verfolgten

Dampfers blinkte ein Lichtschein zurück.

»Und jetzt wollen wir mal . . .«

Vom Land her flutete in diesem Moment ein blendender Lichtkegel auf, fuhr langsam suchend übers Wasser, bis er den Torpedojäger fand und festhielt.

»Mehr Dampf!« schrie Golly.

»Volldampf — laß die Ventile festmachen! Wir müssen das Schiff einholen oder . . .«

Flammen züngelten aus den drei Schornsteinen des Torpedobootes, wie kleine Teufelchen arbeiteten unten die Chinesen vor den Kesseln, das ganze Schiff zitterte und dröhnte, in rasender Fahrt durchschnitt der scharfe Bug die Wellen, aber es war vergeblich. Unerbittlich hielt sie der Lichtstrahl fest.

Golly stierte gebannt nach der Küstenlinie, sah einen roten Feuerstrahl aufblitzen, hörte das dumpfe Grollen des schweren Küstengeschützes. Aber die Granate pfiff an ihnen vorbei, verzischte in der Dunkelheit.

Wieder ein Strahl — immer häufiger, drohendes Poltern in der Ferne, anschwellendes Heulen, Zischen.

»Sie beschießen uns —«, keuchte Aikness, »mein Gott, sie erwischen uns! Wenn wir nur . . .«

Weiter kam er nicht. Eine Granate schlug in das Schiff ein. Die Explosion war ohrenbetäubend. Eine riesige Flamme schoß empor.

Die suchenden Boote fanden nur einen einzigen Überlebenden, einen kleinen Mann mit fest hinter die Ohren geklemmter Brille.

»Ich heiße Oaks«, sagte er, als man ihn an Bord gezogen hatte, »und mache Ihnen keine Schwierigkeiten — das ist nicht meine Art. Ruhe und anständige Behandlung, weiter will ich nichts.

Ich habe mal ein kleines Baby gerettet — die anderen wollten es umkommen lassen, aber der Gedanke war zu schrecklich für mich. Das Mädchen heißt Lila Smith.«

Er war zuerst ein wenig hysterisch, beruhigte sich aber bald und machte keinerlei Umstände.

Als das Todesurteil gesprochen war, vertrieb sich Golly die Zeit in seiner Zelle mit Singen. Die Wärter und Mitgefangenen beschwerten sich darüber. Aber Todgeweihte haben ihre besonderen Vorrechte.

Auch am Morgen der Hinrichtung sang er mit seiner schrillen Fistelstimme. Als die Stimme ausgelöscht war, atmeten die Wärter erleichtert auf.